X RAISONS DE MOURIR

Stefan Ahnhem vit à Stockholm, sa ville natale, où il mène une brillante carrière de scénariste pour la télévision et pour le cinéma. Après *Hors cadre*, son premier roman, lauréat du Prix de la révélation du polar suédois, il a également publié, chez Albin Michel, *La Neuvième Tombe*, *Moins 18°*, *X raisons de mourir* et *36 façons de tuer*.

Paru au Livre de Poche :

HORS CADRE
MOINS 18°
LA NEUVIÈME TOMBE

STEFAN AHNHEM

X raisons de mourir

ROMAN TRADUIT DU SUÉDOIS PAR CAROLINE BERG

ALBIN MICHEL

Titre original :
MOTIV X

ISBN : 978-2-253-24959-7 – 1re publication LGF

Bonne lecture

Prologue

24 août 2007

Inga Dahlberg aurait donné n'importe quoi pour réussir à penser à autre chose. Ne serait-ce que quelques minutes. Au ciel sans nuages de ce mois d'août, ou à la musique dans ses oreillettes. À son absence de fatigue alors qu'elle avait déjà fait trois fois le tour du lac en courant. Au parc Ramlösa, tellement vert et à la végétation si dense qu'on n'y voyait pas à plus de quelques mètres, où que l'on regarde.

Mais, à l'instar des fourmis qui trouvent toujours un moyen pour entrer dans une maison, ses pensées revenaient sans cesse au plan qu'elle avait élaboré ces dernières semaines, durant la majeure partie de son temps d'éveil. Ce plan qu'elle mettrait en œuvre dans un peu moins de trois heures, à présent, et qui allait changer sa vie.

Cette fois, elle n'avait pas droit à l'erreur. La moindre hésitation dans sa voix, le moindre doute dans son regard, et elle serait perdue. Depuis le temps qu'ils vivaient ensemble, elle connaissait Reidar mieux que personne. Il profiterait de la plus infime faille pour reprendre le contrôle sur elle et la diminuer jusqu'à ce qu'elle se remette à lui obéir comme un chien bien dressé.

Mais quoi qu'il arrive, quelle que soit sa réaction, elle savait à présent comment le convaincre de signer. Aussitôt qu'il aurait posé son stylo, elle irait chercher sa valise qui était prête depuis plusieurs jours, et elle s'en irait.

Elle avait du mal à croire que dans quelques heures ils seraient en route pour Paris. La ville des amoureux. Finis, les secrets, les mensonges, les SMS codés, l'éternelle crainte d'être surpris en flagrant délit d'adultère. Sans compter l'angoisse de devoir chaque nuit s'allonger aux côtés d'un homme qui n'est pas le bon.

Dès ce soir, ils pourraient se promener au grand jour, main dans la main. S'asseoir sur un banc, tendrement enlacés, si l'envie leur en prenait. Elle pourrait poser la tête sur ses genoux et regarder ses yeux et les étoiles, en même temps.

Elle et son amant.

Elle répéta le mot dans sa tête. Son *amant.* Elle aimait ce terme qui évoquait à la fois l'amour et le péché. Et Dieu sait s'ils avaient péché. Chez lui et chez elle, sous la douche et dans leurs voitures. Elle rougissait presque en pensant à la petite plage discrète au bord du Råån où ils avaient fait des choses dont elle ne se serait jamais crue capable.

À présent, ce chapitre de leur histoire était terminé. Son amant allait devenir son amour. Ils s'envoleraient de l'aéroport de Copenhague, trinqueraient au champagne et commenceraient enfin à vivre leur rêve devenu réalité.

Personne n'aurait pu prétendre qu'elle y était arrivée facilement. Au début, il s'était montré réticent et il avait refusé de l'écouter. Par moments, en sa présence, elle avait l'impression d'être une gamine capricieuse. Pour finir, elle avait dû se mettre en colère et le menacer de révéler leur liaison à toutes les parties concernées.

Les crises d'hystérie n'étaient pourtant pas son genre, les menaces encore moins, mais elle ne pouvait pas éternellement vivre dans le mensonge. Il était alors devenu plus raisonnable et lui avait fait comprendre qu'il ressentait la même chose. C'était même lui qui s'était occupé d'organiser leur départ.

Si elle avait choisi leur destination, c'était lui qui avait pris leurs billets pour Paris. Et en classe affaires, s'il vous plaît. À l'idée que, dans quelques heures, ils seraient assis côte à côte dans un avion, main dans la main, avec devant eux plein de place pour les jambes, elle devait se pincer pour s'assurer qu'elle ne rêvait pas.

De son côté, elle avait encore des choses à faire. En rentrant, il fallait qu'elle se dépêche de finir le ménage et de prendre une douche. Elle avait déjà nettoyé les fenêtres et arrosé les plantes abondamment. Elle avait lavé les draps mais il fallait encore qu'elle les repasse avant de refaire le lit. Le plat favori de Reidar, un bœuf bourguignon, mijotait dans la cuisine et il ne lui manquait plus qu'à vérifier l'assaisonnement.

Elle savait qu'en sortant du boulot il irait boire une bière, comme tous les vendredis, et qu'un peu avant sept heures il rentrerait, lui donnerait ses vêtements de travail, qu'elle trierait pour la dernière fois avant de les mettre au lave-linge pendant qu'il prendrait sa douche. Ensuite, elle attendrait qu'il veuille bien se mettre à table et elle lui servirait son dîner.

Si tout se déroulait comme elle l'avait prévu, il lui demanderait au bout de quelques bouchées pourquoi elle restait debout et si elle avait l'intention de le laisser dîner tout seul. Il lui lancerait peut-être une vacherie sur ses régimes ratés qui n'avaient pour effet que de la faire grossir encore plus – alors qu'en réalité elle avait perdu douze kilos depuis qu'elle avait commencé le jogging.

Mais cette fois, il n'aurait pas le dernier mot car c'est le moment qu'elle choisirait pour lui annoncer d'une voix douce et posée sa décision de le quitter.

Il aurait évidemment été plus simple de partir avant son retour, et de se contenter de lui laisser un mot sur la table. Mais si elle voulait qu'il signe les papiers du divorce, elle devait lui dire en face qu'elle ne prendrait plus jamais un repas avec lui.

En fonction de son humeur et de la façon dont s'était passée sa journée, il n'était pas exclu qu'il bondisse de sa chaise et ait une réaction violente. Il ne la frapperait pas, non. Pas de but en blanc. Mais il était possible qu'il lui jette son assiette à la figure et renverse la table. Le plus vraisemblable était cependant qu'il laisse sa rage monter intérieurement. Elle verrait gonfler les veines de son visage tandis qu'il lui demanderait, avec le calme contenu d'une Cocotte-Minute, où elle croyait pouvoir aller et comment elle pouvait être assez naïve pour s'imaginer capable de vivre sans lui.

Ensuite, il lui rappellerait sans doute les termes de leur contrat de mariage et lui demanderait si dans sa petite tête de linotte, elle avait oublié que « légalement » la maison, la voiture et la majeure partie du mobilier lui appartenaient.

Reidar adorait utiliser l'adverbe « légalement ». C'était comme s'il avait mesuré trente centimètres de plus par le simple fait de l'employer, comme si ce mot à lui seul validait toutes ses affirmations et les rendait indiscutables. Et à cet instant, alors qu'il serait gonflé d'arrogance et chargé d'adrénaline, elle poserait sur la table les papiers du divorce.

Tout d'abord, elle ne comprit pas pourquoi ses oreillettes, connectées à son petit iPod, s'arrachèrent subitement, ni d'où venait la pression qui lui comprima d'abord la poitrine, puis le plexus et enfin la gorge. Mais une fois par terre, les quatre fers en l'air, elle vit scintiller dans un rayon de soleil le fil à pêche tendu en travers de l'allée.

Le ciel était joli, bleu et sans nuages, comme depuis le début de l'été. Elle entendit les battements de son cœur et les milliers d'oiseaux pépiant en dehors de son champ de vision. Mais n'était-elle pas en train d'écouter de la musique, à l'instant ? Et que faisait-elle allongée sur le dos au milieu de la piste de jogging ?

Elle porta la main à son cou douloureux et se redressa en position assise, sentant une douleur sourde lui marteler l'arrière du crâne. Elle se dit que sa chute ne lui avait fait perdre que quelques minutes, et qu'en se dépêchant elle aurait encore le temps de tout finir avant le retour de Reidar.

Elle rassemblait des forces pour se relever quand un bruit de branches sèches la fit se retourner. Elle crut voir un mouvement dans les épais buissons qui poussaient le long du sentier.

« Hé ! Il y a quelqu'un ? lança-t-elle, alors que la réponse ne faisait aucun doute. C'est vous qui avez tendu ce fil ? » Elle était en colère, à présent, et même si elle était pressée, elle avait bien l'intention d'en découdre avec celui qui lui avait fait cette mauvaise blague.

Quand l'homme émergea du mur de feuillage, sa colère tomba aussitôt et elle comprit qu'elle ferait mieux de se lever et de s'enfuir au plus vite. Mais c'était comme si l'attraction terrestre était plus forte à l'endroit où elle était assise : elle en fut incapable. Idem pour son regard, hypnotisé par l'individu qui sortit du buisson, une pelle à la main.

Malgré le temps radieux, il était vêtu d'une veste de pluie gris foncé et de bottes en caoutchouc si hautes qu'elles montaient au-dessus de ses genoux, se confondant avec son pantalon. Sous la capuche du ciré, il portait une cagoule qui dissimulait son visage, à l'exception des yeux.

Quand il leva la pelle au-dessus de sa tête, elle voulut hurler pour qu'on lui vienne en aide, mais la montre qu'elle remarqua au poignet la coupa dans son élan. C'était une Omega Speedmaster, en tout point identique à celle qui lui avait coûté récemment un mois de salaire.

Elle ne voyait plus rien, et l'adhésif sur sa bouche était si serré qu'elle avait l'impression que ses lèvres éclateraient si elle essayait de crier. Elle sentit que son visage était déchiré et gonflé. Il avait dû la frapper avec la pelle.

Elle ne parvenait pas à croire que c'était vraiment lui qui avait tendu ce fil, qui l'avait assommée et dépouillée de tous ses vêtements. Pourtant c'était bien sa montre. Mais elle avait peut-être mal vu… Ou alors c'était le bijoutier qui lui avait menti quand il lui avait assuré que ce modèle Apollo était extrêmement rare. Oui, c'était sûrement l'explication. Il fallait que ça le soit.

Et après tout, quelle importance de savoir qui était cet homme alors qu'elle était nue, bâillonnée, les yeux bandés, à se demander ce qui allait lui arriver. Mais peut-être était-ce déjà terminé ? Peut-être avait-il fait ce qu'il avait à faire et était parti en l'abandonnant ici ?

Elle sentait qu'elle était toujours en plein air. En revanche, elle ne devait plus être sur la piste de jogging de Brunnsparken, mais à proximité d'un cours d'eau, puisque malgré l'adhésif qui lui recouvrait les oreilles elle entendait un bruit de ruissellement.

Elle était à genoux, sur un support dur et inégal, penchée vers l'avant, les bras tendus, dans une posture de yoga très inconfortable.

Elle s'efforçait de donner un sens à tout cela. Pourquoi l'avait-il laissée dans une position aussi bizarre ?

Elle n'avait pas vraiment mal. Ni au visage ni au reste du corps. On aurait dit que tout son être avait été effacé. Qu'elle ne s'appartenait plus. Il avait dû la droguer. Il n'y avait pas d'autre explication. Ce qui voulait dire qu'elle pouvait être restée un long moment sans connaissance. Plusieurs heures, peut-être ?

Quoi qu'il en soit, il fallait qu'elle parte de cet endroit le plus vite possible, elle devait rentrer se doucher et être là pour accueillir Reidar quand il rentrerait. Pourvu qu'elle ne soit pas trop loin de la maison, et que ses blessures au visage ne soient pas trop visibles.

Il se demanderait évidemment ce qui lui était arrivé. Mais peu importe : elle ne laisserait pas cet épisode se mettre en travers de son projet. Maintenant, il fallait qu'elle essaye de retirer son bâillon sans faire plus de dégâts qu'il n'y en avait déjà.

À l'instant où elle essaya de lever un bras, la douleur la terrassa, comme venue de partout à la fois. Une douleur si intense qu'elle hurla derrière le chatterton.

Cela partit du dos de sa main et se transmit à la vitesse de l'éclair dans tous ses doigts pour remonter ensuite dans le bras. Sa main semblait avoir été immobilisée, d'une manière ou d'une autre. Qu'est-ce qu'il lui avait fait ? Elle tenta de bouger son autre main, avec le même résultat. Elle eut si mal que cela lui retourna l'estomac. Elle essaya de bouger les jambes, mais l'élancement qui lui traversa les mollets fut presque pire.

Elle était bloquée. Comment avait-il… Elle ne parvenait même pas à comprendre ce qui lui arrivait. Qui était ce monstre ?

« Ah, on se réveille ! Ce n'est pas trop tôt ! »

Il était revenu. Ou peut-être n'était-il jamais parti ? Sa voix… Est-ce qu'il n'avait pas exactement la même voix que…

« Lève-toi. Allez ! À quatre pattes ! »

Elle surmonta la douleur et fit ce qu'il lui ordonnait.

« Bien. Tu vois que tu peux quand tu veux ! »

On aurait vraiment dit… Mais ça ne pouvait pas être lui. Ça devait être le chatterton sur ses oreilles qui perturbait son audition.

Elle sentit une main gantée flatter sa croupe comme pour un cheval à la foire. Puis la main lui caressa le dos et se glissa entre ses cuisses.

« Essaye de ne pas t'écrouler à nouveau. Sinon tu vas vite te rendre compte que tu as un vrai problème. »

C'était lui. Il n'y avait plus de doute.

C'était Ingvar. Ingvar Molander, l'homme qu'elle aimait plus que tout au monde et avec qui elle était censée partir pour Paris, dans quelques heures.

Quand l'élément auquel elle était fixée commença à bouger, ce fut comme si on lui transperçait à nouveau les mains et les mollets. Elle hurla de toutes ses forces, mais n'émit en réalité qu'une série de couinements inaudibles.

Puis il se mit à tanguer de tous les côtés et elle dut solliciter chaque muscle de son corps pour garder l'équilibre. Une eau glacée gicla sur ses mains et, enfin, elle comprit le sort qui lui était réservé.

PREMIÈRE PARTIE

13-16 juin 2012

Où que tu creuses, si tu descends assez loin,
ça finit toujours par sentir mauvais.

1

Molly Wessman n'entendit d'abord qu'une discrète mélodie. Mais, à mesure que le volume s'intensifiait, elle commença à identifier le morceau de harpe lui indiquant qu'il lui restait cinq minutes pour se réveiller, mettre son cerveau en route et se lever. Cinq minutes durant lesquelles elle pouvait garder les yeux clos et s'étirer voluptueusement sous la couette.

Elle se sentait reposée. Elle avait réussi à dormir d'une traite, ce qui était assez incroyable si l'on pensait à la présentation qu'elle devait faire cet après-midi devant la direction. En temps normal, elle aurait passé une nuit blanche et serait arrivée épuisée au bureau. Au lieu de cela, elle se sentait convaincue que ses supérieurs allaient applaudir à ses propositions et la laisser mettre en place les dernières et indispensables mesures d'économie nécessaires pour redresser le bilan.

Tout cela grâce à la nouvelle application de sommeil qu'elle avait installée sur son téléphone. Depuis quelque temps, elle ne dormait pas plus de quatre heures par nuit. Résultat, elle était sans arrêt fatiguée et elle prenait tellement de congés maladie que même ses collègues avec des enfants en bas âge commençaient à la regarder de travers.

Son patron avait même fini par la convoquer dans son bureau pour l'éclairer sur ce qui l'attendait. C'est-à-dire qu'elle allait droit dans le mur. Puis il lui avait donné le numéro d'un psychothérapeute et lui avait parlé de cette app qui, à l'aide de boucles sonores et de bruissements apaisants, aidait le cerveau à se détendre de façon à améliorer la qualité du sommeil.

L'application avait suffi à régler le problème et n'avait coûté qu'une infime partie de ce qu'un thérapeute lui aurait pris pour une série d'entretiens stériles. Cela lui avait même redonné assez d'énergie pour reprendre le sport.

Elle inspira profondément, remplit ses poumons comme on le lui avait enseigné à son cours de yoga, et tendit le bras vers son téléphone posé sur la table de nuit. En éteignant le réveil, elle crut remarquer une chose insolite.

D'habitude, elle s'interdisait de consulter son téléphone tant qu'elle était encore au lit. Régler l'alarme et l'éteindre étaient les seules exceptions à cette règle. Dans sa nouvelle vie, le lit, la salle de bains et le repas étaient devenus des zones « sans écran ». Malgré sa résolution, elle ne résista pas à la tentation de taper son code pour déverrouiller le portable.

Incrédule, elle contempla l'écran d'accueil.

Quelqu'un qui ne l'aurait jamais vu n'y aurait rien trouvé d'anormal, ni d'angoissant. Mais c'était son téléphone et elle savait quel fond d'écran elle était censée voir. Incapable de s'arracher à l'image qu'elle avait devant les yeux, elle sentit peu à peu la terreur l'envahir. La pression sur sa poitrine devint si forte qu'elle n'arrivait plus à respirer.

Sa première idée fut que le portable était celui de quelqu'un d'autre. Mais elle reconnaissait la petite fente dans l'angle en haut à gauche de l'écran datant d'un jour où elle l'avait fait tomber, et aussi le léger jeu du bouton d'allumage qu'elle avait observé depuis quelques semaines.

Tout collait parfaitement.

Sauf l'écran d'accueil.

Normalement, elle aurait dû être en train de regarder une photo de Smilla, son Boston terrier noir et roux, mort il y a trois ans d'une cardiomyopathie hypertrophique. Mais ce n'était pas une photo de Smilla qu'elle avait devant les yeux.

C'était une photo d'elle.

Et pas n'importe laquelle. Celle-là était une photo d'elle en train de dormir dans son lit, vêtue du même tee-shirt que celui qu'elle portait au moment présent. La tache de dentifrice séchée était là elle aussi, au coin de sa bouche. Ce cliché avait été pris cette nuit même, dans son sommeil.

Elle se demanda s'il pouvait s'agir d'un défaut technique. Ou d'une nouvelle fonction de la caméra qu'elle aurait déclenchée par inadvertance en allant se coucher. Mais non, ce n'était pas possible. La photo était prise en plongée. Quelqu'un était venu dans la nuit et l'avait photographiée à son insu.

Était-ce une mauvaise blague ? Un de ses amants de passage qui aurait fait un double de la clé de sa porte d'entrée ? Non, le temps qu'il emprunte la clé elle s'en serait rendu compte. Était-ce une vengeance imaginée par une collègue à qui elle aurait fait du tort ?

Les questions roulaient dans sa tête comme des balles de flipper. Bien sûr, il y avait un tas de gens sur son lieu de travail qui avaient de bonnes raisons de lui en vouloir. Mais qui serait assez pervers pour inventer une chose pareille ?

Une idée lui vint tout à coup.

Et s'il était encore là ? Derrière la porte de sa chambre, attendant qu'elle sorte. Ou dans la…

Elle s'efforça de retrouver son calme et de se convaincre qu'elle dramatisait. Sans succès. Si elle devait sortir de ce lit, il lui fallait une arme pour se défendre. La couette et les oreillers ne lui seraient d'aucune utilité. L'applique au-dessus de son lit, peut-être ? C'était le seul objet qui soit à sa portée, de toute façon.

Mais comment croire qu'elle puisse se défendre contre un quelconque agresseur ? Elle qu'une simple toile d'araignée tétanisait littéralement. Écraser quelqu'un à une réunion avec des arguments indiscutables était une chose. La violence physique en était une autre.

Mais avait-elle seulement le choix ?

Elle se retourna tout doucement, attrapa l'applique des deux mains, et tira de toutes ses forces. Les deux vis s'arrachèrent du mur en même temps, répandant une poussière de plâtre sur la taie d'oreiller noire. Elle tira d'un coup sec et le fil se détacha du domino. La lampe serrée dans sa main droite, elle osa enfin poser les pieds par terre.

Le cœur battant à tout rompre, elle s'accroupit pour regarder sous le lit. À part ses chaussons et le tiroir à roulettes dans lequel elle rangeait ses sex-toys, elle ne vit rien de particulier, et cela ne la surprit pas outre mesure : cette histoire n'avait ni queue ni tête. Qui serait assez fou pour entrer chez elle en pleine nuit avec pour seul but de la photographier avec son propre portable ?

Elle se releva et alla ouvrir brusquement la porte de son placard. Personne ne se cachait là non plus et, après avoir troqué l'applique contre le pied de l'aspirateur, elle fouilla la penderie dans ses moindres recoins.

S'il y avait quelqu'un dans son appartement, il n'était pas dans sa chambre, ce qui étrangement lui procura une sorte de soulagement. Comme s'il lui suffisait de rester enfermée dans cette pièce pour qu'il ne puisse rien lui arriver.

Bien sûr, elle avait son portable, et elle aurait pu appeler quelqu'un. Mais qui ? Elle n'avait pas parlé à Gittan depuis Noël dernier, alors qu'elle était jadis sa meilleure amie. Elle en avait eu assez de s'entendre dire sans cesse que le temps était venu pour elle de se mettre en couple. Au bureau, elle n'avait personne à qui se confier non plus. La moindre confidence passerait pour un signe de faiblesse, la dernière chose qu'elle pouvait se permettre en ce moment.

Elle pouvait appeler la police, évidemment. Mais ils commenceraient par lui demander si l'intrus se trouvait encore dans l'appartement. Prudemment, elle poussa du pied la porte de la chambre, qui s'ouvrit sans un bruit.

Un silence assourdissant régnait dans le petit logement. Un silence inhabituel, à vrai dire. Comme si la circulation de Järnsvägsgatan, à quelques rues de là, s'était arrêtée et que le vieux de l'appartement du dessous avait pour la première fois éteint sa télévision. Tout semblait vouloir contribuer à rendre cette situation plus inquiétante qu'elle ne l'était déjà.

Elle fit un pas dans le séjour et regarda autour d'elle. Le canapé d'angle était à sa place, près de la fenêtre.

Le fauteuil, la bibliothèque et la table aussi. L'endroit n'offrant pas la moindre cachette, elle se risqua jusqu'au vestibule et entra dans la cuisine.

Là aussi, tout était comme elle l'avait laissé la veille. La vaisselle dans l'égouttoir et le sac-poubelle contenant les emballages en plastique soigneusement rincés attendait, fermé, près de la porte, afin d'être jeté dans le conteneur avant qu'elle monte dans sa voiture pour aller travailler. Elle ouvrit le placard à épicerie par acquit de conscience.

Ensuite, elle se rendit dans la salle de bains, alluma et remarqua que son string de la veille traînait encore sur le carrelage et que le rideau de douche était tiré. Était-ce elle qui l'avait fermé ? Ou y avait-il quelqu'un caché derrière ?

Armée du tuyau d'aspirateur, elle tira le rideau d'un coup sec.

Personne.

Peut-être était-ce elle, après tout, qui avait fait un selfie dans son sommeil. C'était tout elle, de faire ce genre de choses. Depuis qu'elle avait ce nouveau téléphone avec double capteur photo, elle avait pris tellement de selfies que la mémoire du Smartphone était presque pleine. Bref, elle commençait à se dire que tout cela devait avoir une explication logique, et que si cette histoire avait atteint de telles proportions, c'était à cause de sa nervosité et de la réunion imminente du conseil d'administration.

Son pouls ralentit, sa respiration se calma, elle posa le pied d'aspirateur, retira son tee-shirt et grimpa dans la baignoire.

Elle referma le rideau, ouvrit le robinet et attendit que la température de l'eau passe de glacée à tiède avant d'actionner la douche.

Elle adorait sentir la chaleur de l'eau sur sa peau et elle augmenta la température. Elle aurait pu passer des heures sous le jet brûlant, et ce matin-là elle en avait besoin plus que jamais. Elle avait l'impression que chaque goutte effaçait un peu de son anxiété.

Elle coupa le robinet et racla l'eau sur sa peau du tranchant de la main avant de sortir de la baignoire. Comme d'habitude, le miroir était couvert de buée, et même si elle savait que ce n'était pas bien, elle l'essuya à l'aide de la serviette-éponge.

Soudain, venu de nulle part, un hurlement si fort qu'elle eut mal aux oreilles. Elle mit un long moment avant de se rendre compte que c'était elle-même qui criait. C'était un cri primal qui semblait ne jamais vouloir prendre fin. Pendant ce temps, la buée s'était reformée sur le miroir et son reflet s'était un peu effacé.

Pas assez cependant pour cacher le fait qu'un grand pan de sa frange avait été coupé.

2

C'est ta faute…

Le bruit de la balle lui avait fait penser à une flèche fendant l'air. Le sifflement, qui n'avait pas été précédé d'une détonation, mais par un vide qui se remplit tout à coup. Une succion à peine perceptible, comme lorsqu'on ouvre une boîte de balles de tennis neuves.

Tout ça…

Matilda, sa propre fille, qui se tenait le ventre en regardant la tache rouge foncé s'élargissant peu à peu sur son pullover. Ses yeux où se lisait l'incompréhension et ses mains dégoulinantes de sang alors qu'elle s'affaissait lentement sur le tapis blanc.

Ta faute et celle de personne d'autre…

Tout était allé effroyablement vite mais, depuis, Fabian voyait l'épisode défiler image par image dans sa mémoire.

Ses mains à lui qui se refermaient enfin sur la crosse du pistolet, visaient, son doigt qui appuyait sur la détente. Le sang qui coulait à flots du front du criminel et le soulagement de savoir que c'était terminé. Sa rage d'avoir réagi trop tard. Et les mots de son fils qui le poursuivraient jusqu'à la fin de ses jours.

Tout était sa faute. La sienne et celle de personne d'autre.

Rien n'aurait pu être plus exact.

Le coup de feu qui avait tué Matilda l'avait surpris, malgré tous les signes avant-coureurs. Il les avait ignorés les uns après les autres et avait poursuivi son enquête sans penser une seconde aux conséquences.

Et maintenant il était assis là, au premier rang, entre Sonja et Theodor, vêtu du costume noir qu'il n'avait pas porté depuis les obsèques de Mette Louise Risgaard, cette fille danoise, à l'église de Lellinge. Cette fois, c'était sa propre fille qui gisait enfermée dans un cercueil beaucoup trop petit sous une montagne de fleurs.

Mais la faute incombait à la même personne.

Lui.

À sa droite Sonja pleurait et à sa gauche Theodor luttait contre les larmes. Lui ne ressentait rien. C'était comme s'il avait épuisé tout sentiment, dans l'alternance d'espoir et de chagrin qu'avaient été ces quatre dernières semaines où Sonja et lui s'étaient relayés au chevet de Matilda.

Sa fille avait été tuée sous ses yeux, et tout ce qu'il ressentait c'était l'angoisse de ne rien ressentir. Il n'entendait même pas ce que le pasteur était en train de dire. Ses mots se mélangeaient en un bourdonnement incompréhensible malgré le micro et les haut-parleurs.

« Tu le sais que c'est ta faute, n'est-ce pas ? »

La voix était si basse qu'il était incapable d'entendre d'où elle était venue. Il se tourna vers Theodor. « Pardon, je n'ai pas entendu ce que tu as dit.

— Tu es sourd ? J'ai dit que c'était ta faute ! » Cette fois Theodor parla si fort que le pasteur se tut.

« Pas maintenant, lui dit-il. Nous parlerons de cela tout à l'heure.

— Quoi, tout à l'heure ? » intervint Sonja, et maintenant, c'était toute l'assemblée qui tendait l'oreille. « C'est trop tard. Tu ne comprends pas ? Notre fille n'est plus là ! » Et elle fondit en larmes.

« Sonja, je t'en prie… » Fabian la prit dans ses bras, mais elle se dégagea.

« Theo a raison. C'est ta faute !

— Ils ont raison. Alors cesse de rejeter la faute sur nous », dit une autre voix derrière lui.

Il se retourna et vit que c'était celle d'Astrid Tuvesson, sa supérieure hiérarchique. Elle était entourée de leurs collègues Ingvar Molander, Sverker Holm dit Klippan et Irene Lilja. Il allait lui demander pourquoi elle se mêlait de la conversation quand l'orgue se mit à jouer, annonçant le prochain psaume. Tout le monde se leva et se mit à chanter.

Quant à lui, il n'en avait pas la force et il se contenta de les regarder. Seul Molander ne chantait pas. Et pourtant, il était debout, comme les autres, la bouche ouverte. On aurait dit qu'il parlait. Était-ce à lui qu'il s'adressait ?

Fabian posa un doigt sur sa poitrine et il le regarda, l'air interrogateur. Molander acquiesça, se pencha vers lui et murmura à son oreille : « Laisse tomber.

— Qu'est-ce que je dois laisser tomber ? » Fabian ne comprenait plus rien du tout.

« Tu ne pourras rien prouver de toute manière. » Molander tira la langue et fit le geste de se pendre, avant d'éclater d'un rire sonore aussitôt couvert par un effet Larsen venant du micro du pasteur.

Le bruit strident s'insinua dans l'esprit de Fabian, de plus en plus profondément, jusqu'à ce qu'il ouvre les yeux et s'aperçoive qu'il ne se trouvait pas dans une église, mais dans la chambre d'hôpital où Sonja et lui avaient passé le dernier mois à veiller leur fille. Ce qu'il ne reconnaissait pas, c'était le rideau blanc dissimulant le lit où était couchée Matilda.

Plusieurs voix résonnaient derrière. Fabian se leva de son fauteuil, écarta le rideau et tomba sur trois infirmières. La première tripotait les boutons du saturomètre. Les deux autres contrôlaient respectivement le pouls et les yeux de Matilda.

« Que se passe-t-il ? demanda-t-il sans obtenir de réponse. Excusez-moi !!! Quelqu'un peut-il me dire ce qui se passe, oui ou merde ?! »

Le sifflement strident s'arrêta, remplacé par un silence encore plus oppressant. Les trois infirmières échangèrent un regard, et Fabian voulut y lire qu'elles contrôlaient la situation.

Soudain Matilda toussa et elle ouvrit les yeux. Sa fille, sa petite fille adorée qui avait été inconsciente pendant une éternité embrassa la pièce du regard en se demandant où elle était. Puis vinrent les larmes. Comme si, depuis des jours, elles attendaient ce moment pour couler.

« Bonjour, Matilda. Comment te sens-tu ? » lui demanda une infirmière avec un sourire plein de douceur.

Matilda les regarda tour à tour sans rien dire.

« Matilda, tu es réveillée. » Fabian se fraya un passage jusqu'à son chevet et il lui prit la main. « Tu es revenue. Tu comprends ? Tu as survécu ! » Il se tourna vers l'une des infirmières. « Elle est sortie d'affaire, n'est-ce pas ?

— En effet, répondit-elle tandis que les deux autres hochaient la tête pour confirmer cet avis. Et ses constantes sont bonnes. »

« Tu as entendu, Matilda ? Tout va bien. » Il essaya de lui caresser la joue, mais elle détourna la tête. « Qu'est-ce qu'il y a, Matilda ? Tu n'as pas entendu ? Ça va aller, maintenant. »

Matilda secoua la tête. Toujours les larmes aux yeux.

3

L'inspectrice Irene Lilja sentait encore pulser son bas-ventre pendant qu'elle enfilait son casque, enfourchait sa Ducati toute neuve et la lançait à une allure dépassant largement la vitesse autorisée dans ce quartier résidentiel. Sans leurs réconciliations sur l'oreiller, elle aurait quitté Hampus depuis longtemps. Il n'était jamais aussi passionné, enflammé et en même temps doux et attentionné que dans ces moments-là.

Mais ils se disputaient décidément trop souvent. Quel que soit leur sujet de conversation, un conflit couvait au détour de chaque phrase. Même si dans le fond ils étaient d'accord, ils ne pouvaient pas s'empêcher de se contredire. La dernière dispute avait éclaté sur un sujet qui la tracassait depuis un certain temps.

Hampus n'était pas à proprement parler un alcoolique, mais les apéros du week-end étaient en passe de devenir la règle plus que l'exception, et cette foutue bière en rentrant du boulot une excroissance naturelle de son bras droit.

Bien sûr, il en avait rajouté et elle de son côté n'avait pas mis longtemps à franchir la ligne rouge, mais c'est lorsqu'elle avait commencé à vider les cannettes de bière les unes après les autres dans l'évier que sa nature violente avait montré son vrai visage.

Il ne l'avait jamais battue, mais pour la première fois, hier soir, elle avait eu peur. En voyant la rage dans ses yeux lorsqu'elle avait vidé la cannette de trop, elle avait sérieusement songé à partir et à le quitter une fois pour toutes.

Lorsque l'appel arriva, elle venait de traverser Kvidinge, en route vers le commissariat de Helsingborg. Elle qui se réjouissait de ces trente minutes de tranquillité sur sa Ducati avec le vent de face pour seule compagnie ! Mais lorsqu'un enfant syrien de onze ans disparaît sur le chemin de l'école, on n'a pas vraiment le choix.

Si seulement il avait pu s'agir d'un enfant suédois, songeait-elle en doublant une Prius qui s'obstinait à rouler juste en dessous de la limite de vitesse, elle aurait pu laisser les policiers en uniforme s'en occuper. Le gamin avait probablement fait l'école buissonnière et on allait le retrouver en train de fumer dans un parc quelque part, avec un camarade de classe.

Mais depuis le meurtre brutal et tristement célèbre perpétré dans le comté de Scanie près de vingt ans auparavant, le racisme et la xénophobie n'avaient fait qu'augmenter dans la région. À l'époque, un néonazi de dix ans, répondant au nom de Pierre Ljunggren, avait croisé par hasard dans la rue le dénommé Gerard Gbeyo, un jeune demandeur d'asile tchadien. Brassard avec croix gammée au bras, le premier avait poursuivi le jeune Africain avec un couteau et l'avait tué en pleine rue sans autre motif que la couleur de sa peau.

Bien sûr, des néonazis et des militants d'extrême droite, il y en avait partout en Suède, mais le comté de Scanie tenait probablement le peloton de tête dans ce domaine. Les politiques locaux avaient beau essayer d'effacer cette mauvaise image et décrire la Scanie comme la région la plus verte de Suède, l'opinion générale demeurait qu'elle était la plus brune.

En tout cas, c'était le sentiment qu'Irene avait, et quand Hampus avait cru lui faire plaisir pour son anniversaire en brandissant une promesse d'achat pour la maison qu'ils habitaient à présent, elle lui avait volé dans les plumes. Certes, la maison se trouvait à Perstorp, mais pour elle c'était du pareil au même. La simple idée d'aller vivre dans un lotissement où les gens portaient des chaussettes de tennis, hissaient le drapeau suédois à la moindre occasion et considéraient la pression migratoire comme la principale menace contre le pays la mettait de mauvaise humeur.

Sans compter qu'elle n'avait jamais nourri l'ambition de devenir propriétaire. Mais ce qui l'avait mise encore plus en colère, c'était que Hampus voie comme un cadeau le petit apport qu'il avait déboursé. À ses yeux, il lui avait fait un enfant dans le dos en lui imposant son propre rêve de maison avec jardin.

Aujourd'hui, un an après, elle n'était plus aussi réticente, même si la villa de plain-pied en briques rouges était toujours la chose la plus laide qu'elle ait jamais vue. D'autant que pour couronner le tout, Hampus avait un jour été pris d'un coup de folie et, armé d'un sécateur, il avait cru bon de donner à chaque buisson la forme soit d'un ballon, soit d'une colonne, soit, dans ses tentatives les plus ratées, d'un énorme phallus.

Cela étant dit, pour autant qu'elle ait pu en juger à travers leurs rares rencontres, leurs voisins n'étaient pas antipathiques, et ils ne portaient pas non plus de chaussettes de tennis. Elle n'avait pour l'instant pas eu vent du moindre discours xénophobe. Perstorp semblait même l'une des rares communes de Scanie où l'extrême droite avait perdu du terrain ces dernières années. Elle ne savait pas ce qu'il en était dans la commune de Bjuv, même si cela ne pouvait pas être pire qu'à Sjöbo, Trelleborg ou Landskrona.

C'est malgré tout avec une boule au ventre qu'elle tourna dans Gunnarstorpsvägen et alla garer sa moto à l'angle de Vintergatan, devant un immeuble blanc à trois étages.

Le quartier était pratiquement désert à l'exception d'un homme en pantalon de jogging et sweat à capuche noir, qui parlait en arabe dans son téléphone portable sous un réverbère en attendant que son chien, tenu en laisse, ait terminé de faire ce qu'il avait à faire. Un peu plus loin, un autre homme, pantalon monté haut à la taille, traversait, pressé, le passage clouté, croisant une jeune maman poussant un landau vers le centre commercial de Bjuv, lequel pouvait remporter haut la main le titre d'endroit le plus lugubre de Suède.

La cage d'escalier était blanche avec des pois de différentes couleurs, comme si le peintre s'était promené au hasard, le pinceau à la main, et y avait déposé de petites taches ici et là. Si l'effet souhaité était de donner à la peinture neuve un aspect déjà sale, c'était réussi. Le panneau mentionnant les résidents comportait à peu près autant de noms suédois que de noms à consonance étrangère.

Moonif Ganem, le petit garçon disparu, habitait au troisième et dernier étage en compagnie d'Aimar, Adena, Bassel, Jodee, Ranim, Rosarita et Nizar. C'était en tout cas ce qui était indiqué sur la porte d'entrée, à l'aide de perles fondues de toutes les couleurs.

Après avoir sonné plusieurs fois en vain, elle entra sans y avoir été invitée dans un vestibule envahi de vêtements et de chaussures. De l'une des pièces lui parvint un bruit de voix excitées, entrecoupées de pleurs et de gémissements.

Les parents étaient attablés dans la cuisine encombrée. La mère, vêtue d'une longue robe noire et d'un foulard mauve qui ne laissait apparaître que son visage, pleurait abondamment malgré les tentatives de son mari pour la rassurer. Un jeu de tarot était étalé sur la table au milieu des vestiges du repas et des bouteilles de jus de fruits, et par terre, sur une couverture, un bébé jouait avec une collection de doseurs gradués en plastique.

« Bonjour, je suppose que vous êtes de la police. »

Lilja se retourna et vit entrer dans la cuisine une femme de soixante-cinq ans aux cheveux gris, coupés court, et au regard énergique.

« Ingrid Samuelsson, se présenta-t-elle en lui tendant la main. C'est moi qui vous ai appelée pour déclarer la disparition. J'habite en face.

— Alors peut-être pourriez-vous m'expliquer ce qui s'est passé ? »

La femme échangea un regard avec la mère, qui acquiesça. « À huit heures et demie ce matin, Adena est venue me voir, folle d'inquiétude. L'instituteur de Moonif venait de l'appeler pour savoir pourquoi il n'était pas à l'école.

— Et pourquoi êtes-vous convaincus qu'il est arrivé quelque chose de grave ? Qui vous dit qu'il n'a pas simplement séché ?

— Séché ? Je pas comprendre, dit la maman, tâchant de se ressaisir.

— Elle pense que Moonif n'avait peut-être pas envie d'aller à l'école », lui reformula Ingrid Samuelsson.

La mère les regarda, incrédule. « Mon Moonif jamais sécher… Il très bon à l'école. Il trouver très amusant apprendre. »

La voisine hocha la tête et s'adressa à nouveau à Lilja. « C'est vrai, Adena a raison. Moonif est un élève sérieux. Je suis enseignante et il m'arrive de l'aider à faire ses devoirs.

— Je comprends. Mais il n'a que onze ans. Peut-être qu'il joue avec un copain et qu'il n'a pas vu passer l'heure.

— Les cartes pas dire ça, intervint la mère.

— De quelles cartes parlez-vous ?

— Les cartes », répéta la mère en désignant le jeu de tarot sur la table, et une en particulier montrant un squelette vêtu d'une guenille de robe de bure. « Elle dit chose très mauvaise arrivée. » Elle mit la main devant sa bouche pour retenir un sanglot.

« Attendez, juste pour que je comprenne bien. Vous avez appelé la police parce que ces cartes…

— Excusez-moi, je peux vous parler un instant ? intervint Ingrid Samuelsson en s'immisçant entre Lilja et la maman. Entre nous soit dit, je ne crois pas non plus qu'il soit arrivé quelque chose de grave. Comme vous l'avez suggéré, il a l'habitude de faire le trajet jusqu'à l'école en compagnie de Samira, qui habite l'immeuble à côté. Si je peux me permettre et sans vouloir dire du mal de cette gamine, elle ne manque pas d'imagination et d'idées qui n'ont rien à voir avec l'école.

— Pourtant, vous faites venir la police, comme si elle n'avait rien de mieux à faire !

— Je n'avais pas d'autre solution. La mère était folle d'inquiétude. Enfin, voyez vous-même ! » Elle se retourna vers Adena Ganem, qui pleurait toujours en silence. « Nous leur donnons un logement et des allocations pour les aider à s'en sortir. Mais comment voulez-vous qu'ils se sentent un jour chez eux si nous ne leur montrons pas aussi un peu de considération et d'humanité ? C'était juste ça que j'attendais. Que l'un de vous vienne leur montrer que nous ne sommes pas indifférents. »

Lilja eut honte. Pas envers cette femme, mais pour elle-même. Parce qu'elle se croyait mieux que les autres, sous prétexte qu'elle votait à gauche et qu'elle envoyait un peu d'argent à des organisations d'aide humanitaire chaque fois qu'elle voyait une nouvelle particulièrement atroce aux infos. En réalité, elle était exactement comme la majeure partie des gens qui n'ont pas de temps à perdre avec tout ça. « Vous avez raison, dit-elle en hochant la tête. Je suis désolée. »

Elle prit son calepin et alla s'accroupir devant la mère éplorée. « Mon nom est Irene Lilja et je suis de la police de Helsingborg. Je vous promets de faire tout mon possible pour que Moonif rentre à la maison.

— Merci beaucoup, dit la femme en essuyant ses larmes. Aimar parler pas bien suédois, mais il très content aussi vous venir. »

Irene échangea un regard avec le père et lui sourit. « Pourrais-je voir une photo de votre fils ?

— Je m'en occupe », dit la voisine en sortant de la cuisine.

« Comment était-il habillé pour aller à l'école, ce matin ?

— Il avoir pantalon rouge et veste bleue avec boutons Spiderman.

— Était-il différent des autres jours quand il est parti ?

— Non, tout comme d'habitude. Il très gentil », dit la mère en secouant la tête.

Le père dit quelque chose en arabe.

« Moonif pas vouloir descendre bouteilles vides. Mais je dis tout le monde aider. Les Suédois trier déchets, alors nous aussi. Moonif prendre quand même les bouteilles pour jeter.

— Et cette Samira, elle habite où ?

— Premier étage, là-bas, répondit la femme en montrant l'immeuble par la fenêtre.

— L'instituteur vous a dit si elle était venue en classe ?

— Je pas savoir. Je très peur et oublié demander. »

Irene Lilja hocha la tête et posa une main rassurante sur le bras de la mère, alors que la voisine revenait avec une photo de classe sur laquelle on pouvait voir un petit garçon bien coiffé en chemise blanche, gilet et nœud papillon.

« Le jour de la photo de classe, il m'a dit qu'il avait choisi ses vêtements tout seul et qu'il s'était fait beau pour plaire à Samira », glissa la voisine à voix basse tandis que la maman allumait de l'encens avant de se remettre à mélanger les cartes de tarot. « Je crois qu'ils sont un peu amoureux. »

L'inspectrice Lilja descendit l'escalier en courant. Elle avait besoin de prendre l'air. L'encens lui avait toujours retourné l'estomac, et quand elle avait vu Adena Ganem étaler les cartes devant elle et que l'enseignante lui avait expliqué que c'était pour demander aux tarots des conseils sur la manière dont la police devait conduire son enquête, elle avait mis poliment fin à l'interrogatoire.

Statistiquement, le petit garçon avait toutes les chances de réapparaître de lui-même dans la journée et cette histoire trouverait une explication simple et logique. Avant de partir, elle avait promis de se rendre à l'école, ainsi que chez Samira et ses parents. Si cela ne donnait rien, elle irait demander au commissariat de Bjuv de lancer un avis de recherche.

Ce fut le panneau des noms qui lui fit changer d'avis. Au lieu de sortir de l'immeuble, elle poussa la porte métallique déjà entrouverte à côté de l'escalier menant à la cave.

Local de recyclage.

La mère avait dit que Moonif avait pris les bouteilles vides en partant, il y aurait peut-être là une piste qui lui permettrait de comprendre où il était allé ensuite.

Lorsqu'elle entra, un plafonnier s'alluma automatiquement. Elle regarda autour d'elle. Outre les conteneurs à roulettes alignés le long des murs en béton sale, l'endroit était aussi désert que silencieux. Elle ouvrit les poubelles une par une et fouilla parmi les cartons, les vieux journaux et les emballages en plastique mal rincés.

Il n'y avait pas la moindre trace du garçon disparu. Mais quand elle alluma la torche de son portable pour éclairer sous un conteneur, elle comprit brusquement que la mère et ses cartes de tarot avaient raison depuis le début.

Le petit bouton avec son super-héros bleu et rouge se trouvait à une vingtaine de centimètres de la poubelle réservée au verre transparent. Était-il simplement tombé, ou bien quelqu'un avait-il saisi le garçon assez violemment pour l'arracher ? Une personne entrée par hasard pendant qu'il jetait les bouteilles vides, et qui avait sauté sur l'occasion ? Un habitant de l'immeuble ?

Elle retourna dans le hall pour lire le panneau avec les noms des résidents inscrits au feutre bleu, tout en cherchant le numéro de Klippan sur son portable.

« *Salut Irene ! Comment vas-tu ? Alors, il paraît que tu t'es installée dans notre sympathique petite ville ?*

— Sympathique, ça reste à prouver. Pour ça, j'aurais besoin de ton aide pour vérifier l'identité des résidents de l'immeuble où je me trouve en ce moment.

— *C'est comme si c'était fait. Tu me donnes l'adresse ?*

— Vintergatan, numéro 2, escalier A.

— *Ah oui ! Tu sais que tu es carrément dans mon fief, là ? Figure-toi que j'ai fait mes premiers pas dans le petit parc qui se trouve au numéro 8 de Trumpetgatan, à quelques minutes de là. Le quartier a dû pas mal changer depuis, mais...*

— Plus tard, Klippan, l'interrompit Irene en se disant qu'elle aurait peut-être mieux fait d'appeler Astrid Tuvesson ou Ingvar Molander.

— *Bon, mais surtout fais-moi signe si tu as besoin de tuyaux sur un bon resto pour déjeuner. D'avance, je peux te dire qu'il n'y a pas photo, le meilleur est indiscutablement Schnitzel &...*

— Klippan, putain ! » Sa voix avait résonné dans toute la cage d'escalier et elle baissa d'un ton. « Je crois que le type est toujours dans l'immeuble, peut-être caché chez un voisin de la victime, et si ça ne t'ennuie pas, j'aimerais éviter d'arriver trop tard.

— *En tout cas, il n'y a pas de pédophile répertorié à cette adresse*, dit-il sur un ton indiquant clairement qu'elle l'avait vexé.

— Pour l'instant, un suspect me suffirait, dit Irene d'une voix qui ne faisait rien pour cacher qu'elle n'en avait rien à foutre.

— *Nous n'avons pas non plus cet article en magasin. Mais si vous voulez, au deuxième étage, nous avons un éducateur de jeunes enfants employé à Solrosen, une école maternelle qui se trouve à deux pas de…*

— Tu as un nom ? J'aurais besoin de son nom.

— *Si tu voulais bien me laisser finir, j'allais te dire qu'il s'appelle Björn Richter, qu'il a trente-deux ans et que, d'après ce que je vois, il habite seul avec ses…*

— Avec ses quoi ? » Irene Lilja aperçut une petite tache brune sur le mur près de l'escalier menant au sous-sol.

« *Attends, il faut que je vérifie que c'est bien lui.* »

Elle l'avait déjà remarquée tout à l'heure sans y prêter d'attention particulière vu les différentes taches de couleurs sur les murs.

« *Oui, c'est bien ça. Glauque, le type…*

— Sverker, tu veux bien m'expliquer ce que tu fabriques ? »

Sauf que cette tache-là était plus grande et qu'elle s'étalait un peu sur les bords, comme si elle était plus récente.

« *Une seconde, il faut juste que je…* »

Évidemment, elle ne pouvait pas en être sûre. Il faudrait qu'elle en fasse un prélèvement et que Molander l'analyse. Mais ça ressemblait à du sang, et s'il appartenait à Moonif, l'emplacement de cette tache signifiait que l'enfant et son agresseur n'étaient pas sortis de l'immeuble, mais descendus à la cave. Au bout de quelques marches, elle perdit le réseau et sa communication avec Klippan fut interrompue.

Comme celle du local de recyclage, la porte de la cave était entrebâillée, et à nouveau sa présence suffit à déclencher l'éclairage dans le couloir.

Sur sa gauche, une porte métallique grise portait un panneau indiquant qu'il s'agissait d'une réserve. Celle d'en face affichait : *Local électrique.* Les deux étaient fermées et verrouillées. Sur sa droite se trouvaient deux autres portes, dont l'une était ouverte.

Un tableau magnétique permettait aux habitants de l'immeuble de réserver une machine à laver en déplaçant un pion sur lequel était inscrit leur nom. La porte ouverte était donc celle de la buanderie collective et, à en croire le bruit, une machine au moins était en route.

Le plafonnier s'alluma et elle put constater que le local était aménagé comme celui de l'immeuble où Hampus et elle habitaient à Helsingborg, avant de partir vivre à Perstorp. Trois machines à laver alignées, un sèche-linge et un vieux rouleau à repasser dont personne ne se servait.

C'était la machine la plus éloignée qui était en train de tourner. Elle était nettement plus grande que les deux premières et devait pouvoir contenir sans problème un tapis, ou une parure de lit complète. Ils en avaient une comme celle-là à Helsingborg, et rien que pour cette raison elle aurait aimé y retourner.

Elle ne vit de traces de sang nulle part, ni quoi que ce soit indiquant que le petit garçon était entré ici. Elle retourna dans le couloir et se dirigea vers l'escalier dans l'intention de retenter sa chance avec la porte de la réserve. Les parents du gamin et leur voisine devaient avoir une clé.

Mais en entendant le tambour de la machine accélérer et démarrer l'essorage, elle s'arrêta, réalisant que quelque chose ne collait pas. Elle retourna devant le planning. On était le 13 juin et il n'y avait aucun aimant dans la colonne en dessous du chiffre 13.

Personne n'avait réservé de machine ce jour-là.

4

La sonnerie dans ses oreillettes était entrecoupée d'intervalles si longs qu'on aurait dit que quelqu'un en avait sciemment modifié le rythme pour le stresser. À sa première tentative, deux minutes auparavant, la ligne était occupée. Cette fois, la tonalité se répétait interminablement et Fabian faisait les cent pas dans le couloir devant la chambre de Matilda, essayant de garder son calme.

« *Oui.* »

Il mit quelques secondes à réaliser que Sonja avait répondu. « Sonja, c'est toi ? Devine ce qui vient de se passer ?

— *Quoi ?*

— Assieds-toi et écoute-moi bien, parce que ce que je vais…

— *Je suis désolée, Fabian, mais tu tombes mal, là. C'est important ?*

— Ça tu peux le dire. Figure-toi que…

— *Bon, maman, tu es bientôt prête, ou quoi ? Il faut que j'y aille, moi*, se plaignit Theodor derrière elle.

— *Tu n'iras nulle part, tu m'entends ?*

— *Mais pourquoi, putain ? Si toi et papa vous devez juste...*

— *Tu restes ici, Theo, et tu me parles autrement !*

— Qu'est-ce qui se passe, Sonja ? » demanda Fabian.

Il eut droit à un soupir excédé pour seule réponse.

« *Rien de grave mais je suis allée dans sa chambre pour chercher son linge et changer ses draps. Mon Dieu ! Si tu voyais dans quel état elle est ! Bref, en rangeant un peu je suis tombée sur deux bouts de...* » Elle se tut. « *Écoute, je crois qu'il vaut mieux qu'on en parle plus tard... Dis-moi plutôt ce que tu as à me dire de tellement important.* »

Fabian eut un moment d'absence, mais il tourna la tête vers la chambre où le personnel de l'hôpital s'activait autour du lit de Matilda, à faire des prélèvements et à vérifier les appareils, et se rappela la raison de son appel. « Elle s'est réveillée. Matilda s'est réveillée, Sonja. Enfin !

— *Quoi ? Elle est sortie du coma ? Mais comment... C'est vrai ? Elle va bien ?*

— Oui, je crois. À première vue. Enfin, c'est ce qu'ils disent. Ses constantes sont bonnes. Mais... j'ai l'impression que... » Il se tut, cherchant les mots adéquats.

« *Tu as l'impression que quoi ? Elle a un problème ? Fabian, qu'est-ce que tu essayes de me dire ?*

— Je ne sais pas, je me trompe peut-être, mais...

— *J'arrive.* »

Avant que Fabian ait compris que Sonja avait raccroché, l'une des trois infirmières l'avait rejoint.

« On va la laisser tranquille, maintenant. Si vous avez besoin de quoi que ce soit, vous sonnez. »

Fabian acquiesça et attendit qu'elles soient toutes parties pour enfouir le portable dans sa poche et retourner auprès de sa fille, allongée toujours immobile, le regard dans le vide. Il se racla la gorge mais n'obtint aucune réaction. Il recommença, et c'était comme si elle ne s'apercevait même pas de sa présence. Si elle n'avait pas cligné des paupières de temps en temps, il aurait été convaincu qu'elle dormait.

Il approcha une chaise et s'assit à son chevet. « Bonjour, Matilda », dit-il en lui prenant la main avec précaution pour éviter l'aiguille fixée au dos par un morceau de sparadrap médical. « Comment vas-tu ? »

Enfin, elle tourna la tête, mais on aurait dit que ce simple mouvement lui coûtait un effort énorme. Elle fixa sur lui exactement le même regard que celui qu'elle avait à son réveil. Un regard posé et grave, inquiétant de la part de la Matilda pétulante et curieuse qu'il connaissait. C'était ça qu'il avait essayé d'exprimer à l'instant, au téléphone.

C'était bien Matilda qui se trouvait dans ce lit d'hôpital, il n'y avait aucun doute. Mais il n'avait pas le sentiment que c'était elle qui le regardait.

« Je ne sais pas si tu te souviens de ce qui s'est passé, commença-t-il sans savoir où il voulait en venir avec cette phrase.

— Je me souviens », dit-elle, et il comprit à cet instant que les images du drame étaient aussi présentes chez sa fille qu'elles l'étaient pour lui.

L'agresseur les avait surprises, elle et son amie Esmaralda, dans la cave où elles organisaient leurs séances de spiritisme. Il les avait fait monter de force dans le séjour et les avait fait asseoir sur le canapé, en compagnie de Sonja, en attendant qu'il rentre.

Lui, son père, qui aurait dû la protéger, mais qui était si souvent ailleurs, y compris quand il était là. Lui qui, enfin de retour, n'avait compris la gravité de la situation et réagi que trop tard, quand la balle lui avait déjà déchiré le ventre et l'avait projetée en sang sur le tapis du salon.

« Pardon », dit-il, regrettant aussitôt. Comment pourrait-elle lui pardonner un jour ?

« Tu as fait de ton mieux, répondit-elle à voix basse. Comment aurais-tu pu faire plus ? »

Avait-il bien entendu ? Était-ce réellement Matilda qui avait dit ça ?

« Le problème n'est pas là, dit-elle d'un air las, comme si elle était sur le point de s'endormir.

— Ah bon ? Alors où est-il ? Dis-le-moi, que je puisse t'aider.

— Il n'y a rien que tu puisses faire. Comme dans beaucoup d'autres domaines, ça ne dépend pas de toi.

— Je ne comprends pas ce que tu dis. Explique-moi, s'il te plaît. Tu es en vie, et d'après les médecins, tu n'auras aucune séquelle, dit-il en prenant cette fois ses deux mains. Le simple fait que tu sois là en train de me parler est déjà un miracle.

— C'est justement ça le problème, répliqua-t-elle en fermant les yeux. Que je sois en vie.

— Mais enfin Matilda, qu'est-ce que tu racontes ? Tu ne crois tout de même pas que… Maman et moi t'aimons plus que tout au monde, chérie. J'espère que tu le sais. Rien ne peut nous rendre plus heureux que le fait que tu sois saine et sauve. Ta mère est en route, au fait. »

Matilda secoua la tête. « Ce n'est pas ça.

— D'accord… » Il chercha ses yeux, mais cette fois, elle n'eut pas la force de le regarder. « Tu veux bien essayer de m'expliquer ce que c'est alors ?

— Tu ne comprendrais pas, de toute façon.

— Laisse-moi essayer, au moins. » Bien qu'il ait terriblement envie qu'elle se confie à lui, ce silence obstiné ne l'étonnait pas. Après tout, c'était lui qui avait fait entrer le monstre dans leur maison.

« Greta. » Elle avait parlé si bas que Fabian n'était pas certain d'avoir bien entendu.

« Greta ? »

Matilda déglutit. « De l'eau… est-ce que je peux avoir de l'eau ? »

Fabian se précipita vers le lavabo, remplit d'eau un gobelet en plastique et revint à son chevet pour l'aider à boire. « Redis-moi ça, juste pour que je sois sûr de bien comprendre. Cette Greta, c'est bien le fantôme qu'Esmaralda et toi convoquez quand vous allez jouer dans la cave, n'est-ce pas ?

— Ce n'est pas un jeu et ce n'est pas non plus un fantôme, corrigea Matilda en secouant la tête. C'est un esprit. Et Greta a dit que quelqu'un de notre famille doit mourir. »

Fabian avait toujours trouvé que ces jeux de divination étaient une mauvaise idée, et il en avait la preuve, à présent. Ils obsédaient tellement Matilda que c'était la première chose à laquelle elle pensait en se réveillant. « Mais ma chérie, puisque tu as survécu.

— Justement. Si j'ai survécu… c'est qu'un d'entre vous…

— Écoute-moi bien, Matilda. Ce qui est arrivé n'aurait jamais dû arriver. Il n'y avait aucune raison à cela. Et pourtant, c'est arrivé. Ce n'est ni ta faute, ni celle de quelqu'un qui s'appelle Greta, ni d'un quelconque personnage imaginaire sorti de votre jeu qui fait parler les esprits. C'est la mienne. C'est moi qui suis responsable…

— Ce n'est la faute de personne, le coupa Matilda dans un soupir silencieux. Elle sait ce qui va se passer, c'est tout. » Une larme coula sur sa joue, une seule.

Fabian la serra dans ses bras. « Matilda, ce n'est pas que je ne veuille pas comprendre ton inquiétude. Au contraire, je la comprends très bien. Tu crois à tout ça. Mais essaye de le prendre comme un rêve.

— Ce n'est pas un rêve.

— Si, d'une certaine manière, c'est exactement cela. Le problème est que tu ne t'en rends pas compte. Comment pourrais-tu t'en rendre compte ? Comment saurait-on qu'en réalité on est en train de dormir ? »

Les paupières de sa fille s'alourdirent. Mais ses lèvres bougeaient encore et il dut se pencher sur elle pour entendre ce qu'elle disait.

« Et si c'était toi qui étais en train de dormir ? »

5

Malgré les néons au plafond, les flashs de l'appareil photo donnaient assez de lumière dans le dos d'Irene Lilja pour qu'à chaque cliché son ombre vienne se découper sur le mur de béton peint en blanc. Ses six années d'expérience dans le métier d'enquêtrice à la brigade criminelle l'avaient confrontée à un certain nombre de choses qui perturberaient le sommeil de n'importe qui. Elle avait vu des corps retrouvés après tellement de temps qu'on avait dû les décoller à la raclette pour les confier au médecin légiste, des corps soumis à de telles tortures que leur seule évocation était intolérable.

Des corps.

C'était ainsi qu'elle les voyait, à l'Institut médico-légal ou sur une nouvelle scène de crime. *De simples corps*. Pas des individus avec des existences, des rêves et des projets, de simples corps sans vie. Un ensemble d'atomes formant une masse. Il fallait faire abstraction des sentiments pour garder la tête froide et les idées claires.

Mais cette fois, c'était impossible. Le choc avait planté ses griffes si profondément en elle qu'elle n'avait plus la force de faire quoi que ce soit d'autre que de fixer le mur, assise sur un tabouret. Outre sa silhouette qui se découpait chaque fois que l'un des assistants de Molander prenait une photo, il y avait sur ce mur plusieurs croix gammées et des inscriptions racistes, mais trop anciennes pour qu'on puisse les rattacher au meurtre.

C'était la première fois qu'elle se trouvait sur une scène de crime et incapable de regarder la victime. Pas même un court instant.

Cette fois, elle ne voyait pas un simple corps, mais un petit garçon de onze ans avec un joli nom et une veste avec des boutons à l'effigie de Spiderman, un petit garçon qui avait eu des amis et toute une vie à vivre. Un petit garçon à qui on avait confié un sac de bouteilles vides à déposer pour le recyclage avant de partir pour l'école. Mais il n'était jamais arrivé jusque-là. Car quelqu'un l'avait attaqué dans le local à poubelles et l'avait traîné dans cette buanderie.

Elle avait du mal à imaginer ce qui avait pu se passer à partir de là, même si Molander et ses deux assistants n'étaient pas avares de commentaires.

« Écoute, Ingvar, je ne sais pas quoi te dire. Je ne le sens pas, dit l'un d'eux.

— Ce que tu sens ne m'intéresse pas et tu iras le raconter à ton psy ou à ta petite amie, avait rétorqué Molander, froid et factuel comme à son habitude. Pour l'instant, je veux que ce corps sorte d'ici au plus vite. À moins que tu aies l'intention de laisser les résidents de l'immeuble tomber là-dessus quand ils viendront faire leurs lessives ?

— Bien sûr qu'il faut le sortir d'ici, mais je ne vois pas comment on va y arriver sans l'endommager encore plus.

— OK. » Molander poussa un gros soupir et on entendit ses genoux craquer alors qu'il s'accroupissait. « Alors je propose que nous démontions le tambour et qu'ensuite nous le découpions à la meuleuse d'angle. Tu le sentirais comment, ça ? »

« Ah, alors c'est là que vous vous cachez ? »

Irene se retourna vers Klippan qui s'encadrait dans l'embrasure de la porte de la buanderie, et elle se sentit un peu mieux.

« Comment ça se passe pour vous ? » poursuivit-il tandis que les assistants de Molander armés de tournevis démontaient le capot arrière de la machine.

« Pour plusieurs raisons, nous rencontrons quelques difficultés à évacuer le corps, répondit Molander en se levant, un peu raide, et en étirant son dos. Mais honte à celui qui renonce.

— Plusieurs raisons ? Je n'en vois qu'une seule, commenta Irene, surtout pour montrer qu'elle était à nouveau opérationnelle.

— Je maintiens ce que j'ai dit. Pour être exact, j'en vois mille cinq cents, comme mille cinq cents tours à la minute.

— Quelle horreur…, grogna Klippan en secouant la tête. C'est dans ces cas-là qu'on commence à se demander où va le monde.

— Tu commences seulement ? Moi, ça fait un moment que je me le demande », rétorqua Molander tout en donnant un coup de main pour extraire délicatement le tambour cylindrique et le poser sur une couverture étalée au sol. « Je suggère que vous coupiez ici, dit-il à ses assistants. Après on devrait pouvoir l'ouvrir en deux. » Les deux hommes acquiescèrent, et Molander se tourna vers Klippan et Irene Lilja. « Ça va faire un peu de bruit, alors si vous voulez me parler, il vaut mieux le faire tout de suite.

— Vous avez trouvé quelque chose d'intéressant ?

— Pas vraiment. Quelques traces de sang frais, sans doute celui du gamin. Les empreintes digitales d'au moins cinquante personnes, certaines à des endroits bizarres pour des gens qui seraient juste venus laver leur linge.

— On a envoyé deux agents du commissariat de Bjuv récolter les empreintes digitales des habitants de l'immeuble, dit Irene. On verra si on trouve des correspondances.

— Tu soupçonnes quelqu'un de l'immeuble ? » lui demanda son collègue.

Irene haussa les épaules. « Je pense simplement que le coupable devait connaître les installations communes et savoir qu'il y avait une machine à laver assez grande pour contenir sa victime, et je pense aussi qu'il avait une clé pour accéder aux locaux.

— Il peut avoir utilisé la clé de la victime, argua Molander. Ce serait plus intéressant de trouver des empreintes n'appartenant pas aux gens qui habitent ici.

— Et les croix gammées, là, demanda Klippan en montrant le mur derrière Irene Lilja.

— Elles sont là depuis des années, dit Molander.

— Ce qui ne veut pas dire qu'il ne faut pas y chercher le mobile du tueur, fit remarquer Irene.

— Tu as raison, ne tirons pas de conclusions hâtives, dit Klippan en regardant autour de lui.

— C'est ça, et ne fermons aucune porte, etc. Mais mettre un gosse qui vient de Syrie dans une machine à laver, ça t'évoque quoi, à toi, à part un acte de racisme commis par… »

Le son strident de la meuleuse attaquant le métal du tambour mit fin à toute discussion. Les étincelles volaient de tous les côtés et ils n'eurent plus qu'à se boucher les oreilles en attendant que les assistants légistes passent à l'étape suivante de leur travail.

Alors qu'auparavant, elle était incapable de le regarder, à présent Irene Lilja n'arrivait plus à quitter le garçon des yeux. En ne contemplant que son visage, il était impossible de croire à ce qui s'était passé. Avec ses yeux fermés derrière une mèche de cheveux noirs et raides, on aurait dit qu'il dormait.

Mais Moonif ne dormait pas.

Tel un énorme fœtus, il était enroulé sur lui-même selon la courbe de la colonne vertébrale en un cercle presque parfait. Ses jambes étaient fléchies aussi, mais à l'envers à l'endroit des genoux, et elles passaient de part et d'autre de la tête, au-dessus des épaules, ses pieds reposant sur ses omoplates.

La vision dépassait l'entendement et tout le monde dans le local resta un instant figé. Même Molander avait l'air touché. Personne ne parlait. Klippan, qui jusqu'à présent avait gardé son flegme, regardait la scène bouche bée et on aurait pu croire que le hurlement déchirant qui vint crever le silence venait de lui.

Ce n'était pas sa voix, mais celle d'une femme.

Irene réagit la première et intercepta de justesse la mère qui se précipitait sur son fils. La femme lutta comme si sa vie en dépendait et il fallut que Klippan vienne aider sa collègue pour qu'ensemble ils parviennent à la faire sortir de la buanderie.

« Calmez-vous, madame », lui répétait Irene.

Mais la mère continuait à donner des coups de pied et à tenter de s'arracher aux bras de Klippan. Ils luttèrent ainsi pendant plusieurs minutes avant qu'elle se calme.

« Voilà, c'est bien », lui dit Irene en même temps que Klippan relâchait progressivement son emprise.

La femme éclata en sanglots qui peu à peu se transformèrent en une sorte de mélopée.

« Voilà, c'est bien, répéta Irene en la prenant doucement dans ses bras.

— Elle est en état de choc, elle aurait besoin d'un calmant, dit Klippan essoufflé en s'épongeant le front. Je propose qu'on l'emmène à l'hôpital de Helsingborg. On l'interrogera plus tard dans la journée, après la réunion. »

Irene acquiesça et entraîna la femme dans le couloir.

Qu'est-ce qui les avait fait sortir de leur trou ? Était-ce l'odeur doucereuse de la mort ? Ou bien le cordon de sécurité bleu et blanc battant dans le vent avait-il suffi à rassembler cette foule curieuse aux regards avides ?

Il ne s'était pas écoulé plus d'une heure et vingt-cinq minutes depuis l'arrivée de l'inspectrice Lilja. À ce moment-là, les rues étaient pratiquement désertes. À présent, elle estimait le nombre des badauds à près de quarante personnes, qui les suivaient des yeux, elle et Klippan, conduisant la mère de la victime vers la voiture.

Elle n'aperçut heureusement aucun téléobjectif, ce qui voulait dire que les médias n'avaient pas encore eu vent de l'affaire.

« Cette dame s'appelle Adena Ganem et elle est la mère de la victime », dit Irene à l'un des deux agents en uniforme. Elle allait lui demander de conduire la pauvre femme à l'hôpital de Helsingborg quand son regard fut attiré par un homme en train de se frayer un chemin à travers la foule, de l'autre côté du cordon de sécurité.

Il regardait droit vers leur petit groupe, mais ce n'était pas ce qui avait fait réagir Lilja et l'avait incitée à laisser Klippan prendre le relais, car tout le monde avait les yeux braqués sur eux. Ce n'est pas non plus parce qu'elle l'avait déjà remarqué en arrivant, alors qu'il traversait la route, ni à cause de son apparence un peu particulière, avec ce jean porté trop haut, ces chaussures de tennis trop blanches, et le logo bleu des Démocrates de Suède cousu sur la poche de poitrine gauche de son blouson beige.

Ce qui avait attiré son attention, c'était son sourire.

À l'inverse des autres badauds, un sourire éclairait le visage de cet homme d'une lueur de plaisir malsain. Était-il envisageable que le meurtrier soit resté là ? Ce ne serait pas la première fois. Contrairement à ce qu'on pouvait penser, il n'était pas rare qu'un criminel traîne sur les lieux de son crime pour observer le travail de la police et surtout les réactions des gens.

Elle fit quelques pas en direction du type et remarqua aussitôt le changement d'expression sur son visage. Le sourire était toujours là, mais ce qui était nouveau, c'était l'inquiétude dans le regard et les tressaillements nerveux sous la narine gauche. Une seconde plus tard, le blouson beige et le jean ceinturé trop haut étaient avalés par la foule.

Je ne le laisserai pas m'échapper, c'est hors de question, songeait-elle, passant au-dessus du cordon et se frayant un passage au milieu des curieux.

Le voilà ! À une soixantaine de mètres de l'endroit où elle se trouvait, elle le vit courir sur le parking du centre commercial en jetant des regards par-dessus son épaule, comme pour s'assurer qu'elle le suivait. Puis tout à coup, il changea de direction pour s'élancer sur l'avenue Norra Storgatan.

La vieille Volvo orange qui arrivait de la gauche n'avait pas la moindre chance de l'éviter.

L'impact se traduisit par deux chocs sourds : le corps atterrit sur le capot puis rebondit sur le pare-brise, avant de disparaître derrière la voiture qui dérapa puis s'arrêta.

Irene traversa le parking en courant et vit le conducteur, un vieil homme, ouvrir la portière et sortir du véhicule, faire quelques pas et se baisser vers le corps, qui apparemment était couché non loin de la Volvo. Elle espéra sincèrement que le fuyard avait survécu. Il n'y avait presque rien de plus décourageant qu'un coupable qui meurt avant d'avoir eu le temps d'expliquer les raisons de son crime.

Irene vit alors l'homme au blouson des Démocrates de Suède se relever derrière les vitres sales de la voiture. Elle y était presque, et en admettant qu'il soit un peu sonné, elle pouvait le rattraper.

Mais au lieu de s'enfuir à pied, le type s'assit au volant de la Volvo et partit sur les chapeaux de roue, tandis que le propriétaire du véhicule gisait, sanglant, sur la chaussée. Irene resta là, médusée, les bras ballants.

6

Vingt-cinq jours, quatorze heures et quarante-deux minutes.

La commissaire Astrid Tuvesson releva les yeux de sa montre et sortit de son bureau. Encore dix-huit minutes et elle aurait battu son précédent record. Enfin, pour les minutes, elle n'était pas tout à fait sûre. Mais d'après son médecin, il était important, au début, de définir un moment exact de commencement. Il lui avait aussi promis que cela deviendrait plus facile de jour en jour, et qu'au bout d'un moment elle cesserait même de compter. Mais pour l'instant, il s'était trompé.

La vérité était qu'elle y pensait sans arrêt. Chaque jour, chaque heure, chaque minute était un combat. La soif. Cette foutue soif. Comme elle détestait cette soif inextinguible. Le doute aussi qui grandissait de jour en jour : cela en valait-il réellement la peine ? Mais ça, elle n'en parlait à personne, même pas à son sponsor.

Dans la cuisine, elle versa le café fraîchement préparé dans une Thermos, sortit le lait du réfrigérateur et emporta le tout en salle de réunion. Aujourd'hui était son troisième jour de présence depuis les événements du mois dernier. En réalité, elle avait encore six semaines de congé maladie, elle aurait pu rester chez elle sur son canapé et lire l'un des nombreux bouquins empilés sur sa table de nuit, ou regarder la série *Sur écoute* dont tout le monde parlait tellement.

Mais la soif et la solitude commençaient à la faire tourner en rond comme un lion en cage, et elle était à peu près sûre qu'en restant chez elle, elle aurait rechuté. Ici, elle avait ses collègues pour veiller sur elle et elle penserait à autre chose. Elle avait un rôle à jouer et on avait besoin d'elle, même si pour être honnête elle avait espéré quelques semaines de travail pépère pour se remettre doucement de la dernière affaire qui avait sans conteste été l'enquête de police la plus difficile qu'elle ait jamais eu à mener.

Mais apparemment, c'était trop demander.

À peine avaient-ils retiré du tableau et archivé les photos des différentes scènes de crime, avec leurs victimes alignées sur le sol comme lors d'un massacre collectif, que déjà il fallait en accrocher de nouvelles. Cette fois, il s'agissait de clichés d'une buanderie dans les parties communes d'un immeuble à Bjuv, où le meurtrier avait chargé sa victime dans une machine à laver grand format, et démarré un programme de rinçage et d'essorage.

Comme si cela ne suffisait pas, Fabian était absent et il ne reviendrait qu'à l'automne, après son congé sans solde. Elle savait déjà que le temps allait sembler long sans lui, et sa capacité à réfléchir de façon non conventionnelle leur manquerait à tous.

Pour l'instant, rien ne suggérait qu'il soit question d'autre chose que de l'acte isolé d'un fou. Les meurtriers en série étaient par ailleurs extrêmement rares en Suède. Mais en l'occurrence, elle ne pouvait exclure aucune hypothèse, sachant que le pays venait justement ces deux dernières années de connaître non pas une, mais deux affaires impliquant des meurtriers en série. Et le hasard qui avait voulu qu'elles atterrissent toutes les deux sur son bureau ne faisait rien pour arranger les choses.

Elle rassembla les photos de la dernière enquête et les rangea dans un dossier. Elle était en train d'effacer les notes sur le tableau blanc quand Klippan entra, son ordinateur portable sous le bras.

« Molander nous demande de commencer sans lui. Il est encore à Bjuv.

— Il a trouvé quelque chose ? »

Holm haussa les épaules. « Tu sais comme il est communicatif quand il est de cette humeur-là. » Il se versa un café et alla s'asseoir. « Est-ce que tu sais où est Irene ?

— Elle ne va sûrement pas tarder. Comment va la maman du gosse ?

— Comme quelqu'un dont le fils vient de passer à la centrifugeuse. J'ai eu l'hôpital, continua-t-il en secouant la tête. On lui a donné un calmant, mais je crains qu'on ne soit pas près de pouvoir l'interroger. » Il se tut et but une gorgée de café. « En général, je n'ai pas trop de mal à me mettre à la place des criminels et à m'expliquer leurs actes. Avec un peu d'imagination, j'arrive même à comprendre certains crimes, aussi effroyables soient-ils. Mais là… Ce n'est pas seulement ignoble. Ça dépasse l'entendement.

— Ce genre d'attitude ne nous aidera pas et tu le sais comme moi, fit remarquer Tuvesson alors qu'Irene Lilja entrait dans la salle de réunion, un dossier à la main.

— Désolée pour le retard, qu'est-ce que j'ai raté ?

— Rien. On vient juste de commencer. Je crois qu'on était en train d'essayer d'évoquer le mobile de l'assassin. »

Holm acquiesça sans rien dire.

« Essayer ! s'exclama Lilja en se versant un mug de café. Si ça ce n'est pas un pur exemple de crime racial et xénophobe, je ne sais pas ce que c'est !

— Et sur quoi est-ce que tu fondes cette opinion ? Sur le fait que la victime venait de Syrie ?

— On parle de la commune de Bjuv, là. Est-il vraiment nécessaire d'en dire plus ?

— À vrai dire, oui, répondit Klippan. La ville de Bjuv n'a pas la réputation d'être une commune particulièrement raciste, comparée à d'autres.

— Si tu as eu l'impression que c'était une attaque personnelle, je te prie de m'excuser. Je sais que tu as grandi là-bas, et qu'en ce temps-là l'ambiance devait être très différente d'aujourd'hui. À l'époque, on regardait des feuilletons comme *Amicalement vôtre* et *Racines* à la télévision, et un esquimau coûtait l'équivalent de vingt centimes d'euros. Aujourd'hui, on grave des croix gammées sur les murs et on crache sur les autres passagers dans le bus s'ils n'ont pas la même couleur de peau que vous.

— Là, tu parles de Staffanstorp, pas de Bjuv.

— Peut-être, mais tu sais où habitait le salopard qui avait fait ça ?

— Écoutez, je ne crois pas que cette piste-là nous mène très loin pour l'instant, les interrompit Tuvesson, qui était toujours devant le tableau. Je propose que nous inscrivions dans la colonne des mobiles la haine raciale et la xénophobie, vous êtes d'accord ? » Sans attendre leur réponse, elle écrivit *racisme* et *xénophobie*. « Vous avez une autre idée ?

— Irene, tu ne m'as pas dit que le garçon sortait avec une dénommée Samira, ou un nom de ce genre ? demanda Klippan.

— Je t'ai dit qu'ils étaient un peu amoureux.

— Et où est-ce que tu veux en venir avec ça, Klippan ? demanda Tuvesson.

— Je me disais qu'il y avait peut-être une histoire d'honneur. »

Irene Lilja allait porter la tasse de café à ses lèvres, mais elle la reposa devant elle et se tourna vers son collègue. « Et tu penses que la famille de Samira aurait traîné le gamin dans la buanderie et qu'elle l'aurait forcé à entrer dans une machine à laver ?

— Je trouve cette affaire aussi ignoble que toi, Irene, mais pourquoi pas ? » Klippan haussa les épaules. « Je n'y connais pas grand-chose en matière de crimes d'honneur.

— Non, je confirme. Et tu t'aventures un peu loin, là, si tu veux mon avis. » Elle leva les yeux au ciel et prit une gorgée de café.

« Plutôt ça que de faire semblant de ne rien voir.

— Pardon ? Qui est-ce que tu accuses de faire semblant de ne rien voir ?

— Irene… », tenta Tuvesson, mais elle savait qu'elle gaspillait sa salive. Quand Irene Lilja était partie, on ne l'arrêtait pas comme ça.

« Trop tard, maintenant, j'aimerais qu'il s'explique. Parce que s'il s'avère que nous avons un raciste dans cette équipe, il faut l'éloigner de cette enquête, et rapidement.

— Tu as peut-être tendance à traiter les gens de racistes un peu vite, qu'il s'agisse de moi ou du meurtrier, rétorqua Klippan. Mais puisque tu poses la question, en ce qui me concerne, je ne suis ni raciste ni xénophobe. Je suis juste un peu moins politiquement correct que toi dans ce domaine, et je garde ma capacité à ne pas me laisser aveugler. Ce qui dans notre métier peut être assez utile, tu en conviendras.

— Ah oui, et qu'est-ce que tu vois que moi je ne vois pas ?

— Les faits. Et les faits sont les faits, même si parfois ils font mal. Par exemple, le fait que dans ce pays un réfugié n'ait pratiquement aucune chance d'entrer sur le marché du travail. Que les étrangers soient surreprésentés dès qu'on parle d'agressions et de crimes de sang, et je ne te parle même pas de vols ou de viols. Que beaucoup de bandes organisées soient d'une origine ethnique commune. Je pourrais continuer longtemps, mais te connaissant, je suppose que tu as déjà fermé les écoutilles.

— Pas du tout, je suis tout ouïe. J'attends juste le lien avec Moonif Ganem et sa famille.

— D'accord, alors, dans ce cas, il suffit de faire une petite recherche dans le registre d'enregistrement des délits et d'ouvrir un peu les yeux. » Il se mit à pianoter sur le clavier de son ordinateur. « Dans la famille Ganem, je prends le fils, Bassel Ganem, accusé trois fois d'agression et une fois d'attentat à la pudeur. Son grand frère Nizar, condamné pour vol commis sur personne vulnérable et pour port d'arme illégal. Ou leur père, qui n'a jamais été ni poursuivi ni condamné, mais qui plusieurs fois a fait l'objet de plaintes de la part des voisins pour querelles et tapage. Voilà pour la famille de Moonif. Je n'ai aucune idée de ce qui se passe dans celle de Samira. Et non, je n'ai aucune preuve qu'il s'agisse d'un crime d'honneur. Je dis juste que c'est un mobile que nous ne pouvons pas exclure tant que nous ne l'aurons pas vérifié.

— Il faut évidemment vérifier cette hypothèse, conclut Tuvesson en écrivant *crime d'honneur* en dessous de *xénophobie*. Klippan, tu t'en occupes ?

— Yes mam, dit-il en évitant le regard de Lilja.

— Écoutez-moi, dit Tuvesson en se retournant vers eux après avoir reposé le feutre. Au regard des circonstances très exceptionnelles de ce crime, il n'y a rien de surprenant à ce que nous réagissions tous de manière différente. Mais si nous devons travailler ensemble, je voudrais que ce soit dans une entente cordiale et que nous voyions comme un avantage le fait que nous ayons un regard différent sur les choses.

— Absolument. Tu as parfaitement raison. Je suis désolée, dit Irene en s'adressant à son collègue, qui hocha la tête.

— Pour changer de sujet, reprit la commissaire Tuvesson, comment va le type qui a reçu ce coup de couteau ?

— Ralf Hjos. D'après ce que je sais, il va plutôt bien au vu des circonstances. Aucun organe vital n'a été touché. Il semble que la blessure n'ait pas été très profonde.

— Et la voiture ? On a retrouvé sa trace ?

— Pas encore, dit Klippan, mais j'ai lancé un dispositif de sécurité intérieure sur le modèle et la plaque d'immatriculation. S'il est encore sur les routes, nous ne mettrons pas longtemps à l'arrêter.

— Je pense que nous devrions aussi demander l'aide des citoyens.

— OK. » Klippan nota la suggestion.

« Ah, et au fait, j'ai failli oublier... » Irene sortit de son dossier un portrait-robot de l'homme qu'elle avait poursuivi. « Voilà notre homme.

— Quand as-tu eu le temps de faire ça ? s'étonna Tuvesson en examinant le dessin.

— Avant de venir. C'est pour ça que j'avais un peu de retard. Je me suis dit que je ferais aussi bien de m'en occuper tout de suite avant d'avoir oublié ce sourire répugnant.

— C'est Gudrun Scheele qui l'a fait ?

— Tu le vois bien que c'est Gudrun ! » rétorqua Klippan tout en étudiant le portrait.

Gudrun Scheele était une ancienne professeure de dessin qui avait quitté l'enseignement depuis bientôt vingt ans. Elle était en fauteuil roulant, à moitié aveugle, et vivait dans la même maison de retraite que la maman de Klippan. C'est lors d'une visite à sa mère qu'il avait eu l'occasion de voir sa collection de portraits. Il lui avait demandé si elle avait envie de donner un coup de main à la police et elle avait accepté.

Comme d'habitude, à l'aide d'ombres subtilement placées et de quelques traits plus nets tracés au fusain, elle avait réussi à faire apparaître un visage qui, avec son sourire narquois, semblait sortir de la feuille de papier. Le résultat les laissait chaque fois bouche bée.

« C'était pratiquement sur mon chemin pour venir ici, puisque je venais de l'hôpital, se justifia Irene qui s'était apparemment calmée. Tu as le bonjour de ta mère, au fait. Elle n'était pas de très bonne humeur. Il paraît que tu lui as promis de venir régler les chaînes de sa télévision il y a plus de deux semaines. »

Klippan soupira. « J'y suis passé hier.

— Ah bon ? Elle a la maladie d'Alzheimer ? Pourquoi tu ne nous l'as pas dit ? demanda Tuvesson.

— Parce que ce n'est pas ça le problème. Elle souffre d'un grave trouble sélectif de la mémoire. C'est-à-dire qu'elle ne se rappelle que ce qu'elle veut.

— Je propose qu'on diffuse ce dessin en même temps que l'avis de recherche pour la voiture. Qu'est-ce que vous en dites ? lança Irene.

— Non, il vaut mieux attendre un peu avec la diffusion publique, rétorqua Klippan. Gardons cela en interne pour l'instant. On verra ce qu'en pense la procureure.

— C'est Stina Högsell ? »

Tuvesson acquiesça et son portable sonna au même moment.

« Quand on parle du loup ! Salut, Stina. Je te prends dans une minute. Klippan, tu sais ce que tu as à faire. Irene, tu nous fais un point sur les groupements xénophobes en activité sur la commune de Bjuv.

— Entendu. Je vais commencer par rendre une petite visite aux Démocrates de Suède. » Irene avala une dernière gorgée de café et se leva tandis que Tuvesson quittait la salle de conférences.

« Pourquoi les Démocrates de Suède ? demanda Klippan à Irene.

— Parce qu'ils sont à la fois racistes et xénophobes. Et que le type portait un blouson avec leur emblème sur sa poche de poitrine. D'autres questions ? »

7

Irene tourna dans Blekingegatan et se dit que l'artère avait dû être dessinée pour créer, avec les deux rues perpendiculaires, Hallandsgatan et Smålandsgatan, un nouveau quartier résidentiel à la périphérie de Bjuv. Une typique vision de politicien qui, hormis quelques rares maisons disséminées, n'avait donné qu'un tas de terrains nus laissés à l'abandon.

Et on prétend qu'il n'y a pas la place pour accueillir d'autres gens, songea-t-elle en dépliant la béquille de la Ducati devant le QG des Démocrates de Suède, qui avaient élu domicile dans l'une de ces maisons.

Sievert Landertz, leur porte-parole à Bjuv, incarnait tout ce qu'elle détestait dans ce parti. Une apparence policée cachant la pourriture de son âme. Une cravate bien nouée qui le faisait ressembler au genre de banquiers à qui l'on confie son argent les yeux fermés. Une barbe de trois jours, parfaitement taillée, et un sourire aussi avenant qu'il était hypocrite.

Landertz faisait partie de cette nouvelle garde que Jimmie Åkesson, le leader du parti, avait fait entrer dans ses rangs pour étendre sa formation politique et augmenter son capital de confiance. Dans le même temps, il s'était débarrassé des racistes les plus virulents et s'était détaché de ses racines nazies, en prétendant purement et simplement qu'elles n'avaient jamais existé.

Sa stratégie avait fonctionné, indiscutablement. Malgré les nombreux scandales qui entachaient sa réputation, les Démocrates de Suède étaient en train de devenir le plus grand parti du pays.

La porte s'ouvrit alors que le doigt de Lilja n'avait pas encore quitté le bouton de la sonnette, et ce fut Landertz en personne qui vint l'accueillir.

« Irene Lilja, police de Helsingborg, se présenta-t-elle en montrant sa carte.

— Ah ? dit Landertz en inspectant le document avec soin. De quoi s'agit-il ?

— Comme vous l'avez peut-être vu dans la presse, nous travaillons actuellement sur une enquête pour meurtre.

— J'ai entendu parler de ce petit garçon syrien, en effet. Quelle histoire épouvantable, commenta Landertz d'un air désolé qui donna envie à Irene de le gifler et de lui dire qu'elle n'était pas dupe de son cinéma. Mais je ne vois pas en quoi je peux vous être utile.

— Je vais vous le dire. Mais si cela ne vous dérange pas, je préférerais que nous parlions à l'intérieur.

— Une autre fois peut-être ? Je suis un peu occupé pour l'instant et ne peux malheureusement pas...

— Dois-je comprendre que vous refusez de répondre à mes questions ?

— Non, bien sûr que non, pas du tout. C'est juste que je suis... » Il se tut et poussa un soupir résigné. « Mais vite alors. Comme je vous l'ai dit, je n'ai pas beaucoup de temps.

— Le temps que cela prendra dépendra entièrement de vous », dit Irene Lilja en entrant sans y avoir été invitée.

L'endroit était exactement comme elle l'avait imaginé. Une série de bureaux de différentes tailles, une cuisine sur la droite avec un coin repas où traînaient encore un kebab à demi consommé et une cannette de Coca Zéro.

« Nous pouvons nous installer dans la cuisine, si vous voulez », lança Landertz en refermant la porte d'entrée.

Mais la cuisine n'intéressait pas Irene. C'était le bureau de Landertz qu'elle voulait voir, et elle le devança dans un corridor qui tournait à gauche, jusqu'à ce qu'elle trouve une porte à laquelle était fixée une plaque à son nom.

« Ou si vous préférez, nous pouvons aller nous installer dans la salle de réunion ! »

Irene ouvrit la porte du bureau de Landertz, dont la fenêtre donnait sur la rue. Les murs étaient blancs, les meubles de bureau beiges, et quelques pots contenant des plantes en plastique avaient été disposés ici et là. « Cette pièce me convient très bien », dit-elle en continuant son inspection.

Au mur étaient accrochées des affiches de Jimmie Åkesson devant un paysage suédois avec un drapeau bleu et jaune flottant sur fond de ciel bleu, et sur les étagères les livres étaient soigneusement rangés par tailles. Elle aperçut une version du code civil du royaume de Suède, quelques bouquins sur l'intégration ainsi qu'une dizaine d'ouvrages historiques sur la Première et la Seconde Guerre mondiale.

Les deux fauteuils Ikea placés devant la fenêtre avaient l'air neufs, à se demander si quelqu'un s'était déjà assis dedans. Idem pour le bureau trop bien agencé avec son ordinateur posé au milieu, un sous-main, un porte stylo, un coupe-papier et un conférencier, tout cela fabriqué dans le même cuir.

Il n'y avait pas la moindre croix gammée en vue. Pas de symboles nazis griffonnés sous le plateau de table.

Même sans s'attendre réellement à en trouver, elle ne pouvait pas se cacher qu'elle était un peu déçue. Le parti des Démocrates de Suède avait été fondé par des nazis, c'était de notoriété publique. Mais Åkesson et ses petits camarades avaient été assez malins pour gommer toute forme d'extrémisme et n'y garder que des populistes propres sur eux comme Landertz. D'une certaine manière, elle trouvait ça encore plus inquiétant. Au moins, avant, on savait où on allait. De nos jours, les électeurs avaient l'impression en votant pour eux de donner leur voix à un parti bienveillant.

« Bon. En quoi puis-je vous aider ? dit Landertz qui l'avait rejointe dans le bureau.

— Comme je vous l'ai dit, il s'agit du meurtre de Moonif Ganem.

— Oui, ça j'avais compris. J'ose espérer que vous n'êtes pas en train d'insinuer que moi-même ou un de mes camarades de parti avons quoi que ce soit à voir avec la mort de cet enfant.

— Bien sûr que non. Les insinuations, ce n'est pas mon genre. Alors pour être tout à fait claire, je vous répondrai que personne ne vous soupçonne personnellement de l'avoir fait entrer de force dans cette machine à laver.

— Tant mieux. » Landertz jeta un coup d'œil à sa montre. « Parce que vous comprenez, rien n'est plus important pour moi et mes camarades de parti que l'égalité entre les hommes, quelles que soient leur origine ou leur couleur de peau.

— Ah oui, vraiment ? Eh bien, on en apprend tous les jours, dit Irene avec un sourire appuyé. J'en déduis que vous êtes aussi désireux que moi d'attraper le coupable.

— Évidemment. Mais je ne vois pas bien comment je pourrais…

— Commencez par vous asseoir », le coupa l'inspectrice Lilja. Elle attendit qu'il ait obéi avant de poursuivre : « Alors voilà la situation. Nous soupçonnons le coupable d'être membre de votre parti.

— Ah… » Landertz regarda à nouveau l'heure, puis croisa les mains et commença à se tourner les pouces. « Je ne sais que répondre à cela. J'espère bien sûr que vous faites erreur.

— Est-ce que vous pensez à quelqu'un, comme ça, de but en blanc ?

— Non, je ne vois pas du tout qui cela pourrait être.

— Réfléchissez. On trouve toujours un œuf pourri dans une couvée. Je pense par exemple à quelqu'un qui affirmerait ses positions un peu plus fort que les autres et qui serait capable d'aller jusqu'à user de la violence pour les faire valoir.

— Je comprends ce que vous voulez dire, mais non, sincèrement, je ne vois pas. En revanche, je trouve un peu fort de café que, sous prétexte que votre victime est née à l'étranger, vous veniez aussitôt accuser l'un de nos membres de l'avoir tuée. Pour votre gouverne, notre base électorale est principalement composée de braves Suédois moyens qui payent leurs impôts, trient leurs déchets et passent leurs week-ends chez eux à jouer au bingo en famille.

— Des citoyens modèles en quelque sorte. Et pas le moindre raciste xénophobe à l'horizon.

— Pas le moindre. Ce qui ne les empêche pas d'être inquiets de voir le pays qu'ils ont contribué à bâtir sombrer sous une pression migratoire qui va en empirant. Et je vous fiche mon billet que ce n'est que le début.

— Comme vous êtes pressé, je suggère que nous parlions de politique un autre jour et que nous nous en tenions au motif de ma visite. C'est-à-dire aux adhérents de votre parti. Et pour gagner encore plus de temps, je vous propose de me donner accès à la liste des membres de votre antenne locale. Ainsi, je pourrai la vérifier moi-même. »

Landertz eut l'air tout étonné. « Mais c'est impossible !

— Vous savez bien que tout est possible avec un peu de bonne volonté, rétorqua Irene en collant à nouveau un sourire sur son visage.

— Vous ne vous rendez pas compte ! Ce serait un suicide politique de ma part si je faisais ce genre de choses.

— À condition que ça se sache, ce qui ne dépend que de vous. Soit vous me la communiquez maintenant, et cela reste entre nous, soit je vais voir le procureur et je reviens avec un mandat de perquisition et une bande de journalistes qui iront ensuite crier sur les toits que le parti qui se targue de vouloir faire respecter la loi et l'ordre refuse d'aider la police dans une enquête et protège l'identité d'un meurtrier. »

Landertz hocha la tête et prit une longue respiration avant de répondre. « Alors je vous invite à aller voir votre procureur. » Le sourire qui fendit son visage montrait sans équivoque que non seulement il n'était pas dupe, mais que de surcroît son bluff l'avait amusé.

Et il avait raison, bien entendu. Il n'y avait rien de plus difficile que d'avoir accès à la liste des membres d'un parti politique. Et en l'occurrence, les soupçons dont elle aurait pu se prévaloir étaient loin d'être suffisants.

Landertz se leva en regardant sa montre. « Comme je vous l'ai dit, je n'ai plus de temps à vous accorder et je vais vous demander de…

— Reconnaissez-vous cet homme ? » Irene Lilja lui montra le portrait-robot et remarqua aussitôt que le dessin avait déclenché une réaction. Son regard s'était arrêté un peu trop longtemps sur le portrait avant de se détourner. « Vous connaissez cet homme, n'est-ce pas ? » Ce ne fut qu'en disant ces mots qu'elle réalisa qu'elle n'en espérait pas tant en venant ici.

« Non, je regrette. Je ne l'ai jamais vu de ma vie.

— Vous en êtes sûr ? Regardez encore. »

Landertz soupira et fit semblant de regarder le portrait à nouveau. Puis il secoua la tête et lui rendit le dessin. « Je suis désolé, je n'ai aucune idée de qui cela peut être.

— Pourtant quelque chose dans ce dessin vous a fait réagir, n'est-ce pas ? » S'il niait encore une fois, elle aurait la conviction qu'il mentait et, dans ce cas, il pouvait compter sur elle pour faire en sorte que la presse ait vent de l'histoire.

Quand une vitre éclata derrière elle, elle ne réagit pas tout de suite. Ce n'est qu'en voyant Landertz se jeter sur le sol en criant qu'elle comprit qu'il s'était passé quelque chose de grave. Elle se retourna et découvrit que l'un des fauteuils Ikea, une partie du tapis et les rideaux étaient en flammes.

Merde, merde, merde ! se dit-elle, enjambant Landertz et se précipitant hors du bureau. « Essayez d'étouffer les flammes, lui hurla-t-elle en fonçant vers la sortie.

— Attendez ! L'extincteur, allez chercher l'extincteur !

— Il est où ?

— Dans la cuisine ! Dépêchez-vous ! »

L'inspectrice Lilja retourna dans la cuisine où se trouvait effectivement un extincteur flambant neuf posé par terre dans son emballage. Elle le déballa rapidement et retourna dans le bureau en courant. Landertz tentait de maîtriser le départ de feu, piétinait le tapis et tapait avec sa veste sur le fauteuil et les murs, où l'incendie s'était propagé.

« Poussez-vous ! » aboya Irene. Elle aspergea de mousse les flammes, qui s'éteignirent en quelques secondes, laissant derrière elles une fumée noire qui piquait le nez.

Elle posa l'extincteur sur le sol et put rapidement constater que les dégâts n'étaient pas très importants. Une fois la vitre changée, les murs repeints, le tapis et le fauteuil remplacés, il n'y paraîtrait plus. Alors que les conséquences de ce qui venait de se passer risquaient, elles, d'être incommensurables.

Les flammes avaient disparu sous l'effet de la mousse de bicarbonate.

Mais l'incendie ne faisait que commencer.

8

Pour la première fois depuis des mois, Fabian alla survoler les titres de sa collection de CD rangée au fond de la salle de séjour. Il possédait plus de quatre mille albums, et encore, c'était après avoir fait un sérieux tri et en avoir éliminé un bon quart en déménageant de Stockholm.

Il ne supportait plus que le silence. C'était la plus longue période sans musique de toute sa vie d'adulte. Après ce qui était arrivé à sa famille, c'était comme si son cerveau était à saturation. Même l'*ambient music* de Brian Eno, écrite pour vous faire fuir la réalité, lui était pénible et lui donnait instantanément mal à la tête.

Mais l'envie était enfin revenue en même temps que le désir de se jeter à nouveau dans l'action. De se lever le matin et d'aller courir dans le bois de Pålsjö en bravant la pluie. De cuisiner et de réunir sa famille autour de la table du dîner.

C'était le réveil de Matilda et l'assurance des médecins qu'elle pourrait rentrer à la maison le week-end suivant qui l'avaient remis en selle. Et ce malgré le comportement étrange de sa fille et le fait qu'il ne sache toujours pas ce qui était réellement arrivé à Theodor, cette nuit-là. Mais à présent, il avait le sentiment que les choses allaient s'arranger et que rien ne les empêcherait d'être une famille à nouveau.

La seule inconnue de cette équation était Sonja.

Jusqu'à aujourd'hui, il n'y avait plus eu de place pour elle ni pour lui. Et encore moins pour leur couple, à supposer que leur couple existe encore. Sonja lui avait demandé le divorce. L'idée lui avait souvent traversé la tête à lui aussi, et finalement, c'était elle qui l'avait exprimée.

Les signaux d'alarme étaient là depuis longtemps. Aveuglants et aussi bruyants que le dénouement d'un mauvais film catastrophe. Et pourtant, elle l'avait pris de court en lui annonçant brusquement qu'elle se sentait prête à continuer sa route sans lui, ajoutant, sans reprendre sa respiration, qu'il n'y avait rien qu'il puisse faire pour l'en dissuader.

Mais après que son aventure s'était achevée et qu'elle avait découvert la vraie nature de son amant, Fabian ne savait plus où elle en était. Il ne savait même pas précisément ce qui s'était passé au cours des heures précédant le terrible épisode de ce jour-là, dans leur foyer.

Cependant, d'après le peu d'éléments qu'il avait, il ne pouvait qu'imaginer le pire. En pensant, par exemple, à sa magnifique œuvre d'art, *The Hanging Box*, qui pour des raisons obscures avait été emportée par la police à titre de pièce à conviction. Ou aux ecchymoses aperçues sur la peau de Sonja alors qu'il était entré dans leur chambre sans frapper. Ce jour-là, il avait vu une femme brisée, qui avait perdu toute confiance en elle.

Du moins sur le plan artistique. À l'en croire, elle en avait terminé avec la création et n'était qu'un imposteur sans talent. Ils n'en avaient jamais parlé ensemble, il ne pouvait s'appuyer que sur de petites remarques, lâchées de temps en temps, et s'il se risquait à aborder le sujet, elle se refermait comme une huître. Tout comme elle bottait en touche chaque fois qu'il évoquait leur avenir commun.

Ces dernières semaines avaient été particulières, et l'un et l'autre avaient employé toute leur énergie à veiller Matilda. Peut-être que lorsque leur fille rentrerait à la maison, la situation changerait. Peut-être la vie de famille reviendrait-elle enfin à la normale.

Il choisit l'album *Gone to Earth* de David Sylvian et examina la pochette. C'était le deuxième CD qu'il avait acheté, après *Signs of the Times* de Prince, et il se rappelait encore le jour où il l'avait fait écouter à Sonja dans le tout nouvel appartement où ils venaient d'emménager.

L'album lui avait tellement plu qu'elle avait improvisé une chorégraphie sur le morceau, et il avait monté le son si fort que leur voisin était venu sonner à la porte. Mais ils ne lui avaient pas ouvert. Au contraire, ils avaient étouffé le bruit de la sonnette avec du coton et entamé une deuxième bouteille de vin. Comme si rien ne pouvait leur arriver, du moment qu'ils étaient ensemble.

Il brancha les haut-parleurs de la cuisine, monta le volume et commença à préparer le dîner au son de *Taking the Veil*, le morceau très sophistiqué de l'ancien groupe Japan, avec Steve Jansen et Mick Karn.

Comme Sonja restait au chevet de Matilda cette nuit et qu'ils n'étaient que tous les deux, Theodor et lui, il décida de réchauffer les pâtes de la veille avec un peu d'huile d'olive, de l'ail, quelques tomates fraîches et des olives.

La porte de son fils était comme toujours fermée et Fabian frappa tout doucement avant d'ouvrir, surprenant quand même Theodor qui sursauta et s'empressa de rabattre le couvercle de l'ordinateur.

« Le dîner est prêt.

— OK, j'arrive. »

Fabian hocha la tête et s'apprêtait à repartir, mais ne put résister et demanda : « Qu'est-ce que tu étais en train de faire ?

— Rien. J'arrive, je te dis. »

Fabian ne se souvenait que trop bien de ses années d'adolescence. Comme Theodor, il restait constamment enfermé dans sa chambre, avec un insatiable besoin d'intimité et l'éternelle crainte de voir sa porte s'ouvrir sur un parent trop curieux. Maintenant, c'était lui ce père exaspérant qui envahissait le territoire de son fils en posant des questions indiscrètes. La différence étant qu'ici il n'était pas question d'un paquet de cigarettes ou de quelques magazines pornos feuilletés en douce, mais du pistolet que Theodor avait rapporté à la maison, de son nez cassé, enflé, bleu et jaune, des semaines après avoir été opéré. Il s'agissait de savoir ce qui s'était passé pendant les heures qui avaient précédé son retour cette nuit-là, quatre semaines auparavant.

Il avait tenté quelques approches, mais elles s'étaient soldées par des réponses floues et une explication douteuse selon laquelle Theodor aurait traversé innocemment le parc de Slottshagen pour y retrouver des amis et se serait fait agresser et dépouiller sous la menace d'un pistolet. Puis, un homme serait passé, promenant son pitbull, faisant peur aux agresseurs, qui auraient lâché le pistolet et se seraient enfuis. Enfin, Theodor prétendait avoir décidé de lui rapporter cette arme, la seule partie de cette histoire, sans doute, qui ne soit pas un mensonge éhonté.

« Je t'ai entendu te disputer avec ta mère, aujourd'hui, dit-il vers le milieu du repas. Elle disait qu'elle avait trouvé deux…

— Oui, oh, ça va ! Elle a trouvé deux paquets de clopes dans ma chambre. » Theodor souffla. « Il n'y a pas de quoi en faire un drame !

— Sans doute, même si tu sais ce que maman et moi pensons du tabac à ton âge. Mais moi, il y a un autre sujet sur lequel j'aimerais en savoir un peu plus, c'est ce pistolet.

— Qu'est-ce que tu veux savoir de plus ? Je t'ai déjà tout dit.

— Tu en es sûr ?

— Oui… Tu m'as questionné au moins une centaine de fois.

— Alors pourquoi est-ce que j'ai toujours l'impression que tu ne m'as pas encore répondu ?

— Je n'en sais rien, c'est ton problème. » Theodor haussa les épaules et se resservit des pâtes.

« Effectivement, c'est mon problème, et je te préviens, je n'ai pas l'intention de renoncer avant que tu m'aies dit exactement ce qui s'est passé ce soir-là.

— Mais je te l'ai dit ! Qu'est-ce que tu veux savoir de plus ?

— La vérité, par exemple. Qui étaient ces voleurs, et pourquoi ils s'en sont pris à toi ? En admettant qu'ils aient réellement été des voleurs. Quels sont ces amis que tu devais retrouver, alors que tu passes ton temps à me dire que tu n'as pas d'amis ? Et je voudrais aussi que tu m'en dises un peu plus sur ce type avec son pitbull que tu n'as pas encore réussi à me décrire vraiment. Mais il était peut-être masqué, lui aussi ? Je trouve très étrange qu'il n'ait pas réagi en voyant un garçon de ton âge partir en courant, un pistolet à la main. Bref, je voudrais la vérité, Theodor.

— La vérité ? » Theodor se leva de sa chaise, rouge écarlate. « Tu veux vraiment connaître la vérité, hein ? C'est ça que tu veux ? » Sa voix était sur le point de se briser. « La vérité, c'est que tu devrais être soulagé que j'aie rapporté ce pistolet ici, cette nuit-là. Parce que si je n'avais pas fait ça, en ce moment tu serais en train de voir tous les membres de ta famille se faire exécuter, un par un. Mais après tout, ç'aurait peut-être été aussi bien, parce qu'au moins on aurait échappé à tout ce bordel. »

Fabian ne pouvait qu'être d'accord avec son fils sur ce point. Car même si tous les mots que celui-ci venait de prononcer étaient comme un coup de poignard dans sa poitrine, chacun d'entre eux exprimait la plus stricte des vérités.

9

Le serrurier vérifia une dernière fois le bon fonctionnement des nouveaux verrous, remit les clés à Molly Wessman, rassembla ses outils et descendit l'escalier. Quand elle fut certaine qu'il n'était plus dans l'immeuble, elle retourna dans son appartement, ferma la porte derrière elle et attendit quelques minutes dans l'obscurité avant de verrouiller et de tirer la chaîne de sécurité, qu'elle n'utilisait normalement jamais.

Malgré toutes ces précautions, elle ne se sentait toujours pas tranquille. Son appartement de Norra Hamn, qu'elle adorait et qui lui avait coûté une fortune, était devenu du jour au lendemain un endroit proprement angoissant. Que pouvait-elle faire de plus ? se demanda-t-elle en avançant dans son corridor sans oser faire la lumière.

Le séjour était comme il était d'habitude et cependant différent.

Les choses lui donnaient l'impression de ne plus lui appartenir. La télé, le canapé, la bibliothèque et son contenu. Tout chez elle lui était devenu étranger. Comme si elle était soudain en terre inconnue après avoir ignoré en chemin les panneaux lui recommandant de changer de direction. De se rendre ailleurs.

Le problème étant qu'il n'y avait pas d'*ailleurs*.

Rester dormir au bureau sur le canapé en prétendant qu'elle était débordée ne fonctionnerait pas longtemps. Cela semblerait très vite bizarre à ses collègues.

Trouver des amis chez qui passer la nuit n'était pas une solution non plus. Après avoir épluché toute sa liste de contacts, elle s'était rendu compte qu'elle ne connaissait personne dont elle soit assez proche pour se permettre d'aller frapper à sa porte demander refuge.

Avoir des amis n'avait jamais été dans sa nature. Elle avait toujours préféré la solitude. Surtout à la solitude à deux : elle ne voyait pas quel intérêt les gens trouvaient à s'agacer toute la vie contre une personne avec qui il devenait chaque jour moins excitant de faire l'amour. D'autant qu'elle-même avait une vie sexuelle enviable.

Sa vie était ainsi, ou du moins, elle l'avait été jusqu'à aujourd'hui. À présent, cela lui semblait de plus en plus lointain. Comme s'il y avait eu un avant et un après ce matin. Un après dans lequel le sentiment d'être seule face à un immense danger la consumait.

Elle se rendit dans la pièce qui était censée être sa chambre pour s'apercevoir qu'elle était exactement comme elle l'avait laissée en partant travailler. Au bureau, aujourd'hui, elle s'était comportée normalement. Elle avait dissimulé la frange tronquée sous un large bandeau et, après s'être entraînée un peu dans les toilettes, avait réussi à afficher un sourire à peu près naturel.

Mais toute la journée, elle avait eu le sentiment d'évoluer dans une bulle à l'intérieur de laquelle ses pensées paranoïaques tournaient inlassablement, occultant tout le reste.

Elle voyait des coupables partout. Janne du département informatique, qui devait savoir rentrer dans un téléphone. Anders qui avait été licencié par sa faute et faisait son mois de préavis. Sans parler de ceux qui étaient déjà partis. Partout elle avait rencontré des sourires faux, des regards suspicieux et des gens qui lui demandaient sur un ton hypocrite comment elle allait.

La panique était montée progressivement pour atteindre son paroxysme au moment où elle avait dû parler devant le conseil d'administration. Subitement, elle avait été incapable de prononcer un mot, elle était restée assise, muette, devant les regards interrogateurs de ses supérieurs. À ce moment-là, elle avait été convaincue que son agresseur se trouvait parmi ces hommes en costume-cravate. Mécontents des résultats malgré les économies qu'elle leur avait permis de réaliser, ils avaient décidé de se débarrasser d'elle à tout prix.

Après un silence à couper au couteau, elle avait finalement recouvré la parole, et sa présentation avait été concluante. Mais ensuite, elle s'était sentie vidée et avait dû annuler tous ses rendez-vous de la journée. Puis elle avait quitté le bureau et s'était rendue directement à la police pour déposer plainte.

Au lieu de prendre son histoire au sérieux, ils l'avaient obligée à se soumettre à un examen d'urine, avaient insinué qu'elle était ivre ou sous l'effet d'une drogue et suggéré qu'elle avait pu oublier avoir ramené quelqu'un chez elle.

Elle avait insisté et leur avait donné les noms des employés qui avaient pu lui en vouloir en raison de la réorganisation des services. Ceux de certains cadres qui ne l'avaient jamais appréciée. Celui du type à la caisse du supermarché ICA, qui la déshabillait des yeux chaque fois qu'elle allait faire ses courses, et du type qui déroulait systématiquement son tapis à côté du sien au bikram yoga.

Mais elle avait bien vu qu'ils ne l'écoutaient pas et avait fini par s'en aller sans autre formule de politesse. Elle n'avait même pas encore parlé des hommes qu'elle rencontrait dans les boîtes qu'elle fréquentait la nuit.

Tandis qu'elle s'éloignait, elle réalisa qu'il ne lui servirait à rien de prendre une chambre d'hôtel, de dormir au bureau ou de s'incruster chez quelqu'un. Elle avait compris qu'elle n'échapperait pas à son agresseur, puisqu'il pouvait être à peu près n'importe qui.

10

Au son envoûtant de *Sunlight Seen Through Towering Trees*, Fabian saisit la poignée du porte-filtre de la Pavoni et remonta le levier pour libérer la vapeur brûlante. Ensuite il l'abaissa d'un geste lent et régulier et regarda les gouttes d'expresso convoitées couler dans sa tasse.

Sa conversation avec Theodor était loin d'être terminée. Mais le sujet était devenu si sensible qu'il ne pouvait plus l'aborder sans que cela se termine par des cris. En même temps, il ne pouvait nier que Theodor avait raison : s'il n'était pas rentré à la maison avec ce pistolet coincé dans la ceinture de son pantalon, la nuit où Matilda s'était fait tirer dessus, peut-être qu'aucun d'entre eux ne serait encore en vie aujourd'hui.

Il versa la mousse de lait sur le café et emporta la tasse au sous-sol, passant devant le lave-linge, le sèche-linge et les étagères à épicerie jusqu'à l'épaisse tenture qui séparait son territoire.

Contrairement à l'atmosphère froide qui règne souvent dans un sous-sol, celle qui l'attendait de l'autre côté de ce rideau était douce et chaleureuse. L'éclairage était tamisé et le sol en béton recouvert de tapis de chiffons. Dans un coin se trouvaient un fauteuil usé, une lampe sur pied et une table basse. Contre le mur du fond il avait posé son vieux bureau avec ses tiroirs vert amande dont, pour une raison ou une autre, il n'avait jamais réussi à se séparer. L'ordinateur portable était branché à un second écran, plus grand, et dans le halo de la lampe de bureau attendait un calepin vierge, un bloc de Post-it multicolores et une collection de stylos flambant neufs.

Sonja lui avait proposé de récupérer l'atelier qu'elle occupait au grenier. Mais, certain qu'un jour elle reviendrait à la création artistique, il avait préféré installer son bureau au fond de la cave.

Contrairement à ce qu'on aurait pu croire, il ne s'en servait pas pour régler ses factures, surfer sur le Net ou commander des plats sur Uber Eats. Non. Il l'utilisait pour une seule chose : enquêter sur son propre collègue, Ingvar Molander, le chef de la police technique et scientifique.

Hugo Elvin avait commencé cette enquête dans le plus grand secret plusieurs années auparavant. Mais à présent qu'il s'était donné la mort, c'était à Fabian qu'en incombait la responsabilité. Il n'était pas certain d'ailleurs qu'Elvin s'était réellement suicidé. Il n'était pas exclu que sa mort inattendue, un mois auparavant, soit liée au fait qu'il s'était un peu trop approché de la vérité. Et si cela était prouvé, Molander aurait non seulement tué son ami et collègue, mais il aurait en plus imaginé une mise en scène pour expliquer son suicide tragique par une supposée incongruité de genre et un désir non avoué de devenir une femme. Il ne se serait donc pas contenté de le pendre au crochet de son plafonnier, il l'aurait également habillé en femme et maquillé avec du rouge à lèvres, de la poudre et de l'ombre à paupières.

Mais à en croire Elvin, Molander avait fait bien pire. Deux ans auparavant, pendant qu'ils enquêtaient sur les meurtres survenus à l'école primaire Fredriksdal, il aurait drogué Ingela Ploghed, institutrice dans le même établissement, procédé à l'ablation de son utérus pour imiter le mode opératoire du tueur, et l'aurait laissée se vider de son sang dans un buisson de Ramlösa Brunnspark. Quoi qu'il en soit, quelques semaines plus tard, la pauvre femme traumatisée s'était donné la mort en se jetant de la tour Kärnan.

Et ce n'était pas fini. Toujours d'après Elvin, ce serait le même Molander qui serait derrière le meurtre de Ven, qui remontait à cinq ans, où la dénommée Inga Dahlberg avait été agressée pendant qu'elle faisait son jogging, à Ramlösa Brunnspark également. La jeune femme avait ensuite été violée et jetée dans le Råån, les mains et les pieds vissés à une palette de transport de marchandises.

Il aurait commis ces crimes et d'autres encore tandis que, dans le même temps, il travaillait avec eux sur les enquêtes, dînait chez eux, les accompagnait sur les scènes de crime où ils bossaient jusqu'à l'épuisement, collés entre eux pendant des heures incalculables, à tel point qu'ils passaient plus de temps ensemble qu'avec leur propre famille.

Elvin était le seul à l'avoir soupçonné. Les méthodes employées pour ces crimes étant le plus souvent inspirées par des enquêtes en cours d'investigation, elles avaient naturellement orienté les enquêteurs vers d'autres suspects que vers un potentiel tueur en série qui mangeait à la même table qu'eux et buvait un café venant de la même bouteille Thermos.

L'hypothèse était presque trop énorme et l'explication la plus simple était qu'Elvin s'était trompé. Il est vrai que cela pouvait sembler absurde. Et en même temps, personne ne serait plus apte que Molander à créer une scène de crime truffée d'indices pointant dans la mauvaise direction.

Fabian avait envisagé de mettre Astrid Tuvesson dans la confidence, afin d'avoir quelqu'un avec qui réfléchir à haute voix, mais le problème qu'elle avait avec l'alcool constituait un trop gros risque. Certes, cela faisait quelques semaines qu'elle était sobre, mais personne ne pouvait savoir combien de temps cela allait durer. Une simple rechute et les choses arriveraient tôt ou tard aux oreilles de Molander. En outre, Fabian se sentait investi d'une sorte de responsabilité dans cette affaire, car c'était lui qui avait trouvé la clé du tiroir où Elvin gardait les éléments de son enquête secrète. C'était arrivé deux ans auparavant, un jour où Fabian avait laissé son bureau à des effectifs venus en renfort lors de l'enquête sur les meurtres survenus dans une école communale. Alors qu'il travaillait sur le poste de travail d'Elvin, une tasse de café renversée l'avait amené à se pencher sous le bureau, où il avait découvert une clé, scotchée sous le plateau qui correspondait au plus grand des trois tiroirs. Intrigué, il l'avait ouvert, pour s'apercevoir qu'il contenait encore plusieurs dossiers et une grosse enveloppe en papier kraft.

Sans chercher à prendre connaissance de leur contenu, il avait refermé le tiroir et n'y avait plus repensé avant l'enterrement d'Elvin, au cours duquel il avait croisé Hillevi Stubbs, son ancienne collègue de la police scientifique de Stockholm. Elle connaissait à la fois Elvin et Molander parce qu'ils avaient fait l'école de police à la même époque. D'un éclat de rire, elle avait réfuté l'idée qu'Elvin aurait envisagé de changer de sexe, ce qui avait porté un éclairage différent sur la théorie du suicide.

Fabian posa sa tasse de café et alla se poster devant le tableau blanc et vierge, sur lequel il s'apprêtait à afficher photos, soupçons, indices et hypothèses. Il n'avait pas voulu y exposer d'emblée toutes les idées et les pistes d'Elvin, mais uniquement les indices et conclusions auxquels il aboutirait lui-même.

Désormais, ce n'était plus l'enquête de son défunt collègue mais la sienne. Et pour marquer ce nouveau départ, il commença par fixer au tableau une des photos qu'il avait prises de son collègue, quand il l'avait trouvé suspendu au crochet de son plafonnier, affublé d'une robe à fleurs, avec des boucles d'oreilles et un rouge à lèvres écarlate.

Il voulait en premier lieu examiner chaque détail de la mort d'Elvin afin d'établir s'il y avait la moindre possibilité que Molander y soit mêlé. Il prit son téléphone, trouva le numéro de Hillevi Stubbs, le composa et réfléchit en écoutant les tonalités se succéder.

Dans un monde parfait, il arriverait à la conclusion qu'Elvin s'était réellement donné la mort et que toute cette histoire était un gigantesque malentendu. Personne ne saurait jamais ce qu'il avait fabriqué dans cette cave et ils pourraient poursuivre leur collaboration comme l'équipe solidaire et efficace qu'ils avaient toujours été.

« *Ciel ! Que me vaut l'honneur ? Bonjour Fabian !* » Fabian fut soulagé d'entendre que Stubbs avait une voix enjouée au bout du fil.

« Je ne te dérange pas j'espère. » Il ne connaissait personne qui déteste autant être appelé au téléphone que Hillevi Stubbs. L'année où ils avaient eu l'occasion de travailler ensemble pour la police de Stockholm, il était de notoriété publique que c'était elle qui prenait son téléphone si elle avait besoin d'un renseignement. Ni lui ni personne d'autre ne se serait jamais permis de l'appeler.

« *Bien sûr que tu me déranges. Qu'est-ce que tu crois ?* dit-elle sans une once d'ironie. *Mais je mentirais en disant que je suis étonnée de ton appel, sauf que je m'attendais à ce que tu me téléphones tout de suite après l'enterrement. Et à ce propos, qu'est-ce qui t'est arrivé ? Tu avais complètement disparu.*

— Je ne sais pas si j'ai eu le temps de te le dire, mais ma fille Matilda a été gravement blessée. Assez gravement, en fait, pour que nous ayons craint pour sa vie.

— *Je me souviens, tu m'en avais vaguement parlé. Comment va-t-elle maintenant ?*

— Disons que ça va dans le bon sens, d'ailleurs, elle devrait rentrer à la maison ce week-end.

— *Quelle bonne nouvelle ! Ça a dû être épouvantable pour vous.*

— C'est le moins qu'on puisse dire. Et toi, comment vas-tu ? Ça se passe bien à Malmö ? La vie à la capitale ne te manque pas trop ?

— *Tu sais bien qu'ils adorent se tirer dessus, ici dans le Sud, alors on n'a pas le temps de s'ennuyer. Mais rassure-moi, tu ne me déranges pas pour me parler de la pluie et du beau temps, n'est-ce pas ?*

— Tu te souviens de la conversation que nous avons eue à propos de Hugo, à l'enterrement.

— *Oui, tu m'as dit qu'il était déprimé et qu'il avait songé à changer de sexe.*

— C'est la version officielle, même si je suis venu à en douter depuis.

— *C'est une idée complètement délirante, si tu veux mon avis. Je ne sais pas où vous êtes allés chercher un truc pareil. Il a laissé une lettre de suicide, ou quoi ?*

— Non, mais on a découvert pas mal de vêtements de femme dans son appartement. Des culottes, des soutiens-gorge, tout ça. Et quand on l'a trouvé, il était en robe et maquillé comme un camion volé. L'historique de son ordinateur contenait un tas de recherches sur le changement de sexe et…

— *OK, c'est bon, tu peux t'arrêter là*, l'interrompit Stubbs. *Je ne crois pas une seconde que Hugo ait pu être une femme enfermée dans un corps d'homme. Qu'il ait eu l'idée de se suicider, je veux bien l'entendre. Il gambergeait déjà pas mal à l'époque où nous nous voyions, et le connaissant, ça n'avait pas dû s'améliorer avec les années. Mais ces conneries sur son identité sexuelle n'ont aucun sens. C'est à peu près aussi crédible que si moi je t'annonçais que j'avais l'intention de devenir végétarienne.*

— Comment peux-tu en être aussi sûre ?

— *Tout simplement parce qu'à l'époque où nous étions ensemble à l'école et après que nous avons commencé à bosser, Elvin et moi étions un peu plus que des amis, si tu vois ce que je veux dire. Et sans trop rentrer dans les détails croustillants, je peux t'affirmer que s'il y a une chose sur laquelle Hugo n'avait aucun doute, c'est sa virilité.* »

11

Vu d'en haut, le paysage si bucolique entre la municipalité de Klippan et le village de Kvidinge n'était plus qu'une plaie béante. À la place des champs fertiles qui formaient jadis un tableau naturel et harmonieux, avec ses grandes pièces de puzzle de différentes nuances de vert et de jaune, la zone donnait maintenant l'impression qu'une main maléfique avait sciemment essayé de perturber l'image.

Depuis 1963, année où la SA Kvidinge Stenkross avait donné son premier coup de pelleteuse, la société avait creusé sans interruption, de plus en plus profondément, sur une surface désormais égale à une cinquantaine de terrains de football. Des voix s'étaient élevées contre l'exploitation de la carrière et avaient demandé que le terrain soit utilisé à d'autres fins. Mais aucune proposition n'avait abouti, ni le parc d'attractions, ni le festival de musique, ni le centre commercial.

En désespoir de cause et en attendant une idée qui conviendrait au plus grand nombre, la commune de Kvidinge avait installé un centre d'hébergement pour réfugiés, dans l'une des carrières laissées à l'abandon.

Le centre, composé d'une série de baraquements sur deux niveaux, avec des escaliers extérieurs conduisant au premier étage, n'occupait qu'une infime partie de la carrière. Mais grâce à lui, cent dix-huit demandeurs d'asile avaient un toit sur la tête.

La plupart allaient se coucher au moment où le pick-up descendit dans la fosse, tous phares éteints. Les trois hommes à l'intérieur du 4×4 portaient des vêtements sombres, et leurs chaussures de gymnastique souples ne faisaient aucun bruit sur le gravier. Un bidon à la main, chacun partit dans une direction différente le long des bâtiments. Manifestement, ils savaient pourquoi ils étaient là.

Parfaitement en phase, comme s'ils avaient un moyen de communiquer entre eux, ils retirèrent simultanément le bouchon des jerrycans et se mirent à en vider le contenu sur les façades en bois recouvertes d'une unique couche de peinture. L'essence brilla dans la lumière de la lune, imbibant la base des murs avant d'être absorbée par le gravier.

Les encadrements des fenêtres furent copieusement aspergés, et les portes clouées aux chambranles à l'aide de pistolets à clou munis de silencieux. Puis, sans avoir besoin de se donner un signal, les trois hommes sortirent chacun son briquet.

Toute l'opération prit moins de trois minutes.

Le reste relevait de la chimie la plus élémentaire.

12

Il avait plus de deux cents ans, il était en marbre blanc et avait la forme d'un icosaèdre composé de vingt triangles isocèles. Vingt surfaces numérotées en chiffres arabes, hormis le 10 qui était représenté par un X en chiffre romain.

L'usure ayant depuis longtemps effacé la couleur dorée des chiffres, n'importe qui d'autre que lui aurait été obligé de palper les creux ou de présenter l'objet dans la lumière pour lire le résultat. Quant à lui, il l'avait utilisé si souvent qu'il était capable de reconnaître chacune de ses faces aux nuances du marbre.

C'était son dé le plus luxueux, et comme chaque fois qu'il le sortait de son lit de coton, il fut frappé par le poids qu'il avait au creux de sa main. C'était lui qu'il lançait en premier et qui déclenchait tout le mécanisme. Sans lui, plus rien n'arriverait.

Il ferma les mains autour du dé et le secoua.

Un 2 ou plus. C'était ce dont il avait besoin pour pouvoir démarrer une nouvelle mission et le chiffre qui sortirait déterminerait le nombre de jours qu'il aurait à attendre pour l'accomplir, à compter d'aujourd'hui.

La seule face sur laquelle il ne devait pas tomber était le 1. Si, contre toute attente, le hasard devait choisir le triangle numéro 1, ce serait le signe qu'il devait tout arrêter et que rien de ce qu'il avait préparé et attendu avec fébrilité ne se réaliserait. La fête serait terminée avant même d'avoir commencé.

La police n'avait pas encore retrouvé le corps après la mission qu'il avait réalisée à Klippan, la première de ce qu'il espérait être une longue et belle série de défis à venir.

Plusieurs semaines s'étaient écoulées et pour l'instant la mort du vieillard n'avait fait l'objet d'aucun rapport. Apparemment, il ne manquait à personne. Ou alors c'était parce que le cadavre était caché dans une tente hermétiquement fermée et qu'il ne dégageait aucune odeur de putréfaction.

La tente en forme de cocon résultant du choix du dé, *cause du décès : étouffement*, avait été beaucoup plus difficile à réaliser qu'il ne l'avait imaginé au départ. Après plusieurs tentatives infructueuses, il s'était décidé pour un système constitué de deux roues de bicyclette fixées de part et d'autre d'un cylindre de deux mètres de long composé de tubes métalliques soudés entre eux.

L'homme sans connaissance couché sur le sol de son séjour ne mesurait qu'un mètre soixante-dix et il tenait parfaitement entre les deux roues. À l'aide de plusieurs sangles, il lui avait attaché le cou, les bras et les jambes aux tubes.

Ensuite, il avait fait entrer la première roue à l'intérieur d'un large sac en plastique transparent, enfermant ainsi la tête de l'homme, puis un autre sac englobant ses pieds et la partie inférieure de son corps. À l'aide de chatterton PP argenté, il avait scellé les deux sacs ensemble au milieu. Les roues à chaque extrémité tendaient le plastique, et avec trois tours d'adhésif il s'était convaincu que la tente était complètement étanche.

Satisfait de son travail, il s'était assis à côté de sa victime et avait attendu. Ce n'était pas le dé qui lui avait demandé de le faire. Mais il avait relevé le défi et il était curieux à présent de voir la réaction de l'homme quand il se réveillerait après le coup qu'il lui avait donné sur la tête, et combien de temps mettrait le gaz carbonique à lui faire perdre à nouveau connaissance.

Le vieux s'était réveillé beaucoup plus vite que prévu et, le premier choc passé, il avait essayé en vain de se libérer. Ensuite il avait fait rouler le cylindre d'un côté à l'autre dans un combat désespéré pour trouer le cocon en plastique.

Heureusement, il avait pensé à lui fermer la bouche avec un morceau de chatterton, l'homme ne pouvait pas se servir de ses dents pour crever le plastique. Même si, à l'origine, il l'avait fait pour ne pas l'entendre crier. Parce que pour crier, il avait crié, presque sans interruption jusqu'à ce qu'il s'évanouisse à nouveau, trois heures et demie plus tard.

Bref, la mission avait été un sans-faute et elle l'avait mis dans un tel état d'excitation qu'il était parti faire quatre kilomètres de footing avant d'aller se détendre dans un bain chaud.

Puis il avait sorti son icosaèdre, impatient à l'idée de se lancer dans sa prochaine mission. Le dé avait donné le nombre 18, c'est-à-dire, à deux nombres près, le plus élevé sur lequel il pouvait tomber. Il fallait donc attendre dix-huit jours pour agir à nouveau.

Et là, le temps était venu de se mettre à l'ouvrage, et il venait de secouer le dé assez longtemps pour que le marbre froid ait atteint la même température que ses mains. C'était une étape qu'il aimait bien faire traîner. Elle lui faisait penser aux secondes qui précèdent l'orgasme, car lorsque les dés étaient jetés, il n'y avait plus moyen de faire machine arrière.

Il ferma les yeux, ouvrit les mains et écouta le bruit sourd de l'icosaèdre tombant sur la nappe en feutre bien tendue et roulant quelques décimètres avant de s'arrêter complètement.

Un 2.

Il poussa un soupir de soulagement et sentit les battements de son cœur ralentir. Une fois de plus, il avait échappé au chiffre 1 et à l'obligation de tout arrêter. Au contraire, il avait une nouvelle mission en perspective, à accomplir dès samedi. Il ne pouvait que secouer la tête avec indulgence devant l'obstination du dé à lui lancer des défis. Mais c'était ce qu'il voulait. En restant concentré et en mettant le reste de côté, il n'y avait aucune raison qu'il échoue, bien que le temps imparti soit exceptionnellement court.

Le prochain lancer portait sur le choix de l'infortunée victime. Pour cela, il alla chercher sa collection de dés de précision à six faces, en aluminium anodisé. Il en choisit un et le secoua entre ses mains.

Il fit d'abord ce qu'il appelait un pré-lancer afin de déterminer de combien de dés il se servirait ensuite. Il avait le choix entre un et deux dés, sachant que les chiffres 1, 2 et 3 indiqueraient qu'il devait prendre un seul dé, et les chiffres 4, 5 et 6 qu'il devrait en prendre deux.

Un 5.

Il prit donc un second dé et secoua les deux un long moment avant de les laisser rouler sur le feutre.

Deux 2.

Il se leva de sa chaise et se dirigea vers la grande carte de Scanie accrochée au mur. La carte avait la forme d'un carré parfait, lui-même découpé en cent quarante-quatre carrés de taille identique, portant chacun un numéro. Douze dans la hauteur et douze dans la largeur. Tout à fait en haut, sur la gauche, se trouvait le village de Mölle où il se rendait en bus quand il était petit, pour plonger dans l'eau depuis les rochers.

Dans l'angle supérieur droit il y avait la commune de Bjärnum, un endroit probablement aussi ennuyeux que son nom le laissait supposer. Dans le coin en bas à gauche se trouvait la ville de Copenhague qui, malgré sa position très excentrée, était évidemment le centre névralgique de la zone. Enfin, en bas à droite de la carte se trouvait la ville de Sjöbö et, pour une raison qu'il n'aurait pas pu expliquer, quelque chose en lui aurait voulu que les dés l'envoient là-bas.

Mais ça ne serait pas pour cette fois-ci puisque la colonne numéro 4 était beaucoup plus à l'ouest.

Il ramassa l'un des dés pour effectuer un autre pré-lancer, le secoua pendant quelques secondes et le lâcha.

Un 3.

Le nombre de cases en descendant serait donc déterminé par un seul dé. Il le reprit, le secoua puis le jeta.

Un 4.

Il posa le doigt sur la case choisie et vit en zoomant sur le secteur que le dé était tombé sur Hyllinge et plus précisément sur le centre commercial, comme il put ensuite le constater sur Google Maps. Il n'y avait aucune habitation dans le quartier, ce qui signifiait qu'il devrait se rendre sur place pour laisser le dé sélectionner sa victime.

Ce serait une expérience inédite, et s'il n'avait tenu qu'à lui, il aurait préféré disposer d'un peu plus de temps. Mais cela ne l'inquiétait pas outre mesure. Au contraire, il se sentait assez impatient. Et puis, il avait déjà une idée de la façon dont le choix se ferait.

13

Vingt-six jours, huit heures et douze minutes.

Tuvesson se gratta le poignet sous son bracelet-montre en attendant que Lilja, Klippan et Molander s'asseyent à la table de réunion. « Allons-y, dit-elle alors que la Thermos de café avait tout juste commencé à tourner. Comme on croule sous le boulot et qu'il nous manque une personne, j'aimerais que nous ayons fini dans une demi-heure. Soyez brefs et concis. OK ? »

Irene et Molander acquiescèrent et se tournèrent vers leur collègue.

« Qu'est-ce que vous avez tous à me regarder ? se défendit Klippan. Si on manque d'effectifs, on pourrait peut-être demander à M. Risk d'écourter ses congés, non ? Ça va faire un mois tout de même.

— Je sais, mais je préférerais éviter, dit Tuvesson.

— Et après ce que lui et sa famille ont traversé, il a besoin de temps, ajouta Irene.

— Quand est-ce qu'il est censé reprendre le boulot ? demanda Klippan en trempant ses lèvres dans le café.

— Fin août, après les vacances d'été, répondit Tuvesson. Nous allons tout simplement devoir nous débrouiller sans lui. Et à ce propos, je vous rappelle que je rentre cet après-midi en clinique pour attaquer ma cure de désintoxication en douze étapes et que je serai absente pendant cinq semaines.

— Cinq semaines ?! » Molander échangea un regard avec les deux autres.

« Je sais, c'est long, mais c'est comme ça.

— Qu'est-ce qu'on fait si on a besoin de te joindre ?

— Malheureusement, ce ne sera pas possible.

— Attends une seconde, s'exclama Lilja. Comment ça, pas possible ? On est au milieu d'une…

— Écoutez ! » Astrid Tuvesson leva les mains comme pour se défendre. « Je sais que le timing aurait difficilement pu être pire et, croyez-moi, rien ne me ferait plus plaisir que de rester travailler avec vous sur cette enquête. Mais je dois prendre ce problème au sérieux et privilégier ma santé. J'espère que vous le comprenez.

— C'est évident, acquiesça Irene Lilja en hochant la tête de concert avec ses deux collègues.

— Parfait. Alors maintenant nous devrions…

— Juste une chose, la coupa Lilja. Qui va diriger l'enquête en ton absence ?

— Moi, bien sûr, répondit Klippan. Qui veux-tu que ce soit ?

— Je ne sais pas, dit Irene en haussant les épaules, quelqu'un d'un peu plus…

— Klippan a raison, trancha Tuvesson. C'est lui qui dirigera l'enquête et je compte sur vous pour que tout se passe dans la meilleure entente possible.

— D'un peu plus quoi ? voulut savoir Klippan.

— Rien, oublie. Tout va bien.

— Parfait, dit le commissaire Tuvesson. Alors commençons par la Volvo. Avons-nous retrouvé sa trace ?

— Malheureusement non, pas pour le moment, répondit Lilja.

— À mon avis, le type l'a abandonnée quelque part dans la banlieue de Bjuv, suggéra Klippan. S'il était encore sur les routes avec, on l'aurait arrêté depuis longtemps.

— Et les bandes des caméras de surveillance ? Vous avez commencé à les visionner ?

— Pas encore. Il y en a que nous n'avons pas récupérées, mais dès qu'elles seront là, ce sera fait en priorité. En espérant que la voiture aura été immortalisée sur certaines d'entre elles. »

Tuvesson hocha la tête et tendit le bras au-dessus de la table pour attraper une Thermos de café.

« Il est vide. Prends plutôt celui-ci, dit Klippan en lui tendant le second. Au fait, on en sait un peu plus sur l'incendie de ce centre d'hébergement pour migrants près de Kvidinge ? »

La commissaire secoua la tête en remplissant sa tasse. « On ne déplore toujours que trois morts. Aussi effroyable que cela puisse paraître, il faut considérer cela comme une bonne nouvelle, par rapport au drame que cela aurait pu être. La question étant de savoir s'il faut voir cela comme une mesure de représailles après l'incendie volontaire commis au quartier général des Démocrates de Suède. Irene, tu étais sur place quand c'est arrivé. Qu'en penses-tu ?

— C'est évidemment un commando d'extrême droite qui a fait le coup.

— Ce qui ne veut pas dire que les Démocrates de Suède sont impliqués, signala Klippan, un index levé.

— Ça dépend de ce que tu entends par "impliqués". Ce sont tout de même eux qui ont divulgué sur leur page

Facebook les adresses provisoires de tous les demandeurs d'asile du comté. Et d'ailleurs, je ne suis pas sûre que le départ de feu dont j'ai été témoin au QG des Démocrates de Suède puisse être qualifié d'incendie volontaire, ni même d'incendie tout court. L'alarme incendie ne s'est même pas déclenchée.

— Un feu est un feu, quel que soit celui qui tient l'allumette.

— On peut savoir ce que tu veux dire ?

— Ce n'est pas parce qu'on ne partage pas les opinions des Démocrates de Suède ni parce que le pyromane appartient éventuellement à une minorité musulmane qu'on a le droit d'ignorer les faits.

— Bien sûr que non. Ce n'est pas ce que j'ai dit.

— Si, c'est exactement ce que tu as dit. Tu fais la maligne en parlant d'une alarme qui ne s'est pas déclenchée et de je ne sais quoi encore. Mais quoi que tu en dises, un incendie est un incendie, quelles que soient tes idées politiques.

— Bien sûr. Ce que j'essaye de vous faire comprendre, c'est que l'attention accordée à ce sinistre par les médias n'est absolument pas proportionnelle à son importance réelle. Ce Landertz fait la une de tous les journaux avec cette histoire, et on en a parlé deux fois plus que de l'incendie du centre d'hébergement qui a tué trois personnes. »

Holm haussa les épaules. « Enfin, de toute façon, je ne vois pas ce que cela a à voir avec notre enquête.

— Ça suffit, maintenant, je n'en peux plus ! » Lilja se leva comme si elle était trop bouleversée pour rester assise. « À t'entendre, on pourrait presque croire que tu votes Démocrates de Suède, ce qui est évidemment ton droit le plus strict. Mais si nous devons bosser ensemble sur cette enquête, j'ai besoin de savoir quelle est ta position.

— Mes convictions politiques n'ont absolument rien à voir. En revanche, les tiennes semblent être des œillères qui t'empêchent de voir les choses avec la distance nécessaire.

— S'il y a quelqu'un ici qui porte des œillères, à mon avis, c'est toi. Franchement, est-ce que tu oses vraiment, en ton âme et conscience, m'affirmer que cette affaire n'est en aucune façon liée au racisme ?

— Il faut que tu te calmes, Irene, intervint la commissaire Tuvesson. Klippan a raison. Nos convictions politiques n'ont pas leur place ici, et si cela te pose un problème, je vais malheureusement devoir te demander de sortir. »

Irene se tut et les regarda un à un, comme si elle envisageait réellement de quitter la réunion. Enfin, elle hocha la tête et se rassit.

« Bon, reprit Tuvesson. Revenons à nos moutons : l'incendie dans les locaux des Démocrates de Suède. Est-ce qu'on a un suspect ?

— L'enquête est entre les mains de la police de Bjuv, dit Lilja.

— D'accord. Tu les appelleras pour leur demander où ils en sont. Il n'est pas exclu en effet qu'il y ait un lien avec le meurtre de Moonif Ganem. »

Lilja acquiesça imperceptiblement et prit quelques notes sur son calepin.

« Passons à la buanderie collective. Comment ça se passe là-bas ? Ingvar, tu as quelque chose pour moi ?

— Nous avons un grand nombre d'empreintes digitales, des taches de sang et des cheveux à ne plus savoir qu'en faire. Ce qui n'a rien d'étonnant a priori dans un endroit où un tas de gens viennent laver leur linge. Mais je te propose de me reposer la question à midi, je devrais pouvoir t'en dire un peu plus.

— Bien, alors poursuivons. Klippan, est-ce que tu as eu le temps de voir du côté de Samira et de sa famille si la piste du crime d'honneur tient la route ?

— Toute la famille a un casier judiciaire vierge. Apparemment, ce sont des citoyens modèles. La mère et le père sont soignants tous les deux et ils parlent couramment suédois alors qu'ils ne sont arrivés ici qu'il y a trois ans.

— Vous voyez, ça peut aussi se passer comme ça.

— En revanche, je suis toujours loin d'être convaincu qu'il s'agisse d'un crime raciste. » Klippan leva une main vers Irene pour stopper une riposte. « Et avant que tu me jettes ton café à la figure, j'aimerais que tu écoutes ce que j'ai à dire.

— Rassure-toi. Je préfère le boire.

— On t'écoute, Klippan. Quel autre mobile as-tu en tête ? s'enquit Tuvesson.

— Pédophilie. »

La commissaire hocha la tête, pensive. « Quel âge avait la victime ?

— Onze ans, répondit Lilja avant de se tourner vers son collègue. Qu'est-ce qui t'a fait penser à un crime pédophile ? D'après ce que je sais, il n'y avait aucun indice qui pointe dans la direction d'une agression sexuelle.

— On a des nouvelles de Flätan ? demanda Molander.

— Oui, en fait, je lui ai parlé hier, répondit Tuvesson. Ce qui me rappelle que j'ai oublié de vous montrer ces photos. » Elle leur distribua une série de clichés sur lesquels on voyait la jeune victime, Moonif Ganem, allongée sur une table d'examen en inox rutilant. « Je n'avais jamais vu Flätan aussi bouleversé.

— Ça ne m'étonne pas tellement. » Lilja feuilleta les photographies et s'arrêta sur une image où le corps avait été déroulé autant qu'il était possible, mais malgré tout dans une sorte de position du fœtus avec les jambes pliées dans le mauvais sens. « Je n'arrive même pas à imaginer à quel point ce gosse a dû souffrir, dit-elle.

— Il a pu déterminer la cause du décès ? » demanda Molander.

Tuvesson acquiesça. « Hémorragies internes. Nombreuses, apparemment. Ce qui, en un sens, rend la chose encore plus atroce.

— Qu'est-ce que tu veux dire ?

— Parce que ça signifie que c'est le centrifugeage qui l'a tué, pas l'eau du cycle de rinçage, comme on pourrait le croire. Même si évidemment, on en a trouvé en grande quantité dans ses poumons.

— Oh, mon Dieu…, gémit Lilja en lâchant les photos pour enfouir son visage dans ses mains.

— Pardon, mais je ne comprends pas, dit Klippan. C'est horrible, bien sûr. Mais en quoi est-ce pire que si la cause du décès avait été une autre ?

— Ingvar, dit Astrid s'adressant à Molander, ce programme de rinçage utilisé par l'agresseur, il dure à peu près combien de temps avant que la centrifugeuse se mette en route ?

— Je ne sais pas, au juste, mais je dirais entre quinze et dix-huit minutes, dit Molander en haussant les épaules avant de tremper les lèvres dans son café.

— Tu veux dire qu'il a mis un quart d'heure à… »
Klippan se tut et sembla rentrer en lui-même.

« Bon, mais à part ça, est-ce qu'il a trouvé quelque chose qui puisse nous être utile ? demanda Molander au bout d'un moment. Des traces d'agression sexuelle, justement ?

— Pas que je sache. Et vous connaissez Flätan, il ne dira rien tant qu'il n'aura pas terminé. Mais la pédophilie pourrait en effet être un mobile. Je trouve même étrange que nous n'y ayons pas pensé plus tôt.

— Et tu as un suspect ? demanda Lilja.

— Oui, lui. » Il alla allumer le rétroprojecteur et y brancha son ordinateur portable. L'image d'un homme aux cheveux lissés en arrière, avec une tête en forme de poire, une moustache et des lunettes, apparut sur le mur. « J'ai trouvé la photo sur sa page Facebook.

— Beau gosse. C'est qui ?

— Björn Richter. Je t'en ai parlé au téléphone, rappelle-toi. C'est le type qui travaille comme éducateur à la maternelle Solrosen et qui habite au deuxième étage de l'immeuble où vivent les Ganem.

— Ah oui. Celui que tu trouvais glauque sans savoir pourquoi.

— Ce type travaille réellement avec des petits enfants ? s'étonna Tuvesson.

— Moi, ça ne m'étonne pas. L'Éducation nationale est constamment en manque de personnel et les éducateurs ne doivent avoir aucun mal à trouver du boulot, dit Lilja.

— Il ne faut pas juger les gens sur les apparences, évidemment, reprit Tuvesson, mais j'avoue que j'aurais un peu de mal à confier mes gosses à un type comme ça.

— Et encore, vous n'avez pas vu le pire. » Klippan fit apparaître la photo suivante. On y voyait le même homme, dans une pièce qui devait être son séjour, assis dans un canapé encore recouvert de son emballage, entouré de centaines de poupées de porcelaine. Sur la photo suivante, il posait également au milieu d'un tas de poupées, mais cette fois il était dans sa chambre, couché tout seul sur la couette rose de son lit pour deux personnes.

14

Une odeur de renfermé frappa les narines de Fabian lorsqu'il ouvrit la porte de l'appartement de Hugo Elvin. Il alluma le plafonnier dont l'ampoule était beaucoup trop faible et fit entrer Hillevi Stubbs.

À un jour près, il y avait exactement un mois qu'il était entré ici avec Molander pour trouver Elvin, mort, suspendu à un crochet fixé au plafond de son vestibule, maquillé et habillé avec des vêtements de femme. La découverte n'avait pas donné lieu à une enquête parce que, après avoir examiné son corps à l'Institut médico-légal, Einar Greide alias Flätan avait affirmé que rien n'indiquait qu'il puisse s'agir d'autre chose que d'un suicide.

Fabian n'était jamais revenu sur les lieux depuis, et pour s'assurer que personne n'y entrerait et risque de contaminer d'éventuelles empreintes, il avait changé la serrure et payé le loyer de sa poche, jusqu'au mois d'août inclus.

« Pas étonnant qu'il ait été déprimé », fit remarquer Stubbs en regardant l'entrée lugubre avec son papier peint en paille et ses photos sous verre de Simrishamn, la ville d'où Elvin était originaire. Comme Fabian la première fois qu'il était venu, elle s'arrêta devant l'une des photographies en noir et blanc, sur laquelle on voyait un petit garçon habillé en robe aider sa mère à étendre du linge. « Moi aussi, je serais déprimée si j'habitais dans un endroit pareil. »

La seule chose que Fabian attendait d'elle était qu'elle jette un coup d'œil, avec son expérience de technicienne de la police scientifique, et qu'elle lui dise si elle remarquait quelque chose d'inhabituel. Il ne lui avait pas dit qu'il avait des soupçons concernant Molander. Il ne lui avait pas dit non plus qu'il agissait pour son propre compte et que personne d'autre n'était au courant de sa démarche.

Après quelques réticences, elle avait finalement accepté, tout en lui faisant comprendre qu'elle n'avait pas posé cette demi-journée de congé pour travailler mais pour aller rendre visite à un ami à Harlösa, et qu'elle n'avait pas plus d'une heure à lui consacrer.

« Je t'avoue que je ne comprends pas en quoi je peux t'être utile si Molander vous a déjà remis ses conclusions, dit-elle en continuant à avancer dans le hall. Parce qu'on peut dire ce qu'on veut de ce type, mais il est indiscutablement l'un des meilleurs techniciens scientifiques de ce pays.

— Comme je te l'ai expliqué au téléphone, la mort de Hugo n'a pas été considérée comme une priorité. » Fabian ferma la porte derrière lui et la suivit à l'intérieur.

« C'est normal, s'il n'y avait aucune suspicion de crime.

— Moi je crois plutôt que c'était à cause de l'enquête sur laquelle nous étions en train de travailler. Elle était tellement complexe qu'elle a pris le pas sur tout le reste.

Et puis, même les meilleurs peuvent se tromper parfois, non ?

— J'ai dit qu'il était *l'un* des meilleurs », rétorqua Stubbs en se dirigeant vers la porte de la pièce de vie. Elle s'arrêta sur le seuil et examina les lieux en silence. Elle nota les assiettes décoratives bleues et blanches alignées autour du chambranle de la porte. Les étagères String surchargées de bibelots, le canapé tapissé de velours posé en face d'un téléviseur à tube cathodique, et la table basse avec carreaux de faïence vert foncé et son napperon de dentelle.

« Ce n'est pas dans cette pièce qu'il était », dit-il. Voyant que Stubbs ne réagissait pas : « Il était pendu là-bas, en fait. Si tu veux bien me suivre, je…

— Tu peux la fermer une seconde, s'il te plaît ? »

Fabian connaissait Stubbs beaucoup trop bien pour se formaliser. Son attitude abrupte était simplement la preuve qu'elle était concentrée. Qu'elle était en train de se fondre avec l'environnement, comme elle disait du temps où ils travaillaient ensemble à Stockholm.

Au bout de plusieurs minutes, elle se tourna vers lui en hochant la tête. Il lui montra le chemin dans le corridor jusqu'à la chambre, impeccable, avec son lit fait au carré, comme la dernière fois qu'il était venu. L'ordinateur était toujours à sa place sur le petit bureau près de la fenêtre donnant sur Hälsovägen, la rue la plus cancérigène de Helsingborg contrairement à ce que suggérait son nom[1].

---

1. *Hälsovägen* signifie « rue de la Santé ». (Toutes les notes sont de la traductrice.)

« Une partie des vêtements dont je t'ai parlé sont dans cette pièce. » Fabian ouvrit le premier placard, qui était rempli de sous-vêtements féminins, de perruques, de robes et d'escarpins. « Près de la fenêtre, tu as l'ordinateur, si tu veux regarder l'historique. Je l'allume ?

— Non. » Stubbs continua vers la lourde tenture rouge bordeaux dont les pans étaient écartés.

Fabian la suivit dans le petit salon où se trouvait un divan, posé dans l'angle, mais surtout une bibliothèque pleine, allant de mur à mur, garnie de livres. Hormis le fait qu'Elvin n'était plus suspendu au crochet du plafonnier, la pièce était exactement comme il l'avait vue la dernière fois qu'il y était entré en compagnie de Molander.

Il observa Hillevi tandis qu'elle se déplaçait dans ce décor en s'efforçant d'en absorber l'atmosphère. Parfois, les yeux ouverts tandis qu'elle examinait un infime détail, mais la majeure partie du temps les yeux fermés. Cette fois, il prit soin de ne pas rompre le silence et alla s'accroupir devant les albums photo, rangés sur l'étagère du bas.

Il avait déjà feuilleté ces albums la dernière fois, sans rien remarquer d'intéressant, et pourtant ils attirèrent à nouveau son attention.

Ils avaient des nombres inscrits sur le dos, correspondant aux périodes où les photos avaient été faites. Il prit sur l'étagère le premier album, qui était daté de 1962 à 1968. Il se souvenait que tous contenaient des photos d'Elvin enfant. Beaucoup d'entre elles le représentaient autour de l'âge de sept ans en train de tirer à l'arc, de jouer au football ou de pêcher, déguisé en cow-boy ou bien occupé à assembler un jouet Meccano.

Sur certaines photos, il posait avec ses parents, sur d'autres avec sa sœur qui vivait désormais en Suisse. D'après Molander, Elvin avait rompu le contact avec elle au moment de la succession de leurs parents, et il y avait sûrement du vrai dans cette affirmation puisqu'elle n'avait pas fait le déplacement pour assister aux obsèques.

Il remarqua un vide sur une des pages, et sur une autre une photo manquait également. En se souvenant des albums qu'il regardait chez ses grands-parents quand il était enfant, Fabian se dit qu'elles s'étaient peut-être détachées et qu'il allait les retrouver en vrac quelque part. Mais il ne les trouva ni entre les autres pages de l'album, ni au fond de l'étagère sur laquelle il l'avait pris. Et soudain, il comprit ce qu'il cherchait.

« Bon, alors, que veux-tu que je te dise ? » lui demanda Stubbs au même moment, et il décida de remettre sa quête à plus tard, quand il en aurait terminé avec elle. Il reposa l'album à sa place.

« Tout ce qui te passe par la tête, dit-il en se relevant. Tout ce qui t'a interpellée pour une raison ou pour une autre.

— Si tu espères que j'ai découvert un indice prouvant qu'il s'agit d'un meurtre et pas d'un suicide, je vais malheureusement te décevoir. » Elle consulta sa montre. « Sans compter que le temps nous est compté.

— Tu dois bien avoir vu quelque chose qui t'a fait réagir d'une manière ou…

— Je ne suis pas aveugle, le coupa Stubbs. J'ai vu des tas de choses. Mais rien qui te permette d'ouvrir une enquête. Parce que c'est cela dont il s'agit, n'est-ce pas ?

— Ou pas. » Fabian s'approcha d'elle, tout près. « Mais essayons pendant quelques minutes de jouer avec l'idée que ce n'était pas un suicide. »

Stubbs soupira et jeta un nouveau coup d'œil à sa montre. « D'accord, mais vite, alors. Commençons par les photos que tu m'as envoyées. D'après ce que j'ai pu voir, ton collègue pesait plus de cent kilos. Et là, tu as un premier problème. Déjà, soulever un homme de ce poids peut se révéler compliqué, même si cela reste faisable. Ensuite, il faut accomplir la prouesse de le suspendre au crochet du plafonnier. En admettant qu'il soit conscient, tu ajoutes à la difficulté l'hypothèse qu'il résiste et qu'il lutte pour sa vie. Au fait, il y a eu une autopsie ? »

Fabian acquiesça.

« Avait-il des lésions à la tête indiquant qu'on l'avait frappé ?

— Non.

— Et l'examen toxicologique ?

— Rien d'anormal non plus.

— Il n'a donc été ni drogué ni assommé. Tu vois bien que ça ne colle pas.

— La seule chose dont nous soyons sûrs, c'est qu'il n'était pas drogué au moment où il est mort, répliqua Fabian. Ce qui ne veut pas dire qu'il ne l'était pas quand on l'a hissé au plafond avec une poulie, pour le maintenir en vie jusqu'à ce qu'il…

— Attends une seconde, une poulie, quelle poulie ?

— Ou n'importe quel autre système permettant de démultiplier les charges, comme un treuil par exemple, si on part du principe qu'on a affaire à un seul agresseur. »

Stubbs secoua la tête, incrédule. « Tout cela ressemble à de la pure science-fiction, pour moi.

— Mais c'est possible, non ?

— Oui, tout est possible, de nos jours. Mais ça ne veut pas dire que c'est crédible.

— Bon, alors écoute comment je vois les choses. Le type le drogue pour qu'il soit inconscient, puis il lui attache les mains dans le dos. Ensuite, il le hisse au plafond, dans une sorte de harnais, ou quelque chose de ce genre, pour ne pas l'étrangler tout de suite. Une fois qu'Elvin est là-haut, le type a tout loisir de lui passer la corde au cou et d'attendre qu'il se réveille.

— Je vois, et après ? Qu'est-ce qu'il fait une fois qu'il est réveillé ?

— Il le laisse pendu là-haut et il attend que son organisme ait éliminé le somnifère, peut-être qu'il lui donne un verre d'eau. Pour finir il coupe les bretelles du harnais et laisse la loi de l'attraction terrestre finir le boulot. »

Stubbs haussa les épaules. « Pour moi, ça sonne toujours comme un scénario de film de série B. Mais je ne voudrais surtout pas te contredire. Tout cela est possible, en effet. Avec la même probabilité que de gagner au loto.

— Et pourtant, il y a un gagnant toutes les semaines.

— Oui, d'accord, mais tu comprends ce que je veux dire.

— Je comprends. Et j'entends tes arguments. Mais dis-moi quand même, juste pour que tu ne sois pas venue pour rien. Tu dis que tu as remarqué un tas de choses et j'aimerais bien que tu m'en révèles quelques-unes. Il reste encore six minutes avant que tu sois obligée de t'en aller.

— Tu as toujours été aussi têtu ? » Stubbs poussa un soupir, mais elle parcourut quand même la pièce du regard une dernière fois. « Alors, commençons par les livres sur la bibliothèque. Pourquoi tous les titres sont-ils rangés par ordre alphabétique, sauf *Man Alive, Redefining Realness* et *Beyond Magenta*[1] ?

— Quoi, tu veux dire que…

— Je ne veux rien dire du tout. Mais ne serait-il pas plus normal qu'il garde ses livres *trans* regroupés au même endroit, ou rangés par ordre alphabétique comme les autres et pas dispersés ici et là comme ils le sont ? Mais cela ne prouve ni une chose ni son contraire. Je trouve juste cela surprenant. Et tant que nous y sommes, parlons des vêtements féminins qui sont dans le placard. Si l'idée était qu'ils devaient aller à Elvin, alors ils sont trop petits d'au moins quatre tailles.

— Tu penses qu'ils ne lui appartiennent pas. Que quelqu'un d'autre les a mis là ?

— Ça colle avec la théorie du complot. Une autre explication serait qu'ils lui appartiennent, et qu'il avait le projet de perdre du poids en vue d'une éventuelle opération, même si j'ai peine à me l'imaginer. Enfin, il y a une dernière chose. Viens avec moi. »

Fabian suivit Stubbs jusqu'au divan qui se trouvait dans l'angle du petit salon. Elle s'accroupit et éclaira le sol avec une petite lampe de poche.

« Tu vois les marques là ? dit-elle en dirigeant le faisceau de la torche vers l'une d'elles.

---

1. – *Man Alive* (« Homme vivant ») est un essai de Thomas Page McBee sur la masculinité.

– *Redefining Realness* (« Redéfinir la nature ») est un roman écrit par Janet Mock, une féministe transgenre.

– *Beyond Magenta: Transgender Teens Speak Out* est un recueil de témoignages d'adolescents transgenres, réalisé par Susan Kuklin.

— Je suppose qu'elles viennent d'un canapé ou quelque chose comme ça ?

— Exactement. Quand un meuble a passé de nombreuses années au même endroit, il laisse souvent ce genre de marques. Surtout si on ne met aucune protection. »

Bien qu'il ne comprenne pas encore où elle voulait en venir, Fabian hocha la tête. « Mais si tu regardes sous les pieds de ce divan, étrangement, il n'y a ni protection ni marques. » Elle souleva un angle du petit sofa pour prouver ce qu'elle avançait.

« Il voulait peut-être que tout soit parfait pour notre venue et il a changé le mobilier avant de se donner la mort.

— C'est une explication. Le problème étant que les marques au sol ne correspondent ni à ce divan ni à aucun meuble présent dans cet appartement. Ce qui veut dire qu'il aurait récemment remplacé un meuble par celui-ci afin de donner à la pièce une apparence plus féminine. Si j'avais l'intention de me suicider, je ne crois pas que j'aurais envie de dépenser mon énergie à ce genre de choses. » Stubbs se releva en même temps que Fabian. « Alors oui, il y a pas mal de détails ici qui m'interpellent. Mais je doute qu'ils soient de nature à te permettre d'ouvrir une enquête. Sans compter qu'il te manque le plus important : un mobile. Et il y a encore une chose que je remarque, c'est que ta montre n'est pas à l'heure, car la mienne m'informe que j'ai déjà deux minutes de retard et qu'il faut que je te laisse. »

S'il y avait une chose qu'il connaissait, c'était le mobile. Mais il ne pouvait en parler à personne. En tout cas pas encore. Alors il ne dit rien, il raccompagna

Hillevi à la porte, la remercia pour son aide et lui promit de venir prendre un café la prochaine fois qu'il passerait à Malmö, et il n'oublierait pas d'apporter des pâtisseries.

Quand elle fut partie, il examina à nouveau la photo du petit garçon en robe aidant sa mère à étendre du linge. Il s'agissait bien d'Elvin enfant, et il s'agissait bien de sa mère. Il reconnut même la robe pour l'avoir vue portée par la sœur de Hugo sur une autre photographie.

Pourtant, quand il quitta l'appartement en emportant le cadre et l'album avec ses deux photos manquantes, il était convaincu qu'ils étaient passés à côté de quelque chose.

15

Dans le laboratoire de Molander, au sous-sol du commissariat, Lilja visionnait simultanément quatre écrans sur lesquels on pouvait voir une multitude de voyageurs entrant et sortant des rames ou marchant sur le quai de la gare de Bjuv.

Quatre films de caméras de contrôle sur lesquels des visages et des dos, des poussettes et des déambulateurs montaient ou descendaient, pressés. Même une petite communauté comme Bjuv avait son heure de pointe.

Regarder de manière concentrée tous ces écrans à la fois requérait toute son attention. C'était pratiquement impossible. Mais les visionner séparément aurait pris beaucoup trop de temps.

Heureusement, elle savait ce qu'elle cherchait.

Quelque part dans cette foule de voyageurs devait se trouver l'homme avec le blouson beige et son logo des Démocrates de Suède. S'il n'était pas dans ce train, il serait dans le suivant ou dans celui d'après.

— Il avait réussi à s'enfuir sous ses yeux, dans une Volvo 240 volée. Onze minutes plus tard, c'est-à-dire à onze heures quarante-six, cette même voiture orange passait devant la caméra de surveillance d'une station-service à Åstorp, à quelques kilomètres au nord de Bjuv. Ce détail laissait penser que l'agresseur n'habitait pas à Bjuv et qu'il y était venu soit dans sa propre voiture – que pour des raisons évidentes il avait dû laisser derrière lui –, soit en train.

Ils avaient éliminé l'hypothèse de la voiture grâce à l'un des assistants de Molander, qui avait relevé les plaques d'immatriculation de tous les véhicules garés à proximité du lieu du crime. Il avait également retrouvé les adresses et les photos de leurs propriétaires. Tous étaient domiciliés à Bjuv et aucun d'entre eux ne ressemblait au type du portrait-robot avec son sourire cynique.

La porte s'ouvrit et Klippan entra dans le laboratoire. « Je viens de l'école maternelle Solrosen et on m'a affirmé que Björn Richter se trouvait à l'école le jour de la mort de Moonif, c'est même lui qui avait fait l'ouverture, à sept heures du matin.

— C'est l'amateur de poupées ? demanda Molander.

— C'est ça. J'ai aussi interrogé quelques parents d'élèves, et tous peuvent témoigner qu'il était bien là quand ils ont déposé leurs enfants. En outre, ils s'accordent à dire qu'il est ce qui est arrivé de mieux à Solrosen depuis des années. C'en était presque touchant. À les croire, personne n'est plus habile avec les enfants que ce Björn Richter.

— Est-ce que cela signifie qu'on élimine la piste du pédophile ? demanda Molander.

— En tout cas pour l'instant. Et ici, comment ça se passe ? »

Irene espérait que Molander allait répondre et qu'elle n'aurait pas à s'interrompre dans sa tâche. Mais il resta coi, et Klippan ne trouva rien de mieux à faire que de se poster derrière elle, tel un vieux professeur vérifiant le travail de son élève. Certes, c'était lui qui dirigeait cette enquête, maintenant que Tuvesson était partie. Mais cette façon qu'il avait eue de jouer les petits chefs avec elle toute la matinée était tout simplement affligeante.

« Eh oh ! Irene ! Je t'ai posé une question ! »

Elle avait rêvé ou il venait de lui frapper sur l'épaule comme on frappe à une porte ? C'était quoi la prochaine étape ? Lui flatter la croupe et lui demander de servir le café ? Elle résista à l'envie de se retourner pour lui coller une gifle.

« Sois tranquille, dit-elle en serrant les dents et sans quitter ses écrans des yeux même si la colère l'empêchait de voir quoi que ce soit. Je te tiendrai informé si je le trouve. »

Le mieux était de l'ignorer et de continuer à faire son boulot. Quoi qu'il dise et quoi qu'il fasse pour se faire mousser dans son pouvoir fortuit et injustifié, elle ne céderait pas tant qu'elle n'aurait pas mis la main sur l'homme au sourire méprisant.

Elle venait de finir avec l'arrivée du train de sept heures seize en provenance d'Åstorp, elle étudiait maintenant les physionomies des passagers du sept heures trente-trois venant de Helsingborg.

« L'heure tourne, tu comprends.

— Je te remercie, je sais lire l'heure. » Apparemment, il n'avait pas l'intention de la lâcher.

« Inutile d'être désagréable, Irene. Que tu le veuilles ou non, c'est moi qui décide. Et j'ai décidé qu'il était temps que tu passes à autre chose.

— Quoi, par exemple ? » Merde, là elle était obligée de mettre sur pause et de se tourner vers lui. « C'est cet homme-là qui m'intéresse et pas "autre chose". Et si toi, tu allais t'occuper de ces "autres choses" !

— Que crois-tu que je fasse ? Qu'est-ce que nous faisons tous ? » Klippan fit un geste en direction de Molander qui était lui aussi plongé dans la contemplation d'une bande de surveillance. « Mais ce que j'ai entrepris est long et fastidieux et j'ai besoin de tout le monde. »

Tuvesson n'était absente que depuis quelques heures et elle lui manquait déjà. Et Fabian ! Si seulement Fabian pouvait revenir. Au moins, Klippan aurait quelqu'un d'autre à emmerder. « Écoute, Klippan, commença-t-elle en sentant que son sourire hypocrite ne parvenait pas à masquer son agacement, je te promets que je viendrai t'aider aussitôt que je l'aurai retrouvé, que je saurai avec quel train il est arrivé, que j'aurai récupéré les bandes de surveillance de ce train en particulier, que j'aurai vu où il est monté à bord, que j'aurai vérifié s'il y a des caméras de surveillance à l'endroit en question et que, si tout va bien, j'aurai rassemblé suffisamment d'éléments pour pouvoir procéder à une arrestation. À ce moment-là, et à ce moment-là seulement, je te promets que je viendrai vous aider sur ces "autres choses" dont tu parles. »

Holm poussa un soupir si profond qu'elle sentit à la fois l'odeur du café qu'il venait de boire et celle de l'œuf qu'il avait manifestement mangé pour le petit déjeuner. « C'est bien, Irene, ton acharnement est parfaitement honorable. Mais tu dois comprendre que cet homme n'est pas la seule piste que nous ayons.

— Si, c'est exactement ce qu'il est. Actuellement, il est même notre principal suspect.

— C'est possible. Mais ça ne veut pas dire qu'il est le coupable.

— Ah bon ? Et à ton avis, qui est-ce qui a volé cette Volvo et essayé de tuer Ralf Hjos, son propriétaire ?

— Oui, bien sûr. Mais moi je te parlais de…

— Quant au reste, le coupa Lilja, tu ne vois pas que son comportement pue la culpabilité à plein nez ? Pourquoi se serait-il enfui s'il était innocent ?

— Qu'est-ce que tu veux que j'en sache ? rétorqua Klippan en haussant les épaules. Les gens ont souvent un comportement étrange en présence de la police. Mes voisins, par exemple. Quand par hasard ils sont dans la rue au moment où je sors prendre mon journal dans ma boîte à lettres ou pour une quelconque autre raison, ils…

— Ils font quoi ? Ils partent en courant et ils poignardent les gens pour leur piquer leur voiture ?

— Non, bien sûr, mais…

— Bon alors tu vois bien. Sans compter son foutu sourire satisfait.

— Et depuis quand un sourire est-il une piste solide ? » Klippan prit Molander à partie. « Ingvar, s'il te plaît, tu veux bien me donner un coup de main, là ?

— Je préfère vous laisser vous débrouiller tous les deux, si ça ne t'ennuie pas, répondit-il sans quitter son écran des yeux.

— Je sais qu'un sourire est une piste un peu mince, admit Lilja. Mais franchement, un type qui se marre dans un moment pareil… » Elle secoua la tête sans finir sa phrase.

« Il n'était peut-être pas au courant de ce qui s'était passé !

— Klippan, tu peux venir voir une minute ? » l'apostropha Molander par son surnom.

Klippan alla rejoindre Ingvar, et Irene put appuyer sur Play et retourner à la foule des passagers défilant sur ses moniteurs. Quelques secondes plus tard, une image l'alerta sur l'écran situé le plus à gauche. Il était déjà arrivé plusieurs fois qu'un détail l'intrigue et l'oblige à revisionner un passage, image par image. Mais cette fois, le sentiment était différent.

« Tu vois cette Seat, dit Molander en montrant à Holm une voiture rouge dont on apercevait l'arrière dans le coin gauche de l'image.

— Oui. Qu'est-ce qu'elle a ?

— D'une part elle est mal garée, mais regarde bien », répondit Ingvar en relançant la lecture.

Les feux arrière de la voiture s'allumèrent, le clignotant se mit en marche et la Seat sortit de l'image.

« Comme tu peux le voir, il est exactement huit heures vingt, c'est-à-dire un peu avant l'heure du meurtre.

— Où se trouve la caméra de surveillance ?

— Au-dessus d'un distributeur bancaire de la Norra Stationsgatan, à vingt mètres de là. »

Irene continuait de scruter son écran. Elle ne voyait pas les traits de l'homme parce qu'il descendait du train en baissant la tête. D'autant qu'il était filmé d'en haut. Mais ces baskets d'un blanc immaculé, ce jean monté trop haut à la taille et ce blouson beige ne lui laissaient aucun doute.

« Essaye de revenir en arrière pour voir si on peut faire un agrandissement de la plaque, demanda Klippan à Molander.

— Malheureusement, c'est déjà fait.

— Et?

— Le numéro d'immatriculation est HUT-786. C'est une voiture de location appartenant à la société Hertz. Elle vient de l'agence qui se trouve sur Gustav Adolfsgatan dans le quartier de Söder, à Helsingborg. »

Klippan se tourna vers Irene. « Je ne sais pas ce que tu en penses, mais moi je dis que c'est ce genre de choses qui méritent vérification. Personnellement, j'en ai plein les bras, alors je te serais infiniment reconnaissant si tu voulais bien te charger de ça.

— Certainement, rétorqua Irene Lilja. Et au cas où cela t'intéresserait, je t'informe que j'ai trouvé le gars que je cherchais.

— Ah bon!? » Klippan la rejoignit devant l'îlot de travail. Il se pencha vers l'écran et son image gelée sur un homme de dos portant un jean et un blouson beige. « Mais on ne voit pas son visage.

— C'est lui, d'accord? Je sais que c'est lui. Regarde ça. » En quelques clics rapides, elle alla chercher une autre séquence sur l'écran d'à côté. « Celle-là vient du parking du centre commercial, où je lui ai couru après. » Elle fit avancer la bande jusqu'à ce qu'elle lise en bas de l'image 2012-06-13 11:42:53, et appuya sur Play.

La séquence montrait l'homme qu'elle avait poursuivi la veille, il entrait dans l'image d'un côté puis fonçait sur la route avant de se faire renverser par la Volvo orange, qui freinait aussitôt et s'arrêtait tandis que l'homme atterrissait sur le capot, puis sur le pare-brise, avant de retomber sur l'asphalte.

« Tu as vu? Il porte exactement les mêmes vêtements. »

Holm acquiesça. Pendant ce temps-là, à l'image, le conducteur sortait de la voiture et se penchait au-dessus de l'homme inerte qui gisait sur le bitume.

« Le timing correspond. Il arrive avec le train de sept heures trente-trois en provenance de Helsingborg, et Moonif sort de chez lui vingt-cinq minutes plus tard. »

Le coup de couteau était donné si vite qu'il était presque impossible de s'en apercevoir si on ne le savait pas déjà. Le bras de l'homme allongé bougeait brusquement et Ralf Hjos s'écroulait pendant que l'autre se relevait, essuyait le petit couteau sur les vêtements de sa victime, se mettait au volant de la voiture et quittait les lieux. Quelques secondes plus tard, on voyait Lilja se précipiter sur l'homme ensanglanté.

« Tu as raison, ça pourrait être lui, dit finalement Sverker. Et comme tu l'as très justement suggéré, nous allons maintenant demander la bande de la caméra de surveillance à l'intérieur du train concerné et voir à quelle gare il est monté. Mais cela ne nous empêche pas de vérifier d'autres choses en même temps.

— Absolument. Et j'ai bien compris, je te promets de reprendre tout le dossier depuis le début pour voir si quelque chose m'aurait échappé.

— Vraiment ? Tu vas faire ça ? s'exclama Klippan l'air réellement surpris.

— Bien sûr. Maintenant que nous avons retrouvé la trace de cet homme, je suis beaucoup plus détendue. Et d'ailleurs, je suis complètement d'accord avec le fait qu'il est beaucoup trop tôt pour fermer une quelconque porte dans cette enquête. »

Klippan poussa un « Ah ! » de soulagement démonstratif, même si le doute brillait encore dans ses yeux.

« Du moment que nous ne laissons tomber aucune piste, ça me va.

— Quand vous aurez fini, tous les deux, vous pourriez peut-être venir jeter un coup d'œil sur quelque chose ? » lança Molander.

Le film de surveillance dont il diffusa un extrait avait été pris à Åstorp, dans la station-service devant laquelle ils avaient vu passer la Volvo orange. D'après le time code, les images dataient de la veille, mais plus tard dans l'après-midi, plus exactement à quinze heures cinquante-quatre minutes et quarante-trois secondes. Cette fois, il s'agissait d'une Mercedes bleu marine, et elle ne se contentait pas de passer, mais s'arrêtait devant les pompes pour prendre du carburant.

Deux hommes en parkas sombres, la capuche relevée sur leur tête et un foulard palestinien devant la figure, descendaient de la voiture. Le premier insérait une carte de crédit dans la borne de paiement et tapait son code, pendant que l'autre sortait plusieurs jerrycans du coffre.

« Qu'est-ce qui est écrit sur leurs vestes ? Vous arrivez à lire ? demanda Lilja tandis qu'à l'écran les deux hommes s'activaient pour remplir les bidons d'essence.

— JMK, répondit Molander.

— Jeunesse musulmane de Klippan, traduisit Holm en secouant la tête. C'est une drôle d'idée de s'habiller comme ça pour aller mettre le feu au QG des Démocrates de Suède à Bjuv.

— À moins qu'on souhaite montrer qui on est, sans pour autant révéler son identité.

— Pour ma part, je n'attacherais pas trop d'importance à leurs vêtements, dit Molander. La plaque d'immatriculation de la voiture est nettement plus intéressante, à mon avis.

— C'est ce que j'étais en train de me dire, s'empressa d'ajouter Klippan, tu l'as vérifiée au registre des cartes grises ? »

Molander lui jeta un bref regard qu'il ne prit même pas la peine d'accompagner d'un soupir.

« OK, bien sûr, désolé.

— Je vous présente le propriétaire de la voiture. » Molander cliqua et fit apparaître une photo qui remplissait tout l'écran. Puis il se tourna vers les deux autres.

Bien qu'Irene l'ait reconnu aussitôt pour l'avoir rencontré la veille, elle mit plusieurs secondes à comprendre que l'homme qu'ils regardaient n'était autre que le Démocrate de Suède Sievert Landertz.

16

Sievert Landertz était immatriculé à l'adresse Åkervägen n° 10, Söndraby, une petite commune de banlieue à l'est de la ville de Klippan. L'endroit évoqua à Irene le quartier résidentiel de Perstorp où elle-même habitait, et la comparaison la mit aussitôt de mauvaise humeur. C'était typiquement l'habitat naturel d'un démocrate de Suède. Il fallait absolument qu'elle et Hampus déménagent de là au plus vite. Elle se fichait de savoir où, du moment que les drapeaux de Scanie ne flottaient pas sur toutes les pelouses. Et qu'il n'y avait pas de trampolines. Pratiquement chaque petit terrain avait sa propre monstruosité bleue, sans le moindre enfant pour sauter dessus, bien sûr. Mais c'était peut-être parce que, à l'heure où elle rentrait, ils étaient au lit en train d'écouter la lecture de *Mein Kampf* en guise d'histoire pour s'endormir.

« Voilà, c'est là », dit Klippan en désignant un terrain situé à l'angle de deux rues. Il se gara au bord du trottoir, coupa le moteur et détacha sa ceinture de sécurité.

Irene prit une paire de jumelles pour observer la maison toute blanche, bâtie en plein centre d'un terrain sans relief, avec dans le jardin l'inévitable trampoline et pas moins de deux mâts, l'un arborant le drapeau suédois et l'autre celui de la Scanie.

« Qu'est-ce que tu fais, Irene ? Je t'attends…

— Une seconde. Regarde ! On ouvre la porte d'entrée. »

Effectivement, deux individus sortaient de la maison et se dirigeaient vers le garage.

« Tu arrives à voir qui c'est ?

— Le plus grand est Landertz, mais je ne reconnais pas le second. Je suppose que c'est son fils.

— Bon. Alors arrêtons-les tout de suite, dit Klippan en ouvrant la portière côté conducteur.

— On pourrait plutôt les suivre pour savoir où ils vont ? »

Holm retint son geste, réfléchit un instant, referma la portière et remit sa ceinture, le visage fermé. Il attendit que la Mercedes bleu marine sorte en marche arrière du garage et s'engage sur Vedbyvägen en direction de l'est, avant d'allumer le contact et de les prendre en filature. Tout cela sans dire un mot, ce qui était très inhabituel chez lui.

Lilja avait parfaitement compris qu'il était en colère contre elle. Elle l'aurait été également si la situation avait été inverse. Mais la vérité, c'était qu'elle n'avait aucune confiance en Klippan dans son rôle de chef. Elle admirait le policier et l'enquêteur. Elle ne connaissait personne qui soit aussi zélé et endurant que lui. Mais ce n'était pas un meneur d'hommes et tout le monde le savait, à l'exception de lui-même, peut-être. Elle alluma la radio pour essayer de détendre l'atmosphère.

Trois morts et une vingtaine de blessés, parmi eux des femmes et des enfants, font de l'incendie du centre de réfugiés près de Kvidinge l'incendie criminel le plus meurtrier qu'on ait vu en Scanie ces dernières années, disait le reporter. *La police de Bjuv n'a pour l'heure aucun suspect et travaille sur plusieurs pistes. L'une d'elles serait qu'il s'agirait d'une mesure de représailles après l'incendie volontaire de l'antenne locale des Démocrates de Suède. Vous allez entendre à présent un extrait d'une interview de Sievert Landertz, porte-parole du parti :*

« Vous avez récemment divulgué sur votre page Facebook l'adresse de plusieurs centres d'hébergement pour demandeurs d'asile. En voyant le drame qui vient de se produire, ne pensez-vous pas que cette information ait pu être une façon de tendre la perche aux nazis et aux xénophobes de la région ?

— Absolument pas. Cette accusation n'est que de la propagande de gauche destinée à faire vendre du papier.

— L'adresse du centre de Kvidinge était pourtant parmi celles que vous avez publiées.

— Nous n'avons abordé le sujet que pour informer nos concitoyens de ce qui se passe. C'est ce qu'on est censé faire dans une démocratie. Est-ce que vous savez pourquoi les municipalités dérogent régulièrement à leur obligation d'annoncer et d'informer ? Eh bien je vais vous le dire. C'est tout simplement pour mettre les habitants devant le fait accompli.

— Et les conséquences que cela pouvait avoir ne vous ont pas inquiété ?

— Notre parti n'a jamais cautionné les actes de violence. Et je peux vous assurer que les gens qui ont envie de s'en prendre à des personnes ou à des bâtiments n'ont pas besoin de nous pour trouver une adresse. Il n'y a pas besoin de s'appeler Einstein. »

« Bon, ça suffit maintenant ! » s'exclama Klippan en éteignant la radio. Par là même il renouait la conversation après un silence particulièrement long. « La nuit tombe et il faut absolument que je réduise la distance entre eux et nous, sinon je ne verrai pas s'ils prennent la N21 vers l'est ou vers l'ouest.

— Pas de problème, c'est toi le chef.

— Je sais. » Klippan accéléra. « Je voulais juste te prévenir pour éviter des disputes inutiles. »

Lilja allait lui signaler qu'il était le premier à chercher le conflit, mais elle s'abstint et se fendit d'un sourire et d'un hochement de tête. Un instant plus tard, le clignotant de la Mercedes s'activa et Klippan mit le pied sur le frein.

« Au fait, tu as eu des nouvelles de Fabian ? demanda-t-il à Lilja.

— Non, et toi ?

— Non plus. »

Une longue minute d'un silence gênant s'installa à nouveau, et tout à coup la Mercedes s'engagea sur l'autoroute. Klippan la suivit jusqu'à Perstorp où elle s'engagea sur Gustavsborgvägen, une route nationale beaucoup moins fréquentée. Après la circulation dense de l'heure de pointe, ils se retrouvèrent tout seuls derrière la Mercedes.

Pendant cinq minutes ils ne virent pas une seule maison, tant ils étaient au milieu de nulle part. Soudain, les feux de stop devant eux s'allumèrent.

« Ils vont tourner dans un chemin privé, tu ne crois pas ? » dit Klippan en ralentissant et en suivant des yeux la Mercedes qui venait de tourner à gauche et s'éloignait à présent sur ce qui était apparemment un chemin de terre.

Irene acquiesça. Après tout ce temps où ils n'avaient été d'accord sur rien, ce fut presque un soulagement. La voie dans laquelle avaient disparu Landertz et son fils menait probablement à une ferme isolée, et s'ils tournaient aussi, leur filature deviendrait flagrante.

Holm ralentit encore, attendant manifestement que sa coéquipière prenne la décision. Elle s'apprêtait à lui conseiller de continuer tout droit et d'aller se garer une centaine de mètres plus loin, quand elle aperçut dans le rétroviseur les codes de deux véhicules qui eux aussi avaient mis leur clignotant à gauche.

« Suis la Mercedes.

— Tu es sûre ?

— Non, mais apparemment les deux voitures qui sont derrière nous vont au même endroit, et la voiture qui arrive en face aussi, alors nous ne risquons pas grand-chose. »

Holm tourna dans le chemin, qui continuait sur quelques centaines de mètres entre les arbres et débouchait sur une vaste clairière où étaient garées une quarantaine de voitures et de motos.

Sievert Landertz et son fils s'étaient déjà garés et marchaient à présent en direction d'une rangée de torches allumées éclairant le crépuscule d'une lumière fantomatique.

« Hum ! Et maintenant, qu'est-ce qu'on fait ? demanda Klippan quand ils eurent trouvé une place.

— On essaye de savoir où on est, répondit Lilja qui était déjà en train de sortir de la voiture. Mais tu peux m'attendre ici, si tu veux. » Elle referma la portière avant qu'il ait eu le temps de répondre et partit en direction des flambeaux. Elle savait que ce n'était jamais une bonne idée d'agir seule. Mais à cet instant précis, elle aurait préféré n'importe quoi à une seule minute supplémentaire en compagnie de Klippan.

Malheureusement, une portière claqua presque aussitôt et elle entendit son collègue courir, essoufflé derrière elle.

« Qu'est-ce que tu fous !? Tu as complètement perdu la tête ou quoi ? »

Elle s'arrêta et se tourna vers lui avec un soupir.

« Tu peux soupirer tant que tu veux, mais si tu crois sérieusement que j'ai l'intention de te laisser y aller toute seule, tu te trompes. Imagine qu'il t'arrive quelque chose. J'aurais l'air de quoi moi ? Et qu'est-ce que tu crois que…

— C'est bon, j'ai compris, dit-elle énervée tout en regardant deux hommes vêtus de longs manteaux en cuir sortir d'une voiture en compagnie d'une femme aux cheveux blonds relevés en chignon.

— Parfait. Alors à partir de maintenant, tu vas rester derrière moi et me laisser parler. » Klippan prit la tête en direction des lumières vacillantes.

Elle aurait voulu protester, mais c'était trop tard. Il était déjà à une dizaine de mètres devant elle et sur le point d'aborder l'homme posté devant l'entrée. Le type était si musclé que même à distance c'en était choquant. Irene décida d'obtempérer et ralentit de manière à se retrouver à la traîne.

« Bonsoir. Pouvez-vous me dire ce qui se passe ici ? demanda Klippan au videur gonflé aux anabolisants.

— Vous êtes qui ? »

Klippan montra son badge. « Je m'appelle Sverker Holm. Je fais partie de la police de Helsingborg. »

Le type ricana et répondit : « Alors vous n'avez rien à faire ici. C'est une soirée privée.

— Pardon ?

— Je vous dis de retourner dans le trou à rats d'où vous sortez. Allez, on dégage ! »

Holm se retourna pour chercher des yeux sa collègue mais il eut beau scruter l'obscurité, il ne la vit nulle part.

Pendant ce temps-là, le colosse souhaitait la bienvenue à un groupe et le faisait entrer, sans savoir que l'une des deux femmes n'en faisait pas partie.

17

Le jardin de Fabian à l'arrière de sa maison de ville était beaucoup trop petit pour être désigné comme tel. C'était juste un espace extérieur, avec une petite terrasse, un carré d'herbe minuscule, quelques buissons et une remise. Malgré l'heure tardive, une lumière irisée éclairait les lieux. On s'approchait du solstice d'été, et en cette saison il ne faisait jamais tout à fait nuit.

À l'abri des rideaux fermés devant la fenêtre sale de la cave, Fabian enfila une paire de gants en latex talqué et prit le cadre contenant le cliché noir et blanc sur lequel une jeune version de Hugo Elvin, en robe, aidait sa mère à étendre le linge. Il le posa délicatement sur son bureau dans le halo de la lampe d'architecte et, muni d'un pinceau doux en poils d'écureuil, appliqua une poudre composée de suie et de farine de pomme de terre à quantité égale.

La visite de l'appartement d'Elvin, qu'il avait faite dans l'après-midi avec Hillevi Stubbs, confirmait autant qu'elle infirmait les soupçons pesant sur Molander. Toute la mise en scène autour de l'identité de genre de Hugo Elvin était indéniablement discutable, comme l'était le mode opératoire de la pendaison elle-même s'il s'agissait d'un suicide. Stubbs avait remarqué comme lui les nombreux détails suggérant que quelque chose ne collait pas.

Comme il s'y attendait, la poudre ne se fixa ni sur le cadre, ni sur la vitre, ni sur la partie arrière de l'encadrement. Il n'y avait pas la moindre empreinte digitale. À lui seul le fait était étrange. Sur le verre lui-même, passe encore, mais sur le cadre et l'arrière du tableau, allons ! Pourquoi effacer des traces de doigts de façon aussi méticuleuse si l'on n'a rien à cacher ?

Il retourna le cadre, releva les quatre petites pattes métalliques et retira le carton. La photo ne portait aucune indication ni aucun tampon. Le papier était entièrement blanc et il était difficile de déterminer s'il était neuf ou pas.

Il alla poser le cliché sur la vitre de la photocopieuse, brancha le câble de l'appareil à son ordinateur, qui lui demanda s'il souhaitait scanner le document.

Surpris par la facilité de l'opération, il cliqua sur oui, donna au fichier le nom de *Elvin jeune en robe* et choisit la plus haute définition. Quelques secondes plus tard, l'image apparaissait sur son écran.

C'était la première fois qu'il avait l'occasion d'analyser lui-même une photographie, et il pensait devoir se servir de Photoshop, passer l'image par un tas de filtres et d'amplificateurs de contraste avant d'avoir une réponse. Mais après quelques manipulations très simples consistant à agrandir le visage d'Elvin, il eut la preuve de ce qu'il soupçonnait depuis des heures.

La photo était trafiquée.

Il s'agissait bien de la tête de Hugo Elvin, mais sur son visage la lumière du soleil venait de la gauche, alors que sur le reste de la photographie elle venait de la droite.

La différence de définition entre le visage et la robe rendait les contours des cheveux et du cou trop nets, bien qu'on ait essayé de les estomper.

La tête d'Elvin avait été incrustée, sans doute scannée à partir de l'une des photos manquantes dans l'album. L'autre étant celle de la sœur de Hugo, en robe, aidant sa maman à étendre le linge.

La confusion sexuelle dont était censé souffrir Elvin avait été entièrement fabriquée, dans le but d'apporter un mobile suffisamment complexe et choquant pour faire oublier tout le reste, afin que personne ne puisse imaginer qu'il pût s'agir d'un meurtre.

Il sentit son pouls s'accélérer et l'adrénaline courir dans ses veines. Il imaginait les conséquences que tout cela pouvait déclencher si réellement Molander, leur propre collègue, en était l'auteur. Il ignorait les connaissances qu'Ingvar pouvait avoir en matière de retouche photo, mais connaissant ses autres talents de technicien, il ne serait pas surpris qu'il maîtrise également celui-là.

Bien sûr, le coupable pouvait aussi être, par exemple, un ancien repris de justice qui aurait voulu se venger de celui qui l'avait mis sous les verrous. Ou n'importe qui d'autre. Mais si les soupçons de Hugo Elvin étaient justifiés et que Molander avait compris qu'il était sur sa trace, celui-ci avait un mobile pour le tuer. Il avait aussi les connaissances nécessaires pour commettre un meurtre de manière assez convaincante afin de tromper tout le monde, sauf, apparemment, Hugo Elvin.

Cependant, tout cela n'était que conjectures et Fabian était bien conscient qu'il ne disposait d'aucune preuve tangible.

Pour l'instant, il lui restait à chercher la vérité, car, comme Stubbs avait l'habitude de le dire, on avait beau faire le ménage, il restait toujours, quelque part, sur une scène de crime ou ailleurs, un grain de poussière à ramasser.

18

Irene se demanda dans quoi elle était tombée. On aurait dit un concert.

C'est la première idée qui lui traversa l'esprit quand, séparée du groupe auquel elle avait fait semblant d'appartenir, elle continua à évoluer seule dans le local. Le rythme metal de *Carolus Rex*, le dernier album de Sabaton, boostait l'atmosphère, semblant presque injecter de l'adrénaline dans chaque centimètre cube de la grange qui, avec ses spots fixés aux poutres du plafond et sa scène surélevée, avait des allures de boîte de nuit.

Sabaton était l'un des groupes préférés de Hampus, et alors qu'il savait très bien ce qu'elle-même en pensait, il l'écoutait en boucle, le volume monté à fond, faisant subir à tout le quartier une torture digne de Guantánamo.

Elle estima le public à environ cent cinquante personnes, reconnut au passage certains membres des pires gangs de voyous qui sévissaient dans la région. Mais il ne s'agissait pas seulement d'une réunion de bikers criminalisés. Il suffisait de voir les costumes de grandes marques, les longs manteaux de cuir et évidemment les brassards munis de croix gammées, pour s'en rendre compte.

Elle sortit son portable de sa poche et appela Klippan, au bout de quelques tonalités elle tomba sur son répondeur et laissa un court message pour lui dire qu'elle était à l'intérieur.

La musique cessa et une voix d'homme retentit dans les enceintes.

« Tout d'abord, je voudrais vous souhaiter la bienvenue. » La foule s'approcha de la scène, où un homme de taille très modeste, vêtu d'une tenue type uniforme de scout, se tenait derrière un pupitre. « Merci d'être venus si nombreux. J'ai l'impression que notre petite famille s'agrandit de jour en jour ! En effet, comme vous avez tous dû vous en rendre compte, les gens commencent à comprendre qu'il n'y a que par la résistance active et la violence que nous arriverons à nos fins. »

Plusieurs personnes dans le public se mirent à applaudir et à siffler.

Irene avait déjà entendu dire que les néonazis organisaient des manifestations, des réunions secrètes sous l'égide du parti des Démocrates de Suède, des Nationaux-Démocrates ou du mouvement de résistance nordique Näste 3, comme ils se faisaient appeler en Scanie. Ils louaient un local sous un faux nom, un gymnase scolaire par exemple ou une grange au milieu de nulle part, comme ici.

Pour ne pas éveiller l'attention, elle alla se réfugier dans un coin de la salle où, protégée par l'obscurité, elle pouvait monter sur une chaise et filmer l'événement avec son portable.

« Les musulmans, eux, l'ont déjà compris, poursuivit l'homme sur scène. Ils nous ont déclaré la guerre depuis longtemps et je peux vous assurer que, si nous ne réagissons pas, nous aurons bientôt la charia et le port du voile obligatoire dans ce pays. » La foule hua. « Exactement ! Si nous ne faisons rien, nous allons nous faire avoir comme des bleus. Non pas que j'aie quoi que ce soit contre la couleur bleue, surtout pour les yeux, si vous voyez ce que je veux dire. » Les huées furent remplacées par des rires. « C'est MAINTENANT que nous devons nous battre ! Car bientôt, il sera trop tard ! »

Un vacarme d'applaudissements et de cris salua ce discours et le public ne fut plus qu'un champ de bras droits levés à l'horizontale.

Le nabot reprit. « Et maintenant, sous vos applaudissements, merci d'accueillir le premier orateur de la soirée ! Un homme qui ne recule jamais devant un débat d'idées. Un homme qui, mieux que personne, sait affûter son propos afin que notre voix soit entendue et que les portes s'ouvrent devant nous et nos idées ! Il est là ce soir parmi nous, mesdames et messieurs, je vous présente Sievert Landertz ! »

En blouson de daim brun, chemise et cravate, Landertz entra en scène sous les hourras et les applaudissements. Il serra la main au petit bonhomme en tenue de boyscout et prit sa place derrière le pupitre.

« J'entends souvent dire qu'il ne faut pas mettre tous les musulmans dans le même panier, commença-t-il lorsque l'auditoire se fut un peu calmé. Que seuls les fondamentalistes et les islamistes posent des problèmes. Mais si vous voulez mon avis, tout cela n'est que de la sémantique. Alors soyons cohérents avec nous-mêmes et, puisque nous avons un projet, commençons par les appeler par leur vrai nom : des “rats”, ou mieux encore, des “cafards”. » Quelques rires et quelques applaudissements saluèrent la proposition. « Car ce ne sont pas des humains ! » Il secoua la tête et sourit comme s'il venait d'énoncer une évidence. « Je ne sais pas vous, mais moi j'appelle ça de la vermine ! » Les cris et les hourras augmentèrent. « Et que fait-on de la vermine ? On l'éradique ! » Il mima le geste de passer la sulfateuse, déclenchant une véritable explosion d'enthousiasme et de saluts nazis qui ne connurent plus de limite quand, à son tour, il enfila un brassard marqué d'une croix gammée.

Irene Lilja n'était nullement étonnée. Landertz était loin d'être le premier démocrate de Suède à sortir du placard nazi. Mais le spectacle lui donna tout de même la nausée et elle dut résister à l'envie de bondir sur scène, lui arracher le micro des mains et leur demander s'ils étaient tous devenus fous.

« À un bout de l'échelle, il y a des humains à cent pour cent, comme nous tous, ici, poursuivit Landertz, et à l'autre les mahométans à cent pour cent. Ce sont eux qui depuis un certain temps traversent nos frontières et envahissent notre pays ! Eux les parasites qui violent nos femmes, chient dans nos églises et pompent nos richesses. Les chiffres le montrent clairement. C'est nous qui construisons. Nous qui produisons. Nous qui créons. Eux, qu'est-ce qu'ils font ? Ils prennent ! Notre argent. Nos emplois. Nos places dans les universités. Nos logements. Ces nuisibles vont jusqu'à nous prendre nos places à l'avant du bus ! »

Le public hurlait à présent sa colère et, levant la main, Landertz dut leur demander de se calmer pour être en mesure de continuer.

« Mais bien sûr, ce ne sont pas des choses que nous entendons aux informations, et nous ne les trouvons pas non plus écrites dans nos journaux du matin, alors j'en viens à me demander s'il ne serait pas temps de donner aux médias un nom qui leur conviendrait mieux : *Lügenpresse*[1]. » La partie polyglotte de l'auditoire applaudit. « Par contre, le "terrible" incendie du centre pour réfugiés près de Kvidinge, lui, on y a eu droit dans tous les journaux. Bouh ! Que c'est triste… Je ne sais pas qui a fait ça, mais quels qu'ils soient, ils méritent nos applaudissements ! » Les gens ne se le firent pas dire deux fois, ils sifflèrent et applaudirent et, comme mus par un ressort, leurs bras droits se levèrent à nouveau. « Ils nous ont quand même débarrassés de trois rats d'un seul coup ! Trois cafards noirs immondes qui ne pourront plus semer leur descendance sur notre territoire. Et avec un peu de chance, le temps que cette affaire se tasse, il y a encore quelques enfants de barbus qui iront bouffer des pissenlits par la racine ! » Des applaudissements nourris ponctuèrent la remarque.

Il n'était pas du tout impossible que les auteurs de l'incendie se trouvent dans cette grange en ce moment même. Mais il y avait beaucoup trop de monde pour qu'elle puisse aller toute seule relever l'identité de chacun. Elle ne pouvait pas non plus demander du renfort et encercler le bâtiment, sachant que ce rassemblement, aussi révoltant soit-il, n'avait rien d'illégal.

1. « Presse mensongère », terme politique péjoratif largement utilisé par les mouvements de droite allemands pour désigner la presse écrite et les médias de masse en général, comme tactique de propagande pour discréditer les publications qui offrent un message contraire à leur programme.

Cela dit, ils étaient tous arrivés en voiture ou à moto, et même si la police ne pouvait interroger que les propriétaires des véhicules, ça pouvait porter ses fruits.

Elle venait de stopper la caméra afin d'envoyer un message à Holm pour lui demander de photographier les plaques d'immatriculation de tous les véhicules du parking, quand la chaise sur laquelle elle était juchée disparut sous ses pieds. Cela se passa si vite qu'elle n'eut pas le temps d'amortir sa chute. Son portable lui échappa des mains et atterrit trop loin pour qu'elle puisse le récupérer.

« Et qu'est-ce que nous avons ici ? » Un type en pantalon de cuir et gilet en jean s'accroupit au-dessus d'elle. Il s'approcha tellement qu'elle put examiner chaque détail du tatouage Terminator qui s'étendait de son cou à une grande partie de son visage.

« C'est à toi ? » la questionna un deuxième type en lui tendant son portable d'une main où il manquait le majeur.

Elle acquiesça, puis vit le téléphone tomber au sol et une grosse botte cloutée le réduire en miettes.

On n'entendait plus un bruit dans la grange, hormis le gémissement qu'elle poussa en se relevant, sentant une terrible douleur à la hanche. Elle avait les tripes nouées, et son cœur battait si fort qu'elle en avait mal dans la poitrine.

Afin que personne ne voie à quel point elle souffrait, elle se mit à brosser calmement et très soigneusement ses vêtements, ce n'est que lorsqu'elle eut terminé qu'elle s'adressa au nain en uniforme de boyscout, venu rejoindre les deux premiers.

« Mon nom est Irene Lilja, commença-t-elle en le regardant droit dans les yeux. Je travaille pour la police de Helsingborg et j'enquête en ce moment sur la mort de Moonif Ganem. » Elle fit une pause et regarda un par un tous ceux qui s'étaient à présent tournés vers leur petit groupe. « Nous avons un suspect très sérieux et je voudrais savoir si l'un d'entre vous le connaît. » Elle baissa un peu la fermeture Éclair de son blouson et passa la main à l'intérieur.

Les réactions ne se firent pas attendre : en moins d'une seconde, elle avait trois canons d'armes à feu braqués sur elle.

« Vous croyiez que j'allais vous tirer dessus ? » leur demanda-t-elle après le court instant qu'il lui fallut pour surmonter le choc. Surprise d'entendre que sa voix était ferme, elle s'autorisa même à secouer la tête en riant tout en extrayant de sa poche intérieure le portrait-robot.

Sa petite comédie parut fonctionner. Les pistolets étaient toujours pointés dans sa direction, mais les types ne pouvaient pas contrôler ce qu'exprimaient leurs regards, et elle y vit un manque d'assurance qui faisait mentir leurs tatouages, leurs chaînes et leurs muscles gonflés. Manifestement, ils ne s'attendaient pas à ça et, armée ou pas, à présent c'était elle qui tenait la barre.

« Voici à quoi il ressemble », enchaîna-t-elle en mettant le dessin sous le nez du boyscout.

Et là l'enfoiré ne regarda pas le dessin, mais la main qui le tenait. Une foutue main tremblante qu'elle ne réussissait pas à immobiliser.

De nouveau, elle avait perdu le contrôle de la situation et n'eut pas d'autre choix que de le regarder, sans rien faire, tandis qu'il déchirait le papier en petits morceaux et les laissait pleuvoir à ses pieds avec un sourire narquois.

« Tu aimerais bien savoir qui c'est, hein ? dit-il en faisant un pas menaçant vers elle. Eh bien, je vais te le dire : ce gars-là, c'est un putain de héros, voilà ce que c'est, un type qui a rendu un service inestimable à la nation. Et je vais même te dire mieux : je regrette de ne pas savoir qui il est, car tel que tu me vois, là, je serais allé personnellement le remercier. Mais comme je ne le sais pas, je vais me contenter de faire en sorte que la nouvelle de son exploit, qui ne sera pas le dernier j'espère, se répande jusque dans le trou à rats où il a trouvé le gamin. Comme ça, ses semblables y réfléchiront à deux fois avant d'envisager de venir jusqu'ici. D'ailleurs, il devrait être reconnaissant de ce qui lui est arrivé. Ce n'est pas tout le monde qui a la chance d'entrer aussi propre dans la mort. » Il se tourna vers le type au tatouage Terminator. « Je te charge de raccompagner notre invitée jusqu'à la sortie. »

L'homme hocha la tête et transmit l'ordre d'un simple regard à deux autres gros bras, qui l'attrapèrent manu militari et l'entraînèrent vers une petite porte à côté de la scène.

Jusqu'à la sortie.

Elle voulut résister, mais dut se rendre à l'évidence : elle allait devoir les accompagner dans la pièce derrière la scène. Elle voulut se dégager et profiter d'un éventuel effet de surprise pour sortir son arme de service qu'ils avaient oublié de lui prendre.

Jusqu'à la sortie.

Cela signifiait-il ce qu'elle pensait que cela signifiait ?

Ils ouvrirent une deuxième porte donnant sur une cour, où une voiture était garée.

Il n'avait pas dit : *dehors*, il avait dit : *jusqu'à la sortie.*

Allaient-ils l'emmener dans les bois et lui mettre une balle dans la tête ? Ou l'enfermer dans le coffre d'une voiture qu'ils feraient broyer dans la casse la plus proche ? Elle ne serait pas la première flic à disparaître sans explication.

« Au secours ! hurla-t-elle. Klippan, je suis ici ! De l'autre côté ! » Un appel à l'aide qui lui valut un coup de poing dans la figure. Quelques centimètres plus bas et il lui décrochait la mâchoire. Là, elle se contenta de perdre connaissance, n'eut pas conscience d'être chargée dans le coffre d'une voiture, qui démarra.

19

Fabian renversa le contenu du sachet en plastique pour pièces à conviction sur le bureau du sous-sol : sept clés attachées à un trousseau.

Sept clés distinctes toutes marquées de morceaux de ruban adhésif bleu, blanc et vert. Deux étaient marquées de bleu, l'une d'elles portant un nombre à quatre chiffres. Sur l'une des deux clés marquées de blanc se trouvait un code à six chiffres et l'autre avait un dessin de poisson sur sa partie ronde. Les trois clés marquées du gaffeur textile vert étaient de formes différentes et on avait tracé un point d'interrogation sur chacune d'elles.

Il les photographia l'une après l'autre avec son téléphone portable. Il ignorait à quoi correspondaient les différentes marques, mais ces clés avaient toutes une destination et il n'abandonnerait pas avant d'avoir compris laquelle.

Savoir que la photo d'Elvin jeune en robe avait été trafiquée l'avait convaincu de se lancer plus sérieusement encore dans cette enquête sur Molander. Il avait passé toute la soirée et quasiment la moitié de la nuit dans la cave à étudier en détail et à photocopier tout ce qu'il avait trouvé dans le tiroir du bureau d'Elvin.

Il avait déjà épluché une partie de ses agendas. À de rares exceptions près, chaque journée était marquée des initiales I.M., pour Ingvar Molander, suivies par deux horaires. Le premier était l'heure à laquelle il arrivait au commissariat le matin, et l'autre celle à laquelle il en repartait, dans l'après-midi ou le soir.

Sur certaines pages il avait dessiné des smileys, parfois souriants, parfois grognons, parfois avec une simple ligne horizontale à la place de la bouche. Sur d'autres étaient notées diverses informations pouvant aller du changement de numéro de portable de Molander à l'enquête sur laquelle il travaillait à ce moment-là, en passant par ses absences pour cause de congés ou un commentaire surprenant qu'il avait pu faire au cours d'une réunion. Sur de nombreuses pages figurait un troisième horaire indiquant l'heure à laquelle Molander était rentré chez lui, ce qui voulait dire qu'Elvin était parfois allé jusqu'à le filer.

Fabian avait aussi trouvé parmi les affaires de Hugo une enveloppe contenant une collection de photos en noir et blanc sur lesquelles on voyait une femme en train de s'asseoir dans une voiture, à la place du passager. À moins qu'elle ne soit sur le point d'en sortir, c'était difficile à dire. Malheureusement, on ne pouvait distinguer son visage sur aucun des clichés. Quand elle n'avait pas le dos tourné à l'appareil photo, c'étaient ses cheveux qui lui cachaient la figure. Quant au conducteur de la voiture, il faisait trop sombre pour pouvoir affirmer autre chose que le fait qu'il s'agissait d'un homme.

Le véhicule semblait être une Saab 9-3 cinq portes, grise, mais sa plaque d'immatriculation n'était visible sur aucun des clichés.

Ensuite, il y avait les photocopies de différents rapports d'enquêtes. Fabian les avait déjà parcourus, mais c'était la première fois qu'il prenait le temps d'entrer dans les détails. Il décida de commencer par le plus ancien. Principalement parce que c'était celui qu'il connaissait le moins.

La victime, Einar Stenson, avait soixante-treize ans quand il était mort le 21 avril 2007, dans sa maison de campagne de Ringsjöstrand à Hörby, une commune située en plein cœur de la Scanie, dépendant du district policier du sud-ouest du Götaland. L'affaire n'avait donc pas atterri chez Tuvesson et son équipe, mais chez un certain Ragnar Söderström à Eslöv, qui avait conclu à un tragique accident ayant, par un malheureux concours de circonstances, conduit à une issue fatale.

D'après le dossier, Einar Stenson était seul dans sa maison secondaire quand il avait glissé sur le parquet fraîchement ciré de sa cuisine et était tombé la tête la première dans le panier à couverts du lave-vaisselle. Dans le panier en question se trouvait un couteau de cuisine et Stenson s'était empalé sur la lame dirigée vers le haut. Une fracture du nez et une plaie à la tête semblaient indiquer qu'il s'était assommé en tombant, ce qui expliquait pourquoi il était resté là, à se vider de son sang.

Ce n'était pas un accident ordinaire, certes, mais il restait plausible. Une rapide recherche sur Internet révéla que Stenson était l'unique personne en Suède à qui un tel accident était arrivé. Mais le même événement s'était déjà produit ailleurs, à deux reprises, et avait causé la mort d'une femme de trente ans et d'un petit garçon de six ans.

Les notes dans la marge indiquaient qu'Elvin ne croyait pas à la thèse de l'accident. Il avait mis entre parenthèses le passage décrivant le fait que le plancher était fraîchement ciré et très glissant, en particulier pour quelqu'un qui porte des sabots. Il avait entouré les mots *ciré* et *sabots* et mis un point d'interrogation à côté.

D'après l'expertise technologique, le sol était effectivement fraîchement ciré, et sur une photo où la victime était à plat ventre sur le panier inférieur du lave-vaisselle ouvert, on voyait son pied gauche toujours chaussé d'un sabot, alors que le sabot droit gisait dans la flaque de sang.

C'était une photo désagréable à regarder à plusieurs titres. Pas tant à cause de tout le sang qui avait coulé sur la machine et sur le sol, ni du couteau qui avait traversé la victime et dont on apercevait la pointe émergeant de la chemise à carreaux, comme un petit aileron de requin brillant. Non, ce qui était vraiment effrayant, c'était la vitesse à laquelle les choses pouvaient s'arrêter pour un être humain. Comme s'il suffisait que le destin décide de s'amuser un petit peu pour que soudain tout se termine.

Il y avait une autre photo prise en plan large et elle était presque encore plus choquante que la première, alors que le cadavre avait déjà été emporté. Elle montrait le couteau ensanglanté, sa lame dressée pointant du panier à couverts. Ça faisait mal, rien que de le regarder. C'était comme si Sonja et lui, ou pire encore, les enfants, avaient échappé au drame chaque fois qu'ils avaient rangé un couteau dans le lave-vaisselle dans ce sens.

Apparemment, Elvin avait des réserves sur un détail de ce cliché-là. Il y avait un point d'interrogation à côté de la longueur de la lame. Sans explication. La trace au feutre rouge donnait plutôt l'impression qu'une idée lui avait traversé la tête, mais qu'il ne s'y était pas arrêté et était passé à la suite. Peut-être l'avait-il reprise plus tard. Peut-être l'avait-il oubliée.

Une recherche sur Einar Stenson indiquait que l'homme avait été photographe sportif pendant une grande partie de sa carrière professionnelle et qu'il avait travaillé pour les journaux *Sydsvenskan, Kvällsposten* et *Ystad Allehanda*. L'une de ses photos les plus connues était celle d'un Zlatan jeune dans un duel au jeu de tête pendant ses premières années au Malmö FF. En 1952, Einar s'était marié avec Flora, et peu de temps après ils avaient eu deux filles, Ulla et Gertrud Stenson, à quelques années d'intervalle.

Gertrud…

Fabian relut le prénom pour s'assurer qu'il ne s'était pas trompé. Non, c'était bien écrit Gertrud. Mais était-ce vraiment elle, ou encore une fois le fait du hasard ?

Il tapa le numéro de Sécurité sociale de Gertrud Stenson, et quand les informations apparurent à l'écran, il comprit soudain pour quelle raison Elvin s'était tant intéressé à cette affaire.

Gertrud Stenson était née en 1956 à l'hôpital d'Ystad. À l'âge de vingt-deux ans, elle avait changé de nom après son mariage à l'église de Hörby. Depuis lors, elle s'appelait Gertrud Molander.

Einar Stenson était le beau-père d'Ingvar Molander.

Cela ne pouvait pas être un hasard.

20

Il n'y avait rien de plus beau qu'un matin d'été, se disait Irene Lilja quand, après avoir reçu le signal qu'elle attendait dans le talkie-walkie, elle sortit de la voiture de police, traversa la route et entra dans le jardin de Landertz. La brume flottait comme une nappe de crème fouettée, quelques mètres au-dessus du sol, dissimulant la laideur des voitures, des meubles de jardin et autres trampolines.

Les premiers rayons du soleil illuminaient le paysage, alors que l'aube commençait tout juste à poindre, mais elle n'était pas en état d'apprécier réellement le spectacle. La noirceur de son regard obscurcissait sa vision et, sous un calme apparent, elle bouillonnait de colère.

Quelques heures auparavant, elle s'était réveillée sur la pelouse de son propre jardin, la joue douloureuse. Ses vêtements étaient trempés de rosée et elle avait si froid qu'elle avait douté pouvoir un jour se réchauffer.

Elle avait trouvé Hampus vautré sur le canapé devant la télé allumée, une main plongée dans son bas de jogging, et à en juger par les reliefs sur la table basse, il avait mangé de la pizza et vidé d'innombrables cannettes de bière. Elle n'avait pas eu la force de se mettre en colère et avait continué vers la salle de bains, où elle s'était fait couler un bain chaud.

C'est là, dans les vapeurs tièdes montant de la baignoire, qu'elle avait réalisé que le fait qu'ils la balancent ainsi devant chez elle devait être pris comme un avertissement. C'était une manière de lui dire qu'elle n'était plus en sécurité et qu'il fallait qu'elle le sache.

On sait où tu habites.

Après s'être rhabillée, elle avait téléphoné à Klippan depuis sa ligne fixe, convaincue qu'il était réveillé et fou d'inquiétude. Mais les sonneries s'étaient enchaînées, sans réponse, et elle lui avait finalement laissé un message dans lequel elle lui racontait les événements de la veille, lui assurait qu'elle allait bien et qu'elle avait l'intention, aussitôt qu'elle serait réchauffée, d'aller chercher Landertz chez lui et de le ramener au commissariat pour un interrogatoire en bonne et due forme.

Après s'être endormie, cinquante minutes plus tard elle avait été réveillée par le téléphone mais n'avait pas eu le temps de décrocher. Elle avait écouté le message très concis qu'il avait laissé sur son répondeur, un message au contenu duquel elle n'avait nullement l'intention de se plier et qu'elle nierait avoir écouté.

Pas le temps de te parler. Super que tu sois OK. Landertz peut attendre. Il vaut mieux que tu te reposes. À plus.

La sonnette faisait le même bruit que ces jouets en plastique agaçants, avec leurs couleurs criardes, dont on ne peut pas baisser le volume et dont les piles semblent ne jamais se vider. Au bout d'une longue minute, une femme en chaussons panda, robe de chambre et cheveux en bataille vint lui ouvrir.

« Bonjour, dit Lilja tout en se faisant la remarque que l'entrée de la famille Landertz était d'une banalité affligeante. Je m'appelle Irene Lilja et j'aimerais parler à votre mari.

— Euh… quoi ?

— Votre mari. Il est là ?

— Oui, mais… » La femme la regarda de la tête aux pieds. « De quoi s'agit-il ? Il est six heures et demie du matin.

— Six heures trente-trois, pour être exact. »

« C'est qui ? »

Elle ne le voyait pas, mais n'avait aucun doute sur le propriétaire de cette voix nasillarde. Quand il les rejoignit dans le vestibule un instant plus tard, les cheveux mouillés, vêtu uniquement d'une chemise déboutonnée, d'un caleçon et d'une paire de chaussettes, elle eut l'impression d'avoir débarqué dans leur chambre à coucher.

« Comme on se retrouve, lui décocha-t-elle avec un sourire, se retenant de grimacer en sentant la douleur dans sa joue.

— Attendez… vous vous connaissez ? » Les yeux de la femme allèrent de Lilja à Landertz pour revenir à Lilja. « Sievert, tu veux bien m'expliquer ce qui se passe… ?

— Va préparer le petit déjeuner, plutôt.

— Mais…

— Je prendrai un double expresso, une orange pressée et mon yaourt. Et fais attention que William ne mette pas trop de Nesquik dans son lait ! »

La femme ferma son clapet et s'en alla sans accorder un regard à Lilja.

« De quoi s'agit-il ? s'enquit Landertz en boutonnant sa chemise. Je croyais qu'on n'avait plus rien à se dire, vous et moi.

— Désolée de vous décevoir.

— Si vous vous imaginez me faire changer d'avis à propos de la liste des membres du parti, vous faites erreur. Je me suis même renseigné sur ce que dit la loi au sujet de la protection des données personnelles. Peut-être en avez-vous entendu parler ? En l'occurrence, ce qui vous intéresse entre dans la catégorie "données sensibles", ce qui signifie en d'autres termes que vous n'obtiendrez rien de ma part.

— C'est tout à fait exact, et je comprends parfaitement votre position à ce sujet. Je pense cependant que vous ne tarderez pas à faire ce que je vous demande malgré tout, mais nous y reviendrons. Au fait, vous vous êtes bien amusé, hier ?

— Amusé ? » Landertz semblait perplexe. « Si vous faites référence à l'incendie dans mes bureaux, il est juste une preuve supplémentaire que notre société ne doit plus accueillir de nouveaux migrants. Ce qui s'est passé dans les locaux de mon parti est un exemple flagrant de ce qui arrive quand on mélange trop de gens d'origines ethniques différentes dans un même lieu. Cela conduit à la dissension qui elle-même conduit à la violence. Alors non, pour répondre à votre question, je n'ai rien trouvé de particulièrement amusant à cet acte de malveillance caractérisé.

— Waouh ! » Lilja applaudit. « Impressionnant. Il n'est pas encore sept heures du matin, vous n'avez même pas pris votre petit déjeuner et vous avez réussi à répéter presque mot pour mot l'interview que vous avez donnée hier au journal *Kvällsposten*. Mais je ne faisais pas référence à l'incendie d'avant-hier, auquel j'ai d'ailleurs assisté, je vous le rappelle, mais à votre petite représentation d'hier soir.

— Ma représentation ?

— Attendez ça me revient : "Les migrants sont une vermine qu'il faut éradiquer par le poison" ou quelque autre horreur du même genre.

— Je ne sais pas de quoi vous voulez parler.

— Ah bon ? Vous aviez pourtant l'air en pleine forme. Mais ce n'est pas grave si vous avez oublié, parce que j'ai tout filmé, les saluts nazis, les svastikas et tout votre joli discours à propos des rats et des cafards. »

Le visage de Landertz se décomposa à mesure qu'il prenait conscience de la gravité de sa situation. « Alors c'était vous !? »

Lilja hocha la tête. « C'était moi, et maintenant vous avez le choix. Soit j'envoie le film à la presse, ou plutôt à la *Lügenpresse*, comme vous l'appelez. Soit vous acceptez de me donner une copie de la liste de vos adhérents et les journaux auront un scoop de moins à se mettre sous la dent.

— Votre proposition est très tentante, mais si mes renseignements sont exacts, ce portable a été malencontreusement accidenté.

— Jamais entendu parler d'iCloud, monsieur Landertz ? »

L'homme politique la regarda un instant au fond des yeux pour essayer de savoir si elle bluffait.

« Si vous voulez, nous pouvons rester toute la matinée ici à jouer à "je te tiens tu me tiens par la barbichette". Mais je vous conseille quand même d'aller me chercher ce que je vous demande, à moins que vous ne préfériez avoir très vite votre chef de parti au téléphone. Car je doute fort que Jimmie soit très content d'apprendre à quoi vous passez vos nuits. »

Sans un mot, Landertz lui tourna le dos et disparut à l'intérieur de la maison, pour revenir quelques minutes plus tard une clé USB à la main. « Vous savez que ce que vous faites là s'appelle du chantage et que c'est un délit puni par la loi. »

Lilja sourit, elle prit la clé USB et la fourra dans sa poche tout en pressant le bouton de son talkie : « C'est bon, dit-elle.

— *Bien reçu* », répondit une voix masculine dans la radio, et aussitôt, trois agents en uniforme émergèrent de la brume matinale.

« Qu'est-ce qui se passe, là ? Je croyais qu'on avait un accord !

— C'est le cas. Soyez tranquille, l'enregistrement restera en ma possession jusqu'à nouvel ordre, répliqua-t-elle en faisant signe aux policiers de l'embarquer.

— Attendez ! Vous ne pouvez pas faire ça ! Calmez-vous, putain ! gueula Landertz tandis qu'on le plaquait contre le mur. Je n'ai rien fait de mal ! Rien ne vous autorise à débarquer chez moi et à me traiter comme un foutu criminel !

— Je crains, monsieur Landertz, que votre petit discours d'hier puisse être interprété comme une incitation à la haine raciale, ce qui peut aller chercher dans les deux ans de prison. Mais vous avez raison, vous vous en tirerez sûrement avec une simple amende. En revanche, la justice condamne beaucoup plus sévèrement l'incendie volontaire, surtout quand on met le feu à son propre bureau. C'est bizarre, non ? »

Landertz, à qui on venait de passer les menottes, avait l'air de tomber des nues.

« Arrêtez de jouer les étonnés. Vous savez aussi bien que moi que c'est votre fils et ses camarades qui ont fait le coup. » Elle s'adressa à l'un des policiers : « Au fait, vous feriez mieux d'aller vite le chercher, avant qu'il n'abuse du Nesquik. »

21

Par la vitre du bus, il vit apparaître le centre commercial de Hyllinge et le supermarché Ica au premier plan. Le ciel était en train de se couvrir, il n'allait pas tarder à pleuvoir. Mais c'était sans importance. Quand il pensait à ce qui l'attendait, il se disait que, quoi qu'il arrive, cette journée serait fantastique.

Il ne se rappelait pas avoir jamais mis autant d'espoir en une seule journée. Même la fois où il s'était enfui de chez lui, avec toutes ses économies qui lui brûlaient les poches, ne pouvait pas être comparée à aujourd'hui. À l'époque, il n'avait que sept ans, et pour se rendre au parc d'attractions de Tivoli, il avait fait tout seul le chemin depuis Påarp et traversé le détroit jusqu'à Copenhague.

Être complètement libre et pouvoir faire tout ce qu'il voulait l'avait empli d'un tel sentiment de puissance qu'il avait eu l'impression de flotter sur un nuage. Il n'était rentré chez lui que lorsque ses poches avaient été vides et le soleil couché depuis longtemps.

Tout ce qu'il avait entrepris depuis avait eu pour unique but de revivre l'ivresse qu'il avait ressentie ce jour-là. Quand bien même ce serait pour la dernière fois. Il avait essayé de retourner à Tivoli, souvent. Il avait essayé l'alcool et les drogues. Il avait fait le tour du monde et eu une vie dont la plupart des gens auraient à peine osé rêver. Mais jamais il n'avait retrouvé de près ou de loin cette joie effervescente, exaltante.

Jusqu'à aujourd'hui.

La galerie marchande de Hyllinge n'était pas seulement la première étape. C'était un Tivoli plus excitant que tous les parcs d'attractions confondus. Les enjeux étaient plus élevés et la chute plus sévère. Tout pouvait arriver, et rien ne dépendait de lui. Grâce aux dés, il s'engageait pour un voyage dont il ignorait la suite, comme lorsqu'il s'était installé pour la première fois dans le wagon du grand huit et avait rabattu la barre métallique glacée sur ses cuisses.

Les dés.

Il leur devait tout. Pour une raison inexplicable, ils l'avaient conduit ici, au centre commercial de Hyllinge, et bientôt ils l'entraîneraient à nouveau dans l'inconnu en choisissant pour lui sa prochaine victime.

Le bus se gara à l'arrêt de Åstorpsvägen. Il descendit et aida une mère de famille à sortir sa poussette, qu'il surveilla le temps qu'elle parvienne à récupérer son gamin de trois ans en pleine crise et manifestement déterminé à lui pourrir la vie. Elle était montée deux arrêts après lui, et pendant tout le trajet le gosse n'avait pas cessé de hurler. Les tentatives de plus en plus désespérées de sa mère pour le calmer, à grand renfort de promesses concernant des smoothies à tous les parfums, s'étaient toutes soldées par un échec.

Pour ajouter aux désagréments, il était assis à côté d'une femme en nette surcharge pondérale, affectée d'une haleine de chacal et boudinée dans un affreux jogging. À ce propos il n'avait jamais compris pourquoi des gens qui ne faisaient jamais de sport s'affublaient de ces vêtements synthétiques mal coupés aux couleurs criardes.

Et malgré tout cela, il était de trop bonne humeur pour se laisser atteindre, même s'il aurait préféré que les dés choisissent un trajet en voiture, à scooter ou à vélo plutôt qu'en bus.

Le centre commercial avait principalement été dessiné pour les personnes circulant en voiture. L'architecte n'avait même pas prévu une allée piétonne digne de ce nom pour traverser le parking qui, bien qu'il ne soit que dix heures vingt, était déjà plein aux deux tiers.

Quand il jugea que la maman avec sa poussette s'était suffisamment éloignée, il alla s'asseoir sur le banc couvert de graffitis de l'arrêt de bus et sortit de sa pochette le dé de précision à six faces. Il le soupesa un instant et, face après face, le frotta entre ses doigts pour le réchauffer.

La galerie marchande de Hyllinge se répartissait sur trois corps de bâtiments distincts. Ica Maxi occupait le premier, le magasin de bricolage Bauhaus le deuxième, et les autres boutiques se partageaient le troisième. La première question qu'il allait poser concernait le bâtiment. Ica correspondait aux chiffres 1 et 2, Bauhaus au 3 et au 4 et la galerie marchande au 5 et au 6.

Il referma ses mains en y laissant de la place au centre pour le dé et le secoua jusqu'à être certain qu'il avait eu le temps de prendre sa décision.

Un 2.

Une légère bruine avait commencé à tomber. Il releva sa capuche, quitta l'Abribus, traversa le parking, passa les portes automatiques et prit un panier au passage avant d'entrer dans le supermarché.

Les premiers rayons, avec leurs ustensiles de cuisine et leurs innombrables objets en plastique que personne n'achetait jamais, étaient déserts. Il continua vers le rayon des légumes, qui était sans doute celui qui lui faisait le plus horreur dans une grande surface. À tel point qu'il avait perdu le goût d'acheter des légumes frais. Non seulement on devait soi-même choisir et mettre les articles dans des sacs, mais en plus il était devenu fréquent qu'on soit également obligé de les peser et de coller l'étiquette avec le prix. Comme si on était devenu une sorte d'employé non rémunéré. Le simple fait de devoir opter pour une salade parmi les innombrables variétés proposées était un véritable casse-tête.

Et puis, il y avait les autres clients. Comme cette bonne femme, là-bas, qu'il voyait tripoter une mangue après l'autre en la reniflant comme l'aurait fait un vulgaire clébard.

Il s'arrêta devant les pommes de terre en vrac et les jeta une par une dans un sac en plastique tandis qu'il observait la femme à distance. Elle était habillée en bleu, des pieds à la tête. Imperméable bleu, short bleu, bottes en caoutchouc bleues. Même les branches de ses lunettes pendant sur sa poitrine étaient bleu ciel.

Bref, elle semblait être la cible idéale.

Cinq chiffres sur six plaideraient en sa faveur. Le seul qui la désignerait d'office était le 5, qui était le chiffre correspondant à la couleur bleue.

L'ordre des couleurs était une question à laquelle il avait dû réfléchir longuement, avant d'arriver à la seule conclusion logique : ce serait selon l'ordre dans lequel on les trouvait dans un arc-en-ciel.

Le rouge était donc représenté par le 1, puis venait l'orange, le jaune, le vert, le bleu et enfin le violet qui équivalait à un 6. Le blanc, le noir, le marron et le gris étaient neutres et ne changeaient rien à la donne.

Ici, c'était donc le chiffre 5 qui aurait son mot à dire.

Il prit une dernière pomme de terre, fit un nœud au sachet, qu'il déposa dans le panier. Puis il enfonça la main dans sa poche, saisit le dé et le secoua en se dirigeant vers le présentoir contenant les oignons rouges. Arrivé là, il ouvrit la main et regarda.

Un 3.

Le dé avait dit *jaune*, et d'après ce qu'il pouvait voir, la femme n'avait pas la plus petite tache de jaune sur elle, ce qui signifiait qu'elle allait pouvoir déguster une mangue, en admettant qu'elle arrive à la choisir un jour.

Devant la montagne de fraises, un homme qui devait avoir une quarantaine d'années était en train de fouiller et trier dans le tas de fruits irréprochables afin de composer la barquette parfaite. Il était vêtu d'un polo mauve et d'un short blanc. Malheureusement, ses chaussures bateau étaient marron. En revanche, le pull rayé rouge et blanc qu'il avait sur les épaules donnait au dé une couleur de plus avec laquelle jouer, deux chiffres en tout : 1 et 6. Comparé à la femme aux mangues, les chances du plaisancier étaient divisées par deux.

Peut-être fut-ce une sorte de prescience qui le fit se hâter soudain de trier ses fraises avant de se précipiter vers le rayon boucherie. Comme si ça pouvait l'aider.

Lui alla se poster devant le rayon des harengs, d'où il avait une vue dégagée sur l'homme qui devrait peut-être mourir ce soir. À nouveau il lança le dé et, alors qu'il ouvrait lentement la main, une sensation de fébrilité extraordinaire l'envahit.

Ah, un 5.

Dans un sens, il fut soulagé. L'histoire se révélait beaucoup plus amusante que prévu. Et elle le devint encore plus quand un petit garçon d'une dizaine d'années environ rejoignit l'amateur de fraises et posa dans son panier un magazine de jeux vidéo sous plastique.

« Papa, il y a un magasin de téléphones dans le centre commercial. On pourrait pas y aller quand on aura fini ?

— Je t'ai déjà dit que tu n'aurais pas de portable.

— Mais pourquoi ? Comment je vais faire pour…

— Pourquoi ? Parce que c'est le troisième que tu perds en deux mois.

— S'il te plaît… Je te promets de faire attention.

— Je t'ai déjà dit de ne pas réclamer, Rutger.

— Je le paierai moi-même, il faut juste que tu me prêtes l'argent… »

Rutger ! Même le prénom était fantastique.

« Maintenant tu vas arrêter tes caprices ou tu vas aller m'attendre dans la voiture ! »

Sois tranquille, papa chéri. Si l'on en croit le destin, bientôt les caprices de ce petit bonhomme ne seront plus que du passé.

En tout cas, Rutger aimait les couleurs. Pour aller avec sa casquette verte, il portait un ciré rouge avec une capuche bleue et des revers aux poches bleus également. Certes, le pantalon gris jurait un peu, mais il était largement compensé par un cartable mauve à clous dorés. Le cartable avait peut-être été choisi pour aller avec le tee-shirt caché sous le ciré, ou, qui sait, Rutger était-il de la graine de drag-queen : tee-shirt rose avec des sequins ! D'un autre côté, les bourgeois avaient toujours eu un faible pour le rose, ce qui était aussi incompréhensible que leur deuxième couleur préférée, le vert menthe.

De toute façon, tout ça n'avait pas d'importance, puisqu'en comptant les sneakers jaunes avec des roulettes incrustées sous les talons, cinq sur les six couleurs étaient présentes, et ce pauvre Rutger n'aurait jamais le temps de devenir quoi que ce soit.

S'il ne lui avait pas manqué une petite tache d'orange, il serait déjà condamné à mort. Pour l'heure, il avait encore une chance sur 6. Un petit 2 était tout ce dont il avait besoin pour continuer sa vie… Ni plus ni moins. Le moment était-il venu ? Le troisième candidat allait-il être le bon ?

Il prit le dé, l'agita dans sa main, plus longtemps cette fois, même s'il savait que cela n'avait aucune incidence sur le résultat. Car, contrairement à ce que pensaient beaucoup de gens, un dé n'avait aucune mémoire, chaque lancer étant entièrement indépendant des lancers précédents, et totalement soumis au caprice du dé, c'est-à-dire au hasard.

Le hasard, lui, était lié aux probabilités. Même si le dé voulait faire dix 6 d'affilée, il y avait peu de chances qu'il y parvienne. Mais pour l'instant, ni la chance ni les probabilités n'étaient du côté du petit Rutger.

« Vous prenez quelque chose ? »

Il ferma la main autour du dé et se retourna vers le petit barbu costaud en tenue de motard qui venait de s'adresser à lui. « Ah, euh, pardon…

— Pas de problème, mais si vous voulez bien vous pousser pour que je puisse me servir…

— Absolument. Bien entendu. » Il fit un rapide pas de côté, sentant son pouls s'affoler. Il allait bientôt se mettre à transpirer aussi. Quel idiot ! Cela faisait plusieurs minutes qu'il bloquait le frigo sans prendre le moindre bocal de harengs. Rien de tel pour éveiller les soupçons. Merde.

En se retournant, il vit que le père et son fils avaient disparu. Merde ! Il regarda autour de lui et dut fournir un gros effort pour ne pas se mettre à courir partout dans le magasin pour les retrouver. Les caméras de surveillance avaient probablement déjà zoomé sur lui, et tout allait être terminé avant d'avoir véritablement commencé.

En se dirigeant vers les caisses d'un pas rapide, il prit soin de mettre régulièrement des articles dans le panier. Des gens pressés et stressés, on en voyait tout le temps, dans un supermarché.

Foutu barbu ! Sans lui, le dé aurait eu le temps de donner son verdict et il n'aurait plus eu qu'à les suivre jusqu'au parking pour noter le numéro d'immatriculation de leur voiture. Sa belle humeur était gâchée à présent, et évidemment il avait beau regarder de tous les côtés, Rutger et son père demeuraient invisibles. Ils n'étaient pas non plus aux caisses du magasin.

Où étaient-ils, bon Dieu ?! Ils n'avaient pas pu disparaître comme ça. Personne n'échappait à la volonté du dé. Personne. Et c'était lui qui détenait le dé, ce qui voulait dire que le destin du gamin était entre ses mains à lui. C'est ainsi que c'était écrit et ainsi que cela devait être.

Et puis soudain, il sut où les trouver. Comment n'y avait-il pas pensé avant ? Plus un adulte était agacé par les caprices de ses enfants, plus il y avait de chances qu'il leur cède. Et le petit Rutger avait compris cela depuis belle lurette. Et aussi que, si ça n'avait pas fonctionné pour une chose, il lui suffisait d'en réclamer une autre.

Et bien sûr ils étaient là, devant le rayon des jouets, en train de choisir une guitare en plastique. Il sortit le dé, le secoua, un court instant cette fois, et ouvrit la main.

Peut-être avait-il mal regardé.

Il y avait bien deux petits points noirs et pas trois ?

Peut-être qu'il n'avait pas agité le dé assez longtemps.

Non, cela n'avait pas d'incidence. Enfin, cela ne devrait pas en avoir. Mais si le hasard avait été empêché de s'exprimer ? Il avait pourtant longuement agité le dé avant que le barbu ne l'interrompe. Et puis quelle que soit son envie de le relancer, il n'avait aucune excuse pour le faire. Le dé avait eu tout le temps nécessaire pour prendre sa décision, et les deux petits points étaient le choix qu'il avait fait. Il n'y avait plus qu'à l'accepter et laisser ces deux ingrats continuer vers les caisses.

Bien qu'il soit parfaitement conscient de son incohérence, il fut saisi d'un immense sentiment de déception. C'était pourtant tout l'intérêt du jeu. Ne jamais savoir à l'avance ni qui, ni où, ni quand, ni comment. Sa propre volonté n'entrait pas en ligne de compte. Il n'était qu'un passager aux yeux bandés, monté à bord du grand huit pour le plus beau tour qui soit.

Alors pourquoi ne ressentait-il ni exaltation ni impatience ? Ce barbu lui avait-il gâché le plaisir ? Ou bien était-ce ce 2 choisi par le dé en toute légitimité ? Il l'ignorait. En tout cas, il était extrêmement contrarié et n'avait envie que d'une chose à présent, se débarrasser de ce panier et rentrer chez lui. Mais il ne pouvait pas faire ça. Demain, quelqu'un devait mourir, et il ne savait pas encore qui.

Peut-être qu'il avait faim, tout simplement. Il y avait presque trois heures qu'il n'avait pas mangé et il n'était pas interdit de faire une petite pause. Ne serait-ce que pour calmer ses nerfs et retrouver le moral. Une bonne cuisse de poulet grillé. Voilà ce qu'il lui fallait. Il avait senti l'odeur en passant tout à l'heure devant le rayon des plats cuisinés, quand il cherchait le gamin. Du poulet grillé, une tomate et une eau gazeuse citronnée.

En approchant du comptoir, il se sentait déjà mieux, et quand il prit son ticket et remarqua que les deux personnes devant lui dans la file d'attente étaient habillées respectivement en gris et en noir, il sut qu'il avait fait le bon choix en décidant de faire cette pause.

La vendeuse qui servait les clients portait une blouse blanche. Elle pressa un bouton pour appeler le numéro suivant et servit l'homme en jean noir, tee-shirt noir et veste noire. Sa tenue était élégante et, rien que pour cela, il méritait de vivre.

« Et qu'est-ce qui vous ferait plaisir ? »

Un nouveau vendeur avait rejoint la jeune femme derrière le comptoir et les chiffres rouges sur le tableau indiquaient que c'était déjà son tour. D'après l'insigne agrafé à sa veste de boucher, il s'appelait Lennart Andersson. Bien qu'il s'efforce de paraître dix ans de moins, il devait avoir largement passé la cinquantaine. Il semblait en très bonne condition physique pour son âge et c'était probablement ça, ajouté à son implantation de cheveux très basse et à son visage bronzé aux UV, qui trompait l'œil de prime abord. Pour connaître son âge, c'étaient ses mains qu'il fallait regarder. C'était là que se trouvaient les rides et les taches. Les mains d'un individu ne trompaient jamais et aucune opération au monde ne pouvait changer leur apparence. Comme sa collègue, Lennart était vêtu de blanc, à une petite exception près qui faisait toute la différence.

La cravate rouge.

On n'en voyait que le nœud, mais c'était plus que suffisant.

« Une cuisse de poulet grillé, s'il vous plaît », répondit-il tout en agitant le dé dans le creux de sa main pendant que le vendeur se dirigeait vers le buffet des plats chauds.

Un 1.

Un unique petit point noir au milieu.

Il n'avait pas besoin de plus pour passer à la phase suivante.

Le dé tomba sur le comptoir avec un petit bruit sec, roula et vint s'arrêter contre le panier dans lequel les clients jetaient les tickets numérotés usagés.

« Il vous fallait autre chose ? » demanda le vendeur en collant le prix sur le sachet.

Un 1.

Putain de merde. C'était encore un 1.

La décision avait mis du temps à arriver, mais maintenant elle était prise, et après coup elle lui parut complètement évidente.

« Non merci, Lennart, c'est parfait. Absolument parfait. » Il afficha un grand sourire sur son visage, empocha le dé et tendit la main pour prendre le sac avec son poulet grillé.

« Alors il me reste à vous souhaiter bonne continuation.

— À vous également. On ne sait pas de quoi demain sera fait », rétorqua-t-il en s'éloignant vers les caisses.

22

« Bien, je n'ai plus de question, conclut Lilja en se levant.

— Ah bon, alors c'est déjà terminé ? » dit la femme. Elle avait été filmée par une caméra de surveillance à Bjuv, tandis qu'elle traversait Norra Storgatan, stressée, quelques minutes après qu'on avait lancé un programme de rinçage dans une buanderie collective à une centaine de mètres de là.

« Oui, répondit Lilja en la raccompagnant à la porte. Si nous avons d'autres questions, nous vous rappellerons, bien sûr. » Elle ne voyait aucune raison de mettre en doute l'histoire de cette femme qui, alors qu'elle faisait ses courses à la supérette Netto, avait constaté que le plafond de sa carte de crédit était dépassé, et avait dû rentrer chez elle précipitamment pour y prendre du liquide. Elle avait même été capable de produire le ticket de caisse avec la mention *carte refusée.*

C'était la troisième qu'elle éliminait de la liste des personnes qui, pour une raison ou une autre, avaient retenu leur attention lors du visionnage des bandes de surveillance. Pour être franche, c'était surtout l'attention de Klippan qu'elles avaient retenue. Pour sa part, elle considérait que ces auditions étaient une terrible perte de temps. Mais elle avait promis, et avec le passif qu'elle avait accumulé en se risquant sans lui dans ce rassemblement nazi, elle n'avait pas envie de se disputer aussi à ce sujet-là.

Une chose était sûre, il était furieux. Tellement furieux qu'il avait affiché un panneau « occupé », écrit à la main, sur la porte de son bureau, et systématiquement refusé de la prendre au téléphone. Elle avait essayé de l'appeler à trois reprises depuis l'arrestation de Landertz et de son fils et, chaque fois, il avait décroché et raccroché aussitôt.

Une fois, il avait tout de même pris la peine de lui dire qu'il était occupé et qu'ils se parleraient plus tard. Comme s'il était le seul à avoir des choses à faire.

Mais elle n'avait pas l'intention de s'abaisser à lui en vouloir. C'était son problème. Et d'ailleurs, il ne lui restait plus qu'une personne à interroger, le type avec la voiture de location. Ensuite, elle pourrait se mettre sérieusement au travail en s'attaquant à la liste des adhérents du parti des Démocrates de Suède.

En réalité, elle n'avait pas résisté à la tentation de commencer, entre deux interrogatoires. D'abord pour s'assurer que la clé USB n'était pas vierge. Et le moins qu'on puisse dire, c'est qu'elle ne l'était pas.

Il s'avéra que le parti ne comptait pas moins de huit mille membres dans tout le royaume et qu'environ deux mille cinq cents d'entre eux vivaient en Scanie. En se concentrant sur Bjuv et les communes avoisinantes, on trouvait huit cent quarante-sept encartés, parmi lesquels deux cent vingt-neuf étaient des femmes. Comme les numéros de Sécurité sociale étaient également renseignés, elle avait pu éliminer tous les membres de moins de vingt-cinq ans et ceux de plus de soixante, pour arriver à une liste de trois cent huit noms, tous susceptibles d'être celui de l'homme au sourire désagréable, qu'elle voyait encore devant elle chaque fois qu'elle fermait les yeux.

Elle n'avait aucune certitude qu'il se trouve effectivement parmi les adhérents présents sur cette liste, mais quelques recherches avaient démontré que de plus en plus de militants d'extrême droite et de sympathisants néonazis votaient pour les Démocrates de Suède si « propres sur eux » afin d'avoir, par leur intermédiaire, un pied au Parlement.

Elle restait convaincue que Sievert Landertz avait reconnu l'homme du portrait-robot lorsqu'elle le lui avait montré, malgré ses dénégations obstinées lors de son interrogatoire de la matinée. Il les avait menacés de les attaquer en justice si on ne le relâchait pas immédiatement, et avait précisé qu'il ne se contenterait pas de porter plainte contre la police, mais également contre elle, à titre personnel, pour avoir cherché volontairement à nuire à sa carrière politique.

Personne n'avait le moindre doute sur le fait que c'était Landertz lui-même qui avait organisé l'incendie volontaire de son bureau. Mais bien qu'on ait identifié son véhicule de façon formelle, d'après la procureure Högsell, cela ne suffirait pas s'ils voulaient obtenir une mise en examen. Le fils niait aussi énergiquement que son père et tous deux arguaient que n'importe qui pouvait s'être servi de la Mercedes, sachant qu'ils laissaient toujours la clé sur le contact.

Sans surprise, Högsell avait demandé qu'on les remette en liberté. Quant à Lilja, elle aurait pu accepter qu'ils libèrent le fils, mais en aucun cas le père, et pour appuyer sa demande, elle avait renvoyé le juge d'instruction au chapitre 24 du code pénal, qui les autorisait à le maintenir trois jours en garde à vue à titre de personne d'intérêt dans le cadre d'une enquête de police.

Elle avait finalement eu gain de cause et Landertz resterait sagement derrière les barreaux jusqu'au lundi midi. Cette petite victoire lui avait mis du baume au cœur. Et que la presse ait déjà eu vent de son arrestation n'avait fait qu'ajouter à sa bonne humeur.

Elle avait encore quelques minutes devant elle avant l'arrivée de Pontus Holmwick, le type à la voiture de location, et elle en profita pour ranimer son écran d'ordinateur d'un clic. La liste restreinte des noms des membres du parti des Démocrates de Suède s'afficha. Pour une raison quelconque, ils apparaissaient par ordre alphabétique inversé, c'est-à-dire que des noms de famille comme *Östlund* et *Zachrisson* arrivaient en premier.

Elle faisait lentement défiler les noms les uns après les autres quand la sonnerie de son téléphone l'interrompit. C'était évidemment Klippan. Eh bien tant pis pour lui. À présent, c'était elle qui était occupée et il n'aurait qu'à attendre. Elle rejeta l'appel et retourna à sa liste.

D'abord elle crut qu'elle avait mal lu.

Ensuite, elle se dit qu'il devait s'agir d'une autre personne portant le même nom.

Elle fut incapable d'imaginer une troisième hypothèse.

Wallsson était un nom de famille assez courant, en Suède.

Mais il y avait peu de chances qu'il y ait plusieurs personnes portant le nom de Hampus Zacharias Wallsson.

Hampus, l'homme qui partageait sa vie, était membre du parti des Démocrates de Suède. Putain de merde. Elle faillit gerber sur son ordinateur.

« Bonjour ! Vous êtes l'inspectrice Irene Lilja ? »

Elle leva les yeux sur un homme habillé d'un blouson en cuir noir et d'un jean noir qui le boudinaient. Sur le seuil de la porte, il dénouait son écharpe écossaise en regardant autour de lui avec curiosité. « Oui, c'est moi, répondit-elle en se levant pour le saluer. Vous devez être Pontus Holmwick. Je vous en prie, asseyez-vous. Vous voulez peut-être boire quelque chose ? » Elle n'aurait pas su dire si elle était choquée, triste ou en colère. Probablement tout cela à la fois. D'après les renseignements affichés sur son écran, il avait rejoint le parti deux ans auparavant, au moment des élections parlementaires de 2010. Et il ne lui en avait jamais parlé.

« Non merci, je viens de boire. » Le type rigola en s'asseyant face à elle sur le siège des visiteurs. « Enfin, de l'eau, ou plutôt du thé. » Il rit à nouveau. « Pardonnez-moi, je suis un peu nerveux. C'est la première fois que je suis convoqué par la police pour une audition de ce genre.

— Ne vous inquiétez pas. Nous nous posons juste quelques questions et espérons que vous allez pouvoir nous aider à y répondre. » Hampus et elle ne parlaient pratiquement jamais de politique ensemble. Mais elle était certaine de l'avoir entendu dire, un jour qu'ils regardaient un débat télévisé entre chefs de partis, qu'il donnerait sa voix aux socialistes.

« Au fait, ça va prendre combien de temps ? Parce que j'ai un rendez-vous important et…

— Un quart d'heure, vingt minutes au maximum, le coupa Lilja en ouvrant son bloc sur une page vierge.

Commençons, si vous le voulez bien. » Ce salaud lui avait menti. « D'après nos renseignements, vous auriez loué un véhicule, jeudi dernier, dans la succursale Hertz de Gustav Adolfsgatan, à Helsingborg. C'est exact ?

— C'est exact, confirma l'homme avec un hochement de tête.

— Ensuite vous vous seriez rendu à Bjuv et vous auriez laissé la voiture en stationnement dans Norra Stationsgatan, non loin du centre commercial.

— Je ne sais pas comment s'appelait la rue où je me suis garé, mais je vous crois sur parole. » L'homme sourit et opina à nouveau du chef.

Elle n'était pourtant pas de celles qui pensent qu'on est obligé de voter pour le même parti, sous prétexte qu'on est en couple. « Vous avez parlé à quelqu'un sur place ? » Au contraire, elle avait un peu de mépris pour les gens qui mettent systématiquement dans l'urne le même bulletin de vote que leur conjoint ou concubin, et qui sont d'accord sur tout pour éviter d'avoir à réfléchir eux-mêmes.

« Non, je ne connais personne à Bjuv. » Mais voter pour les Démocrates de Suède, c'était une autre histoire. Il y avait tout de même des limites. « Je suppose que vous n'avez pas loué une voiture uniquement pour vous rendre à la galerie marchande de Bjuv, et manger une pizza chez Amore. » Voter pour eux révélait une conception de l'existence tellement différente de la sienne qu'elle ne voyait pas comment ils pourraient continuer à être un couple.

« Une pizza ? Non, surtout pas ! Sinon ce n'est pas en marchant mais en roulant que j'en ressortirai. » Le type éclata de rire. « Je cherchais des décors.

— C'est-à-dire ? » Elle n'avait pas le choix, il fallait qu'elle le quitte. Aussitôt rentrée à la maison, elle ferait sa valise et elle ficherait le camp.

L'homme haussa les épaules. « Des décors qui puissent servir de toile de fond à mes photos de chiens.

— Des photos de chiens ? Pardon, mais je ne comprends pas très bien, dit Lilja tout en rejetant un nouvel appel de Klippan. C'est votre métier ?

— Oui, les gens m'envoient des photos de leur chien et parfois de leur chat. Et moi je leur fais des montages dans divers environnements. Ça peut être une montagne, une prairie, ou au volant d'une voiture. C'est à la demande du client. Ensuite je mets des filtres, j'arrange un peu le cliché avant d'imprimer la photo retouchée et de l'encadrer. » Il conclut son explication par un sourire joyeux comme si c'était la chose la plus banale du monde.

« Et on vous paye pour ça ?

— Oui, et très cher, en plus.

— Comment s'appelle votre société ?

— PetFrame. Au départ, je l'avais appelée BeautyPet, mais les gens croyaient que c'était un salon de toilettage, alors j'ai trouvé le nom de PetFrame qui est plus explicite. Ça sonne bien, vous ne trouvez pas ? »

La porte s'ouvrit et tout à coup Sverker Holm alias Klippan fut planté au milieu de son bureau. « Högsell dit qu'on n'a pas assez d'éléments pour garder Landertz. Je voulais juste m'assurer que tu serais d'accord pour qu'on le laisse partir, annonça-t-il sans préambule et sans un regard pour le témoin en face de l'inspecteur Lilja.

— Je ne suis pas d'accord du tout, non. Nous savons qu'il est impliqué dans l'incendie du camp de réfugiés, et je le soupçonne également de savoir qui a tué Moonif. Alors Landertz ne bouge pas d'ici. Et comme tu vois, je suis occupée.

— OK, on parlera de ça tout à l'heure. » Klippan poussa un soupir. « Ce n'est pas pour ça que je suis là.

— Ah non ? Quoi qu'il en soit, il faudra que tu attendes que j'aie terminé avec monsieur.

— Ou pas », riposta Klippan en s'avançant.

Irene savait qu'elle était fatiguée, elle roulait sur les jantes depuis plusieurs heures déjà. Et elle savait surtout qu'elle n'allait pas tarder à lui voler dans les plumes. Elle commençait à en avoir assez de ses manières de petit sergent. Il était aux commandes depuis moins de vingt-quatre heures et se comportait déjà comme le seigneur des lieux.

« Excusez-moi, dit l'homme assis en face d'elle. Je peux y aller, ou vous avez encore des questions à me poser ? »

Lilja leva une main pour faire signe à Pontus Holmwick de patienter encore un instant. Elle s'apprêtait à pousser le genre de gueulantes qu'elle réservait habituellement à Hampus, quand ses yeux tombèrent sur la photo que Klippan venait de poser sur la table.

« Assar Skanås, quarante-huit ans, célibataire, sans enfant. C'est bien lui que tu cherches ? »

Comment avait-il réussi ce tour de passe-passe ? Elle ramassa la photo et contempla l'homme au sourire glauque qu'elle avait tenté en vain d'identifier pendant ces dernières quarante-huit heures.

23

Le premier morceau était une succession de notes de piano et d'échanges à voix basse. Mais dès le deuxième, avec sa fanfare et ses chœurs, Fabian put constater qu'*Apparatjik* était décidément l'exception qui confirme la règle.

C'était la première fois qu'il écoutait l'EP depuis qu'il l'avait acheté, et comme le GPS indiquait qu'il restait neuf minutes avant d'arriver à Ringsjöstrand, sa destination, il monta le volume du lecteur.

En général, il n'était pas fan des supergroupes. Pour lui, ils ne pouvaient offrir qu'un tiède consensus. The Power Station avec Robert Palmer et les musiciens de Chic et de Duran Duran en était peut-être l'exemple le plus désolant. À ses yeux, même l'album *Travelling Beauty* n'était pas une réussite, malgré des géants tels que George Harrison et Bob Dylan.

Dans l'album *Apparatjik*, c'était exactement l'inverse. Avec des musiciens venant à la fois de Mew, de a-ha et de Coldplay, l'ensemble était plus intéressant que les éléments qui le composaient.

Il baissa à nouveau le volume, obligé qu'il était de ralentir pour éviter d'écraser les baigneurs mangeurs de glaces, qui bravaient un temps couvert assez typique d'un mois de juin. Cinquante mètres plus loin, il traversa un pont étroit, alla se garer au bord de la route et fit la dernière partie du trajet à pied.

Les brèves annotations en marge de son enquête ne permettaient pas de déterminer si Hugo Elvin était venu sur place. Mais en tout cas, quelque chose ici avait retenu son attention. Restait à définir quoi exactement, au milieu d'une infinité de détails. Peut-être avait-il simplement réagi au fait que la victime était le beau-père de Molander, et peut-être était-il arrivé à la conclusion qu'il s'agissait d'un accident, aussi inhabituel soit-il.

La maison avec son escalier blanc était bâtie sur un terrain en pente, à une vingtaine de mètres du lac de Ringsjön. L'endroit était ravissant. Un vrai paradis, à l'abri des voisins et des promeneurs.

C'était ici, dans cette maison de campagne qu'il partageait avec son épouse, qu'Einar Stenson, le beau-père d'Ingvar Molander, s'était embroché sur son propre couteau de cuisine. Sa veuve, Flora Stenson, habitait la maison à l'année, à présent, et Fabian la trouva à genoux dans une plate-bande, occupée à arracher des mauvaises herbes, malgré ses quatre-vingts ans passés.

À côté d'elle, un vieux transistor diffusait l'émission *Spanarna*[1], dans laquelle Jessica Gedin parlait du petit déjeuner idéal et du nombre de millimètres d'écorce d'orange qu'il fallait dans une marmelade pour une expérience gustative optimale.

« Excusez-moi, vous êtes Flora ? » lança-t-il à distance pour ne pas l'effrayer, ce qui malheureusement

1. *Spanarna* signifie « les éclaireurs », en suédois.

ne l'empêcha pas de sursauter. Mais la vieille dame se ressaisit rapidement et baissa le volume de la radio.

« Bonjour, je m'appelle John. » Fabian lui tendit la main et elle se leva pour répondre à son geste après avoir essuyé les siennes sur son tablier.

C'était vrai, il s'appelait John, et plus exactement John Fabian Gideon Risk. Il avait hérité son premier prénom de son grand-père, qui lui-même l'avait adopté après l'assassinat du président des États-Unis, quand il avait changé Johan en John. Fabian ne savait pas d'où venait celui de Gideon, en revanche, et quand il avait posé la question, à l'adolescence, elle avait provoqué chez ses parents une gêne si tangible qu'il n'avait plus jamais osé aborder le sujet.

« Oui ? » répondit la vieille dame en le jaugeant d'un regard soupçonneux. Puis elle secoua la tête en disant : « Je regrette, mais je n'ai besoin de rien. »

Fabian sourit. « Ne vous inquiétez pas, dit-il. Je ne suis pas là pour vous vendre quelque chose.

— Bien sûr que si, vous avez toujours quelque chose à vendre. Quand ce n'est pas un puits que vous proposez de creuser sur ma propriété, c'est ma toiture qui a besoin d'être refaite. Mais je ne veux rien, et peu importe les déductions fiscales avec lesquelles vous allez chercher à me convaincre. » Elle agita la main comme pour chasser une mouche et fit mine de retourner à sa plate-bande.

« Pardonnez-moi d'insister, mais ce n'est pas le but de ma visite. »

Venir ici n'avait pas été une décision facile à prendre. La probabilité que la veuve fasse part de sa visite à Gertrud était minime. En effet, lors d'un dîner de collègues auquel cette dernière avait assisté, il l'avait entendue dire que, depuis le décès de son père, elle avait perdu contact avec sa mère.

Mais il ne pouvait ignorer que sa présence ici constituait un risque, et s'il avait pu trouver un autre moyen de clarifier les raisons de la mort de son mari, il n'aurait pas commis cette imprudence.

« Bon, alors de quoi s'agit-il ? Je me doute que vous n'êtes pas venu pour déboucher l'évier de ma cuisine, j'ai pourtant appelé l'entreprise de plomberie Hjalmarssons Rör au moins cinq cent onze fois.

— Mais si », répondit-il spontanément. Aussitôt, son interlocutrice le regarda différemment.

« C'est vrai ? Vous êtes plombier, ou vous vous moquez de moi ?

— Ni l'un ni l'autre. Mais je serais ravi de vous rendre ce service.

— Et qu'est-ce que ça va me coûter ? Il ne faut pas me prendre pour une vache à lait !

— Une tasse de thé m'ira très bien. »

Fabian resserra la collerette du siphon sous l'évier et fit couler l'eau pour s'assurer qu'il n'y avait pas de fuite. « Et voilà, ça devrait fonctionner maintenant », dit-il en se lavant les mains. Puis il déroula les manches de sa chemise et alla rejoindre Flora Stenson qui l'attendait avec deux tasses de café et un plat de *finska pinnar*[1].

« Si j'avais su que c'était aussi facile, je l'aurais fait moi-même, dit-elle en prenant un biscuit. Mais vous

---

1. Les *finska pinnar*, littéralement « bâtonnets finnois », sont, contrairement à ce que leur nom indique, une spécialité de cookies suédois.

n'auriez pas eu l'occasion de m'exposer la vraie raison de votre visite. » Elle le regarda quelques instants dans les yeux. « Je suis vieille, c'est un fait. Mais je ne suis pas bête. En tout cas pas assez pour ne pas comprendre que vous n'êtes pas ici pour goûter mon café.

— En effet. Je suis venu pour vous poser quelques questions.

— Vous êtes journaliste ? »

Fabian secoua la tête. « Non, je suis inspecteur de police. Vous voulez voir mon badge ?

— Vous avez un regard honnête. Ça me suffit. Mon mari disait toujours que j'étais trop naïve. Mais si on se met à douter de tout le monde, la vie n'a plus de sens, vous n'êtes pas d'accord ?

— Absolument, acquiesça Fabian alors qu'il savait devoir lui cacher une partie de la vérité. Alors voilà. Il se trouve qu'en ce moment je relis un certain nombre de dossiers concernant d'anciennes enquêtes et que je suis tombé sur l'accident survenu à Einar il y a cinq ans.

— J'en étais sûre. » Flora soupira. « Comme si cela ne suffisait pas, avec tous ces policiers qui ont envahi la maison quand c'est arrivé ! Et je ne vous parle pas des médias ! C'est vrai que c'était un accident inhabituel, pour ne pas dire spectaculaire, et qu'il ne pouvait pas passer inaperçu. Mais je vous avoue qu'à l'époque j'avais juste envie qu'on me laisse tranquille. »

Fabian hocha la tête, compréhensif, et reprit un petit gâteau.

« Et le comble c'est que, quelques années plus tard, un nouveau policier est venu ici reposer tout un tas de questions, comme s'il ne croyait pas qu'il s'agissait d'un accident, même s'il ne l'a pas dit ouvertement.

Et maintenant vous voilà dans ma cuisine, en train de boire du café et de manger des *finska pinnar*. Vous non plus, vous ne croyez pas à la thèse de l'accident ?

— C'est malheureusement un sujet sur lequel je ne peux pas encore me prononcer. Vous, qu'est-ce que vous en pensez ?

— Je n'en pense rien. Et vous savez pourquoi ? Parce que ce que je pense, ce que vous ou n'importe qui d'autre pensez de cette affaire n'a aucune importance. Einar est parti et rien de ce que nous pensons les uns ou les autres ne me le ramènera. Alors maintenant, je vous saurais gré de me poser vos questions et de partir. Parce que j'ai autre chose à faire.

— C'est dans cette cuisine que cela s'est produit, n'est-ce pas ?

— Oui.

— À quelle fréquence cirez-vous ce parquet ? »

Elle répondit par un petit éclat de rire. « C'est exactement ce que m'a demandé l'autre enquêteur, et la réponse est que je n'ai aucun souvenir d'avoir ciré ce parquet une seule fois dans ma vie.

— Et Einar ? Est-il envisageable que lui ait pu le faire ?

— J'en serais très étonnée. Mais d'un autre côté, Einar n'a jamais cessé de me surprendre. Avec lui, il fallait toujours s'attendre à tout. C'était ce que j'aimais le plus chez lui. Vous êtes marié, vous ? »

Il acquiesça.

« Alors vous savez que ce n'est pas toujours facile. »

Il acquiesça de nouveau.

« Alors qu'en réalité il suffit de deux choses pour que ça marche. La confiance et les secrets. Sans confiance, le mariage prend le risque de se consumer de l'intérieur à force de disputes et de jalousie, et sans secrets, il s'installe dans un tel ennui que les horloges s'arrêtent.

— Quels secrets votre mari avait-il, à votre avis ?

— Si je l'avais su, ça n'aurait plus été des secrets », dit-elle en riant. Elle croqua dans un autre biscuit. « C'est ce que disait toujours Ingvar, mon gendre. Ce que les yeux ne voient pas ne blesse pas le cœur.

— En parlant d'Ingvar, comment s'entendaient-ils, Einar et lui ?

— Pourquoi me demandez-vous cela ? » Fabian fut frappé de voir à quel point tout en elle avait changé brusquement, son regard, sa voix, son attitude.

Il haussa les épaules. « Sans raison particulière. J'essaye de me faire une idée d'Einar et de ses relations avec ses proches.

— Vous n'êtes pas très doué pour le mensonge, n'est-ce pas ? » Elle le regarda droit dans les yeux, un long moment. « Et de tous ses proches, c'est par Ingvar que vous commencez ?

— C'était un hasard. Je ne voulais rien dire de particulier…

— Un hasard, vous êtes sûr ? Parce qu'Einar n'a jamais beaucoup apprécié Ingvar. Et moi non plus, pour tout vous dire.

— Puis-je vous demander pourquoi ? »

Flora attendit un instant pour répondre, comme si elle devait peser ses mots avant de les prononcer. Mais en vain, car un téléphone se mit à carillonner dans une autre pièce. Un vieux téléphone avec une vraie sonnerie à l'ancienne. « Désolée. Resservez-vous du café en attendant. » Elle se leva et sortit de la cuisine.

Fabian en profita pour observer la pièce et la comparer avec les photos de l'enquête initiale. À première vue, rien n'avait changé depuis le drame. C'était le même réfrigérateur et la même cuisinière, les mêmes façades de placards jaunes, voire le même torchon qui pendait au crochet prévu à cet effet. Le lave-vaisselle, un vieux modèle vert avocat de chez Husqvarna qui avait l'air d'avoir déjà eu plusieurs vies, ne semblait pas avoir été remplacé non plus.

Il l'ouvrit et l'odeur lui sauta au visage, suppliant qu'on lance un programme bien que la machine soit à moitié pleine. Du panier de couverts pointaient des cuillères et des fourchettes, manche vers le bas. Les couteaux, eux, étaient rangés dans l'autre sens.

Que ce fût à cause de ce détail ou pour une tout autre raison – il ne pourrait le dire après coup, d'ailleurs, c'était sans importance –, il venait de réaliser ce qui avait inspiré à Hugo Elvin l'une de ses annotations.

Il tira les deux paniers vers lui en s'assurant que la hauteur du panier supérieur ne pouvait pas être modifiée comme c'est le cas pour certaines marques de lave-vaisselle. Puis il fouilla dans les tiroirs jusqu'à ce qu'il trouve l'objet qu'il cherchait.

Un couteau de cuisine.

Il vérifia que la longueur de la lame et celle du manche correspondaient à la description faite dans le rapport. Il le plaça ensuite dans le panier à couverts, lame vers le haut. Comme il s'y attendait, le couteau était trop haut pour ne pas gêner le bras de cyclage. Il était donc improbable que ce soit Einar Stenson lui-même qui ait mis ce couteau dans le panier à couverts.

Était-ce cela que Hugo Elvin avait compris ? Que c'était Molander qui avait ciré le plancher et mis le couteau dans le lave-vaisselle ? Qu'il avait fait tout cela afin que la mort d'Einar passe pour un tragique accident ? Le scénario était compliqué, mais plausible.

La question était : pourquoi ? Quelle raison Molander avait-il de tuer Einar Stenson ? Qu'est-ce qui pouvait justifier qu'il ait pris un tel risque pour éliminer un membre de sa propre famille ?

Apparemment, Einar n'avait jamais aimé son gendre, et cette antipathie était manifestement mutuelle. Mais ne pas aimer quelqu'un n'est pas une raison suffisante pour le tuer. Il devait y avoir autre chose. Une chose qui représentait une menace assez grande pour qu'il n'ait pas d'autre issue.

« Non, je n'ai plus besoin de vous, entendit-il Flora aboyer au téléphone. Parce que quelqu'un d'autre est venu le faire et que c'est réparé. »

Fabian alla retrouver Flora dans le vestibule.

« Il s'appelle John et il ne fait pas partie de la société Hjalmarssons Rör. »

Plusieurs photographies d'événements sportifs ornaient les murs de l'entrée. Il ne s'était jamais beaucoup intéressé au sport, mais les clichés attirèrent malgré tout son attention. Tous étaient en noir et blanc, pris avec une longue focale et d'une netteté étonnante. Il reconnut entre autres Zlatan Ibrahimovic jeune, du temps où il jouait encore pour le Malmö FF, et Patrik Sjöberg battant le nouveau record du monde de saut en hauteur avec une barre à deux mètres quarante-deux, au Stockholm Stadion.

La galerie de photos encadrées se poursuivait sur le mur de l'escalier, et ce n'est qu'en s'arrêtant pour regarder de plus près la photo iconique de Björn Borg à genoux et embrassant la coupe à Wimbledon qu'il se rendit compte qu'il était arrivé au premier étage.

Au bout du couloir se trouvait une porte vitrée donnant sur une petite terrasse, et sur la gauche, une chambre à coucher avec un lit double, une table de nuit et un placard. À droite, il y avait une salle de bains avec baignoire, W-C et lavabo de la même couleur verte que le lave-vaisselle. À côté de la salle d'eau se trouvait une pièce avec une grande table – sur laquelle étaient posées une machine à coudre et une couverture en patchwork à moitié terminée –, un fauteuil couvert de coupons de tissus à motifs variés et une bibliothèque allant d'un mur à l'autre, remplie d'albums photo, de vieilles revues de photographie et d'une importante collection de flashs.

Contre le mur opposé, une vitrine contenait plusieurs types d'objectifs, allant du grand-angle au téléobjectif, et contre une porte de placard intégré, recouverte du même papier peint que le mur, était appuyé un trépied d'appareil photo.

Cela ne signifiait probablement rien, ils étaient peut-être rangés dans un autre endroit de la maison, mais il était tout de même remarquable qu'il n'y ait nulle part le moindre boîtier : il semblait improbable qu'un photographe de métier, du niveau d'Einar Stenson, n'ait pas un seul appareil photo dans sa pièce de travail. Il aurait au contraire dû en posséder plusieurs.

Il devina que c'était Molander qui avait fait main basse sur les boîtiers, et que c'était là que se cachait le mobile. Sur une pellicule photo ou une carte mémoire.

Pour s'assurer qu'il n'était passé à côté de rien, il poussa le trépied et ouvrit la porte du placard, pour découvrir qu'elle ne cachait pas un placard mais un escalier en colimaçon conduisant au grenier.

Le grenier était aussi encombré qu'on puisse s'y attendre lorsque ce genre de pièce renferme toute une vie. Il était bas de plafond et on n'y tenait debout qu'à l'endroit du faîtage.

Dans le maigre éclairage d'une fenêtre sale percée dans le pignon, Fabian nota la présence de cartons de déménagement entassés sous la charpente et de plusieurs étagères ployant sous le poids d'objets divers. Entre deux penderies mobiles se dressait un vieux bureau en bois sombre couvert d'appareils d'agrandissement, de bacs et de bidons de révélateur papier.

Il ouvrit le tiroir supérieur du bureau et trouva enfin ce qu'il cherchait.

24

Les mains d'Irene Lilja tremblaient tellement qu'elle était obligée d'enserrer sa tasse pour ne pas renverser son café. Certes les événements de la nuit l'avaient épuisée, mais ce n'était pas uniquement cela.

Ce qui la mettait dans cet état, c'était la colère.

L'idée que Hampus ait adhéré au parti des Démocrates de Suède sans qu'elle le sache l'avait tellement bouleversée que, pour la première fois depuis des années, son urticaire était revenue. Ses bras la démangeaient à se gratter jusqu'au sang. C'est tout juste si elle avait réalisé que Klippan était parvenu à identifier l'homme du portrait-robot, et elle avait dû faire une pause de deux heures pour se calmer.

Les choses s'étaient déroulées de la manière suivante : elle avait failli foncer tête baissée sur la 111 après Laröd, pour aller se confronter à Hampus où elle savait qu'il avait un chantier puis finalement s'était maîtrisée et avait préféré lui rédiger un long mail, dans lequel elle lui expliquait pourquoi elle avait décidé de le quitter. Dans le post-scriptum, elle lui avait conseillé, pour sa propre intégrité physique, de se tenir loin de leur domicile commun les prochains jours, afin qu'elle ait le temps de rassembler ses affaires.

Mais elle n'avait pas envoyé ce mail. Au moment de cliquer sur Envoi, elle avait décidé que la meilleure façon de le punir était de le quitter sans un mot d'explication, de changer de numéro de portable, de trouver un autre endroit où habiter, de partir du jour au lendemain et de ne plus jamais revenir. S'il était capable de faire les choses derrière son dos, elle l'était aussi.

Trois rapides coups frappés à sa porte l'interrompirent dans ses pensées. Klippan passa une tête : « C'est bon ? Tu es prête à te remettre au travail ?

— Absolument. » Elle posa sa tasse. « Tu peux m'expliquer comment tu l'as retrouvé ? dit-elle en agitant la photo du faciès hilare d'Assar Skanås.

— Il n'y a rien à expliquer. Un peu de travail policier élémentaire et une pincée de chance. » Il entra et referma la porte derrière lui. « Comme je ne te trouvais pas, j'ai compris que tu avais réussi à entrer dans cette grange. Alors au lieu de poireauter en me roulant les pouces, j'ai pris en photo toutes les plaques d'immatriculation des voitures et des motos garées devant.

— C'est pour ça que tu n'as pas répondu quand je t'ai appelé ?

— Non, ça c'était pour une tout autre raison, et, sans rentrer dans les détails, je peux juste dire que la vie devient très compliquée parfois quand on n'a pas de papier-toilette sous la main. » Il secoua la tête pour chasser ce souvenir déplaisant et s'assit face à elle dans le siège destiné aux visiteurs. « Bref, une fois que j'ai eu fini d'immortaliser toutes les plaques, je n'avais plus qu'à t'attendre. Mais tu n'es pas revenue. Des tas de gens entraient et sortaient de cette grange, mais pas toi, et à la fin il n'est resté que moi. Et franchement, je ne savais pas quoi faire. J'ai essayé de t'appeler, un milliard de fois, mais je tombais sur ton répondeur. Je suis même entré, à un moment, mais il n'y avait plus personne à l'intérieur et pas la moindre trace de toi. » Klippan secoua la tête et déglutit.

« Et ensuite ?

— Ensuite, j'ai pris la route pour rentrer et c'est là que tu as appelé depuis la ligne fixe de ton domicile, et j'ai été rassuré.

— Mais tu ne m'as pas rappelée.

— J'étais en voiture. Tu ne sais pas à quel point c'est dangereux de parler au téléphone en voiture ? *Le mobile en voiture et tu vas droit dans le mur*, c'est ce que je dis toujours à Berit.

— OK, bon, et alors, Assar Skanås était le propriétaire de l'une des voitures ?

— Exactement. » Klippan sortit un Snickers de la poche de sa veste. « Ça m'a pris un temps fou, et surtout j'ai eu beaucoup plus de mal que prévu à trouver une photo de lui qui soit suffisamment nette pour être comparée au portrait-robot. » Il déchira l'emballage et croqua un morceau de chocolat. « Au bout de quelques heures, je voyais des nez, des bouches et des mâchoires flotter devant mes yeux, même quand ils étaient fermés. Au fait, tu en veux ? demanda-t-il en tendant vers elle la friandise entamée.

— Non, ça va, merci.

— Tu es sûre ? »

Lilja hocha la tête sans répondre.

« D'accord, dit-il en fourrant le morceau restant dans sa bouche. Mais finalement, j'ai réussi à mettre la main dessus, et en plus j'ai appris qu'il possédait une vieille Renault 16 en parfait état. Tu te souviens de ce modèle ? J'en avais une dans les années quatre-vingt. Elle était verte. C'est l'une des meilleures voitures que j'aie jamais eue. Le moteur était placé sous la voiture, au milieu, tu te rappelles ? Et elle avait une suspension à quatre roues indépendantes. Elle avait une tenue de route incroyable. On n'avait même pas besoin de ralentir dans les virages ou de se préoccuper de savoir si la chaussée était…

— Super. Qu'est-ce qu'on sait d'autre sur lui ? » le coupa Lilja après avoir constaté que Klippan était enfin redevenu lui-même et qu'elle pouvait prendre les rênes de la conversation sans qu'il s'en formalise. « Est-ce qu'on a son adresse, par exemple ?

— Oui, tu avais raison, il habite à Åstorp. » Klippan jeta un coup d'œil à ses notes. « Fjällvägen n° 29.

— C'est une maison ? »

Klippan confirma. « Elle est à son nom. Il l'a sans doute héritée de ses parents, parce qu'il n'a jamais été domicilié ailleurs.

— Qu'est-ce qu'il fait dans la vie ?

— Rien.

— Comment ça, rien ?

— Rien, répéta Klippan. Et c'est là que cela devient intéressant. Il a une allocation d'adulte handicapé avec un taux d'incapacité à cent pour cent et il n'a pas eu le moindre emploi depuis vingt ans.

— C'est quoi, son handicap ?

— Bonne question, dit Klippan en haussant les épaules. Il faudrait qu'on puisse avoir accès à son dossier médical, et pour ça il faut que Högsell soit d'accord. Mais je crains qu'on n'ait pas assez d'éléments contre lui pour l'en convaincre. En revanche, j'ai trouvé deux condamnations. Une en 1997 où il a écopé de quarante jours-amende pour harcèlement sexuel après s'être masturbé dans le vestiaire des filles à la piscine d'Åstorp. »

Lilja secoua la tête, même si intérieurement elle se réjouissait qu'ils avancent enfin dans la même direction et que, de surcroît, cette direction semble être la bonne.

« Et la seconde ?

— Elle date de 2007. Je ne sais pas si tu t'en souviens, mais l'affaire avait été dans les journaux.

— Qu'est-ce qu'il avait fait ?

— Agressé une vendeuse dans un bureau de tabac. Apparemment, il y était entré avec son grand frère pour acheter un billet de jeu à gratter, et comme il n'avait pas gagné, cela l'avait rendu fou et il avait assommé la fille avec le lecteur de carte bleue.

— Et cette vendeuse, elle était d'origine étrangère ? »

Klippan acquiesça.

« Et si on allait l'interroger ?

— J'attendais que tu me le proposes. »

25

« Hello ! Excusez-moi ! » lança la professeure de yoga quand elle vit que Molly Wessman commençait à rouler son tapis. « Je préférerais que vous ne quittiez pas la salle au milieu du cours. Si vous ne vous sentez pas bien, je vous invite à vous asseoir et à vous concentrer sur vos exercices de respiration. »

Il faisait quarante degrés et l'hygrométrie devait avoisiner les cent pour cent, mais ce n'était pas pour cette raison que Molly ignora la remarque et continua à se diriger vers la sortie. Elle allait parfaitement bien et elle adorait avoir très chaud, même si c'était plutôt pour se changer les idées qu'elle était venue à ce cours de bikram yoga.

Mais cette photo d'elle en train de dormir continuait de l'obséder, et elle avait beau se concentrer sur sa respiration, elle n'arrêtait pas de se demander qui l'avait prise, pourquoi, et ce qui allait lui arriver ensuite. S'il devait arriver quelque chose.

Deux jours et demi s'étaient écoulés depuis le moment où elle s'était réveillée pour trouver une photo d'elle-même sur l'écran verrouillé de son téléphone, et quelques minutes plus tard s'apercevoir qu'on avait coupé une partie de sa frange dans son sommeil. Depuis, elle avait été incapable de penser à autre chose. Alors qu'il ne s'était rien passé d'autre. Rien du tout. La seule chose qui avait changé, c'était elle.

Après avoir été l'élément le plus performant de sa boîte, elle s'était dégonflée comme un ballon de baudruche et du jour au lendemain était devenue un paquet de nerfs incapable de faire trois pas sans regarder, angoissée, au-dessus de son épaule.

Ce n'est pas qu'elle dormait mal. Elle ne dormait plus du tout.

Si ça continuait comme ça, elle allait s'écrouler. Tout ça pour une frange coupée et une simple photo sur son portable. Franchement, elle s'était crue plus forte que ça. Oui, quelqu'un était entré dans son appartement et dans son téléphone. Et alors ? D'ailleurs, pour être tout à fait honnête, elle était à peu près convaincue que ça n'irait pas plus loin. Quel que soit celui ou celle qui lui avait fait cette blague, il s'était bien amusé et il allait la laisser tranquille. De toute façon, la serrure de sa porte d'entrée avait été changée et il ou elle ne pourrait plus entrer chez elle.

Alors pourquoi ne pas oublier cette histoire et passer à autre chose ?

Comme elle avait essayé de le faire quand elle était allée à cette session de boxercize. Ça avait été plus efficace que le bikram yoga, même si elle avait détesté ce sport, et pendant une heure elle n'avait pas pensé une seule fois à cette fichue photo. Ce n'est qu'en arrivant dans les douches, après le cours, que l'anxiété était revenue et lui avait à nouveau donné le sentiment d'être observée, alors que jusque-là elle n'avait jamais ressenti la moindre gêne à prendre sa douche en présence des autres.

Mais manifestement, ce n'était plus le cas, et cette fois elle se dépêcha d'enfiler son manteau par-dessus la tenue de yoga et se précipita dehors.

Il y avait du monde partout. Comme toujours le vendredi, où les gens sortaient du travail un peu plus tôt pour avoir le temps de faire leurs courses avant que les queues soient trop longues, notamment aux magasins de vins et spiritueux. Ils couraient partout, traversaient les rues n'importe comment et se bousculaient sur les trottoirs. Ils avaient attendu le week-end avec impatience et, enfin, il était arrivé. Enfin, ils allaient pouvoir sortir entre amis.

Contrairement à la plupart des gens, elle n'avait jamais beaucoup aimé les week-ends. Elle les voyait comme une perte de temps et les vivait comme une longue attente avant le retour du lundi. Si elle avait envie de faire la fête, elle pouvait sortir n'importe quel soir de la semaine, d'autant que les banlieusards venus se défouler en ville le week-end étaient les dernières personnes avec qui elle avait envie de traîner.

Mais là, rien ne lui aurait fait plus plaisir que de se mêler à cette foule. Se fondre avec toute cette normalité qu'elle méprisait et à laquelle elle avait toujours cherché à échapper. À présent elle se retrouvait seule et ne savait pas comment elle surmonterait les deux prochaines journées, qui lui paraissaient plus effrayantes qu'un internement à vie.

Elle avait laissé sa voiture garée devant chez elle, préférant prendre le train d'Öresund pour être entourée de gens. Mais là dans la rue elle avait l'impression que tout le monde la regardait. L'impression que chacun pouvait être celui qui s'était introduit chez elle. Un sourire imperceptible, un regard fugitif, il n'en fallait pas plus pour lui donner des sueurs froides.

Renonçant à se mêler à la foule, elle traversa la route et sauta dans un taxi. Le chauffeur était plongé dans un journal, un article sur cet épouvantable meurtre dans une buanderie collective à Bjuv. « Vous êtes libre ?

— Bien sûr », répondit l'homme en lui souriant dans le rétroviseur. Il posa son journal sur la banquette à côté de lui et démarra la voiture.

« Je vais à Stuvaregatan n° 7, à Helsingborg. Vous connaissez le chemin ?

— Absolument », répondit le type en s'engageant sur la chaussée après l'avoir gratifiée d'un deuxième sourire.

Pourquoi ce type souriait-il sans arrêt ? Était-ce simplement parce qu'il était content d'avoir gagné une course de Landskrona à Helsingborg ? Ça ne devait pourtant pas être la première fois qu'il faisait le trajet aujourd'hui. Ou alors il avait une autre raison de sourire… Mais était-ce vraiment un taxi ? Elle pensait avoir vu le signal lumineux sur le toit, mais en était-elle sûre ? Elle était tellement pressée d'échapper à la foule… Il n'avait pas de compteur en tout cas. Et puis ce foutu sourire qu'il s'obstinait à coller sur son visage.

C'était lui. Qui d'autre ? Et elle était tombée droit dans le piège ! Il l'avait suivie et puis avait attendu qu'elle sorte de la salle de yoga. Comme elle était sortie plus tôt que prévu, il avait été pris de court, c'est pour ça qu'il était en train de lire le journal quand elle était venue s'asseoir sur la banquette arrière.

Elle aurait dû prendre le bus. Ç'aurait quand même été mieux d'avoir des gens autour d'elle. Elle se retourna et vit le bus mettre son clignotant et s'arrêter.

« Excusez-moi, pourriez-vous vous garer sur le côté, s'il vous plaît ? Je voudrais descendre.

— Me garer, mais pourquoi ? Nous ne sommes même pas sortis de Landskrona.

— J'ai changé d'avis. Je voudrais descendre maintenant.

— Vous ne pouvez pas descendre ici juste parce que ça vous chante, rétorqua-t-il en ralentissant à l'approche d'un feu rouge. J'ai déjà lancé le compteur, moi…

— Un compteur ? Je ne vois aucun compteur ! dit-elle en ouvrant la portière, la voiture encore en marche.

— Attendez ! Mais vous ne pouvez pas… Hé ! » cria le chauffeur. Mais Molly avait déjà bondi hors de la voiture juste devant un scooter.

« Oh ! Vous ne pouvez pas faire attention ! » rugit l'homme en noir sur sa Vespa. Sans se retourner, elle continua de courir vers l'autobus en agitant les bras pour qu'il ne parte pas sans elle.

Dans l'angle de son champ de vision, elle vit une voiture freiner dans un crissement de pneus. Elle s'en fichait. Tout ce qu'elle voulait, c'était s'éloigner le plus vite possible de ce taxi. Une fois en sécurité dans l'autobus, elle s'écroula à côté d'une femme en train de jouer à Snail Bob 2 sur son portable. Celle-ci était la seule à ne pas la regarder. Dans un sens, elle ne pouvait pas leur en vouloir, son entrée avait été tout sauf discrète.

Mais ça commençait à bien faire, maintenant. Qu'est-ce qui leur donnait le droit de la regarder comme un animal de foire ? Pour qui se prenaient-ils ?

Un quart d'heure plus tard, elle montait à bord du train régional d'Öresund en direction de Helsingborg. Quand elle se retrouva dans la même situation que dans le bus, elle décida de les combattre avec leurs propres armes. Ils la regardaient, elle allait les regarder aussi, les fixer un par un jusqu'à ce qu'ils baissent les yeux. Et à ce jeu-là, elle serait la plus forte. Elle les ferait rentrer dans leurs trous.

Elle commença par la femme assise sur la banquette d'en face, il ne lui fallut que quelques secondes pour lui faire détourner le regard.

Idem pour le jeune homme assis à côté d'elle, qui retourna aussitôt à son portable.

Comment n'y avait-elle pas pensé plus tôt ? Et pourquoi se comporter comme si la fin du monde était proche, alors qu'il n'allait probablement rien se passer ?

Le type dans la voiture était sans doute un simple chauffeur de taxi, qui devait encore être en train de se demander quelle mouche l'avait piquée, et tous ces gens qui la mataient, des crétins mal élevés qu'elle allait remettre à leur place. À partir de maintenant, elle allait cesser d'avoir peur et reprendre sa vie en main.

Quand le train approcha de Helsingborg, elle avait pratiquement réussi à tous les décrocher, à l'exception d'un type en tee-shirt avec une casquette sur la tête qui était assis au bout du compartiment. Peut-être avait-il compris son petit manège et décidé de relever le défi. Ou alors, il s'agissait d'une pathétique tentative de drague. Ce qui revenait au même. Quoi qu'il en soit, elle était résolue à ne pas céder.

Regarder un parfait étranger dans les yeux demandait beaucoup d'énergie. C'était aussi un exercice qui ralentissait le temps, transformait les secondes en éternité. Tandis qu'elle fixait ce jeune homme, tout sembla s'arrêter autour d'elle. Soudain, elle remarqua la petite touffe de poils sur sa joue, à un endroit que le rasoir n'avait pas réussi à atteindre. Et, quand il se mit à sourire, la tache brune laissée par le tabac à chiquer sur ses incisives.

Elle n'aimait pas du tout ce rictus dont il ne se départait pas. Comme s'il voulait prouver que tout cela était un jeu pour lui. Comme s'il se délectait d'avoir toute son attention. Non, vraiment, elle n'aimait pas ça. Il la dégoûtait tellement qu'elle n'aurait pas été surprise de le voir baisser sa fermeture Éclair et commencer à se masturber.

Ou alors c'était lui.

Elle était tellement obsédée par l'idée de gagner que cela ne l'avait pas encore effleurée.

Et si c'était vraiment lui. S'il avait été là, tout près, tout le temps, à attendre son heure. Se tenant à une distance suffisante pour qu'elle ne le remarque pas et assez près pour jouir du plaisir de la voir se décomposer peu à peu.

Elle jeta un rapide coup d'œil par la fenêtre. Ils entraient dans le tunnel et n'étaient plus très loin du terminus à présent. Quand le train s'arrêterait à Knutpunkten, elle ferait en sorte de descendre la première. Elle se leva et s'approcha de la portière, s'efforçant de ne pas céder à la tentation de regarder par-dessus son épaule.

Le train ralentissait, bientôt les portes s'ouvriraient et elle sauterait sur le quai, monterait l'escalier mécanique, traverserait le hall des départs en courant et sortirait de l'autre côté de la gare, puis elle s'éloignerait rapidement le long de Järnvägsgatan en longeant la voie pour rejoindre les premiers immeubles et disparaître dans la foule.

En attendant que le train s'arrête, elle compta les secondes dans sa tête pour s'occuper l'esprit. Elle sentit quelqu'un approcher dans son dos, trop près. Au moment où le train s'arrêta, elle ne put s'empêcher de se retourner pour tomber nez à nez avec cet horrible sourire taché de tabac.

Les portes s'ouvrirent, elle allait enfin sortir et s'enfuir, ventre à terre. Il fallait qu'elle fasse ce qu'elle avait prévu, monter l'escalier, traverser le hall et sortir de l'autre côté, sans se retourner. Mais il lui était impossible de courir. Il y avait trop de monde. Les voyageurs allaient et venaient dans toutes les directions. Il fallait pourtant qu'elle sorte de cette gare. Il fallait qu'elle continue à avancer, à bousculer les gens si nécessaire et tant pis pour les injures qu'ils lançaient sur son passage.

Sur Järnvägsgatan, elle ne réussit pas à courir non plus. Les gens semblaient être là uniquement pour l'empêcher d'avancer. Une fois de plus, elle céda à l'instinct de regarder par-dessus son épaule et descendit du trottoir sans faire attention.

Aussitôt quelqu'un l'attrapa par l'épaule et la tira en arrière, l'écartant de la piste cyclable, l'empêchant de se faire percuter par un cycliste en tenue de Lycra bariolée. Au même instant, elle sentit quelque chose lui piquer la cuisse.

« Attention, vous allez vous faire écraser ! » dit une voix qu'elle avait l'impression de reconnaître. Mais en se retournant, elle vit un homme habillé tout en noir qu'elle n'avait jamais vu auparavant.

« Vous savez que ces cyclistes sont prêts à vous passer sur le corps pour rentrer chez eux à l'heure ? »

Mais comment pouvait-elle reconnaître sa voix, alors qu'ils ne s'étaient jamais rencontrés ? Ou alors… Mais oui, bien sûr, c'était lui, l'homme en noir sur le scooter, qui l'avait engueulée quand elle lui avait coupé la route. Il avait dû la suivre depuis Landskrona.

Sans réfléchir, elle lui administra un coup de genou dans les parties, s'arracha à son emprise et traversa d'abord la piste cyclable, puis Järnvägsgatan. Les automobilistes klaxonnaient de toutes parts, mais elle continua à courir, tout en se disant que c'était peine perdue.

26

La maison se trouvait au bout du chemin et derrière s'étendait un champ mouvant de colza jusqu'au parc national de Söderåsen avec ses forêts de feuillus à perte de vue, ses prairies sauvages et ses vallées profondes. Et pourtant, l'endroit n'avait rien d'idyllique. Alors qu'ils approchaient du but, Irene Lilja eut un tel sentiment de malaise qu'elle faillit demander à Klippan de rebrousser chemin immédiatement.

Au lieu de ça, elle descendit de voiture et fit signe aux deux policiers qui les suivaient de se garer de manière à couper la route.

« Maintenant, il n'y a plus qu'à espérer que ce soit la bonne adresse, dit Klippan en vérifiant le magasin de son arme.

— Aucun doute là-dessus. » Irene marcha en direction de la maison, poussa la grille grinçante du bout du pied et pénétra sur le terrain, où ils découvrirent rapidement une voiture à moitié dissimulée sous une bâche.

« Tu crois ce que je crois ? » dit Klippan en s'approchant pour arracher la housse.

Aussi incroyablement stupide que cela puisse paraître, Assar Skanås avait manifestement décidé de la garer juste devant chez lui. Car c'était bien elle. La Volvo orange dans laquelle il s'était enfui après avoir poignardé son propriétaire.

D'un signe de tête, Lilja indiqua aux deux policiers qui les avaient rejoints de faire le tour de la maison, tandis que Klippan et elle-même se dirigeaient vers la porte d'entrée.

La procédure normale aurait été de sonner, et si personne ne venait ouvrir, d'appeler un serrurier. Mais pour gagner du temps, elle avait veillé à emporter son propre rossignol. Dont ils n'eurent finalement pas besoin, la porte n'étant pas fermée à clé.

Un air saturé d'humidité et de salpêtre leur sauta au visage, et à chaque inspiration Irene avait le sentiment d'inhaler des choses qu'elle n'aurait pas dû laisser pénétrer dans son organisme. Ils avancèrent dans le hall d'entrée d'un jaune pisseux, se couvrant mutuellement avec leurs armes. Le vestibule se prolongeait par un corridor sombre avec au sol une moquette grise couverte de taches et aux murs des lambris en PVC imitation bois, ornés de travaux de broderie encadrés et d'un râtelier de vieux fusils. Les deux portes situées à gauche du couloir et les deux portes situées à droite étaient fermées, ainsi que celle qui se trouvait au bout.

La première porte à gauche donnait sur une chambre bien rangée, meublée d'un lit une place et d'un bureau sur lequel étaient posées deux haltères et un livre intitulé *Manuel pour les activistes du mouvement de résistance nordique*.

La porte d'en face donnait sur une cuisine avec une petite table pour deux personnes sur laquelle était posée une assiette contenant un reste de spaghettis baignant dans le ketchup et un demi-verre de lait. Elle trempa le doigt dans le lait pour constater qu'il était encore tiède.

Ils continuèrent leur visite en silence jusqu'à la porte suivante. Dans cette chambre-là régnait un désordre indescriptible. Un pyjama, des magazines de Barbie et *Mon petit poney*, un jeu de construction Lego City pour fabriquer un fourgon de transport de prisonniers, une boîte de *slime* rose, un assortiment d'aliens Star Wars et des sous-vêtements pour enfant.

Lilja se tourna vers Klippan qui était juste derrière elle. « Tu ne m'avais pas dit qu'il avait un gosse, murmura-t-elle tout en redoutant ce qu'elle en déduisait.

— Normal, il n'en a pas. »

Klippan l'avait bien informée, donc non seulement Assar Skanås était un nazi pur jus, mais c'était aussi un pédophile.

Ils retournèrent dans le couloir et s'approchèrent de la porte suivante, sur laquelle était accroché un panonceau représentant un poulbot en train de pisser. Comme les autres, elle était fermée, mais pas à clé. Ils s'immobilisèrent en remarquant qu'il y avait de la lumière à l'intérieur.

Après un bref échange de regards, ils ouvrirent la porte à la volée et entrèrent dans une salle de bains vide qui n'avait pas l'air d'avoir été rénovée depuis l'année de construction de la maison.

Mais ce n'est pas ce qui attira l'attention de Lilja.

Ni cela ni la croix gammée d'un mètre de haut tracée sur le mur au-dessus de la baignoire.

Ce qui attira son attention, ce furent les voix diffuses venant de quelque part dans la maison.

On aurait dit des voix d'enfants, de deux fillettes parlant ensemble.

Elle questionna Klippan du regard. Il hocha la tête et ils continuèrent d'avancer. Plus ils s'enfonçaient dans la maison, plus les voix devenaient audibles. Elles n'étaient pas tristes et n'exprimaient aucune crainte. Au contraire, elles leur parurent enjouées, comme excitées par un jeu.

Le couloir se terminait devant une porte close, avec une vitre fumée dans sa partie supérieure et qui ne permettait pas de distinguer ce qui se passait dans la pièce. Lilja abaissa la poignée. Mais la porte était fermée à clé, ou alors l'humidité ambiante ayant fait gonfler le bois, elle coinçait. Dans un cas comme dans l'autre il n'y avait pas une minute à perdre, et d'un grand coup de pied elle l'enfonça.

Ce qu'elle vit en s'élançant, son arme pointée dans ce qui se révéla être un salon, la pétrifia. Mais à mesure que son pouls se calmait, le choc se mua en incrédulité. C'était effectivement deux enfants qu'ils avaient devant les yeux, des filles, assises par terre toutes nues, les jambes en l'air, occupées à mettre leurs chaussettes.

Elle avait vu la scène un nombre incalculable de fois. Quand elle était petite, c'était sa série préférée, et elle se souvenait bien de ce passage en particulier, où Madicken et sa petite sœur Lisbeth sont en train de s'habiller, assises toutes nues sur le plancher.

En ce temps-là, la nudité des fillettes à l'écran ne troublait personne. C'était une situation parfaitement normale et dénuée de toute connotation sexuelle. Aujourd'hui, il était devenu impossible de la regarder sans avoir le sentiment de commettre soi-même un crime pédophile, et il avait souvent été question de censurer justement cette scène-là ainsi que beaucoup d'autres présentes dans l'œuvre d'Astrid Lindgren.

Il n'y avait personne devant le poste de télévision. Au pied d'un vieux fauteuil rouge aussi sale que la moquette du couloir, un lecteur DVD projetait le film à l'écran. Plusieurs autres films d'Astrid Lindgren étaient empilés sur la table, *Fifi Brindacier, Lotta på Bråkmakargatan* et *Emil i Lönneberga*, tous contenant des scènes de nu qu'on n'aurait jamais pu filmer aujourd'hui.

« Je crois que tu avais raison, dit-elle en inspectant la pièce pour voir s'il y avait d'autres portes. La pédophilie pourrait bien être le mobile.

— Eu égard au svastika sur le mur de la salle de bains, je dirais que nous avions raison tous les deux », répondit Klippan en se dirigeant vers un secrétaire ouvert sur lequel se trouvait une pile de dossiers.

Il avait dû les entendre arriver et avoir le temps de s'enfuir. C'était probablement pour cela qu'ils avaient trouvé la maison ouverte, la lumière allumée et le DVD en route.

À travers la porte vitrée entrouverte, ils apercevaient les deux policiers en uniforme en train de sécuriser le jardin derrière la maison.

« Viens voir ça », dit Klippan qui avait posé son pistolet et mis ses lunettes de lecture. Il lui tendit un document prélevé dans une chemise cartonnée, et au bout de quelques mots l'inspecteur Lilja avait compris ce qui avait attiré l'attention de son collègue.

... Après un examen initial, le patient est jugé psychiquement déficient... avec une tendance pédophile... Unité psychiatrique sécurisée... traitement médicamenteux et thérapie... croit entendre des voix... maladie mentale...

Il s'agissait d'extraits du dossier médical d'Assar Skanås, et d'après ce qu'elle pouvait voir, il avait fait un grand nombre de séjours dans le service psychiatrique de l'hôpital de Malmö.

... À condition de suivre son protocole de soin actuel et de se rendre à des entretiens réguliers avec son thérapeute, le degré de compréhension qu'il a désormais de sa maladie devrait permettre au patient de vivre une vie presque normale dans un cadre familier.

Le document était daté du 8 juin 2012, ce qui signifiait qu'Assar Skanås était sorti de l'unité fermée d'un établissement psychiatrique cinq jours avant les événements survenus à Bjuv. La réduction des coûts – le manque de lits et de personnel dans les hôpitaux – était probablement l'explication officielle. Mais la vraie raison était l'incompétence crasse des médecins.

27

Mis à part sa première virée au parc d'attractions de Tivoli, cette journée avait sans conteste été la meilleure de sa vie. Plusieurs heures plus tard, l'adrénaline courait encore dans ses veines. Même à présent que c'était fini, il ne voyait pas comment cela aurait pu mieux se dérouler. Le dé avait peut-être mis un peu de temps à choisir sa victime au supermarché Ica Maxi, ce matin, mais ensuite tout avait marché comme sur des roulettes.

Certes il était particulièrement nerveux et n'avait pas osé rentrer chez lui avant d'avoir soigneusement vérifié qu'il n'était pas suivi. Il ne parvenait tout simplement pas à croire que ça ait pu être aussi simple. Qu'il puisse faire pratiquement n'importe quoi sans éveiller les soupçons de quiconque, à condition de laisser le dé aux commandes.

Quoi qu'il en soit, il était maintenant dans le hall de son immeuble. Sachant que la porte de l'ascenseur s'obstinait à couiner en s'ouvrant à son étage, bien qu'il ait essayé de régler le problème en mettant de l'huile, il préféra monter par l'escalier.

La porte de son appartement, elle, ne grinçait pas, et il la verrouilla dès qu'il fut à l'intérieur. Il mit d'abord le verrou d'origine, puis le verrou supplémentaire qu'il avait monté lui-même, avec un système trois points qui bloquait la porte au plafond, au sol et dans le mur. Pour finir, il ferma la chaîne et colla son œil contre le judas.

La cage d'escalier était déserte, et au bout d'une minute, la lumière s'éteignit. Il se rendit devant la fenêtre du séjour et se cacha derrière le rideau de droite, pour surveiller la rue.

Un taxi s'arrêta et déposa ses passagers devant le bar Chez Sam où la terrasse était déjà aussi bourrée que les clients ne tarderaient pas à l'être. Bref, tout était conforme à un ordinaire vendredi soir de juin, et il allait pouvoir tranquillement se déshabiller, suspendre ses vêtements sur le portant et prendre un bain.

Le coussin flottant calé sous sa nuque, le nez et une partie du visage seulement émergeant de l'eau, il ferma les yeux. Il avait besoin de vingt minutes. Vingt minutes de détente totale avant de s'attaquer à la prochaine phase de sa mission.

Car c'était là-dessus qu'il devait se concentrer. La mission en cours. Sans une totale concentration, elle était vouée à l'échec. À partir de maintenant, il devait attendre et espérer que les dés se montreraient plus généreux en ce qui concernait le temps imparti.

Comme d'habitude, il s'endormit sans s'en rendre compte, se réveilla, et pendant quelques secondes se sentit envahi d'une telle fatigue qu'il eut le sentiment que plus jamais il ne serait opérationnel. Puis l'énergie dont il était si dépendant l'inonda à nouveau et le fit pratiquement bondir hors de la baignoire.

Le dé avait choisi sa prochaine victime, et il était temps de découvrir de qui il s'agissait.

Il enfila son peignoir, sortit de la salle de bains, traversa le séjour pour se rendre dans sa chambre, une pièce si petite qu'elle ne pouvait contenir qu'un lit, un petit bureau posé près de la fenêtre, un fauteuil jonché de vêtements et une petite penderie.

La porte de la penderie était déjà entrouverte, il poussa les vêtements accrochés sur des cintres et entra. Puis il tira la porte de l'intérieur et la laissa se refermer sur ses trois aimants. Ensuite, à tâtons, il chercha dans l'obscurité le petit trou aménagé au fond du placard, un orifice qui n'était pas plus grand que le diamètre de son majeur et qui lui permettait d'atteindre la targette à pêne plat qui se trouvait derrière.

Il fit glisser le pêne, poussa le fond de la penderie, avança d'un pas dans l'obscurité et referma la cloison derrière lui en prenant soin de repousser le loquet qu'il venait d'ouvrir, puis ceux qui se trouvaient au-dessus et en dessous et qui n'étaient accessibles que de l'intérieur. Ensuite il attrapa le cordon du store occultant noir fixé au plafond et il masqua l'ouverture avant d'allumer le plafonnier.

La pièce borgne dans laquelle il se trouvait n'existait pas. Même son propriétaire ne la découvrirait pas s'il lui venait un jour l'idée de lui rendre visite. L'appartement était toujours un T2, comme il était indiqué sur le bail, mais il était désormais un peu plus petit. Et à moins de se mettre à la recherche des mètres carrés manquants, personne ne la trouverait jamais.

Il ne lui avait fallu qu'un week-end pour monter la cloison qui divisait la chambre en deux et il avait même pris la peine de poser une couche d'isolation phonique entre les épais panneaux en carreaux de plâtre. Mais cela lui avait pris plus de trois semaines avant que le chantier soit entièrement terminé.

Il avait dû retapisser toute la chambre à coucher, et pour que cela n'ait pas l'air trop neuf et moderne, il avait choisi un papier peint gris-bleu d'un style passé de mode depuis les années soixante. Il avait dû résoudre la question de la lumière qui s'obstinait à filtrer dans les angles du nouveau mur, un problème qui à lui seul lui avait pris trois jours et demi.

La pièce secrète ainsi obtenue mesurait presque douze mètres carrés. Elle contenait un petit lit, un bureau avec un ordinateur fixe et une chaise. Une bibliothèque fixée au mur en occupait le fond à l'exception de la place prise par la largeur du lit. La plupart des étagères étaient encore vides, à la différence de la table qui servait également de chevet et qui était encombrée de vêtements. En dessous était entreposée une réserve de boîtes de raviolis et d'eau minérale qui, d'après ses calculs, devraient lui permettre de tenir deux semaines dans le cas où il serait contraint de disparaître quelque temps de la circulation.

Le problème le plus difficile à résoudre était de savoir comment il soulagerait ses besoins naturels sans que cela pose un problème sanitaire. Pour gérer l'urine, il avait prévu dix bouteilles en plastique d'un litre et demi qu'il lui suffirait de boucher.

Pour ses selles, il s'était procuré un seau en étain auquel il avait adapté une lunette assez confortable et un couvercle dont il avait garni les bords de mousse de polyuréthane. Restait à prouver si cela suffirait à masquer les odeurs.

Il s'installa devant le bureau, alluma l'ordinateur et se connecta à son moteur de recherche. Il était possible que

Lennart soit déconnecté des réseaux sociaux. Mais il ne savait probablement pas que les données personnelles restaient accessibles à moins de demander spécifiquement qu'elles ne le soient pas. Et il ne devait pas être du genre à éprouver le besoin de se cacher.

Après une brève recherche, il put constater que plus de sept cents hommes en Scanie s'appelaient Lennart Andersson, et en se limitant à une zone permettant de se rendre à Mobylette à l'Ica Maxi de Hyllinge, il réduisit ce nombre à quinze individus, ce qui était encore beaucoup trop.

Ensuite il tapa « Lennart Andersson » sur Facebook, il ajouta « Skåne », et se retrouva devant une liste de huit hommes. Mais aucun d'entre eux n'était « son » Lennart Andersson.

Il visita ensuite le site du supermarché Ica Maxi et s'intéressa plus particulièrement à leur magasin de Hyllinge.

Sous la rubrique *Traiteur*, il découvrit une photo de Lennart Andersson avec trois de ses collègues, posant devant le rayon, bras dessus bras dessous et tout sourires.

Le texte sous l'image indiquait que Lillemor Ridell, Fridolf Aronsson, Lennart Andersson dit « le Steak » et Magnus Brittner privilégiaient avant tout l'hygiène et les bons produits. Il y était également conseillé de ne jamais hésiter à demander si l'entrecôte venait d'un élevage de proximité, ou à s'enquérir d'une bonne recette pour cuisiner le poulet du dimanche.

Le Steak, répéta-t-il intérieurement.

Il retourna sur Facebook et tapa le surnom dans la barre de recherche.

Bingo. Il avait sous les yeux le type bronzé aux UV qui, armé d'un sourire inoxydable, lui avait vendu une cuisse de poulet rôti avant de lui souhaiter une bonne journée. Sur son profil, il avait le même sourire, bien que sur la photo en question il apparaisse transpirant et peu ragoûtant, avec un bandeau sur le front et un tee-shirt de sport sans manches, en Nylon bleu électrique. Le type était un obsédé de la gonflette et semblait fort et résistant. Il se demanda si ce détail risquait de poser un problème. Mais comme pour l'instant il n'avait aucune idée de la façon dont cela allait se passer, il décida que cette question était une perte de temps et d'énergie, et poursuivit sa lecture.

Sur sa page Facebook, Lennart Andersson, comme la plupart des gens de sa génération, ne voyait pas l'intérêt de cacher quoi que ce soit dont il n'avait pas lui-même de raison d'avoir honte.

Sa page étant visible par tous, il put découvrir que le boucher-traiteur avait cent trente-sept amis, le nom de ceux-ci, et pour certains leur lieu de travail. Il apprit qu'il aimait Smokey, Gazolin et Queen, et ce qui pouvait surprendre, également Lasse Stefanz, Wisex et Robert Wells[1].

Apparemment, il s'intéressait à la généalogie puisqu'il « aimait » la Fédération suédoise de généalogie, Les Amis des racines et les archives du Conseil des comtés de Suède. En matière de sport, il s'intéressait principalement au culturisme et il s'entraînait aussi pour participer à la compétition de triathlon Ironman Suède, à la fin de l'été.

---

1. Les premiers sont des groupes de rock de renommée internationale et les suivants des chanteurs de variété suédois.

Aucune adresse personnelle n'était renseignée, aucune photo ne figurait, hormis celle requise pour le profil, prise en situation. Pour y avoir accès, il était obligé de le demander en ami.

Comme il ne voyait pas parmi les amis de Lennart sa collègue Lillemor Ridell, il entreprit de créer un profil au nom de celle-ci, même si elle en avait sans doute déjà un. Une photo du trombinoscope d'Ica Maxi ferait l'affaire comme photo de profil et, cinq minutes plus tard, il avait envoyé à Lennart une demande d'ami émanant de la pseudo-Lillemor.

Il n'avait pas eu le temps d'enfiler son caleçon, son débardeur et ses chaussettes, que Lennart avait déjà accepté.

Je n'embauche qu'à midi demain. Je vais avoir le temps de faire une heure de rameur, une séance de squat et vingt minutes de solarium ! #beach2012#onn'apas-forcémentl'âgedesesartères#Ironmansuède

Sa dernière publication datait de quelques minutes et elle était illustrée avec un selfie de lui torse nu, pris devant le miroir de sa salle de bains.

C'était tout ce dont il avait besoin.

Qui et *où*, c'était déjà entériné. Maintenant le dé n'avait plus qu'à choisir *comment*.

Le premier lancer déciderait dans quelle catégorie il devait poursuivre sa mission, les chiffres impairs représentant *l'arme du crime* et les chiffres pairs *la façon de mourir.*

Un 3.

Il alla chercher la liste des armes pour tuer, numérotée de 1 à 12.

1. Pistolet
2. Corde
3. Arbalète
4. Mon propre corps
5. Lance
6. Couteau
7. Lance-pierre
8. Épée
9. Fusil
10. Objet trouvé sur le lieu du crime
11. Outil non spécifié
12. Batte de baseball

Puis il lança le dé une première fois afin de déterminer s'il devait se servir d'un ou de deux dés.

Un 4.

Il lui faudrait donc deux dés. Il en prit un second, les secoua dans ses mains puis les lâcha sur le tapis de feutre vert.

Deux 5.

Les dés avaient décidé qu'il utiliserait un objet trouvé sur le lieu du crime. Cela pouvait être n'importe quoi, du moment qu'il ne l'avait pas apporté sur place lui-même. Cette directive-là était souvent la plus difficile à mettre en œuvre, avec la onze. Mais dans le cas présent, c'était indubitablement la meilleure solution. Surtout parce qu'il avait moins d'une demi-journée pour se préparer. Maintenant, il ne lui restait plus qu'à demander à l'icosaèdre une confirmation définitive. Un dernier lancer et la mission pourrait commencer.

Toutes les faces à l'exception de celle marquée d'un X indiqueraient qu'il pouvait commencer à se préparer.

Il s'empressa d'attraper son merveilleux dé en marbre à vingt faces, le secoua et le lança.

Un X.

Il fixa le dé comme s'il n'en croyait pas ses yeux. Mais c'était réellement un X qui était sorti. Avec une chance sur vingt, jamais il n'aurait cru que cette face allait sortir une deuxième fois en quelques semaines.

Mais tant pis. Les dés étaient jetés et il fallait qu'il retourne prendre dans la bibliothèque le carnet marqué d'un X.

À l'intérieur se trouvaient cent vingt pages manuscrites, chacune d'elles décrivant avec soin une action subsidiaire qu'il était contraint d'accomplir. Il pouvait s'agir d'un complément à la mission elle-même, par exemple récupérer un trophée ou blesser un ou une collègue de la victime. Mais cela pouvait aussi être une autre mission n'ayant rien à voir avec la première, avec tout ce que cela impliquait.

C'était lui qui avait imaginé ces missions, même s'il l'avait fait avec l'aide des dés. Si certaines étaient assez faciles à exécuter et plutôt inoffensives, d'autres étaient si détaillées et difficiles qu'elles risquaient avec un peu de malchance de compromettre tout le reste.

Là encore, il allait devoir faire un lancer préliminaire afin de savoir de combien de dés il devrait se servir. Comme il y avait cent vingt missions différentes, il était possible qu'il lui faille utiliser jusqu'à vingt dés, raison pour laquelle c'était à nouveau l'icosaèdre blanc qui allait prendre la décision.

Un 7.

Il prit sept dés de précision à six faces, les secoua tous ensemble pendant plus d'une minute, et les jeta.

Un 2, un 5, un autre 5, un 6, un 3, un 1 et encore un 6.

Il additionna les sept chiffres et ouvrit le carnet à la page 28.

La nouvelle mission était un avenant à la mission d'origine dans le supermarché Ica Maxi et qui se résumait en deux mots :

Devant témoins.

28

La carte mémoire de l'appareil photo n'est pas lisible par l'ordinateur.

La question tapée dans la barre de recherche était pour Fabian un ultime appel au secours dans sa tentative, pour l'heure sans succès, de découvrir ce que contenait l'appareil photo trouvé dans le grenier d'Einar Stenson.

Il n'avait pas été surpris de voir que les piles étaient usées, qu'elles avaient coulé et commencé à rouiller : l'appareil avait tout de même été entreposé pendant près de cinq ans dans un grenier humide. Mais même après un nettoyage méticuleux, effectué dans les règles de l'art à l'aide de Coton-Tige trempés dans du vinaigre blanc, et avoir inséré ensuite des piles neuves, il n'était toujours pas parvenu à ressusciter l'appareil.

Il avait extrait et nettoyé la carte mémoire, sans résultat. Pour finir, il avait essayé de l'insérer dans le lecteur de carte mémoire de l'ordinateur et avait obtenu le message suivant :

J : DCIM/100 CANON n'est pas accessible.
Le fichier est endommagé et ne peut être lu.

Après deux redémarrages et toujours la même réponse, il avait été tenté de laisser tomber pour aller faire le ménage et préparer le retour de Sonja et Matilda le lendemain. Il avait déjà consacré beaucoup trop de temps à ce petit appareil photo en plastique dont il espérait la réponse à une question, qui pour l'instant restait entière : quelle raison Molander aurait-il eue de tuer son beau-père ?

Mais il était toujours là, dans cette cave, obsédé par l'idée d'arracher ses secrets à cette fichue carte mémoire.

Il avait tenté de l'insérer dans l'appareil photo que Matilda avait reçu pour Noël, mais avait simplement eu droit au message *format inconnu.* Il avait démonté entièrement l'appareil pour vérifier qu'aucun de ses éléments n'était défectueux. Il avait séché le boîtier à l'aide du séchoir à cheveux de Sonja afin qu'il ne reste à l'intérieur aucune trace d'humidité.

Tout cela lui avait pris plus d'une heure et demie, et il s'était surpris à réciter intérieurement une petite prière au moment de remettre en place les piles neuves, d'insérer tout doucement le minuscule périphérique dans la fente prévue à cet effet, et d'appuyer sur le petit bouton On. Il avait même fermé les yeux dans l'espoir d'entendre la mélodie de démarrage.

Mais rien.

S'il avait eu un marteau sous la main à cet instant, il aurait probablement réduit l'appareil en miettes. Mais il était là, en train d'attendre le résultat de sa recherche Google.

Il fut surpris de constater que la question avait généré cent trente-trois mille liens. Il cliqua sur le deuxième, qui le mena à un blog appelé www.lapagefoto.se où un certain « Alfred_d » avait apparemment reçu exactement la même réponse que lui, c'està-dire que le fichier était endommagé et ne pouvait être lu.

Bien sûr, il avait déjà tout essayé pour y remédier.

Ou presque tout.

PC Inspector était un logiciel allemand apparemment gratuit, censé être en mesure de restaurer et de réparer les fichiers d'une carte mémoire externe illisible. Même si la carte avait été reformatée par erreur, ce programme se prétendait capable de vous aider. C'était trop beau pour être vrai et il y avait une forte probabilité que le logiciel en question contienne un virus ou quelque autre programme malveillant que ni lui ni personne n'avait intérêt à laisser entrer dans son ordinateur.

Mais, de guerre lasse, Fabian appuya sur Télécharger.

Il le regretta aussitôt, mais attendit malgré tout avec impatience de voir ce qui se passerait lorsque le curseur aurait atteint cent pour cent. En dépit du bon sens, il suivit toutes les instructions, accepta la licence d'utilisation et rentra même le numéro de sa carte Visa et son code de sécurité.

Ce n'est qu'après avoir vu se dérouler le processus d'installation qu'il comprit qu'il venait d'acheter la version complète du logiciel et ses mises à jour gratuites pour plusieurs années à venir.

Au moins, il semblait que ce soit un vrai programme, et d'après ce qu'il voyait à l'écran, il était déjà en train de scanner des unités de mémoire externe. Il espéra qu'il n'était pas en train d'encrypter tout le contenu de son ordinateur pour qu'on le menace ensuite de tout effacer à moins qu'il ne vire une grosse somme d'argent vers un compte domicilié en Russie.

Found 8GB SanDisk memory card in slot J.
Do you want to recover deleted and broken files[1]*?*

Il appuya sur Yes et le processus de récupération se mit en route. Et quoi que ce logiciel soit en train de faire, ça allait apparemment lui prendre un certain temps. Le curseur sur la barre ne décolla pas des trois pour cent pendant plusieurs minutes, jusqu'à ce que tout à coup il donne des signes de vie et passe à quatre.

En entendant un signal lui indiquant qu'il avait reçu un mail, il réalisa qu'il s'était assoupi.

De : 7hcx3h+fbpyhpq8xakfo@sharklasers.com
À : fabian.risk@gmail.com
Objet : Theodor
Je présume que tu es au courant que ton fils en fait partie.
/D
http://politiken.dk/indland/art4925602/Le-procureur-prévoit-des-sanctions-exemplaires-pour-les-membres-du-gang-baptisé-la-liguedessmileys-lors-du-procès-qui-doit-démarrer-la-semaine-prochaine.

Le lien l'envoyait vers un article du quotidien danois *Politiken*. Celui-ci traitait du procès en cours contre les quatre ressortissants suédois qui, le visage caché sous des masques de smileys jaunes, avaient tué trois SDF à Helsingør de la manière la plus délibérée et la plus ignoble qui soit. Non contents de commettre ces crimes,

1. Trouvé une carte mémoire SanDisk de 8 Go dans la fente J. Voulez-vous récupérer les fichiers supprimés et endommagés ?

ils les avaient filmés avec leurs téléphones portables et publiés sur les réseaux sociaux.

Fabian connaissait bien l'affaire. Pour des raisons évidentes, elle avait fait beaucoup de bruit également de ce côté du détroit, et de nombreuses voix s'étaient élevées pour que le procès ait lieu en Suède, deux des agresseurs étant mineurs. Mais les faits s'étaient produits au Danemark et c'était apparemment là que l'affaire serait jugée. Et plus précisément à Helsingør.

Il effectua une recherche sur le gang des Smileys et lut plusieurs des articles publiés sur cette affaire criminelle spectaculaire. Il n'était nulle part question d'un cinquième membre. Partout, on parlait de trois garçons et d'une fille, tous en détention provisoire au Danemark.

Pourquoi Theodor aurait-il quelque chose à voir avec cette histoire ? À sa connaissance, il n'était pas allé au Danemark, et il n'était assurément pas en détention provisoire dans l'attente d'un quelconque procès. Il était au cinéma devant le film *The Avengers* et n'allait pas tarder à rentrer. Il devait s'agir d'une erreur.

Le message était écrit en danois et signé de la simple initiale D. Il pouvait venir de n'importe qui, mais si Fabian devait deviner, il dirait qu'il avait été envoyé par Dunja Hougaard, son homologue danoise qui, deux ans auparavant, avait sacrifié sa carrière en s'opposant à son supérieur, Kim Sleizner, pour l'aider, lui Fabian, dans une enquête et, par la même occasion, sauver la vie de Theodor, justement. Depuis, ils n'avaient pratiquement eu aucun contact, à part le jour où il était tombé sur elle dans le hall d'entrée de l'hôtel de police et où elle lui avait demandé son aide pour chercher les coordonnées de plusieurs personnes qui se trouvaient toutes résider dans son quartier. L'histoire remontait à quelques mois déjà.

Il n'avait jamais vu son nom cité en relation avec l'affaire du gang des Smileys. Celui de Kim Sleizner revenait en revanche constamment, ainsi que celui d'un certain Ib Sveistrup de la police de Helsingør. Peut-être avait-elle travaillé sur cette enquête en sous-marin ? Peut-être était-ce pour cela qu'elle lui avait demandé son aide à lui, plutôt qu'à Tuvesson ? Cela lui ressemblerait assez, à vrai dire. Surtout si Sleizner était concerné. Peut-être savait-elle des choses qu'elle était la seule à savoir ?

Il ouvrit le deuxième tiroir de la commode et en sortit un paquet enveloppé de tissu, le posa devant lui sur le bureau et l'ouvrit. C'était le pistolet que Theodor avait rapporté à la maison, la nuit funeste où leur vie avait explosé.

Depuis, le séjour de Matilda à l'hôpital avait monopolisé toute son attention et pas une fois il n'avait repensé à ce pistolet, au point d'avoir presque oublié son existence. Mais il était bien là, en attente d'être déposé, enregistré et examiné. Bien sûr, il allait le faire, dès qu'il aurait réussi à savoir comment il était arrivé entre les mains de Theodor.

C'était un Heckler & Koch USP Compact 9 mm, un modèle fabriqué pour le tir de précision et couramment utilisé par la police danoise. C'était tout ce qu'il pouvait en dire pour l'instant. Le numéro de série ayant été effacé, il n'avait aucun moyen de le tracer.

Cette arme avait-elle un lien avec cette affaire de SDF brutalement assassinés au Danemark ? Son fils était-il réellement mêlé à cette horreur ? Il n'allait pas bien depuis un certain temps, c'était un fait, mais au point de… Non, il s'agissait forcément d'un malentendu.

Fabian avait essayé d'aborder le sujet avec lui à plusieurs reprises. Mais quand il ne s'enfuyait pas, Theodor était buté et inaccessible, ou se mettait en colère, comme ça avait été le cas ce soir. En même temps, son propre sentiment de culpabilité le poussait à marcher sur des œufs et à éviter le conflit. Mais il n'avait plus le choix, et tant pis pour la réaction qu'aurait Theodor. Quand celui-ci rentrerait du cinéma, il exigerait qu'il lui dise la vérité.

Il chercha le contact de Dunja sur son répertoire de téléphone et l'appela pour lui demander si c'était elle qui avait envoyé le mail. L'appel mit un peu de temps à passer, mais quand la connexion fut établie, au lieu d'une sonnerie, il tomba directement sur un message impersonnel débité par une voix féminine. *Le numéro que vous avez demandé n'est plus attribué. Le numéro que vous avez demandé*…

Il raccrocha et fit une nouvelle tentative en tapant le numéro lui-même, chiffre par chiffre. Il tomba sur le même message automatisé.

Fabian pensa d'abord à un problème technique. Ou à un changement de numéro dont il n'aurait pas été informé. Il pouvait y avoir des tas de raisons pour qu'un numéro ne fonctionne pas, mais connaissant Dunja, il y avait toutes les chances qu'il s'agisse d'un choix délibéré.

De : fabian.risk.prive@gmail.com
À : 7hcx3h+fbpyhpq8xakfo@sharklasers.com
Objet : Re : Theodor
Salut Dunja.
Il semble que tu aies changé de numéro. N'hésite pas à me rappeler pour que nous puissions parler de tout cela au téléphone. Je suppose que c'est bien toi. Sinon, merci de me dire qui vous êtes et ce que vous avez à voir avec mon fils.
Cordialement.
Fabian Risk

Il envoya le mail et la réponse arriva presque instantanément.

Destinataire-final : 7hcx3h+fbpyhpq8xakfo@sharklasers.com
Code : erreur 5.1.1
Remote-MTA : dns ; gmail-smtp-in.l.google.com. (2a00 : 1450 : 4010 : c0d : :1b, the server for the domain gmail.com.)
Nous n'avons pas trouvé l'adresse à laquelle vous avez envoyé votre courrier dans le domaine de destination. Celle-ci est peut-être erronée ou n'existe pas. Essayez de résoudre le problème en effectuant une ou plusieurs des opérations suivantes : Renvoyez le courrier. Avant de le faire, supprimez et retapez l'adresse. Si votre programme de courrier suggère automatiquement une adresse, ne la sélectionnez pas.

Fabian ne savait plus que penser. Le numéro de téléphone ne fonctionnait pas et elle lui envoyait des messages incompréhensibles à partir d'une adresse de messagerie sur laquelle on ne pouvait pas lui répondre. Qu'est-ce qu'elle foutait, bon Dieu ?

Il chercha le contact de Kim Sleizner dans son répertoire et il allait l'appeler, quand il vit une fenêtre s'ouvrir sur son écran d'ordinateur.

Récupération de votre carte mémoire SanDisk 8GB terminée Souhaitez-vous voir les fichiers ?

Ah oui, au fait. Les photos sur la carte mémoire. C'était ça qu'il était en train de faire. Il appuya sur Yes et une nouvelle fenêtre apparut.

Un dossier plein de photographies.

La première sur laquelle il cliqua représentait Flora Stenson dans son jardin, agitant la main à l'intention du photographe. La photo avait été prise le 13 septembre 2005. C'est-à-dire deux ans avant la mort d'Einar Stenson. La photo suivante était un selfie, pris six minutes plus tard alors qu'il se tenait sur un ponton sur la rive du lac de Ringsjøn. Le cliché suivant montrait deux steaks sur un barbecue et était suivi d'une photo tout aussi intéressante, sur laquelle on voyait l'un des deux steaks posé sur une assiette avec une pomme de terre enveloppée dans un morceau de papier d'aluminium et une belle louche de sauce béarnaise.

Pour des photos prises par un professionnel, elles étaient d'une médiocrité surprenante. Le petit appareil digital en plastique n'était manifestement pas la tasse de thé d'Einar, ce qui expliquait qu'il n'avait pris qu'une vingtaine de clichés avant de se lasser de l'exercice et de remiser l'appareil dans le grenier.

Les autres photographies étaient également d'ordre privé, et aux yeux de Fabian, parfaitement inintéressantes. La plupart semblaient dater de Noël 2005 et, bien qu'il ne soit allé chez Molander que trois ou quatre fois, Fabian eut l'impression de reconnaître le coin salon avec ses canapés beiges et la longue table dressée pour un repas de fête. Molander et sa femme Gertrud étaient présents sur plusieurs photos, elle en robe rouge et lui en chemise et pull-over en lambswool.

La seule photo qu'il ne sut pas situer était prise entre Noël et le Nouvel An et représentait une dizaine d'hommes assis autour d'une table de fête, apparemment dressée dans un local en sous-sol. Tous les convives regardaient vers l'objectif en riant aux éclats, un verre de schnaps à la main.

Il y avait un panneau sur le mur du fond, où en zoomant il put lire qu'il était écrit « FC Celluloïd » sous un logo représentant un vieil appareil photo analogique. Il devait s'agir d'un club photo et, si l'on en croyait son logo, d'une association d'amateurs de pellicule argentique, ce qui expliquait leur hilarité en posant devant la petite merveille digitale d'Einar.

Il ne pouvait pas en être sûr, mais il avait l'impression qu'il avançait enfin en terrain vierge. Hugo Elvin avait découvert beaucoup de choses sans être allé sur ce terrain-là. Fabian était bien conscient que cela ne voulait pas nécessairement dire qu'il tenait un élément intéressant, mais si c'était le cas, cela signifiait tout de même qu'il avait un coup d'avance sur Elvin et sur Molander.

29

La police n'a fait aucune déclaration concernant l'arrestation de Sievert Landertz, tôt ce matin, dit le présentateur du journal. *Mais selon certaines rumeurs non confirmées, il serait impliqué dans l'incendie des locaux du parti des Démocrates de Suède, à Bjuv. Lors du débat d'interpellation à l'Assemblée aujourd'hui, le chef du parti des Démocrates de Suède, Jimmie Åkesson, n'a pas manqué de commenter les faits.*

Ce qui s'est passé aujourd'hui n'est rien de moins qu'une menace contre la démocratie, entendit-on Åkesson déclarer, et il suffit à Lilja d'entendre le son de sa voix pour sentir la colère l'envahir. *Quelqu'un dans cette salle osera-t-il prétendre que notre police aurait privé de la même façon un social-démocrate de sa liberté, sans aucune preuve de...*

Elle coupa la radio, elle en avait assez entendu. Quand ce n'était pas une menace contre la démocratie, c'était une menace contre la liberté d'expression. Comme s'ils avaient agi sans preuve ! Ce type avait le mot « coupable » tatoué sur le front, bon sang !

Elle avait reculé le véhicule de police entre deux haies perpendiculaires au chemin d'accès, pour ne pas être visible par quelqu'un qui arriverait en voiture. En même temps, cette position lui permettait d'avoir une vue dégagée sur la maison d'Assar Skanås à une vingtaine de mètres, et de prévenir la brigade d'intervention à la minute où il mettrait un pied sur le terrain.

Après s'être assurée qu'il n'était ni dans la maison ni caché quelque part dans le jardin, elle et Klippan avaient décidé d'un commun accord d'attendre pour faire venir Molander et ses hommes, et de se relayer pour planquer devant la maison afin de l'appréhender s'il rentrait dans la nuit.

Cela faisait maintenant quarante minutes qu'elle était assise dans cette voiture à ne rien faire d'autre que surveiller via un téléobjectif une maison déserte, pendant que les stations de radio n'en finissaient pas de faire des gorges chaudes sur Landertz et son foutu parti, qui allaient probablement glaner un tas de nouveaux adhérents grâce à toute cette soupe.

Le thermomètre indiquait qu'il faisait douze degrés à l'extérieur, elle avait dû s'envelopper dans une grosse couverture et allumer les sièges chauffants. Ce qui signifiait qu'elle était obligée de faire tourner le moteur tous les quarts d'heure pendant au moins trois minutes.

Elle perdit le combat contre un bâillement alors que les chiffres bleus de l'horloge indiquaient 00:00. Klippan ne devait venir la relayer que deux heures plus tard. S'il ne se passait pas bientôt quelque chose, elle allait s'endormir et ses rêves l'emporteraient si loin que la troisième guerre mondiale pourrait se déclencher sans qu'elle s'en rende compte.

Elle descendit de voiture, s'étira et respira profondément l'air frais et humide. Ils étaient convenus qu'aucun d'entre eux n'entrerait seul dans la maison. D'abord pour ne pas polluer la scène de leurs empreintes avant l'arrivée de Molander, mais aussi pour ne pas se trouver en position d'infériorité si Skanås rentrait. Il avait déjà prouvé qu'il était dangereux et totalement imprévisible, de surcroît il serait sur son propre terrain.

Mais la maison était une chose et le jardin en était une autre. Comme elle était déjà dans la cour, elle en profita pour inspecter les lieux. Elle jeta un nouveau coup d'œil à la Volvo mal dissimulée sous sa bâche, puis regarda la pelouse parfaitement tondue et les plates-bandes exemptes de mauvaises herbes, un détail auquel elle n'avait pas fait attention en arrivant.

Il y avait quelque chose qui ne collait pas, mais elle n'eut pas le temps d'aller au bout de cette pensée parce que son téléphone se mit à jouer « L'été » de Magnus Uggla. Ce n'était donc pas Klippan, car dans ce cas ç'aurait été le son d'un vieux téléphone en bakélite. « L'été » était l'un de ses morceaux préférés, et elle l'avait choisi spécialement pour Hampus. À l'époque où elle était si amoureuse de lui que cela se traduisait presque comme une douleur dans tout le corps.

C'était la troisième fois ce soir qu'il cherchait à la joindre. Il devait se demander où elle était et pourquoi elle ne répondait pas à ses appels. Normal. Mais de la même façon qu'elle en avait soupé de Magnus Uggla et de ses chansons mièvres pour midinettes, elle ne supportait plus l'idée d'être en couple avec un démocrate de Suède.

Elle laissa donc le répondeur faire son office et se dirigea vers l'arrière de la maison et la porte vitrée donnant dans le séjour, toujours entrouverte.

Tout laissait à penser que Skanås les avaient vus arriver par la fenêtre de sa cuisine, et qu'il s'était enfui par cette porte. Mais pour aller où ? Et la Renault, sa propre voiture, qu'était-elle devenue ? Apparemment, il n'y avait aucun endroit où se garer de ce côté-là, et surtout aucune possibilité de s'échapper en voiture puisqu'il n'y avait ni route ni chemin, seulement des champs à perte de vue.

Soudain elle entendit une sonnerie à l'intérieur de la maison, un thème musical électronique qui résonnait dans l'obscurité. Elle crut un instant qu'il s'agissait du timbre de la porte d'entrée, mais elle savait qu'il n'y avait personne de l'autre côté puisqu'elle en venait. En collant le visage à la baie vitrée, elle aperçut l'écran éclairé d'un téléphone fixe posé sur un guéridon à côté de la porte, et la poussa juste assez pour se faufiler à l'intérieur. Elle mémorisa le numéro affiché : 07 26 84 43 82. Tandis que la sonnerie continuait sans vouloir s'arrêter, elle effectua à l'aide de son portable une recherche d'abonné sur ce numéro, sans succès, ce qui signifiait que l'appel provenait d'un téléphone à carte.

Afin de ne pas laisser ses empreintes sur le combiné, elle tira sur la manche de son pull avant de décrocher et de presser le bouton vert, faisant enfin taire la sonnerie. « Allô… », dit-elle sans obtenir de réponse. Elle entendait quelqu'un respirer très fort à l'autre bout du fil, à la limite de l'essoufflement. « *Excusez-moi, mais qui est à l'appareil ?* » dit une voix d'homme. Un homme sortant d'une séance d'entraînement ou venant de fournir un effort physique important.

« *Qu'est-ce que vous faites chez moi ?* »

C'était lui. Elle était en ligne avec Assar Skanås. « Je m'appelle… », mais elle fut interrompue par un *clic*.

30

Fabian venait d'ouvrir la page Internet du Photo Club Celluloïd, lorsqu'un courant d'air l'informa qu'on venait d'ouvrir puis de refermer la porte d'entrée.

Theodor était revenu du cinéma.

Il éteignit son ordinateur et monta au premier étage. Arrivé devant la porte close de la chambre de son fils, Fabian dut rassembler son courage pour frapper. C'était maintenant. Quelle que soit la façon dont Theodor réagirait, c'était maintenant qu'il devait lui parler. N'ayant obtenu aucune réponse, il frappa à nouveau, plus fort. Cette fois, il entendit un soupir excédé à l'intérieur.

« Oui… qu'est-ce qu'il y a ? »

Il entra. La chambre de Theodor était plongée dans l'obscurité et il était couché dans son lit, clignant des paupières dans la lumière venant du couloir. Certes il était près d'une heure du matin, mais il venait tout juste de rentrer. Il n'était même pas passé par la salle de bains pour se brosser les dents et il émanait de son corps une forte odeur de cigarette et d'alcool.

« Tu as bu ? demanda Fabian en tournant la tête vers les vêtements jetés en tas sur le plancher.

— Hein, quoi ? répondit Theodor en ayant l'air de devoir faire un effort pour garder les yeux ouverts.

— Je te demande si tu as bu. Ça pue l'alcool, ici », et il réalisa qu'il n'aurait pas pu démarrer plus mal cette conversation entre père et fils.

Theodor poussa un nouveau soupir. « Oui, deux bières. Tu es satisfait ? C'est ce que tu voulais savoir, ou il y a autre chose ?

— Non, je ne suis pas satisfait, tu trouves que j'ai des raisons d'être satisfait ? » Et voilà, c'était fichu, et il était déjà trop tard pour avoir des regrets. Il venait en trente secondes de louper l'occasion d'instaurer un climat de confiance entre eux. « Tu sais ce que ta mère et moi pensons du fait que tu boives de l'alcool avant tes dix-huit ans. » Son fils avait décidément un don pour le déstabiliser.

Il inspira longuement et vint s'asseoir au bord du lit. S'efforçant d'effacer le ton tranchant de sa voix, il reprit : « Bon, c'est vrai qu'à ton âge je n'étais pas abstinent non plus. » Il regarda Theodor dans les yeux. « Je comprends parfaitement qu'on ait envie de transgresser l'interdit et de faire des expériences quand on est adolescent. Et entre nous, je ne t'aurais pas fait la morale si tu avais bu deux bières. Mais ce soir tu en as bu beaucoup plus que ça, nous sommes d'accord ? »

Theodor réfléchit quelques secondes, puis il acquiesça.

« Alors si nous sommes d'accord, laissons tomber le sujet. Ce n'est pas de cela que je suis venu te parler. » Fabian se tut un long moment.

« Qu'est-ce qu'il y a, il est arrivé quelque chose ?

— Je ne sais pas. C'est ce que j'essaye de savoir. » Il ignorait totalement comment il allait continuer à partir de là. « Nous faisons tous des erreurs, de temps en temps. Moi, par exemple, j'ai fait du mieux que j'ai pu, mais je suis le premier à admettre que je suis loin d'avoir été le meilleur et le plus présent des pères. Et au regard de tout ce qui est arrivé récemment, Dieu sait que j'ai commis mon lot de conneries, qui parfois ont eu des conséquences si graves que nous devrons vivre avec le restant de nos…

— Oh, attends ! Tu fais quoi, là ? le coupa Theodor. On est au milieu de la nuit et je suis naze. On pourrait reprendre cette conversation une autre fois, s'il te plaît ?

— Non, rétorqua Fabian en secouant la tête, désolé. C'est déjà une autre fois, et une fois après l'autre fois. Que tu le veuilles ou non, cette conversation, il faut que nous l'ayons. Parce que après ce sera trop tard. Je veux savoir ce qui s'est réellement passé la nuit où tu es revenu avec des ecchymoses partout et un pistolet dans la ceinture de ton pantalon, et je veux le savoir maintenant. »

Enfin, il avait réussi à provoquer une réaction. Une réaction qui prit la forme d'un nouveau soupir exaspéré et de deux yeux rougis, levés au ciel, mais c'était mieux que rien.

« On en a déjà parlé cent fois, dit enfin Theodor. Je traversais le parc de Slottshagen pour aller rejoindre des copains et des types m'ont…

— Tu as raison, l'interrompit Fabian. Cette histoire-là, je l'ai entendue jusqu'à la nausée. Mais ce n'est pas ce qui s'est passé, n'est-ce pas ?

— Mais si, putain ! » aboya Theodor.

Fabian secoua la tête. « Non, tu n'étais pas en train de traverser Slottshagen, et tu n'as pas été menacé avec un pistolet par "deux types" jusqu'à ce qu'un troisième homme avec un pitbull en laisse les fasse fuir.

— Écoute, crois ce que tu veux, renâcla Theodor. J'en ai rien à foutre…

— Theo, je le vois sur ton visage… Ça saute aux yeux que…

— Qu'est-ce que tu vois, hein ? Toi qui ne vois jamais rien avant que ce soit trop tard, cracha Theodor. Qu'est-ce que tu vois, puisque tu es si malin ?

— Je vois que tu ne vas pas bien. »

Theodor sursauta, comme si c'était la dernière chose qu'il s'attendait à entendre.

« Je vois que tu caches quelque chose. Une chose qui fait mal. Et je peux t'affirmer que, si tu crois qu'elle va disparaître toute seule, tu te trompes. Au contraire, elle deviendra de plus en plus douloureuse et finira par te ronger de l'intérieur, comme un cancer. »

Pour la première fois, il eut le sentiment que son fils l'écoutait sans protester. « Tu dis que je ne vois les choses qu'une fois qu'il est trop tard, poursuivit Fabian. Aussi douloureux que ce soit, j'avoue que c'est en effet arrivé trop souvent. Mais j'aimerais changer ça, c'est pour cette raison que je reste là et que je voudrais en parler maintenant, et pas une autre fois. Justement parce qu'il n'est pas encore trop tard. Il y a toujours une solution pour sortir d'une impasse, et là, ta solution, c'est la vérité. Aussi dure, aussi terrible qu'elle soit, c'est par elle que nous devons commencer. Sinon, cette affaire va très mal se terminer. Alors je te repose la question : que s'est-il passé cette nuit-là ? »

Theodor resta assis sans rien dire, son regard cherchant en vain un point pour se poser pendant qu'il réfléchissait à ce que son père venait de lui dire. Son menton se mit à trembler.

Près d'une minute s'écoula avant qu'il trouve à nouveau la force de croiser le regard de Fabian. « OK, dit-il enfin, d'une voix aussi fragile qu'une aile de papillon. Tu as raison. Je n'allais pas retrouver des amis. J'étais devant le distributeur de billets de Stortorget quand ils sont arrivés. Quand je me suis retourné, ils m'ont ordonné de tirer tout l'argent que j'avais en agitant une arme sous mon nez. »

Un mensonge pour remplacer un autre mensonge.

Fabian le lisait dans ses yeux, et il sentit la déception ruisseler en lui. « Theodor… j'ai reçu un message de Dunja. Tu te rappelles Dunja, la femme qui t'a sauvé la vie il y a deux ans ? » La panique, soudain, dans ses yeux. « Elle me racontait une histoire très différente. Une histoire qui se passait au Danemark, de l'autre côté du détroit, une histoire à laquelle tu…

— Ce n'est pas moi ! Je te promets que je n'ai rien fait ! Ils m'ont forcé. Je ne voulais pas, mais ils m'ont obligé à faire le guet pendant qu'ils… » Theodor s'interrompit et tout son visage se contracta tandis qu'il luttait contre les larmes.

« Pendant qu'ils faisaient quoi ? Pendant qu'ils enfonçaient un gros pétard dans la gorge d'un sans-abri et qu'ils l'allumaient ?

— Je n'ai pas participé à ça. Je te le jure, je n'ai rien fait. Je ne savais pas ce qu'ils allaient faire. J'avais vu par hasard une vidéo dans laquelle ils poussaient un type dans un Caddie de supermarché. C'était horrible. On voyait le type se débattre pour sortir du Caddie mais il n'y arrivait pas parce qu'il était attaché, et puis… putain… c'est la pire chose que j'ai vue de ma vie… ils le lâchaient sur l'autoroute, au milieu de la circulation, et puis il y avait un camion qui arrivait et… » Theodor se tut et les sanglots le submergèrent, le faisant trembler des pieds à la tête.

Fabian aurait voulu le consoler et le rassurer en lui disant que tout allait s'arranger. Qu'avec le temps, il cesserait d'y penser. Mais il fut incapable de dire un mot. On aurait dit que tout s'était subitement figé en lui. Sa capacité à parler, à penser, tout.

« Ils m'ont menacé de donner mon nom et de dire à tout le monde que je faisais partie de leur bande, si je racontais ce que j'avais vu à qui que ce soit. Je te jure que c'est vrai, papa. Je n'ai jamais voulu participer, mais ils m'ont obligé à les aider. Elle a dit qu'elle avait perdu le collier sur lequel il y avait mon nom et sûrement mes empreintes digitales, aussi.

— Qui ça, elle ? De qui est-ce que tu parles ? Qui avait ton collier ? » Son cerveau s'était enfin remis en route.

« Alexandra. Elle est mêlée à toute cette merde. Quand je l'ai appris, j'ai voulu partir tout de suite. Me tirer de là et ne plus jamais revenir. Mais un de ses copains, un gars qui s'appelle Henrik, m'en a empêché. Il m'a dit que maintenant j'étais des leurs, que je le veuille ou non.

— Et Dunja ? Où est-ce qu'elle intervient dans l'histoire ?

— Aucune idée. Tout à coup, elle a débarqué chez Alexandra et elle a sonné à la porte. Je venais de voir la vidéo et je ne savais plus quoi faire.

— Et ensuite ?

— On ne lui a pas ouvert. On a attendu qu'elle abandonne. On a dû rester planqués derrière le canapé pendant au moins une heure. »

D'un côté, son fils avait terriblement grandi, dans quelques années il serait sans doute plus grand que lui.

Et de l'autre, il n'était qu'un gosse qui va se cacher derrière un canapé.

« Et le pistolet ?

— C'est Henrik qui me l'a donné quand il m'a envoyé faire le guet à Helsingør. C'est là qu'elle a débarqué à nouveau. Je ne comprends pas comment elle a fait pour savoir qu'on était là.

— C'est avec Dunja que tu t'es battu ? »

Theodor acquiesça.

Fabian comprit qu'elle devait travailler sur l'enquête et que c'était pour ça qu'elle lui avait demandé son aide pour trouver les coordonnées de plusieurs habitants du quartier.

« Papa… » Theodor posa sur son père un regard grave. « On n'est pas obligés de raconter tout ça à maman, hein ? On peut garder ça pour nous, non ?

— Écoute, Theodor, tu dois bien te rendre compte que c'est impossible. » Fabian s'était efforcé de paraître plus calme qu'il ne l'était en réalité. « Bien sûr que nous devons lui dire. Et nous devons également contacter la police danoise le plus rapidement possible et faire une déposition.

— Une déposition ! Pour quoi faire ? » Theodor était encore plus pâle que tout à l'heure.

« Pour apporter ton témoignage et expliquer ton rôle dans l'affaire.

— Mais enfin, je n'ai rien fait ! J'étais juste là…

— Exactement. Tu étais là. La raison pour laquelle tu y étais, qu'on t'ait forcé ou pas, n'a aucune importance. La seule chose qui compte aux yeux de la police, c'est que tu y étais. »

Theodor le regarda avec un regard qui n'exprimait ni inquiétude, ni anxiété, ni stress, ni nervosité. Ce que

Fabian lut dans son regard c'était de la terreur. Et il partageait cette terreur. Il avait soudain une peur terrible de ce qui allait se passer à présent et des conséquences que cela aurait pour son fils.

« Si tu veux un jour pouvoir laisser cette histoire derrière toi, il n'y a pas d'autre solution que de témoigner et de raconter précisément ce qui s'est passé. »

Theodor devint encore plus pâle.

« Je serai évidemment à tes côtés et je ferai en sorte que tu sois représenté par un très bon avocat. Mais ce sera à toi de… »

Les signaux avant-coureurs étaient tous là. Les yeux fixes, la respiration saccadée et le teint livide. Tout aurait dû préparer Fabian à ce qui allait se produire. Et pourtant, le vomissement de Theodor le surprit comme un tsunami.

31

Bien que ce fût le matin et que le soleil ait à peine dépassé la cime des arbres, Lilja transpirait comme une femme ménopausée en pleine bouffée de chaleur. Elle avait retiré son anorak et son sweatshirt, et au-dessus de son jean qui lui collait aux jambes elle ne portait qu'un vieux tee-shirt, si mouillé qu'elle aurait pu l'essorer.

Elle s'écarta du sentier et, après s'être enfoncée d'une dizaine de mètres dans la forêt, elle s'assit sur une souche, prit une bouteille d'eau dans son sac à dos et la vida cul sec, malgré sa tiédeur et un horrible goût de plastique.

Elle vit sur l'écran de son Smartphone que la zone de recherche avait à nouveau changé de forme. Alors qu'une heure plus tôt elle avait la forme d'un quartier de fromage, elle ressemblait à présent à un gros ballon sur lequel on se serait assis.

Molander, qui supervisait la triangulation depuis le commissariat, leur avait expliqué que le dessin variait en fonction du nombre d'antennes auxquelles le portable était relié à un instant T, ainsi que du type de celles-ci, selon qu'elles étaient omnidirectionnelles ou directionnelles, et du nombre de degrés qu'elles étaient capables de couvrir.

La zone était extrêmement vaste, par ailleurs, puisqu'elle avait une surface de près de trois kilomètres carrés. En soi, ce n'était pas beaucoup, mais le terrain difficilement praticable du parc national de Söderåsen, ajouté au fait que Klippan et elle n'étaient secondés que par deux vieux policiers en raison des matchs de foot du week-end, rendait leur tâche aussi vaine que s'ils avaient dû retrouver une aiguille dans une meule de foin.

Avec une dizaine d'hommes, ils auraient pu cerner la zone indiquée et se rapprocher de son centre en un mouvement coordonné. Mais en l'état, ils ne pouvaient qu'essayer de le coincer en marchant l'un vers l'autre sur deux latitudes parallèles en laissant de larges secteurs non couverts, où il ne rencontrerait aucune difficulté à leur échapper. C'était déjà arrivé à deux reprises, et s'ils ne bénéficiaient pas bientôt d'un petit coup de pouce de la providence, ils allaient devoir laisser tomber l'opération jusqu'à ce que le week-end soit terminé et qu'on leur donne plus d'effectifs.

Lorsque la chance leur sourit enfin, Lilja crut d'abord qu'elle avait commis une erreur de manipulation. Elle éteignit l'application dont elle se servait pour recevoir les indications de Molander, puis la ralluma. Mais cela ne sembla rien changer. La zone matérialisée sur la carte semblait complètement erronée.

Elle était parfaitement circulaire et par rapport au ballon de tout à l'heure elle n'était pas plus grande à présent qu'un plomb de fusil de chasse.

C'est-à-dire une surface d'à peine mille mètres carrés.

Et comme si cela ne suffisait pas, sa position à elle se trouvait à quelques centaines de mètres du centre de la zone en question. Si la carte disait vrai, la cible avait été captée par plusieurs mâts simultanément, ce qui signifiait également que d'un instant à l'autre, elle pouvait se retrouver dans une zone blanche.

Apparemment, tu avances droit sur lui, écrivit *Klippan. On te rejoint aussitôt que possible.*

Elle se releva, sortit son arme du holster et rangea deux chargeurs supplémentaires dans ses poches arrière avant de se remettre rapidement en route. À nouveau à découvert, elle traversa le sentier, puis une coupe rase jonchée de branches mortes et de racines qui menaçaient à chaque instant de la faire trébucher et de lui tordre les chevilles. Elle parvint à s'en tirer et se retrouva bientôt à nouveau à la lisière des arbres.

À l'abri d'un gros rocher, elle jeta un coup d'œil à l'écran de son téléphone pour s'apercevoir que la zone indiquée était toujours aussi petite, et que normalement, s'il ne changeait pas de direction, elle allait bientôt le voir apparaître.

Elle écouta attentivement, mais même en restant parfaitement immobile, elle n'entendait que les mouches tournant autour de sa nuque trempée de sueur. Peut-être qu'il l'avait entendue et qu'il s'était arrêté, lui aussi.

Au bout d'un moment, elle abandonna sa cachette, inspecta les environs et entra dans la forêt où, parfois, la frondaison masquait le soleil, pour à d'autres moments laisser couler abondamment ses rayons brûlants. Elle courut d'abord d'un pas léger, sautant par-dessus les pierres moussues et les arbres renversés, mais après quelques minutes elle ralentit le pas et se remit à marcher, presque à ramper, en contrôlant de temps à autre la position de la cible sur son portable.

La forêt était plus clairsemée à présent, et soudain elle s'ouvrit sur une clairière dans laquelle la lumière était si puissante que ses yeux mirent quelques secondes à s'y habituer. Aussitôt qu'elle ne fut plus aveuglée, elle put constater qu'elle ne chassait pas un fantôme mais un être bien vivant.

Les pierres noircies de suie avaient été dispersées, mais elle ne mit pas longtemps à découvrir l'endroit où elles avaient formé un cercle autour d'un feu de camp qui brûlait sans doute encore la veille. Plus loin, l'herbe était écrasée, traçant un rectangle presque parfait, d'une surface d'un mètre sur deux.

Apercevant un objet qui brillait dans l'herbe, elle s'accroupit et reconnut une cartouche de fusil, mais tandis qu'elle enfilait un gant pour la ramasser, un bruit juste derrière elle figea son geste.

Ce n'était ni le claquement sec d'une branche qui se casse, ni le craquement d'une brindille. Il ne s'agissait pas non plus de feuilles mortes poussées par le vent. Elle aurait été incapable de décrire le bruit qu'elle venait d'entendre, pas plus qu'elle pouvait affirmer qu'il n'avait existé que dans son imagination. Dans le doute, elle leva les mains en l'air et se retourna lentement, pour se retrouver face à ses yeux noirs.

Le cerf se trouvait à quelques mètres à peine et avait l'air au moins aussi surpris qu'elle. Elle fut frappée par la noblesse qui se dégageait de lui, impressionnée par ses bois immenses et troublée par son regard sombre qui semblait capable de lire dans ses pensées.

La détonation fut puissante mais son écho l'empêcha d'entendre d'où était parti le coup de feu. En revanche, le sifflement qui fendit l'air à quelques centimètres de son front lui fit comprendre sans le moindre doute qu'on venait de lui tirer dessus. La balle alla se ficher dans l'herbe à quelques mètres sur sa gauche, tandis qu'elle se jetait par terre du côté opposé. Le cerf était déjà loin. C'était comme s'il n'avait été là que dans son imagination.

Elle rampa dans l'herbe en essayant de réfléchir. Une balle de carabine se déplaçait à environ huit cents mètres par seconde, soit deux fois la vitesse du son. Mais l'explosion, le sifflement et l'impact de cette balle avaient été pratiquement simultanés, ce qui signifiait que le tireur se trouvait à une cinquantaine de mètres d'elle, au maximum.

Elle se rendit compte brusquement qu'elle avait eu beaucoup de chance et en ressentit le contrecoup. Mais elle n'avait pas de temps à perdre avec ça, il fallait qu'elle sorte de là le plus vite possible. Si seulement elle avait pu l'apercevoir à travers les hautes herbes… N'osant pas se relever, elle continua à s'éloigner en rampant dans une direction à angle droit par rapport à la trajectoire de la balle.

Elle n'avait plus qu'à espérer qu'il ne pourrait pas la voir non plus et que son déplacement ne ferait pas trop bouger l'herbe au-dessus de sa tête. Elle avait hâte d'arriver au bout de cette clairière et de s'enfoncer à nouveau dans la forêt, où elle pourrait se cacher à l'abri des arbres pour le contourner et le surprendre par-derrière.

Un deuxième coup de feu retentit, puis un troisième immédiatement après.

Elle s'immobilisa et retint son souffle. Elle était en train de se tâter ici et là pour s'assurer qu'elle n'avait pas été touchée, quand elle entendit un choc sourd. Le bruit l'effraya plus encore que les coups de feu.

Était-ce lui qui venait de sauter de l'endroit où il était caché ? S'il était perché sur la branche d'un arbre ou monté sur un affût, il ne pouvait pas ne pas l'avoir vue. Auquel cas, c'était son pas qui chuintait à présent à travers les herbes hautes quelque part derrière elle. Mais était-ce vraiment des pas ? Oui, elle venait aussi d'entendre une branche se rompre.

Devait-elle se lever et partir en courant ? Non, cela ferait d'elle une cible encore plus facile. Il valait mieux attendre et se tenir prête à tirer… Un nouveau son interrompit ses pensées et la poussa à l'action : le bruit d'un objet métallique qu'on sortait de son étui.

Son arme de service tenue à deux mains, elle roula sur elle-même et elle le vit, debout, cachant la lumière aveuglante du soleil, le couteau de chasse dans une main et la carabine pendue sur son épaule.

Plusieurs secondes s'écoulèrent, comme pour lui donner le temps de viser ses jambes et de presser la détente avec l'index de sa main droite. Mais quelque chose l'en empêcha.

Les yeux, le nez et la bouche de l'homme étaient ceux de l'individu qu'elle avait remarqué trois jours auparavant, souriant derrière le cordon de sécurité à Bjuv, mais l'impression que quelque chose ne collait pas commença à s'insinuer en elle, de plus en plus forte. Le sourire, par exemple, n'était plus là et, quand un nuage passa enfin devant le soleil et qu'elle put voir son visage en détail, l'impression se mua en certitude.

Ce n'était pas lui.

32

Il s'appuya au parapet du port de Norra Hamnen près de la jetée en pierre. Il faisait un peu plus d'un mètre de hauteur et avait la même forme incurvée que le rayon traiteur derrière lequel travaillait Lennart Andersson au supermarché Ica Maxi de Hyllinge. Il ne prit pas d'élan, vu qu'il n'en aurait pas la possibilité une fois sur place.

La première tentative échoua. Il avait hésité trop longtemps et n'avait pas eu la force nécessaire pour passer de l'autre côté. Le deuxième essai fut un peu plus concluant et, au troisième, il franchit l'obstacle et atterrit sans encombre sur un rocher plat de l'autre côté. Au quatrième, il n'eut même pas besoin de ses deux mains pour s'élancer.

Comme dans beaucoup d'autres domaines, il s'agissait surtout d'y croire. Il se souvint de l'époque où, enfant, il s'était entraîné à casser un crayon avec son index. Pendant un week-end entier il avait essayé sans succès, au point qu'il avait eu l'impression que c'était son doigt qui allait casser à la place du crayon. C'est lorsqu'il avait décidé d'arrêter de douter qu'il avait finalement réussi, et à partir de ce moment, l'exercice ne lui avait plus semblé difficile du tout.

Il effectua un cinquième saut qui lui parut la chose la plus facile du monde. C'était comme pour l'épreuve subsidiaire. Quand le dé était tombé sur le X, il avait d'abord été inquiet. Quand les sept dés de précision avaient ensuite choisi la page 28 du carnet, il avait été convaincu que cette mission serait sa dernière. À présent, il était persuadé que tout allait se passer comme sur des roulettes.

Il en avait même oublié qu'il portait un masque. Sans la sueur qui dégoulinait en dessous, celui-ci était si confortable qu'il n'y aurait plus pensé du tout.

Il l'avait commandé en Amérique après avoir terminé de rédiger les cent vingt épreuves subsidiaires. Il lui avait coûté presque mille dollars, et malgré le supplément qu'il avait payé pour qu'il arrive par colis express, il ne l'avait reçu que cinq semaines plus tard.

En revanche, il lui allait comme un gant, et semblait fonctionner aussi à la perfection. Aujourd'hui était la première fois qu'il le portait hors de chez lui.

C'était comme s'il était devenu invisible. Quelques rares passants l'avaient regardé, avec l'air de se demander ce qui les troublait dans son apparence. D'autres s'étaient simplement retournés sur son passage. Il avait même tenté le diable en allant déambuler dans la rue piétonne de Kullagågatan un samedi en plein après-midi. Personne ne l'avait reconnu.

En revanche, il faisait très chaud sous le masque. Il le retira et passa délicatement un torchon à l'intérieur avant de le ranger dans son sac à dos, puis sauta sur son vélo et prit le chemin de Hyllinge.

33

Le processus de développement était entièrement exempt d'électronique. Pas de un et de zéros. Pas de capteur, de câble ou de carte mémoire. Juste un peu de chimie quand l'hydroquinone contenu dans le bac réduisait les halogénures d'argent en argent métallique. Et plus on laissait agir longtemps, plus le négatif était sombre.

Développer un film argentique requérait de la sensibilité et de l'expérience. Sortir la pellicule de sa bobine pour la monter dans la spire de développement était un geste qui devait être inscrit dans la mémoire corporelle pour pouvoir être exécuté les yeux bandés, puisqu'il avait lieu soit dans un sac de photographie chambre noire, soit dans une vraie chambre noire.

Au Photo Club Celluloïd les pellicules étaient dans un coffre fermé à clé, à l'intérieur d'un placard. Ce placard avait été jadis celui d'Einar Stenson et Fabian avait trouvé la clé du coffre parmi celles qu'il avait dénichées dans le tiroir de Hugo Elvin. La bonne clé était la plus petite, celle qui avait été marquée avec un morceau d'adhésif vert et un point d'interrogation.

Il s'apprêtait maintenant à développer six pellicules de vingt-quatre poses chacune. Toutes étaient en noir et blanc, mais avec des grains et des indices ISO différents, nécessitant des temps d'exposition plus ou moins longs et le choix d'un révélateur ayant un dosage adapté à chacune.

Quatre membres du Photo Club lui avaient spontanément proposé leur aide, et une fois les films développés et séchés, ils les avaient découpés en séries de quatre photographies placées dans le porte-négatifs de l'agrandisseur, dont la source de lumière homogène faisait réagir en quelques secondes l'émulsion photosensible du papier.

Après cette exposition, le papier photo était plongé dans un bain de révélateur, et ce n'est qu'à ce moment-là que Fabian pouvait enfin découvrir les images qui semblaient apparaître comme par magie.

Einar ayant été photographe de sport professionnel, les pellicules contenaient une grande quantité de photos sportives montrant des disciplines allant du handball au curling. Mais il y avait aussi de magnifiques paysages, des lacs aussi lisses que des miroirs, des champs de céréales ondoyant dans la brise, des arbres dont la silhouette se découpait dans la brume matinale. Et puis de jolis portraits de Flora Stenson, ainsi qu'une série représentant une pie en train de fabriquer son nid. Ce qu'il n'y avait pas, en revanche, c'était une photo susceptible de faire comprendre à Fabian pourquoi Molander aurait tué Einar Stenson.

Après avoir vu défiler la première centaine de clichés, la fatigue commença à se faire sentir, en particulier chez les quatre volontaires qui espéraient sans doute tomber sur des images compromettantes dont ils pourraient faire des gorges chaudes le soir en rentrant chez eux.

L'un d'eux avait déjà rendu son tablier et parmi les trois restants, l'ambiance était morose. Ils laissèrent Fabian tout seul devant le bac révélateur pendant le développement de la pellicule suivante.

Les zones qui fonçaient progressivement apparaissaient d'abord sous la forme de centaines de points qui ensuite se transformaient en taches. Les petites flaques sombres prirent petit à petit la forme d'une voiture. Une voiture grise avec quatre portes, celle du conducteur étant ouverte. Quelqu'un… Fabian attendit quelques secondes pour que le processus de développement arrive à son terme et permette de distinguer plus de détails.

Oui, c'était bien ça. Quelqu'un montait dans la voiture côté conducteur pour s'asseoir au volant. Quelqu'un qui portait des lunettes et une chemise à carreaux sous une veste.

On ne voyait pas le visage de l'homme, mais Fabian reconnut l'allée et la maison. Il se souvenait de la première fois où Sonja et lui y étaient allés avec les enfants pour une soirée barbecue à laquelle toute l'équipe était invitée, bien qu'ils fussent au milieu d'une enquête difficile.

L'homme présent sur la photo était Ingvar Molander, cela ne faisait aucun doute et Fabian n'en fut même pas surpris.

D'ailleurs, il voyait maintenant que la voiture était une Saab 9-3, immatriculée HOT-378. C'est-à-dire le même modèle et la même couleur que la voiture présente sur les photos trouvées par Hugo Elvin. Et il y avait de fortes chances que ce soit dans cette voiture qu'on voyait monter côté passager une femme qu'il n'avait pas encore réussi à identifier.

Einar Stenson avait apparemment filé Molander, et ce soir-là il l'avait suivi jusqu'à sa rencontre avec cette femme. Molander avait-il une maîtresse ? Était-ce cela dont il était question ? Einar avait-il simplement découvert que Molander trompait sa fille Gertrud ?

La photo passa dans le bain d'arrêt puis immédiatement après dans le fixateur, avant d'être mise à sécher sur un fil, mais Fabian avait déjà les yeux sur la photo suivante, sur laquelle la tache sombre était en train de prendre forme.

Il s'agissait à nouveau d'une photo de la Saab, prise par-derrière cette fois, et dans un tout autre décor, avec des arbres et des buissons en arrière-plan. De Molander, on ne distinguait que la silhouette. En revanche, on voyait mieux la femme qui, vêtue de la même robe claire que sur les photos trouvées dans le tiroir de Hugo Elvin, se dirigeait vers la voiture avec un grand sourire.

Ce n'est qu'en voyant la photo suivante, la dernière de la pellicule, qu'une impression commença à prendre forme dans l'esprit de Fabian. L'impression qu'il connaissait cette femme. Il aurait été incapable de dire dans quelles circonstances il l'avait rencontrée, mais plus il regardait son visage, plus il avait l'impression de l'avoir déjà vue, et récemment.

34

L'homme qui avait tiré sur Lilja dans le parc national de Söderåsen l'attendait depuis un certain temps dans une salle d'interrogatoire. Elle finit tout de même par entrer et refermer la porte derrière elle dans un geste volontairement lent. Elle avait également fait exprès de le laisser poireauter plusieurs heures avec un petit gobelet d'eau pour unique compagnie. Tout cela pour bien lui faire comprendre qui était aux commandes.

Mais quand elle croisa son regard, elle comprit que ces heures de mise à l'isolement n'avaient pas suffi à le déstabiliser. Il n'avait pas touché au gobelet et son expression était d'une telle intensité que, par pur instinct de survie, elle baissa les yeux et les garda ainsi jusqu'à ce qu'elle soit assise en face de lui.

Quand, enfin, elle trouva le courage de les lever à nouveau, ce fut avec un petit sourire conciliant. Tout cela était si lamentable qu'elle aurait voulu se ficher des claques pour se réveiller et reprendre les choses depuis le début.

« Confirmez-vous que vous vous appelez Igor Skanås et êtes le frère cadet d'Assar Skanås ? » Elle le regarda droit dans les yeux, bien déterminée à ne pas les baisser avant lui.

Igor Skanås acquiesça, avec l'air d'être totalement indifférent à ses tentatives d'intimidation.

« Je préférerais que vous répondiez à mes questions à haute voix. Ceci est un interrogatoire et pas un spectacle de pantomime », poursuivit-elle, sentant que ses yeux commençaient déjà à la brûler parce qu'elle s'interdisait de cligner. « Un hochement de tête s'imprime assez mal sur un enregistrement audio.

— Mais il doit être parfaitement visible sur les bandes des caméras de surveillance. » À présent, c'était lui qui souriait et son sourire n'était qu'une confirmation supplémentaire de sa supériorité. Il n'avait pas cillé une seule fois.

« Ah, au moins nous voilà rassurés sur le fait que vous avez une langue », dit-elle tandis qu'il l'étudiait tranquillement. Mais pas comme un objet sexuel. Il n'y avait pas une once de désir dans son regard, pas la moindre séduction. Elle n'observa en lui aucun de ces comportements malsains auxquels elle était tellement habituée. Il avait quelque chose de différent et d'un tout autre niveau, qui la renvoyait à sa propre vulnérabilité. « Pourriez-vous m'expliquer, pour commencer, pour quelle raison vous m'avez tiré dessus ?

— Si je vous avais tiré dessus, vous ne seriez pas ici en ce moment. » Le sourire s'était effacé et l'espace d'un court instant il la quitta des yeux pour regarder un point sur sa droite, avant de planter à nouveau son regard dans le sien.

« Vous continuez de prétendre que vous visiez ce cerf, alors que l'ouverture de la chasse est dans quatre mois ? » Ses yeux n'en pouvaient plus, et elle dut faire semblant d'avoir une quinte de toux pour pouvoir les fermer quelques secondes sans que sa défaite soit trop évidente.

« Oui. » Il sourit et elle eut l'impression qu'il voulait lui montrer qu'il n'avait pas été dupe de sa petite manœuvre.

« Vous admettez donc le délit de braconnage ? » Est-ce qu'il était en train de regarder ses oreilles ? Elle savait qu'elles étaient décollées, mais pas au point de provoquer une réaction chez ses interlocuteurs, tout de même. « Parfait. Alors nous reprendrons cela tout à l'heure. Revenons au motif de notre présence dans ce commissariat, votre frère Assar Skanås.

— Qu'est-ce que vous lui voulez à mon frère ?

— Nous le soupçonnons d'avoir tué le jeune Moonif Ganem dont vous avez peut-être entendu parler si vous lisez les journaux. »

Le visage d'Igor Skanås resta impassible, mais il baissa très légèrement les yeux.

« Mais si vous étiez en pleine nature en train de chasser, vous n'avez peut-être pas entendu les informations ? » Qu'est-ce qu'il regardait, maintenant ? Son nez ? Qu'est-ce que c'était que ce type, bon sang ?

« Vous devriez essayer de temps en temps. Au bout de quelques heures, on arrive même à s'entendre penser.

— Et qu'est-ce qu'elles vous disent vos pensées, en ce qui concerne les soupçons qui pèsent sur votre frère ? »

Igor Skanås croisa les bras, sourit et s'appuya contre le dossier de sa chaise. « Je suppose qu'il s'agit du petit bronzé qui est passé à la machine.

— Pardon ? » Elle supposa d'abord que c'était de l'humour noir et qu'il était en train de tester ses limites.

Mais son sourire n'était pas celui de quelqu'un qui plaisante. Tout cela le mettait simplement de bonne humeur. « Un gamin passé à la machine, c'est ce que cette affaire vous inspire ? Vous voulez dire qu'il avait besoin d'un tour au lave-linge pour laver une peau qui n'est pas assez blanche à votre goût ? Vous pensez peut-être aussi qu'il aurait dû ajouter un peu d'eau de Javel pour la décolorer encore plus ?

— Bonne idée ! » Igor Skanås ouvrit une blague à tabac à chiquer, indifférent à ses provocations.

Les pièces du puzzle commençaient à trouver leur place. La croix gammée, la chambre parfaitement rangée et la Renault que Klippan avait repérée au meeting nazi. Ce n'était pas à Assar mais à son frère qu'il fallait les attribuer.

« J'espère bien que cela servira d'exemple et que ces hordes de barbares qui s'imaginent qu'ils peuvent débarquer ici et prendre le pouvoir y réfléchiront à deux fois, continua-t-il. Alors je persiste et signe, c'est une très bonne idée. » Il ramassa une pincée de tabac entre le pouce, l'index et le majeur, et la poussa sous sa lèvre supérieure. « Comparé au nombre de petits Africains qui meurent de faim tous les jours, un qui meurt chez nous, ce n'est pas cher payé pour sauver notre pays de la destruction. »

Elle faillit rentrer dans le débat. Elle avait tous les arguments sur le bout de la langue, alignés comme les cartouches d'un magasin de mitrailleuse. Mais elle se tut en comprenant qu'il la provoquait.

Elle n'avait qu'une envie, c'était de se lever et de demander à quelqu'un de la remplacer. Mais il n'y avait personne d'autre, et aussi odieux que soit cet Igor Skanås, il n'était pas l'homme qu'elle recherchait.

« Et votre frère. Il est aussi raciste que vous ?

— Vous n'avez qu'à le lui demander.

— D'abord, il faudrait que je le retrouve. Quand l'avez-vous vu pour la dernière fois ? demanda-t-elle en faisant de gros efforts pour ne pas montrer ce qu'elle ressentait.

— On passe du coq à l'âne, là, non ?

— Non. Nous sommes ici pour parler de votre frère. Pas de votre vision tordue de la réalité. » Elle devait lui tenir la bride serrée, c'était la seule chose qu'elle puisse faire. « Alors si vous vouliez vous concentrer un peu, je tâcherais de vous poser des questions claires. Comme celle-ci : quand l'avez-vous vu pour la dernière fois ?

— Mercredi dernier, quand il est rentré, vers trois ou quatre heures de l'après-midi.

— Avez-vous remarqué quelque chose de particulier ? Son comportement vous a-t-il paru différent, ou étrange ?

— Assar est toujours étrange.

— Rien qui ne vous donne l'impression qu'il venait de commettre un meurtre ?

— Non.

— Lui avez-vous demandé d'où il venait et ce qu'il avait fait ce jour-là ? Ou pourquoi il était rentré avec une Volvo 240 orange.

— Cela n'aurait servi à rien, il ne m'aurait pas répondu. Il ne répond jamais quand il est dans cet état.

— Dans quel état ?

— Fermé. Renfermé sur lui-même. Dans ces cas-là, il vaut mieux lui ficher la paix et le laisser faire ce qu'il veut.

— Et qu'a-t-il fait ?

— Ce qu'il fait d'habitude. » Igor Skanås haussa les épaules. « Il a regardé des films d'Astrid Lindgren.

— Alors lui est pédophile et vous êtes nazi. Je ne félicite pas vos parents !

— Je n'ai aucun problème pour expliquer et justifier mes convictions politiques. Mais comme vous l'avez dit, nous ne sommes pas là pour parler de moi. En ce qui concerne mon frère, il a toujours aimé les enfants, et d'une certaine manière il est encore un enfant lui-même. Il a une imagination galopante, et d'aussi longtemps que je me souvienne il a toujours vécu dans sa propre bulle.

— Mais alors, si tout était comme d'habitude et que rien ne vous a paru anormal, pourquoi l'avez-vous appelé la nuit dernière ?

— Ah, alors c'est vous qui avez décroché le téléphone ? J'aurais dû m'en douter.

— Veuillez répondre à la question.

— Je voulais m'assurer qu'il était toujours à la maison devant ses films.

— Mais il n'y était pas.

— Apparemment pas.

— Et ça non plus, ça ne vous a pas inquiété. Vous ne vous êtes pas dit qu'il pouvait lui être arrivé quelque chose ?

— Mon frère est malade et il a besoin d'aide. Il en a eu besoin toute sa vie. Je n'étais pas plus inquiet que d'habitude.

— Vous le croyez mentalement déficient ?

— Non, je le crois fou à lier, et s'il ne tenait qu'à moi, il ne se promènerait pas librement dans les rues. » Igor Skanås ricana en secouant la tête. « Non seulement il entend des voix, mais en plus, il les écoute. Quand il a froid, il est capable d'allumer un feu de camp au milieu de sa chambre, et il y a quelques années il était convaincu d'être français et propriétaire d'une exploitation viticole en France. Il est dingue, je vous dis. Pendant six mois, il s'est promené avec un foulard rouge autour du cou en parlant un genre de yaourt français, y compris dans son sommeil.

— OK, mais alors, s'il va si mal, comment se fait-il qu'il ne soit pas dans une institution ?

— Bonne question. J'avoue que ça me dépasse également.

— Vraiment ? Je veux dire que cela doit être assez confortable pour vous de profiter de la maison, de la voiture et de toutes ces choses qui sont à son nom. Je n'ai pas vérifié, mais je ne serais pas surprise de trouver un certain nombre de PV impayés.

— J'ai essayé de le faire interner un nombre incalculable de fois. Mais ils le gardent quelques jours, ils le lavent, ils font des examens et puis ils le déclarent apte à rentrer chez lui, à condition qu'il prenne ses médicaments. » Igor Skanås secoua la tête en poussant un long soupir. « Et vous savez pourquoi ? Parce que la Suède n'a pas les moyens. On a beau avoir la pression fiscale la plus élevée du monde, on n'a pas de quoi s'occuper de quelqu'un comme Assar. Avouez qu'il y a de quoi se poser des questions quand on voit l'argent qu'on dépense pour ces gens de toutes les couleurs qui passent nos frontières. Apparemment, on préfère prendre soin d'eux plutôt que de nos handicapés.

— Pendant un moment, j'ai presque cru qu'au milieu de toutes vos conneries racistes, vous aviez des arguments qui tiennent la route. » Elle se leva, contente d'avoir pu appuyer un peu là où ça faisait mal. « Enfin en tout cas, j'en conclus que vous ne l'avez pas vu avant de partir braconner dans le parc national. Alors si vous n'avez rien à ajouter, je propose que nous en restions là…

— Je lui ai parlé cette nuit, aussi. »

Lilja, qui s'apprêtait à quitter la salle d'interrogatoire, s'arrêta et se retourna vers lui. « Cette nuit ? Mais il n'était pas chez lui, cette nuit !

— Non, et c'est d'ailleurs pour cela que je l'ai appelé sur son portable. Je ne sais pas si vous avez déjà entendu parler de cette invention.

— Pardon ? Il a un portable ? Et vous ne me le dites que maintenant ?

— Vous ne m'avez pas posé la question. Enfin, vous auriez pu le trouver dans l'annuaire, cela dit. »

Il avait raison. Comment avait-elle pu passer à côté d'une chose aussi évidente ? « Et vous l'avez trouvé comment ?

— Effrayé. Stressé. Comme il est quand il n'a pas pris ses médicaments et qu'il ne va pas tarder à avoir une crise.

— Il vous a dit où il était ?

— Non, je ne lui ai pas demandé. Je lui ai juste conseillé de se rendre à l'hôpital le plus proche, ça l'a mis en colère et il a raccroché. »

Irene hocha la tête et ouvrit son calepin à une page vierge.

« Vous pouvez me noter son numéro ici, s'il vous plaît ? »

Igor Skanås lui jeta un regard incrédule.

« Oui, je sais, il est dans l'annuaire. Mais j'aimerais que vous le fassiez tout de même. Ensuite vous pourrez y aller.

— Alors, on a fini ?

— Pour l'instant, oui. Mais s'il vous venait autre chose, n'hésitez pas à nous appeler. »

Igor Skanås griffonna un numéro, se leva et se dirigea vers la porte. Mais avant de partir, il se retourna vers elle et dit : « Il y a une chose qui me vient, en fait.

— Oui ?

— Vous n'auriez pas du sang juif, vous ? »

35

Molly Wessman mit un long moment à reprendre ses esprits et à réaliser qu'elle avait dû perdre connaissance. Elle n'avait pas la moindre idée de l'heure, cela pouvait être le matin tôt comme le milieu de la nuit. Elle ignorait même où elle se trouvait, à part qu'elle était couchée sur une surface froide et dure.

Les heures qui avaient précédé sa perte de connaissance avaient été une véritable torture. Elle se sentait mieux, à présent, et se dit que ce qui l'avait rendue malade était peut-être en train de se dissiper.

Elle avait encore un peu mal à l'estomac et aux intestins. Ou bien étaient-ce les reins ? Elle avait souvent entendu dire qu'un simple calcul rénal pouvait être extrêmement douloureux. Mais elle n'était pas assez vieille pour ça, et n'ayant jamais aimé la nourriture trop grasse, elle ne croyait pas vraiment qu'il puisse s'agir de cela. Non, ça devait être un ulcère. Elle avait été tellement stressée ces derniers temps qu'il était plutôt étonnant qu'elle n'en ait pas fait un avant.

Le rideau de douche à pois rouges. Elle le reconnaissait maintenant. C'était celui de sa salle de bains. Elle était donc chez elle.

Elle tenta de se relever mais eut l'impression qu'on lui frottait les entrailles sur une râpe à fromage. À nouveau, elle crut s'évanouir, et se retint de crier de peur d'avoir encore plus mal.

Quand la douleur se fut légèrement calmée, elle se dit qu'elle devait absolument se faire vomir. C'était indispensable si elle voulait survivre. Sinon, elle allait s'évanouir à nouveau et peut-être ne plus jamais se réveiller.

Elle savait qu'elle était une très mauvaise malade et qu'elle avait toujours tendance à dramatiser. La moindre petite poussée de fièvre, et elle était convaincue que c'était la fin. Surtout quand elle avait mangé un truc pas frais ou attrapé une grippe intestinale. Elle ne connaissait rien de pire que la nausée, et là elle avait à la fois envie de vomir et terriblement mal à l'estomac.

Elle inspira profondément pour prendre quelques forces, saisit la lunette des W-C, se hissa sur ses genoux et se pencha au-dessus de la cuvette.

Mais elle eut beau enfoncer les doigts tout au fond de sa gorge, elle ne parvint qu'à déclencher des spasmes d'une telle violence qu'elle eut le sentiment qu'on la coupait en deux. Même en tripotant sa glotte, elle réussit simplement à faire remonter un peu de bile.

Et du sang. Des gros caillots de sang noir coagulé.

C'est ce qui lui fit le plus peur. Un ulcère qui saigne signifie que la plaie est importante et l'estomac transpercé, ce qui est très grave. Mais elle n'avait eu aucun symptôme d'ulcère avant la veille et se dit qu'elle devait chercher ailleurs l'origine de son mal.

Pour la première fois de sa vie, elle eut peur de la mort. Ce sentiment qu'elle avait toujours méprisé chez les autres et considéré comme un signe de faiblesse la terrassait soudain sans qu'elle parvienne à le combattre.

Elle n'était pas prête à quitter cette existence. Loin de là. Elle venait tout juste de commencer à vivre et avait encore tant de choses à découvrir. D'autres auraient peut-être renoncé et se seraient couchés en attendant la fin, mais pas elle. Il en fallait plus pour la briser.

Son portable… Il fallait qu'elle trouve son portable et qu'elle appelle quelqu'un. N'importe qui. Si elle attendait trop longtemps, elle n'en aurait plus la force. Qu'est-ce qu'elle en avait fait ? Elle essaya de se lever, en vain, et se traîna à quatre pattes vers le hall d'entrée.

La lumière du soleil éclairait le couloir par la fenêtre du salon, ce qui n'était le cas que l'après-midi. Elle était tombée malade en rentrant hier soir, c'est-à-dire qu'il y avait au moins douze heures que cette crise avait commencé. Elle avait été prise de nausées alors qu'elle montait l'escalier, elle avait à peine eu le temps de retirer son manteau avant de se précipiter dans les toilettes.

Ses bottes traînaient encore dans le vestibule à côté de la porte, et elle avait dû se débarrasser de sa veste à la volée puisqu'elle la retrouva roulée en boule sur l'étagère à chapeaux au-dessus du portemanteau. Son portable devait se trouver là-haut dans la poche, un endroit quasi inaccessible dans son état.

Bravant la douleur, elle continua à se traîner vers la porte à quatre pattes. Au bout de quelques mètres, elle rampait à plat ventre.

Arrivée à destination, elle éructa de nouveaux caillots de sang. Elle employa ses toutes dernières forces pour se mettre debout en s'agrippant à la poignée de porte et à un imperméable suspendu au portemanteau.

Mais alors qu'elle allait atteindre la veste, le portemanteau se décrocha du mur et s'effondra sur son épaule tandis que l'arrière de son crâne percutait le sol. Elle ne se soucia pas de la douleur, sans commune mesure avec celle qu'elle ressentait dans son ventre. Tout ce qui l'intéressait, c'était que son portable se trouvait effectivement dans la poche de sa veste et qu'il lui restait trente-trois pour cent de charge.

Elle eut juste le temps d'appeler les secours avant la quinte suivante et son lot de crachats sanguinolents.

« *Vous avez demandé les pompiers, que puis-je faire pour vous ?*

— Il faut venir. Je me sens très mal.

— *Veuillez répéter, s'il vous plaît, je ne vous entends pas bien.*

— Venez. Il faut que vous veniez.

— *Nous ne pouvons pas venir avant que vous nous ayez dit ce qui vous arrive et où vous vous trouvez.*

— Du sang… je crache du sang et je ne vais pas tenir plus longtemps…

— *Avez-vous reçu une balle ou bien vous êtes-vous blessée d'une manière ou d'une autre ?*

— Non…

— *Avez-vous été victime d'un accident de la circulation ?*

— Non, c'est juste que je me sens mal… très, très mal…

— *D'accord, alors je vous invite à appeler SOS médecins ou à vous rendre aux urgences... Allô, vous êtes encore là ?... Vous m'entendez ?... Allô ?* »

Un soupir agacé à l'autre bout du fil. Un clic.

Puis le silence.

36

Sur les cent quarante-quatre photos développées, Fabian en avait sélectionné seize qu'il avait étalées par ordre chronologique sur son bureau dans la cave. Toutes illustraient grosso modo le même épisode. Il avait sous les yeux seize instants figés qui, mis bout à bout, relataient un événement, une rencontre entre un homme et une femme.

Fabian étudia chaque image l'une après l'autre, d'abord à l'œil nu, puis sous le halo de la lampe, avec une loupe, pour ne passer à côté d'aucun détail. Elles avaient toutes été prises à distance, avec un objectif à longue focale, et il n'y avait aucun doute sur le fait que c'était un photographe professionnel qui tenait l'appareil. Bien que les photos aient été faites tard le soir, dans des conditions de luminosité difficiles, presque toutes étaient d'une netteté parfaite.

La silhouette sombre au volant ne pouvait être qu'Ingvar Molander. Les premiers clichés avaient été pris devant chez lui, alors qu'il sortait en marche arrière une Saab grise qui avait été immatriculée à son nom, au service des cartes grises, entre le 6 janvier 2003 et le 21 septembre 2007.

À en juger par la luxuriance du jardin et la veste de Molander ouverte sur sa chemise à carreaux, ils avaient dû être faits entre le mois de juin et le mois d'août, et en regardant la plaque à la loupe, on arrivait à voir les chiffres du contrôle technique de la voiture.

Le 3, au milieu, indiquait que la date limite du prochain contrôle technique et l'achat d'une nouvelle vignette était en mars, et le 07 figurant en haut à droite, à côté des trois couronnes, précisait l'année de validité de l'actuel certificat, 2007. Ce qui signifiait qu'Einar avait pris ces photos au courant de l'été 2006, c'est-à-dire un peu plus de six mois avant sa mort.

Les photos suivantes avaient été prises dans un tout autre lieu et montraient Molander en train d'attendre au volant de la voiture, garée devant un mur d'arbres et de végétation. La luminosité était à peu près équivalente à celle des photos précédentes et il n'avait pas dû se passer beaucoup plus d'un quart d'heure, vingt minutes, entre les deux événements. Mais, en voiture, on pouvait parcourir une distance importante en l'espace de vingt minutes.

Heureusement, grâce aux panneaux fixés sur le poteau peint en noir qu'on voyait en haut à droite des photos, et bien qu'il ne se souvienne plus quand il y était allé pour la dernière fois, Fabian put situer approximativement l'endroit.

Sur les panneaux on pouvait lire respectivement *Sources* et *Pavillon lacustre*, et il ne pouvait s'agir que de la célèbre source d'eau minérale de Ramlösa Brunnspark à Helsingborg, qui par ailleurs se trouvait à quelques minutes de route seulement du domicile de Molander à Lindhultsgatan.

La femme souriante qui s'approchait de la voiture dans une robe estivale et venait s'asseoir à la place du passager était plus difficile à identifier. Quand il l'avait vue apparaître dans le bac de développement au Photo Club, il avait eu l'impression de la connaître, et encore maintenant, en l'observant plus attentivement, il avait la même impression.

Si Molander avait une aventure avec cette femme, il y avait de fortes chances qu'il s'agisse d'une collègue. Mais après avoir parcouru les listes du personnel, Fabian avait déterminé qu'elle n'appartenait ni à la police de Helsingborg, ni à celle de Malmö, ni à aucun commissariat des autres communes du district. Elle ne travaillait ni au bureau du procureur ni dans l'administration pénitentiaire. Enfin, elle ne faisait pas partie des assistantes qui avaient défilé dans les services de la police scientifique au fil des années.

Il élargit ses recherches au personnel des salons de coiffure de la galerie marchande de Väla Købscenter où il savait que Molander allait se faire couper les cheveux. Il ne la trouva nulle part et, au bout de deux heures de recherche assidue, sentant qu'il était dans une impasse, il alla s'écrouler dans le fauteuil et ferma les paupières pour reposer ses yeux et réfléchir à la façon dont il allait pouvoir poursuivre.

Il était convaincu de l'avoir vue assez récemment. S'il n'avait pas eu cette certitude, il aurait pu lâcher l'affaire et s'attaquer à autre chose. Mais là, il était bloqué, avec cette question obsédante dans la tête. Même le retour imminent de Sonja et Matilda ne parvenait pas à l'en détourner…

Mais oui, bien sûr, comment n'y avait-il pas pensé plus tôt ?!

Il devait s'agir d'une amie de Gertrud Molander ou de leur couple !

Moins fréquents que les collègues de travail, les amis – les nôtres ou ceux du conjoint – arrivaient quand même en deuxième position dans le domaine des aventures extraconjugales, et Molander pouvait très bien avoir trouvé sa maîtresse dans ce cercle-là.

Ingvar n'avait pas de profil sur Facebook. Il accusait les réseaux sociaux d'avoir marqué le commencement de la décadence de l'humanité et considérait qu'ils représentaient un risque bien plus grave que le changement climatique. Fabian, lui, avait une page Facebook, mais il n'y était pas très actif. Et s'il l'était, c'était surtout pour jeter un coup d'œil sur les publications des autres, jamais pour en écrire lui-même. Mais, sauf erreur, Gertrud, l'épouse de Molander, l'avait invité comme ami il y avait quelques mois.

Il avait allumé son ordinateur et s'apprêtait à taper son mot de passe, quand brusquement il se souvint où il avait vu cette femme.

Elle était là depuis le début, sous ses yeux, si présente qu'il n'avait pas fait le rapprochement. Une vague glaciale lui parcourut l'échine tandis qu'il se tournait vers le panneau. Y était affichée une photo d'elle, où elle gisait nue sur une plage, enveloppée d'algues, ramenée sur la berge comme un bois flotté par le vent et les marées. Ses yeux grands ouverts étaient remplis de sable et elle avait encore une main et un mollet vissés à une palette.

Elle s'appelait Inga Dahlberg et son meurtrier l'avait agressée le 24 août, il y avait cinq ans, tandis qu'elle faisait son jogging, dans Ramlösa Brunnspark, justement. Elle avait été violée et jetée dans le fleuve Råån, les bras et les jambes vissés à une palette de chargement.

Un jour plus tard, son cadavre s'était échoué sur l'île de Ven, au milieu du détroit, à mi-chemin entre la Suède et le Danemark.

Le mode opératoire faisant penser à celui du violeur en série danois Bennie Willumsen, qui avait très bien pu élargir son terrain de chasse jusqu'aux rives suédoises du Sund, on avait ajouté ce meurtre aux autres crimes dont on l'accusait.

Cependant, lors de son procès pour viols aggravés et tortures ayant causé la mort, par manque de preuves Willumsen avait été relaxé en ce qui concernait « le crime de Ven », comme la presse l'avait baptisé à l'époque. Et l'affaire n'avait jamais été élucidée.

Mais dans son enquête privée, Hugo Elvin émettait l'hypothèse qu'Ingvar Molander pouvait être l'assassin d'Inga Dahlberg, et quand Fabian tapa le nom de la victime dans sa barre de recherche et qu'il prit connaissance de sa dernière adresse, il comprit pourquoi.

Ingvar Molander avait tout simplement eu une aventure avec sa voisine.

Et Einar Stenson l'avait découvert. Une découverte qui lui avait coûté la vie.

37

Irene vérifia le numéro qu'Igor Skanås avait noté sur son calepin et le compara avec celui qui figurait sur les Pages blanches et sur l'annuaire inversé avec le nom et l'adresse d'Assar Skanås. Qu'elle n'y ait pas pensé elle-même était carrément embarrassant. Normalement, c'était la première chose qu'on devait faire après avoir identifié un suspect. Une responsabilité qui lui incombait à elle personnellement, en l'occurrence, et qu'elle avait totalement passée à la trappe.

Elle pouvait bien sûr mettre cette erreur sur le compte d'un cruel manque d'effectifs, ou accuser le commandement pour le moins erratique de Klippan qui lui avait fait perdre toute logique et l'avait rendue inapte à accomplir les gestes de routine les plus élémentaires. Mais la vérité était que c'était sa faute à elle et à elle seule.

Cela étant dit, elle ne comprenait pas pourquoi Assar Skanås ne s'était pas procuré une carte prépayée alors qu'il était en cavale. Même si ce comportement était cohérent avec le fait de ramener la Volvo volée jusque chez lui pour la cacher aussi efficacement que sous une bâche à moitié déchirée. C'était comme s'il n'avait aucune idée des conséquences de ses actes.

Quoi qu'il en soit, elle venait de demander à Molander de lancer une recherche du téléphone portable d'Assar Skanås, mais comme il avait déjà passé toute la matinée à appeler son numéro, il lui avait répondu que cela attendrait qu'il en ait fini avec l'expertise technique de la maison des frères Skanås. C'était évidemment important, mais elle ne pouvait s'empêcher de se demander s'il ne se trompait pas dans l'ordre de ses priorités.

Bref, il ne se passait pas une heure sans que quelque chose lui rappelle à quel point ils manquaient de personnel. En moins de six semaines, leur équipe s'était réduite de moitié. Elvin ne reviendrait jamais, quant à Risk, si elle avait bien compris, ils ne le reverraient pas avant la fin de l'été.

Souvent, il l'avait agacée avec sa manière de jouer en solo et de garder ses informations pour lui. Mais à présent, elle aurait payé cher pour qu'il revienne avec ses idées originales, même si elles ne se vérifiaient pas chaque fois.

Sans parler de Tuvesson. Dieu, ce qu'elle pouvait lui manquer ! Personne n'était capable comme elle de leur montrer la direction avec fermeté, sans tergiverser et sans heurter la sensibilité de quiconque. Sans elle, ils erraient chacun de leur côté sans plus de bon sens qu'un Assar Skanås.

Et c'était en grande partie de sa faute : elle était incapable de prendre au sérieux le leadership de Klippan, dont la théorie sur le mobile de cette affaire lui semblait fumeuse depuis le début. Et pour finir, c'était lui qui avait raison et elle, tort.

Il aurait pu profiter de l'occasion pour asseoir son autorité, mais elle lui avait tellement coupé les ailes qu'il n'avait même pas osé lui dire : *Ah tu vois, j'avais raison !* Et exiger que désormais elle se range derrière lui. Il semblait presque avoir renoncé à diriger cette enquête.

Le mieux serait de s'excuser auprès de lui. Avec un peu de chance, cela redonnerait à Klippan assez de confiance en lui pour reprendre la barre. Peut-être même irait-il jusqu'à exiger de Molander qu'il trace le portable de Skanås avant qu'il ne soit trop tard.

Elle sortit de son bureau, mais avant de passer la porte de la cuisine son portable sonna. Elle vit sur son écran que c'était justement Klippan qui l'appelait. Au même instant, il émergea dans le corridor.

« Ah, mais tu es là !

— Oui, je venais te voir, justement. Qu'est-ce qui se passe ?

— On a un deuxième meurtre. »

38

D'habitude, c'était Sonja qui organisait les fêtes des enfants. Quant à lui, ses plus grosses contributions dans ce domaine avaient été de tenir un jour le stand de pêche à la ligne et de distribuer des paquets de bonbons. Et quand les enfants étaient devenus des adolescents et les goûters, des soirées, c'était à lui qu'on avait confié le soin d'enregistrer la playlist. Quand il était là et pas au milieu d'une enquête.

Mais cette fois, c'était lui qui avait tout organisé. La tarte aux pommes avait encore besoin de vingt minutes de cuisson et les hamburgers attendaient sous du film alimentaire le moment de passer sur le gril. La table était mise et la cuisine rangée.

Tout ce qui lui restait à faire avant que Sonja et Matilda aient fini d'enlever leurs manteaux était d'arrêter « To the Sea » du groupe Yello – un morceau de l'album *Pocket Universe* qui avait toujours eu le pouvoir de le mettre de bonne humeur – pour le remplacer par un CD sur lequel il avait gravé des chansons de Justin Bieber, Beyonce et Rihanna, les artistes favoris de Matilda.

« Bienvenue à la maison, s'écria-t-il en venant à leur rencontre les bras ouverts. Enfin vous êtes là !

— Tu as bien travaillé, dis donc ! » Sonja lui fit un sourire qui normalement aurait dû l'alléger instantanément du poids qu'il sentait sur ses épaules, mais qui en l'occurrence ne suffit pas à l'empêcher de remarquer que Matilda ne l'avait même pas regardé.

« Merci, chérie », répondit-il en serrant sa femme contre lui.

Le geste était sans doute excessif, sachant qu'ils n'avaient pas eu de contacts physiques depuis un certain temps. Le mouvement de recul qu'elle ne put retenir en disait long sur la distance qui s'était creusée entre eux, malgré l'effort qu'elle fournit pour continuer de sourire après cette étreinte.

« Et alors, Matilda. » Il se tourna vers elle, les bras grands ouverts. « Je n'ai pas droit à un petit câlin ?

— Je préférerais éviter. J'ai encore des douleurs après mes opérations.

— OK, mais promets-moi de me tenir au courant dès que ce sera possible. Tu n'imagines pas comme tu m'as manqué. »

Matilda acquiesça avec un sourire qui exprimait tout au plus de la pitié.

« Je suis content que tu sois enfin rentrée, dit-il avec l'impression d'appuyer sur une pédale d'accélérateur sans lâcher l'embrayage. Je n'en reviens pas que tu sois là, que nous soyons à nouveau tous ensemble.

— Oui, c'est merveilleux, enchérit Sonja, et à propos, il est où Theodor ?

— Dans sa chambre. Je vais aller le chercher. Tu peux commencer à faire réchauffer les pains à hamburgers ? À part ça, tout est prêt. Ah ! Et Matilda, devine ce que je vous ai préparé en entrée ! »

Il avait espéré que ce serait passager, une absence de réaction liée à son réveil à l'hôpital, mais manifestement ce n'était pas le cas. Car il était toujours là, ce regard étrange et distant. Comme si ce n'était pas sa propre fille, là, en train de le regarder, avec un visage vide d'expression.

« Des toasts Skagen ! s'exclama-t-il avec un sourire forcé et une furieuse envie d'aller se cacher dans un trou. Ton plat préféré, avec des crevettes fraîches décortiquées, de la mayo et tout le tremblement !

— Miam ! dit Sonja. Tu t'es donné un mal fou !

— Qu'est-ce qu'on ne ferait pas, pour fêter le retour de sa grande fille après un mois d'hôpital. Et avec tout ça, je trouve qu'on a bien mérité un peu de… » Il ouvrit le réfrigérateur et brandit une bouteille de champagne. « Tadam !

— Mais Fabian, il ne fallait pas. Tu n'avais pas besoin de faire tout ça pour moi. »

S'il n'avait pas reconnu la voix, Fabian aurait juré que c'était Sonja qui venait de parler. Mais, aussi surprenant que cela puisse paraître, cette phrase empruntée était sortie de la bouche de Matilda.

« Ne t'inquiète pas, répondit-il alors que c'était lui qui aurait eu besoin d'être rassuré. J'ai prévu des bulles sans alcool pour toi et Theo. Et, euh, tu peux m'appeler papa, au fait. » Avant de se retourner, il plaqua sur son visage un sourire qui avait au moins un centimètre de plus que la normale, pour croiser à nouveau ce regard vide qui le mettait de plus en plus mal à l'aise.

« Je ne bois plus de soda, et si cela ne vous ennuie pas, je crois plutôt que je vais monter me reposer un peu, dit Matilda qui les planta là en faisant un pas vers l'escalier.

— Non, mais attends ! Pourquoi ? » Il posa précipitamment la bouteille et lui coupa la route, essayant de retrouver sa fille au fond de ces yeux insondables. « Tu ne te sens pas bien ?

— Si, un peu fatiguée, juste. Mais ce n'est pas moi, le problème. Toi, comment vas-tu ?

— Moi ? Euh… je ne suis pas sûr de comprendre… Qu'est-ce qui se passe, là ? demanda-t-il en regardant Sonja qui avait l'air de penser à autre chose. Sonja ? »

On aurait dit qu'il venait de la réveiller : « Pardon, tu m'as parlé ? »

« Je te demande comment tu vas, reprit Matilda, à cause de tout ça : le champagne, les ballons, la musique, toute cette nourriture.

— Oui, et alors, où est le problème ?

— Le problème c'est que tu en fais trop.

— Moi, j'en fais trop ? Qu'est-ce que tu veux dire ? J'ai fait tout ça pour toi. Pour fêter le fait que tu sois enfin…

— Qui est-ce que tu crois tromper, Fabian ? Tout ça…

— Arrête de m'appeler Fabian ! » Il sentit à ce moment-là qu'au fond de lui une digue venait de lâcher. « Je te rappelle que je suis encore ton père, Matilda, même si tu as l'air de croire que…

— Fabian, le coupa Sonja en posant la main sur son bras. Tu ne veux pas plutôt essayer d'écouter ce qu'elle a à te dire.

— D'accord, d'accord… d'accord. » Il se dégagea de la main de Sonja qui n'était que l'expression d'une insupportable commisération. Écouter. Est-ce qu'elle parlerait enfin s'il lui promettait de l'écouter ? « Mais j'avoue que je ne comprends pas ce que j'ai fait de mal.

J'ai simplement essayé d'organiser un accueil sortant un peu de l'ordinaire pour montrer à Matilda à quel point je suis content qu'elle soit enfin revenue à la maison. Mais vous savez quoi, laissez tomber !

— Enfin, Fabian…, dit Sonja sur le même ton apitoyé.

— Non, non, sérieusement, laissons tomber. Si elle n'a pas envie, elle n'a pas envie. » Il attrapa la bouteille de champagne et ouvrit la porte du réfrigérateur si brusquement que tout ce qui s'y trouvait se renversa.

« Comme si c'était pour moi que tu avais fait tout ça.

— Pardon ? » Il se tourna vers Matilda, et cette fois il n'en avait plus rien à foutre de savoir quel regard elle avait.

« Je vais aller voir ce que Theodor fabrique », dit Sonja précipitamment en se dirigeant vers l'escalier.

« Je dis juste qu'il ne s'agit pas de moi, reprit Matilda, l'empêchant de remercier Sonja de son soutien inconditionnel.

— C'est une théorie intéressante. Tu peux développer ?

— Avec plaisir. C'est pour toi que tu as fait tout ça. » La réponse avait fusé sans la moindre hésitation, et contrairement à lui, Matilda n'avait pas élevé la voix. « C'est de ta mauvaise conscience qu'il s'agit. Rien d'autre. »

Il allait protester et se lancer dans une longue tirade. Mais le fait est qu'elle avait raison. Sa petite fille de treize ans avait mis en plein dans le mille. « Évidemment que j'ai mauvaise conscience, finit-il par admettre en posant une main sur sa joue comme s'il venait de prendre une droite. Tu as été à ça d'y passer. Par ma faute et à cause du métier que je fais. Comment pourrais-je ne pas me sentir coupable ? Si Theodor n'était pas rentré pile à ce moment-là, avec cette arme à la main… je ne sais pas, je n'arrive même pas à… » Il ferma les yeux et réalisa qu'il pleurait.

Depuis un mois que Matilda était à l'hôpital, il n'avait pas réussi à verser une seule larme, et maintenant elles se mettaient à couler alors que tout ce qu'il ressentait, c'était de la colère.

« Tu n'as pas besoin de te sentir coupable. Rien de ce qui s'est produit n'était ta faute.

— Matilda, écoute-moi, s'il te plaît. » Il sécha maladroitement ses larmes. « S'il n'y avait pas eu cette enquête, rien de tout cela ne serait arrivé. D'accord ? Si je n'avais pas fait passer mon travail avant ce qui compte le plus dans ma…

— Si et si et si, le coupa Matilda. Tu peux commencer toutes tes phrases par des *si*, ça ne changera rien du tout. Il s'est passé ce qui s'est passé, et avec toute la bonne volonté du monde tu n'aurais rien pu faire pour l'éviter. »

Voilà, c'était reparti avec ces histoires d'esprits dans le verre et de certitude que rien ne servait à rien parce que tout était écrit d'avance. « Et qu'est-ce que maman pense de tout ça ? Mais peut-être ne lui as-tu pas raconté ce que tu crois, qu'elle, Theo ou moi allons mourir bientôt parce que toi tu as survécu ?

— Ce n'est pas une chose que je crois, Fabian, c'est une chose que je sais, rétorqua Matilda avec un calme laissant à penser qu'elle était en paix avec cette idée.

— Tu as treize ans, Matilda. Tu as peut-être l'impression d'être très, très vieille. Mais je te rappelle que j'ai vécu un peu plus longtemps que toi et…

— Comment peux-tu en être si sûr ?

— Ah parce que tu veux aussi qu'on parle de réincarnation ? » Il ne savait plus s'il devait rire ou pleurer. « D'accord, sois aussi vieille que tu veux, mais cela ne change rien au fait que personne ne connaît l'avenir. Crois-moi, c'est impossible. Même si on le souhaite, on ne peut pas prévoir ce qui arrivera demain.

— Bien sûr qu'on le peut, et Greta fait justement partie de ceux qui ont ce pouvoir. » Matilda croisa les bras. « Mais tu ne crois même pas qu'elle existe, alors comment pourrais-tu croire en ses dons ?

— Tu penses sérieusement que tout est écrit d'avance ?

— Pas tout, mais les choses importantes. Les points essentiels qui déterminent notre existence sont presque toujours gravés dans le marbre.

— Comme le fait qu'un membre de notre famille va mourir prochainement. »

Matilda acquiesça.

« Alors pour toi, nos choix et nos actes ne signifient rien.

— Si, mais ils n'ont de l'influence que sur les détails. Nous avons le choix du chemin. Nous pouvons décider si nous allons à droite, à gauche, ou en marche arrière, mais le but que nous atteindrons ne dépend pas de nous. Quoi que nous fassions, nous arriverons au même endroit. » Elle prit la main de son père entre les siennes et il fut frappé par la chaleur de sa peau. « Tu as fait de ton mieux. Et qui peut faire plus que de faire de son mieux ? » Elle se dressa sur la pointe des pieds, lui posa un baiser sur la joue et tourna les talons pour se diriger vers l'escalier.

Fabian la suivit des yeux en se demandant si c'était vraiment sa fille qui était en train de monter ces marches.

« C'est beau tout ce que tu as fait. »

Il rouvrit les yeux qu'il avait fermés un instant. Sonja était revenue dans la cuisine. « Content que quelqu'un apprécie, dit-il en frottant ses paupières qui le piquaient un peu d'avoir pleuré.

— Écoute… » Elle vint près de lui. « N'en fais pas un drame.

— Elle s'est mise à croire au surnaturel, Sonja. Elle est convaincue que l'un d'entre nous va mourir parce qu'elle a survécu. Comment pourrais-je ne pas en faire un drame ?

— C'est une lubie, ça va passer.

— Je ne crois pas. C'est son amie Esmaralda qui lui met ces idées dans la tête.

— À l'hôpital, ils m'ont dit qu'elle allait mettre plusieurs semaines à retrouver son état normal. Je trouve que tu devrais la laisser tranquille avec ses drôles d'idées. Je m'inquiète plus pour Theodor, si tu vas par là. »

À cela, Fabian ne pouvait qu'acquiescer. « Mais au moins, il a fini par me raconter ce qui s'était passé. C'est déjà mieux que rien. » Il tira les tabourets rangés sous l'îlot de cuisine et sortit deux verres à vin. « Il faut qu'on décide de ce qu'on va faire. Moi, il ne m'écoute pas.

— Qu'est-ce que tu veux qu'on fasse ? On ne sait même pas si c'est vrai, cette histoire. L'important est qu'il voie un psy. Et éventuellement qu'il prenne un traitement. »

Fabian ouvrit une des bouteilles de vin qu'il avait rapportées pour le dîner. « Évidemment qu'il doit voir quelqu'un. Mais la semaine prochaine, le procès va s'ouvrir à Helsingør, et je ne vois pas d'autre solution que de le… »

Il avait coupé le son de son téléphone pour ne pas être dérangé pendant le dîner, mais comme le portable était posé à côté de la planche à découper, en périphérie de son champ de vision, il ne put éviter de voir l'écran s'allumer. C'était Astrid Tuvesson, et s'il y avait une chose dont il était sûr, c'était qu'elle ne l'aurait jamais appelé chez lui si ça n'avait pas été absolument indispensable.

Il était arrivé quelque chose.

39

Trop. C'était le seul mot que Klippan avait en tête en s'engageant sur le parking du supermarché Ica Maxi. *Trop, trop, trop.* Il y avait deux mois, il se souvenait s'être dit qu'il ne s'était rien passé d'important dans sa vie de policier depuis des années. Et à présent tout arrivait en même temps.

Ils recherchaient activement Assar Skanås. L'arrestation de Sievert Landertz était en train de prendre des proportions qui les dépassaient complètement. Depuis quelques heures, ils croulaient sous les protestations des électeurs du parti des Démocrates de Suède, et ce n'était plus qu'une question de temps avant que leur boîte mail explose.

Ils avaient beau être convaincus de sa complicité dans l'incendie volontaire du QG de son parti, s'ils ne présentaient pas bientôt des preuves concrètes au procureur, ils n'auraient plus d'autre choix que de le relâcher.

Sans parler de l'incendie criminel du centre de réfugiés de Kvidinge. Certes, l'enquête était entre les mains de la police de Bjuv, mais on ne pouvait pas dire qu'ils aient beaucoup progressé. La gauche ne tarderait pas à crier au scandale et à accuser la police de racisme.

Il se gara en marche arrière sur une place libre et jeta un coup d'œil vers l'entrée principale du supermarché, où une foule de clients, appuyés à leurs Caddie vides, s'était rassemblée pour essayer de voir ce qui se passait à l'intérieur. Au moins, cela voulait dire que les cordons de sécurité étaient en place et le magasin évacué. C'était toujours ça, même si c'était loin d'être suffisant. Il aurait fallu barricader tout le parking, en n'y laissant passer que les voitures de police et l'ambulance, car en l'état, les reporters, qui étaient probablement déjà en chemin, pourraient sans problème, avec un bon téléobjectif, photographier la scène de crime et le travail des policiers à travers les portes vitrées de la grande surface.

Maintenant, c'était son rôle de s'occuper de ça. C'était lui qui était censé sortir de cette voiture, traverser cette masse humaine avide de sensations fortes, passer sous le cordon de sécurité et aller superviser le travail. C'était lui qui devait veiller à ce que chacun fasse ce qu'il avait à faire et ne passe à côté d'aucun détail. Mais il en était incapable. Pour l'instant, il n'arrivait même pas à détacher sa ceinture de sécurité.

Il n'était tout simplement pas ce genre d'homme. Il n'avait jamais eu ce côté « c'est moi qui commande et maintenant vous allez faire ce que je vous dis », et pour être tout à fait franc, il n'avait pas envie de l'avoir. Mais la hiérarchie est la hiérarchie et il n'avait pas le choix. Il allait devoir donner le change et faire semblant jusqu'au retour de Tuvesson.

Quelques longues respirations plus tard, il était sorti de sa voiture et s'était mis en marche vers le troupeau amassé devant la porte. Une fois sur place, il s'entendit ordonner aux gens de dégager leurs voitures du parking et se vit expliquer d'un geste aux policiers à quel endroit ils devaient repositionner le barrage. Après avoir passé les portes automatiques et le rayon des jouets, il aperçut deux assistants de Molander devant un étalage de fruits et légumes en train d'enfiler des combinaisons de protection au-dessus de leurs vêtements. Un peu plus loin, au rayon boulangerie, des membres du personnel calmaient une collègue en pleine crise de nerfs.

« Ah te voilà ! » lança Molander en arrivant, dans sa blouse blanche, du rayon produits du monde. « Où étais-tu passé ? Ça fait déjà plus d'une heure qu'on est là.

— Comme tu sais, nous avons d'autres affaires en cours, et à ce propos, j'ai besoin que tu fasses une nouvelle triangulation, maintenant que nous avons le numéro de portable de Skanås.

— Je sais, Lilja m'en a déjà parlé. » Molander émit un ricanement. « Quand je pense qu'on a perdu une matinée à courir après le frère du type, alors qu'il lui aurait suffi de regarder dans l'annuaire !

— Tu as raison. Mais nous n'avons pas de temps à perdre à nous casser du sucre sur le dos mutuellement. Dis-moi plutôt ce que vous avez. »

Molander secoua la tête.

« On n'a pas eu le temps de faire grand-chose d'autre que ton travail à toi, c'est-à-dire interroger le personnel et les clients qui ont assisté à l'épisode.

— Il y a une raison pour laquelle vous n'avez pas commencé l'expertise technique ?

— La réponse à ta question commence par un F et se termine par LÄTAN. » Molander ricana derechef. « Ne me demande pas pourquoi, mais il s'est mis dans la tête que seul le médecin légiste a accès à la scène de crime. Ça fait une demi-heure qu'il nous empêche de nous mettre au boulot. Quel connard, ce type ! Je ne sais pas pour qui il se prend avec son pantalon à rayures et ses cheveux longs.

— OK, je m'en occupe, dit Klippan qui ne détestait rien tant que les conflits.

— S'il y a quelqu'un qui doit avoir un accès exclusif à la scène de crime, c'est moi et mes hommes.

— C'est bon, Ingvar. Je t'ai dit que j'allais m'en occuper. » Il n'était pas surpris que Flätan et Molander se bouffent le nez une fois de plus. Les deux hommes étaient extraordinairement compétents dans leur partie et l'un comme l'autre avaient un ego surdimensionné. Ils n'avaient jamais pu travailler ensemble et il y avait peu de chances que cela arrive un jour. « Dis-moi plutôt ce que t'ont dit les témoins.

— OK. » Molander lui montra le chemin. « Certains témoignages ne concordent pas entre eux. C'est souvent comme ça quand il se produit un événement hors du commun. Mais si on fait la synthèse de ce qu'ils racontent, l'agresseur serait un homme aux cheveux bruns qui avait une apparence étrange et une capuche.

— Pourquoi étrange ?

— Plusieurs témoins ont utilisé cet adjectif sans pouvoir dire plus précisément ce qu'ils entendaient par là. Quoi qu'il en soit, le type attendait son tour devant le rayon traiteur, son ticket à la main, quand tout à coup il a sauté par-dessus le comptoir, il a attrapé un couteau et l'a enfoncé dans le cou de la victime. » Molander tira le cordon permettant d'ouvrir la porte marquée *Accès réservé au personnel* et continua le long d'un couloir aux murs abîmés, éclairé par des néons puissants.

« Est-ce que cela signifie qu'il a fait ça sans aucune préméditation ?

— Je reviendrai là-dessus plus tard, si tu veux bien, parce que l'histoire ne s'arrête pas là », poursuivit Molander. Il fit entrer Klippan dans une pièce où une série de dalles posées au sol conduisaient entre autres à l'un de ses assistants, accroupi, occupé à photographier un objet posé sur le sol. « La victime était en excellente condition physique et…

— Mais qui vois-je là ? Ne serait-ce pas l'enfant prodigue ? s'exclama Flätan qui passait au même moment la porte battante donnant sur l'arrière du rayon traiteur. Excellent timing, je dois dire. Je viens justement de terminer. » Il retira ses gants en silicone couverts de sang en les retournant, les fourra dans une vieille sacoche hippie, marron avec des franges et ornée de signes de la paix brodés, et en extirpa une bouteille en verre contenant une matière verte visqueuse qu'il vida dans sa bouche avec un geste ample. « Bon, où en étais-je ?

— Tu disais que tu venais de finir », lui rappela Klippan qui, bien qu'habitué depuis des lustres au style vestimentaire très particulier de Flätan, avait du mal à s'arracher à la contemplation de ses jambes émergeant comme deux sucres d'orge de sous sa blouse tachée de sang, dans un pantalon rayé rouge et blanc. « Et si j'ai bien compris, les techniciens ont dû attendre un peu pour commencer leurs relevés.

— T'inquiète, ils s'en remettront ! » Flätan se retourna vers la porte battante, l'ouvrit avec le coude et invita

Klippan et Molander à entrer dans l'espace se trouvant derrière le comptoir du rayon traiteur.

« Je procéderai évidemment à un examen plus approfondi quand le corps sera à l'Institut médico-légal, mais comme vous voyez, il n'y a pas besoin d'être Einstein pour constater que la victime est morte d'hypovolémie, c'est-à-dire qu'elle s'est vidée de son sang. »

La flaque devait mesurer environ un mètre de diamètre, et en s'accroupissant Klippan vit sa surface coagulée se froisser dans le courant d'air venant de la porte battante.

« C'est tout ? dit Molander.

— Pardon ? » Flätan, qui était sur le point de s'en aller, s'arrêta, se retourna et regarda Molander avec des yeux qui disaient clairement tout ce qu'il pensait de lui.

La flaque de sang qui se trouvait sous la victime ne représentait qu'une petite partie du sang qui inondait la scène de crime. Il y en avait partout sur le sol, sur le mur du fond habillé de faïence blanche et sur plusieurs surfaces de travail. Même la balance et le rouleau de papier d'emballage étaient mouchetés de taches rouges.

« Eh bien… Tu n'as pas un scénario à nous proposer sur ce qui s'est passé ? Ou une idée de scénario, au moins », demanda Molander, apparemment indifférent au regard méprisant du légiste.

La victime, qui à en croire son insigne s'appelait Lennart Andersson, avait à peu près une cinquantaine d'années, et un front très dégarni. Il était couché sur le dos, le haut du corps baignant dans son propre sang. Le bras droit était tendu et le gauche plié, la main crispée sur une plaie sanglante à son cou.

« On t'a laissé travailler un long moment sans te déranger, et il me semble qu'il a dû se passer un certain nombre de choses avant l'hypovolémie dont tu parles.

— Évidemment qu'il s'est passé des choses. Un enfant de quatre ans serait capable de le voir. Mais je n'ai pas pour habitude de me lancer dans des théories fumeuses et de les exposer à tort et à travers sans les avoir vérifiées au préalable. Quand j'aurai effectué une autopsie complète du corps, je ne manquerai pas d'énoncer des faits. »

La tenue de travail de la victime, qui avait jadis été blanche, était tellement maculée de sang qu'on aurait pu croire qu'il s'agissait d'un vêtement rouge taché de blanc. Le manche d'un couteau dépassait de sa poitrine, du côté gauche.

« Si tu veux des suppositions et des théories sans fondement, adresse-toi plutôt à mon confrère Arne Gruvesson, poursuivit Flätan. Tu trouveras le spécialiste de la conclusion hâtive et de l'approximation que tu cherches. »

Une fourchette à viande était plantée dans la figure du mort, à côté du nez, si profondément enfoncée que ses deux pointes ressortaient sous son maxillaire gauche.

« Il y a pourtant matière à proposer mieux que des "conclusions hâtives", je trouve. Il suffit d'observer la tache de sang pour voir se dessiner un scénario assez limpide, déclara Molander en regardant Flätan droit dans les yeux.

— Je ne te savais pas expert en lecture de taches de sang.

— Expert, je ne sais pas. Mais en tout cas, je sais de quoi je parle. Par exemple, cette fissure nous dit que le meurtrier est passé par-dessus le comptoir à peu près ici, dit Molander en désignant un endroit où le verre du comptoir en arc de cercle était fendu. Ensuite, il a dû attraper sur ce billot certains des couteaux dont il s'est servi.

— Pas *certains* des couteaux. Celui-là, rétorqua Flätan en montrant un long couteau effilé tombé sur le sol dans un coin. Il correspond à la blessure au cou. En outre, l'importante quantité de sang indique que son pouls était entre 120 et 180 quand il l'a reçue, ce qui est un rythme normal dans une situation de stress, et qu'il s'agit vraisemblablement de la première blessure.

— Je pense que tu brûles quelques étapes et que tu te simplifies la vie en prétendant qu'une importante quantité de sang s'explique par un pouls normal en situation de stress.

— Oui, pardonne-moi. J'avais simplifié pour que tu comprennes, répondit Flätan avec un sourire angélique. En effet, il faut savoir que si on tranche la carotide à un individu en bonne santé son sang peut sans problème gicler à plus de deux mètres à chaque battement cardiaque. Et si tu regardais un peu attentivement, tu verrais aux traces dans la flaque que la victime n'a pas bougé de place alors qu'elle aurait pu courir dans tous les sens en projetant du sang un peu partout.

— Tu ne prétends pas sérieusement que sa carotide a été entièrement tranchée ? dit Molander en secouant la tête. Si ça avait été le cas, il se serait écroulé en quelques secondes et puis terminé, plus de son, plus d'image.

— C'est exact. Elle n'a été que partiellement tranchée mais assez pour provoquer la fontaine de sang dont nous voyons le résultat ici. Mais après avoir sorti le couteau de sa gorge avec sa main droite dans l'intention de se défendre avec, il est parvenu à ralentir le flux de sang avec la gauche.

— Mouais, dit Molander avec un geste exprimant le doute. Cela voudrait dire que son agresseur lui aurait pris le couteau ou l'aurait fait tomber en frappant la main de la victime, ou que la victime l'a perdu lui-même. Quoi qu'il en soit, il aurait dû atterrir près du corps et pas dans ce coin, tout là-bas. Je crois plutôt qu'il l'a jeté aussi loin qu'il a pu.

— Tu sais ce que je pense des gens qui croient des choses. Il peut aussi l'avoir fait tomber, après quoi l'agresseur l'aura écarté d'un coup de pied.

— Ce n'est pas ce que disent les traces sur le sol. Même toi tu devrais être capable de voir ça, si tu t'en donnais la peine, railla Molander. Ce couteau a volé et il a percuté le mur exactement ici. » Il franchit les quelques pas qui les séparaient du mur, s'accroupit et montra une petite encoche, un peu au-dessus de l'endroit où se trouvait le couteau. « Ce qui explique aussi les témoignages selon lesquels la victime aurait crié à son agresseur de se calmer, en le vouvoyant, ce qui prouve que la victime ne connaissait pas son meurtrier.

— Sans doute un cinglé qui a pété les plombs parce que son numéro mettait trop de temps à arriver.

— C'est possible. En tout cas, son acte n'a pas du tout l'air prémédité. Car ce n'est qu'une fois le couteau écarté, et alors que la victime cherche à le calmer tout en se tenant le cou, que le meurtrier s'empare du hachoir et qu'il frappe…

— Pas du tout. Le hachoir n'est utilisé que lorsque la victime est couchée par terre. Les plaies sont profondes et il s'est servi de ses deux mains. Non, à ce moment-là, il a frappé avec ça. » Flätan montra le couteau qui était encore planté dans la poitrine de l'homme. « Et cette fois, il ne fait pas l'erreur de le laisser en place. Il le tient bien fermement et il le plante, une fois, deux fois, cinq fois, jusqu'à ce qu'il réussisse à le faire pénétrer entre les côtes et entrer dans l'aorte. Ce n'est qu'à ce moment que la victime cesse de lutter, qu'elle tombe, et que l'agresseur se sert du hachoir.

— Et la fourchette à gigot ? demanda Molander avec un geste du menton vers la fourchette à deux dents, plantée dans la figure de Lennart Andersson.

— Je ne sais pas, la dernière touche au tableau ! proposa le médecin légiste avec un haussement d'épaules. De toute façon, à ce moment-là, il était déjà mort.

— Déjà, déjà… je ne suis pas sûr…

— Fabian !? s'exclama Klippan étonné en voyant Fabian entrer par la porte battante. Qu'est-ce que tu fais là ?

— Tuvesson m'a appelé.

— Hein ? Tuvesson ? Mais elle est en traitement dans une clinique et coupée du monde extérieur. Et toi tu n'étais pas en arrêt ?

— Apparemment, je ne le suis plus. Il paraît qu'il y a un nouveau meurtre.

— On est au courant. D'ailleurs comme tu vois, on est en plein dedans, lui fit remarquer Molander.

— Elle s'appelait Molly Wessman, poursuivit Fabian sans s'occuper de Molander. Sa voisine, qui par hasard est une proche amie de Tuvesson, a découvert son cadavre il y a une petite heure. »

DEUXIÈME PARTIE

17-24 juin 2012

« Tout ce que vous croyez savoir est faux. »

G. PALDYNSKI

40

Kim Sleizner se retourna pour la énième fois dans son lit. Il sentait sous son dos les plis du drap. Et comme si cela ne suffisait pas, la lumière du jour filtrait obstinément dans la fente du rideau occultant.

Un coup d'œil à son portable lui apprit qu'il n'était que cinq heures vingt-trois du matin. Il avait espéré découvrir qu'il était plus de six heures et demie vu le temps qu'il avait passé à se tourner et se retourner dans son lit, en nage et de plus en plus emmêlé dans ces foutus draps qui lui avaient coûté une fortune après que le vendeur lui avait dit qu'ils étaient tissés dans une matière respirante, ce qui lui garantissait un sommeil serein.

Un sommeil serein, tu parles ! Le qualificatif lui faisait l'effet d'une gifle. La vérité, c'est qu'il n'avait pas dormi de la nuit. La vérité, c'est qu'il n'avait pratiquement pas fermé les yeux depuis vendredi après-midi.

Et encore une fois, la cause de son insomnie s'appelait Dunja Hougaard.

Cette petite emmerdeuse était décidément une vraie plaie. Il avait beau chercher à l'écraser, à l'étouffer, à lui tendre des pièges, elle trouvait toujours un moyen de s'en sortir sans une égratignure.

Un mois auparavant, il s'était servi de sa fonction de chef de la brigade criminelle de Copenhague afin de lui faire comprendre sans ambiguïté que jamais elle ne parviendrait à le contourner, quand bien même elle irait jusqu'au commissariat de Helsingør pour essayer de retrouver un poste.

Ce que d'ailleurs elle avait fait.

Il n'aurait pas su dire exactement ce qui l'avait déstabilisé, mais cette dernière semaine il avait eu plus que jamais le sentiment qu'il se tramait quelque chose. Un trop grand silence, un trop grand calme. Surtout après ce qu'il lui avait infligé.

Pour une raison qu'il ne parvenait pas à s'expliquer, elle n'avait pas réagi. Cela l'avait presque déçu, même si, évidemment, il était soulagé d'avoir gagné la partie, de l'avoir brisée au point que plus jamais elle ne pourrait s'en relever.

Mais quelques semaines après, l'inquiétude était revenue le ronger.

Cette absence totale de réaction le déstabilisait.

C'était à ce moment-là qu'il avait demandé qu'on lui transmette les informations personnelles sur son ancienne inspectrice. Des informations auxquelles il n'aurait normalement pas dû avoir accès sans l'aval d'un juge d'instruction, et même dans ce cas, il aurait fallu que l'enjeu en soit la sécurité de l'État. Des informations concernant les détails les plus privés de sa vie, sous forme de tableaux et de chiffres.

Depuis vendredi dernier, il avait connaissance de ses échanges par mails et par textos et il pouvait même écouter ses communications téléphoniques. Il avait été en mesure de surveiller l'activité de son adresse IP et de voir toutes les recherches qu'elle faisait sur le Net. Il était au courant du prix de la moindre petite culotte dont elle faisait l'acquisition et du nom du site sur lequel elle l'avait achetée. S'il avait voulu, il aurait même pu voir sa couleur et sa taille.

Le problème était que toutes ces foutues listes et ces tableurs étaient désespérément vides. Ils ne contenaient pas une ligne, ni un seul chiffre. Aucune indication sur un quelconque horaire ou autre information.

D'abord il avait cru à une erreur. Furieux, il avait appelé Mikael Rønning du service informatique, pour apprendre que tout était en ordre. Que les fichiers de données n'avaient rien d'autre à offrir qu'un vide assourdissant.

Aussi incroyable que cela puisse paraître, Dunja Hougaard, la reine des emmerdeuses, n'avait fait aucune acquisition, n'avait envoyé aucun courriel et n'avait pas téléphoné, n'avait ni tiré de liquide ni fait de voyage à l'étranger depuis un mois. Elle avait disparu sans laisser de trace.

Aucune activité répertoriée, nada.

Engloutie dans un trou sans fond.

Comme si elle était partie afin de lécher ses plaies et préparer sa vengeance.

Au plus profond de son être, il sentait que c'était ça qu'elle avait fait, et cela l'empêchait de dormir.

Pour la première fois de sa vie, Kim Sleizner avait peur.

41

Il avait essayé de dormir mais n'avait pas réussi à garder les yeux fermés plus de trente secondes d'affilée. Pourtant, il était allé dîner Chez Sam, de l'autre côté de la rue, où il avait englouti un gros steak-frites avec de la sauce béarnaise et deux grands verres de Coca, après quoi il avait fait une séance de musculation de deux heures chez lui, puis une heure de méditation dans la baignoire.

Mais ça n'avait pas suffi. Près de vingt-quatre heures après son expédition au Ica Maxi de Hyllinge, il était encore tellement excité qu'il ne tenait pas en place.

Il faut dire qu'il n'avait encore jamais vécu une expérience aussi intense. Elle battait de loin toutes les autres. Ce sentiment de savoir quelque chose qu'on est seul à savoir, et d'être là, son ticket à la main, à attendre l'instant où l'on va passer à l'action. Ils avaient tous dû avoir la peur de leur vie. Ils avaient été si choqués qu'ils n'avaient même pas crié. Ou alors c'était lui qui était tellement dans son truc qu'il ne les avait pas entendus. En tout cas, aucun n'avait eu la moindre velléité d'intervenir.

Lennart Andersson alias « le Steak » était en aussi bonne condition physique qu'il le craignait et il lui avait opposé une résistance considérable. Maintenant, après coup, il voyait cela comme un plus. Au lieu d'en avoir terminé en quelques secondes, il avait dû s'acharner sur le type pendant plus d'une minute pour en venir à bout, avant de s'enfuir par la porte du personnel et d'enfourcher son vélo pour rentrer chez lui.

Bientôt il serait six heures et une nouvelle journée allait commencer. Bien qu'initialement il ait eu l'intention d'attendre quelques heures, il comprit qu'il en était incapable. Il était trop fébrile. Il avait besoin d'un *fix*[1] et il en avait besoin maintenant.

Il alla chercher le dé à vingt faces pour le laisser décider quand sa prochaine mission devrait avoir lieu, en espérant tout de même ne pas tomber sur le 1. Si c'était le cas, il n'aurait plus qu'à remballer et tout arrêter pour de bon. *Plus qu'à !* Comme si c'était facile ! La peur que tout s'arrête lui donna une crampe à l'estomac.

Il secoua et lâcha l'icosaèdre sur le tapis de feutre, et sa première réaction fut de se demander s'il avait bien vu.

Un 2.

La fois précédente, il n'avait eu que deux jours pour les préparatifs. Et voilà que c'était à nouveau le cas. D'un autre côté, c'était ce qu'il souhaitait. Il préférait mille fois ce stress à la perspective de devoir se rouler les pouces pendant vingt jours.

Il prit la boîte contenant les dés de précision à six faces afin de décider où cela devait se passer et qui allait devoir tirer sa révérence. Après quelques lancers, il avait déterminé que la balade le conduirait à Helsingborg,

---

1. Un *fix* est le terme employé pour une dose chez les consommateurs de drogues dures.

plus exactement à Kärngränden n° 4, deuxième étage, et sur la personne, quelle qu'elle soit, qui habitait derrière la porte située à gauche du palier.

Il continua à lancer le dé pour connaître le mode opératoire. Cette fois, il tomba sur la catégorie *façon de mourir*.

Après s'être muni de la liste des douze différentes possibilités, il procéda comme à l'accoutumée à un premier lancer afin de savoir s'il aurait besoin d'un ou de deux dés.

Un 3.

Il n'aurait donc besoin que d'un seul dé et garda celui qu'il avait dans la main, le secoua et le jeta.

1. Déshydratation
2. Décapitation
3. Inanition
4. Étouffement
5. Noyade
6. Électrocution
7. Décompression
8. Empoisonnement
9. Immolation
10. Hémorragie
11. Maladie
12. Accident de la circulation

Un 5.

La victime mourrait noyée mardi. Il se réjouit à cette perspective et, maintenant que tout était décidé, ces deux jours lui parurent d'avance bien trop longs.

Il ne lui manquait plus qu'une dernière confirmation. Un dernier lancer de l'icosaèdre qui le conforterait dans sa mission. Un dernier feu vert pour pouvoir passer à la phase de l'organisation.

Le X symbolisant le chiffre 10 était la seule face qu'il préférait éviter. Les délais étaient trop courts pour une épreuve subsidiaire compliquée. Mais tomber sur le X était quasi impossible, il était déjà sorti deux fois d'affilée et la probabilité qu'il sorte à nouveau pouvait pratiquement être considérée comme nulle.

Il envoya le dé sur le tapis de feutre, et ne sut s'il devait rire ou pleurer quand il vit sortir le X pour la troisième fois.

C'était comme si le dé était bloqué, songea-t-il tandis qu'il allait chercher le cahier où étaient listées les cent vingt épreuves subsidiaires numérotées. Il lança une dernière fois l'icosaèdre.

Un 12.

Il prit donc douze dés à six faces, qu'il eut le plus grand mal à faire tenir entre ses deux mains avant de les lancer.

Trois 1, deux 5, quatre 6, deux 4, un 2.

Il ouvrit le carnet à la page de l'épreuve subsidiaire numéro 47 et, tandis qu'il découvrait son contenu, il eut l'impression qu'il tombait dans un trou noir.

Un sentiment de déception infinie l'envahit.

Il relut la page une deuxième fois, plus lentement, et, malgré une envie irrésistible de relancer les dés pour se donner une nouvelle chance, il savait qu'il n'avait pas d'autre choix que d'obéir aux règles et de s'attaquer aux préparatifs, aussi irréalisable que semblât l'épreuve imposée.

42

Il y avait moins de vingt-quatre heures que Matilda était rentrée à la maison. Et lui, au dernier étage du commissariat de police, un dimanche, de si bonne heure que la brume matinale n'était même pas encore levée, il était là en train d'attendre que tout le monde ait rempli son mug de café pour que la réunion puisse commencer.

Tout ça à cause de cet appel de Tuvesson, qui l'avait mis face à un choix difficile : d'un côté sa curiosité le poussait à presser l'icône verte pour savoir ce qui était arrivé, de l'autre il savait déjà que l'affaire qu'elle lui annoncerait serait assez grave pour que, associée à sa propre enquête sur Molander, il n'ait plus une minute à lui dès l'instant où il répondrait au téléphone.

« Ces croissants sont plus vieux que Mathusalem, se plaignit Lilja qui avait l'air d'avoir un sérieux déficit de sommeil. Regardez ça ! » démontra-t-elle en cassant la viennoiserie en deux.

Finalement, c'était Sonja qui lui avait dit de décrocher. Comme il le craignait, il y avait eu un autre meurtre, ce qui signifiait que ses collègues n'avaient plus une, mais trois affaires compliquées à résoudre.

« Fais comme moi, trempe-le dans ton café, conseilla Klippan. »

Et malgré cela et l'assurance de Tuvesson que jamais elle ne se serait permis de l'appeler si elle ne l'avait pas jugé absolument nécessaire, il avait refusé de mettre fin à son arrêt de travail.

« Ou alors, tu le jettes à la poubelle et tu évites les calories jusqu'au jour où il y en aura des frais », suggéra Molander qui entrait dans la salle de conférences.

Trop souvent, il avait fait passer une enquête avant sa vie de famille. Trop souvent, il avait vu la recherche d'un criminel comme une priorité. Mais à présent il en avait réalisé le coût.

« Moi, on m'a toujours dit qu'il ne fallait pas gaspiller », dit Klippan en trempant son croissant à faire déborder le café dans sa tasse.

Les affaires n'en finiraient jamais d'arriver sur leurs bureaux. Il y aurait toujours des criminels et des victimes. Une famille, en revanche, il n'en avait qu'une et, ces dernières semaines, il n'avait pas dormi de peur de la perdre, de la voir réduite à quelques photographies dans un album, vestiges de son échec.

Tuvesson avait respecté son choix, et quand elle lui avait souhaité un agréable été et demandé de saluer Sonja et les enfants de sa part, il n'y avait pas la moindre note de déception dans sa voix.

Finalement, c'était la réaction de Sonja qui avait pris la décision pour lui. Après qu'il avait raccroché, elle n'avait pas réagi avec un sourire reconnaissant et un baiser. Au contraire, elle l'avait regardé en secouant la tête, lui demandant ce qu'il foutait encore là et pourquoi il ne se dépêchait pas d'aller rejoindre son équipe.

Elle avait argué que Matilda était de retour, saine et sauve, et qu'elle-même était là pour tenir la maison.

« Tu sais bien que c'est ce que tu as envie de faire, en réalité. Alors à qui essayes-tu de faire croire le contraire ? » lui avait-elle dit. Il avait répliqué que, ce qu'il voulait avant tout, c'était garder sa famille.

Sans un mot de plus, elle lui avait pris le téléphone des mains et avait rappelé Tuvesson. Pendant que les tonalités se succédaient, Fabian s'était demandé s'il ne l'avait pas déjà perdue. Si quoi qu'il fasse à présent cela pourrait changer quelque chose. Si la séparation était devenue inéluctable.

En même temps, il ne pouvait pas nier que Sonja avait raison. Il avait envie de retourner travailler. La mort suspecte de Molly Wessman avait tous les ingrédients pour exciter son intérêt professionnel, alors qu'il n'avait même pas commencé à mettre le nez dans cette affaire.

Mais il y avait le problème de Molander. Comment pourrait-il continuer à travailler avec lui tous les jours, tout en menant dans sa cave une enquête sur son compte ?

« Bon, si les commentaires sont terminés, nous allons commencer, dit Klippan en se levant.

— Il n'y aurait pas eu de commentaires si ces croissants étaient moins secs », fit remarquer Lilja avec humeur.

Klippan s'avança vers le tableau, qui était déjà couvert de photos et d'annotations concernant les trois investigations. « Comme vous le savez, nous avons…

— Vous pourriez m'attendre quand même ! »

Tous se tournèrent vers la porte, où Tuvesson entrait avec un plateau garni de croissants, de catalans[1] et de gobelets de *latte* venant du café Skåne.

---

1. Pâtisserie à base de biscuit, crème d'amande et confiture de framboises.

« Astrid ! Tu devais pourtant rester plusieurs semaines en clinique !

— C'est ce qui était prévu. » Elle posa le plateau sur la table et commença à distribuer les cafés. « Mais ça devra attendre que les choses se soient un peu calmées.

— Astrid, sérieusement… Tu crois que c'est une bonne idée d'interrompre ton traitement comme ça, en plein milieu ?

— Non, je ne crois pas, mais je ne vois pas d'autre solution. Nous sommes dans une situation tout à fait exceptionnelle, et si nous voulons avoir une chance d'y comprendre quelque chose, il faut y mettre toutes les ressources que nous avons. C'est pour cela que Fabian est là aussi.

— On parle de ta santé, là, dit Lilja. Tu ne préfères pas qu'on demande à Malmö de nous envoyer du monde ?

— Exactement ce que j'allais suggérer ! dit Klippan en prenant son portable. Je les appelle tout de suite.

— Tu poses ce téléphone tout de suite ! aboya Tuvesson en frappant du poing sur la table. Ça suffit, maintenant ! Vous allez me lâcher ? Ce n'est pas parce que j'interromps mon traitement que je vais me remettre à boire. Si vous ne me faites pas confiance, vous n'aurez qu'à tester mon alcoolémie régulièrement en me faisant faire le mariole sur un seul pied. En ce qui concerne Malmö, j'ai déjà eu Thomas Winkel au bout du fil : ils sont dans une enquête qui mobilise toutes leurs ressources, il ne pourrait nous prêter ni un homme ni une gomme. Des questions ? » Tuvesson fixa le regard sur Lilja, Klippan et Molander à tour de rôle, sans obtenir autre chose qu'un silence respectueux. « Bon, alors je suggère qu'on s'y mette, car dans moins de quarante minutes j'ai une réunion avec Stina Högsell à propos de ce démocrate de Suède.

— Si c'est de Sievert Landertz que tu parles, elle m'a appelée également à ce sujet, dit Klippan.

— Je suis au courant. » Tuvesson s'approcha du tableau et regarda la photo de Landertz collée sous celles de la buanderie collective, de la victime Moonif Ganem et du suspect Assar Skanås. « D'après la procureure, nous l'avons arrêté vendredi matin pour interrogatoire et il serait toujours en garde à vue. C'est exact ?

— Demande à Irene, dit Klippan avec un geste du menton en direction de Lilja. C'est elle qui s'obstine. Elle refuse de le laisser partir alors que, de toute évidence, nous n'avons pas assez d'éléments pour le garder.

— On peut savoir pourquoi tu t'en prends à moi ? rétorqua Lilja en posant le gobelet de café dans lequel elle venait de tremper les lèvres. Je ne m'obstine pas, simplement je ne suis pas de votre avis, et j'estime que nous avons largement assez de motifs pour le garder ici jusqu'à demain midi.

— Qu'avons-nous concrètement sur lui ? demanda Tuvesson, sans quitter des yeux la photo du tambour de machine à laver scié en deux, contre les parois duquel le corps chétif de Moonif semblait collé.

— Pour diverses raisons, nous croyons qu'il a lui-même mis le feu dans les locaux de son parti.

— Mais nous n'en avons pas la preuve, commenta Klippan en prenant un croissant au chocolat tout frais.

— C'est sa voiture qui a été utilisée. Et malheureusement pour lui, j'étais sur place quand c'est arrivé et j'avais vu qu'il faisait tout pour que je m'en aille. Il était tellement nerveux que la sueur dégoulinait de son front.

En plus, il venait d'acheter un nouvel extincteur, qui n'était même pas déballé.

— Et à part ça ? s'enquit Tuvesson.

— Il m'a menti en prétendant qu'il ne connaissait personne du nom de Skanås, et je suis convaincue qu'il ment à propos d'un tas d'autres choses qui nous auraient aidés à avancer dans notre enquête sur l'assassinat de Moonif Ganem. Troisièmement, son engagement au sein des Démocrates de Suède n'est qu'une façade. Le type est un nazi pur jus qui sauterait de joie si on lui montrait les photos de ce pauvre môme dans la machine à laver.

— Être raciste n'est malheureusement pas un crime puni par la loi.

— Non, mais à ma connaissance, mettre le feu à un centre de réfugiés l'est encore.

— Tu ne penses pas sérieusement que c'est lui qui a fait ça ? dit Klippan.

— Non, mais je crois qu'il connaît les coupables. Et je crois que c'est pour ça qu'il a fait flamber son bureau et diffusé les adresses de plusieurs centres d'hébergement pour demandeurs d'asile sur le site de son parti.

— Comment avance cette enquête, à propos ? s'enquit Tuvesson. Je sais que c'est le commissariat de Bjuv qui s'en occupe, mais est-ce qu'on a des nouvelles ?

— Ils ont relevé les traces de pneus sur le site. Et je suis prête à parier qu'elles correspondront à celles de la voiture qui m'a déposée, inconsciente, dans mon jardin.

— Oui, j'ai entendu parler de ça. Ça a dû être épouvantable pour toi.

— Je confirme. C'est comme ça qu'ils opèrent. Par l'intimidation. Mais il en faut plus pour me faire peur ! » Lilja ricana et but une gorgée de café.

« Donc toi, tu penses que ceux qui ont mis le feu aux locaux du parti pourraient être les mêmes que ceux qui ont incendié le centre d'hébergement ? questionna Klippan.

— Pourquoi pas ?

— Quoi qu'il en soit, c'est une hypothèse qui mérite d'être étudiée, dit Tuvesson. Il n'empêche que nous sommes obligés de libérer Landertz. Si grande soit notre envie de le faire payer pour ce qu'il a éventuellement fait et pour tout ce qu'il représente, je ne vois pas d'autre solution pour le moment.

— OK, dit Lilja si bas que ce fut presque inaudible.

— Passons à ce Assar Skanås qui, si j'ai bien compris, fait l'objet d'un mandat de recherche pénale. » Tuvesson décrocha la photo du suspect trouvée par Klippan. « Vous pouvez m'expliquer ce qu'on a sur lui ?

— Pas mal de choses, répondit Lilja. Mais il vaut peut-être mieux que je t'envoie un rapport dans la journée, pour ne pas faire perdre du temps à tout le monde.

— Il y a quand même un élément qui mérite d'être mentionné, dit Molander qui semblait avoir du mal à cacher un sourire de satisfaction. Ma petite équipe et moi avons découvert une correspondance, ou plutôt plusieurs.

— Quel genre de correspondance ?

— Des empreintes digitales. Trois empreintes parmi les innombrables traces de doigts qui ont été relevées sur la vitre de la machine à laver matchent avec des empreintes relevées au domicile de Skanås sur différents jouets et DVD pour enfants.

— Et nous sommes sûrs qu'il ne s'agit pas des empreintes de son frère Igor ?

— La réponse est oui. »

Lilja échangea quelques regards avec Klippan et les autres. « Waouh, c'est fantastique ! En d'autres termes, nous disposons maintenant de preuves accablantes. Alors peut-être qu'il serait temps que tu passes cette triangulation de son portable en mode priorité absolue, enfin je veux dire, dès que nous en aurons terminé ici ?

— Absolument, puisque, enfin, nous avons son numéro de téléphone, rétorqua Molander.

— Je trouve aussi que nous devrions diffuser sa photo pour avoir l'aide du public, proposa Tuvesson.

— À ce propos, intervint Klippan, j'ai les médias sur le dos et ils me réclament une conférence de presse.

— Je sais, mais ils attendront que nous ayons sorti la tête de l'eau.

— Les gens sont inquiets, argua Lilja. Ils se demandent ce qui se passe.

— Nous le sommes aussi. Et avant de me retrouver face à la horde des journalistes, j'aurais besoin d'y voir un peu plus clair. Alors passons si vous le voulez bien à l'agression au couteau de Hyllinge. » Elle s'adressa directement à Klippan. « Comment ça se passe ? Vous avez quelque chose d'intéressant à nous communiquer ?

— Non, pour l'instant nous n'en savons pas plus que ce qui est écrit dans les journaux. Nous espérons que le brouillard se lèvera un peu quand Ingvar en aura terminé avec l'expertise de la scène de crime et que j'aurai eu accès aux bandes des caméras de surveillance.

— OK, alors nous reprendrons ça plus tard. Si cette réunion continue à avancer à ce rythme, je risque même d'arriver à l'heure chez la procureure. Quid de la dernière victime, Molly Wessman ?

— Nous n'avons pas encore la preuve qu'il s'agisse bien d'un meurtre, mais il me semble qu'il y a pas mal de détails qui pointent dans cette direction, répondit Fabian.

— D'accord. Dis-nous déjà ce que tu sais d'elle.

— Pas grand-chose. Je sais qu'elle habitait seule, au 7, rue Stuvaregatan dans le quartier de Norra Hamnen, qu'elle avait trente-deux ans et qu'elle n'avait ni enfant ni frère ni sœur.

— Et pas de parents non plus ? demanda Molander.

— Elle travaillait chez Mavia Teknik, à Landskrona…

— Eh oh ! Je t'ai posé une question ! l'interrompit Molander en agitant les bras comme un sémaphore.

— Ah pardon, je ne t'ai pas entendu », dit Fabian en s'efforçant de refouler l'idée qu'il croisait le regard d'un homme qu'il soupçonnait d'avoir tué son beau-père, sa maîtresse et leur collègue Elvin, et peut-être plusieurs autres personnes.

« Ils sont morts il y a respectivement un an et un an et demi, à Cadix, en Espagne, où ils étaient installés depuis 1992, répondit Fabian tout en se demandant comment Molander faisait pour se comporter comme si tout était normal.

— Alors, d'où tenait-elle son argent ? continua Molander.

— Quel argent ?

— Tes congés t'ont un peu rouillé les neurones, ou quoi ?

— Ce qu'Ingvar veut dire, c'est que Norra Hamnen n'est pas l'adresse la moins chère de Helsingborg, Fabian, lui expliqua Klippan, alors vu son jeune âge, on est en droit de se demander comment elle a les moyens d'y habiter. Est-ce que tu sais si elle a touché un héritage ou quelque chose comme ça ?

— Pas que je sache. Ses parents avaient encore un crédit astronomique sur leur maison quand ils sont morts. Mais son salaire à elle avait considérablement augmenté, ces deux dernières années.

— Tu nous as dit qu'elle travaillait où ? intervint Tuvesson.

— Chez Mavia Teknik, à Landskrona. C'est une société dans le domaine de l'industrie automobile. C'est tout ce que je sais.

— Il semble qu'elle ait rapidement fait carrière.

— Pourtant, je n'ai pas l'impression que la société se porte très bien. Les trois derniers bilans ont montré un déficit, et le personnel a été réduit de moitié.

— Elle avait peut-être marché sur les pieds de quelqu'un ? » suggéra Lilja.

Tuvesson acquiesça et nota le mot *collègues* dans la rubrique *suspects potentiels*.

« Vous je ne sais pas, dit Klippan, mais moi j'aimerais bien savoir comment elle est morte.

— Voilà ce que nous savons pour le moment, répondit Tuvesson. Une voisine à elle, qui par hasard s'avère être une de mes amies, sortait ses poubelles quand elle a remarqué que Molly Wessman avait laissé sa porte entrouverte. Au départ, elle n'y a pas fait attention et elle a continué vers le local à ordures. Mais en revenant, elle a eu l'impression de voir une main par terre dans l'entrebâillement de la porte, elle est entrée et elle a trouvé Molly Wessman morte dans son vestibule.

— Et la cause de la mort, on la connaît ?

— Pas pour l'instant.

— J'appellerai Flätan dès qu'on aura fini cette réunion, proposa Fabian. Même s'il n'a pas tout à fait terminé l'autopsie, il doit pouvoir nous donner un début de réponse.

— Ça devra malheureusement attendre demain, dit Tuvesson.

— Pourquoi ? »

Astrid Tuvesson poussa un soupir et échangea un regard avec Klippan et Molander. « C'est son anniversaire, aujourd'hui, et il faut savoir que personne n'attache autant d'importance à son anniversaire que notre médecin légiste préféré.

— Et son confrère ? Arne Gruvesson, ou quel que soit son nom, il ne peut pas le remplacer ?

— Tu sais ce que Flätan pense de Gruvesson. Jamais il ne lui déléguerait un cas aussi compliqué.

— Au fait, vous avez entendu ce qu'il a dit la dernière fois qu'on a mentionné le nom de Gruvesson devant lui ? demanda Molander. "Cet homme ne devrait pas être autorisé à entrer dans une salle d'autopsie autrement que sous forme de cadavre." »

Klippan et Molander rigolèrent.

« Je suis d'accord avec Fabian, dit Lilja. Nous sommes au milieu de trois enquêtes pour meurtre. Évidemment que nous devons le déranger. Il ne fête même pas un compte rond.

— Depuis quand cinquante-huit ans n'est-il plus un compte rond ? plaisanta Molander.

— Est-ce que le corps présentait des blessures visibles ? » demanda Klippan.

Tuvesson secoua la tête. « Apparemment pas.

— Bon, alors, ma question va peut-être vous sembler idiote, mais s'il n'y avait pas de blessure visible et que la cause de la mort n'est pas établie, pourquoi êtes-vous tellement convaincus qu'il s'agit d'un meurtre ? Qui nous dit qu'elle n'a pas succombé à une crise cardiaque ou qu'elle ne souffrait pas d'un diabète sévère ?

— Croyez-moi, il n'y a rien qui me ferait plus plaisir que d'apprendre qu'elle a fait une crise d'épilepsie ou une rupture d'anévrisme. Malheureusement, ce n'est pas le cas. Nous ne pouvons évidemment pas en être sûrs à cent pour cent, mais plusieurs éléments nous portent à croire qu'on l'a tuée.

— Mais encore ?

— Pour commencer, elle s'est rendue mercredi au commissariat de Landskrona, juste avant la fermeture, pour déposer une plainte, dit Fabian.

— Quel genre de plainte ?

— Ce n'est pas très clair parce qu'elle n'est pas allée au bout de sa démarche. Mais d'après ce que j'ai compris, elle avait l'impression d'être suivie. Malheureusement, les adjoints administratifs qui l'ont reçue n'ont pris ni elle ni leur travail particulièrement au sérieux et il semble qu'elle en ait eu assez, se soit levée de sa chaise et soit partie, furieuse.

— Suivie, dans le sens de "filée" ? » demanda Lilja.

Fabian acquiesça. « Malheureusement, elle n'a pas été capable de donner le signalement de l'individu en question parce qu'elle ne l'a jamais vu. C'était "juste" une impression qui ne l'a pas quittée pendant les jours qui ont précédé sa mort. Dans la marge de la plainte, on peut lire les commentaires du policier qui l'a reçue et qui la décrit comme *hystérique, confuse et avide d'attention.* »

Lilja secoua la tête.

« Qui nous dit qu'il n'a pas raison ? dit Klippan.

— Ça. » Fabian sortit d'un dossier une copie de la photo du portable de Molly Wessman, sur laquelle on la voyait dans son lit en train de dormir. « D'après ses déclarations, elle aurait été réveillée comme tous les jours par l'alarme de son téléphone, et en le prenant pour éteindre la sonnerie, elle a découvert que son fond d'écran habituel avait été remplacé par cette photo.

— J'ai examiné le portable et il n'y a aucun doute sur le fait que cette photo a été prise cette nuit-là, à une heure trente-deux.

— Et évidemment, en admettant que nous décidions de la croire, il n'y avait personne d'autre qu'elle dans l'appartement cette nuit-là.

— Quelqu'un est donc entré chez elle à son insu, il ou elle a pris une photo d'elle dans son sommeil, avec son propre téléphone, et l'a sélectionnée comme fond d'écran, récapitula Lilja.

— De mieux en mieux, dit Klippan.

— Ingvar, intervint Tuvesson, où en es-tu de l'expertise technique ?

— J'ai relevé les indices élémentaires pour qu'ils puissent emporter le corps. Et vu la situation, je n'aurai pas le temps d'y retourner avant demain, et je ne sais pas à quelle heure.

— La serrure et les éventuels verrous, tu as eu le temps de les examiner ?

— Bien entendu. Et à la question suivante, la réponse est non, ils ne présentaient aucun signe d'effraction.

— Ils étaient sécurisés ?

— Oui et non. » Molander croisa les bras et se recula dans sa chaise. « La serrure à sept cylindres n'est pas un problème. N'importe qui serait capable d'en venir à bout. Le verrou de sécurité est une autre paire de manches, et comme elle avait été assez maligne pour mettre une clé à l'intérieur plutôt qu'un simple verrou, il aurait été impossible à quelqu'un de l'ouvrir en passant par la fente de la boîte à lettres.

— Bref, on parle de verrous à clé a priori impossibles à forcer avec un rossignol.

— À moins que l'individu en question dispose de ce qu'on appelle un super-rossignol ou crochet passe-partout, qui lui est capable de venir à bout d'à peu près n'importe quelle serrure.

— Est-ce qu'on sait si elle avait fermé les deux verrous ? demanda Klippan.

— C'est ce que dit sa déclaration de police, répondit Fabian.

— Après il y a la question du portable, dit Lilja. Comment est-on parvenu à entrer dedans sans avoir le code ? Est-ce que c'est même possible ?

— Ça ne pose aucun problème, rétorqua Molander. En plus, il s'agit d'un iPhone et là c'est carrément un jeu d'enfant, particulièrement avec l'iOS 6 qui est sorti il y a quelques semaines. Apparemment, c'est une vraie passoire. Il y a un volontaire parmi vous qui a un téléphone Apple ? Fabian ? » Il se pencha sur la table et tendit la main vers Fabian, qui lui tendit son portable. « Première chose à faire, appeler Siri et lui demander l'heure. » Il prit le téléphone et pressa le bouton Accueil jusqu'à ce que l'appareil émette une tonalité. « Hey Siri. Quelle heure est-il ? » Il tourna l'écran, qui affichait l'heure de Helsingborg. « Ensuite, on appuie sur l'écran de l'horloge, ce qui a pour effet d'en faire apparaître un autre avec un signe + en haut à droite. En cliquant sur ce signe +, on a la possibilité de voir l'heure qu'il est au même moment dans d'autres endroits de la planète. Au lieu de choisir l'un de ces endroits, on tape un mot au hasard dans la barre de recherche, par exemple le mot “poissonnerie”. Ensuite on appuie sur ce mot et on sélectionne la fonction *partager* puis *message*. Le téléphone vous donne automatiquement accès à la liste des contacts. Au lieu de choisir un contact existant, on en écrit un qui n'existe pas. Par mesure de simplicité je vais écrire *Ravgni.*

— Très simple, en effet, commenta Klippan.

— Bah, oui, c'est mon prénom en inversant les lettres. Bref, j'appuie une fois, puis une deuxième. Le téléphone me propose de *créer un contact* et d'*ajouter une photo*. Et voilà. Maintenant, je n'ai plus qu'à appuyer à nouveau sur le bouton Accueil, et je suis dans ton téléphone ! » Avec une fierté non dissimulée, il montra de quelle façon il pouvait se promener n'importe où dans le portable.

Fabian réalisa un peu tard que ce n'était pas du tout une bonne idée.

43

Il se sentait à nouveau troublé. Et perdu. Et il n'aimait pas ça. Il n'aimait pas ça du tout. Il avait même horreur de ça, surtout quand il n'avait pas ses médicaments avec lui. Il se mettait à confondre les rues les unes avec les autres et il avait l'impression que les maisons et les immeubles tournaient autour de lui. Comme le garçon. Lui non plus n'arrêtait pas de tourner. Encore et encore, si vite qu'à la fin il n'arrivait même plus à le voir.

Mais il savait où il était, ça oui. Il en était sûr parce qu'il avait reconnu la statue avec sa roue rouge qui tournait. Enfin avant, elle tournait. Quand il était petit. À présent elle ne tournait plus. Saleté de statue. Sans ce petit vieux qui le fixait, il serait allé pisser dessus.

Il avait envie de rentrer chez lui, mais il n'osait pas. La police était sûrement là-bas en train de fouiller partout et de toucher à ses affaires. Igor allait encore l'accuser d'avoir laissé la maison en désordre. Tout était tellement compliqué. Il n'avait pas envie de retourner à l'hôpital, non plus. Ils l'obligeraient à enfiler la camisole et à rester à l'isolement. Il avait envie de faire pipi. Une envie tellement pressante qu'il ne pouvait plus se retenir.

Il se leva du banc, quitta la petite place et s'engagea dans une ruelle qu'il connaissait mais qu'il n'arrivait pas à replacer. Enfin, au moins, il y avait des arbres, et les arbres avaient besoin qu'on les arrose. Il se précipita vers le premier, descendit sa braguette et visa bien au centre avant de relâcher la pression.

Il était certain d'être déjà venu ici. Très souvent, même. Ah, il se souvenait maintenant, mais oui bien sûr ! Il venait ici pour jouer dans une salle d'arcade. Il y avait ce jeu en noir et blanc qui s'appelait Asteroïds Gunner, et une fois il avait réussi à faire dix mille points et il avait gagné un vaisseau supplémentaire. Son frère pouvait rester des heures à jouer en mettant une seule pièce dans la borne, et il gagnait tellement de vaisseaux qu'il n'y avait plus de place sur l'écran.

Igor. Il lui manquait beaucoup, même si parfois il était un peu énervant. Mais il ne le livrerait jamais à la police, et ça c'était gentil.

Il avait vu qu'Igor avait essayé de l'appeler plusieurs fois, mais il n'avait pas répondu, et maintenant le portable refusait de s'allumer, et il faillit le jeter par terre de colère. Il savait que c'était parce qu'il était déchargé, mais il le trouvait quand même bête. Pourquoi ne faisait-il pas ce qu'il voulait ? Il ne l'avait presque pas utilisé !

Un crétin se mit à gueuler derrière lui qu'il était dégoûtant et qu'il devrait avoir honte. Il décida que dès qu'il aurait fini il irait faire taire sa grande gueule avec son petit couteau. Mais quand il se retourna, le type était déjà parti. Tant pis. Et tant mieux aussi. Il n'avait pas le temps. Il fallait qu'il trouve un chargeur. Un chargeur pour rallumer le téléphone et appeler son frère.

Et puis tout à coup, il se retrouva nez à nez avec lui-même.

Avec sa tête d'avant, quand il avait plus de cheveux et qu'il prenait des médicaments qui le faisaient grossir.

PÉDOPHILE CONNU DES SERVICES DE POLICE SOUPÇONNÉ DANS L'AFFAIRE DU MEURTRE DE LA BUANDERIE

Mais c'était lui sur la photo, il en était sûr. C'était peut-être pour ça que le petit vieux l'avait regardé bizarrement.

Pourquoi est-ce qu'ils ne le laissaient pas tranquille ? Maintenant, il allait devoir se remettre à courir. Et il détestait courir. Ça lui faisait mal aux genoux et après il était tout essoufflé.

Il avait dû tourner en rond. C'était tout lui, ça. Il était revenu sur cette petite place avec cette foutue roue qui ne tournait même plus. Mais sur l'autre trottoir, il remarqua une boutique avec des téléphones portables dans la vitrine. Il allait leur dire de recharger son portable, et s'ils ne voulaient pas, ils allaient avoir des nouvelles de son petit couteau.

Il courut à la boutique et entra en bousculant la vendeuse, qui avait mis trop de parfum.

« Bienvenue chez Telenor, dit-elle avec une voix de répondeur automatique. Vous cherchez un téléphone ?

— Non, dit-il en attrapant un chargeur sur le comptoir et en le branchant sur son mobile. Je veux recharger mon portable.

— Malheureusement, nous ne pouvons pas vous aider. Mais nous pouvons vous vendre un chargeur, si vous le souhaitez. Nous avons des modèles de marque mais également…

— Je veux charger mon téléphone ! aboya-t-il.

— Ah, euh, oui, je comprends, je suis désolée », dit la vendeuse en reculant, effrayée, tandis que l'écran se rallumait dans sa main.

Il n'aimait pas du tout cette femme. Elle sentait trop fort et elle ne le regardait pas gentiment. Pas gentiment du tout, même. « Tu pues, lui dit-il en avançant vers elle, le petit couteau à la main.

— Pardon, je ne voulais pas vous mettre en colère, dit la vendeuse, ses mains levées devant elle. Chargez votre téléphone autant que vous voulez. »

Il s'arrêta et hésita quelques secondes, avant de décider qu'elle allait quand même goûter de son petit couteau, mais au même moment la sonnerie de son portable retentit.

« Allô ! C'est qui ? C'est mon frère ? dit-il en décrochant. Je veux parler à mon frère.

— *C'est moi, Assar*, dit la voix à l'autre bout du fil.

— C'est toi, Igor ? J'ai essayé de t'appeler plein de fois, mais le téléphone était énervant et il ne voulait pas. Je déteste ce téléphone. Je le déteste, je le déteste, je le déteste !

— *Calme-toi, Assar, et dis-moi où tu es en ce moment.*

— Mais pourquoi il n'y a pas écrit ton nom ? Pourquoi il y a écrit numéro inconnu ?

— *Parce que je ne t'appelle pas avec le même téléphone que d'habitude.*

— Pourquoi ? Pourquoi tu ne m'appelles pas avec le même téléphone que d'habitude ? Pourquoi rien n'est comme d'habitude ?!

— *Écoute-moi, Assar. C'est vrai, ce n'est plus comme d'habitude. Tu es suspecté d'un crime et la police te cherche.*

— Je sais. Ils sont bêtes.

— *Oui, et c'est pour ça que je ne voulais pas t'appeler avec mon téléphone normal. Dis-moi où tu es, pour que je puisse venir te chercher avant que la police te trouve.*

— Tu sais, la boutique où il y a plein de téléphones portables près de la place où il y a une roue qui tournait avant, quand on était petits, mais qui ne tourne plus, maintenant. »

44

Fabian se demandait comment il avait pu être aussi con. Non seulement il avait volontairement passé son portable à Molander, mais il l'avait laissé se balader beaucoup trop longtemps dans le téléphone avant de le récupérer. Molander avait évidemment continué à jouer avec son index sur l'écran tactile en lui demandant s'il avait quelque chose à cacher.

Il aurait suffi qu'Ingvar voie une seule photo venant du tiroir de Hugo Elvin pour comprendre aussitôt qu'il avait repris l'enquête et qu'il était sur sa trace. Et dans ce cas, il courait le risque qu'il lui arrive la même chose qu'à Elvin.

Mais peut-être que Molander n'était pas allé sur sa photothèque. Peut-être qu'il n'avait rien vu du tout. Comment le savoir ? Il se comportait exactement comme d'habitude et rien dans ses yeux ni dans le ton de sa voix ne permettait de supposer qu'il ait vu quoi que ce soit de compromettant dans le téléphone.

Pour essayer de faire taire ses pensées, il alluma la radio de la voiture.

« *Il ne s'agit absolument pas d'un scandale politique, mais d'un scandale juridique. Je n'ai commis aucune faute.* » La voix survoltée de Sievert Landertz se déversait dans l'habitacle tandis que Fabian quittait la rocade d'Österleden pour continuer sur Södra Brunnsvägen.

« *Vendredi matin, alors que la plupart d'entre vous étaient encore dans leur lit, la police est venue frapper à ma porte et, sans aucune explication, je me suis retrouvé plaqué au mur et menotté dans le dos sous les yeux de ma femme et de ma fille. Et j'ai été retenu prisonnier pendant deux jours et demi !*

— *Que croyez-vous qu'il se soit passé ?* demanda un journaliste.

— *Je ne crois rien, je sais très exactement ce qui s'est passé. Je suis victime de harcèlement en raison de mes convictions politiques.* »

Fabian s'engagea dans Gravygatan et trouva une place de stationnement devant le restaurant Ramlösa Wok-Express.

« *J'irai jusqu'à affirmer que les méthodes de la police représentent une menace contre la démocratie dans notre pays. Pour cette raison, j'ai l'intention de non seulement demander réparation pour atteinte à la liberté individuelle, mais également de porter plainte contre l'inspectrice responsable de cette faute. Elle s'appelle Irene Lilja et je ne céderai pas avant qu'elle ait été lourdement sanctionnée et définitivement...* »

Il coupa le moteur et sortit de la voiture. Sans savoir pour qui Lilja votait, il était à peu près sûr qu'ils ne se situaient pas très loin l'un de l'autre sur le curseur politique. Comme elle, il ne donnait pas cher de Landertz et de son parti. Mais cette fois, il ne faisait aucun doute que l'homme avait raison, s'il décidait de mettre ses menaces à exécution, elle avait intérêt à trouver des arguments plus solides que ceux qu'elle avait avancés ce matin à la réunion.

Aussitôt qu'il pénétra dans le restaurant, Fabian reconnut l'homme avec qui il avait rendez-vous, assis seul devant sa tasse de café. Il s'agissait de Reidar Dahlberg, le mari d'Inga Dahlberg, la victime retrouvée sur l'île de Ven. Bien qu'il se soit fait pousser la barbe, il ressemblait encore aux photos que Fabian avait trouvées dans le dossier avant de prendre contact avec lui.

« Vous devez être Fabian Risk », dit une voix féminine derrière lui alors qu'il se dirigeait vers la table du veuf.

Il se retourna vers la femme. « Oui, c'est exact.

— Je me présente, Beatrice Dahlberg, l'épouse de Reidar depuis deux ans.

— Ah, bonjour. » Il lui serra la main.

« Comme vous voyez, il est assis là-bas et il vous attend. Mais avant de vous laisser aller rouvrir un tas de vieilles plaies, je voudrais que vous sachiez que Reidar a désormais laissé cette effroyable histoire derrière lui et qu'il n'a aucune envie de l'évoquer à nouveau.

— Je regrette, mais ce n'est malheureusement pas à lui d'en décider, répliqua Fabian qui avait déjà compris que la femme allait poser un problème. Lors d'une enquête pour meurtre, on doit répondre aux questions de la police, qu'on en ait envie ou non.

— Alors au moins, soyez gentil d'y mettre les formes. » Fabian ne répondit pas et continua en direction de la table. « Bonjour Reidar, commença-t-il en essayant de croiser le regard baissé de son interlocuteur. C'est moi qui vous ai téléphoné, je m'appelle Fabian Risk.

— Il sait qui vous êtes », dit Beatrice Dahlberg en s'asseyant près de son mari.

Fabian s'assit en face et fit signe à la serveuse que lui aussi prendrait un café. « Je comprends parfaitement que vous trouviez étrange de devoir reparler de tout cela autant d'années après…

— Très étrange, en effet, n'est-ce pas, Reidar ? » Beatrice attendit que son mari ait acquiescé, avant de se tourner à nouveau vers Fabian.

« Comme je vous l'ai dit, Reidar a décidé il y a deux ans de tirer un trait sur cette horrible histoire et de se tourner vers l'avenir. Et cette décision a été extrêmement bénéfique. » Elle posa sa main sur celle de Reidar Dahlberg.

« Je suis ravi pour lui, mais j'ai le regret de vous informer, au cas où vous ne vous en seriez pas rendu compte, que les choses ne se règlent pas du jour au lendemain simplement parce qu'on a décidé de tirer un trait dessus, dit Fabian qui commençait à se demander s'il n'allait pas prier la nouvelle femme de Reidar de les laisser seuls. Voyez-vous, un certain nombre de nouveaux éléments sont venus à notre connaissance, qui ont généré un tas de nouvelles questions. Si tout va bien, nous pourrions même identifier l'assassin et l'envoyer devant la justice. »

La femme émit un ricanement. « C'est ce que vous aviez promis à Reidar à l'époque. S'il acceptait de répondre à toutes vos questions. S'il vous laissait fouiller la maison une dernière fois, tout allait miraculeusement s'arranger et le coupable finirait sous les verrous. Ensuite, après ce procès qui n'a abouti à rien, vous vous êtes contentés de jeter l'éponge et de le laisser tout seul avec sa plaie ouverte. Et maintenant, vous osez venir rouvrir cette plaie ?!

— Excusez-moi, mais comment savez-vous tout cela ? L'affaire remonte à cinq ans. Vous connaissiez déjà Reidar, à l'époque ?

— Non, mais il m'a raconté toute l'histoire. Comment vous l'avez interrogé sans relâche, comment vous avez fouillé les moindres recoins de leur vie. Comme si c'était lui qui l'avait violée et clouée à cette… Pardon, Reidar, mais tout cela me bouleverse.

— Je suis désolé, Beatrice, mais je vais vous demander de me laisser parler avec Reidar en tête à tête.

— Mon mari et moi partageons tout, et en ce moment il a plus que jamais besoin que je le soutienne. »

Fabian soupira intérieurement. « Reidar, j'aimerais vous parler de vous et Inga. Je voudrais savoir comment allait votre couple pendant la période qui a précédé sa mort.

— Bien, il allait très bien. N'est-ce pas, Reidar, que votre couple allait bien ? Peut-être pas aussi bien que nous, à présent, jugea bon d'ajouter Beatrice. Reidar est un compagnon merveilleux, je peux en témoigner, ajouta-t-elle en serrant sa main.

— Je suis heureux de l'apprendre, dit Fabian. Mais j'aimerais que Reidar réponde lui-même aux questions que je lui pose, si cela ne vous ennuie pas.

— On aimerait tous plein de choses, dans l'existence. Une explication crédible sur ce que vous êtes venu chercher, par exemple.

— Comme je vous l'ai dit, de nouveau éléments…

— … sont venus à votre connaissance, oui, ça, vous l'avez dit. Alors comment se fait-il que cela n'ait pas été mentionné dans les journaux ? Nulle part, il me semble. Ce qui paraît étonnant quand on pense au bruit qu'avait fait à l'époque ce meurtre pour le moins spectaculaire. Corrigez-moi si je me trompe.

— Vous avez raison, mais pour l'instant nous jugeons préférable que le meurtrier pense l'affaire classée. C'est pour cela que nous restons discrets sur nos nouvelles investigations, et à ce sujet je vous saurais gré de ne mentionner notre conversation à personne, tant que nous n'aurons pas arrêté l'assassin. »

Beatrice demeura impassible. On aurait dit une joueuse de poker hésitant à demander à voir. Reidar, près d'elle, restait le regard baissé et les lèvres closes.

C'était un homme fort et musclé dont beaucoup devaient envier la carrure, mais il se tenait voûté, dans une attitude qui lui donnait quinze ans de plus et aurait donné du fil à retordre à n'importe quel professeur de yoga.

Le silence fut interrompu par la sonnerie du portable de Beatrice.

« Allô ! Oui ?… Écoute, je peux te rappeler plus tard ? Je suis au milieu d'une… Ah, bon, d'accord… » Dans un soupir, elle se leva et s'éloigna.

« C'est bien que vous ayez rencontré quelqu'un d'autre, lança Fabian en sautant sur l'occasion. Elle est sympathique. » Il n'avait pas beaucoup de temps. Bientôt elle reviendrait et ce serait trop tard. « Reidar, poursuivit-il penché au-dessus de la table. Si je viens vous poser des questions sur la relation que vous aviez avec Inga avant sa mort, c'est que nous pensons qu'elle avait un amant. »

Reidar leva enfin la tête de sa tasse. Il laissa passer les secondes avec l'air de se demander s'il allait répondre. Enfin il vida sa tasse, se leva et alla s'installer à une table sur la terrasse. « Il fait bien meilleur ici, au soleil, vous ne trouvez pas ? »

Fabian regarda derrière lui et vit Beatrice revenir à leur table vide, puis les repérer aussitôt.

« Ne vous inquiétez pas. Elle n'aime pas être à l'extérieur. Quand il ne fait pas trop chaud, il fait trop froid. Sans parler des insectes qui sont une véritable plaie en cette saison. » Il rit et leva la main à l'intention de Beatrice pour l'inviter à rester à l'intérieur. « Mais c'est une gentille fille, pleine de bonnes intentions. Je ne sais pas ce que je ferais sans elle.

— Je comprends que ce ne soit pas facile pour vous, Reidar, mais je dois vraiment vous demander de…

— La dernière fois que vous m'avez submergé de questions, je vous ai dit que tout allait bien. » Reidar leva son visage dans les rayons du soleil et ferma les yeux. « Je vous ai dit que nous n'avions jamais été plus heureux, oui, je me souviens de vous avoir dit exactement cette phrase-là. C'était un samedi après-midi et j'étais en pleine partie de badminton quand le téléphone a sonné. Un double, c'était mon tour de servir. J'ai entendu tout ce que vous m'avez dit. Chaque mot. Comment vous l'avez trouvée, échouée sur une plage de l'île de Ven, clouée à cette… »

Reidar s'interrompit et tourna le dos au policier. « J'ai entendu, mais je n'ai pas intégré l'information. Je n'avais qu'une envie, c'était de me boucher les oreilles et de fermer les yeux, alors j'ai raccroché, comme si c'était un faux numéro, et je suis retourné sur le terrain, j'ai ramassé le volant et j'ai servi. » Il secoua la tête. « Trois aces d'affilée. Je crois que je n'ai jamais aussi bien servi que ce jour-là. Ce n'est qu'en rentrant chez moi que j'ai réalisé. Que ces mots que j'avais entendus au téléphone n'étaient pas que des mots. Vous étiez déjà là en train de m'attendre et vous m'avez emmené pour m'interroger. Et moi je vous ai dit combien nous étions heureux. J'ai dit ce qui me semblait juste à ce moment-là. Que nous étions aussi amoureux qu'au premier jour. Que notre vie sexuelle n'avait jamais été aussi extraordinaire. J'ai dit tout ça pour ne pas vous donner l'idée de me soupçonner. Pour que vous ne pensiez pas que j'avais quelque chose à voir avec sa mort. » Il se tut et sembla devoir rassembler toutes ses forces pour ne pas fondre en larmes. « Mais je mentais.

— Ah ? À quel propos ?

— Tout ce que je vous ai dit était faux. Quand je suis rentré du boulot, le vendredi, elle n'était déjà plus là. Et vous croyez que je me suis inquiété et que j'ai appelé la police ? Pas du tout. J'ai supposé qu'elle m'avait quitté et qu'elle reviendrait quand elle n'aurait plus d'argent. Je n'étais même pas inquiet. Notre relation était si toxique que je n'arrive pas à comprendre aujourd'hui pourquoi elle est restée aussi longtemps. Je me plaignais constamment et j'ai tout fait pour la détruire et la rendre entièrement dépendante de moi. » Il se retourna à nouveau et regarda Fabian dans les yeux. « Elle ne me l'a jamais dit, mais je le lisais dans ses yeux et dans chacune de ses phrases. Elle me haïssait. Parfois, je me demande même si elle n'aurait pas préféré que je sois mort. Et avec le recul, je n'ai aucun mal à la comprendre. Je devais être totalement invivable. Aujourd'hui, je suis un autre homme, mais en ce temps-là je n'étais qu'un salaud prétentieux avide de pouvoir. Et pour répondre à votre question, j'étais évidemment convaincu qu'elle me trompait. Je surveillais tous ses déplacements. » Il eut un ricanement sans joie. « À un moment, j'ai même cru qu'elle avait une aventure avec le voisin. Ah oui, c'est vrai, vous devez le connaître. Ingvar Molander. Il travaille pour la police, lui aussi, mais lui c'est la police technique et scientifique. »

Fabian laissa passer la remarque. Il avait reçu toutes les réponses qu'il était venu chercher. Il allait remercier son interlocuteur et lui souhaiter une bonne fin de journée, quand une femme qui passait à vélo leur lança soudain :

« Ça alors, bonjour ! »

Elle portait un casque et des lunettes de soleil, et Fabian ne la reconnut pas.

« Mais oui, c'est bien toi ! »

En revanche il reconnut sa voix.

« Bonjour Gertrud ! lança Reidar. Je pensais bien que vous vous connaissiez. »

Évidemment, il fallait qu'il tombe sur la femme de Molander, au pire endroit et au pire moment. Ce qu'il avait essayé d'éviter en donnant rendez-vous à Reidar ailleurs que chez lui venait de se produire malgré tout.

« Bonjour, répondit-il enfin en levant la main tandis qu'il cherchait désespérément un moyen de sauver la situation. Ça fait un bail, dis donc ! Comment vas-tu depuis le temps ?

— Bien, merci. » Gertrud avait poussé sa bicyclette jusqu'à eux. « J'ignorais que vous vous connaissiez.

— Nous ne nous connaissons pas, rétorqua Reidar Dahlberg. Mais apparemment, ils ont rouvert l'enquête sur la mort d'Inga. Il semble que la police ait eu connaissance de nouveaux éléments, suffisamment probants pour conduire bientôt à une arrestation. »

C'était officiellement une catastrophe.

« Ah bon ? C'est incroyable ! Je n'étais pas au courant.

— C'est normal, ils ne veulent pas que cela s'ébruite avant qu'ils aient arrêté le coupable. Alors tu gardes ça pour toi, hein ? dit Reidar avant de se tourner vers Fabian. C'est bien ça, n'est-ce pas ? »

Fabian ne put qu'acquiescer en voyant s'effondrer l'un après l'autre tous ses garde-fous.

45

CRIME À ICA MAXI

HYLLINGE EN ÉTAT DE CHOC !

LE MEURTRIER DE LA BUANDERIE TOUJOURS EN CAVALE !

LES MÉTHODES DE LA POLICE, UNE MENACE CONTRE LA DÉMOCRATIE !

DES TÊTES VONT TOMBER !

Il s'était passé tellement de choses que, pour une fois, les gros titres des journaux étaient tous différents. Deux couvertures mettaient à l'honneur le portrait aussi bien coiffé que belliqueux de Sievert Landertz à peine sorti de garde à vue, et tous avaient diffusé l'information comme si la troisième guerre mondiale venait d'éclater.

Lilja savait pertinemment que sa tête faisait partie de celles qui allaient tomber. Sievert avait déjà claironné son nom à la radio et elle n'aurait pas été surprise d'apprendre qu'il la mettait personnellement en cause dans les interviews qu'il avait données à la presse. L'homme était connu pour brandir sans cesse un index vengeur, et là c'était sur elle que ce doigt était pointé.

Mais cela lui était égal. Elle n'avait même pas envie de s'en formaliser. Il ne s'agissait que de menaces ayant pour but de restaurer publiquement son image et celle de son fils. Malgré la tentation, elle évitait de tourner la tête vers la devanture des marchands de journaux en se disant qu'elle n'avait pas de temps à perdre.

La tentative de localisation du téléphone d'Assar Skanås avait échoué, comme elle s'y attendait. Molander avait tout de suite annoncé qu'il était indétectable, ce qui pouvait signifier qu'il était éteint, déchargé, ou jeté quelque part au fond du détroit de l'Øresund.

Ils avaient quand même pu savoir qu'il l'avait allumé pour la dernière fois le matin même, peu après l'heure à laquelle s'était terminée la réunion. À ce moment-là, il se trouvait en centre-ville, à proximité de la Konsul Olssons Plads. Il avait reçu un court appel provenant d'un numéro caché, à dix heures cinquante-quatre, et avait éteint son téléphone vingt minutes plus tard, dans le quartier de Söder, c'est-à-dire tout près de l'endroit où elle se trouvait en ce moment.

Il était maintenant une heure et quart, ce qui voulait dire qu'il avait deux heures et demie d'avance sur eux. C'était peu, mais largement suffisant pour quitter le pays, et en théorie assez pour qu'il soit actuellement en route vers une destination quelconque, à l'autre bout de la planète. Mais la théorie était une chose et la pratique une autre. Il était beaucoup plus vraisemblable en effet qu'il soit caché quelque part en attendant que les choses se tassent.

Molander et Tuvesson avaient procédé à une évaluation des risques et conclu qu'elle pouvait agir seule. La charge de travail inhérente aux trois enquêtes parallèles sur lesquelles ils travaillaient en ce moment avait évidemment pesé sur cette décision, mais a priori elle ne courait pas de danger.

Elle dépassa le magasin de pompes funèbres de Furutorpsgatan.

Alors qu'elle se rapprochait de la dernière position du téléphone, c'est-à-dire à l'extrémité de Carl Krooks gata, elle sentit tout à coup l'adrénaline courir dans ses veines, comme si son corps se préparait au pire.

La zone avait été quadrillée à partir de cinq antennes et avait la forme d'un ballon de rugby avec un rayon de vingt mètres dans sa partie la plus allongée et de cinq mètres dans sa partie la plus étroite. Le centre du ballon se trouvait à l'intersection entre Furutorpsgatan et Carl Krooks gata, et bien qu'elle vienne ici pour la première fois, elle n'eut pas besoin de beaucoup plus de quelques secondes pour constater qu'il s'agissait sans doute du carrefour le plus déprimant de Helsingborg.

Il était constitué de quatre immeubles rivalisant de laideur, un à chaque coin de rue. Trois d'entre eux étaient agrémentés de balcons d'angle, mais malgré le beau temps, on n'y voyait que des antennes paraboliques, des sacs poubelle et quelques pigeons. Manifestement, elle avait atterri dans un coin perdu aux confins de la ville, un lieu qui à plusieurs titres offrait une cachette parfaite à un assassin d'enfant.

Mais il avait pu aussi passer par là sans s'y arrêter et simplement s'apercevoir à cet endroit-là qu'il avait omis d'éteindre son portable. Peut-être avait-il ensuite emprunté le tunnel qui passe sous la voie rapide de Malmöleden et était-il en chemin vers Sydhamnen. Il y avait encore quelques immeubles résidentiels dans le quartier du port sud mais on y trouvait surtout des immeubles de bureaux, des bâtiments industriels, d'énormes conteneurs et des cargos. En d'autres termes, une porte de sortie idéale pour quelqu'un qui souhaite disparaître sans laisser de traces.

S'il était à l'intérieur de l'un de ces bâtiments, il n'y avait que deux entrées possibles, chacune se trouvant à une extrémité de l'ovale. Au numéro 26 de Furutorpsgatan et au numéro 55 de Carl Krooks Gata. De ces deux possibilités, celle de Furutorpsgatan était la plus éloignée du milieu de la zone. Elle décida donc de commencer par la seconde.

L'immeuble avait cinq étages et trois appartements sur chaque palier. Parmi les quinze noms de résidents inscrits sur le tableau de feutre bleu avec des lettres en plastique, elle remarqua deux Persson, deux Nilsson et pas moins de quatre Svensson. Au troisième étage habitait un P. Milwokh. Un nom qu'elle n'avait jamais entendu auparavant. Du moins, pour autant qu'elle se souvienne. Et en même temps, il avait quelque chose d'étrangement familier.

Comme cela ne lui revenait pas, elle continua son chemin jusqu'à l'ascenseur. Il démarra dans un à-coup et s'éleva à un rythme étonnamment lent et haché. Elle n'avait jamais souffert de phobie des ascenseurs, mais celui-là contribua à amplifier le malaise qu'elle ressentait depuis qu'elle était passée devant l'agence de pompes funèbres du quartier.

Lorsque la cabine s'immobilisa enfin, elle en sortit précipitamment et entreprit d'examiner les trois premières portes, qui semblaient toutes avoir pâti du même manque d'entretien que l'ascenseur.

A. Andersson, B. Andersson et C. Andersson.

C'était une plaisanterie, ou quoi ?

Le Andersson qui habitait à gauche du palier semblait être le plus soigneux. Contrairement aux deux autres, il n'avait laissé ni poubelle ni paire de chaussures devant sa porte. D'ailleurs elle ignorait s'il s'agissait d'un homme ou d'une femme. La carte sur la porte, avec son nom entouré d'une guirlande de roses, évoquait plutôt une femme. En revanche, le Andersson à droite du palier était à coup sûr un homme, à moins d'être dans le livre des records comme la seule femme au monde chaussant du 52. Sans la collection de souliers d'enfants devant la porte, elle aurait sonné. Elle concentra ensuite son attention sur la poubelle posée devant chez le ou la dénommé(e) B. Andersson.

Elle s'accroupit et ouvrit le sac. Un nuage de mouches à fruits lui sauta au visage. Instinctivement, elle recula et renversa le sac par terre.

Outre une quantité de restes de nourriture, il contenait plusieurs journaux publicitaires de chez Aldi, un flacon de vernis à ongles bleu fluo et un soutien-gorge push-up de chez H & M.

B. Andersson devait être une femme relativement jeune, qui n'avait sûrement rien à voir avec l'homme qu'ils recherchaient.

Mais à quoi s'attendait-elle en venant ainsi fouiller dans les poubelles des gens ? Qu'il apparaisse tout à coup et qu'il se rende spontanément ? Non, décidément il valait mieux qu'elle jette un coup d'œil rapide à tous les étages et qu'elle appelle des policiers pour tirer les sonnettes pendant qu'elle accomplirait des tâches plus utiles au bureau.

La première chose qu'elle remarqua à l'étage en dessous fut l'annonce accrochée à la porte du milieu.

Joli T2 en sous-location à partir du 01/07. Loyer : 5 300 couronnes/mois.

Sans savoir ce qu'elle comptait en faire, elle arracha un lambeau avec le numéro de téléphone, avant de se tourner vers la porte de droite.

P. Milwokh.

Elle était sûre à présent d'avoir déjà vu ce nom quelque part. Mais comme lorsqu'on tombe sur un ancien camarade d'école primaire qui a beaucoup changé et ne vous a pas laissé un souvenir particulièrement mémorable, le nom s'obstinait à rester à ses yeux une simple combinaison de lettres.

Il n'y avait qu'une façon d'en avoir le cœur net, songeat-elle en pressant le petit bouton beige de la sonnette. Comme elle n'avait entendu aucun timbre en sortir, elle appuya une deuxième fois, un peu plus fort et un peu plus longtemps.

Mais la sonnette devait être en panne. Alors elle frappa assez fort pour en avoir mal aux doigts.

Cette méthode-là n'ayant pas donné plus de résultat que la première, elle se dit qu'elle lancerait une recherche sur le nom quand elle serait revenue au bureau. Alors qu'elle s'apprêtait à tourner les talons, la petite pastille blanche au centre du judas devint noire.

Il y avait quelqu'un.

Elle frappa à nouveau. « C'est la police, veuillez ouvrir la porte s'il vous plaît ! » Elle colla son badge devant l'œilleton et attendit quelques secondes supplémentaires sans que rien ne se passe, alors elle montra son portable et dit : « Si vous ne m'ouvrez pas, je vais devoir appeler quelqu'un pour forcer la serrure. »

Le judas resta sombre.

Est-ce qu'elle aurait mal vu, tout à l'heure ? L'œilleton était-il noir depuis le début ?

Elle se baissa et leva le volet de la boîte aux lettres, tandis que l'écran de son téléphone s'allumait dans son autre main.

C'était Hampus.

Lui qui ne l'appelait jamais, il fallait bien sûr qu'il choisisse ce moment entre tous où elle n'avait ni le temps ni l'envie de lui parler.

Elle refusa l'appel et reporta son attention sur la boîte aux lettres. Son téléphone sonna à nouveau.

« Qu'est-ce que tu veux ? aboya-t-elle. Je suis occupée, je n'ai pas le…

— *Je m'en doute, mais je crois que tu ferais mieux de rentrer à la maison le plus vite possible*, dit-il d'une voix anormalement calme et contrôlée.

— Pourquoi ? Que se passe-t-il ? Il est arrivé quelque chose ? Si c'est parce que tu ne trouves pas la bouteille de Coca, je t'informe qu'elle est vide et que tu n'as plus qu'à te bouger le cul pour aller en acheter une autre, et à part ça…

— *Pardonne-moi d'insister, mais je crois qu'il vaut mieux que tu voies ça de tes propres yeux.* »

46

Vous êtes sur le répondeur automatique d'Einar Greide de l'Institut médico-légal, et oui vous avez bien compris, je n'ai pas le temps de vous parler au téléphone. Merci de ne pas laisser de message. Si je n'ai pas le temps de vous parler, pourquoi prendrais-je le temps d'écouter des messages ?

Un signal sonore suivit le message peu avenant et Fabian raccrocha. Personne n'ignorait l'aversion de Flätan pour le téléphone et pour les portables en particulier, et la plupart savaient qu'il laissait toujours son portable professionnel à l'Institut en rentrant chez lui.

Fabian déclencha le répondeur deux fois de plus afin de pouvoir débarquer chez lui en expliquant qu'il avait essayé trois fois de le joindre avant de se décider à venir.

Il n'était jamais allé chez Flätan et prétendre qu'il se réjouissait à cette perspective aurait été un mensonge. Son adresse n'était pas sur Internet, et personne à l'hôpital de Helsingborg ne semblait la connaître, à moins qu'ils aient la consigne stricte de ne la communiquer sous aucun prétexte.

Son confrère Arne Gruvesson avait accepté de la lui donner par téléphone, mais avait semblé littéralement bouleversé à l'idée qu'on ose déranger Flätan un week-end, le jour de son anniversaire de surcroît.

Arrivé à Traktörgatan, Fabian se gara devant le numéro 38, une maison de brique rouge à deux étages tournant le flanc à la rue. Le quartier était exceptionnellement calme sachant qu'il ne se trouvait qu'à quelques encablures de Södercity. Jadis, il devait être plein d'enfants apprenant à faire du vélo ou jouant à la corde à sauter et au Jokari au milieu de la rue. Maintenant ils étaient partis et il ne restait plus que des parents qui passaient leurs week-ends à lustrer leurs voitures en attendant la visite des petits-enfants.

Seule fausse note au tableau : Flätan. Il n'avait ni voiture ni enfant, et avec ses vêtements bariolés et ses longs cheveux gris, il devait donner des boutons à la majorité de ses voisins. Mais connaissant le légiste, il devait s'en foutre comme d'une guigne.

Il entra par un petit portillon en bois en pensant à Gertrud Molander déboulant au beau milieu de son rendez-vous avec Reidar Dahlberg. Elle avait été surprise, cela ne faisait aucun doute. Mais il n'avait pas réussi à déterminer si c'était du fait de la réouverture de l'enquête ou parce que son mari ne l'avait pas tenue au courant.

Dans le second cas, il y avait de fortes chances pour qu'elle ait déjà appelé Ingvar afin de lui demander des explications. Dans le premier, elle attendrait probablement qu'il rentre ce soir pour évoquer le sujet.

En admettant qu'ils aient ce type de conversations. Il était possible que, tout comme lui, Molander évite de parler boulot à table. Mais comment savoir si Gertrud était du genre à essayer malgré tout de lui tirer les vers du nez ?

En tout cas, si elle vendait la mèche, il fallait mettre Tuvesson au courant le plus vite possible, procéder à une arrestation et espérer avoir réuni assez de preuves pour obtenir une condamnation.

Il pressa la sonnette, mais ne parvint pas à entendre si elle fonctionnait. Quelques tentatives plus tard, il renonça et tenta d'aborder la maison par l'arrière, mais fut bloqué par un mur et revint sur ses pas. Pour finir, il s'engagea dans l'allée qui longeait le terrain afin de voir s'il trouvait un passage pour entrer dans le jardin.

Le garage était fermé, évidemment, et la haie de lauriers particulièrement fournie. Il parvint malgré tout à se glisser entre le mur du garage et les branches taillées.

Il déboucha sur un jardin protégé des regards de toutes parts. De grandes guirlandes de boules à facettes projetaient des milliers et des milliers de petites taches de soleil sur la pelouse, au milieu de laquelle trônait un grand totem en bois sculpté. Plusieurs enceintes extérieures, judicieusement placées, diffusaient une musique électronique d'ambiance qui pulsait à un volume agréable.

Il reconnut le morceau, qui était « The Very Last Resort » de Trentemøller. Il avait l'album chez lui, et même s'il ne l'avait pas écouté depuis longtemps, il le considérait comme l'un des meilleurs albums que leurs voisins danois aient produits depuis longtemps. Il fut assez impressionné que Flätan le connaisse.

Après avoir contourné quelques buissons, il découvrit le médecin légiste plongé dans un grand bassin d'eau fumante, méditant, les yeux clos, tandis qu'un homme musclé à la peau brune, de vingt ans son cadet, lui massait les épaules, assis nu dans son dos.

L'idée de repartir en catimini et de suivre le conseil de Tuvesson en attendant lundi lui vint beaucoup trop tard. L'inconnu, l'ayant déjà remarqué, avait interrompu son massage. Flätan ouvrit les yeux et le regarda d'un air las.

« Salut, dit Fabian en agitant la main avec un sourire un peu forcé. Je suis désolé, je ne savais pas que... » Il se sentait comme un collégien convoqué chez le proviseur parce qu'il a fait une bêtise. « Si tu préfères, on peut attendre que tu aies fini de..., poursuivit-il en repartant à reculons.

— J'aurais préféré, en effet, mais maintenant que tu as refermé mes chakras... » Il fit signe à l'homme derrière lui que la séance était terminée. « J'espère pour toi que c'est important, dit-il ensuite à Fabian en pointant sur lui un doigt menaçant. Assez pour ne pas pouvoir attendre jusqu'à demain. »

L'homme sortit du spa. Bien que Fabian se soit empressé de détourner les yeux, il eut le temps de remarquer la perfection de son corps à la peau dorée. Ça, ce n'était pas un corps qui passait ses journées à lever des poids dans une salle. C'était un autre sport qui avait modelé ce corps-là, l'escalade peut-être, ou le yoga.

« *Coge el floreado*[1] », dit Flätan dans un espagnol parfait. L'homme revint aussitôt avec un peignoir fleuri et le tint devant Flätan afin qu'il puisse sortir de l'eau décemment. « *Mientras tanto puedes adobar la carne. Y luego pásame mi maletín, por favor. Ya sabes, el marròn*[2]. »

1. Va me chercher le fleuri.

2. En attendant, tu peux faire mariner la viande. Et après, tu me passeras ma petite mallette, s'il te plaît. Tu sais, la marron.

L'homme acquiesça et remonta vers la maison, apparemment indifférent au fait d'être nu comme un ver.

« Alors, de quoi s'agit-il ? reprit Flätan, nouant la ceinture du peignoir et repoussant ses cheveux gris qui lui descendaient jusqu'aux épaules.

— De Molly Wessman, dit Fabian. De quoi est-elle morte ? »

Flätan le regarda comme s'il était surpris par la question. « Attends une seconde que je comprenne bien. Tu débarques chez moi. Sans invitation. Peut-être sonnes-tu à ma porte, je n'en sais rien. Quoi qu'il en soit, tu te fiches que personne ne soit venu t'ouvrir et tu entres quand même. Tu te moques éperdument du fait que ce soit mon anniversaire. Et que je sois en pleine séance de méditation. Tu te fiches également que j'aie très clairement signifié à Tuvesson que cette question attendrait lundi. Bref, tu te fous de tout ça. La seule chose à laquelle tu penses est la cause du décès. Comme si toute l'enquête reposait sur le fait que tu aies cette information maintenant plutôt que dans, disons, dix-huit heures. »

Fabian chercha une réponse, en vain, et dut se contenter de hocher la tête. Flätan éclata de rire et se dirigea vers un salon de jardin garni de coussins de toutes les couleurs.

« Aussi agaçante que puisse être la démarche, je dois t'avouer que c'est ce que j'aime chez toi. Mais n'en tire pas de conclusions hâtives. Je continue de penser que tu es aussi incompétent que la majorité des enquêteurs judiciaires dans ce pays. Mais au moins, toi, tu prends ton travail à cœur. C'est plus qu'on ne peut en dire de tes soi-disant confrères. Tu veux du thé, au fait ?

— Non merci. » Fabian s'installa sur le sofa, qui était si profond qu'on ne pouvait pas y tenir confortablement assis.

« Déshydratation aiguë. » Flätan prit la Thermos sur la table et remplit à ras bord une tasse en porcelaine aussi fine que du papier. « La cause de la mort. Ce n'est pas ce que tu voulais savoir ? » Il se redressa dans le canapé et se mit en position du lotus sans renverser une goutte.

« Elle est morte parce qu'elle n'avait pas bu assez d'eau ? »

Flätan acquiesça et goûta le thé. « Avant de mourir, elle a sans doute eu une forte fièvre, elle a dû transpirer beaucoup, sans parler de vomissements violents et de diarrhée.

— Bref, elle était malade.

— C'est le moins qu'on puisse dire.

— Alors si je comprends bien, il n'y a aucune raison de penser que quelqu'un l'a tuée ?

— Oh que si ! Elle a été assassinée, ça ne fait aucun doute, rétorqua Flätan en sirotant une gorgée de thé. Tu te souviens de Georgi Markov, ce transfuge bulgare qui avait été assassiné en 1978 sur le pont de Waterloo, à Londres ?

— Il n'avait pas été empoisonné avec de la ricine ?

— Exactement, et Molly Wessman a subi grosso modo le même traitement. À part que pour la tuer, elle, on ne s'est pas servi d'un parapluie spécial, avec une ampoule de poison au bout, façon James Bond. Pour elle, on a procédé de manière plus classique, en lui injectant directement le poison à l'aide d'une seringue. »

L'homme au corps parfait, qui avait tout de même mis un tablier de cuisine cette fois, revint avec un attaché-case qu'il tendit à Flätan, avant de retourner à ses fourneaux.

« Et c'est arrivé quand ?

— Difficile à dire avec précision. Mais probablement un jour, ou un jour et demi avant qu'elle succombe. » Flätan ouvrit la mallette et en sortit un dossier. « Dans la journée de vendredi, je dirais. »

La photo d'elle installée sur son fond d'écran avait été prise dans la nuit de mardi à mercredi, pourquoi ne pas l'empoisonner à ce moment-là ? Pourquoi attendre deux jours de plus pour le faire ? En admettant que le photographe soit également le meurtrier.

« Regarde ! Voilà la trace de l'aiguille. » Flätan tendit à Fabian un gros plan de l'une des cuisses de Molly Wessman, sur laquelle on pouvait voir une minuscule protubérance rouge.

« Elle a dû avoir mal, dit Fabian. Enfin, est-ce qu'elle n'aurait pas dû réagir et aller aux urgences dès qu'elle a commencé à se sentir mal ?

— Pour cela, il aurait fallu qu'elle soit consciente de ce qu'on lui avait fait, qu'elle comprenne qu'elle avait été piquée avec une seringue. Mais si elle était dans la rue, elle a peut-être pensé que c'était une guêpe ou un autre insecte. Et quand elle a commencé à se sentir mal, elle n'a pas forcément fait le rapprochement avec la piqûre. Elle a dû se dire qu'elle souffrait d'une grippe intestinale ou d'un empoisonnement alimentaire, et ensuite, elle souffrait tellement qu'elle n'a pas eu la force de sortir de son appartement. » Flätan termina son thé et posa sa tasse. « On a terminé ? »

Fabian acquiesça et se leva. « Merci. Je connais le chemin. » Il aurait pu sortir en passant par la maison, mais quelque chose lui disait qu'il y avait des choses à l'intérieur qu'il n'était pas supposé voir et il reprit la direction du garage.

« Alors tu ne vas pas me demander si je n'ai rien remarqué d'autre ? »

Fabian s'arrêta et se retourna vers le légiste qui, assis dans son canapé, souriait en se servant une nouvelle tasse de thé. « Comme quoi ? dit-il.

— Je ne sais pas. N'importe quoi. » Flätan haussa les épaules. « Ce n'est pas le genre de questions que vous posez d'habitude quand vous commencez à pédaler dans la semoule ?

— D'accord, alors qu'est-ce que tu as remarqué ? demanda Fabian en retournant vers le salon de jardin.

— Un petit tatouage. Et avant que tu m'en fasses la remarque, oui, je sais parfaitement que de nos jours tout le monde a un tatouage. Et tu aurais entièrement raison. Dans ma profession, il est devenu presque exceptionnel de tomber sur un corps qui soit totalement exempt d'affreux papillons, de pathétiques têtes de mort ou de dragons tribaux. » Flätan s'interrompit et prit le temps de boire une gorgée de thé. « Mais ce tatouage-là m'a tout de même intrigué. » Il posa sa tasse et tendit un nouvel agrandissement à Fabian, qui comprit aussitôt ce que Flätan avait trouvé remarquable. Il n'avait jamais vu un tatouage comme celui-là. Les fleurs multicolores, les caractères chinois et autres paroles de sagesse brillaient par leur absence. D'une certaine manière, ce tatouage était à la fois triste et insignifiant, pourtant il était difficile d'en détacher le regard.

Il était d'une teinte bleu-gris et composé de deux éléments distincts. La partie supérieure était un symbole constitué d'un trait traversé d'une flèche pointant vers le bas. La partie inférieure était composée de deux chiffres : 2 et 8. Rien n'était symétrique ni centré, et l'ensemble semblait avoir été réalisé par un amateur, sur un coup de tête.

« À quel endroit de son corps se trouvait-il ?

— Sur son mont de Vénus, caché sous une toison pubienne extrêmement soignée, si je peux me permettre cette remarque. Je n'ai découvert le tatouage qu'après l'avoir entièrement rasée. »

47

Quand Lilja ralentit enfin en quittant l'autoroute pour prendre la route de Perstorp, il y avait à peu près vingt minutes qu'elle était partie de Helsingborg Sud. Ce n'était pas seulement un record pour elle et la Ducati, c'était aussi un excès de vitesse tellement au-dessus de l'admissible qu'aucun badge de police n'aurait pu la tirer d'affaire si elle s'était fait repérer par un radar.

Mais l'appel de Hampus l'avait inquiétée. Il avait peur, cela ne faisait aucun doute, même s'il avait tout fait pour le cacher. Normalement, il ne savait pas tenir sa langue, mais cette fois elle n'avait pas réussi à le convaincre de lui expliquer pourquoi elle devait rentrer au plus vite.

En roulant, elle avait eu quelques soupçons, mais elle les avait chassés et s'était efforcée de penser à autre chose, les trouvant excessifs et déraisonnables.

Cependant l'inquiétude quant à ce qu'elle allait découvrir allait grandissant et ce n'est qu'en s'engageant dans leur rue qu'elle ressentit un léger soulagement : la maison et le garage étaient comme d'habitude, le toit en tuiles rouges et les murs blancs chaulés étaient aussi tristes et banals que la dernière fois qu'elle les avait vus.

Ça devait être ce foutu lave-vaisselle d'occasion, qu'il avait insisté pour acheter, qui avait rendu l'âme.

Elle avait toujours désapprouvé cette acquisition, d'autant qu'ils venaient de faire poncer le parquet. Elle remonta l'allée, descendit la béquille de la moto en continuant à émettre des hypothèses, mais s'arrêta aussitôt de penser en découvrant le jardin.

On avait manifestement décidé d'organiser un gymkhana sur leur pelouse. Le ou les coupables avaient laissé des plaies béantes de mottes de gazon arrachées, de flaques d'eau et de traces de roues assez profondes pour atteindre la couche argileuse.

Comme il n'avait pas beaucoup plu ces dernières semaines, il y avait tout lieu de penser qu'ils avaient poussé le vice jusqu'à arroser à grande eau pour faire un maximum de dégâts. Bref, ils savaient ce qu'ils faisaient, et elle devrait peut-être s'en inquiéter, en parler à ses collègues, sans doute porter plainte et demander une protection policière. Mais n'était-ce pas exactement ce qu'ils cherchaient à faire ?

L'effrayer.

Elle voyait d'ici les photos dans les journaux. Son jardin dévasté, en première page. Les journalistes condamnant l'acte de vandalisme pour montrer qu'ils avaient le cœur du bon côté, alors que tout ce qui les intéressait était de vendre du papier. Se foutant complètement de savoir qu'ils mettaient de l'huile sur le feu.

Elle n'avait pas l'intention de rentrer dans leur jeu ni de s'ériger en victime. La meilleure réaction à avoir était de prendre les choses calmement et de faire comme si de rien n'était.

Le problème était Hampus. Au téléphone, il lui avait semblé littéralement terrorisé.

Elle ouvrit la porte et lança : « Je suis rentrée !

— Je suis là ! » répondit une voix lointaine.

Elle retourna dans le jardin et regarda de tous les côtés. « Où ça, là ?

— Ici. »

Elle leva la tête et l'aperçut, assis sur le toit, les bras entourant ses genoux, il se balançait d'avant en arrière comme se berçant pour se consoler. « Qu'est-ce que tu fous là-haut ?

— Monte. »

Elle faillit protester par habitude, et lui répondre : « Toi, descends ! » Mais quelque chose lui dit qu'elle ferait mieux d'obtempérer. La moindre résistance de sa part et il risquait de craquer complètement. Pendant toutes les années qu'ils avaient passées ensemble, jamais elle ne l'avait vu aussi pâle et aussi bouleversé.

« D'accord, j'arrive. » Elle commença à monter l'échelle. « Ne t'inquiète pas, je suis sûre que c'est réparable. » Arrivée sur le toit elle s'approcha de Hampus en marchant avec précaution sur les tuiles. « Et en plus, tu avais déjà prévu de refaire la pelouse pour enlever la mousse, non ? »

Hampus ne répondit pas et continua à se balancer d'avant en arrière, comme un gros culbuto, sans quitter des yeux le jardin vandalisé.

« Allez… ça va s'arranger. » Elle s'assit près de lui et allait mettre son bras autour de ses épaules pour le consoler, quand elle vit ce qu'il regardait avec autant de désespoir. Soudain, tout se mit en place. Sa voix au téléphone. Son refus obstiné de lui donner des explications, ce qui lui ressemblait si peu. Son souhait qu'elle vienne se rendre compte par elle-même. Elle comprit même pourquoi il était monté sur le toit.

Vue d'en bas, la pelouse abîmée n'était qu'une pelouse abîmée. L'œuvre d'une bande de crétins qui, montés sur leurs motos, avaient roulé dans tous les sens et au hasard, avec l'intention de détruire le plus possible.

Mais elle se trompait complètement.

Quels que soient ceux qui étaient venus en représailles sur leur terrain, ils savaient exactement ce qu'ils faisaient. Où ils devaient creuser profondément et arracher l'herbe et où ils devaient en laisser. Ce n'est qu'en montant sur ce toit et en voyant le résultat d'en haut qu'elle vit ce qu'ils avaient fait. Depuis les dalles de la terrasse jusqu'à la haie le long de la rue, ils avaient tracé la plus grande croix gammée qu'elle ait contemplée de sa vie.

48

Il avait entendu dire que les immeubles de Norra Hamn, le quartier portuaire situé dans le nord de Helsingborg, étaient inspirés d'anciens bateaux. Fabian trouvait qu'ils ressemblaient plutôt à des cubes de Lego gris. Vus de l'extérieur, en tout cas.

Après avoir trouvé dans ses notes le code de la porte, il put constater qu'à l'intérieur cela correspondait mieux à l'image prestigieuse qu'on se faisait de Stuvaregatan. Comme Klippan et les autres l'avaient suggéré, avoir un appartement dans ce quartier à un si jeune âge pouvait s'expliquer par le fait que Molly Wessman était montée en grade assez rapidement, quitte à marcher sur les pieds de certains de ses collaborateurs pour y arriver.

Mais de là à penser qu'un collègue mécontent soit entré chez elle à son insu au milieu de la nuit, ait piraté son portable à seule fin d'installer sur fond d'écran une photo d'elle en train de dormir et l'ait empoisonnée deux jours plus tard, il y avait un monde. En revanche, l'étrange tatouage dont lui avait parlé Flätan était un détail qui méritait qu'on s'y intéresse.

La flèche pointant sur son sexe était une invitation sans ambiguïté. Mais il ne comprenait pas ce que pouvait signifier le trait horizontal et le numéro à deux chiffres.

Et encore moins pourquoi le tatouage était caché sous ses poils pubiens. Il monta au troisième étage, sortit les clés que lui avait données Molander, ouvrit la porte de l'appartement et entra.

Molander…

Ces dernières heures, il avait essayé de le chasser de ses pensées et de se concentrer sur Molly Wessman. Mais à présent que Gertrud avait appris que l'enquête était rouverte, il se demandait comment son collègue allait réagir, et cette pensée l'obsédait. Soudain, alors qu'il pénétrait dans le vestibule et refermait la porte derrière lui, un sentiment d'évidence vint renverser le dernier rempart de son déni.

Et si Molander n'avait eu besoin ni des photos dans son portable ni des révélations de Gertrud pour savoir qu'il avait repris l'enquête d'Elvin ? Et s'il était déjà en train de planifier sa mort ? Une mort qui à l'instar de celle d'Elvin ressemblerait à un suicide.

Avec sa vie de famille en train de voler en éclats, Fabian avait des raisons de mettre fin à ses jours. Ou alors Molander ferait passer sa mort pour un accident. S'il y avait quelqu'un qui savait saboter ni vu ni connu les freins d'une voiture, c'était Ingvar. Surtout s'il devait assurer lui-même l'expertise technique.

Fabian décida de prendre le taureau par les cornes et d'essayer de savoir ce que Molander avait derrière la tête. Il composa sur son téléphone le numéro de son collègue.

« *Salut Fabian, comment ça se passe pour toi ?* » Ingvar avait répondu alors que le téléphone n'avait pas eu le temps de sonner. Comme s'il attendait son appel.

« Salut, Fabian à l'appareil.

— *Oui, j'ai vu et c'est pour ça que je te demande comment ça se passe. Tu as fini avec l'appartement de Molly Wessman ?*

— Presque, répondit-il en jetant un coup d'œil autour de lui pour essayer de trouver d'urgence une question qui paraisse à peu près pertinente.

— *Presque ? Mais qu'est-ce que tu as foutu toute la matinée ?* »

Est-ce qu'il posait la question sérieusement, ou bien jouait-il avec ses nerfs ? Sa voix était comme d'habitude, mais pouvait-on s'y fier ? Molander était le champion de l'ironie. Il était impossible de savoir s'il plaisantait ou s'il était sérieux et, bien trop souvent, on se rendait compte à ses dépens qu'on l'avait mal interprété.

« Je me suis occupé de quelque chose qui ne pouvait pas attendre. » Il s'accroupit pour observer de plus près le portemanteau tombé par terre au milieu des chaussures, et les vis arrachées du mur avec leurs chevilles. Il observa dans le mur les trous béants témoignant du fait que Molly Wessman avait dû le faire tomber en essayant de s'y accrocher pour se lever.

« *Ah oui ? Et c'était quoi ce truc, on peut savoir ? Rien de grave, j'espère.* »

Le problème était que l'histoire du portemanteau figurait déjà dans l'interrogatoire de la voisine de palier. Il allait devoir trouver autre chose. Un détail qui n'avait pas encore été évoqué.

« C'est une question de point de vue. » Il se releva et attendit, espérant une réaction sur laquelle il pourrait rebondir. Mais tout ce qu'il obtint fut un silence attentif. « Je suis passé chez Flätan et il s'avère qu'il a pratiquement terminé l'…

— *Quoi ?* le coupa Molander. *Tu es passé voir Flätan chez lui, aujourd'hui ?*

— Oui, pourquoi ? »

Molander explosa de rire.

« *Je suis épaté. Il n'y a vraiment que toi, Fabian, pour relever un défi pareil. J'aurais voulu être une mouche sur son mur pour voir ça. Mais puisque tu es toujours en vie, je suppose qu'il ne t'a pas trop mal reçu. Il avait trouvé quelque chose d'intéressant ?*

— Oui, un tatouage caché sous la toison pubienne », répondit-il en se disant que soit Molander était un comédien prodigieux en train de réaliser la performance de sa vie, soit Gertrud ne lui avait encore rien dit. « Il représentait un trait horizontal, coupé d'une flèche pointant vers le bas, et d'un numéro à deux chiffres en dessous.

— *Un symbole et un nombre, OK...* » Fabian pouvait presque entendre Molander s'enfoncer dans son fauteuil et réfléchir.

« *Tout ce que cela me rappelle, c'est un trait, traversé par deux flèches partant dans des directions opposées, le symbole retenu pour indiquer le fait de passer une frontière. Je crois qu'il s'appelle le Physical Barrier Border Crossing Icon*[1]. *Mais cela n'a peut-être rien à voir. Et le nombre, c'est quoi ?*

— Vingt-huit.

— *Vingt-huit... Non, ça ne me dit rien, hormis le fait que cela suive vingt-sept et que cela précède vingt-neuf, je ne vois pas.*

1. En anglais dans le texte : « icône de barrière physique de frontière ».

— Laisse tomber. Je voulais juste savoir si cela t'évoquait quelque chose.

— Mais ce n'était pas pour ça que tu m'appelais, n'est-ce pas ?

— Hein ? » Fabian s'apprêtait à raccrocher, content de savoir que Gertrud n'avait encore rien dit, et voilà qu'il était à nouveau sur la brèche.

« *Sinon tu m'aurais appelé tout de suite après ta rencontre avec Flätan. Et tu me dis que tu as presque terminé dans l'appartement Wessman. Donc, tu y es depuis un certain temps, et en toute logique ton appel avait un rapport avec ce que tu as vu chez la victime. Corrige-moi si je me trompe.*

— Non, non, tu as raison », commença-t-il pour gagner du temps. Bien sûr qu'il l'appelait pour lui parler d'une chose qu'il avait remarquée dans l'appartement, la question était de savoir quoi. Une carte en plastique blanc émergeait d'une chaussure. Elle avait dû tomber du pense-bête de l'entrée quand le portemanteau avait été arraché du mur. « Je voulais te parler du tatouage, mais ce n'était pas urgent au point de ne pas pouvoir attendre qu'on se rencontre. » Il ramassa la carte pour l'examiner de plus près. L'unique information qu'elle comportait était les mots *As de pique* gravés en lettres d'or. « Mais effectivement, j'avais autre chose à te demander, poursuivit-il en remarquant une boîte à clés, tubulaire, insérée dans l'angle en haut à droite de la porte d'entrée. Quand penses-tu venir ici pour commencer l'expertise ?

— Demain matin.

— OK, alors je voudrais te soumettre une idée que j'aimerais que tu gardes en tête quand tu seras sur place. » C'était une bagatelle, mais dans le cas présent une bagatelle valait mieux que rien du tout.

« *Oui ?* dit Molander, patient.

— Sa porte d'entrée est équipée d'une boîte à clés. Tu sais, ces boîtes en forme de tube dans lesquelles on peut mettre une clé à la disposition d'un artisan ou d'une femme de ménage quand on n'est pas chez soi.

— *Merci, Fabian, je sais ce que c'est qu'une boîte à clés.*

— Oui, bien sûr, excuse-moi. Mais je me disais que quelqu'un avait pu venir pour réparer quelque chose chez elle, et profité de l'occasion pour faire un double de sa clé.

— *C'est très possible. Et tu veux que je fasse quoi, quand je viendrai demain, par rapport à cette boîte à clés ?* »

En effet. Que voulait-il que Molander fasse d'une hypothèse ? Ce n'était pas son rôle. « Je me disais juste que ce serait bien, quand tu seras là, que tu sois particulièrement attentif, dit-il, sentant qu'il s'enfonçait.

— *Je me permets de te rappeler, Fabian, qu'être attentif aux détails est la définition du travail que je fais.*

— Je sais bien, mais je pensais… » Il déglutit et passa son avant-bras sur son front pour éponger la sueur qui commençait à couler. « Je pensais qu'il y avait peut-être des gens qui avaient la clé de chez elle.

— *Oui, et… ?* » Molander semblait agacé à présent. « *Tu veux bien en venir au fait ? Tout le monde me court après, et je n'ai pas tout l'après-midi, figure-toi.*

— Je veux simplement que tu sois vigilant au cas où tu tomberais sur une chose qui ne te paraît pas naturelle, dit-il sans avoir la moindre idée de ce qu'il entendait par là. Ça peut être n'importe quoi. Enfin, je parle de travaux qui auraient pu être effectués récemment, tu vois ce que je veux dire ?

— Non pas du tout. Mais sois tranquille, je serai à la fois attentif et vigilant, et je garderai les yeux grands ouverts. C'est bon, on a fait le tour ?

— Oui, oui, absolument. C'était juste ça.

— Eh bien, tu m'en vois ravi. »

Cette conversation l'avait épuisé. Il était passé pour un parfait imbécile et tôt ou tard il lui faudrait trouver une explication plausible.

Mais il verrait cela plus tard. Pour l'instant, l'important était que Molander ne se doutait de rien et que Gertrud n'avait apparemment pas encore eu le temps de lui parler de leur rencontre. Ce qui lui donnait un peu de temps pour décider s'il devait aller la voir ou pas.

Il se mit à étudier la mystérieuse carte en plastique sous tous les angles, en pleine lumière et à contre-jour. Mais son unique particularité et la seule information qu'elle était capable de lui donner était ces neuf lettres dorées.

As de pique.

Un nom qui pouvait être celui de n'importe quoi, un casino illégal aussi bien qu'un réseau clandestin de travailleuses du sexe. Et comme il s'y attendait, il n'obtint pas moins de trois millions de résultats en tapant *As de pique* dans la barre de recherche. Il limita la zone géographique à la partie nord-ouest de la Scanie en se servant d'un autre moteur de recherche, ce qui réduisit les réponses à une seule.

L'As de pique, un club privé se trouvant à Glumslöv.

Il tapa le numéro et tomba sur un répondeur automatique avec le message suivant :

« *Bienvenue à l'As de pique, le club où il y en a pour tous les goûts.* »

49

« *Elle doit mourir.* »

Il en avait assez de les entendre et il aurait voulu les faire taire.

« *Elle ne mérite pas de vivre.* »

Qu'elles lui fichent la paix !

« *Tu es tout ce qu'elle mérite.* »

Ces maudites voix.

« *Tu sais que tu peux faire tout ce que tu veux.* »

Elles refusaient de le laisser tranquille.

« *Absolument tout.* »

Mais elles étaient différentes cette fois.

« *Du moment qu'elle meure.* »

Plus fortes et plus insistantes.

« *Nous savons que tu en as envie.* »

Encore, et encore.

« *Que tu en meurs d'envie.* »

Comme si le disque était rayé et qu'elles allaient continuer jusqu'à ce qu'il leur obéisse.

« *Tu aimerais bien cesser de résister, n'est-ce pas ?* »

Si ça pouvait les faire taire.

« *Tu sais que tu le mérites.* »

Mais il n'avait pas envie de leur céder. Pas toujours.

« *Tu es le seul à pouvoir le faire.* »

Parfois, il leur avait obéi juste pour les faire taire.
« *Tu sais au fond de toi qu'elle doit mourir.* »
Après tout, ils ne pourraient s'en prendre qu'à eux, à l'hôpital.
« *Que ce ne serait que justice.* »
Après tout, Ils n'avaient qu'à ne pas le faire sortir.
« *Tu sais ce que tu as à faire.* »
Alors en un sens, les voix avaient raison.
« *Tu les aimes beaucoup, les enfants.* »
C'était son droit.
« *Personne n'aime les enfants autant que toi.* »
C'était son droit, merde.

50

16 février. Soirée mixte[1]*. Odengatan 10, entrée par Heimdalsgatan. Bienvenue à tous.*

Le message lui avait été envoyé par un numéro inconnu, à peine une demi-heure après qu'il avait laissé son nom et son numéro de téléphone sur le répondeur automatique. Il était déjà seize heures trente et il avait décidé de se rendre directement au club en partant de l'appartement de Molly Wessman, espérant qu'il n'y aurait pas encore trop de monde. Dès son arrivée, il comprit qu'il s'agissait d'un vœu pieux.

Une longue rangée de voitures et de motos stationnait sur l'herbe, au bord de la route. Il y avait même un tracteur et quelques vélos, avec des casques pendus au guidon. Apparemment, les gens se précipitaient dès l'ouverture pour être les premiers à se foutre à poil. Il avait décidé de garer sa voiture à une cinquantaine de mètres et de revenir à pied. La dernière chose dont il avait envie était de se retrouver coincé entre deux véhicules et de devoir aller déranger leurs propriétaires occupés à Dieu sait quoi, afin qu'ils viennent les déplacer.

1. Soirée pour couples, femmes seules et hommes seuls.

Il trouva un passage dans la palissade délabrée et mangée par la végétation, et supposa que si l'entrée se faisait par l'arrière c'était sans doute à cause des voisins, qui devaient avoir tout mis en œuvre pour obtenir la fermeture de l'établissement, bien qu'il semble étonnamment silencieux. L'idée qu'il puisse s'y dérouler autre chose qu'un dîner paisible ou une partie de bridge semblait pure fiction.

Un chemin boueux menait à une porte grise à l'arrière de la maison, sur laquelle une plaque en laiton informait le visiteur qu'il était bien arrivé à l'As de pique. Il ouvrit la porte et entra dans la pénombre.

C'était la première fois de sa vie qu'il pénétrait dans un club échangiste. Comme la plupart des gens, il en avait caressé l'idée, et était même allé parfois jusqu'à se demander si ce n'était pas exactement ce dont Sonja et lui avaient besoin pour réveiller leur vie sexuelle après toutes ces années à s'occuper des enfants.

Il n'était jamais allé jusqu'à lui en parler. Principalement parce qu'il était convaincu qu'elle sauterait au plafond, l'accuserait d'être répugnant et malsain et lui jetterait à la figure que sa crise de la quarantaine ne la concernait pas. Et aussi parce qu'il ne savait pas comment il réagirait en la voyant dans les bras de quelqu'un d'autre.

Mais avec le recul, il se disait qu'il avait eu tort de ne pas le suggérer. Leur relation serait peut-être très différente, aujourd'hui. Et là il ne parlait même pas de leur sexualité, qu'un électrochoc ne parviendrait pas à réveiller. Enfin, tout cela n'avait aucune importance puisque, à en croire Matilda, les choses étaient écrites d'avance.

Quand ses yeux se furent accommodés à l'obscurité, il vit qu'il se trouvait dans un vestibule avec des murs peints en noir et que devant lui, à quelques pas, pendait une tenture rouge bordeaux. Il écouta les sons qui passaient au travers de l'épais rideau. Une musique douce et des gémissements de plaisir, mêlés au claquement de chairs rencontrant d'autres chairs à un rythme croissant. Sauf erreur de sa part, une femme, et peut-être plusieurs, était sur le point d'atteindre l'orgasme.

Malgré lui, il sentit son sang affluer. Pour tenter de calmer son excitation, il se concentra sur le motif de sa visite et écarta le rideau rouge.

« Bonjour Fabian Risk, je te souhaite la bienvenue », l'accueillit une femme assise derrière un comptoir. Elle devait avoir à peu près son âge et portait un corset rouge en latex moulant, assorti à la couleur de sa bouche souriante et de ses gants montant jusqu'aux coudes. « C'est ta première fois, je vois. »

Fabian s'approcha du comptoir en hochant la tête, se demandant à quoi elle l'avait deviné. « Malheureusement, je suis uniquement là pour vous poser quelques questions concernant une certaine Molly Wessman. Est-ce que vous la connaissez ?

— C'est possible, répondit la femme, dont le sourire s'étrécit. Mais sache que dans ce cercle nous ne communiquons pas les noms de nos membres aux personnes non membres. Ainsi, chacun a le droit d'avoir des secrets sans que jamais ils sortent d'ici. Précaution que tu saurais apprécier si un jour tu devais t'aventurer chez nous pour y chercher un moment de détente et de lâcher-prise.

— Cette règle vous honore. Mais en l'occurrence la femme dont je parle est décédée, assassinée plus exactement. » Il montra sa carte de police. « À ma connaissance, seuls les prêtres, les médecins et les psychologues sont soumis au secret par la loi. Les échangistes, ou quel que soit le nom qu'on leur donne, n'ont donc pas d'autre choix que de répondre aux questions de la police, sauf s'ils cherchent à avoir des ennuis, bien sûr. »

La femme jeta un bref coup d'œil à son badge puis le regarda à nouveau dans les yeux. « Comme je te l'ai dit, nous ne parlons pas aux personnes extérieures au club, alors je t'invite à nous poursuivre en justice, si cela peut faire ton bonheur. Mais tu pourrais aussi te jeter à l'eau et remplir un formulaire d'adhésion. Rejoins-nous, qui sait ce qui peut arriver ? »

Son sourire était de retour, révélant qu'elle l'avait percé à jour, lui et ses pseudo-menaces de poursuites. Comme s'il en avait eu le pouvoir.

« Combien coûte l'inscription ?

— Quatre mille cinq cents couronnes par an, et trois cent cinquante couronnes la visite[1]. Le prix comprend serviette de toilette, peignoir, huile de massage et préservatifs. Le Viagra est à votre charge. »

C'était trop cher et la piste était trop mince pour qu'il puisse faire passer la dépense en frais d'enquête auprès de Tuvesson. Pourtant, il sortit sa carte bancaire du portefeuille, l'inséra dans le lecteur et tapa son code.

« Parfait. Tu vois, ce n'était pas si difficile ! » Elle arracha le ticket et le lui remit. « Ta carte de membre t'attendra ici jusqu'à la prochaine fois que tu viendras.

— Il n'y aura pas de prochaine fois. Et maintenant, j'aimerais que vous répondiez à mes questions.

---

1. Une couronne danoise = 0,13 €.

— Tiens, ton peignoir. » Elle posa un peignoir blanc soigneusement plié ainsi qu'une paire de pantoufles sur le comptoir. « Tu trouveras des serviettes au vestiaire », dit-elle avec un signe de tête en direction d'une porte un peu plus loin. « L'huile et les préservatifs sont à la disposition de nos membres, un peu partout. Le port du préservatif est obligatoire et tu peux en prendre autant que tu veux. Merci de jeter les capotes usagées dans la poubelle la plus proche. À part cela, il n'y a qu'une seule règle ici : un *non* est un *non*. Personne chez nous ne fait quoi que ce soit qu'il n'ait pas envie de faire. Si tu as des questions, je t'invite à venir me les poser quand tu seras douché. »

Il s'apprêtait à protester, quand un couple d'une trentaine d'années entra et présenta ses cartes de membres.

« Bonjour et bienvenue », dit la femme en sortant des peignoirs.

Fabian ne vit pas d'autre issue que de suivre ses instructions. Il était convaincu qu'elle connaissait la victime, et qu'elle avait des choses à lui dire la concernant. Mais il pouvait aussi s'être trompé, auquel cas il ferait mieux de rentrer chez lui…

Le vestiaire était petit mais propre, avec des casiers verrouillables le long des murs et une salle de douche pour quatre personnes. Sur un écran mural passait un film où une femme nue enduisait d'huile le corps athlétique d'un homme allongé sur le dos. Elle massait son torse avec des gestes lents et sensuels, descendant jusqu'à son sexe qui, bien qu'en demi-érection seulement, était déjà nettement plus grand que le sien. Tous les deux étaient entièrement rasés et quand elle le prit dans sa bouche, leur peau saturée d'huile luisait dans le contrejour.

Personnellement, il n'était pas amateur de porno. Entre regarder les autres prendre du plaisir et en avoir lui-même, il avait toujours préféré la seconde option. Mais en l'occurrence il eut du mal à détourner les yeux. Pour un film de ce genre, il était à la fois de bon goût et artistiquement réalisé, tant en termes d'éclairage que d'illustration musicale, et le traitement en noir et blanc ajoutait à son élégance.

Il retira son blouson et déboutonna sa chemise. Puis il enleva ses chaussures et son pantalon et les rangea dans un casier. Il vit qu'il avait une chaussette trouée et se demanda s'il ne devrait pas les jeter toutes les deux et rentrer chez lui pieds nus. Il n'avait pas non plus de quoi être fier de son caleçon à rayures qui avait jadis été bleu et mauve, et fut presque soulagé de l'enlever.

Que dirait Sonja si elle savait où il se trouvait en ce moment ? Est-ce que cela lui serait égal ? Oui sans doute. Elle se contenterait probablement de hausser les épaules et de lui souhaiter de bien s'amuser.

Il verrouilla le casier, mit la clé dans une poche de son peignoir et se dirigea vers la salle de douche. Il entra dans la dernière cabine et laissa l'eau chaude couler longuement sur son corps. C'était délicieux et il commença enfin à se détendre.

Pourquoi résistait-il en réalité ? De quoi avait-il honte ? Il était quasiment divorcé, pas trop mal pour son âge, et d'après ce qu'il avait pu observer dans différents vestiaires au cours de sa vie, suffisamment bien monté pour se situer un peu au-dessus de la moyenne.

Il se savonna et se rinça tout en écoutant des bruits d'ébats amoureux à travers le ruissellement de l'eau. Il crut d'abord qu'ils venaient de l'écran, mais en sortant la tête du jet, il réalisa que cela venait du sauna voisin où deux femmes et un homme s'en donnaient à cœur joie.

Une part de lui eut envie de réenfiler ses chaussettes trouées et son caleçon moche, et de rentrer chez lui au plus vite. Mais c'était une toute petite part. L'autre lui fit couper l'eau et s'approcher de la porte en bois, dont la poignée était presque noire d'avoir été manipulée par tant de mains humides. Ils étaient au moins trois à l'intérieur, peut-être même cinq, et manifestement ils s'amusaient comme des petits fous.

Il n'avait jamais participé à une orgie. Même le triolisme lui était inconnu. À vrai dire, l'idée ne l'attirait pas beaucoup, surtout si le troisième était un autre homme. Il n'aurait pas su dire pourquoi cela ne l'excitait pas.

Mais ça c'était avant, c'est-à-dire une minute et demie plus tôt. Tout à coup, il n'avait plus d'avis sur la question. Un ou plusieurs hommes, une ou plusieurs femmes, cela n'avait aucune importance du moment qu'il pouvait participer. Expérimenter toutes ces choses que jusqu'ici il avait laissées aux autres.

D'abord, il fallait qu'il se munisse d'un préservatif et, comme la femme de l'entrée le lui avait promis, il n'eut qu'à tendre le bras pour en trouver un saladier plein. Il en prit un, ouvrit le paquet et commença à dérouler la capote sur son sexe turgescent. Évidemment, il ne s'imposerait pas s'il n'était pas le bienvenu. Mais pourquoi ne le serait-il pas ? Ils étaient déjà plus de deux, alors un de plus ou un de moins. Sinon, il trouverait un autre groupe ailleurs. Il avait le temps, il n'était même pas encore sorti du vestiaire.

Il rassembla son courage et saisit la poignée du sauna. La porte résista un peu et il dut s'aider de son autre main.

Un mur moite et chaud le frappa au visage. Un mur saturé de transpiration et de sexe. Quant au spectacle qui l'attendait, c'était tout simplement la chose la plus répugnante qu'il ait jamais vue. Et pourtant, il était incapable d'en détacher les yeux, comme s'il s'était trouvé devant un accident de la circulation avec des morceaux de corps humains dispersés partout sur le bord de la route.

Ils étaient vautrés les uns sur les autres en un épais tas de viande. Dos poilus, membres tatoués et fesses boutonneuses, entremêlés dans une débauche immonde. Il mit plusieurs secondes à réaliser qu'ils n'étaient pas plus de quatre, deux hommes et deux femmes, tous si volumineux que se retrouver coincé en dessous aurait été une condamnation à mort.

Il retourna dans le vestiaire à reculons avant que quelqu'un s'aperçoive de sa présence, enleva la capote devenue beaucoup trop grande, s'enveloppa dans son peignoir et enfila ses pantoufles.

Le choc lui rappela la raison de sa venue et il entra par une porte de couleur rouge dans une grande pièce au plafond noir et aux murs habillés de tentures écarlates.

Quelques rares lampes dispensaient une lumière si avare que, cette fois encore, il lui fallut un temps d'accommodation avant d'y voir quelque chose. De petits groupes de personnes conversaient, une tasse à la main, comme pour la pause-café lors d'une réunion à la salle polyvalente, avec la petite différence que la majorité d'entre eux étaient nus.

Il vit des corps pâles et en surpoids, sur lesquels la loi de la pesanteur avait laissé son empreinte. D'autres étaient grands et minces, mais s'ils ne pensaient pas bientôt à modifier leur maintien, ils ne tarderaient pas à souffrir du dos. Et qu'ils soient petits, gros, déplumés ou ventripotents au point que ça cache leurs chers attributs, presque tous arboraient au moins deux ou trois tatouages.

De temps à autre, comme s'il répondait à un mystérieux signal, un groupe entier s'éloignait vers une pièce voisine, parfois avec un regard dans sa direction, qui était probablement une invitation. Fabian faisait semblant de ne pas le remarquer, et dès que la femme de l'accueil vint officier derrière le bar, il alla se jucher sur un tabouret.

« Rebonjour. Comment ça se passe ? dit-elle en servant un soda à la framboise à une femme à côté de lui. Tu as trouvé de quoi t'amuser ?

— Je ne suis pas venu pour ça.

— Ah oui, c'est vrai, tu es venu enquêter sur un meurtre. » Elle rit. « Les gens inventent toutes sortes d'excuses la première fois, mais je dois dire que la tienne est une première.

— Peut-être parce que ce n'est pas une excuse », rétorqua-t-il, attendant pour poursuivre que sa voisine se soit éloignée en compagnie d'un couple de quadragénaires. « Alors si vous vouliez bien maintenant me dire ce que vous savez à propos de Molly Wessman…

— Au risque de te décevoir, je n'en sais probablement pas plus que toi, dit-elle en haussant les épaules. Elle a été l'un de nos premiers membres, elle venait toujours seule, et je crois l'avoir vue ici une dizaine de fois.

— Elle marchait à quoi ? Je veux dire, qu'est-ce qui l'excitait, à votre avis ? Elle avait des goûts particuliers ?

— Ça dépend ce que tu entends par "particuliers".

— C'est vous la spécialiste. Elle était branchée BDSM ? Elle aimait qu'on la bouscule ? Ou bien est-ce qu'au contraire…

— Parce que pour toi, le *bondage*, c'est "particulier" ?

— À vous de me le dire. C'est votre domaine.

— Déjà, dans mon domaine, on ne pose pas de questions idiotes du genre : "Est-ce qu'elle aimait qu'on la bouscule ?" » La femme secoua doucement la tête, tandis qu'un homme barbu avec des lunettes s'approchait du bar, un DVD gravé à la main.

« Tu peux faire passer ça dans la salle vidéo, s'il te plaît ?

— Pas de problème. » Elle sortit de son étui un disque sur lequel il était écrit CRÈME FOUETTÉE #23 et l'inséra dans l'un des lecteurs. « Vous avez joué aux apprentis pâtissiers, avec Sivan ? »

L'homme sourit sans répondre et repartit.

« Je me doute que, dans ton domaine à toi, un établissement comme celui-ci est un lieu de perdition où l'on ne trouve que dépravation, urophilie et asphyxiophilie.

— Si au lieu de commenter mes questions, vous vous contentiez d'y répondre, dit Fabian en tournant la tête vers les deux couples obèses du sauna qui entraient à ce moment par la porte rouge. Tout cela n'aurait pris que quelques minutes. Vous auriez tranquillement continué à servir des sodas à vos clients et moi je serais allé retrouver ma famille avec quatre mille huit cent cinquante couronnes de moins sur mon compte.

— Bon, dit-elle en le regardant dans les yeux. Alors allons-y. Pour moi, cette fille était parfaitement normale. Comme tout le monde, elle aimait le sexe. Comme toi, elle n'a rien fait la première fois, et comme c'est presque toujours le cas, quand elle est revenue, elle était pudique et prudente. Puis, petit à petit, elle s'est mise à participer un peu à tout, comme tu le feras toi aussi, tôt ou tard.

— Est-ce qu'elle avait plusieurs partenaires, hommes et femmes, ou toujours le ou la même ?

— Plusieurs, hommes ou femmes, ou les deux en même temps, comme ce sera le cas pour…

— Concentrons-nous sur Molly. Avez-vous le souvenir d'une visite où les choses seraient allées trop loin ? D'un jour ou quelqu'un l'aurait effrayée ?

— Non, je ne vois pas ce qui aurait pu l'effrayer. La règle d'or, je te l'ai déjà dit, est que personne ici n'est obligé de faire des choses qu'il n'a pas envie de faire.

— Vous savez qu'il y a des gens qui ne respectent pas les règles ?

— Dans votre monde peut-être. Mais pas chez nous. » Elle posa un panneau sur le bar sur lequel il était écrit : *Servez-vous.* « Bon, c'est tout ? On a terminé ? Parce que j'ai des clients qui attendent. »

Fabian se retourna et découvrit derrière lui un groupe de sept ou huit personnes, à moitié nues, qui faisaient poliment la queue. Elle avait sans doute raison. Pas uniquement quand elle prétendait que ce monde était beaucoup moins dangereux que le monde extérieur, mais aussi sur le fait que c'était sa vision étriquée du sexe qui l'avait amené à tirer des conclusions hâtives après avoir trouvé une carte d'adhérent à un club échangiste. Il se pencha au-dessus du bar pour attraper un stylo.

« Une dernière chose et je m'en vais, dit-il en traçant un trait sur une serviette en papier et en le traversant d'une flèche. Est-ce que par hasard, vous auriez déjà vu un tatouage ressemblant à celui-là ? » demanda-t-il à la femme en griffonnant le numéro à deux chiffres sous le trait, avant de lui tendre la serviette.

La femme jeta un coup d'œil au croquis très simpliste que lui tendait le policier et son visage se figea. Elle releva les yeux et regarda Fabian puis revint au dessin. Puis elle s'adressa au groupe qui l'attendait. « Pardonnez-moi, mais je vais devoir vous demander de commencer sans moi. Je vous rejoins dès que possible. »

Compréhensifs, ils hochèrent la tête et s'éloignèrent.

« Molly Wessman l'avait ? s'enquit-elle à voix basse en regardant autour d'elle pour s'assurer qu'ils étaient seuls.

— Vous reconnaissez ce tatouage ?

— Je ne l'ai jamais vu avant aujourd'hui, dit-elle sans relever les yeux du dessin, mais j'ai entendu des rumeurs. Vous êtes sûr que Molly Wessman l'avait ? Je ne l'ai jamais remarqué.

— Parlez-moi de ces rumeurs.

— Disons que je suppose qu'il s'agit d'une rumeur. On dit qu'*il* fréquente tel ou tel club. On signale parfois sa présence dans plusieurs endroits en même temps. Personnellement, j'ai toujours pensé que c'était une sorte de mythe pour appâter les gens.

— Mais vous n'en êtes plus aussi sûre. »

La femme secoua la tête, sans quitter le symbole des yeux.

« Et qui est ce personnage mythique ?

— La première fois que j'ai entendu parler de lui, c'était il y a deux ans. Il se fait appeler Columbus. Personne ne sait qui il est réellement, mais beaucoup seraient prêts à offrir tout ce qu'ils ont pour une nuit avec lui.

— Vous savez pourquoi ? »

À ce moment seulement, elle releva la tête. « On dit que c'est comme perdre sa virginité une deuxième fois. Comme rencontrer un virtuose capable de vous emmener au-delà de vos limites. Qui ne rêverait pas de vivre ça ? »

Finalement, Molander n'était pas si loin de la vérité en supposant que le tatouage était une variante de l'icône de passage physique de frontière. « Et vous ? s'enquit-il en repliant la serviette. Que donneriez-vous pour une nuit avec lui ?

— Je crois que je n'ai pas besoin de repousser mes limites au-delà de ce que je fais déjà. Et puis, je suis une adepte convaincue de la diversité.

— Et ?

— C'est sans doute encore une rumeur, mais il paraît qu'une fois qu'il en a terminé avec vous, vous lui appartenez. »

51

Sur le chemin du retour, l'autoroute E6 était pratiquement déserte et, moins d'un quart d'heure après avoir quitté l'As de pique, Fabian était arrivé à Pålsjögatan et trouvait une place de stationnement juste devant chez lui. Il n'y avait pas de lumière aux fenêtres. Il coupa le moteur et, alors qu'il détachait sa ceinture de sécurité, il s'aperçut qu'il n'avait aucune envie de rentrer se coucher. Les images se bousculaient dans sa tête jusqu'à lui donner des sensations physiques et il s'imagina en train d'essayer de les effacer en regardant le plafond, à côté de Sonja qui lui tournait le dos.

Il n'aurait pas su dire ce qui le poussa à repartir et à prendre la direction de la côte. Mais après avoir baissé sa vitre et rempli ses poumons de la brise de mer saturée de sel venant du détroit, il se sentit plus détendu.

Il alluma la radio et tomba comme par hasard sur la chanson « Love Is Stronger Than Death » du groupe The.

Il n'avait jamais su chanter. Même pour son enterrement de vie de garçon, quand ses copains l'avaient traîné dans un karaoké, il avait refusé de monter sur scène. Mais là, roulant tout seul dans sa voiture, il accompagna la chanson avec une telle intensité qu'il en eut les larmes aux yeux jusqu'à l'entrée de Hittarp, où la musique s'arrêta pour céder la place aux dernières nouvelles.

Demain, lundi, s'ouvre au tribunal de Helsingør le procès contre la bande de quatre jeunes Suédois, connue sous le nom de la ligue des Smileys, accusée d'avoir agressé trois SDF au Danemark. La carte maîtresse de l'accusation serait les films tournés et diffusés sur le Net par les accusés eux-mêmes, sur lesquels on les voit torturer et tuer leurs victimes d'une manière qu'on ne peut qualifier que de barbare. Malgré des preuves accablantes, il semble que le risque qu'ils repartent du tribunal sans la moindre condamnation reste possible. Rolf Sandén, professeur de droit, commentait l'affaire plus tôt dans la journée de la manière suivante...

Il éteignit la radio, ralentit et s'arrêta au bord de la route à la hauteur de Svanebäck, où le paysage était si plat que l'herbe semblait se prolonger dans l'eau limpide du détroit. Sans beaucoup d'espoir, il composa le numéro de Dunja une fois de plus. Il avait besoin qu'elle lui dise ce qu'elle savait exactement de cette affaire.

Le numéro que vous avez demandé n'est plus attribué. The number you have dialed does not exist. Le numéro que vous avez demandé n'est plus...

Il consulta l'annuaire pour découvrir qu'il n'existait aucun abonné sous le nom de Dunja Hougaard au Danemark.

Elle s'était complètement volatilisée et n'avait visiblement aucune envie que quiconque la retrouve, ni lui ni personne. Mais pourquoi ? Était-il arrivé quelque chose ? Ou bien quelque chose était-il sur le point d'arriver ? Quoi qu'il en soit, il y avait lieu d'être inquiet et il décida de se rendre à Copenhague à la première occasion, pour tenter de la localiser.

Vingt minutes plus tard, il était de retour à Pålsjögatan et garait la voiture à la même place que tout à l'heure. Pour ne pas réveiller Sonja, il retira ses chaussures et les laissa dehors, sur le paillasson. Il entra, suspendit son blouson dans l'entrée et se dirigea vers la salle de bains du rez-de-chaussée sans allumer.

Il s'était douché quelques heures auparavant et, même s'il y avait pensé, il n'avait rien fait qui soit susceptible d'offenser Sonja ou son propre sens moral. Pourtant, il se sentait sale et se disait qu'une longue douche chaude parviendrait peut-être à effacer en partie cette impression.

« Où étais-tu ? Il est tard.

— Sonja ? C'est toi ?! » demanda-t-il, surpris. Elle qui ne dormait jamais au rez-de-chaussée était restée l'attendre sur le canapé du salon.

« Tu n'es pas obligé de me répondre, d'ailleurs. Après tout, quelle importance ? Ce n'est pas comme si j'avais le droit de te poser ce genre de question.

— J'étais sorti pour le boulot. » Il la rejoignit dans le salon et ne put s'empêcher de ressentir une certaine joie à s'apercevoir que, finalement, elle n'était pas complètement indifférente. « Il y a un problème ? » Il s'assit au bord du canapé, et aussitôt elle replia les jambes et se redressa.

« Il faut qu'on parle.

— Écoute, Sonja, je sais que j'ai dépassé les bornes en m'énervant contre Matilda quand vous êtes rentrées de l'hôpital. Mais il y a un truc qui ne tourne pas rond chez elle, et pour être honnête, je ne suis pas tranquille.

— Pour une fois, ce n'est pas de Matilda que je veux te parler. » Sonja dévissa la bouteille Thermos posée sur la table basse et leur versa à chacun une tasse de thé chaud. « Mais de Theodor. » Elle poussa une tasse vers lui. « Il m'a raconté toute l'histoire à moi aussi et je pense en avoir à présent une version un peu plus nuancée que la tienne.

— Plus nuancée ?

— Je crois juste que c'est plus facile pour lui de parler de ce genre de choses avec moi qu'avec toi. » Elle trempa ses lèvres dans sa tasse. « Il m'a dit qu'il était tombé amoureux d'une fille qui faisait partie de ce gang des Smileys. Il m'a expliqué aussi qu'on l'avait obligé à faire le guet et que c'est là qu'il est tombé sur ta consœur danoise, Dunja Hougaard. » Elle se tut et sembla avoir besoin de rassembler ses forces pour continuer.

« Il t'a dit aussi qu'il l'avait menacée avec un pistolet et qu'il avait essayé de l'assommer ?

— Fabian, écoute-moi, s'il te plaît. Ce qu'ils ont fait est épouvantable. Réellement répugnant. Les mots me manquent pour décrire à quel point cela me révolte. Mais ce n'est pas de cela qu'il s'agit. » Elle le regarda dans les yeux. « Notre Theodor n'a jamais participé à cette horreur.

— Ah bon ? Et comment appelles-tu le fait de faire le guet et de menacer les gens…

— Je t'en prie. Crois-moi. Il n'était même pas au courant de ce qu'ils allaient faire. C'est juste un gamin amoureux, et l'amour est aveugle. Dès qu'il a compris ce qui se passait, il a essayé de s'enfuir. Mais ils ne l'ont pas laissé partir et l'ont obligé à leur donner un coup de main, ce jour-là. Et toi, maintenant, tu veux l'obliger à aller se rendre à la police.

— Évidemment que je veux qu'il se rende. C'est la seule chose à faire.

— Vraiment ? Comment peux-tu en être aussi sûr ?

— Parce que je crois en la vérité. Parce que tôt ou tard, elle éclatera. Alors soit il libère sa conscience et assume les conséquences de son acte en allant tout de suite voir la police pour leur raconter ce qui s'est passé, soit il fait l'autruche et il laisse sa culpabilité le ronger à l'intérieur jusqu'à ce qu'elle le détruise.

— Tu dramatises.

— Ah oui ? Moi je crois plutôt que tu ne veux pas l'admettre parce que tu fais exactement la même chose.

— De quoi est-ce que tu parles ?

— Je parle de ton marchand d'art. Tant que tu refuseras de me dire ce qui s'est passé entre vous, nous serons coincés et notre couple n'avancera ni dans un sens ni dans l'autre, et toi, tu te sentiras de plus en plus mal.

— Ce n'est pas moi dont il s'agit. On parle de Theodor, là, et je te serais reconnaissante de ne pas changer de sujet.

— Comme tu voudras, dit Fabian en haussant les épaules, fataliste. Alors, je te le répète, la justice doit suivre son cours, aussi désireux que nous soyons que Theodor…

— Qu'est-ce qui est le plus important pour toi, la justice, ou ton propre fils ?

— Ce n'est pas le sujet.

— Si, c'est exactement le sujet. Alors, qu'est-ce que tu préfères ? La justice ou ton fils ? Choisis !

— Et qu'est-ce qui te fait croire qu'il est de mon ressort de… »

Luttant contre ses larmes, Sonja lui coupa la parole : « Je veux juste que tu saches que c'est ce que tu lui demandes de faire qui va le détruire. Il sera incapable de le supporter. »

Fabian se rapprocha d'elle. « Je t'assure, Sonja, que je comprends à quel point tout cela est difficile.

— Difficile ? » Sonja le regarda d'un air méprisant. « C'est le qualificatif qui convient, pour toi ? Mais tu ne comprends pas que ça va être un anéantissement ? Tu imagines Theodor en prison en train de purger une peine de, je ne sais pas, plusieurs années, pour un acte qu'il n'a peut-être même pas commis ?

— Non, je ne l'imagine pas. Pour la bonne raison qu'il est totalement improbable qu'il soit condamné à une peine impliquant une privation de liberté. Comme tu l'as dit toi-même, sa participation sera considérée comme minime comparée à celle des autres. Et si, contre toute attente, il devait quand même écoper d'une privation de liberté, il n'irait pas en prison, mais dans un établissement pénitentiaire pour mineurs. Et là on parle de la pire issue possible. Le plus probable serait une mesure à vocation éducative, ou aucune sanction du tout. D'abord parce qu'il a été forcé et ensuite parce qu'il n'a rien fait de très grave. Le fait qu'il se rende spontanément et qu'il se montre coopératif sera également pris en compte. Mais tout cela dépend de la justice et en aucun cas de nous. Réfléchis, Sonja, où irait-on si tout le monde se fichait de la loi quand cela l'arrange ?

— OK. » Sonja hocha la tête, le visage baigné de larmes. « Au moins, je connais ton point de vue sur la question. » Elle essaya de se reprendre, mais en vain. « Je ne sais pas pourquoi cela me surprend, tu as toujours été comme ça. Le travail avant tout. Avant toi, avant moi et en particulier avant tes enfants. Quelle importance de les voir sombrer sous nos yeux, si la justice est rendue ?

— Tu vois une autre solution ? Tu crois qu'il suffit de balayer tout ça sous le tapis et qu'il ira mieux ensuite ? Que bâtir toute sa vie future sur un mensonge est sa meilleure option ? Si Theodor ne témoigne pas contre eux, ils se rejetteront la faute les uns sur les autres et on les relâchera.

— Ah parce que maintenant, tu voudrais qu'il porte tout le système judiciaire sur ses épaules, en plus ?

— Non, mais il a une responsabilité et il se trouve à une croisée des chemins, devant un choix qui influencera tout le reste de sa vie. Et si notre responsabilité de parents n'est pas de le pousser maintenant dans la bonne direction, je ne vois pas quand nous aurons une meilleure occasion. »

Sonja secoua la tête et finit sa tasse de thé qui était froid depuis longtemps.

« Sonja... » Il essaya une dernière fois de croiser son regard, mais elle l'évita. « Quand tu as commencé à voir ce marchand d'art, j'ai tout de suite compris que vous partagiez plus que votre passion pour l'art.

— Vraiment ? » Elle le regarda un court instant puis détourna à nouveau les yeux. « On va reparler de ça, maintenant, alors ?

— Quoi ? Je n'ai rien dit. Je t'ai laissée découcher nuit après nuit et rentrer quand ça te chantait avec des excuses aussi farfelues les unes que les autres.

— Tu peux me dire quel rapport ça a avec Theo ?

— Et tu sais pourquoi ? poursuivit-il sans répondre à sa question. Hein ? Tu le sais ?

— Qu'est-ce que tu fous, Adrian ? » Cette fois, elle le regarda droit dans les yeux. « Pourquoi est-ce que tu parles de…

— Parce que c'est plus facile ! Ce n'était pas parce que cela n'avait pas d'importance, ou que cela m'était égal. Au contraire. Mais j'étais tout simplement incapable d'aborder le sujet à ce moment-là, même si j'étais fou de rage que tu me trompes.

— C'est bon, je crois que j'ai compris, là.

— J'ai préféré m'effacer et laisser faire alors que moi je t'aimais encore et que je n'avais pas d'autre désir que de te voir revenir à moi. Je ne sais pas ce que cet homme t'apportait et tu ne me le diras sans doute jamais, mais quoi qu'il en soit, c'est moi qui suis responsable, et je ne me pardonnerai jamais de ne pas m'être battu pour notre couple et mes convictions. Jamais, tu m'entends ? »

Sonja ne disait toujours rien, mais au fond de ses yeux, il devina qu'elle lui demandait pardon, et quand elle tendit les bras vers lui il n'eut plus aucun doute. Il réalisa seulement à ce moment combien leur intimité lui avait manqué. Combien le simple fait de la tenir dans ses bras lui avait manqué. Le parfum de ses cheveux. Son souffle contre sa poitrine. C'était peut-être une illusion, mais il eut l'impression qu'elle était en train de revenir, et il sentit frémir l'espoir que tout allait finir par s'arranger.

52

En attendant que Tuvesson ait terminé son coup de fil et que la réunion reprenne, les pensées de Fabian le ramenèrent vers Sonja. Et plus précisément à la façon dont il s'était réveillé ce matin, dans la même position exactement que celle où il s'était endormi, sur le dos, une main posée sur la hanche de son épouse et la tête contre son épaule, au lieu de sa position habituelle le dos tourné, à l'autre bout du lit.

Ils ne s'étaient rien dit de plus. Quand ils s'étaient levés du canapé et préparés à aller se coucher, les mots étaient usés. Et lorsqu'elle s'était lovée contre lui et l'avait laissé mettre son bras autour d'elle, il avait ressenti une proximité presque magnétique entre eux.

L'idée de faire l'amour était là, d'une certaine manière évidente. La peau de Sonja contre la sienne, la chaleur de leurs corps augmentant de minute en minute au contact de celle de l'autre, et le désir. Tous deux étaient prêts et à quelques millimètres de briser la glace, et pourtant cette idée ne les avait effleurés ni l'un ni l'autre.

Très vite, les soubresauts qui précèdent l'endormissement l'avaient agitée et son souffle était devenu profond. Quant à lui, il était resté éveillé encore une heure, réfléchissant à ce qui s'était passé. Se demandant si ce rapprochement était le début d'une nouvelle phase, dans laquelle ils pourraient abattre le mur du silence qui s'était dressé entre eux et construire autre chose, ensemblc. Ou s'il ne s'agissait que d'une trêve accidentelle dans leur guerre froide.

Une chose en revanche ne faisait aucun doute. Si Theodor ne revenait pas à la raison et qu'il ne prenait pas lui-même la décision de se rendre à la police, Fabian ne pourrait pas l'y forcer. Même s'il avait la sagesse de son côté, même s'il risquait d'être sérieusement inquiété dans le cas où l'on apprendrait qu'il savait la part qu'avait joué son fils dans l'affaire. Tant que Sonja et lui n'étaient pas d'accord à ce sujet, il n'avait d'autre solution que d'attendre.

La situation était grave et il espérait sincèrement que Sonja finirait par se ranger bientôt à ses arguments.

Cette inquiétude avait fait place à une autre quand Molander était entré dans la salle de réunion et s'était assis à sa place habituelle, face à lui. La veille, au téléphone, il avait été à peu près certain que son collègue ne se doutait de rien. Mais entre-temps, sa femme Gertrud avait eu tout le temps de lui parler de leur rencontre fortuite.

Il avait observé attentivement le comportement de Molander et était arrivé à la conclusion qu'il devait dans les plus brefs délais aller demander à Gertrud si elle avait parlé.

À part ça, la réunion avait été plus brève et efficace qu'elle n'avait été depuis longtemps. Personne n'avait de temps à perdre et aucun d'entre eux n'était assez détendu pour avoir envie d'échanger des banalités en partageant le premier café de la semaine. Pour une raison ou pour une autre, Lilja avait passé son temps à regarder son portable, et grâce à l'autorité de Tuvesson, Molander et Klippan s'étaient tous deux montrés étonnamment concis et concentrés. Résultat, moins de vingt-cinq minutes plus tard ils étaient déjà arrivés au dernier point de l'ordre du jour et étaient en train d'attendre que Klippan branche son ordinateur pour leur passer les extraits des films des caméras de surveillance de l'Ica Maxi.

Lilja les avait informés que la localisation du téléphone portable désormais éteint d'Assar Skanås l'avait conduite à un immeuble sur Carl Krooks Gata, mais que tout ce qu'elle avait trouvé sur place était un deux pièces à louer. Après concertation, ils s'étaient mis d'accord pour ne pas envoyer d'agents frapper aux portes dans le quartier pour l'instant. En revanche, désormais ils devraient tous se tenir prêts H24 pour intervenir immédiatement si le numéro était réactivé.

L'opérateur téléphonique avait fourni à Molander un historique des appels entrants et sortants au cours de la dernière semaine. Il révéla que Skanås avait appelé à plusieurs reprises le dénommé Björn Richter, l'homme qui collectionnait des poupées et habitait le même immeuble que Moonif Ganem, et qu'il avait essayé de le joindre à sept heures dix-huit, le matin du meurtre.

Une hypothèse envisagée était que Skanås s'était rendu à Bjuv dans l'intention de rendre visite à l'homme aux poupées et que, ne le trouvant pas chez lui, il avait croisé Moonif dans l'escalier au moment où celui-ci était descendu avec les bouteilles vides. Quoi qu'il en soit, les deux hommes se connaissaient, et Tuvesson avait envoyé deux agents sur place pour fouiller l'appartement de Richter.

Ensuite ils avaient écouté le rapport de Klippan sur ses entretiens avec les collègues de Molly Wessman, qui tous avaient témoigné des compétences de la jeune femme et de son talent pour mener à bien réductions et restructurations au sein de l'entreprise. Certains d'entre eux avaient remarqué qu'elle n'avait pas été elle-même les derniers jours avant le meurtre. Ils l'avaient trouvée nerveuse, elle avait même interrompu brusquement son compte rendu hebdomadaire devant la direction et quitté le bureau en toute hâte.

Lui-même avait fait état de sa visite chez Flätan et du fait que Molly Wessman aurait été empoisonnée avec de la ricine administrée sous forme d'injection, vraisemblablement dans l'après-midi de vendredi. Il avait montré des photos du tatouage sur son pubis et leur avait expliqué qu'il pouvait être le signe qu'elle aurait eu un rapport sexuel avec un homme qui se faisait appeler Columbus et avait la réputation de pousser ses partenaires, hommes ou femmes, au-delà des limites de leur jouissance.

Il s'agissait indéniablement de la piste la plus sérieuse dans cette enquête, même si Tuvesson demeurait sceptique. Elle lui avait demandé de continuer à creuser le sujet et de tenter d'en savoir plus sur cette rumeur et surtout sur la réalité de l'existence de ce Columbus.

« OK, d'accord, eh bien au moins, nous voilà informés. Merci à vous. » Tuvesson posa son portable. « Désolée, tout le monde. Assar Skanås n'est pas chez Björn Richter en train de jouer à la poupée.

— Ils ont vérifié dans sa cave ? » s'enquit Lilja.

Tuvesson se contenta de hocher la tête et jeta un coup d'œil à sa montre. « Klippan, tu en es où ?

— Je crois que ça devrait fonctionner. » Il actionna la télécommande et le projecteur fixé au plafond fit apparaître sur le mur le fond d'écran de son ordinateur portable, sur lequel on voyait Einstein, son chien, courant après une balle de tennis.

« Ça va être long ? demanda Molander en avalant son café les yeux baissés sur le cadran de sa montre. Parce que mes gars m'attendent pour démarrer l'expertise de l'appartement Wessman.

— Ça prendra le temps que ça prendra, alors je te propose qu'on démarre sans tarder. » La projection commença sur une séquence muette de quatorze secondes trente-deux, avec une faible définition et une restitution des couleurs qui laissait beaucoup à désirer.

Fabian se dit cependant qu'on ne pouvait pas nier le caractère fascinant des images prises par les caméras de surveillance de l'Ica Maxi. La façon dont cet homme, sans que rien l'ait laissé présager, s'avançait dans la file d'attente, posait une main sur le comptoir et bondissait de l'autre côté comme si ça avait été la chose la plus facile du monde, s'emparait d'un long couteau fin posé sur un billot et tranchait la gorge de la victime, lui fit penser à une figure de qi gong. L'ensemble était exécuté dans un seul geste si fluide qu'il avait dû nécessiter des heures d'entraînement.

Mais ce qui était encore plus remarquable était sa totale absence d'hésitation, malgré la présence d'une dizaine de témoins. Une action comme celle-là demandait non seulement un immense sang-froid, mais aussi une préparation méticuleuse. Et pourtant elle semblait parfaitement spontanée. Comme si l'assassin avait obéi à une soudaine pulsion.

« Tu as des images de lui au moment où il entre dans le magasin ? demanda-t-il tout en observant Molander qui avait l'air complètement absorbé par la séquence alors que c'était déjà la troisième fois que Klippan la faisait défiler.

— Oui. Mais je te préviens, elle dure plus de cinq minutes et il ne se passe pas grand-chose. Allez, c'est parti. »

L'assassin passait la porte, prenait un panier et entrait dans le supermarché dans ses vêtements de hip-hop trop grands et son sweatshirt à capuche qui lui dissimulait le visage. Il marchait d'une allure assurée et déterminée. Comme un homme qui sait où il va.

Et en même temps, sa façon de déambuler entre les rayons ne laissait à aucun moment penser qu'il était là pour autre chose que pour faire ses courses. Il commençait par le rayon des produits laitiers où il prenait un litre de lait d'avoine de marque Oatly et une bouteille de jus d'oranges fraîchement pressées de chez Brämhult. Puis il se rendait au rayon boulangerie et attrapait un paquet de galettes de seigle Fazer avant de se diriger vers le rayon traiteur. Mais, au lieu de prendre tout de suite un ticket et de se mettre dans la file d'attente, il se contentait d'un rapide coup d'œil vers le comptoir et passait son chemin pour se rendre au rayon des fruits et légumes, où il posait son panier par terre pour palper quelques avocats avant de s'approcher d'une montagne de tomates en grappes devant laquelle il faisait longuement son choix.

Après avoir fait un nœud à son sachet de tomates, il avançait jusqu'à l'angle du présentoir où se trouvaient les pommes de terre. Mais à mi-chemin, il changeait d'avis et retournait au rayon traiteur. Cette fois, il prenait un ticket et attendait son tour.

À aucun moment de la séquence, ils ne virent son visage, mais il était impossible de savoir si c'était parce qu'il avait une idée précise de l'emplacement des caméras ou un hasard malencontreux.

Quarante-trois secondes plus tard, il avançait jusqu'au comptoir sans que rien le laisse présager, sautait par-dessus et plantait un couteau dans le corps de Lennart Andersson.

Le sang giclait abondamment du cou du malheureux pendant plusieurs secondes avant qu'il parvienne à retirer le couteau et à le jeter loin de lui, et qu'il pose sa main sur la plaie avec un regard aussi incrédule qu'effrayé. Manifestement, il n'avait jamais rencontré son agresseur auparavant. Ensuite, le meurtrier s'emparait d'un deuxième couteau sur le billot et le plantait à plusieurs reprises dans sa victime, toujours debout et combattive malgré ses innombrables blessures.

Puis, quand avec un cinquième coup de couteau le meurtrier parvenait à faire passer la lame entre les côtes de sa victime, celle-ci succombait et sortait du cadre. Ensuite on voyait l'agresseur s'emparer d'un hachoir à viande et le lever au-dessus de sa tête.

« Ça suffit, là, non ? » Klippan mit le film sur pause et se tourna vers le reste de l'équipe. « Je ne sais pas ce que vous en pensez, mais moi je vois deux moments qui méritent qu'on en discute.

— Bien. Alors commençons par ceux-là », dit Tuvesson.

Klippan acquiesça et il revint quelques images en arrière. « Voici le premier. » Il figea le film sur le plan où l'agresseur plantait le couteau dans le cou d'Andersson. « Est-ce que l'un d'entre vous voit de quoi je veux parler ?

— Pourquoi, on devrait ? » Tuvesson se pencha un peu pour examiner l'image arrêtée, qui lui évoquait les films d'horreur qu'on se passait sous le manteau au tout début de l'ère du film vidéo.

« Oui. Je dirais même que cela saute aux yeux, rétorqua Molander tout en chaussant ses lunettes de lecture et en se mettant à feuilleter ses documents.

— Parfait, dit Klippan. À part Ingvar, quelqu'un d'autre a les yeux en face des trous, ce matin ?

— Arrête, Klippan, dit Lilja après un soupir excédé. Tu ne veux pas qu'on attende le repas de Noël du commissariat pour jouer aux devinettes, et qu'on travaille un peu ?

— D'accord, alors Ingvar remporte la victoire par abandon des adversaires. » Klippan distribua une photo de la scène de crime, sur laquelle on voyait Lennart Andersson allongé dans une mare de sang avec une fourchette à viande enfoncée dans la joue, à proximité du nez. « Vous voyez mieux, là ? »

Fabian et les autres hochèrent la tête. Cette fois, ils avaient compris.

Sur le plan figé de la caméra de surveillance, le traiteur avait une abondante toison sur le crâne, alors que sur la photo prise après sa mort il ne lui restait que quelques cheveux en couronne autour de la tête.

« Il portait un postiche ? dit Tuvesson.

— Il semblerait, dit Klippan.

— Tu veux dire que son meurtrier l'a emporté ?

— C'est possible, non ?

— Tu penses à la frange coupée de Molly Wessman, dit Fabian.

— Exactement. Peut-être y a-t-il malgré tout une relation entre les deux crimes.

— Et quelle serait-elle ? s'enquit Tuvesson. À part cette histoire de cheveux, les deux affaires n'ont rien en commun.

— Je ne sais pas. » Klippan haussa les épaules. « Peut-être que les deux victimes se connaissaient ? Peut-être étaient-elles toutes les deux en contact avec le meurtrier pour des raisons diverses ? Ou alors, elles étaient simplement…

— Je t'arrête tout de suite, intervint Molander en retirant ses lunettes tandis que le portable de Lilja vibrait à nouveau. Il n'y a aucun rapport entre les deux victimes. Même pas en ce qui concerne ton histoire de cheveux.

— Pourquoi, vous avez trouvé le postiche ? »

Molander acquiesça. « Il avait glissé sous le comptoir. Désolé de te décevoir, Klippan.

— Pas de problème. C'était juste une hypothèse. »

Sale petite pute juive. On verra si tu la ramènes encore quand on t'aura violée par tous les trous. Quand on t'aura pissé dessus et enculée si fort avec une lame qu'il ne te restera plus une goutte de sang juif dans le corps. On verra si ta plaque de police pourra encore t'aider à ce moment-là.

P-S : J'espère que tu as aimé ta nouvelle pelouse.

« Qu'est-ce qui se passe, Irene ? lui demanda Tuvesson ? Tu es sûre que ça va ? »

Lilja leva les yeux de l'écran de son portable. « Oui, ça va. Je suis juste un peu fatiguée.

— Tu es sûre ?

— Certaine. On peut continuer ?

— OK, reprit Klippan en appuyant sur Play afin que le criminel puisse recommencer à transpercer sa victime de coups de couteau. Comme vous l'avez sans doute constaté, la description de l'agresseur varie énormément d'un témoin à l'autre. Certains disent qu'il avait un grand nez, d'autres qu'il était petit. Une personne prétend qu'il était prognathe, une autre qu'il avait le menton fuyant. La seule caractéristique sur laquelle tout le monde semble s'entendre est qu'il avait l'air "bizarre". Là-dessus ils étaient tous d'accord, et c'est en voyant ce qui va suivre que j'ai compris ce qu'ils voulaient dire. » Il mit le film sur pause et l'avança ensuite, image par image.

Une seule et unique fois, et seulement pendant une petite seconde, le meurtrier tourna le visage vers l'objectif de la caméra de surveillance, et les autres comprirent à leur tour.

Le meurtrier avait vraiment un physique particulier, sans qu'il soit possible de le décrire. Il avait la peau sombre, mais c'était autre chose. En fait, c'était tout le reste. Le nez, par exemple, qui était légèrement de travers, comme si le type venait de perdre un match de boxe. Et la joue droite qui pendait, un peu plus basse que la gauche. Sans parler des yeux. C'était indiscutablement un visage *bizarre*. On aurait dit qu'il n'allait pas avec le reste de l'individu.

« Vous avez vu ça ? leur demanda Klippan, pointant à l'aide du stylo laser les bras du meurtrier levés au-dessus de sa tête, le hachoir entre les mains, et s'arrêtant sur une partie plus claire entre la manche du *hoodie* et le gant.

— Oui, c'est son poignet, commenta Tuvesson.

— Bien vu, patronne. Mais tu ne remarques pas la différence de couleur de peau, plus claire que celle du visage ? »

Tuvesson hocha la tête. « Tu veux dire que le visage que nous voyons sur ces images n'est pas le sien ?

— C'est ça. C'est un masque. Et pas un masque lambda acheté chez Jour de fête. À mon avis, il vient de chez un vrai créateur de masques.

— Ce qui signifie que le meurtre était prémédité et pas l'acte d'un homme pris d'un brusque coup de folie.

— C'est mon avis.

— Alors il doit exister un lien entre le meurtrier et sa victime, dit Molander.

— Mais encore ? »

Molander haussa les épaules. « Je ne sais pas, ça peut être n'importe quoi. Une dette de jeu ou une histoire de coucherie avec la femme du voisin ? »

Une histoire de coucherie avec la femme du voisin ! Fabian avait du mal à croire que c'était Molander qui venait de dire ça. S'agissait-il d'un simple lapsus ou Ingvar Molander jouait-il avec lui comme un chat joue avec une souris ? Était-ce sa façon de lui montrer qu'il savait qu'il savait, et qu'il avait tellement de points d'avance sur lui qu'il n'était même pas inquiet ?

« Attendez une seconde, s'exclama soudain Lilja, levant les yeux de son portable. Tout ça ne vous fait pas penser à l'acte d'un schizophrène ?

— Explique-toi, dit Tuvesson en dévissant le bouchon de la Thermos de café, pour s'apercevoir qu'elle était vide.

— Je ne sais pas, mais il y a un truc qui ne colle pas. Enfin, moi en tout cas je ne le comprends pas. Je veux dire, quand une personne normale décide de tuer quelqu'un, elle ne le fait pas devant des caméras de surveillance et un tas de témoins dans une grande surface, si ?

— Il a peut-être voulu compliquer notre travail en donnant volontairement l'impression que son acte était spontané ?

— Dans ce cas, il aurait eu des tas de moyens plus simples que celui-là. Comme l'écraser avec une voiture et s'enfuir. Ou si vraiment il a une prédilection pour les couteaux, il ne devait pas être plus compliqué de faire croire à un cambriolage qui a mal tourné. Ou encore plus simple, il aurait pu se faire passer pour un fou en pétant un plomb en public et en se jetant sur le premier venu.

— C'est vrai, dit Tuvesson, mais aussi étrange que ça puisse paraître, il a choisi de commettre son meurtre au supermarché Ica. Alors maintenant, à nous de trouver ce qui a pu le pousser à cela.

— Et si c'était l'inverse ? dit Fabian, attirant aussitôt l'attention de tout le monde autour de la table. S'il cherchait à se faire remarquer ? Si son but était justement de commettre le crime devant un maximum de témoins.

— Pourquoi se serait-il donné la peine de mettre un masque, dans ce cas ? demanda Molander. Sans parler des caméras de surveillance. Si son intention était qu'on le voie, il se serait tourné vers les caméras, non ?

— Les films de surveillance dont la police a la possibilité d'agrandir chaque image pour l'analyser en détail sont une chose et les témoins en sont une autre. Mais j'aurais peut-être dû poser la question différemment. Au lieu de nous demander pourquoi il porte un masque, est-ce que nous ne devrions pas nous demander pourquoi il a essayé de se faire passer pour un homme à la peau brune ? »

Un silence se fit dans la salle de réunion, comme s'ils avaient tous eu besoin d'un petit moment pour absorber ce que Fabian venait de dire. Lilja fut la première à le rompre.

« Si je comprends bien, tu crois que le mobile pourrait être raciste.

— Je sais que c'est ce que tu as suggéré dès le début de l'affaire de la buanderie, et sans nous emballer trop vite je pense en effet que c'est une piste à envisager.

— Tu oublies simplement qu'Assar Skanås est un pédophile, pas un raciste, signala Klippan. De plus, il serait totalement incapable, à mon avis, de mener à bien un projet aussi élaboré.

— Qui dit que c'est lui ? On ne sait même pas s'il a tué Moonif Ganem. Tout ce qu'on sait, pour le moment, c'est qu'il se trouvait dans cette buanderie collective ce jour-là, approximativement à la même heure.

— Qu'est-ce que tu essayes de nous dire, Fabian ? demanda Tuvesson. Tu penses qu'il y a un lien entre le meurtre de Moonif Ganem et celui de Lennart Andersson ?

— Pas nécessairement. Mais c'est difficile de ne pas y penser. D'abord, il tue un petit garçon de la manière la plus brutale et la plus spectaculaire qui soit. L'important n'étant pas qui était ce gamin, mais la couleur de sa peau. Ensuite, il commet peut-être ces actes pyromanes, causant la mort de trois réfugiés demandeurs d'asile. Et enfin, il enfonce le clou en revêtant un masque d'homme de couleur pour aller tuer Lennart Andersson, un homme blanc, hétérosexuel, d'âge moyen, devant une foule de témoins. »

53

Comment réagiriez-vous en apprenant que la personne avec qui vous partagez votre existence a tué au moins trois personnes innocentes, dont l'une est votre propre père ? Seriez-vous même capable de le croire ou bien rejetteriez-vous une telle absurdité comme ne pouvant être qu'un malentendu ?

En roulant vers le domicile des Molander, Fabian se demandait comment exposer à Gertrud le motif de sa visite sans qu'elle se braque, et comment apprendre ce qu'elle avait dit à son mari sans risquer de lui révéler ce qu'il savait.

Quelle que soit la manière dont il présenterait les choses, il courait le risque d'aggraver la situation. Mais il n'avait pas le choix. S'il ne faisait rien, Molander ne tarderait pas à élaborer un plan pour se débarrasser de lui, et vu sous cet angle, il se dit qu'il avait déjà beaucoup trop attendu.

Il ouvrit le portail et parcourut l'allée de dalles en ardoise, qui malgré leurs formes irrégulières étaient si parfaitement jointes que pas un brin d'herbe n'avait réussi à se frayer un chemin vers la lumière. Devant la porte d'entrée, il respira profondément pour se donner du courage, pressa le bouton de la sonnette suffisamment longtemps pour être certain qu'elle l'avait entendu, puis recula d'un pas afin de ne pas gêner l'ouverture de la porte qui, comme cela semblait être la règle pour tout chez les Molander, avait été traitée depuis peu et sentait bon l'huile de teck.

Un silence assourdissant lui répondit, et il se fit la réflexion qu'aucun silence n'était comparable à celui qui sépare l'action d'une sonnette et l'ouverture de la porte. Combien de temps fallait-il attendre avant de sonner à nouveau ? Une minute ? Deux ? Moins ?

Et comment devait-il se tenir ? Basculant le poids de son corps d'un pied sur l'autre, il se sentait raide et gauche. Et ses mains, que pourrait-il bien en faire ? En les laissant pendre le long de son corps, il se sentit nu et vulnérable. Il ne pouvait pas non plus les enfoncer dans les poches avant de son pantalon, ni dans les poches arrière et pas non plus dans celles de sa veste.

Au bout d'un moment, il se rapprocha de la porte et sonna de nouveau. Cette fois, il laissa le doigt assez longtemps sur le bouton de la sonnette pour en garder la marque circulaire au bout de son index.

Gertrud avait-elle vu que c'était lui ? Était-ce pour cela qu'elle refusait d'ouvrir ? Avait-elle compris la raison de sa présence et prévenu son mari ? Peut-être était-il déjà en route, parti de chez Molly Wessman pour rentrer chez lui.

En tout cas, elle devait être là puisque sa voiture était garée dans l'allée et que plusieurs fenêtres de la maison étaient éclairées. En revanche, le vélo sur lequel il l'avait vue la veille n'était visible nulle part. Elle était peut-être sortie faire une course. Il n'avait pas encore commencé à pleuvoir, mais la pluie menaçait, si Gertrud ne voulait pas être trempée, elle avait intérêt à se dépêcher.

C'était sûrement pour cela qu'il avait froid, tout à coup. À quelques jours du solstice d'été, il faisait certes anormalement froid… à moins qu'il fasse toujours cette température-là à cette époque ? Un ciel couvert et à peine quatre ou cinq degrés de plus qu'à Noël. Malgré cette sensation de froid, il sentit une goutte de sueur lui couler dans le dos.

Alors qu'il n'était pas d'un tempérament inquiet, ses mains tremblaient si fort qu'il dut quand même les enfoncer dans sa poche, quand soudain une Gertrud en tablier et bigoudis ouvrit la porte, le scrutant comme si elle avait du mal à le reconnaître.

« C'est toi, Fabian ? Je ne comprenais pas qui pouvait bien sonner à la porte à une heure pareille.

— Salut, Gertrud. » Il ressortit les mains de ses poches et lui tendit la droite, bien qu'elle fût tout sauf assurée. « Tu as une petite minute à m'accorder ?

— Euh, oui, de quoi s'agit-il ? Rien de grave, j'espère.

— Si cela ne t'ennuie pas, je préférerais que nous en parlions à l'intérieur. Il ne va pas tarder à pleuvoir, je crois.

— Oui bien sûr, désolée, entre, je t'en prie. » Elle s'effaça pour le laisser passer et ferma la porte derrière lui. « On va aller s'asseoir dans le salon. Tu veux un café ?

— Non merci, c'est gentil. » Il retira ses chaussures et s'aperçut qu'il avait encore une chaussette trouée au talon. « Je ne reste pas longtemps. » Il la suivit dans un séjour décoré entièrement dans les tons beiges et blancs, jetant un coup d'œil au passage à la vitrine dans laquelle Gertrud gardait sa collection de hiboux en cristal qui, à l'en croire, avait échappé à son contrôle depuis que de nombreuses personnes s'obstinaient à lui en offrir un nouveau à chacune de leurs visites.

« Il est sympathique, je trouve, dit Gertrud en posant sur la table basse un plateau avec une carafe d'eau et deux verres.

— Pardon, qui ça ?

— Eh bien, Reidar ! De qui veux-tu que je parle ? L'homme avec qui tu étais hier. » Elle s'assit sur le bras du canapé. « Un peu d'eau ?

— Non, merci, ça va », répondit-il pour la simple raison que sa main tremblait trop pour qu'il se sente capable de boire sans renverser. Il prit place dans un fauteuil en se demandant si elle avait mentionné Reidar parce qu'elle avait déjà compris le motif de sa visite.

« Je dois dire que je suis admirative de la façon dont il a rebondi après cette horrible histoire qui est arrivée à son épouse. Et il a même trouvé une nouvelle compagne. C'est formidable, je trouve. Quand je pense qu'il y en a qui ne parviennent pas à refaire leur vie après un simple divorce. Je ne comprends même pas comment il arrive à se lever le matin. » Elle posa une main sur sa poitrine en secouant la tête d'un air désolé. « C'est atroce, quand on y pense. »

Est-ce qu'elle s'était préparée à sa visite ? Est-ce qu'elle essayait de savoir où il en était de ses soupçons ?

« La simple idée de me retrouver seule s'il arrivait quelque chose à Ingvar ! Je ne sais pas comment je ferais pour m'en sortir sans lui. Je suis contente que vous ayez rouvert l'enquête.

— Oui, moi aussi. C'est d'ailleurs de cela que je voulais te parler.

— Ah bon ? Il y a du nouveau ? Je veux dire, vous avez un suspect ? Vous l'avez déjà arrêté, peut-être ?

— Tu sais bien, Gertrud, que je ne peux pas…

— Tu as raison. Cela ne me concerne pas. Ingvar ne m'en a jamais parlé. Après tout, je n'étais que sa voisine…

— Écoute, Gertrud. » Pour l'interrompre, Fabian leva sa main, qui avait enfin cessé de trembler. « Comme tu le comprends sans doute, je ne peux pas te révéler où nous en sommes exactement. » Son agitation à elle lui avait fait retrouver son calme. Manifestement, elle ne jouait pas la comédie et elle n'avait aucune arrière-pensée. « Tout ce que je peux te dire, c'est que pour différentes raisons liées à l'investigation, nous avançons dans le plus grand secret et ne révélerons rien aux médias. C'est pourquoi je suis venu te demander de ne parler à personne de cette enquête ni même du fait qu'elle a été rouverte.

— Évidemment, Fabian. Pour qui est-ce que tu me prends ? Ça fait bientôt trente ans que je suis mariée avec un homme qui travaille dans la police. De quoi est-ce que cela aurait l'air si je me mettais à discuter avec tout le monde de ce qu'Ingvar me raconte le soir à table ?

— Tu veux dire qu'Ingvar évoque devant toi des sujets censés être protégés par le secret professionnel ? »

Gertrud poussa un soupir. « Enfin, Fabian, tu ne vas pas prétendre qu'il ne t'est jamais arrivé de raconter à Sonja des choses qu'elle n'est pas censée entendre ?

— C'est peut-être arrivé une fois ou deux. Mais pour son bien, j'essaye de le faire le moins possible. Et à propos, est-ce que tu as parlé de tout cela à ton mari ?

— Je ne suis pas sûre de comprendre ta question. Est-ce que je lui ai parlé de quoi ?

— De l'enquête. Du fait qu'elle a été rouverte. »

Gertrud le regarda comme si tout à coup elle révisait son jugement sur la raison de sa visite et réalisait qu'elle devait faire très attention à ce qu'elle disait. La pluie commença à tomber au même instant. Et puis son visage se fendit d'un large sourire et elle déclara : « Non, non, rassure-toi, je ne lui ai rien dit du tout. D'ailleurs on ne s'est pratiquement pas vus depuis quelques jours. Je serais même incapable de te dire à quelle heure il est rentré hier soir. Mais il devait être tard, car je dormais déjà comme une souche.

— Alors hier, vous ne vous êtes pas vus du tout ?

— Si, il est rentré déjeuner, comme tous les jours. Et puis il a reçu une alerte sur son portable, ou je ne sais quoi, et il a été obligé de repartir.

— Quel genre d'alerte ?

— Aucune idée. Il vaut mieux que tu lui poses la question à lui.

— En fait, tu n'as pas eu le temps de le lui dire.

— Voilà. C'est ça. »

Bon, alors elle ne lui avait rien raconté. « Tant mieux, dit-il en hochant la tête. Et je te serais reconnaissant d'éviter d'aborder ce sujet à l'avenir.

— Alors là, je suis un peu obligée de te demander pourquoi. Vous faites équipe, si je ne m'abuse ? Et tu me dis que je dois garder le silence sur une question qui concerne votre travail ? dit-elle incrédule. Je t'avoue que je trouve cela étonnant.

— Je comprends que cela puisse te sembler étrange. »

À présent, il fallait qu'il reste calme et qu'il ne parle ni trop vite ni trop lentement. La moindre hésitation de sa part et elle le percerait à jour. « En fait, cette nouvelle enquête est à un stade si précoce qu'on ne peut pas encore parler de réouverture officielle. Et avant d'en savoir un peu plus, je préfère garder pour moi le plus d'éléments possible.

— Tu veux dire que ni Tuvesson ni personne d'autre de l'équipe n'est au courant. »

Fabian acquiesça. « Avec tout ce qu'on a sur les bras en ce moment, Tuvesson n'apprécierait pas du tout que j'aie passé presque une heure hier avec Reidar. » Il voyait dans son regard que Gertrud était toujours sceptique, et jugea que ses mains étaient suffisamment calmes à présent pour qu'il puisse se verser un verre d'eau. « Je ne sais pas comment est Ingvar à la maison, mais au bureau c'est une vraie pipelette, et je ne serais pas surpris qu'il lâche l'information par mégarde devant la machine à café.

— D'accord, dit Gertrud en riant. Je te promets que ton secret sera bien gardé avec moi.

— Ce n'est pas un secret, c'est juste que…

— Je comprends, Fabian. » Elle le regardait à présent avec une gravité qu'il avait du mal à interpréter. « Et si par mon silence je peux t'aider à trouver le coupable, alors tu peux compter sur moi. » Elle expira lentement et ferma les yeux avec un air douloureux. « Je n'oublierai jamais le jour où Ingvar est rentré à la maison et qu'il m'a raconté que ce médecin légiste aux cheveux longs avait identifié le corps échoué sur la plage de Ven. » Ses yeux se mouillèrent et elle sortit un mouchoir de sa poche. « Ce n'étaient pas seulement des voisins, tu comprends ? C'étaient aussi des amis. Nous dînions avec eux régulièrement, et une fois par semaine Inga et moi faisions du yoga ensemble. Je ne parviens pas à accepter qu'un être humain puisse infliger cela à un autre être humain.

— Quand est-ce qu'il est venu te le raconter ?

— Je me souviens que c'était un lundi après-midi, il y a bientôt cinq ans. Cinq ans déjà, et j'ai l'impression que c'était hier. J'étais en train de vider nos bagages et de faire des lessives après un week-end prolongé à Berlin qu'Ingvar m'avait fait la surprise de m'offrir, quand tout à coup il est apparu à la porte de la buanderie et m'a demandé de venir m'asseoir dans la cuisine parce qu'il avait une chose importante à me dire. Il avait même pensé à me verser un verre d'eau…

— Attends une seconde, l'interrompit Fabian en reposant le verre, dans lequel il n'avait pas encore bu. Quand êtes-vous allés à Berlin ?

— Nous étions partis le jeudi de la semaine précédente et sommes revenus le dimanche soir. C'était notre anniversaire de mariage et Ingvar s'était occupé de toutes les réservations. L'hôtel, le vol et même des tables dans plusieurs restaurants. C'était tellement surprenant venant de lui, quand j'y repense.

— Ingvar et toi étiez donc à Berlin au moment où le crime a été commis ?

— Oui, pourquoi ?

— Pour rien, je l'ignorais, c'est tout. » Il se força à sourire, alors que toute sa théorie était en train de s'écrouler. « J'habitais encore à Stockholm, à l'époque », dit-il pour masquer sa surprise. S'il s'avérait que Molander avait un alibi pour le meurtre d'Inga Dahlberg, tout le reste de la construction tombait comme une rangée de dominos, malgré le mal qu'ils s'étaient donné, Elvin et lui, à en aligner les éléments l'un après l'autre. Il n'était tout simplement pas possible qu'il se soit trouvé à Berlin. « Excuse-moi si je suis un peu lent, là, mais tu es sûre que c'est ce week-end-là que vous êtes allés à Berlin ?

— Comme je te l'ai dit, je m'en souviens comme si c'était hier.

— Et vous étiez ensemble tout le temps, Ingvar et toi. Vous ne vous êtes séparés à aucun…

— Excuse-moi, Fabian, mais tu veux bien m'expliquer ce qui t'arrive, là ?

— Rien. Je suis juste…

— Tu es juste quoi ? Qu'est-ce que tu essayes de me dire ? Je ne sais pas où tu es allé chercher cela, mais j'ai l'impression que tu soupçonnes mon mari.

— Non, non, pas du tout. Mon Dieu, bien sûr que non ! s'exclama-t-il, tentant de la rassurer. Je suis simplement un peu surpris parce que cela ne colle pas avec les informations que j'ai.

— Quelles informations ? » Elle se leva et pointa un index accusateur vers lui. « Ingvar et moi étions à Berlin que tu le veuilles ou non.

— Parfait, alors. Je voulais juste en être sûr.

— Je peux même te montrer une photographie, si tu veux. » Elle alla chercher un cadre sur une étagère de la bibliothèque.

« C'est inutile, Gertrud, je te crois. »

Elle posa la photo sur ses genoux. « Voilà, comme ça tu l'auras vu de tes propres yeux.

— Excuse-moi, Gertrud. Loin de moi l'idée de douter de ta parole. » Il regarda la photo sur laquelle on voyait Gertrud et Molander une tasse de café à la main et un apfelstrudel à moitié consommé dans leurs assiettes. « Cela m'a surpris que vous soyez allés à Berlin précisément ce week-end-là. C'est tout.

— Je ne sais pas si tu y es déjà allé, mais la photo a été prise au café Einstein Stammhaus, l'un des rares cafés traditionnels de Berlin qui ait survécu à la guerre.

— Je connais, évidemment, dit-il en contemplant le cliché qui fournissait à Molander exactement l'alibi dont il avait besoin.

— Ingvar m'a raconté ce jour-là que cette maison était un cadeau de Goebbels à sa maîtresse, avant de devenir un casino, des années plus tard. On y sentait réellement le souffle de l'histoire. Regarde au dos. » Elle lui prit le cadre des mains, le retourna, retira la partie arrière, sortit la photographie et montra à Fabian le tampon de la date imprimé par l'appareil photo : 24 août 2007. « Tu sais cela beaucoup mieux que moi sans doute, mais il me semble me souvenir que c'est précisément la date à laquelle Inga Dahlberg a été tuée. »

Fabian hocha la tête. Elle avait raison. C'était ce jour-là. Il aurait dû être content et soulagé. Le coupable n'était pas leur collègue, après tout. Mais tout ce qu'il ressentait, c'était de la déception. Il avait été tellement convaincu qu'Elvin et lui étaient sur la bonne voie. Les pièces du puzzle trouvaient leur place l'une après l'autre, et un scénario aussi crédible que terrifiant avait commencé à se dessiner. Mais à présent, les fondations sur lesquelles reposait toute leur théorie n'existaient plus, et de celle-ci il ne restait plus rien.

« Si je me souviens bien, il y a d'autres photos quelque part, poursuivit Gertrud. Il me semble qu'on en avait tout un album.

— Ne t'inquiète pas, ce ne sera pas nécessaire. »

Son téléphone vibra dans sa poche, mais il se sentit incapable de répondre. Pas tout de suite.

« Ce n'est pas ton portable ? »

Fabian acquiesça et sortit le portable de sa poche dans l'intention de refuser l'appel, quand il vit que c'était Molander. « Salut, je te croyais chez Molly Wessman. Tu ne m'as pas dit que tu ne voulais être dérangé sous aucun prétexte ? » dit-il en décrochant, tout en examinant la photo dans l'espoir d'y découvrir un détail qui ne collerait pas.

« *C'est exact*, rétorqua Molander. *Mais ce n'est pas la même chose quand on appelle soi-même, si ?* »

Il pouvait s'agir de n'importe quoi. Le contour d'une chevelure qui aurait semblé travaillée avec Photoshop, une ombre qui aurait dû être là et qui n'y était pas, ou encore un éclairage qui ne collait pas avec le reste.

« Tu as trouvé quelque chose ?

— *C'est le moins qu'on puisse dire. Alors quoi que tu aies entre les mains en ce moment, je te suggère de le lâcher fissa et de ramener tes fesses ici.* »

N'importe quoi qui soit susceptible de faire crever ce foutu alibi afin que l'immonde vérité puisse s'écouler librement une fois pour toutes.

54

Fabian gara sa voiture derrière le fourgon blanc de Molander et coupa son moteur. La radio, qui diffusait une interview de Tuvesson rappelant que la traque d'Assar Skanås, le pédophile soupçonné de meurtre, était à son cinquième jour, s'arrêta en même temps que les essuie-glaces, et la pluie, désormais diluvienne, se mit à former de petites flaques sur le pare-brise, qui se rassemblèrent pour en former de plus grandes, jusqu'à ce que la loi de la gravitation l'emporte sur celle de la tension superficielle.

Au téléphone, Molander lui avait semblé décontracté et d'excellente humeur. Pas une once de soupçon ne transperçait dans sa voix. Il semblait égal à lui-même, fier et impatient de partager la découverte qu'il venait apparemment de faire.

Mais Fabian avait malgré tout beaucoup de peine à croire que Molander l'ait appelé par le plus complet des hasards alors qu'il se trouvait justement chez lui, assis dans son salon en train de parler de lui. Il était plus plausible que son collègue ait suivi toute leur conversation via un micro caché, et décidé de les interrompre.

Si c'était le cas, il s'agissait maintenant de savoir quel était son plan. Il était peu probable que Molander essaye de le liquider dans l'appartement de Molly Wessman, même s'il ne pouvait pas exclure cette hypothèse. Une personne avait déjà été récemment tuée dans cet appartement et c'était Molander lui-même qui supervisait l'expertise scientifique. Mais évidemment, la présence de ses deux assistants allait lui compliquer les choses et tant qu'ils étaient là Fabian ne risquait rien.

Il sortit quand même son arme, y chargea un magasin neuf et la rangea dans son holster sous sa veste. Puis il envoya un texto à Tuvesson en guise de sauvegarde supplémentaire, dans lequel il l'informait que Molander avait fait une découverte intéressante chez Wessman et qu'il le rejoignait là-bas.

Il laissa la clé sur le contact et courut jusqu'à la porte d'entrée. La distance de moins de cinq mètres suffit à le tremper de la tête aux pieds. La porte de l'immeuble était ouverte, bloquée par une cale sifflet. Plusieurs seaux marqués de triangles rouges et une sacoche à outils étant posés sur le sol devant la porte de l'ascenseur, il prit l'escalier.

Après avoir attendu un petit moment devant la porte pour laisser le plus gros de l'eau s'écouler de ses vêtements, il passa une main dans ses cheveux humides, démarra la fonction dictaphone de son portable et pénétra dans l'appartement.

Il avait bien sûr envisagé d'ignorer l'invitation d'Ingvar, mais s'était dit que cela engendrerait un tas de questions, surtout s'il avait réellement trouvé quelque chose.

Il avait aussi failli demander à Klippan ou à un autre membre de l'équipe de l'accompagner. Mais cela n'aurait contrecarré que de manière ponctuelle les projets de Molander, en admettant qu'il en ait. Et dans ce cas, Fabian savait qu'il ne lui suffirait pas de fuir ou d'éviter de se trouver seul avec lui.

Il n'avait donc qu'une seule solution, la confrontation directe. Et quitte à choisir celle-là, le plus tôt serait le mieux. Paradoxalement, elle serait même à son avantage, puisque pour l'instant il n'avait aucune preuve tangible contre Molander, alors qu'une tentative de meurtre, même ratée, suffirait à le faire arrêter et donnerait lieu à l'ouverture d'une enquête officielle.

Bref, le mieux qu'il avait à faire pour l'instant était de garder profil bas et de mettre à profit le moindre événement inhabituel. Restait à définir le mot « inhabituel » lorsqu'il s'agissait d'Ingvar Molander.

« Ah te voilà ! Entre ! Entre ! » Abaissant la cagoule de sa combinaison de protection, le chef de la police scientifique l'accueillit dans le hall. « Emil et Janos sont partis déjeuner. La scène de crime est à nous. »

Fabian hocha la tête en avançant sur la bande de plastique qui recouvrait le sol du couloir. Ils n'étaient que tous les deux, il fallait s'y attendre. « Tu as une combi pour moi, ou je reste comme ça ? demanda-t-il.

— Tant que tu évites la chambre, où nous n'avons pas terminé, il n'y a pas de problème. Ici, c'est bon, tu es chez toi. »

Un silence s'installa et Fabian en profita pour s'éloigner un peu. Un bon mètre de distance lui paraissait une précaution utile. « Alors ? Qu'est-ce que tu as découvert ? »

Molander sourit. « Viens voir. » Il recula et lui fit signe d'approcher. Pourquoi ne pouvait-il pas simplement le lui dire au lieu de vouloir à tout prix le lui montrer ? Si ça n'avait pas été si propre à Molander de faire durer le suspense, Fabian aurait hésité à le suivre. Mais en l'occurrence il n'avait pas de raison de ne pas obtempérer.

« Tu te rappelles que tu m'as demandé d'être attentif ? »

Fabian acquiesça, circonspect.

« N'aie pas l'air si étonné. Tu te rappelles quand même m'avoir appelé hier pour me parler d'une boîte à clés ? » dit-il en montrant la porte d'entrée. « Pour être franc, je ne voyais pas pourquoi tu t'attachais au fait que des artisans aient éventuellement eu accès aux clés de son appartement. Mais ! » Molander fit un pas vers lui. « Parfois, on ne comprend pas les choses tout de suite, et, comme dirait l'autre, *si on sait garder l'esprit ouvert, la vie peut vous offrir bien des surprises.*

— Ingvar, demanda Fabian en reculant à nouveau. Qu'est-ce que je fais ici ?

— Eh ! Je te trouve bien nerveux, aujourd'hui. » Molander lui jeta un regard moqueur au-dessus de ses lunettes, qui semblaient vouloir tomber du bout de son nez d'un instant à l'autre. « Ce n'est pas la première fois que je suis dans cette situation, tu comprends ? C'est la deuxième, pour être exact, dit-il en levant deux doigts en l'air. Et pour moi ce n'est pas simple, tu vois ? »

Fabian voyait très bien, mais il ne pouvait ni hocher la tête ni saisir son arme pour reprendre le contrôle, car pour l'instant Molander n'avait rien dit ou fait qui justifie une arrestation.

« Mais il n'y a que nous, ici, et pour un homme comme moi, qui a sa fierté, cela rend les choses un peu plus faciles, poursuivait Molander. Car je suis obligé de l'avouer, si tu ne m'avais pas recommandé d'être aussi attentif j'aurais parfaitement pu passer à côté. »

À nouveau, Fabian était désarçonné et ne savait plus où il voulait en venir. Mais peut-être son collègue essayait-il justement de le troubler et de le déconcentrer.

« Tu vois le câble, au plafond ? » enchaîna Molander en lui montrant un endroit situé derrière lui, sur la droite.

Bien que tourner le dos à Ingvar soit la dernière chose que Fabian ait envie de faire, il n'eut d'autre choix que de regarder ce que lui montrait son collègue. Et effectivement, il vit un câble blanc, tout à fait ordinaire, qui courait dans l'angle du plafond du couloir avant de disparaître dans un trou.

« Eh bien figure-toi qu'il s'agit d'un câble de connexion Internet à très haut débit. Ce qu'on appelle la fibre.

— Ah, OK. » Fabian se tourna à nouveau vers lui en s'efforçant d'avoir l'air intéressé par cette information.

« En soi, cela n'a rien d'extraordinaire. Dans quelques années il y aura la fibre dans tous les foyers. Mais en voyant de quelle façon ce câble avait été posé, cela m'a donné envie d'examiner l'installation de plus près. Le câble part de la cave comme c'est toujours le cas, puisque c'est là que se trouve le point de branchement optique. Ensuite, il remonte par la cage d'ascenseur et ressort à chaque étage pour alimenter les appartements. D'habitude, pour réduire le coût d'installation, on place la box dans l'entrée. Dans une penderie, par exemple. Mais comme tu peux voir, ici, le branchement a été tiré plus loin. Jusqu'à la chambre. Le travail a été fait proprement et ça n'a pas dû être gratuit.

— Peut-être que Molly Wessman préférait avoir le modem dans sa chambre et qu'elle était prête à payer pour ça ? » Fabian haussa les épaules. Où voulait-il en venir ? Qu'est-ce que c'était que cette histoire ?

« C'est possible. Personnellement, j'ai une très mauvaise connexion dans la chambre. C'est ce que prétend Ruth en tout cas, qui passe ses nuits à jouer à Wordfeud au lit. » Il secoua la tête. « Mais cela n'explique pas pourquoi le branchement traverse ce mur-là. » Il pointa du doigt l'endroit où le câble disparaissait dans un trou.

« Pourquoi, il y a quoi de l'autre côté ?

— Bonne question, qu'est-ce qu'il y a de l'autre côté de ce mur ? Ça y est, les petites cellules grises se mettent enfin à fonctionner là-haut, dit Molander en se tapotant la tempe. Viens avec moi, tu vas voir. » Il s'éloigna à reculons dans le corridor et entra dans une pièce en poussant la porte avec son dos. « Allez viens, qu'est-ce que tu attends ? Toi qui étais tellement impatient de savoir. » L'index recourbé, Molander l'attirait vers lui comme un vieux pervers qui propose des bonbons à un enfant.

Discrètement, Fabian posa une main sur sa poitrine pour vérifier que son pistolet était bien là, et il suivit Molander dans la salle de bains : spots au plafond, faïence peinte à la main jusqu'à hauteur de poitrine, un WC, une vasque et un bidet contre le mur de droite ; de l'autre côté était installée une colonne lave-linge sèche-linge sur laquelle était posée une pile de seaux en plastique blanc, et à côté des machines, une baignoire balnéo spacieuse. Bref, une jolie salle de bains haut de gamme qui n'avait rien de particulièrement remarquable.

Là aussi, le sol était protégé par du plastique, habitude de Molander quand il en avait fini avec une pièce mais que lui et son équipe se trouvaient encore dans l'appartement. Le but étant de pouvoir circuler partout sans risquer de polluer la scène de crime. Fabian avait envie de sortir de là au plus vite, mais pour voir le câble au plafond il dut entrer complètement dans la pièce et se retourner.

Les spots au plafond l'éblouirent et il se protégea les yeux d'une main. Il faisait très chaud, sans doute plusieurs degrés de plus que dans le reste de l'appartement. Il avait surtout chaud aux pieds. Le chauffage au sol devait être monté à fond. Mais pour quelle raison ? Il ne comprenait plus rien, sentait sa langue se coller contre son palais et la sueur mouiller ses vêtements déjà trempés par la pluie.

Il aurait fallu qu'il s'asseye et qu'il boive un grand verre d'eau fraîche. Mais ce n'était pas le moment de se détendre, et tant pis si cette chaleur lui donnait la nausée. Il devait rester concentré, réussir à comprendre où Molander voulait en venir et être prêt quand ce serait le moment d'agir.

Il comprit aussitôt qu'il vit le câble. Le câble qui, effectivement, sortait du mur, puis longeait le plafond, passait à travers un petit boîtier et disparaissait à nouveau, à travers un autre trou un peu plus loin. En une seconde, tout se mit en place. Tout ce bavardage autour de leur conversation téléphonique de dimanche, son discours décousu à propos d'artisans et de double de clés, ce câble et le plastique déroulé sur le sol, le chauffage monté au maximum et ces seaux qui, il s'en rendait compte maintenant, étaient les mêmes que ceux qu'il avait vus dans l'entrée avec leur triangle indiquant une matière dangereuse.

« Ça y est, tu viens de comprendre ? » dit Molander derrière lui.

Oui, il venait de comprendre que son collègue s'était servi de ce câble comme d'un leurre pour l'attirer dans la salle de bains et le faire tomber dans cette baignoire.

Acide fluorhydrique. N'était-ce pas ainsi que s'appelait ce produit si caustique qu'on ne pouvait pas l'entreposer dans des récipients en verre, mais uniquement dans du plastique ? Un acide si puissant qu'il pouvait dissoudre un corps humain, le réduire en une masse sanguinolente et visqueuse dont il suffisait de retirer les os pour pouvoir éliminer le reste en le versant dans les W-C et en tirant la chasse.

Il glissa la main dans sa veste et serra les doigts autour de la crosse de son arme. Il n'était pas du tout sûr d'avoir assez de preuves, mais c'était sans importance. Il ne pouvait plus attendre. S'il n'agissait pas maintenant, Molander ne tarderait pas à se jeter sur lui avec une seringue ou un morceau de tissu imbibé d'un anesthésique quelconque.

« C'est bizarre, non ? dit Molander en s'approchant.

— C'est le moins qu'on puisse dire, répondit Fabian en tirant lentement le pistolet de son holster.

— Tu n'es pas d'accord ? demanda encore Molander en désignant le plafond. Je veux dire, pourquoi tirer un câble de cette manière-là ? La première idée qui m'est venue, c'est que cela n'avait aucun sens. Faire un trou dans ce mur porteur qui nécessite une perceuse à percussion et une mèche d'au moins quarante centimètres, pour ensuite ressortir par le même mur là-bas. » Molander secoua la tête. « Totalement incompréhensible. Sauf si l'on prend en considération ce petit boîtier, là, au milieu. Car c'est dans ce petit boîtier que se trouve toute l'explication. » Brusquement il se tourna vers Fabian et demanda. « Tu es sûr que ça va ?

— Pardon ?

— Tu es tout pâle et on dirait que tu vas tomber dans les pommes.

— Ça va. J'ai chaud, c'est tout. » Il lâcha la crosse de son pistolet.

« Oui, c'est un vrai sauna ici. C'est Janos qui a voulu monter le chauffage au sol à fond, pour voir à quelle température pouvait monter la pièce. Il est en train de rénover la salle de bains chez lui. Mais ce n'est pas le sujet. Revenons à notre boîtier, là-haut. J'ai pris la liberté de le regarder de plus près, et il m'a suffi de l'ouvrir pour découvrir le pot aux roses. »

Fabian hocha la tête en s'épongeant le front dans la manche de sa veste.

« Si tu n'as pas déjà deviné, c'est maintenant que tu es censé me poser la question.

— Excuse-moi, je ne comprends pas ce que tu…

— Pff ! Décidément, je ne sais pas ce que tu as, mais tu n'es pas toi-même, aujourd'hui. C'était pareil à la réunion, ce matin. Je ne sais pas où tu avais la tête, mais une chose est sûre, tu n'étais pas avec nous.

— Excuse-moi, mais j'ai pas mal de soucis en ce moment, et si ça ne t'ennuie pas j'aimerais bien qu'on revienne à la raison pour laquelle nous sommes ici. Enfin…

— Tu veux parler de l'œil ? le coupa Molander.

— Hein, quoi ?

— Tu m'as bien entendu. Dans ce boîtier que tu vois là-haut se trouve une petite webcam, la plus petite caméra existant sur le marché, avec un objectif dirigé vers la baignoire et la personne qui est en train d'y prendre du bon temps. Coquin, non ?

— Pardon ? Qu'est-ce que tu viens de dire ? Il y a une webcam là-haut ?

— Ouaip. Et devine où il y en a une deuxième ! Bravo, monsieur, vous pouvez revenir en deuxième semaine… Il y en a une autre dans la chambre à coucher. »

55

Kim Sleizner gara sa voiture rue Thorupsgade, sur la place « handicapé » qui se trouve devant le restaurant Thai Pan, il posa derrière le pare-brise l'attestation que lui avait remise son médecin il y a des lustres, après son opération de la hanche, et continua à pied en prenant la rue Korsgade. Cinquante mètres plus loin il tourna à droite dans Blågårdsgade et sentit aussitôt le dégoût l'envahir et faire des bulles en lui comme un fiel bouillant.

Il y avait peu d'endroits qu'il détestât autant que Blågårdsgade, même s'il ne pouvait pas nier qu'il y avait quelque chose de pittoresque dans ces terrasses de bars où une foule de jeunes gens qui n'avaient rien de mieux à faire que de gaspiller leur argent sirotaient des *macchiatos* préparés avec des grains écoresponsables que quelque Paki avait chié dans une tasse. Lui aussi avait été jeune un jour et, au prix d'un petit effort, il arrivait même à se remémorer une ou deux soirées arrosées passées jadis dans cette rue.

Mais aujourd'hui, rien ne lui aurait fait plus plaisir que démolir toute la zone. De la transformer en un nouveau Ground Zero et de tout rebâtir. On aurait pu y construire un énorme parking, par exemple, n'importe quoi du moment qu'il ne subsiste plus la moindre trace du quartier actuel. Sa haine, car on ne pouvait pas appeler cela autrement, n'avait pas de rapport avec les fusillades qui éclataient régulièrement dans ces rues, ni avec le fait que l'une des principales organisations criminelles de la ville y ait élu domicile.

Non, c'était exclusivement cette connasse de Dunja qui en était la cause. Cette bonne femme arrivait à perturber si bien son sommeil qu'il avait une mine de déterré, et plus il approchait du numéro 4 de la rue Blågårdsgade, plus il se sentait d'humeur méchante.

Après l'histoire de Helsingør, il y a un mois, il avait décidé de la fuir comme la peste. De la garder à distance et de l'observer de loin, espérant la voir s'étioler et crever de solitude.

Mais son silence assourdissant ne l'avait pas laissé en paix. Il avait beau essayer de l'ignorer et de se convaincre que tout allait pour le mieux dans le meilleur des mondes, il n'y arrivait plus.

Disparaître de la sorte, sans laisser derrière soi la moindre trace numérique, était beaucoup plus difficile qu'on ne pouvait le croire. Se procurer un téléphone à carte, fermer son compte Facebook et se désinscrire de tous les réseaux sociaux est une chose. Mais aller jusqu'à détruire ses cartes bancaires et ne plus toucher un centime de l'argent qu'on a sur son compte en est une autre.

Dans le meilleur des cas, il n'y avait pas lieu de s'inquiéter. Après tout, un mois, ce n'est pas très long. Elle était peut-être chez elle, roulée en boule sur son canapé en train d'essayer de comprendre comment il avait fait pour lui tirer le tapis sous les pieds, une fois de plus.

Quoi qu'il en soit, il put constater qu'il y avait toujours sur l'Interphone une étiquette sur laquelle étaient écrits les noms de Carsten Røhmer & Dunja Hougaard. Il décida qu'il était inutile de la prévenir de sa venue. Dès son arrivée en 2009, il avait pris le soin de faire un double des clés de chez elle comme il l'avait fait pour tous les membres de son équipe, mais à quelques exceptions près il ne s'était servi que de celles de Hougaard.

La porte sur la rue avait été mal refermée et il n'eut même pas besoin de la clé pour entrer dans l'immeuble. Il prit l'escalier pour monter à son étage et ouvrit sans difficulté la porte de son appartement. Deux secondes parfaitement silencieuses plus tard, il était dans son vestibule.

Il régnait dans les lieux une odeur de linge mal séché ainsi qu'une vague odeur de friture. C'était exactement ainsi qu'il avait imaginé et espéré son cadre de vie. Une représentation de sa déchéance.

En revanche, l'endroit était différent de l'image qu'il en avait gardée. Il avait le vague souvenir d'avoir vu sur ses murs une série d'affiches encadrées venant du musée d'art moderne Louisiana. À présent, il y avait des photos de la muraille de Chine, d'éléphants et de temples dans le soleil couchant. C'était d'une médiocrité à pleurer. Un lustre chinois rouge avec des glands pendait au-dessus de la table de la cuisine, qui était recouverte d'une nappe en toile cirée rouge sur laquelle étaient alignées plusieurs statuettes de pachydermes de différentes tailles.

« Qu'est-ce que vous fichez là ? »

La question avait été posée avec une voix de crécelle par un petit Chinois hirsute et en léger surpoids.

« Bonjour, monsieur, mon nom est Kim Sleizner. » Il fit un pas vers le type en lui tendant la main, malgré le bruit de la chasse d'eau dans les toilettes et son intime conviction concernant l'absence d'hygiène du peuple chinois.

« Je me fous de savoir si vous vous appelez Kim Sleizner ou Kim Fils de Tortue[1], hurla le Chinois en tendant vers lui un index menaçant, je vous demande ce que vous fabriquez dans mon appartement !

— Désolé, je suis un ami de Dunja, répondit Sleizner en faisant un effort pour ne pas rire. Je passais par hasard.

— Hum, intéressant. » Le Chinois tira sur sa barbichette et hocha la tête un long moment, avec une expression de réflexion feinte. « Alors peut-être que Kim Fils de Tortue pourrait m'expliquer comment il a fait pour entrer dans mon appartement ? » Il croisa les bras et soutint le regard de Sleizner, qui se fendit de l'un de ses sourires patentés.

« Pardonnez-moi de vous avoir dérangé. Mais ma grande amie Dunja habitait cet appartement il y a encore quelques mois et elle m'avait confié ses clés. » Il agita le petit trousseau devant son nez. « Et comme personne n'a ouvert lorsque j'ai sonné, je suis entré pour voir si tout allait bien.

— Vous avez sonné ? C'est étrange, je n'ai pas entendu la sonnette.

— Peut-être ai-je pris le bouton de la lumière pour celui de la sonnette. » Sleizner haussa les épaules et sentit que sa patience ne tenait plus qu'à un fil extrêmement

1. Injure chinoise.

ténu. « Auriez-vous l'obligeance de me dire où je pourrais trouver Dunja ?

— Comment le saurais-je alors que je ne sais pas qui elle est ? Autant demander à un éléphant de s'envoler pour la Lune.

— Son nom est inscrit sur votre porte, vous devez bien avoir une idée.

— Son nom n'est pas du tout inscrit sur ma porte et je ne vois pas pourquoi il y aurait sur ma porte le nom d'une personne que je ne connais pas. D'ailleurs, il n'y a pas de nom sur ma porte. Et la faute à qui ? À Kim fucking Fils de Tortue Sleizner. » L'homme qui devait faire deux têtes de moins que Sleizner se tenait maintenant à quelques centimètres de lui, l'index enfoncé dans sa poitrine. « Parce que si vous n'étiez pas là à me raconter vos salades, j'aurais déjà accroché ceci depuis longtemps », déclara-t-il en allant chercher sur la console de l'entrée un sac en plastique dont il sortit une plaque en laiton qu'il brandit sous le nez de Kim.

Qiang Who, disait la plaque, et Sleizner ne put qu'acquiescer. « OK, mais en bas, sur l'Interphone, c'est bien écrit Dunja Hougaard, ça j'en suis sûr.

— Et alors, est-ce que c'est ma faute, à moi ? Je suis allé voir le syndic de l'immeuble plus de fois qu'il y a de lettres dans le mot éléphant.

— OK, OK, OK, dit Sleizner qui en avait assez à présent de tout ce galimatias. Donc, si j'ai bien compris, vous ne savez rien à propos de Dunja Hougaard ?

— Rien. À part qu'elle a la mauvaise habitude de distribuer les clés de chez moi à n'importe qui, rétorqua le petit homme en arrachant les clés des mains de Sleizner.

— Bon, tant pis », dit-il en commençant à se retirer. Mais il ne pouvait pas décemment reculer devant ce minuscule Chinois obèse. C'était inenvisageable. « Au moins, ces clés sont revenues entre les mains de leur légitime propriétaire. C'est plutôt bien, non ?

— C'est une façon de voir les choses, rétorqua le Chinois qui s'obstinait à se tenir si près de lui que, malgré sa petite taille, Sleizner sentait son haleine. Maintenant je vais vous dire au revoir, nullement ravi d'avoir fait votre connaissance, et à jamais, j'espère. »

Cet imbécile était pire qu'un roquet trop stupide pour réaliser que, plutôt que d'aboyer, il ferait mieux de partir en courant. Il n'y avait sûrement personne d'autre que lui dans l'appartement et Sleizner se dit qu'il n'aurait aucun mal à attaquer par surprise et à neutraliser ce petit jaune grassouillet d'un coup de pied dans le tibia, mais il n'en était pas encore tout à fait là, même s'il aurait adoré le bousculer un peu et entendre le petit craquement de son épaule démise quand il lui immobiliserait les bras dans le dos.

« Haha, très amusant, rassurez-vous, je vais bientôt m'en aller, dit-il à la place, étonné de sa propre patience. Mais avant de partir, j'aurais une chose à vous demander. Appelons cela un petit service en contrepartie du fait que j'ai pris la peine de venir jusqu'ici pour vous rendre vos clés. Vous permettez que je jette un coup d'œil dans l'appartement ? Pas longtemps, cinq, six minutes, maximum. »

L'homme leva les yeux sur Sleizner, se cura le nez et fit une petite boule entre le pouce et l'index avec le fruit de sa pêche, avant de l'expédier d'une pichenette. « Vous êtes plus borné qu'un éléphant autiste, ma parole ! C'est quoi que vous ne comprenez pas dans le mot "adieu" ?

— Je comprends parfaitement, dit Sleizner qui imaginait déjà comment il allait s'y prendre pour nettoyer le sang sur les murs et sortir le corps de l'appartement. Mais Dunja m'avait emprunté un CD et plusieurs autres affaires, et je me dis qu'elle a pu les laisser ici en partant.

— Vous parlez d'un compact disc, c'est ça ?

— Pardon ?

— Vous dites qu'elle vous avait emprunté un CD. Un CD de qui ?

— Ah, euh… » Comment une idée comme celle-là avait-elle pu lui traverser la tête, alors qu'il détestait la musique. « Hum, c'était un album de Huey Lewis & the News. Un *best of* dédicacé par le groupe la dernière fois que je les ai vus en concert, alors vous comprenez, il a une valeur sentimentale. »

Étrangement, le petit homme se mit à réfléchir. Au lieu de dire tout simplement non, il était là, pensif, à gratter sa ridicule petite barbe.

« Waouh, dit-il enfin en hochant la tête. Huey Lewis & the News est l'un de mes groupes favoris. » Il tendit la main en souriant. « Je n'en reviens pas que vous les ayez vus en concert live et pas moi. »

Sleizner accepta à contrecœur de serrer la main du mangeur de crottes de nez en espérant qu'il n'allait pas se mettre à lui poser des questions auxquelles il serait incapable de répondre. « Mais je peux vous garantir que s'il y avait un album d'eux ici, je l'aurais vu. Enfin à part les miens, bien sûr. En revanche, il y a une boîte à chaussures en haut du placard. Peut-être qu'il y a quelque chose là-dedans qui vous appartient. Attendez-moi ici, je vais la chercher. »

Il disparut au fond de l'appartement et Sleizner en profita pour jeter un coup d'œil dans le séjour. Décidément, le gars était obsédé par les éléphants. Des rideaux au tapis en passant par les coussins, il y avait des éléphants partout. Idem pour les bibelots de la bibliothèque : des éléphants. De part et d'autre de la télé : des statues d'éléphants. Même les pieds de la table basse étaient en forme de pattes d'éléphant.

« Tenez », dit le Chinois en revenant avec la boîte à chaussures.

Alors cette petite pute avait quand même oublié quelque chose. Il ne savait pas à quoi s'attendre. Avec un peu de chance, ce serait intéressant. Une adresse, un numéro de téléphone, un ticket de caisse de chez Netto ou des bons de réduction au bar Joe & the Juice. L'objet n'avait pas d'importance, du moment qu'il lui permettait de progresser dans sa quête.

En haut du carton se trouvaient des cartes postales qui étaient en réalité des publicités. Il y avait aussi une montre-bracelet arrêtée à onze heures moins sept minutes le 21 août, des stylos, un chewing-gum déjà mâché et une boîte de réglisses Ga-Jol qui fit du bruit quand il l'agita. Tout à fait au fond, il trouva un carnet de notes dont la moitié des pages avaient été arrachées, mais en le levant dans la lumière il fut enfin récompensé pour sa peine.

Comme il l'espérait, elle avait griffonné quelque chose et arraché la page en pensant n'avoir laissé aucune trace derrière elle. Mais cette idiote avait appuyé assez fort avec le stylo pour qu'il puisse sans difficulté lire en creux sur la page suivante qu'il s'agissait de chiffres. Dix, exactement. Il devait s'agir d'un numéro de portable ou peut-être d'un numéro de Sécurité sociale. L'un ou l'autre, aucune importance du moment que cela lui permettait d'avancer.

« Merci beaucoup. Vous m'avez été d'une grande aide. » Sleizner arracha la page et allait laisser sur place le carton et tout son contenu, quand il s'aperçut qu'il y avait d'autres notes sur la page suivante. Celles-là étaient parfaitement lisibles et écrites à l'encre noire.

Tu peux essayer si ça te chante
Mais ce n'est ni un numéro de téléphone ni un numéro de Sécurité sociale
Juste une série de chiffres choisis au hasard, pour m'amuser
Alors, si j'ai un conseil à te donner, arrête tout de suite
Tu ne me retrouveras jamais
En revanche, moi je te retrouverai un jour
Au moment où tu t'y attendras le moins
Et je frapperai là où ça te fera le plus mal.

56

Fabian descendit de voiture, nota distraitement que la pluie s'était arrêtée et actionna la fermeture centralisée des portes comme un homme qui marche les yeux bandés au bord d'un précipice. Il était en vie mais ne savait pas s'il devait se réjouir que Molander n'ait pas encore annoncé la couleur. Tout était redevenu flou, il n'avait plus aucune certitude.

Même le meurtre d'Inga Dahlberg s'était transformé en un énorme point d'interrogation, à cause de ce voyage à Berlin, et tant qu'il n'aurait pas démonté cet alibi il n'aurait d'autre solution que d'imiter Molander et de continuer à travailler comme si de rien n'était.

Ces caméras cachées étaient une piste très intéressante, bien sûr. Sa première idée était que Molly Wessman les avait elle-même installées. Il n'y aurait rien eu de surprenant à ce qu'une fille avec un tatouage comme celui-là et qui fréquentait l'As de pique soit une exhibitionniste. D'après Molander, la discrétion de l'installation avait nécessité du temps et des moyens considérables, ce qui pouvait s'expliquer par le fait qu'elle ne voulait pas que ses invités ou ses amants remarquent le dispositif.

Mais comme Molander n'avait pas trouvé le serveur où étaient envoyées les images, ni aucun moyen d'éteindre les caméras à part en sectionnant les câbles, ils en étaient arrivés à la conclusion que Molly Wessman ignorait qu'elle était surveillée.

Il semblait en outre évident que ces caméras avaient été placées dans les deux pièces au moment de l'installation de la fibre dans l'immeuble. Un travail qui d'après le syndicat des copropriétaires avait pris une bonne semaine à l'automne 2011 et avait été réalisé par la société Fiberbolaget SA.

Il avait essayé de joindre le directeur, Eric Jacobsén, mais d'après la standardiste celui-ci était en rendez-vous à l'extérieur pour des devis et ne serait de retour que dans l'après-midi. Elle n'avait pas voulu communiquer à Fabian son numéro de portable. En revanche, elle avait promis de transmettre son message afin que Jacobsén le rappelle.

Eric Jacobsén était un nom assez commun, mais celui-là faisait partie des quelques privilégiés qui avaient les moyens d'habiter rue Slottsvägen à Laröd, au nord de Helsingborg, du bon côté de Larödvägen, dans la partie ancienne, avec les pieds dans l'eau. À en juger par les voitures garées dans les allées, Jacobsén n'était pas le seul à bien gagner sa vie, dans le quartier, même s'il semblait porter le maillot jaune.

Devant le numéro 10, il n'y avait pas moins de quatre véhicules. À côté du fourgon noir portant le logo de la société Fiberbolaget étaient garées une grosse Lexus bleu marine, une Lamborghini et une vieille Coccinelle jaune en parfait état.

Alors que Fabian s'apprêtait à soulever le heurtoir en bronze en forme de main, la porte d'entrée s'ouvrit sur un homme en costume et chemise blanche qui, un attaché-case à la main, semblait être sur le départ.

« Excusez-moi, monsieur, vous ne seriez pas Eric Jacobsén, par hasard ?

— Si, en effet. » L'homme s'arrêta et regarda Fabian d'un air surpris. « De quoi s'agit-il ?

— Mon nom est Fabian Risk. Je suis de la police de Helsingborg. » Il montra son badge. « Vous auriez quelques minutes à m'accorder ?

— Pas vraiment. » L'homme passa une main dans sa mèche blonde. « J'ai rendez-vous avec un client et je suis déjà en retard. Je n'apprendrai sans doute jamais à partir à l'heure. Ça ne peut pas attendre demain, ou encore mieux, la fin de la semaine ?

— Malheureusement non. Mais j'espère ne pas en avoir pour longtemps. Est-ce bien votre société qui a installé la fibre dans un immeuble situé rue Stuvaregatan dans le quartier de Norra Hamnen, l'automne dernier ?

— C'est très possible. Nous assurons le haut-débit dans tout le nord-ouest de la Scanie. Mais que diriez-vous de m'accompagner dans ma voiture, nous pourrions parler en chemin ? Et dans le cas où je n'aurais pas le temps de vous ramener ici, ce qui est probable, je vous payerai le taxi pour que vous veniez récupérer votre véhicule. Bon deal, non, qu'en dites-vous ?

— Entendu. » Fabian prit la place du passager dans le fourgon. Il avait à peine attaché sa ceinture que Jacobsén était déjà en train de reculer dans l'allée.

« Premier arrêt, Husensjö, ce qui devrait nous laisser à peu près un quart d'heure. » Il passa la première et lâcha l'embrayage pour un démarrage sur les chapeaux de roue. « Où en étions-nous ?

— Stuvaregatan.

— Ah oui. » Sans lever le pied, il mit son portable en main libre et appela un numéro. Après une seule tonalité, une voix de femme répondit.

« *Salut Eric. Qu'est-ce que je peux...*

— Stuvaregatan à Norra Hamnen, la coupa Jacobsén. Tu peux regarder si nous sommes intervenus là-bas ?

— *Bien sûr. Dès que j'ai terminé le PowerPoint pour la réunion avec le comité de direction...*

— Non Lina, toutes affaires cessantes, je te prie. »

« Eric ! Attends ! » cria quelqu'un dans la rue. Jacobsén pila et ouvrit sa vitre.

« Ah c'est toi, salut ! cria-t-il à l'homme qui rattrapait la voiture au pas de course, en survêtement et casquette de sport. Tu vas bien ?

— Oui, oui, impeccable. Je voulais juste te demander si mercredi Wilhelm pouvait rentrer du foot avec Rutger ? Je dois me rendre à Bruxelles, je ne serai là que jeudi après-midi, et Emelie a son cours de pilates, ou je ne sais quoi, à cette heure-là.

— Pas de problème, je le ramènerai. Emelie n'aura qu'à venir le chercher après le déjeuner, à moins qu'elle veuille venir manger avec nous. Moi, tout me va, du moment que tu es de retour samedi, pour notre pool party.

— Tu rigoles ! J'y serai, bien sûr. Je ne raterais le clou de la saison pour rien au monde. » L'homme se tourna vers Fabian pour le saluer. « Bonjour, Axel Stjärnström, je suis le voisin d'Eric.

— Fais gaffe à ce que tu dis, le mit en garde Jacobsén, l'index dressé. Monsieur est de la police. Au fait, j'espère que ce n'est pas un interrogatoire !

— Ça va dépendre, rétorqua Fabian avec un sourire. Fabian Risk, enchanté.

— Ouh la la, je commence à m'inquiéter, dit Jacobsén.

— Tout va bien. Je me porte garant pour lui et je peux témoigner si besoin est, plaisanta le voisin. Mais à part ça, sans rire, Eric est le meilleur voisin qui soit. Sans lui, cette rue ne serait pas ce qu'elle est aujourd'hui. Et au fait…

— *Allô, je suis revenue !* claironna l'assistante dans le haut-parleur de la voiture.

— Et tu as trouvé quelque chose ? » Jacobsén embraya et la voiture commença lentement à avancer. « Axel, on se voit à ton retour de Belgique, OK ? »

Le voisin leva un pouce tandis que Jacobsén refermait sa fenêtre et accélérait l'allure.

« *C'était bien nous.*

— C'était quand ?

— *Il y a deux ans et demi, en octobre 2009.*

— Merci. Je ne m'en souvenais pas. » Jacobsén se tourna vers Fabian. « Cette réponse vous convient ? »

Fabian acquiesça, même si après toute cette agitation il n'était pas très sûr de se souvenir encore de sa question initiale.

« Merci, Lina. Tu es une perle. Je ne sais pas ce que je ferais sans toi. Ah, justement, si tu pouvais me prévoir un toast à l'avocat et un œuf cocotte avant ma réunion de cet après-midi, je te vouerais une reconnaissance éternelle.

— *Ne fais pas de promesses que tu ne pourras pas tenir.*

— Bisous bisous. » Jacobsén coupa la communication alors qu'il s'engageait sur la RN 111 vers le sud, le pied au plancher. « Je vous préviens, je compte sur vous pour me faire sauter les contraventions que j'aurai eues pendant que vous étiez dans ma voiture. » Il éclata de rire et alla se placer sur la file de gauche.

Fabian s'abstint de tout commentaire. Il connaissait trop bien ce genre de personnage. Le businessman rentre-dedans à qui tout réussit. Le type convaincu qu'aucun obstacle ne résiste à un sourire, une poignée de main et une bonne dose d'audace. Le genre ça passe ou ça casse.

« Si on ne veut pas qu'il aille voir ailleurs, il ne faut pas faire attendre le client. Le marché de la fibre est en plein boum et il y a des types à tous les coins de rue qui rêvent de prendre notre place. » Ses doigts se mirent à pianoter sur le volant. « C'est pour ça que nous devons rester les meilleurs, les moins chers et les plus rapides. »

Sur la file de droite, un camion avait mis son clignotant pour doubler, mais le chauffeur renonça en voyant dans son rétroviseur le fourgon qui accélérait avec appels de phares.

« J'ai créé cette boîte en 2001. À l'époque, tout le monde s'est demandé si j'étais devenu fou. Personne n'a compris que je démissionne de mon boulot chez Sydsec Surveillance. Mais je n'en pouvais plus d'avoir au-dessus de moi un type parfaitement incompétent qui prenait toutes les décisions importantes. Honnêtement, un bonobo aurait été capable de faire mieux. Il aura fallu sept années avant que ça commence à marcher. En revanche, quand c'est parti, c'est parti. Tout à coup, un ordinateur par foyer n'a plus suffi, chaque membre de la famille avait besoin d'avoir le sien et le débit Internet est devenu insuffisant. Depuis, nos bénéfices n'ont jamais cessé d'augmenter.

— Qui se charge des installations proprement dites ? demanda Fabian en notant au passage qu'ils roulaient effectivement bien au-dessus de la vitesse autorisée.

— Au début, j'étais tout seul, comme je vous l'ai dit. Maintenant j'ai quinze gars qui tirent des câbles pour moi de sept heures à seize heures, cinq jours par semaine, parfois sept. Au moment des fêtes de fin d'année, ils ne sont pas loin de vingt sur le terrain. C'est extraordinaire, je m'en rends compte, même si aujourd'hui mon travail consiste surtout à être le visage de l'entreprise, en costard et sourire Colgate. Mais assez parlé de moi. De quoi s'agit-il exactement ? Qu'est-ce que je peux faire pour vous ?

— Je me demandais si vous pourriez m'aider à éclaircir quelques détails.

— Ça concerne le meurtre au Ica Maxi de Hyllinge ? Je crois me rappeler que le type qui s'est fait buter s'appelait Lennart quelque chose, c'est ça ? Le plus marrant, c'est que je faisais mes courses là-bas avec mon fils la veille du jour où c'est arrivé.

— Vraiment ? Non, il s'agit d'une autre affaire. La victime s'appelait Molly Wessman et elle habitait Stuvaregatan, justement. Son nom vous rappelle quelque chose ?

— Non, je mentirais en prétendant le contraire. » Jacobsén se rangea sur la file de droite. « Du coup, je ne vois pas bien en quoi je pourrais vous être utile.

— J'aurais besoin de savoir qui s'est occupé d'installer la fibre chez elle.

— Alors ce n'est pas avec moi que vous devez parler, mais avec Lina que nous avions en ligne tout à l'heure. » Il prit son portable et rappela le numéro, tout en se remettant dans la file de gauche pour faire place à une voiture qui arrivait par une bretelle d'accès.

« *Oui, Eric, qu'est-ce que je peux...*

— Désolé, je sais que tu as cinquante mille autres choses à faire. Mais tu sais, ce chantier à Stuvaregatan ?

— *Oui.*

— Tu crois que tu pourrais me retrouver le nom du gars qui est intervenu ?

— *Pas de problème. Tu as de la chance, j'ai encore le dossier sous les yeux.*

— Super, dit-il avec un clin d'œil à Fabian.

— *Tu m'as dit Stuvaregatan. Au combien ?*

— Au 7.

— *OK. Apparemment ils étaient deux à intervenir dans cet immeuble. Jocke Olsen, et puis ce type, là...*

— On parle d'un appartement en particulier, et il y a deux ans et demi je ne suis pas sûr qu'on était très méticuleux dans les rapports.

— *Nous le sommes depuis que tu m'as embauchée.*

— Je vous l'avais dit que c'était une perle ! dit Jacobsén en se tournant vers Fabian. Avec une fille comme Lina dans votre équipe, vous résoudriez toutes vos enquêtes en deux coups de cuillère à pot. »

Fabian hocha la tête, distraitement. Il était en train d'essayer de se rappeler si à un quelconque moment dans la conversation il avait mentionné qu'il s'agissait du numéro 7.

« *De quel appartement s'agit-il ?* demanda Lina.

— La propriétaire est une dénommée Molly Wessman.

— *C'est bien ce que je pensais. C'est dans celui-là qu'avait travaillé ce garçon dont j'oublie toujours le nom. Mais là je l'ai sous les yeux. Il s'appelait Christopher Comorowski.*

— Parfait, merci. Et au fait, tu n'oublieras pas mon toast à l'avocat, hein ? Allez, à tout à l'heure. » Il raccrocha et mit le clignotant à droite pour prendre la bretelle.

« Ce Christopher, il est salarié chez vous ?

— Non, c'est un type qu'on fait venir en renfort quand on a trop de boulot. » Jacobsén tourna dans la rue Filbornavägen et continua jusqu'à la rue Sockengata, où il tourna à gauche. « Je peux vous demander de quoi il est soupçonné ? Pas de meurtre, j'espère !

— Personne n'a dit qu'il était soupçonné de quoi que ce soit. J'ai juste besoin de lui parler. Vous avez ses coordonnées ? Numéro de téléphone, numéro de Sécurité sociale et adresse, ou bien faut-il que je parle à cette Lina ?

— Normalement oui, mais là non, malheureusement. En ce qui concerne Christopher, nous n'avons pas d'autre information que le fait qu'il vient de Pologne ou d'Ukraine. Pour être honnête, je ne suis même pas sûr que Christopher soit son vrai nom.

— Ah bon, pourquoi ? »

Jacobsén mit les warnings, freina et s'arrêta à un arrêt d'autobus. Son regard devint vague. « Vous savez, dès que vous avez mentionné la rue Stuvaregatan, j'ai su que tôt ou tard nous en arriverions là. La vérité, c'est que je l'ai payé de la main à la main pour sa prestation, et en liquide, bien sûr. Je sais que ce n'est pas bien, mais je n'avais pas le choix.

— Ne vous inquiétez pas, lui dit Fabian, sentant la déception l'envahir. Ce n'est pas mon rôle de combattre la fraude fiscale. La seule chose que je veux, c'est mettre la main sur…

— Je précise juste au passage qu'il ne s'agissait pas de frauder le fisc. Dans ce domaine, je contribue très largement à l'impôt, au contraire. J'ai d'ailleurs proposé au gars de l'embaucher, à plusieurs reprises, mais apparemment ce type-là ne recherche pas la sécurité de l'emploi.

— Dites-moi juste où et comment vous le contactez quand vous avez besoin de lui, Eric. Pour le reste je vous laisse voir avec votre comptable. »

Jacobsén poussa un soupir et se tourna vers Fabian.

« Le problème c'est que c'est toujours lui qui me contacte. »

Fabian se demanda s'il avait d'autres questions à lui poser, mais il semblait bel et bien dans une impasse. Il ne lui restait plus qu'à détacher sa ceinture de sécurité, sortir de la voiture et espérer trouver rapidement un taxi.

57

Fabian posa le bloc de chair à saucisse congelée dans la casserole d'huile d'olive bouillante. En rentrant, il avait pensé trouver Sonja en train de préparer le dîner. Au lieu de cela il était arrivé dans une cuisine où miettes de pain, pots de confiture ouverts et bloc de fromage se disputaient les surfaces planes avec des assiettes sales, une motte de beurre fondue et des verres contenant des restes de jus d'orange industriel, des coquilles d'œuf et des sachets de thé usagés.

En montant dans la chambre, il avait trouvé Sonja endormie, comme si elle ne s'était pas levée depuis qu'il l'avait quittée ce matin. Il l'avait réveillée tout doucement pour lui demander comment elle allait, mais elle s'était contentée de secouer la tête, le priant de la laisser tranquille. À présent, après avoir rangé et nettoyé la cuisine pendant vingt minutes, il se retrouvait tout seul en train de racler la surface du bloc de farce afin d'essayer d'en libérer quelque chose de mangeable.

Malgré la charge de boulot, il tenait à rentrer dîner, afin que sa famille soit au complet au moins une fois par jour. Ce soir-là en particulier, ça avait été difficile de tout laisser en plan, car l'enquête piétinait et chaque nouvelle piste les conduisait dans une impasse.

Il jeta dans la poêle les oignons hachés, pressa deux vieilles gousses d'ail desséchées et assaisonna l'ensemble avec du paprika, du chili et un bouillon cube.

Quelqu'un avait tenu Molly Wessman sous surveillance. Ce quelqu'un avait désormais un nom. Un nom inhabituel qui aurait dû lui permettre de localiser facilement celui qui le portait. Mais il avait eu beau fouiller tous les registres possibles et imaginables, Christopher Comorowski était demeuré introuvable. Quant au tatouage de Molly Wessman, censé avoir été réalisé par un mystérieux athlète du sexe se faisant appeler Columbus, il avait gardé ses secrets.

Après avoir renoncé à mettre la main sur une boîte de tomates pelées, il pressa un tube de concentré de tomates, ajouta de l'eau, un fond de tomates séchées, cinq carottes fatiguées qu'il avait préalablement épluchées et coupées en dés, et un fond de paquet de haricots rouges.

Alors qu'il goûtait sa sauce improvisée, qui manquait d'un second bouillon cube et d'une pointe de poivre de Cayenne, une idée lui traversa soudain l'esprit. Il venait de voir un lien possible entre les deux pistes.

Christopher Comorowski et *Columbus.*

Était-ce là le fil rouge dont il avait besoin pour avancer ?

Christopher Columbus. Christophe Colomb.

Les deux hommes étaient-ils une seule et même personne ?

Un bruit derrière lui l'informa qu'il n'était plus seul dans la cuisine. Il se retourna et trouva Theodor en train d'extraire des tartines grillées du toasteur.

« Bonjour Theo. C'est super de te voir là. Je ne t'ai pas entendu arriver.

— Non, j'ai vu, rétorqua Theodor en étalant une épaisse couche de Nutella sur l'un des toasts.

— Pour info, on déjeune dans un quart d'heure, vingt minutes.

— Et moi j'ai faim maintenant si ça ne t'ennuie pas. »

Fabian brûlait d'envie de lui répondre que si, justement, ça l'ennuyait, et aussi que leur famille était en chute libre, qu'elle allait s'écraser au sol d'un moment à l'autre s'ils ne faisaient pas quelque chose pour y remédier. Qu'il allait venir à table avec eux qu'il le veuille ou non. Que tout ce sucre allait finir par lui donner du diabète. Mais il ne dit rien de tout cela et resta comme tétanisé, devant son propre fils.

« Je ne sais pas si tu as entendu les nouvelles, finit-il par dire alors qu'il s'était promis de ne pas aborder le sujet sans que Sonja soit là. Mais le procès de Helsingør est en cours.

— Ah oui ? » Theodor entreprit de bâtir une petite montagne de marmelade d'oranges sur le deuxième toast.

« Comme je le craignais, à la première audience, ils se sont rejeté la faute les uns sur les autres. Personne n'était responsable de rien.

— Effectivement, c'est exactement ce que tu avais prédit. Qu'est-ce que tu es fort ! » Sans lui accorder le moindre regard, Theodor posa ses tartines sur une assiette et se versa un grand verre de lait.

Fabian sentit quelque chose se fêler en lui. « C'est vraiment tout ce que tu trouves à me dire ? Un commentaire ironique qui ne vise qu'à me blesser. » Une petite fissure qui allait s'agrandissant, jusqu'à ce que toute la digue s'écroule. « Tout cela est très amusant, pour toi, n'est-ce pas ? Oui, tu as raison, c'est à hurler de rire. » Mais il ne devait pas se laisser emporter par ses émotions. Pas maintenant. « Est-ce que tu réalises ce que cela signifie, Theodor ? Est-ce que tu as la moindre idée des conséquences que cela pourrait avoir ? »

Sans un mot, Theodor commença à verser cuillerée après cuillerée de chocolat en poudre dans son verre de lait.

« Ils vont être relaxés, tu comprends ? Et tu décides de ne pas témoigner, alors que tu es peut-être le seul à savoir qui est qui et qui a fait quoi. Il n'y a aucune chance que justice soit faite. Alors qu'ils ont sauté à pieds joints sur la poitrine de ce SDF à tour de rôle jusqu'à ce qu'il n'ait plus une côte en un seul morceau, ils risquent d'être libérés, et d'ici à quelques mois ils seront à nouveau dans la rue. Alors qu'ils ont enchaîné l'autre SDF à un Caddie de supermarché et poussé sur l'autoroute E4 à une heure de pointe. Et toi, tu te contentes de hausser les épaules et de faire le malin ? »

Sans s'en être rendu compte, Fabian s'était approché de son fils, l'avait saisi par les épaules et l'avait retourné violemment vers lui.

« Regarde-moi quand je te parle, dit-il beaucoup trop fort. Regarde-moi, je t'ai dit ! »

Mais le regard vide de Theodor était aussi fuyant qu'un aimant qui aurait été sur le même pôle que le sien.

« Tu ne comprends pas, Theo, que tout ça c'est pour de vrai ? » poursuivit-il en le secouant pour essayer de provoquer une réaction. N'importe laquelle, mais une réaction. « Que ce n'est pas un de tes foutus jeux vidéo où il suffit de recommencer de zéro une fois qu'on a perdu toutes ses vies ? Hein ? Réponds-moi ! »

Enfin Theodor le regarda. Enfin il eut une réaction et établit une forme de contact.

« C'est bon, tu as terminé ? »

La question l'atteignit comme une gifle, si violemment qu'il avait l'impression que sa joue le brûlait encore tandis que son fils s'éloignait vers l'escalier, son assiette dans une main et son verre de Nesquik dans l'autre. Et Fabian se dit que, tant que Theodor aurait sa mère de son côté, il continuerait à se comporter ainsi, convaincu de son bon droit.

La douce mélodie de xylophone lui était familière, mais il mit quelques secondes à identifier la sonnette de sa porte d'entrée. Bien qu'ils soient installés à Helsingborg depuis déjà trois ans, ils n'avaient pas eu beaucoup de visites.

La jeune fille blonde avec des nattes qui se tenait sur le perron avait l'air d'avoir au moins vingt ans, et il dut fournir un effort pour se rappeler qu'elle en avait treize et qu'elle était dans la classe de Matilda. Sa robe bariolée des sixties et la veste en daim usée, jetée négligemment sur son épaule, contribuaient à donner l'impression qu'elle était plus âgée, mais c'était surtout la gravité de son regard qui la vieillissait.

Il ne l'avait pas revue depuis la nuit fatidique où on avait tiré sur Matilda. Elles étaient dans la cave en train de jouer avec leur table de voyance quand l'agresseur les avait surprises et entraînées dans le salon, où il les avait retenues en otage, ainsi que Sonja.

« Bonjour Esmaralda, la salua-t-il en lui tendant la main. Comment vas-tu ?

— Mieux. Surtout maintenant que je sais que Matilda va bien et qu'elle va s'en sortir.

— Tu ne l'as pas toujours su ? Je croyais qu'il suffisait de poser la question aux esprits ! À "Greta". C'est bien comme ça qu'elle s'appelle ? » Fabian rigola pour tenter de sauver sa pathétique plaisanterie. Mais il en fut pour sa peine. « Tu veux voir Matilda, je suppose », reprit-il en s'efforçant d'ignorer le fait que la gamine avait réussi à le regarder de haut alors qu'elle était beaucoup plus petite que lui.

« Salut, Esma, entre ! »

Fabian se retourna vers Matilda qui venait d'arriver derrière lui.

« Fabian, tu pourrais te pousser un peu s'il te plaît pour qu'elle puisse entrer ?

— Absolument. Désolé, répondit Fabian en s'écartant à reculons dans le vestibule. Mais juste pour information : Esmaralda devra repartir dans dix minutes, parce qu'on va dîner. » Il s'en mordait la langue. Mais c'était déjà trop tard. L'altercation avec Theodor et l'état d'énervement dans lequel toute cette situation le mettait avaient transpiré malgré lui, et même si dîner en famille était vraiment ce qu'il souhaitait, il s'en voulut de l'avoir dit.

« On verra si on a fini, répliqua Matilda. Et sinon, je suis sûre qu'il y en aura assez pour qu'elle reste manger avec nous. »

Il eut envie de répliquer : *Même pas en rêve.* Elle était tout juste entrée dans l'adolescence et lui approchait de la cinquantaine à grands pas. Personne d'autre que lui n'avait le droit de décider qui était invité à *son* dîner qu'il avait *lui-même* cuisiné. Et personne ne devait se croire autorisé non plus à se gaver de sucre dans sa chambre. Il ne s'agissait pas de savoir s'il y avait assez à manger ou pas. Esmaralda allait rentrer chez elle, sa foutue table de voyance avec elle.

Il parvint à se maîtriser. « Bien sûr qu'il y en a assez, dit-il de sa voix la plus calme et la plus indulgente. Mais je pense qu'Esmaralda est capable de comprendre qu'après tout ce qui s'est passé nous avons besoin de nous retrouver un peu en famille. »

Le volume du portable dans la main de Fabian était presque inaudible. Matilda en profita malgré tout pour traîner Esmaralda dans sa chambre avant que Fabian ait eu le temps de réagir. Si le SMS qu'il venait de recevoir n'avait pas été de Gertrud Molander, il lui aurait couru après pour lui faire savoir qu'il parlait sérieusement.

Au lieu de cela, il se précipita dans la cave.

58

Irene Lilja arrêta la Ducati dans l'allée et descendit après l'avoir mise sur sa béquille. Elle aurait dû être rentrée beaucoup plus tôt, sachant qu'elle était partie du commissariat déjà deux heures avant. Et son retard ne s'expliquait ni par les embouteillages ni par une quelconque panne d'essence.

Elle avait juste eu envie d'être seule et, sur le chemin du retour, sur un coup de tête, au lieu de prendre la N21 vers l'est comme d'habitude, elle avait pris la RN112 en direction du nord.

C'étaient ces SMS qui ne la laissaient pas en paix. Elle en avait reçu six, jusqu'à présent, tous contenant des menaces plus terribles les unes que les autres. Non seulement elle allait se faire violer quand elle s'y attendrait le moins, mais elle allait connaître la flagellation, la lapidation, se faire labourer le vagin avec divers objets jusqu'à ce que sa sale chatte de pute juive soit réduite en charpie. On allait pisser et cracher sur elle, et la rouer de coups de pied. Ça n'avait pas arrêté, depuis ce matin.

Pour l'instant, elle ne l'avait dit à personne. Ni Tuvesson ni personne d'autre dans l'équipe n'était au courant de ces messages de haine, mis à part celui que Sievert Landertz lui avait envoyé ouvertement par le biais des médias. Ce n'était pas qu'elle les prenait à la légère. Au contraire, elle était profondément déstabilisée et probablement en état de choc.

Elle n'en avait réellement pris conscience que lorsqu'elle avait brusquement éclaté en sanglots, après avoir roulé jusqu'au phare de Kullen et s'être assise sur un banc panoramique pour laisser le vent du large lui vider la tête, et contempler le vol des oies sauvages dans cet infini tangible.

Mais elle refusait de céder à la terreur et de les laisser gagner. Si elle parlait de ces messages à son équipe, cela obligerait Tuvesson à mettre en place des réponses qui déclencheraient de nouvelles attaques, ce qui était exactement ce qu'ils recherchaient. Ces gens se nourrissaient de l'attention qu'on leur portait. Réagir et avoir des policiers devant chez elle pour assurer sa protection était la meilleure façon de leur montrer qu'elle était vulnérable et qu'ils étaient les plus forts.

Inversement, quel intérêt y aurait-il à continuer d'effrayer quelqu'un qui n'a pas peur ? Agiter des pancartes quand personne ne regarde ne présente aucun intérêt ! Sans journalistes, sans appareils photo crépitant de tous les côtés, il n'y aurait plus de manifestations dans les rues.

Elle retira son casque, verrouilla la moto et se rendit dans le jardin où Hampus essayait de remettre la pelouse en état. Les mouches volaient autour de lui, attirées par la transpiration qui trempait son débardeur. Il devait y avoir passé plusieurs heures. Le terrain n'avait plus rien d'un chantier et du gazon recouvrait à peu près le tout.

Cependant, en regardant sous certains angles, la croix gammée était encore visible, voire plus nette. Peut-être à cause des irrégularités de la pelouse, peut-être parce que

Hampus en avait piétiné les contours en y travaillant. C'était difficile à dire.

C'était comme si le jardin était définitivement marqué au fer rouge. Comme si tous les efforts qu'ils pourraient faire pour creuser, gratter et niveler étaient voués à l'échec. Ce svastika était là pour rester, et l'herbe serait pour toujours plus rase, d'un vert plus pâle et avec moins de pissenlits que partout ailleurs.

« C'est à cette heure-ci que tu arrives ? » Hampus planta la bêche dans la terre et se tourna vers elle en écartant la mèche qui lui tombait sur la figure. « Où est-ce que tu étais passée, putain ?

— J'étais au boulot, rétorqua-t-elle en se plantant devant lui, les jambes légèrement écartées pour lui signifier qu'elle n'avait pas l'intention de se laisser intimider. On a du pain sur la planche, au cas où tu ne l'aurais pas remarqué.

— Apparemment pas tant que ça, puisque ça fait deux heures que tu as quitté le bureau. » Il la regarda en souriant et coinça une pincée de tabac à priser sous sa lèvre supérieure. « Eh ouais. Figure-toi que j'ai appelé et posé la question au petit geek que vous avez à l'accueil. Selon lui, tu étais partie depuis longtemps.

— C'est vrai, j'ai fait un détour par Kullen. J'avais besoin d'air.

— Ah oui ? Intéressant. Et il ne t'est pas venu à l'idée que tu pourrais m'être utile en rentrant à la maison ? dit Hampus, ses bras écartés englobant le jardin.

— Eh bien non, tu vois. » Elle secoua la tête. « Je ne vois pas pourquoi ça m'aurait effleurée. C'est toi qui voulais une maison avec un jardin, pas moi. Tu sembles avoir oublié que tout ça, c'était *ton* projet.

— *Mon projet ?* » Hampus écrasa son doigt dans son plexus tout en faisant un pas vers elle. « Ah OK, ça va être ma faute, maintenant ! Mais c'est toi la responsable ! Sans ton foutu métier, rien de tout cela ne serait arrivé ! »

La colère gonflait les veines de son cou de manière si spectaculaire qu'elle se surprit à guetter le moment où l'une d'elles allait éclater.

« C'est une façon de voir les choses, dit-elle alors qu'elle s'était promis de se taire. Mais je ne vois pas en quoi je devrais me sentir coupable de faire mon boulot ou de mener une enquête qui m'oblige à évoluer en eaux troubles. » Elle était pourtant déterminée à taire ce qu'elle avait découvert et à mettre son départ sur le compte de tous les autres défauts de Hampus et de la relation toxique qui était la leur. Mais elle ne pouvait plus se retenir de lui dire ce qu'elle avait sur le cœur.

« Ton boulot ? dit-il d'un air innocent qui dissimulait mal l'ironie et qui n'était qu'un dribble avant le tir marquant. Loin de moi l'idée de me mêler de la façon dont tu travailles, mais franchement, est-ce que tu étais vraiment obligée de maintenir Landertz Sievert en garde à vue aussi longtemps ? »

Elle savait qu'elle allait faire une erreur stratégique, mais il était trop tard pour faire machine arrière à présent.

« Moi, en tout cas, je comprends qu'il se soit mis en colère, continuait Hampus.

— Bien sûr que tu le comprends puisque tu votes pour lui !

— Hein ? »

Enfin, son sourire hypocrite avait disparu. Enfin, elle avait réussi à lui faire perdre la face et il était nu et vulnérable. « Pourquoi tu as l'air aussi surpris ? Oui, je suis au courant que tu es encarté chez les Démocrates de Suède. Parce que j'ai épluché la liste de leurs adhérents dans le cadre de mon enquête, justement. Et devine sur qui je tombe ! Sur ce petit fourbe de Hampus.

— Va te faire foutre ! » lança-t-il. Et à ce moment elle la vit dans ses yeux. La haine.

« Moi ? Non. Toi va te faire foutre ! C'est toi qui fais des trucs en douce, pas moi. Le pire c'est que tu n'as pas encore compris. Tu n'as pas compris que c'est à *ça* que tu donnes ton suffrage ! dit-elle en montrant la croix gammée incrustée dans la pelouse. Franchement, je ne vois pas pourquoi tu te donnes autant de mal pour la faire disparaître. Tu devrais être fier, au contraire. Tu devrais la garder. Comme ça, tous les matins, tu pourrais te lever et, le bras tendu, regarder le soleil se lever… »

Elle ne pourrait pas prétendre qu'elle ne s'y attendait pas.

Mais elle fut quand même surprise quand elle reçut son poing dans la figure.

59

J'ai mis un moment à le trouver, mais honte à celui qui abandonne. Voici le fichier de toutes les photos prises à Berlin, afin que tu puisses voir de tes propres yeux que mon mari et moi étions bien là-bas. Au cas où tu aurais encore un doute. Amicalement. Gertrud.

En pièces jointes au SMS se trouvaient plusieurs photos, apparemment extraites d'un album contenant exclusivement des clichés-souvenirs d'Ingvar et Gertrud Molander pendant leur séjour touristique à Berlin. Sur l'une on les voyait main dans la main devant Check Point Charlie, sur une autre ils étaient attablés à la terrasse de l'une des grandes brasseries de la ville, une pinte de bière à la main. Chaque photographie était marquée d'une date dans le coin en bas à gauche, à l'instar de celle qui avait été prise au café Einstein Stammhaus.

Fabian possédait également des albums dont les photos portaient au dos la date à laquelle elles avaient été prises, mais elles dataient des années soixante-dix et quatre-vingt, pas de 2007. La plupart des gens, mis à part peut-être certains passionnés comme les membres du Photo Club Celluloïd, avaient cessé depuis longtemps de porter leurs pellicules à développer et de ranger les tirages dans un album. Et pourtant ce nerd de

Molander, féru de technologie, avait éprouvé le besoin de le faire.

Et cette initiative lui avait fourni un alibi. À condition de ne pas y regarder de trop près. Fabian ne serait pas surpris que tout ce voyage ne soit qu'une mise en scène. Un numéro d'illusionniste qui au premier coup d'œil pouvait paraître parfaitement crédible, mais qui au fond ne reposait que sur un rideau de fumée, une vue de l'esprit et un peu de poudre aux yeux.

Comme dans n'importe quel tour de passe-passe, il s'agissait de regarder ailleurs que là où l'illusionniste cherchait à attirer votre attention, de se montrer attentif aux détails qui se trouvaient à l'extérieur du faisceau du projecteur. Il avait donc téléchargé les photos de son téléphone avec son ordinateur de bureau pour en étudier le moindre pixel sur un grand écran.

Pas plus que sur la photo prise au café Einstein il ne vit de signes que les photos avaient été trafiquées. Il avait beau les agrandir, il n'y trouvait que la confirmation de leur authenticité.

Idem en ce qui concernait la date inscrite dans la bordure blanche. En comparant avec ses propres vieilles photos, il ne put que constater la similitude. Les dates allaient du 23 au 26 août 2007, et tous les jours étaient représentés, y compris le 24, jour du meurtre d'Inga Dahlberg.

Molander pouvait avoir modifié la date dans l'appareil et s'être rendu à Berlin le week-end précédent ou le suivant, mais l'hypothèse était peu probable car elle aurait impliqué la complicité de Gertrud et sa capacité à mentir sur le moment où ils étaient réellement là-bas.

Cependant, il y avait un autre aspect à considérer concernant l'heure. La question lui vint après avoir zoomé sur la photo du café Einstein avec ses murs tapissés de miroirs, ses piliers en marbre et ses impressionnants lustres en cristal.

Cette fois, il ne s'intéressa pas aux Molander devant leur tasse à café respective et leur apfelstrudel à moitié consommé, mais à un homme attablé derrière eux. Et plus exactement à sa montre-bracelet. Les aiguilles montraient neuf heures moins le quart et, à en croire la lumière du jour qui éclairait le décor et les tasses à café plutôt que des verres de vin, la photo n'avait pas été prise à vingt heures quarante-cinq.

Sur une autre photographie marquée de la même date, on voyait Gertrud, une paire de lunettes de soleil dans les cheveux, en train d'étudier un plan touristique dans ce qui semblait être un hall d'hôtel, avec derrière elle des horloges donnant l'heure de Tokyo, de New York et de Berlin. À ce moment-là, les aiguilles de cette dernière indiquaient sept heures onze, c'est-à-dire juste avant qu'ils se rendent au café.

Il y avait trois autres photos datant du 24 août. Sur l'une, ils posaient devant l'église du Souvenir, qui émergeait du bitume avec sa flèche délabrée, témoignage de la plaie toujours vive que la capitale allemande gardait de la Seconde Guerre mondiale.

Seule l'horloge romaine avait été restaurée et l'or poli de son cadran brillait au milieu d'une façade noire de suie. Ses aiguilles indiquaient neuf heures et cinq minutes, et cette fois il n'y avait aucun doute sur le fait qu'il s'agissait du soir. Ingvar et Gertrud étaient habillés pour sortir et avaient troqué leurs coupe-vent et leurs chaussures confortables, elle pour une robe violette, un caraco en daim et des escarpins à talons, lui pour un costume bleu marine et des mocassins.

Sur une deuxième photo, ils étaient dans un bar et ils levaient un cocktail vers l'objectif; sur une troisième on les voyait au restaurant, devant un plateau de fruits de mer. Les autres clichés avaient été pris la veille, le lendemain et le surlendemain, et sur tous ils jouaient les touristes à Berlin.

Dans l'ensemble, les photos reflétaient leurs activités du matin au soir et avaient été prises dans un rythme à peu près régulier, à un intervalle de deux heures, maximum. Du moins pour le jeudi, jour de leur arrivée, le samedi et le dimanche. Le vendredi était différent puisqu'on y notait une fenêtre non documentée de presque douze heures et demie. Aucune photo n'avait été prise entre neuf heures moins le quart et vingt et une heures vingt.

À quoi avaient-ils employé tout ce temps ?

Certes, c'était leur anniversaire de mariage, mais Fabian avait du mal à les imaginer toute la journée sous la couette dans leur chambre d'hôtel.

Il chercha sur le comparateur de vols Momondo un aller-retour entre Berlin et Copenhague un vendredi au mois d'août. La liste des départs lui indiqua que ce trajet était principalement assuré par SAS, Norwegian, Easyjet et KLM. Norwegian Airlines ne proposait aucun vol de moins de quatre heures qui n'oblige pas à faire une étape soit à Stockholm, soit à Oslo. KLM n'avait aucun vol aller-retour dans un laps de temps de douze heures.

En revanche, en voyageant avec SAS, il était possible de partir de Berlin à treize heures trente et d'atterrir à Copenhague exactement une heure plus tard. Avec un simple bagage à main, on pouvait être au volant de sa voiture vingt minutes après. Selon Google, il fallait exactement une heure pour rejoindre la Suède en traversant le pont et arriver à Ramlösa Brunnspark où Inga Dahlberg avait semble-t-il été agressée.

À dix-neuf heures cinq, il y avait un vol Easyjet qui décollait de Copenhague et, si on était déjà enregistré, avec une carte d'embarquement en poche une demi-heure aurait suffi pour passer la sécurité et monter à bord.

Ce qui laissait moins de deux heures pour attaquer, droguer et transporter Inga Dahlberg de Brunnsparken à une berge discrète du fleuve Råån, pour la violer et visser ses jambes et ses bras à cette palette, la jeter à l'eau et effacer ses traces avant de sauter dans sa voiture pour retourner à l'aéroport de Copenhague.

C'était serré. Extrêmement serré. Mais sur un plan purement théorique, ça pouvait fonctionner. Sur un plan pratique, il pouvait y avoir mille imprévus susceptibles de compromettre toute l'opération. Un accident sur la E6 et il se retrouvait coincé dans un embouteillage et ratait son avion. Un passant imprudent, ou une réaction inattendue de la victime. Mais chez Molander, le hiatus entre la théorie et la pratique était souvent infinitésimal.

60

Gertrud passa deux trois coups de blush sur ses joues et étudia le résultat dans le miroir. Elle souhaitait être jolie et séduisante, mais pas trop apprêtée. Il y avait un équilibre subtil à trouver, sachant que c'était un lundi comme un autre et qu'en temps normal son maquillage se limitait à un peu de khôl et de mascara.

Pour qu'Ingvar ne se pose pas de question, elle s'était habillée très simplement d'un jean et d'une chemise blanche qu'elle n'avait pas rentrée dans le pantalon. Même chose pour les cheveux. Elle ne les avait ni lavés ni brushés ni mis en plis. Elle s'était contentée de les rassembler en un chignon lâche à l'aide de deux épingles, comme si elle était en plein ménage et parfaitement indifférente à son apparence.

Elle avait prêté une attention particulière aux préparatifs du repas. Elle n'avait pas souvenir d'avoir déjà autant réfléchi au moindre détail, tant pour sa composition que pour sa réalisation. Il ne devait être ni trop copieux ni trop festif. Mais il devait être bon et suffisamment long.

Car c'était cela dont il s'agissait. Elle avait besoin de passer un long moment à table avec Ingvar pour essayer de comprendre ce que son collègue Risk avait en tête.

Pour une raison ou pour une autre, il avait touché chez elle des points sensibles qu'elle ne soupçonnait pas.

Comme ce séjour à Berlin par exemple, qui remontait cinq années en arrière.

À l'époque, Ingvar l'avait réellement prise de court quand il était venu la chercher pendant sa pause-déjeuner et l'avait fait monter dans sa voiture, où l'attendaient une valise et deux billets d'avion. Il ne lui avait encore jamais offert de voyage-surprise. D'ailleurs il n'avait pas pour habitude de lui faire des surprises, de manière générale. Elle pouvait compter sur les doigts d'une main le nombre de fois où il avait pensé à lui offrir des fleurs pour leur anniversaire de mariage. C'est donc avec une certaine perplexité qu'elle s'était assise au bar à huîtres de l'aéroport de Copenhague et qu'elle avait commandé une coupe de champagne.

Le séjour avait été très agréable, elle ne pouvait pas le nier. Ils avaient bien mangé et visité des endroits intéressants. Ils avaient pris des tas de photos, ce qu'ils ne faisaient jamais. Ingvar en avait même fait des tirages qu'il avait collés dans un album.

Mais chaque fois qu'elle pensait à ce voyage à Berlin, une chose la mettait mal à l'aise. Une fausse note qu'elle ne s'expliquait pas et qui lui avait pratiquement fait refouler l'ensemble du séjour. Ces dernières années, elle n'y avait plus repensé, jusqu'à ce que Fabian Risk passe lui dire bonjour à l'improviste et se mette à lui poser toutes ces questions à double sens.

Elle n'était plus très sûre de ses souvenirs. Elle se rappelait vaguement s'être sentie mal, tout à coup, et avoir mis son malaise sur le compte de l'apfelstrudel qu'on leur avait servi au café Einstein. Ils avaient été obligés de retourner à l'hôtel et elle s'était recouchée, avec des sueurs froides.

Elle se rappelait très bien en revanche avoir été désolée et s'être excusée cent fois d'être souffrante alors qu'ils étaient en voyage et censés passer du bon temps tous les deux. Mais Ingvar avait été gentil et compréhensif, et l'avait rassurée : elle avait sans doute juste besoin de se reposer pendant quelques heures et serait vite sur pied à nouveau.

Par la suite, elle avait trouvé ce comportement étrange. Lui qui ne supportait pas de la voir malade. Lui qui se comportait toujours comme si c'était son monde à lui qui s'écroulait alors que c'était elle qui était malade. Comme si elle le faisait exprès pour pouvoir se la couler douce.

Ce jour-là, il avait fait exactement l'inverse. Il s'était montré tendre et attentionné, nullement agacé. Il l'avait aidée à se déshabiller, l'avait bordée et lui avait apporté un verre d'eau. Il ne semblait même pas surpris de son état.

Elle s'était endormie sans s'en rendre compte. Son sommeil avait été si profond que, durant les premières secondes de son réveil, elle ne se souvenait plus où elle était. La mémoire ne lui était revenue que lorsque Ingvar s'était assis au bord du lit et lui avait rappelé qu'elle se trouvait dans une chambre d'hôtel, à Berlin. Mais il lui avait fallu plusieurs minutes pour accepter le fait qu'elle avait été inconsciente pendant plus de dix heures.

Ingvar, lui, était tranquillement assis là, au bord du lit comme si tout était normal, lui demandant comment elle allait et si elle n'avait pas envie de se lever pour sortir fêter cet anniversaire dans la nuit berlinoise. À sa grande surprise, après avoir pris une douche et bu quelques verres d'eau, elle s'était aperçue qu'elle allait à nouveau très bien. Ils avaient passé une soirée merveilleuse et, affamée, elle s'était même risquée à partager avec Ingvar un plateau de fruits de mer.

Plusieurs années après, alors qu'on venait de l'opérer d'une appendicite, elle s'était fait la réflexion que le sommeil induit par l'anesthésie ressemblait beaucoup à celui auquel elle avait succombé à Berlin, ce jour-là. Un sommeil artificiel et aussi profond qu'un puits noir, comme si on l'avait éteinte comme une lampe. À part que, le jour de l'opération, son black-out avait duré moins longtemps.

« Mais qu'est-ce que je vois ? s'exclama Ingvar en découvrant la table dressée, les morceaux de viande de bœuf, de poulet cru, de lard, l'aïoli, le beurre d'ail et la mayonnaise pimentée, et au milieu le poêlon d'huile gardée chaude par les flammes bleues de la gélatine enflammée dessous. Une fondue ! Il y avait longtemps ! Qu'est-ce qu'on fête ?

— Rien, répondit-elle en essayant de ponctuer sa réponse d'un rire naturel. Ne t'inquiète pas. » Zut, les serviettes en tissu. C'était trop. Elle aurait dû se contenter du rouleau de Sopalin.

« Ah, tant mieux. J'ai eu peur tout à coup d'avoir oublié notre anniversaire de mariage, ou quelque chose comme ça. » Ingvar suspendit sa parka sur le portemanteau et vint la rejoindre.

« Non, c'est juste que j'ai fait du rangement dans les placards de cuisine et que je suis tombée sur notre vieil appareil à fondue. Alors je me suis dit : tiens, pourquoi pas ? » Elle haussa les épaules. « Assieds-toi. Je vais chercher le reste. »

Ingvar s'assit et se mit à trier les piques avec leurs embouts de différentes couleurs. « Je prends les bleues, et toi, tu prends les rouges, d'accord ?

— Ça me va, dit-elle en revenant avec les pommes de terre au four.

— Waouh, je deviens nostalgique, tout à coup. Tu te rappelles quand on était partis faire du ski en France ? Ce n'est pas là qu'on a mangé de la fondue bourguignonne la première fois ?

— Si, tu as raison, mais j'avais mis du vin dans le poêlon plutôt que de l'huile. Alors, à part les pommes de terre au four, c'était un repas diététique.

— En parlant de vin, je sais qu'on est lundi, mais je boirais bien un verre de rouge avec ça, dit Ingvar, qu'est-ce que tu en dis ?

— Tant que ça ne devient pas une habitude, plaisanta-t-elle en s'asseyant en face de son mari. Parce que si on commence comme ça, je ne sais pas comment ça va se terminer ! »

Ingvar rit de bon cœur et se leva. « Dans ce cas, je propose qu'on ne se contente pas d'un verre. » Il lui fit un clin d'œil et partit chercher une bouteille de vin.

Gertrud se pinça le bras pour se rappeler de ne pas se laisser emporter par cette ambiance décontractée.

« Que diriez-vous, madame, d'un petit Marchesi Antinori de Toscane ? dit Molander en lui présentant la bouteille comme l'aurait fait un sommelier. C'est un vin équilibré, vieilli en fût de chêne, avec des notes de cerise, de prune et d'herbe. Il est aromatique et rond, avec de la longueur en bouche.

— Je suis sûre qu'il sera délicieux. » Elle goûta le petit fond qu'il lui avait versé. « Mmm, excellent. »

Molander remplit les deux verres et ils commencèrent à embrocher des morceaux de viande sur les piques.

« Alors, comment ça s'est passé, aujourd'hui ? demanda Gertrud en plongeant sa brochette dans le liquide bouillant avant d'en préparer une autre avec des champignons, des tomates cerises et des petits oignons.

— Ça va, on va s'en sortir, même si on a beaucoup de boulot.

— Oui, c'est ce que j'ai cru comprendre. Vous travaillez sur combien d'enquêtes en ce moment ?

— Je n'arrive presque plus à les compter. Elles sont compliquées, en plus. En même temps personne n'a jamais dit que cela devait être simple.

— Toi qui aimes bien les défis, tu dois être content.

— Une seule m'aurait suffi, pour ça. » Ingvar repêcha sa fourchette pour vérifier la cuisson de la viande.

« Et Fabian ? Il est toujours en arrêt, ou…

— Non, non, il est revenu. Il travaille sur l'une des affaires, mais je ne le trouve pas très motivé.

— C'est-à-dire ?

— Je ne sais pas, il est distrait. Parfois, il a l'air d'être complètement ailleurs. » Ingvar traça une croix dans sa pomme de terre et appuya sur les quatre côtés pour l'ouvrir. « Mais avec tout ce que sa famille a traversé ces derniers temps, c'est un peu normal.

— Mon Dieu oui, quel cauchemar. » Elle sortit ses deux piques du poêlon et fit glisser la viande et les légumes dans son assiette. « Ça a dû être épouvantable. Et la gamine, comment s'appelle-t-elle, déjà ?

— Matilda.

— Oui, c'est ça. Comment va-t-elle ? Elle s'en est remise ? »

Ingvar acquiesça tout en s'occupant de sa propre assiette. « Je crois qu'elle s'en sortira sans séquelles.

— Tant mieux. Je suis soulagée pour eux. » Elle planta sa fourchette dans un morceau de bœuf, le trempa dans la mayonnaise épicée avant de le mettre dans sa bouche et de se mettre à mâcher. Mais comme toutes ces questions qui se bousculaient au bord de ses lèvres, comme son inquiétude face aux réponses qu'elle risquait d'entendre, elle eut l'impression que la bouchée gonflait dans sa bouche comme si la viande avait été du caoutchouc. Le silence autour de la table devint si pesant qu'elle avala le morceau tout rond et le fit glisser à l'aide d'une gorgée de vin rouge. « Et c'est quoi cette enquête dont il s'occupe ? »

Ingvar posa son verre et la regarda d'un regard si pénétrant qu'il semblait lire non seulement ses pensées, mais aussi sa tension artérielle, ses échanges gazeux et son niveau de stress. Personne n'était capable comme Ingvar de voir à travers les gens et de savoir exactement sur quels boutons appuyer pour les emmener là où il voulait.

C'était bien sûr sa question qui avait provoqué cette réaction. En y repensant, elle se disait que sa façon de la poser n'était pas naturelle et que, s'il n'avait pas compris dès le départ où elle voulait en venir, il l'avait compris à présent.

« Tu es au courant des enquêtes sur lesquelles nous travaillons, Gertrud ?

— Bah oui, un peu, quand même. » Elle but une nouvelle gorgée de vin. « On en parle pas mal dans les journaux. » Il fallait absolument qu'elle se ressaisisse. « Il y a cette horrible histoire avec le jeune immigré qu'on a retrouvé dans une machine à laver, et puis il y a ce type qui a été tué à coups de couteau chez Ica, comme ça, devant les clients du supermarché. C'est à se demander si le monde tourne encore rond, parfois ! » Et voilà, elle était à nouveau trop bavarde.

« Je crois que tu n'es pas la seule à te poser cette question. » Ingvar se tut et il se mit à l'étudier si intensément, avec ce fichu scanner qu'il avait à la place des yeux, qu'elle ne savait plus où se mettre. Tous ses gestes lui paraissaient soudain empruntés, et son dos était si tendu qu'elle mourait d'envie de l'étirer, mais elle ne pouvait se mettre à faire sa gymnastique, comme ça, au milieu du repas.

« Tu ne manges pas ? »

Ah oui, manger. Comment avait-elle pu oublier ? « J'attends que les pommes de terre refroidissent. » Comme Ingvar tout à l'heure, elle ouvrit la patate et la remplit de beurre d'ail.

« Pourquoi attends-tu qu'elles refroidissent ! Le but est justement que le beurre fonde. » Molander fourra une bouchée de poulet dans sa bouche. « Enfin, puisque tu es devenue si curieuse tout à coup, Fabian travaille sur une enquête dont nous n'avons pas encore informé les médias.

— Ah ? Et c'est quoi ?

— Bonne question. Pour l'instant, tout ce que nous savons, c'est que la victime, qui est une femme, a été empoisonnée avec de la ricine, ce qui est assez inhabituel. On a également trouvé des caméras cachées dans sa chambre et dans sa salle de bains.

— Ah bon ? Quelqu'un l'espionnait ? Mais qui ? Et pour quelle raison ? Qui peut bien avoir l'idée de faire ce genre de choses ?

— C'est ce que nous essayons de savoir.

— Et votre autre affaire, là, comment ça se passe ?

— Laquelle ?

— Tu sais bien, l'enquête sur la mort d'Inga Dahlberg.

— Qu'est-ce que tu racontes ? » Ingvar posa le verre de vin qu'il s'apprêtait à porter à ses lèvres. « Tu sais bien qu'elle a été classée il y a des années.

— Oui, oui, je sais », dit-elle en haussant les épaules et en s'efforçant d'avaler un autre morceau de viande. « Mais comme elle n'avait pas été résolue, je me suis dit qu'elle avait peut-être été rouverte. Ça arrive, non ? Je veux dire que, parfois, on découvre de nouveaux indices qui conduisent à de nouvelles pistes qui elles-mêmes…

— Je ne comprends absolument pas de quoi tu parles, Gertrud.

— Bref, ce n'est pas le cas. » Elle en avait trop dit, une fois de plus.

« Pas à ma connaissance en tout cas.

— Bon, eh bien, me voilà renseignée.

— Oui, te voilà renseignée. »

Ils retournèrent à leur fondue dans un silence si compact que les bruits de leur mastication et de leur déglutition en semblaient amplifiés. Il était manifestement contrarié et ne souhaitait plus aborder ce sujet. Mais elle décida qu'elle ne pouvait pas en rester là.

« Tu ne trouves pas que ce serait formidable si cette horrible affaire était résolue, un jour ? dit-elle en plongeant dans le poêlon une pique sur laquelle elle n'avait mis que du poulet. Cela aiderait Reidar à faire son deuil, une fois pour toutes. Oui, je sais bien, il a une nouvelle femme dans sa vie et tout ça, mais quand même. Si on pouvait découvrir qui a fait ça et que la justice puisse être faite. Sans parler de vous. Vous avez tellement travaillé sur cette affaire, à l'époque. Enfin, il me semble, non ?

— Tu oublies tout de même un détail important, rétorqua Ingvar en enfournant un morceau de champignon.

— Ah ? Lequel ?

— Tu oublies que nous l'avons déjà résolue.

— Comment ça ? Je ne comprends pas. Qu'est-ce que vous avez résolu ?

— L'affaire. Peut-être que tu ne t'en souviens pas, mais nous savons précisément qui a commis ce meurtre, et d'ailleurs nous l'avions arrêté. Il s'appelait Bennie Willumsen et il était de nationalité danoise même s'il habitait Malmö, au 29 de la rue Konsulgatan, si ma mémoire est bonne. Mais il est mort à présent.

— Tu parles de ce type que vous aviez été obligés de…

— … de relâcher. Exactement. » Ingvar finit son verre et il le remplit à nouveau. « La cour avait estimé que son alibi était suffisamment solide, dit Molander en secouant la tête et en prenant une nouvelle gorgée. Je crains pour ce pauvre Reidar que, dans cette affaire, justice ne soit jamais rendue.

— Pourtant, ça ne pouvait pas être lui, puisqu'il avait un alibi. »

Molander ricana. « C'est une manière de voir les choses. Mais d'un autre côté, avoir un alibi ne signifie pas nécessairement qu'on est innocent.

— Ah bon ? Mais je croyais…

— Écoute-moi, chérie. » Ingvar se pencha vers elle, au-dessus de la table. « Si on prépare bien son coup et si on sait comment faire, ce n'est pas très difficile de se fabriquer un alibi en béton. J'irais jusqu'à prétendre que c'est un jeu d'enfant.

— Mais enfin, Ingvar, tu ne veux pas dire que…

— Si, c'est exactement ce que je veux dire, l'interrompit-il en remplissant également son verre. Tu serais surprise de voir à quel point il est facile de faire avaler un faux alibi à une cour de justice. Crois-moi. Je sais de quoi je parle. »

Il leva son verre et elle leva le sien, trinqua et but, terrifiée qu'il puisse lire sur son visage qu'après toutes ces années, elle venait de comprendre ce qui s'était réellement passé pendant ce séjour à Berlin.

61

Après avoir enfermé ses cheveux dans le filet, il enfila la perruque et arrangea ses boucles grises devant le miroir jusqu'à ce qu'elle soit parfaitement en place. En une seconde, il avait complètement modifié son apparence. C'était extraordinaire de constater à quel point la personnalité d'un individu pouvait tenir à ses cheveux. D'ailleurs, quelques mèches manquantes dans leur chevelure ne suffisaient-elles pas à faire perdre leur estime de soi à la majorité des hommes ?

Il avait enfilé le collant, mis les faux seins, la robe bleue et la ceinture blanche à la taille. Il avait même appliqué un fond de teint clair sur son visage ainsi qu'une poudre d'une teinte plus pâle encore, mais en dépit de tous ces efforts, l'image que lui renvoyait le miroir était plutôt celle d'une folle perdue ou de quelqu'un qui se rend à un bal costumé. Jusqu'à ce qu'il mette cette perruque et que le tableau devienne subitement cohérent. Et après avoir ajouté la capeline, les boucles d'oreilles et le collier de perles, il jugea que la transformation était parfaite.

Le dé était tombé sur *mamie*, et en se regardant dans la glace il dut reconnaître qu'il avait réussi à créer l'illusion d'une adorable petite grand-mère.

Il y avait encore deux jours, il bouillait de rage devant le choix du dé. Quelle que soit la manière dont il tournait le problème, il ne pouvait pas s'empêcher de trouver cette consigne profondément injuste.

Il avait sorti un X et la mission subsidiaire qui lui avait été imposée par le hasard était claire. Mais quand même. Après les épreuves et les difficultés qu'il avait déjà surmontées, il avait pris cette nouvelle directive comme une véritable gifle visant à lui faire comprendre qu'il n'était rien et qu'il ne devait surtout pas s'imaginer le contraire.

Après mûre réflexion, il était malgré tout parvenu à la conclusion que c'était exactement ce dont il avait besoin. Un bon remontage de bretelles et une leçon d'humilité. Une leçon pour lui faire comprendre qu'il n'était qu'un simple passager et que jamais il ne serait capitaine du navire sur lequel il s'était embarqué.

D'autant que le dé avait eu raison, une fois de plus. Alors qu'il lui avait imposé une mission subsidiaire pratiquement irréalisable, et deux jours seulement pour la mettre en œuvre, il se rendait compte à présent, quelques heures avant l'échéance, que tout s'était beaucoup mieux passé qu'il ne l'avait craint.

Force était de constater qu'il avait bénéficié d'une chance que beaucoup auraient prise comme un cadeau du ciel, et s'il avait cru en Dieu, il leur aurait sans doute donné raison. Tout était allé comme sur des roulettes jusqu'ici et maintenant il ne lui restait plus qu'à préparer le sac à dos, se repoudrer le visage et enfiler la cape beige et les escarpins bleu ciel.

62

Fabian ne comptait plus le nombre de fois où il avait étudié les photos en noir et blanc montrant Inga Dahlberg sortant de la voiture de Molander en ce soir d'été. Il ne s'était pas contenté de les regarder à la loupe, il les avait également scannées avec une définition si élevée que la mémoire de son disque dur avait momentanément été saturée.

Maintenant, quand il faisait défiler les fichiers en agrandissant divers détails, cela lui faisait un peu le même effet que de se regarder dans la glace : rien de nouveau, pas de surprise. Il savait qui était la femme, pourquoi elle était là, avec qui elle avait rendez-vous et qui avait pris les photos. Et pourtant, il avait toujours l'impression qu'un détail infime lui échappait encore et qu'il était passé à côté de quelque chose.

Derrière la petite fenêtre de la cave, le soleil pointait déjà alors qu'il était quatre heures et demie du matin. Encore deux jours et ils recommenceraient à se diriger vers des temps plus sombres. Pour l'instant, c'était l'été et les journées les plus longues de l'année, mais déjà il ressentait cette mélancolie qui va avec l'imminence des jours qui raccourcissent.

Mais ce n'était pas ce qui l'avait empêché de dormir et poussé à redescendre à la cave. Ses pensées tournaient inlassablement autour de Molander. À présent qu'il avait trouvé une brèche dans l'alibi du voyage à Berlin, il n'avait presque plus aucun doute. Mais de preuve irréfutable, malgré toutes ces heures passées à creuser dans cette affaire, il n'en avait toujours pas. Rien de ce qu'il avait découvert n'aboutirait à une condamnation. Il avait comblé quelques lacunes et rassemblé assez d'éléments pour pouvoir défendre un soupçon raisonnable, mais aucun n'avait valeur de preuve.

Pour exemple cet alibi du voyage à Berlin. Il était en mesure de démontrer que Molander pouvait ne pas s'être trouvé dans la capitale allemande au moment où le meurtre d'Inga Dahlberg avait été commis, mais tant que Gertrud continuerait à affirmer qu'elle et son mari ne s'étaient pas quittés de tout leur séjour, il n'avait aucune preuve du contraire.

Hugo Elvin devait avoir trouvé quelque chose.

Pour que Molander soit allé jusqu'à le tuer, il fallait qu'il ait découvert un détail suffisamment important pour présenter une véritable menace. La question était de savoir où se trouvait cette preuve. Pas dans le tiroir du bureau, en tout cas.

Après avoir épluché maintes et maintes fois son contenu, il avait dû se rendre à l'évidence. Tous les indices, les photographies et les notes laissés par Hugo n'étaient que de fortes présomptions. Mais cela ne l'empêcha pas de recommencer.

Il mit les photos d'Inga Dahlberg de côté, reprit l'agenda d'Elvin et relut, page après page, chacune des notes qu'il contenait. La plupart étaient très courtes et certaines assez incompréhensibles de prime abord. À nouveau, il ne remarqua rien qu'il n'ait pas déjà soigneusement examiné.

Il observa attentivement le trousseau avec ses sept clés et leurs morceaux d'adhésif de différentes couleurs et les répartit en plusieurs catégories. L'une des trois clés vertes marquées d'un point d'interrogation ouvrait le placard d'Einar Stenson, le père de Gertrud, au Photo Club Celluloïd. Il n'avait pas encore identifié les deux autres. Idem pour les deux blanches dont l'une était ornée d'un poisson et l'autre d'un code chiffré : 759583.

Peut-être ne s'agissait-il pas d'un code, mais d'un numéro de téléphone. Il essaya de le composer en commençant par 042, l'indicatif de Helsingborg, mais un signal sonore et une voix impersonnelle lui firent savoir que le numéro était erroné. Il obtint le même signal sonore en tentant la même opération avec les indicatifs de Malmö, de Landskrona, de Göteborg et de Stockholm, après quoi il mit les clés blanches de côté et se concentra sur les deux bleues, auxquelles il avait jusqu'ici prêté le moins d'attention.

Sur la plus grande des deux, on pouvait également lire un nombre. Celui-ci était composé de quatre chiffres : 0388. La clé correspondait à une serrure de porte classique à sept points et les chiffres étaient probablement le code de la porte d'entrée d'un immeuble, ou quelque chose comme ça. Mais où se trouvait cette porte ? Là était la question.

La plus petite était particulière. Elle avait une tête asymétrique et de forme plutôt ovale. On aurait dit un crâne humain de profil. Il prit une loupe pour l'observer en détail. C'était apparemment une clé qui avait beaucoup servi. Il vit des traces de rayures, de saleté, d'huile ici et là. Jusque-là, rien d'anormal. Les minuscules points blancs, ressemblant à de petits cristaux et visibles uniquement à la loupe, retinrent son attention, en revanche.

Lorsqu'il posa délicatement le doigt sur l'un d'entre eux, il tomba sur la table comme un minuscule grain de sable. Il aurait pu demander à Hillevi Stubbs de faire une analyse, mais décida de croire à son intuition en prélevant quelques grains sur son index et en posant celui-ci sur le bout de sa langue.

Comme il s'y attendait, ils avaient un goût de sel.

Était-ce à cause du sel, de la forme de la clé ou des deux éléments combinés, il l'ignorait, mais soudain il eut une idée. Il désolidarisa la clé du trousseau et entreprit de retirer l'adhésif. Le temps avait figé la colle, qui laissa un voile opaque sur le métal.

Après avoir longuement gratté, il vit apparaître le logo Neyman avec la lettre N formant un chapeau au-dessus des autres lettres, et l'idée devint une certitude.

C'était tout simplement une clé de contact, probablement celle d'un vieux moteur inboard Volvo Penta, l'un des moteurs de bateau les plus courants en Suède.

Il y avait deux ans maintenant qu'il avait quitté Stockholm pour s'installer à Helsingborg et autant de temps qu'il avait commencé à travailler avec Hugo Elvin. Deux années de déjeuners, de pauses-café et de longues planques partagées. Et pendant tout ce temps, pas une seule fois Elvin ne lui avait laissé entendre qu'il fût propriétaire d'un bateau. Molander non plus d'ailleurs, en admettant que cette clé soit à lui. D'un autre côté, l'un comme l'autre s'étaient révélés avoir tant de secrets qu'il avait cessé de s'en étonner.

63

Elle n'arrivait pas à le resituer et pourtant elle était sûre d'avoir déjà vu quelque part l'homme qui était assis sur ce banc, en train de sourire sans raison, avec ses lunettes de soleil, son pantalon remonté un peu trop haut à la taille, une veste beige et un sac à dos posé à côté de lui. Elle se demanda un instant si ce n'était pas ce pédophile que la police cherchait partout. Non, il n'oserait pas sortir en plein jour au milieu de la foule. Et maintenant, il y avait une vieille dame qui voulait s'asseoir à côté de lui et qui le priait de mettre son sac sur ses genoux pour faire de la place. Mais non, elle se faisait des idées. C'était sans doute son attitude un peu bizarre qui l'avait intriguée.

Victor et Samuel étaient les deux enfants qui se trouvaient le plus près. Comme d'habitude, ils se disputaient pour savoir qui allait monter sur le tricycle et qui allait pousser. Sonja et Vicky étaient là aussi, qui pourchassaient Ruben en hurlant. Pour l'instant, ils s'amusaient comme des fous, mais elle était prête à parier la bague de fiançailles de son arrière-grand-mère que, avant une minute, au moins deux d'entre eux pleureraient à chaudes larmes.

Il leur manquait une personne et elle détestait cela. En plus, connaissant Josefin, elle savait que celle-ci ne ferait sûrement pas l'effort de revenir travailler avant la fin de la semaine. *J'ai de la fièvre et mal partout, je crois que c'est la grippe*, avait-elle pleurniché sur le répondeur ce matin. Elle les prenait vraiment pour des perdreaux de l'année. Comme s'ils n'avaient pas deviné qu'elle avait ramené chez elle quelque pathétique plan cul rencontré la veille sur Tinder et que c'était une foutue gueule de bois qui l'avait clouée au lit ce matin.

Elle ne comprenait pas comment Josefin trouvait aussi facilement des hommes pour la sauter. Après son divorce, elle-même avait tout essayé. Depuis les sites en ligne jusqu'à la petite annonce dans la rubrique « Rencontres » du *Helsingborg Dagblad*. Et il avait fallu qu'elle aille se saouler au Dickens pour trouver le courage de partir ensuite se déhancher sur la piste.

Alors qu'elle n'était même pas jolie, Josefin n'avait qu'à claquer des doigts et écarter un peu les genoux pour que les hommes se jettent sur elle. À part sa minceur, qui était plutôt de la maigreur, franchement elle n'avait rien de spécial. Pas de seins, pas de fesses. Rien. En plus elle était coiffée comme une serpillère. Pourtant, c'était sa collègue et pas elle qui se faisait porter pâle au boulot avec entre les cuisses un énième souvenir.

Josefin n'en avait rien à faire que le mardi soit le jour de la sortie hebdomadaire du groupe des grands, ni qu'il faille les emmener au parc même si en l'occurrence deux heures plus tôt il avait tellement plu qu'on en parlerait sûrement aux infos. S'ils n'avaient pas remplacé la sortie par des activités à l'intérieur c'était uniquement pour éviter qu'une horde de parents furieux leur tombe dessus à la prochaine réunion.

Et évidemment, tous les enfants étaient là. Y compris Rigmor, tellement enrhumée qu'on aurait pu se servir de sa morve dans un remake de *L'Exorciste*. Il était d'ailleurs grand temps qu'elle aille lui moucher le nez. Ou plus exactement il était grand temps que *quelqu'un* aille lui moucher le nez. Mais le *quelqu'un* en question estimait apparemment que c'était à elle de le faire. Comme si ce n'était pas déjà elle qui s'était bagarrée pour enfiler leurs cirés à la moitié d'entre eux, préparé un pique-nique pour Asa parce que ses parents avaient comme d'habitude oublié, et avait pensé à emporter la trousse de secours qui avait d'ailleurs été bien utile quand Edvin avait trébuché et s'était écorché les mains. Mon Dieu ce qu'il avait hurlé. Elle ne connaissait personne qui soit capable de pleurer autant pour un simple bobo.

Il fallait qu'elle arrête. Des talons ou des genoux, elle ne savait ce qui la faisait le plus souffrir, et elle était à la limite du burn-out, tellement fatiguée de s'occuper des gosses des autres qu'elle n'avait plus la force de s'occuper des siens en rentrant chez elle. Fatiguée de leurs cris incessants. Fatiguée de ne pouvoir avoir une conversation entre adultes sans être interrompue.

Sans parler de la question de la pédagogie. Ah, sur le papier, tout était parfait, très astucieux et plein de bons arguments de vente pour les parents qui venaient aux journées portes ouvertes. En réalité, ils essayaient juste de garder les gamins en vie, d'arriver au bout de chaque journée en évitant la catastrophe.

Ce qui pouvait se révéler difficile avec des enfants incapables de tenir en place plus de deux secondes. Des enfants qui couraient dans tous les sens en couinant comme des cochons qu'on égorge. Impossible de les surveiller tous à la fois.

Bon, au moins, le type sur le banc s'était levé. Enfin une bonne nouvelle. Il avait dû se rendre compte qu'elle le regardait, ça n'avait pas dû lui plaire. Mais elle n'en avait strictement rien à foutre. Innocent ou coupable, il n'avait pas à occuper l'unique banc se trouvant sur le terrain de jeux, alors qu'il y avait des bancs partout ailleurs dans le parc de Slottshagen.

Elle présenta son visage au soleil qui venait de percer entre deux nuages et sentit ses rayons lui réchauffer la peau. Ils allaient peut-être avoir une belle journée, après tout.

« Angela ! Siri a besoin d'aller aux toilettes. »

Elle se retourna et vit Harald approcher, la petite fille dans ses bras.

« Tu y vas ou je m'en occupe ? » lui lança-t-il avec un mouvement de tête pour chasser la mèche qui lui tombait devant les yeux.

Ils travaillaient ensemble depuis bientôt un an et demi, et elle ne savait pas encore que penser de lui. Certes il était assez exceptionnel, dans son genre. Il était plein d'enthousiasme et avait de l'énergie à revendre, au point d'aller la dépenser dans une salle de sport en sortant du boulot. Les enfants l'adoraient et, bien qu'il n'ait pas de diplôme d'éducateur dans le domaine de la petite enfance, c'était une excellente recrue. Pourtant, elle ne pouvait pas s'empêcher d'avoir des doutes à son sujet.

« Non, c'est bon, dit-elle en allant à leur rencontre. Je vais l'emmener. »

C'était plus fort qu'elle. Elle voulait bien être politiquement correcte, admettre qu'il n'y avait aucune différence entre les hommes et les femmes et aussi qu'un beau jour il y aurait la paix dans le monde, mais Harald n'en était pas moins un homme et à de rares exceptions près c'étaient bien des éducateurs hommes qui s'en prenaient aux enfants.

« Noon ! Pas Angela ! brailla Siri qui la détestait depuis son premier jour d'école, d'ailleurs elle le lui rendait bien. Je veux que ce soit Harald qui m'emmène !

— Je te jure que ça ne m'ennuie pas, dit Harald en chargeant Siri sur ses épaules comment si elle ne pesait rien du tout.

— Non, non, je vais le faire. De toute façon j'avais besoin d'y aller aussi », mentit-elle en faisant descendre une Siri furieuse des épaules du jeune homme.

Et que personne ne vienne lui dire qu'elle ne savait pas de quoi elle parlait. Pas après l'histoire avec Krister. Lui, cela faisait cinq ans qu'elle le connaissait. Cinq années pendant lesquelles il avait été l'éducateur favori des enfants, leur jouant de la guitare, leur chantant des chansons ou leur lisant des histoires en y mettant toute son âme, quand il ne les inventait pas lui-même. C'était ce même Krister qui avait fait subir aux enfants des choses si épouvantables qu'elle ne se remettrait jamais de ne s'être aperçue de rien.

Certains de ses collègues lui avaient pourtant dit qu'ils soupçonnaient de lui l'impensable. Et chaque fois elle l'avait défendu, allant même jusqu'à se fâcher avec ses détracteurs.

Plus jamais, s'était-elle promis après ce réveil brutal. Plus jamais elle ne ferait preuve d'une telle naïveté et laisserait de pauvres enfants exposés à de telles horreurs. C'est pour ça qu'elle laissait Harald tout seul avec les enfants le moins souvent possible. Sans en avoir l'air, elle veillait constamment à ce qu'elle ou une des autres éducatrices soit toujours avec lui.

Harald s'en était évidemment aperçu et avait même posé la question en réunion. Mais elle lui avait affirmé que cela n'avait absolument rien à voir avec le fait qu'il soit un homme. Elle l'avait renvoyé au règlement qui stipulait que les enfants devaient toujours être en présence d'au moins un éducateur diplômé. « Je suis désolée, Harald, lui avait-elle dit. Tant que tu n'auras pas ton diplôme, il en sera ainsi, et ni toi ni moi ne pouvons rien y changer. »

Comme elle s'y attendait, Siri refusa de faire pipi. Pour éviter un accident sur le terrain de jeux, elle l'obligea à rester assise sur les W-C jusqu'à ce qu'elle ne puisse plus se retenir. Le tout prit seize minutes, ce qui était beaucoup trop long, quelle que soit la manière dont on envisageait la chose. Elle n'aurait pas su dire pourquoi, mais à mesure qu'elle s'approchait du terrain de jeux, un pressentiment désagréable lui souffla qu'elle s'était gravement fourvoyée dans l'ordre de ses priorités.

En plus elle ne pouvait pas se dépêcher. De tous les enfants à qui elle avait eu affaire dans sa carrière, Siri était la seule qu'elle ne pouvait prendre dans ses bras sans qu'aussitôt elle se mette à se débattre, à hurler et à griffer. Elle n'avait donc d'autre solution que de marcher à l'allure que lui imposait la petite fille.

Une éternité plus tard, elles repassèrent enfin sous l'arche végétale qui délimitait le terrain de jeux. Siri lui lâcha instantanément la main et courut rejoindre Quentin et Nova qui faisaient des dessins par terre avec des cailloux. Plus loin, Harald jouait à cache-cache avec

Samuel, Ruben, Lisen et Sonja, quant à Ebba, Alva, Niki et Victor, ils s'amusaient sur les balançoires à qui irait le plus haut. Le bonnet rouge de Vincent s'éloignait sur le petit pont qui conduisait aux toboggans. Et Melvin faisait des châteaux de sable.

À première vue tout allait bien, plutôt mieux que d'habitude, même. Et pourtant tous ses signaux d'alarme étaient au rouge et elle n'arrivait pas à savoir pourquoi.

Sur le banc où l'homme au sac à dos était assis tout à l'heure se trouvaient à présent deux mères de famille, avec des landaus si luxueux que leur prix aurait sans doute suffi à nourrir un village en Afrique. Il manquait un enfant, mais lequel ? Le groupe n'était pas au complet, elle en était certaine. La moindre cellule de son corps lui hurlait qu'il y avait un très gros problème.

Ester. Elle ne la voyait nulle part. Ester jouait presque toujours avec Lisen, mais Lisen était en ce moment avec Sonja en train d'attendre que Harald ait attrapé Ruben et Samuel. Merde, merde, merde. Un autre enfant manquait-il ? vérifiait-elle en faisant à nouveau le tour du parc des yeux.

« Harald ! cria-t-elle d'une voix qui avait déjà perdu espoir. Est-ce que tu sais où est Ester ?

— Ester ? répondit Harald surpris en regardant autour de lui.

— Oui, Ester. Ester Landgren avec son ciré jaune et ses collants bleus, précisa-t-elle alors qu'elle savait que c'était inutile.

— Elle jouait à cache-cache avec nous et elle est partie se cacher.

— Où, Harald ? dit-elle en le saisissant par les pans de sa parka. Où est-elle partie se cacher ?

— Je n'en sais rien.

— Tu n'en sais rien ?

— Non, j'ai fermé les yeux et compté jusqu'à vingt avant de les rouvrir. Mais elle est sûrement quelque part.

— Elle *était* quelque part. Où elle est *maintenant* ? On n'en sait absolument rien.

— La tour ! Tu as regardé dans la tour ? Quelquefois ils se cachent là-bas. »

Non, elle n'avait pas regardé dans la tour et, en chemin, elle ne s'autorisa même pas à espérer trouver la fillette. Elle avait déjà renoncé et divers scénarios défilaient dans sa tête, plus effroyables les uns que les autres. Lorsque, quelques secondes plus tard, elle passa la tête dans l'une des ouvertures de la tour et constata ce qu'elle savait déjà, elle fondit en larmes.

Ses jambes refusèrent de la porter plus longtemps et elle tomba à genoux dans le sable. Elle n'eut même pas la force de répondre à Harald quand il lui cria qu'il partait chercher à l'extérieur du terrain de jeux, au cas où Ester serait cachée derrière un tronc d'arbre.

Et bien sûr, il y avait des tas d'endroits où chercher avant d'être absolument sûrs. Ensuite, il faudrait appeler la police et lancer un avis de recherche. Mais ce serait surtout pour la galerie. Pour se dédouaner et prétendre qu'ils avaient tout essayé pour la retrouver. Pourtant à quoi bon, alors que ce qui ne devait à aucun prix arriver était arrivé.

Une fois encore.

64

Ils la regardaient. Elle voyait bien qu'ils la regardaient, ils la fixaient même, tout en faisant tout ce qu'ils pouvaient pour le cacher. Cela n'avait rien de surprenant en réalité, vu qu'en temps normal elle ne se maquillait pratiquement jamais, hormis un peu de rouge à lèvres pour un mariage ou une occasion particulière. Mais aujourd'hui, elle avait mis le paquet.

Personne n'avait rien dit. Ils étaient simplement assis là à attendre que la réunion commence, sirotant leur café comme s'ils étaient en randonnée et que le café à moitié tiède était brûlant. Elle comprenait leur réaction. Que voulait-elle qu'ils lui disent ? Même s'ils avaient une vague idée de ce que cachait l'épaisse couche de fond de teint et de poudre qu'elle avait mise sur son visage, tout ce qu'ils pouvaient faire, c'était de fermer leur gueule.

C'était la première fois que Hampus la frappait. Il était arrivé très souvent qu'il lève le poing, mais jusque-là il le faisait retomber sur un meuble ou n'importe quel autre objet qui se trouvait à sa portée.

Cette fois, son poing fermé était allé jusqu'au bout de sa trajectoire sans rencontrer aucun obstacle, et dans un sens, aussi malsain que cela puisse paraître, elle en était presque soulagée, comme reconnaissante qu'il soit enfin passé à l'acte de sorte que rien de ce qu'il avait fait ne puisse être défait.

Elle l'avait quitté tant de fois qu'elle ne les comptait plus, et chaque fois il avait pris ces tentatives de rupture comme de vaines menaces, ce qu'elles étaient, en fin de compte. Car malgré leurs disputes et leurs problèmes, une part d'elle continuait à l'aimer. Mais ça c'était avant. À présent, la situation était complètement différente.

Comme les autres fois, il lui avait demandé pardon et lui avait promis que cela n'arriverait plus. Sans compter ses pathétiques excuses à propos de son taux de sucre dans le sang, qui devait être au plus bas vu l'énergie qu'il avait dépensée pour remettre la pelouse en état, et de son moral à zéro depuis des semaines parce qu'il se sentait rejeté, et autres lectures des événements destinées à lui faire porter à elle une part de responsabilité dans ce qui était arrivé.

Cause toujours.

Il pouvait dire ce qu'il voulait maintenant. Elle n'en avait plus rien à foutre. C'était fini et elle ne reviendrait pas en arrière.

« Irene ? »

Lilja leva les yeux vers Tuvesson qui la regardait.

« Ça va ?

— Oui, pourquoi tu me demandes ça ? Tout va bien. »

Elle vit alors que toute l'équipe la fixait sans chercher à le dissimuler.

« C'est juste que tu sembles tellement… absente. Il n'est rien arrivé de grave, j'espère !

— Non, pas à ma connaissance.

— Je ne suis pas à ta place, évidemment. Mais moi, je pense que j'aurais beaucoup de mal à rester indifférente aux attaques de Landertz dans la presse.

— Oh non, ça me glisse dessus comme l'eau sur les plumes d'un canard.

— Super. Ce ne sont que des menaces en l'air, évidemment, mais s'il y avait un problème, n'hésite pas à venir me voir, OK ? » Tuvesson s'adressa aux autres. « Où en étions-nous ?

— L'expertise technique sur la scène de crime du supermarché, répondit Molander, tourné vers Lilja. Elle a prouvé que l'assassin est sorti par l'entrée du personnel et qu'il s'est enfui à vélo.

— J'avais entendu, mentit Lilja en vidant sa tasse.

— Et qu'est-ce qu'on a sur la victime Lennart Andersson ? s'enquit Tuvesson.

— Seulement qu'il est divorcé, très sportif et passionné de généalogie, répondit Klippan.

— J'ai vu son ancienne épouse, qui s'est écroulée en entendant la nouvelle. D'après elle, il était la plus belle personne qu'elle ait jamais rencontrée. »

Tuvesson hocha la tête. « Vous avez des idées concernant le mobile ? À part celle de Fabian qui pensait que le meurtre pouvait être une incitation à la haine raciale.

— Non, pas pour le moment. Son ex-femme m'a donné une liste exhaustive de ses amis et connaissances, et je suis en train d'en faire le tour. J'ai aussi demandé de voir les films de surveillance de l'Ica Maxi pendant la semaine qui a précédé les faits, j'espère y trouver un indice.

— Bon, alors je propose qu'on passe à l'affaire Wessman et à ces caméras cachées, que vous avez découvertes également, si j'ai bien compris, dans d'autres appartements de l'immeuble. » Tuvesson s'approcha du tableau, où elle fit de la place pour d'autres éventuelles victimes, à côté des photographies et des notes sur Molly Wessman.

« Oui, pour l'instant j'ai trouvé quatre autres appartements, habités par des femmes seules et dans lesquels avaient été installées ces caméras », dit Fabian en s'efforçant d'éviter le regard de Molander qui le fixait chaque fois qu'il ouvrait la bouche. « D'après Lina Parnerud, secrétaire à Fiberbolaget, Christopher Comorowski a installé la fibre à douze adresses différentes depuis qu'elle travaille dans la société. Je ne connais pas encore le nombre d'appartements qu'il a équipés de caméras.

— Les caméras sont toujours dans les chambres et les salles de bains ?

— La réponse est oui, intervint Molander en cessant enfin de le regarder.

— Et comment se passe l'expertise des caméras en question ?

— Elle ne se passe pas. Je n'ai pas encore commencé.

— On peut savoir pourquoi ? demanda Lilja en se servant un autre café.

— D'abord parce que je suppose qu'il s'agit de la même installation et du même modèle que ce que nous avons trouvé dans l'appartement Wessman.

— Et ensuite ?

— Je vais laisser à monsieur Risk le soin de te répondre, sachant que c'est lui qui m'a demandé expressément de ne pas toucher à ces caméras pour l'instant. »

Molander se tourna à nouveau vers Fabian. « Mais sois tranquille, je suis de ton avis. Il ne faut pas réveiller l'eau qui dort, dit-il avec un sourire et un petit clin d'œil.

— Je suis tout à fait tranquille. Que tu sois de mon avis ou pas d'ailleurs, rétorqua Fabian sans sourire en regardant Ingvar Molander droit dans les yeux, avant de s'adresser aux autres. Je crains, si nous saisissons les caméras, qu'il sache que nous sommes sur ses traces et qu'il nous échappe.

— C'est juste, dit Tuvesson, mais celles qui sont encore en vie, qu'est-ce qu'elles disent de cette surveillance ?

— Moi je sais ce que j'en dirais, en tout cas, commenta Lilja.

— Il y en a une qui est allée à l'hôtel, une autre qui est partie voir ses parents à Båstad en attendant que tout cela soit terminé. Les deux dernières ont accepté de faire semblant de continuer à vivre normalement.

— Ça ne doit pas être facile avec une caméra dans sa chambre à coucher !

— Non, en effet. Mais elles ont promis de faire leur possible, et de mon côté je leur ai promis une protection policière.

— OK. » Tuvesson poussa un long soupir avant de dire à Molander : « Alors qu'est-ce que tu peux nous dire sur les caméras récupérées chez Molly Wessman, car celles-là je suppose que tu les as examinées ?

— Absolument, et je dois dire que ce Comorowski m'impressionne, si c'est lui qui les a conçues et installées, j'entends.

— Et tu as localisé le serveur, ou quelque autre appareil qui reçoit les images ? Ou pas encore ?

— Pas encore, répliqua Molander avec un grand sourire. C'est ce qui me fait dire que je suis impressionné. Comme vous le savez sans doute, la plupart des webcams qu'on trouve sur le marché fonctionnent en filaire USB, un système exigeant un logiciel spécial et pas mal d'électronique destinée à transformer les données pour qu'ensuite elles puissent être transmises à l'aide d'un simple câble Ethernet. Rien que pour avoir la puissance nécessaire pour alimenter la caméra, quand on sait que la norme IEEE802 n'est pas capable de fournir plus de vingt-cinq watts, c'est déjà compliqué.

— Ingvar, s'il te plaît, venons-en au fait.

— Pardon, je digressais un peu. Tout ça pour dire que c'est un seul et même logiciel qui établit un tunnel vers un serveur VPN et vers un réseau TOR. C'est génial, vous ne trouvez pas ? »

Tuvesson regarda les autres. « Est-ce que l'un de vous comprend ce qu'il raconte ?

— Ce n'est pas très compliqué, en fait, reprit Molander. Un tunnel VPN est un réseau virtuel qui a pour fonction de chiffrer les données qu'il transporte, rendant leur lecture impossible à toute personne n'ayant pas la clé de chiffrement. En revanche, l'adresse de l'expéditeur et l'adresse du destinataire à l'entrée et à la sortie du tunnel ne sont pas anonymes et peuvent être identifiées assez facilement avec un bon logiciel de programmation. C'est pour cela que notre homme a ajouté un routeur TOR, plus connu sous le nom de *The Onion Router*, dans la chaîne de traitement. Celui-ci a pour fonction de rendre anonyme aussi bien l'expéditeur que le destinataire en faisant rebondir les informations ici et là sur tout un tas de serveurs Proxy. De cette façon, non seulement il a veillé à rendre le contenu illisible pour les éventuels curieux, mais il a également fait en sorte que personne, pas même nous, ne puisse le tracer.

— Si je résume, le seul résultat que tu as obtenu est une absence de résultat.

— On peut dire ça comme ça. »

Tuvesson ne fit rien pour cacher son agacement. « Et ce tatouage, alors ? Est-ce que l'une des autres femmes a le même ?

— Malheureusement non.

— Ce qui signifie que nous pouvons abandonner la théorie selon laquelle Christopher Comorowski et Columbus seraient une seule et même personne.

— N'est-ce pas un peu précipité ? »

Tuvesson haussa les épaules. « A priori, rien n'indique qu'il y ait un lien entre les deux individus.

— Ah non ? intervint Fabian. Nous avons un type qui installe des webcams cachées dans les foyers de femmes seules et un autre qui fréquente les clubs échangistes et qui marque les femmes comme on marque le bétail en signe de propriété après avoir fait l'amour avec elles. Je trouve qu'il y a des points de convergence, tout de même.

— Je ne suis pas d'accord. Le premier semble vouloir regarder alors que l'autre préfère participer.

— Ce n'est pas faux. Mais je suis sûr qu'il y a des tas de voyeurs qui au bout d'un moment en ont marre d'être sur la touche et décident de se jeter dans l'action. Et puis il y a les noms. Cela peut sembler farfelu, mais franchement, Christopher Columbus, ça ne peut pas être un simple hasard.

— Et pourquoi pas, rétorqua Lilja.

— Parce que je pense qu'on peut considérer sans prendre un grand risque de se tromper que Columbus est un nom d'emprunt, et que lorsqu'on choisit un pseudonyme, consciemment ou non, on cherche un nom qui a du sens.

— OK, alors ne fermons pas cette piste tout de suite, dit Tuvesson. Il reste encore quelques femmes sur ta liste, essaye de les joindre rapidement et de savoir si l'une d'entre elles porte la fameuse marque.

— Il y a quand même un truc que je ne comprends pas dans cette histoire », dit Klippan qui ne s'était pas exprimé depuis un certain temps. Tous se tournèrent vers lui comme s'ils avaient oublié qu'il était là. « Quel est le mobile ? poursuivit-il. Imaginons qu'il s'agisse d'un seul et même individu. Quel est son mobile ? » Il les regarda les uns après les autres. « Il met sous surveillance des appartements habités par des femmes seules. Jusque-là, je peux comprendre. La plupart ont entre vingt et quarante ans, et toutes sont apparemment jolies. Aucune grosse vache, plutôt des petits canons, comme les appelait mon vieux qui a fait la guerre. En même temps, si on suit l'hypothèse de Fabian, le type fréquente des clubs échangistes où, si l'on en croit la rumeur, les femmes font la queue, si j'ose m'exprimer ainsi, pour faire l'amour avec lui et se faire tatouer sa marque sur le mont de Venus. Je n'ai jamais entendu un truc pareil, mais il paraît qu'il faut de tout pour faire un monde, alors admettons. Alors pour quelle raison, et c'est là que je n'arrive plus à suivre, ce type aurait-il tué Molly Wessman ?

— Les femmes n'étaient pas censées être chasse gardée, après avoir couché avec lui ? rappela Lilja. C'est pour ça qu'il les marque, je suppose. »

Fabian acquiesça, même s'il devait reconnaître que Klippan venait de relever le point le plus fragile de sa théorie.

« Et également pour cela qu'il les surveille, ajouta Molander.

— Pour contrôler qu'elles ne quittent pas le sérail.

— Dans ce cas, elles devraient toutes porter le même tatouage que Wessman », argua Klippan.

Fabian hocha à nouveau la tête. Klippan avait raison. Ils avaient beau tourner le problème dans tous les sens, il y avait toujours un point qui ne collait pas. D'un autre côté, les motivations d'un assassin ne répondaient pas forcément à une logique. En général, c'était même plutôt l'inverse.

« Et en plus, continua Klippan, si on considère le nombre de femmes dont il est question, je trouverais assez étonnant que Wessman soit la première et la seule à avoir fauté. En admettant bien sûr que les chiffres tatoués correspondent à une suite.

— Ou alors… » Tuvesson s'interrompit quand le téléphone de Molander émit un bip qui détourna son attention.

« Ou alors quoi ? la relança Klippan.

— Ou alors, c'est juste la première dont nous ayons eu connaissance. »

65

« Hé ! Excusez-moi ! »

Fabian traversait le parking du commissariat et avait parfaitement entendu qu'on l'appelait, mais il continua d'avancer vers sa voiture. Il était en route pour parcourir avec Flätan le registre des décès inattendus survenus ces dernières années chez des individus entre vingt et quarante ans, de sexe féminin, et pour lesquels l'Institut médico-légal n'avait pas conclu à un meurtre. Bien entendu, Flätan n'admettrait jamais avoir commis d'erreur, à l'en croire, son collègue Arne Gruvesson était tout à fait capable d'être passé à côté d'une mort suspecte, même si elle sautait aux yeux.

« Hé ! Vous pourriez m'accorder un instant, s'il vous plaît ? »

Fabian venait d'ouvrir la portière et se retourna vers l'homme qui le rattrapait.

« Je me doute que vous êtes pressé. Mais j'en ai pour deux minutes.

— Je suis désolé, je n'ai pas de câble de batterie, si c'est ça que vous cherchez, dit Fabian avant de réaliser qu'il avait déjà vu ce visage quelque part.

— Bonjour, nous nous sommes croisés hier. Je m'appelle Axel Stjärnström, je suis le voisin d'Eric Jacobsén.

— Oui, oui, je me souviens très bien. » Fabian serra la main du type qu'il avait vu la veille en jogging avec une casquette sur la tête et qui aujourd'hui portait un costume et une cravate. « De quoi s'agit-il ? J'ai un rendez-vous.

— J'essayerai d'être bref, dit Stjärnström en reprenant son souffle. J'ai raconté pas mal de choses, hier. À propos d'Eric, je veux dire. » Il resserra sa cravate qui n'en avait nul besoin. « Je ne sais pas si c'est une bonne idée, mais cette nuit je me suis dit qu'il était important que je vous précise certaines des choses que j'ai dites sans réfléchir. »

Fabian acquiesça, alors qu'il ne se rappelait pas un mot de ce que cet homme lui avait dit la veille.

« Comme vous vous rappelez sans doute, je n'ai pas tari d'éloges sur lui, et c'est vrai qu'à bien des égards c'est une personne extraordinaire, qui a une énergie débordante.

— Pardon, mais qu'est-ce que vous essayez de me dire, exactement ?

— Un jour quelqu'un m'a dit une phrase que je n'ai pas comprise sur le coup : *On n'a rien sans rien.* » Stjärnström se tut un instant, en regardant Fabian dans les yeux. « Disons que depuis qu'Eric est venu s'installer dans le quartier, je comprends beaucoup mieux ce que cela signifie. Dans la vie, il n'y a jamais rien de gratuit, si vous préférez. Tout a un prix.

— Vous avez sûrement raison, mais comme je vous l'ai dit…

— Et en ce qui concerne Eric, ce prix est très, très élevé.

— Mais encore ?

— Comment vous expliquer ? On ne s'en aperçoit pas tout de suite. Au début, on n'y fait pas attention. Tout est presque comme d'habitude, en un peu mieux, un peu plus animé. Vous voyez ce que je veux dire ? Plus brillant, on a l'impression de respirer plus librement, au point qu'on en arrive même à se demander pourquoi on a attendu aussi longtemps pour profiter de la vie. À ce moment-là, il est déjà trop tard, mais on ne l'a pas encore compris. »

Fabian n'avait aucune idée de ce à quoi Stjärnström voulait en venir. Il aurait bien voulu l'interrompre, à vrai dire, le remercier pour son témoignage et le planter là en lui souhaitant bonne chance pour la suite.

« Vous connaissez le comportement du coucou ? continua son interlocuteur sans attendre la réponse. La femelle pond son œuf dans le nid d'un autre oiseau en profitant que les parents se sont éloignés à la recherche de nourriture. Elle élimine l'un des œufs présents dans le nid pour que son œuf passe inaperçu.

— En effet, c'est ce que j'avais entendu dire. Mais je ne vois pas le rapport avec…

— Comme la progéniture du coucou, Eric sort de sa coquille quelques jours avant les autres oiseaux. Ainsi il éjecte tous les œufs, ses concurrents potentiels, hors du nid, et à ce moment-là, c'est trop tard, vous comprenez ? »

Fabian hocha la tête. « Et c'est ça que vous vouliez me dire ? »

Stjärnström acquiesça.

« Bon, eh bien, me voilà renseigné. Merci beaucoup. » Fabian lui serra la main et monta dans sa voiture. Il avait déjà cinq minutes de retard et il lui fallait au moins un quart d'heure pour arriver à l'Institut médico-légal et se faire engueuler par Flätan.

Il inséra la clé dans le contact, démarra la voiture et tendit le bras pour fermer la portière, mais Stjärnström l'en empêchait. « Excusez-moi, si vous pouviez vous pousser un petit peu, pour que je puisse…

— En ce qui me concerne, je considère qu'il a dépassé les bornes quand il a commencé à flirter avec ma femme.

— Vous avez raison, ça ne se fait pas. Mais je vais vraiment vous demander de m'excuser maintenant, je suis déjà très en retard.

— Et Eric n'est pas du genre à se contenter de jeter des regards discrets, poursuivit Stjärnström sans se préoccuper du stress manifeste de son interlocuteur. Au contraire, il la draguait ouvertement comme si ni moi ni sa femme n'étions dans la pièce. Et puis il a commencé à me faire des remarques sur mon poids, ou sur le fait que je n'achetais jamais de fleurs à ma ravissante épouse et que je la traitais comme si je la considérais comme acquise. » Il secoua la tête. « La seule chose que je pouvais faire était de l'ignorer et de lever mon verre en riant. Cela n'aurait pas été correct de ma part de gâcher l'ambiance alors que nous étions invités à dîner.

— Non, effectivement. » Fabian comprit que Stjärnström ne se pousserait pas avant d'avoir fini et il coupa le moteur.

« Le problème, c'est qu'Emelie l'a pris au sérieux. Elle s'est mise à boire ses compliments comme du petit-lait et, en quelques mois, elle a commencé à le regarder avec ce regard qu'elle n'avait plus pour moi depuis tant d'années.

— Vous avez essayé de parler à votre voisin et de lui dire ce que vous ressentiez ? De lui faire comprendre que son comportement était inadmissible ? »

Stjärnström haussa les épaules en ricanant. « C'est impossible d'avoir ce genre de conversations avec Eric. Il va esquiver, noyer le poisson et, avant de savoir ce qui vous arrive, vous vous retrouvez à poil dans son sauna, une bière à la main en train d'organiser les prochaines vacances que vous passerez évidemment ensemble. » Il se tut comme s'il avait besoin de se ressaisir pour continuer. « Bref, pour finir, j'ai abordé la question avec Emelie et elle m'a affirmé qu'elle ne s'intéressait pas du tout à lui. Comme moi, elle le trouvait vulgaire et répugnant. Et dans ma grande naïveté, je l'ai crue. Pour m'apercevoir quelques mois plus tard que… C'était pendant un dîner chez nous. Nous n'étions que tous les quatre, Emelie, Eric, sa femme et moi. Nous discutions de l'exécution de Ben Laden, quand je me suis aperçu en faisant tomber ma serviette que son pied était entre les cuisses… de ma femme. » Il déglutit, mais à ce stade de son récit, il ne pouvait plus maîtriser ses émotions. « Et elle était là à faire comme si de rien n'était. Putain.

— Vous devriez peut-être aller parler à quelqu'un de tout cela.

— Oui, enfin, peut-être, je ne sais pas. Je ne vois pas à quoi ça m'avancerait. Ce n'est pas moi qui ai commis une faute, après tout.

— Vous avez pensé à déménager ?

— Des centaines de fois. Mais Emelie ne veut pas en entendre parler.

— Je voulais dire la quitter. »

Pendant quelques instants, Stjärnström regarda Fabian sans rien dire. « Notre couple ne va pas très bien en ce moment, mais nous avons deux enfants, un emprunt et toute une vie en commun. Quelque part, j'espère que ça va s'arranger. J'ai regardé dans son portable quelques nuits plus tard et, à ma grande surprise, leurs SMS ne parlaient que des enfants et des dîners à venir auxquels j'étais invité également. Et je n'ai trouvé aucune correspondance mail entre eux.

— Alors vous n'avez rien trouvé de compromettant ?

— Si. Une photo. Une photo différente des autres. Au départ, je n'ai pas compris ce qu'elle représentait. Elle ne ressemblait à rien, jusqu'à ce que je réalise que c'était le mont de Vénus d'une femme, en gros plan… En fait, il s'agissait du sexe épilé et tatoué d'Emelie, ma propre femme. »

66

Assar Skanås ouvrit son sac à dos, en sortit deux bouteilles d'eau en plastique et les posa à côté de la petite fille. C'était elle. Il était sûr que c'était elle dont les voix parlaient quand elles disaient qu'elle ne méritait pas mieux. Elle à qui il avait le droit de faire tout ce qu'il voulait.

Mais il était gentil, très gentil, et il serait gentil avec elle, aussi. En tout cas pendant l'acte. Elle aussi devait prendre du plaisir. Et ensuite… ensuite il verrait.

Le sang. Il n'aimait pas le sang. Il avait coulé de la plaie qu'elle avait à la tête, sur son oreille où elle avait séché. Mais cela ne se voyait pas assez pour que quelqu'un l'ait remarquée. De toute façon, ils regardaient tous ailleurs ou alors ils avaient les yeux baissés sur l'écran de leur téléphone. Ils l'avaient pris pour un papa comme les autres portant sa petite fille fatiguée.

Il ne voulait pas la frapper. Il détestait la bagarre. Mais c'était sa faute aussi. Elle avait tellement crié que ça lui avait fait mal aux oreilles, et puis elle avait essayé de le griffer. Il ne voulait pas la frapper aussi fort. Il n'avait jamais l'intention d'être violent, mais presque à chaque fois il était obligé de l'être quand même.

Le coup à la tempe lui avait fait perdre connaissance. C'était peut-être à cause de la montre qu'Igor lui avait donnée. Ce n'était pas sa faute, c'était la faute de la montre. Lui, il aimait les enfants, et pour jouer avec eux il préférait qu'ils soient réveillés.

Il sortit du sac une bassine en plastique et y versa le contenu de la première bouteille. Il ouvrit ensuite la poche extérieure du sac où se trouvait le bouchon pressoir du flacon de savon liquide.

Parfum lavande, la meilleure odeur du monde. Rien ne sentait aussi bon. Il entreprit de se laver soigneusement et méthodiquement les mains, un doigt après l'autre, un ongle à la fois, et les délicieux effluves montant de la bassine le détendirent aussitôt. Il voulait être propre, aussi propre qu'on pouvait l'être. Après tout, elle était vierge, il n'y avait rien de plus pur qu'une vierge.

Il avait toujours été comme ça. Mais il n'en avait jamais parlé à personne. C'était son secret. La première fois, à la piscine, il avait été un bon garçon et il avait lutté contre son envie. Plusieurs personnes lui avaient dit qu'il était un bon garçon, ensuite, il avait toujours fait semblant d'admettre que son envie était mauvaise et interdite. Comme si une envie pouvait être mauvaise. Comme si la sienne était pire que l'envie de manger de la viande ou de partir en vacances de l'autre côté de la planète.

Mais cela n'avait plus d'importance, maintenant. Ses voix lui avaient enfin ordonné d'arrêter de faire semblant. Elles lui avaient dit exactement ce qu'il avait toujours su, au fond de lui. Elles étaient différentes, cette fois-ci. Elles parlaient plus lentement qu'avant et ne se coupaient presque jamais la parole. Et au moins, elles étaient de son côté, pas comme tous ces psychiatres avec leurs bavardages.

Les voix lui avaient dit qu'elle était à lui. À lui et à personne d'autre. Qu'elle avait été mise au monde uniquement pour son plaisir. Quand il en aurait terminé avec elle, elle serait comme une ravissante fleur des champs qui s'est fanée dans son vase.

Il avait quitté le terrain de jeux aussi vite que possible pour s'éloigner de tous ces gens qui voulaient lui prendre ce qui lui appartenait. Mais tous ces arbres dans le parc et toutes ces allées l'avaient embrouillé et il s'était perdu.

Ce n'est que lorsqu'il avait osé s'arrêter et lever la tête qu'il avait aperçu la tour de Kärnan se dressant au-dessus de tout le reste et qu'il avait compris où il était. Comme il l'aimait cette vieille tour qui par sa simple présence l'avait aidé à remettre de l'ordre dans sa tête.

Il défit sa ceinture. Descendit sa braguette. Enleva son pantalon et son caleçon. Apparemment son désir ne s'était pas encore transformé en excitation. Il n'arrivait même pas à apercevoir son petit oiseau au milieu des poils. Il le tâta d'une main, tira un peu dessus pour qu'il se réveille et tira le prépuce en arrière. L'odeur rance de sexe mal lavé se mélangea à celle de la lavande et il se sentit sale et indigne. Mais ça irait mieux quand il l'aurait savonné et rincé.

Il ne savait plus où aller, mais comme l'autre jour, tout s'était arrangé. Il avait descendu l'escalier menant à la rue, tellement fatigué de porter la fillette qu'il avait failli rater une marche. Il était arrivé au premier palier.

Il allait attaquer la dernière partie de l'escalier quand il avait dû repartir en sens inverse, parce qu'il s'était trouvé nez à nez avec une bande d'ouvriers en bleu de travail et casques de chantier qui le regardaient bizarrement. Sales cons. S'il n'avait pas eu la gamine dans les bras, il leur aurait donné un aperçu du tranchant de son petit couteau.

Il était tellement fatigué qu'il avait failli la faire tomber plusieurs fois en remontant l'escalier, et avait été obligé de s'arrêter pour reprendre son souffle au pied de la dernière volée de marches. C'est alors qu'il avait remarqué que les portes de la tour étaient entrouvertes, alors que d'habitude elles ne l'étaient pas.

Peut-être cela avait-il un lien avec ces ouvriers qu'il avait croisés. Quoi qu'il en soit, personne ne l'avait vu entrer et se cacher avec la petite fille derrière un tas de meubles et de cartons. Peu après, il avait entendu quelqu'un entrer, prendre quelque chose et ressortir.

Ensuite il avait continué plus loin à l'intérieur de la tour et, après avoir monté un escalier en colimaçon, il s'était retrouvé dans cette petite pièce sale et encombrée. Mais dans ce grenier avec son toit haut en tuiles apparentes et devant cette fenêtre offrant une vue sur toute la ville, il avait l'impression d'être devenu le maître du monde.

Il reprit la bassine, la remplit à nouveau d'eau, la coinça entre ses jambes et se lava consciencieusement. Ce fut aussi merveilleux et excitant qu'il l'avait espéré et, après avoir séché dans le courant d'air de la fenêtre, il n'était pas seulement propre comme un sou neuf, mais également assez raide pour pouvoir accomplir ce qu'il attendait depuis si longtemps.

À présent, il ne lui restait plus qu'à préparer la petite fille.

67

Qu'Eric Jacobsén soit le fameux Columbus ressemblait presque à une mauvaise blague. C'était inimaginable. À aucun moment, il ne lui avait donné l'impression qu'il pouvait être une bête de sexe capable d'envoyer une simple ménagère au septième ciel et de lui apposer sa marque. Mais le tatouage qu'Axel Stjärnström avait découvert sur sa femme était effectivement identique à celui de Molly Wessman, le nombre 103 mis à part.

Il arrêta la voiture dans la rue et nota que la Lexus et la Lamborghini rouge n'étaient pas garées dans l'allée. Pourtant, d'après Molander, le portable de Jacobsén se trouvait à son domicile et avait servi à deux reprises au cours de la dernière demi-heure, justement pour appeler Emelie, la femme d'Axel Stjärnström.

À sa dernière visite, Fabian n'avait pas eu l'occasion d'utiliser le heurtoir de la porte. Cette fois il s'en servit, et le dispositif en laiton résonna si fort à l'intérieur que cela le fit reculer de deux pas et vérifier instinctivement la présence des menottes dans la poche de sa veste.

Mais alors qu'il s'attendait à voir Jacobsén, ce fut un petit garçon blond d'une dizaine d'années qui lui ouvrit la porte. Dans la maison pulsait « Take Me Out » de

Franz Ferdinand, sur un riff de guitare qui était sûrement le plus mou qu'il ait jamais entendu.

« Bonjour, mon nom est Fabian Risk. Et toi, comment t'appelles-tu ?

— Rutger.

— Ton père ne serait pas là, par hasard ?

— Non. »

« Rutger, c'est à toi ! » cria une voix d'enfant lorsque la musique cessa enfin.

« Ah ! Tu en es sûr ? Et il est où ? Ton père, je veux dire. »

Le gosse haussa les épaules. « Au travail, ou ailleurs, je ne sais pas.

— Et ta mère ? Je pourrais peut-être parler à ta maman ?

— Elle n'est pas là non plus. »

« Ruuuuutan, tu viens ? Sinon je rejoue !

— Non, c'est mon tour ! »

« Tu sais à quelle heure ils rentrent ?

— Non. J'y vais, mon copain m'attend.

— Je comprends. Ça ne t'ennuie pas si je reste ici pour les attendre ? »

Rutger réfléchit, il n'avait pas l'air de savoir quoi répondre, quand soudain éclata le tube de Joan Jett & the Blackearts, « I Love Rock'n'Roll », avec une composition à la guitare qui bousillait complètement le morceau. « C'était mon tour ! » s'écria le petit garçon, plantant Fabian sur le pas de la porte sans la refermer.

Jacobsén était peut-être chez lui, après tout. Peut-être que son fils était tellement absorbé par son jeu vidéo et par son copain qu'il ne s'était pas aperçu de sa présence. Son portable était là, en tout cas, puisqu'il avait appelé la voisine une demi-heure plus tôt.

Fabian ferma la porte derrière lui. Il examina le vestibule et le tas de blousons jetés par terre qui traînaient au milieu de chaussures enlevées à la va-vite. Il retira les siennes, les rangea soigneusement contre le mur, puis entra dans un séjour si vaste qu'il était aménagé en plusieurs zones distinctes.

Devant une cheminée ouverte étaient disposés plusieurs gros poufs en cuir. Plus loin, près de la cuisine américaine, il y avait une longue table de salle à manger éclairée par une rangée de sept luminaires suspendus à un plafond rampant.

À l'autre bout de la pièce, un salon composé de deux canapés d'angle formant un large U faisait face à une toile de home cinéma sur laquelle un rétroprojecteur fixé au plafond projetait le jeu *Guitar Hero* tandis que les enceintes du *surround system* martelaient la chanson immortalisée par Joan Jett, jusqu'à ce qu'enfin le camarade de Rutger appuie une fois de trop au mauvais endroit du manche.

Fabian avait déjà entendu parler de ce jeu mais il n'avait jamais compris quel intérêt il pouvait y avoir à appuyer sur des frettes en plastique au rythme de chansons de rock démodées. Malgré tout, il ne put s'empêcher de s'approcher pour les regarder jouer.

Rutger était bien meilleur que son ami et lorsqu'il reprit le contrôle de la guitare et commença à jouer sur « Message in a Bottle », ses doigts tambourinant sur les touches de l'instrument factice comme s'il en allait de sa survie, Fabian eut presque envie d'essayer lui aussi. Mais soudain, son regard fut attiré vers l'un des canapés, où l'écran d'un téléphone portable jeté au milieu des fils et des manettes venait de s'animer avec l'arrivée d'un SMS.

Il n'y avait rien d'étrange à ce que Rutger ait son propre téléphone portable. Qu'il s'agisse du dernier iPhone, un modèle qui était tout sauf bon marché, n'avait rien de surprenant non plus. Mais le fond d'écran et la photo de Mme Jacobsén attira son attention.

« Dis-moi, Rutger, tu as un sacré portable !

— Ce n'est pas le mien, c'est celui de mon père, répliqua le gamin sans rater une seule pression sur sa manette.

— Tu ne m'as pas dit qu'il était sorti ?

— Si. »

Fabian ramassa l'appareil et lut le SMS.

Tu peux dire à Wilhelm qu'il doit être rentré au plus tard à l'heure du dîner ? Je t'embrasse. Emelie.

« Tu as appelé la maman de Wilhelm tout à l'heure ? »

Rutger cessa de jouer et se retourna. « Comment vous le savez ? C'est toi qui lui as dit, Wille ? ajouta-t-il avec un air de reproche vers le garçon vautré sur le canapé.

— Pas la peine de me regarder comme ça. Je n'ai rien dit, moi ! »

Rutger se tourna à nouveau vers Fabian cependant que le tube de Police s'arrêtait à l'écran, faute de joueur. « C'est mon père qui vous envoie ? Je peux vous expliquer, en fait. Mon téléphone est mort et j'ai été obligé de prendre celui-là parce que je voulais que Wille vienne jouer.

— Ne t'inquiète pas, le rassura Fabian en levant les mains en l'air. Je ne suis pas là pour te surveiller. Comme je te l'ai dit en arrivant, je suis venu parler à ton père.

— Je vous jure que je n'ai pas fouillé dedans. Je vais le rapporter dans son bureau et je n'oublierai pas de le mettre en charge.

— Tout va bien, je ne t'ai fait aucun reproche. »

Rutger respira, manifestement soulagé, et il tendit la guitare à Wilhelm. « C'est à toi.

— Il y a un truc que je ne comprends pas, monsieur, dit Wilhelm en réglant la sangle de la guitare. Si vous êtes là pour voir le père de Rutger, pourquoi vous n'êtes pas reparti alors qu'il n'est pas là ?

— Ah oui, c'est vrai ça ? Qu'est-ce que vous faites ici ? demanda Rutger.

— Est-ce que vous savez ce que c'est ? répliqua Fabian en leur montrant son badge.

— Vous êtes de la police ? »

Il acquiesça.

« Waouh ! T'as vu ça ! s'exclama Rutger en faisant passer le badge à Wilhelm. Alors vous faites quoi, genre, vous enquêtez sur un crime ?

— Oui, je suppose qu'on pourrait dire ça.

— Quel genre de crime ? demanda Wilhelm. Un meurtre ?

— C'est malheureusement confidentiel.

— Et pourquoi est-ce que vous voulez voir mon père ?

— J'espérais qu'il pourrait m'aider. Mais puisqu'il n'est pas là, peut-être que vous pourriez me donner un coup de main ? »

Le visage de Rutger s'illumina. « Qu'est-ce qu'on peut faire ? »

Fabian lui tendit le portable. « D'abord je propose qu'on aille remettre ce téléphone à sa place, comme tu en avais l'intention. Il ne faudrait pas que ton papa rentre et s'aperçoive que la batterie est à moitié à plat. Alors, tu veux bien me montrer où est son bureau, pour commencer ?

— OK », répondit Rutger enthousiaste, sautant par-dessus le dos du canapé comme s'il participait à une course de haies puis courant jusqu'à un escalier en colimaçon.

Fabian le suivit au sous-sol, où ils traversèrent un espace thalasso équipé de transats, d'un spa et d'un sauna, et d'une baie vitrée coulissante donnant sur l'extérieur et la piscine. Après avoir passé plusieurs portes et parcouru un petit couloir, Rutger se tourna vers lui.

« Vous ne lui direz pas que j'ai la clé de son bureau, hein ?

— Je te le promets. »

Rutger sortit de sa poche un petit trousseau, chercha la bonne clé et l'inséra dans la serrure de l'une des portes. Fabian remarqua au passage que, contrairement aux autres portes du couloir, celle-ci était équipée d'un vrai verrou, telle une porte d'entrée.

« Attends une seconde, Rutan, l'arrêta Wilhelm alors que Rutger s'apprêtait à tourner la clé. Et si ton père était soupçonné de meurtre ? »

Rutger se tourna vers Fabian. « Mon père est suspect ?

— Mais non. » Fabian n'aimait pas beaucoup mentir. Surtout à un enfant. Jacobsén avait dépassé le stade de suspect, ce qui d'une certaine manière rendait le mensonge un peu moins grave aux yeux de Fabian. « Mais tu comprends bien que je n'ai pas le droit de t'expliquer précisément la raison de ma présence ici. »

Les deux garçons échangèrent un regard et, lorsque Wilhelm hocha finalement la tête, Rutger ouvrit la porte.

« Merci. » Fabian entra dans la pièce. « Vous pouvez remonter et continuer à jouer, je vous appellerai si j'ai encore besoin de vous.

— Ou alors on reste ici en attendant que vous ayez terminé, rétorqua Wilhelm en croisant les bras sur sa poitrine.

— Allez viens, on retourne jouer », dit Rutger en s'éloignant. Wilhelm haussa les épaules et le suivit.

« Je compte sur toi pour venir me prévenir si l'un de tes parents rentre à la maison, d'accord ?

— OK ! » lança Rutger qui était déjà presque en haut de l'escalier.

Fabian alluma les deux lampes de bureau et remarqua d'emblée la propreté et l'ordre méticuleux qui régnaient dans la pièce. Contrairement à l'entrée et au séjour, tout ici semblait répondre à une exigence presque maniaque d'organisation.

Ce détail mis à part, le bureau était aménagé comme n'importe quel bureau à domicile. Une table sur laquelle étaient posés plusieurs ordinateurs, un meuble de classement et une imprimante, des étagères remplies de dossiers triés par couleur et les inévitables tas de factures et d'enveloppes fermées, en attente de traitement. Le seul objet sortant de l'ordinaire était un petit établi couvert de matériel électronique, de fers à souder et de cartes mères.

Il alluma l'un des ordinateurs, qui bien entendu lui réclama un mot de passe. Il n'essaya même pas les plus courants comme *123456, mot de passe* et *football*, et tenta *Columbus.*

Le mot de passe est erroné

Il ajouta l'année où Christophe Colomb découvrit l'Amérique et tapa *Colombus1492*

Le mot de passe est erroné

Trop évident sans doute, Jacobsén était plus malin que cela. Cela pouvait être n'importe quoi, une suite de chiffres au hasard et de lettres majuscules et minuscules. Dans ce domaine, le hasard constituait toujours un obstacle infranchissable. Mais pour le peu qu'il ait pu observer de Jacobsén, il l'avait perçu comme un perfectionniste qui avait trop besoin de contrôler les choses pour laisser le hasard décider pour lui de quoi que ce soit. Pendant une grande partie du trajet qu'il avait effectué avec lui en voiture, l'homme s'était au contraire longuement étendu sur l'importance de rester aux commandes de sa propre vie et ce en toutes circonstances.

Christopher1492

Il relut le mot de passe et réfléchit. Ça pouvait être ça, ou quelque chose de totalement différent. En revanche, il était à peu près sûr de trois choses. S'il y avait une majuscule, ce serait à la première lettre, et s'il y avait des chiffres, ils seraient à la fin. C'était presque toujours le cas quand les gens choisissaient eux-mêmes leurs mots de passe. Il était en outre convaincu que celui-ci était d'une manière ou d'une autre en rapport avec le nom d'emprunt de *Columbus*.

Jacobsén s'était vanté de la façon dont il avait démarré son entreprise alors que personne d'autre que lui n'y croyait. Peut-être considérait-il cette réussite comme une découverte comparable à celle de Christophe Colomb en 1492. Que c'était à ce moment-là qu'il avait pris la barre du navire de son existence.

Christopher2001

Le mot de passe est erroné

Fabian se demanda soudain si le grand bouleversement dans la vie de Jacobsén avait été la création de sa société : l'argent, la réussite et la possibilité de séduire n'importe quelle inconnue. Ou si c'était le moment où il était devenu Columbus. D'après la femme du club échangiste, sa réputation avait été lancée deux ans auparavant environ.

Christopher2010

L'écran s'éteignit pour se rallumer quelques secondes plus tard. Le fond d'écran représentait trois bateaux en pleine mer. Fabian reconnut les trois bateaux de Christophe Colomb, *Niña, Pinta* et *Santa Maria*.

Il était dans l'ordinateur.

68

Assar Skanås sortit le balluchon en tissu de son sac à dos. Il le déroula sur la table à côté de la fillette et s'assura que le sécateur, les deux couteaux de cuisine de tailles différentes, le poinçon, la hache, le marteau et la scie à métaux étaient bien en ordre, faciles à atteindre. Quand on les voyait étalés ainsi, ces outils semblaient très effrayants, et à vrai dire il ne les aimait pas du tout. D'un autre côté, quand ils en seraient là, la petite ne serait plus en état de sentir quoi que ce soit.

Il regarda par la fenêtre les passants tout en bas, qui couraient dans tous les sens comme des fourmis stressées. Aucun ne semblait s'intéresser aux voitures de police qui arrivaient avec leurs gyrophares clignotants et s'arrêtaient au milieu de la place.

Et si elles étaient là pour lui ? Non, c'était impossible, c'était sûrement pour quelqu'un d'autre. En tout cas, lui, ils n'étaient pas près de le trouver. Il était trop bien caché. Il n'avait aucune raison de s'inquiéter. Sûr et certain.

Le collant bleu marine avec de petits chevaux blancs glissa sur les jambes de la fillette avec un crépitement électrique. Sa peau était d'un blanc nacré qui rendait les trois petits bleus sur son genou droit encore plus visibles. Pourquoi n'avait-il pas pensé à apporter un fond de teint pour les effacer ?

Il découpa la robe, qui elle aussi était imprimée de motifs de chevaux. Même chose pour la petite culotte. Un coup de ciseaux du côté droit de l'aine, un autre du côté gauche et il put l'enlever d'un petit coup sec.

À part les bleus, le spectacle qu'il avait sous les yeux était le plus ravissant qu'il ait jamais vu, et cela l'excita tellement qu'en prenant son sexe dans sa main, il fut convaincu qu'il n'avait jamais été aussi gros. Il avait envie de la pénétrer tout de suite. Très vite.

Mais il se retint. Il savait que ce ne serait pas bon et que, s'il ne se contrôlait pas, tout irait beaucoup trop vite. Alors il se contenta de se masturber. D'abord avec des mouvements lents et calmes. Mais la vision de cette peau douce et pâle lui fit accélérer le rythme et empoigner sa verge de plus en plus fort, jusqu'à ce qu'il ne puisse plus se retenir.

Il reprit son souffle et sentit son sexe ramollir à mesure que le sang refluait, mais après le traitement intense qu'il lui avait infligé, il restait gonflé et en légère érection. Il regarda à travers la fenêtre sale, vit arriver la lumière bleue d'une nouvelle voiture de police et observa pendant quelques instants le manège des policiers sur la place.

Puis, armé du sécateur, il coupa un morceau du balluchon et s'en servit pour nettoyer la fillette. Ensuite, il lui ouvrit la bouche et, après avoir compté cinq expirations chaudes et humides, il lui fourra le reste du tissu dedans et le recouvrit de longues bandes d'adhésif.

Sans montrer aucune autre réaction, elle se mit à respirer par le nez. Il sentit son souffle tiède et calme et se demandа s'il l'avait frappée assez fort pour l'avoir plongée dans une sorte de coma. Ça aurait eu des avantages, évidemment, mais le coma faisait trop penser à la mort et il n'aimait pas la mort. Pas du tout, en fait.

Il l'attrapa par un bras et fit pivoter à cent quatre-vingts degrés le petit corps inerte. Ses cheveux lui caressèrent les cuisses au passage. Il la retourna sur le ventre et tira sur ses bras jusqu'à ce que sa tête se soulève du sol.

Il prit la bassine pleine d'eau parfumée à la lavande et la plaça en dessous de son visage, la tenant des deux mains pour renverser le moins d'eau possible. Enfin il s'agenouilla devant elle et leva la bassine jusqu'à ce que tout son visage trempe dans l'eau.

Il espéra qu'elle était encore consciente. Car sinon, il faudrait qu'il fasse vite avant qu'elle soit froide et que son corps raidisse. Il avait entendu dire que lorsqu'ils étaient morts les êtres humains devenaient raides et froids, et il n'aimait ni l'un ni l'autre.

Enfin, elle se mit à tousser et se réveilla en sursaut. Lorsqu'elle sortit la tête de l'eau et que leurs deux visages furent face à face, il vit les muscles entre ses omoplates se tendre comme deux ressorts.

Il lui sourit, de son sourire le plus chaleureux, pour qu'elle comprenne qu'il lui arrivait une chose merveilleuse. Une chose dont elle devait se réjouir. Mais elle n'avait pas du tout l'air heureuse. Pendant qu'il lui caressait doucement les cheveux, elle arracha l'adhésif sur sa bouche, cracha le chiffon et se mit à crier de toutes ses forces. Et il n'aimait pas les cris.

Pas du tout, en fait.

69

Après avoir passé vingt minutes devant les deux écrans d'ordinateur et fouillé dans tous les dossiers et tous les fichiers, Fabian n'avait rien trouvé d'autre que de la comptabilité, des registres clients et une quantité de photos de Jacobsén, de sa famille et de ses amis au bord de la piscine ou en vacances dans divers endroits de la planète.

Il n'y avait rien là-dedans qui ait trait à Columbus, son alter ego. Fabian n'avait pas non plus mis la main sur le moindre disque dur externe, ni matériellement dans le bureau, ni virtuellement dans le Cloud, et ses historiques de recherche sur Internet ne révélèrent que de très banales visites sur le quotidien Aftonbladet, Facebook et Google.

Il entreprit de refermer tous les dossiers qu'il avait ouverts sur le bureau de l'ordinateur, dans l'intention de s'attaquer aux étagères et aux armoires, lorsqu'une fenêtre intitulée *Docs archive* attira son attention.

Le dossier renfermait tous les fichiers contenus dans le disque dur, c'est-à-dire tout ce qu'il avait déjà examiné. Ce qui l'avait fait réagir, c'était l'icône de réglage en haut à droite de l'écran. En cliquant dessus, il trouva une fonction appelée *Gestionnaire de fichiers* qui permettait apparemment de cacher certains fichiers. Que ce genre de réglage existât était pour lui une découverte.

Dans la rubrique *Détails* et *Écran affiché* se trouvait une sous-rubrique appelée *Fichiers cachés.*

Il cliqua sur la case et fit à nouveau défiler une liste qui à première vue lui sembla identique à celle qu'il connaissait déjà. Mais quelques minutes plus tard, il tomba sur un dossier qu'il était convaincu de ne pas avoir vu auparavant. Il était nommé *Santa Maria* et avec ses trois cents gigabits, c'était l'un des plus gros dossiers présents dans l'ordinateur. Il l'ouvrit, et un certain nombre de sous-dossiers apparurent dans une nouvelle fenêtre.

Il sélectionna le premier, appelé *TAT*, dont le contenu avait été modifié trois jours auparavant.

Une longue liste de fichiers apparut, chacun portant un numéro. Il en sélectionna un au hasard et vit d'abord une femme allongée sur un canapé en cuir. Sur une deuxième photographie, elle avait des pinces à linge attachées à ses tétons, et sur une autre on voyait la même femme regardant l'objectif tandis qu'elle suçait le sexe de l'homme qui tenait la caméra.

Tous les dossiers se révélèrent contenir des photos de femmes dans différentes positions compromettantes. Il y avait des Asiatiques, des Noires, des Blanches, des blondes, des brunes et des rousses. Certaines portaient des cuissardes, d'autres des vêtements en vinyle ou en cuir, mais la plupart ne portaient rien du tout. De Jacobsén, en admettant que ce soit lui, on ne voyait que la main, un torse musclé et de temps en temps un sexe en érection tatoué d'une longue flèche.

Toutes les femmes semblaient être en vie, même si certaines avaient les yeux fermés. Dans ceux de quelques-unes on lisait de l'inquiétude, voire parfois de la peur. Mais aucune n'avait l'air drogué, ni absent.

Au contraire, dans la majorité des cas leurs regards exprimaient l'attirance, le désir et une excitation manifeste.

Une photo était commune à toutes : un gros plan de leur mont de Vénus rasé, tatoué d'un trait traversé par une flèche, et d'un numéro.

Il fit défiler la liste jusqu'au dossier n° 28 qui, comme il s'y attendait, contenait des photos de Molly Wessman. Elle se faisait fouetter, couchée sur une table en bois massif, les bras et les jambes attachés. À part cela, rien dans ses photos ne la différenciait des autres femmes ni n'expliquait pourquoi elle, en particulier, avait été empoisonnée et tuée.

Il ferma la fenêtre et ouvrit le dossier nommé *DATE.* Il ne contenait qu'un programme appelé Opera, qui se révéla être un navigateur de recherche. Personnellement, Fabian se servait d'Internet Explorer, bien qu'on lui ait souvent dit qu'il y en avait de bien meilleurs.

Il ne vit pas de listes de favoris, mais dans l'historique il trouva plusieurs noms de sites de rencontres.

Il choisit *Badoo*, où un certain nombre de profils de femmes avaient été mis en favoris. Toutes étaient plus belles que la moyenne, même si beaucoup avaient un peu forcé sur les implants mammaires et la lipoplastie.

Ingela Kjelsson, parmi d'autres, avait cité le sexe comme étant l'un de ses principaux centres d'intérêt. Une autre mentionnait les jeux de rôles et une troisième le triolisme. Idem pour *Tina Frej, Hanna Idun* et *Sofia Öhman.* Outre le cinéma, les dîners aux chandelles et la musique, toutes les femmes sélectionnées par Jacobsén mentionnaient différentes pratiques sexuelles parmi leurs principaux centres d'intérêt.

Jacobsén ne semblait avoir contacté aucune d'entre elles par l'intermédiaire du site. En revanche, il avait pris des notes très exhaustives sur chacune. Entre autres, il avait trouvé leurs adresses personnelles, savait si elles étaient locataires ou propriétaires, qui était leur bailleur, leur syndic et enfin leur fournisseur d'accès Internet.

C'était donc par ce biais que Jacobsén dénichait ses victimes.

Fabian retourna au dossier original, celui qui s'appelait *Santa Maria*, et il ouvrit l'un des autres dossiers, appelé *TOR*. Au sommet du browser, qui ressemblait à n'importe quel navigateur de recherche, était écrit *The Onion Router*. Fabian n'y était jamais allé lui-même, mais il comprit tout de suite qu'il s'agissait du fameux darknet.

C'était évidemment là que Jacobsén pouvait évoluer comme un poisson dans l'eau. Là qu'il pouvait passer incognito, au milieu des trafiquants d'armes illégales ou d'êtres humains, des pédophiles et des fameuses « chambres rouges » où l'on pouvait voir des exécutions en direct.

L'un des favoris était intitulé *Live*, et lorsqu'il cliqua dessus, les deux écrans devant lui s'éteignirent simultanément. Puis, à mesure que s'écoulait le temps de chargement, les pixels se ranimèrent, et bientôt une grille de cinq fenêtres en hauteur sur cinq en largeur s'ouvrit sur chacun des écrans. Chaque fenêtre n'étant autre que l'image live envoyée par l'une des cinquante caméras installées dans autant de chambres et de salles de bains.

Au-dessus de chaque image étaient écrits divers prénoms tels que *Stina, Greta, Ingela, Fia, Ylva*, etc. La fenêtre marquée *Molly* était noire et barrée d'une croix rouge.

Dans la plupart des fenêtres, les pièces étaient désertes, mais on était au milieu de l'après-midi. *Lisa* était chez elle en train de sortir de sa douche. Elle passa la main sur ses seins pour faire glisser l'eau avant de s'envelopper dans une serviette-éponge. *Carina* dormait et *Amanda* lisait dans sa baignoire. *Kelly* avait de la visite et faisait entrer ses invités par tous ses orifices.

Malgré l'image granuleuse, Fabian avait l'impression d'être caché derrière un rideau et il dut éteindre le TOR Browser avant que son sentiment de dégoût et de honte devienne trop fort. Il ouvrit le dossier marqué *MOV*.

Il s'agissait d'une liste d'une cinquantaine de sous-dossiers, eux aussi identifiés par un prénom. Il fit défiler la liste jusqu'à celui de Molly et l'ouvrit. Il contenait une longue série de séquences filmées par les caméras de surveillance de sa chambre et de sa salle de bains. Sur certaines, elle se caressait, sur d'autres elle baisait avec un ou plusieurs hommes et parfois avec des femmes.

Les films les plus récents remontaient à presque deux ans et la montraient en train de se faire prendre violemment par-derrière par un homme vêtu exclusivement d'un gilet en cuir, d'un chapeau de cow-boy et d'une ceinture avec étui contenant un pistolet.

Afin de la pénétrer le plus profondément possible, il s'accrochait à ses hanches des deux mains et donnait des coups de reins si énergiques que l'arme cognait contre les fesses de la jeune femme à chaque coup de boutoir. Molly ne trouvait pas la chose désagréable. Au contraire, son plaisir semblait directement proportionnel à la violence de son partenaire.

Au bout d'un moment, il se retirait, l'attrapait par les cheveux et l'attirait vers lui d'une main, tandis que de l'autre il lui pointait son arme sur la tempe pendant qu'elle le prenait dans sa bouche. De temps en temps, il lui poussait la tête si fort sur sa verge que cela déclenchait chez elle des réflexes de vomissement, et ce n'est qu'au moment où il allait jouir qu'il la tirait en arrière et…

« Mais qu'est-ce qu'il se passe ici ?!! »

Fabian se retourna vers la porte, où une femme aux yeux exorbités regardait tour à tour la violente scène de sexe à l'écran et l'inconnu assis dans le bureau de son mari.

70

Campée au milieu de Stortorget, Lilja laissait son regard glisser d'une façade d'immeuble à l'autre. Assar Skanås avait rallumé son portable et c'était presque trop beau pour être vrai. Molander avait reçu le message pendant la réunion, à laquelle ils s'étaient empressés de mettre fin pour se précipiter à l'endroit où l'appareil venait de borner. Ils allaient enfin l'attraper.

Malheureusement, leur joie avait été de courte durée, car peu après, ils avaient appris qu'Ester Landgren avait disparu sans laisser de trace du terrain de jeux de Slottshagen près du château de Kärnen.

En triangulant le signal du téléphone de Skanås, Molander avait délimité un cercle dont le centre se trouvait à l'est de Stortorget, entre le complexe immobilier de Trygg-Hansahuset et l'Elite Hotel. D'un rayon d'environ cinquante mètres, le cercle s'étendait de la statue de Magnus Stenbock jusqu'au château, ce qui signifiait que les deux occurrences étaient beaucoup trop proches l'une de l'autre pour qu'il puisse s'agir d'un hasard.

Comparée à la zone de recherche dans le parc national de Söderåsen, celle-ci paraissait facile à explorer. Mais en réalité, chercher un individu dans un quartier en plein centre-ville n'était pas une mince affaire. La place et les escaliers montant vers le château ne l'inquiétaient pas : à part un peu de végétation et quelques sentiers ici et là, le secteur était relativement dégagé et serait rapidement couvert par deux policiers.

En revanche la partie du cercle se trouvant entre l'église Maria et le passage Strömgränden risquait de poser un problème. Le quartier pullulait d'hôtels, d'immeubles de bureaux, d'appartements privés, de magasins et d'arrière-cours.

Quelle que soit la façon dont ils procéderaient, il leur faudrait des heures pour tout fouiller. Sans compter qu'ils ne pourraient pas mettre toutes leurs ressources à cette recherche : la moitié des effectifs serait employée à encercler la zone et à veiller à ce qu'il ne puisse pas s'en échapper. Car il *fallait* l'arrêter de toute urgence, c'était lui qui avait enlevé cette gamine, elle n'avait aucun doute à ce sujet. Ce qui l'inquiétait, c'était le mal qu'il aurait le temps de lui faire avant qu'ils y parviennent.

D'après Molander, le téléphone n'avait pas bougé depuis une heure. Cela allait faciliter leurs recherches, mais ça signifiait aussi qu'il avait trouvé un endroit pour s'adonner à sa pulsion perverse. À moins qu'il ait simplement jeté le téléphone dans une poubelle quelque part pour les égarer et soit parti dans un tout autre endroit.

« Autant que possible ! » entendit-elle Klippan crier dans son téléphone tandis qu'il la rejoignait en courant sur les pavés. « Non ! J'en ai besoin maintenant ! » Il coupa la communication en arrivant à sa hauteur. « J'ai une équipe qui fouille les deux hôtels et une qui s'occupe de la boutique H&M et des bureaux à Trygg-Hansa-huset. Mais ça va prendre du temps.

— Je m'en doute. On nous en envoie combien ?

— Encore une dizaine. Je me suis dit qu'ils pourraient former une troisième équipe pour visiter les immeubles d'habitation. Mais ils ne seront pas là avant une demi-heure, et rien que pour entrer dans les appartements ça va être un cauchemar.

— Je sais, Klippan, la situation n'est pas bonne. Mais qu'est-ce que tu veux qu'on fasse ?

— Et si on lui téléphonait, tout simplement ?

— Si on fait ça, il saura qu'on est sur ses traces et qu'on a son numéro. Il va éteindre le téléphone et c'est la dernière chose dont nous ayons besoin en ce moment, tu n'es pas d'accord ?

— Moi je crois que ça fait longtemps qu'il sait qu'on le poursuit. Il suffit d'ouvrir n'importe quel journal. Et son numéro étant dans l'annuaire, il n'y a rien d'extraordinaire à ce que nous l'ayons. Ce qui m'étonne, c'est qu'il l'ait rallumé, ce qui semble prouver que le type n'est pas très futé. Nous courons bien sûr le risque qu'il éteigne le téléphone ou qu'il s'en débarrasse aussitôt qu'il aura compris que c'est nous qui l'appelons. Mais cela nous donnerait quand même quelques secondes pour apprendre où il se cache. Et peut-être une chance de le convaincre de renoncer. »

Lilja hocha la tête. Bien qu'elle ait du mal à appréhender les conséquences que pourraient avoir cet appel. « D'accord, essayons. » Ils n'avaient pas le temps d'en discuter ad vitam æternam. S'il y avait la moindre chance d'arriver à temps, ils devaient la saisir et s'en remettre au destin. « On va aller le faire dans le camion d'Ingvar, pour qu'il puisse enregistrer la conversation et l'analyser. »

Klippan acquiesça. « Il a déjà tout préparé. Il nous attend. »

Ce qui voulait dire qu'ils en avaient déjà discuté dans son dos et pris la décision. Qu'auraient-ils fait si elle n'avait pas été d'accord ? Auraient-ils ignoré son opinion ?

« Regardez, dit Molander installé devant la table de contrôle du fourgon de la police scientifique, un casque audio pendu autour du cou et les yeux sur le plan de la zone de recherche. J'ai préparé quelques numéros non répertoriés au cas où nous aurions besoin d'appeler…

— C'est-à-dire ? demanda Lilja en s'asseyant sur un petit tabouret pendant que Klippan fermait la porte à glissière derrière eux.

— Ce sont des numéros anonymes dont il est impossible de trouver l'origine. Et en même temps, ils s'affichent à l'écran comme des numéros normaux et pas en "numéro inconnu". » Il tendit le casque à Lilja. « Si tu es prête, on y va. »

À la première tonalité, elle s'éclaircit la gorge pour vérifier à l'écran que le son était bien enregistré. À la troisième sonnerie, elle pouvait presque voir Assar Skanås s'interrompre dans ce qu'il était en train de faire et se demander s'il devait décrocher ou pas.

« *La personne que vous cherchez à joindre n'est pas disponible pour le moment. Merci de rappeler ultérieurement.* »

Molander coupa la communication et se tourna vers les deux autres.

« On réessaye, non ? suggéra Klippan.

— Non, on ne réessaye pas, dit Lilja.

— Pourquoi pas ? Peut-être qu'il était sur silencieux et qu'il n'a pas eu le temps de répondre.

— Je serais plutôt de l'avis de Klippan », dit Molander en hochant la tête avec conviction. La solidarité masculine n'avait décidément pas de limite.

« Ah tiens ?! » répliqua Lilja tout en cherchant un argument pour leur expliquer que c'était une mauvaise idée, quand le téléphone se mit à sonner. « C'est lui ? »

Molander acquiesça et appuya sur Répondre.

« *Allô ?* » La voix au bout du fil était essoufflée et stressée.

« Assar, c'est toi ?

— *Qui est à l'appareil ?*

— Je suis Irene Lilja et j'appelle…

— *Pourquoi tu me téléphones ? Qu'est-ce que tu veux ?*

— Je veux juste prendre de tes nouvelles et savoir où tu es en ce moment.

— *Pas maintenant, je n'ai pas le temps. On continuera cette conversation plus tard. Au revoir.*

— Assar, attends. Dis-moi au moins…

— *Tout va bien. Je vais très bien. Je n'ai jamais été aussi bien. Il faut que je raccroche, maintenant.*

— La petite fille, Assar. Elle est avec toi ?

— *Quelle petite fille ?*

— Ester Landgren, celle que tu es allé chercher sur le terrain de jeux.

— *Je ne sais pas de quoi tu parles. Je n'ai pas de petite fille.*

— Celle avec les cheveux roux et le collant bleu marine avec des chevaux dessus.

— *Je vous dis que je n'ai pas de petite fille ! Je sais qu'on n'a pas le droit.*

— Mais tu sais aussi qu'on n'a pas le droit de mentir, n'est-ce pas ?

— *Je ne comprends pas de quoi tu parles. Tu es bête et tu t'es sûrement trompée de numéro.*

— Non, je ne me suis pas trompée, et tu sais parfaitement de quoi je parle. »

Il y eut un silence au bout du fil, que seule rompait la respiration rapide d'Assar Skanås.

« Écoute-moi, Assar. Je vais t'expliquer la situation. » Elle fit l'effort de s'arrêter un moment avant de continuer. « S'il s'avère que tu m'as menti à propos de cette petite fille, je ferai en sorte que tu n'aies plus le droit de regarder tes DVD pendant un mois entier. Quant aux sucreries du samedi, tu peux faire une croix dessus.

— *Mais pourquoi ? Elle est à moi, cette petite fille m'appartient !*

— Je sais que c'est ce que tu penses, Assar. Mais tu comprends bien que tu vas devoir la relâcher, n'est-ce pas ?

— *Non, jamais de la vie. Tu entends ? Je ne la relâcherai jamais ! J'ai attendu très longtemps et maintenant c'est mon tour de faire ce que je veux. Tout ce que je veux ! Ce sont les voix qui l'ont dit. C'est comme ça et ce n'est pas autrement.*

— Mais Assar, nous avons…

— *Ce sont les voix qui décident, pas toi !* » Il avait raccroché.

71

« Je vous avoue que je ne sais pas par où commencer. Vous devez comprendre que ce n'est pas facile pour moi de parler de tout ça. » Karolina Jacobsén, vêtue d'une jupe couvrant le genou et d'un chemisier ivoire, arrangea sa chevelure brune coupée à mi-longueur, bien qu'elle soit déjà parfaitement coiffée. « Eric n'a jamais eu un comportement très classique en matière de sexualité. »

Quand l'épouse de Jacobsén avait débarqué dans le bureau, Fabian avait essayé d'éteindre les deux écrans, mais elle l'avait littéralement arraché du clavier et, les larmes aux yeux, avait regardé Molly Wessman se faire malmener par l'homme au chapeau de cow-boy.

« Que voulez-vous dire ? » Fabian sortit un Kleenex du paquet qu'il avait trouvé dans un tiroir du bureau et le lui tendit.

« Depuis quinze ans que nous sommes mariés, Eric et moi n'avons jamais eu de vie sexuelle saine et normale, et je pense que ce n'arrivera jamais. Même Rutger n'a pas été conçu de manière traditionnelle. » Elle se tut et s'essuya les yeux.

Au bout de quelques minutes, elle lui avait demandé d'arrêter le film et de lui expliquer qui il était et ce qu'il faisait là.

« Il y a d'autres choses qui vont bien dans notre mariage. Nous avons de l'argent, des amis et une vie dont la plupart des gens se contentent de rêver. Et voilà, juste au moment où j'avais cessé de penser à ce qui ne va pas et accepté les choses comme elles sont, il faut que je me reprenne ça dans la figure, dit-elle avec un geste du menton vers l'écran noir.

— Je comprends. Mais comme je vous l'ai dit, nous sommes au milieu d'une…

— D'accord, mais de quoi est-ce qu'on l'accuse ? Est-ce qu'il est soupçonné de quoi que ce soit, d'ailleurs ?

— Le film que vous venez de voir n'est pas un simple film pornographique.

— Ah bon ? Alors excusez-moi, mais je ne comprends pas. Qu'est-ce que…

— Le couple que vous voyez ignore qu'il est filmé par une webcam cachée dans l'appartement.

— Vraiment ? Et vous pensez que c'est Eric qui l'a mise là ? »

Fabian acquiesça. « Il y a autre chose, madame Jacobsén. La femme que vous venez de voir est morte empoisonnée il y a trois jours.

— Pardon ? Vous ne croyez tout de même pas qu'Eric aurait pu… » Karolina mit une main devant sa bouche et secoua la tête. « Non, c'est impossible. Eric ne pourrait jamais. Il doit y avoir une erreur. Vous entendez ? Vous vous trompez. C'est quelqu'un d'autre qui a…

— Est-ce que vous reconnaissez ceci ? » Fabian lui montra une photo du tatouage de Molly.

Karolina regarda le cliché comme s'il risquait de la contaminer. De rouge et larmoyant, son visage devint brusquement d'un blanc de craie.

« Oh, mon Dieu…

— Il était sur le pubis de la femme assassinée, et nous soupçonnons votre mari d'être… »

Les mains tremblantes et le visage baigné de larmes, Karolina l'interrompit en commençant à déboutonner son chemisier pour lui montrer son épaule gauche, qui portait le même tatouage représentant un trait traversé d'une flèche.

« Karolina, dit doucement Fabian en essayant de croiser son regard bouleversé. Je sais à quel point tout cela est terrible pour vous. Mais je dois malheureusement…

— En quoi puis-je vous aider ? » Karolina releva la tête et le regarda dans les yeux. « Dites-moi juste ce que je peux faire pour que ce monstre soit enfermé.

— Si vous aviez une idée de l'endroit où il se trouve ou un moyen de… » Fabian s'interrompit en entendant la porte du bureau s'ouvrir derrière eux. Rutger entra brusquement.

« Maman, il n'y a plus de chips. On a super faim.

— Je suis sûre que vous allez vous débrouiller pour trouver un goûter. Il y a des yaourts et des céréales, ou alors vous pouvez vous faire des sandwichs, si vous préférez.

— Mamaaan ! Tu peux pas le faire, toi ? On est en train de jouer à Guitar…

— Maman n'a pas le temps. Et maintenant tu sors d'ici et tu me laisses parler avec le monsieur.

— Mais pourquoi ?… Tu sais que je vais en mettre partout…

— Rutger ! prévint Karolina, l'index levé. Tu sais ce qu'a dit papa. Tu ne devrais même pas être dans cette pièce. Tu sais que tu n'as pas le droit.

— Parce que toi tu as le droit, peut-être ? Et lui, alors ! Il n'y a que papa qui a le droit de... »

Karolina attrapa son fils par le bras et le traîna dehors. « Ça suffit, maintenant, tu fais ce que je te dis, d'accord ?

— Mais...

— Il n'y a pas de "mais". Je me fiche que tu te fasses un goûter ou pas, tant que tu sors de ce bureau. C'est compris ? »

Elle referma la porte derrière lui et se tourna vers Fabian. « Excusez-moi. » Elle s'assit, ferma les yeux et s'efforça de se calmer. « Je ne sais malheureusement pas où il est. Il passe souvent la nuit dehors.

— Vous avez peut-être un numéro de téléphone sur lequel je pourrais l'appeler ? Nous n'avons que son numéro de portable et il l'a laissé ici, apparemment.

— Je ne connais personne qui ait autant de téléphones que lui. J'ai trois numéros de portables dans mon répertoire, on peut commencer par essayer ceux-là, même si je le soupçonne d'en avoir au moins deux de plus. » Elle sortit son téléphone, chercha le nom de son mari dans son répertoire et tendit le téléphone à Fabian, qui communiqua aussitôt les coordonnées à Molander.

« Pardonnez-moi si mes questions vous mettent mal à l'aise, mais...

— Demandez-moi ce que vous voulez, s'il vous plaît, et arrêtez de vous excuser tout le temps. Je vous promets de répondre à vos questions du mieux que je peux.

— OK. » Fabian hocha la tête. « Vous dites que votre mari et vous n'avez jamais eu de vie sexuelle normale. Mais au départ, j'imagine que ça devait bien se passer, non ? Qu'est-ce qui a fait que ça a changé ? »

Karolina répondit par un rire sans joie. « Oui, en général, il paraît que c'est comme ça. Au début, on n'arrête pas de se tripoter, et un jour la réalité vous rattrape. Mais Eric et moi sommes sans doute l'exception qui confirme la règle. » Elle haussa les épaules. « Mon mari et moi n'avons jamais fait l'amour. Pas une seule fois. Nous avons essayé bien sûr, plusieurs fois. Mais sans succès. C'était lui qui ne pouvait pas. Nous partagions tout, sauf le sexe.

— Alors ce n'est pas vous qui…

— Au contraire, moi j'étais très demandeuse et je n'arrivais pas à comprendre où était le problème.

— Vous en avez parlé entre vous ? »

Karolina poussa un soupir. « J'ai essayé d'amener le sujet sur le tapis, mais chaque fois il bottait en touche, prétendant qu'il ne voulait pas précipiter les choses. Au début, je trouvais assez touchant qu'il ne soit pas comme les autres hommes, qui eux ne pensaient qu'à conclure sans se demander ce que moi je ressentais. Mais un jour, je suis rentrée un peu plus tôt que prévu et je l'ai trouvé devant l'ordinateur en train de se masturber. C'est comme ça que j'ai su que son ordinateur était plein de vidéos abominables qu'il avait achetées ou téléchargées gratuitement. À ce moment-là, ça faisait six mois qu'on habitait ensemble, et cette découverte m'a donné l'impression qu'il m'avait trompée pendant tout ce temps. Je me suis mise dans une colère terrible. J'ai arraché l'ordinateur de la prise électrique et je l'ai balancé par-dessus le balcon. C'était un geste totalement insensé quand j'y pense. Nous habitions au troisième étage d'un immeuble sur Västra Berga et je n'ose même pas penser à ce qui serait arrivé si quelqu'un était passé sur le trottoir au même moment.

— Comment a-t-il réagi ?

— Que vouliez-vous qu'il fasse ? Il a avoué et m'a juré qu'il n'aimait que moi. Mais j'ai tenu bon et je lui ai demandé de choisir entre moi et la pornographie.

— Et il a accepté ?

— Le disque dur était détruit, et d'après ce que j'ai compris ces films lui avaient coûté une fortune. Enfin, après cet épisode il a commencé à voir un sexologue. Mais moi je n'ai plus jamais réussi à lui faire confiance, et en même temps je ne voulais pas l'accabler, alors j'ai cherché un moyen de l'aider.

— Comment pensiez-vous pouvoir l'aider ?

— Je me suis posé la même question. C'était lui qui avait un problème d'addiction, pas moi. Mais d'après ce sexologue j'avais un rôle important à jouer dans le processus de guérison. » Elle soupira, secoua la tête. « C'était un enfer. Son idée était d'avancer un pas après l'autre. Il nous a donné des devoirs à faire à la maison. Eric devait s'asseoir à côté du lit et me regarder pendant que je me masturbais. Je ne sais pas pourquoi j'ai accepté. Mais je l'ai fait. J'ai joué le jeu. Je me suis caressée en gémissant comme une putain de bas étage pour essayer de le faire bander et de lui donner envie de me faire l'amour. Mais cela n'a jamais marché. Il se contentait de me regarder et de se faire jouir tout seul. »

Fabian lui tendit un autre mouchoir jetable.

« J'ai fait presque tout ce qu'il m'a demandé pendant plus d'un an, et puis un jour j'en ai eu assez et j'ai laissé tomber.

— Vous avez dit “presque” ? Qu'est-ce que vous n'avez pas accepté de faire ? »

Karolina le regarda pendant un long moment. « Votre question concerne l'enquête ou vous êtes simplement curieux ?

— Comme je vous l'ai dit, je comprends que mes questions vous gênent. Mais je suis à la recherche d'un mobile, et je pense qu'il se trouve dans un bouleversement de son existence, dans l'événement qui l'a détourné de la pornographie et amené à dissimuler des webcams dans les chambres à coucher de parfaites inconnues. »

Karolina hocha la tête. « Il voulait me voir faire l'amour avec un autre. C'est à ce moment-là que j'ai dit non. Il s'est mis en colère et m'a accusée de compromettre sa guérison. Mais j'avais atteint ma limite.

— Et que s'est-il passé ensuite ?

— Rien, à vrai dire. » Elle haussa les épaules. « Il a fini par accepter que je ne veuille plus me prêter à ce jeu. J'aurais dû le quitter à ce moment-là, mais nous avons décidé d'avoir recours à la PMA pour faire un enfant. Ne me demandez pas pourquoi, mais à l'époque ça nous a paru être une bonne façon de sortir du problème.

— Et ça, c'était quand ?

— En 2001. Rutger est arrivé un an plus tard. »

C'était également l'année où Jacobsén avait démissionné de son emploi pour démarrer sa propre société. Le fait que Karolina ait refusé de faire l'amour avec un autre homme devant lui était-il à l'origine de cette décision ? Était-ce ce refus qui lui avait donné l'idée d'espionner les ébats d'autres femmes à leur insu ? La théorie était hasardeuse mais plausible. Jacobsén travaillait dans le milieu de la sécurité et il était au fait de toutes les nouveautés du marché en matière de vidéosurveillance.

En revanche, Fabian ne voyait dans cette histoire aucun lien logique avec le personnage de Columbus. Comment Eric Jacobsén était-il passé du rôle de spectateur à celui d'acteur ? « Donc pendant toutes ces années, votre mari et vous n'avez jamais fait l'amour ensemble ?

— Si, une fois. Mais c'était plutôt ce qu'on appelle aujourd'hui un viol conjugal. Il était plus de minuit et, comme tous les soirs, il était ici, dans ce bureau. D'habitude, à cette heure-là, je dormais, mais j'avais commencé à lire le roman de Stieg Larsson *Les Hommes qui n'aimaient pas les femmes*, et je n'arrivais pas à le lâcher. Cela faisait déjà plusieurs années que le roman était sorti et je n'ai jamais été fan de polars. Je trouve qu'ils se ressemblent tous. Bref, il était tard et je venais d'éteindre quand il m'a rejointe dans notre chambre. » Elle se tut et déglutit. « Je n'avais pas envie de parler et j'ai fait semblant de dormir. D'habitude il s'en fout et le plus souvent je m'endors vraiment au bout de quelques minutes. Mais cette nuit-là, il est venu se coller contre moi, ce qu'il ne faisait jamais et qu'il n'a pas refait depuis. C'était comme s'il me touchait pour la première fois. Tout à coup ses mains étaient partout sur moi, sur mes seins et dans ma culotte. Je suis restée immobile en me disant qu'enfin ça allait se produire. Il était même en érection. Je me suis retournée et j'allais l'embrasser quand tout à coup j'ai entendu un claquement et j'ai senti ma joue qui me brûlait. Il faisait noir et je n'ai pas compris tout de suite ce qui s'était passé. Puis il m'a giflée à nouveau et, en me hurlant à la figure, il m'a ordonné d'arrêter de le regarder. Puis il m'a dit de me mettre à quatre pattes, mais je ne lui ai pas obéi et je suis restée allongée sur le dos. Je crois que j'étais en état de choc. Alors il m'a tirée par le bras, si fort qu'il a failli me luxer l'épaule. J'ignorais qu'il avait autant de force. Je me suis retrouvée à quatre pattes et il m'a pénétrée. Mais pas là où il faut. Mon anus s'est déchiré. J'avais mal et je sentais le sang couler entre mes cuisses. Je l'ai supplié d'arrêter, mais il m'a dit de la fermer. Il m'a injuriée et traitée de sale pute qui n'avait qu'à fermer sa gueule. Et il ne s'est arrêté de m'insulter qu'après avoir éjaculé.

— C'était il y a deux ans ?

— Oui, presque jour pour jour. Juste avant le solstice d'été. Comment le savez-vous ? »

Il aurait pu lui dire que la vidéo sur laquelle Molly Wessman était traitée de manière identique datait d'il y a deux ans également et que c'était sans doute là qu'il avait puisé son inspiration. Mais cela attendrait. « Et le tatouage. Vous l'avez eu à la suite de cet épisode ? »

Karolina acquiesça. « Mon anniversaire tombe une semaine après le solstice d'été et j'ai toujours voulu avoir un tatouage. Je sais que ce n'est pas tellement mon genre, Eric m'en faisait d'ailleurs la remarque chaque fois que j'en parlais. Mais là, tout à coup, c'est lui qui a voulu me l'offrir. Il l'avait dessiné lui-même. Il m'a expliqué que j'étais représentée par le trait et son amour pour moi par la flèche. Il m'a dit aussi que j'étais la première et la femme la plus importante de sa vie et que c'était la signification du 1. J'ai toujours cru que c'était sa manière à lui de me demander pardon. Mais ça c'était avant d'apprendre que j'avais juste été la première d'une longue série. »

Fabian la remercia pour son aide et se leva. Il avait obtenu des réponses à presque toutes ses questions. La seule qui restait entière était de savoir ce qui avait causé le passage à l'acte et fait de Jacobsén un meurtrier.

72

« Alors ? Tu trouves quelque chose ? demanda Lilja en s'étirant tant bien que mal dans l'espace exigu du fourgon de Molander.

— Ça dépend de ce que tu entends par “quelque chose”, dit Molander sans quitter des yeux les écrans couverts d'agrandissements de courbes sonores, d'égaliseurs et de tronçons de conversation enregistrée. Je ne vois aucun signe de la présence d'une gamine en tout cas.

— Qu'est-ce que tu veux dire ? Tu penses qu'elle n'est pas avec lui ?

— Non, je pense que je n'entends rien qui permette d'affirmer qu'elle est encore en vie.

— Elle est peut-être sans connaissance ou bâillonnée, suggéra Klippan.

— Ou alors, elle est dans une autre pièce, dit Lilja en faisant tomber trois morceaux de sucre dans le gobelet en plastique de café tiède, avant de le remuer et de l'avaler d'une traite.

— Il n'y a plus qu'à l'espérer, rétorqua Molander. Et en ce qui concerne le mot “pièce”, nous pouvons exclure tout ce qui se rapporte à la définition classique du terme. C'est-à-dire chambre d'hôtel, bureau, boutique ou habitation.

— Pourquoi ? »

Molander soupira. « Difficile à expliquer à des profanes.

— Essaye quand même. Commence par nous décrire ce que tu as entendu, par exemple.

— *Entendu, entendu*, c'est beaucoup dire. Il s'agit plutôt de ce que je n'ai pas entendu ou, pour être plus précis, du son qu'émet le silence. Mais je doute que tu te sois déjà intéressée au monde captivant des ambiances sonores.

— Et tu as parfaitement raison. En revanche, je connais par cœur le goût prononcé que tu as pour les ambiances dramatiques. Mais je propose de choisir un autre moment pour m'initier, parce que là il s'agit de la vie d'une petite fille de six ans à qui chaque seconde doit faire l'effet de plusieurs heures en enfer. Alors si tu veux bien…

— L'acoustique, la coupa Molander. Ou plus exactement, le temps de résonance qui est plus long que la normale. Écoutez ce passage : *Mais pourquoi ? Elle est à moi, cette petite fille m'appartient !*

— On dirait qu'il se trouve dans une cave. » Lilja vit à l'expression de Klippan qu'il pensait la même chose qu'elle. Comment avaient-ils pu passer à côté de ce détail ?

« Exactement. Une cave ou un local avec un sol en pierre ou en béton et dans lequel les murs n'absorbent pas le bruit mais le font rebondir.

— Je demande à toutes les équipes de concentrer leurs recherches sur les sous-sols, dit Klippan en s'emparant de sa radio.

— Attends une seconde, dit Lilja. À part une cave, qu'est-ce que ça peut être ? Il doit y avoir autre chose dans le quartier qui corresponde à ta description.

— Plusieurs lieux me viennent spontanément à l'esprit, dit Molander. L'église Maria et la tour médiévale de Kärnan. Les deux ont des murs en pierre et une grande hauteur sous plafond.

— J'exclurais l'église où il y a constamment des gens qui entrent et qui sortent. »

Molander haussa les épaules. « Personnellement, je n'y ai pas mis les pieds depuis l'époque où ma mère m'y emmenait pour la messe de minuit, mais j'imagine qu'il y a à l'intérieur des endroits moins fréquentés, comme la tribune ou le balcon de l'orgue. »

« Klippan à équipe B. À vous.

— *Équipe B, j'écoute. À vous.* »

« Et c'est pareil dans la tour de Kärnan, il y a sans cesse des gens qui montent et qui descendent les marches, non ? dit Lilja.

— Pas à cette heure-ci. » Molander consulta l'horloge. « En général, entre quinze heures et dix-sept heures, c'est relativement calme. Les touristes commencent à avoir mal aux jambes et ils s'asseyent pour goûter pendant que les autres mortels se tuent encore au travail, avant d'affronter les embouteillages pour aller chercher leurs gosses à l'école et de rentrer préparer le dîner. »

« Je veux qu'on arrête immédiatement les recherches à l'hôtel et qu'on envoie tout le monde à l'église Maria, dit Klippan, vous m'avez entendu ? À vous.

— *Bien reçu.* »

« Tu sembles bien connaître le quartier, dit Lilja.

— Je viens plusieurs fois par an. Il n'y a pas de meilleur endroit pour réfléchir que perché là-haut, avec à ses pieds toute la ville de Helsingborg, le Danemark au loin et une partie du détroit.

— Je ne suis pas montée dans la tour depuis une excursion scolaire quand j'étais en classe de sixième. Mais je me rappelle qu'il y avait un guide à l'entrée, et je m'imagine mal qu'il ait pu laisser passer…

— Il arrive souvent qu'il n'y ait personne à l'entrée. Peut-être que le préposé à la billetterie était parti pisser ou lire ses notifications sur Facebook ou ailleurs. En tout cas, moi, il m'est souvent arrivé de passer sans voir personne. Je n'allais pas rester à poireauter, alors que c'était lui qui n'était pas à son poste. Tu n'es pas d'accord ? Je devrais avoir mauvaise conscience, tu trouves ? »

Lilja ne prit pas le temps de répondre. Elle avait sauté du fourgon et courait déjà sur les pavés de Stortorget vers les escaliers en terrasses montant vers la tour de Kärnan. Elle savait qu'il y avait un ascenseur sur la gauche, qui montait à l'intérieur de la butte, pour l'avoir emprunté une fois, il y a plusieurs années après une chute à vélo qui l'avait obligée à marcher avec des béquilles. Elle se souvenait qu'il avait mis un temps fou à arriver, et qu'une fois en bas il avait attendu de faire le plein de passagers avant de reprendre sa lente ascension vers le sommet.

Aucune équipe de policiers n'avait fouillé la tour, pour la simple et bonne raison qu'elle était située en bordure de la zone de recherche et qu'on était parti du principe, apparemment erroné, qu'elle serait bondée de touristes. Maintenant, avec le recul, cela lui sembla une grave erreur de priorisation. Elle se trouvait sur le chemin du terrain de jeux où se trouvait Ester lors de sa disparition et elle avait plusieurs portes donnant sur diverses pièces qui toutes offraient des cachettes idéales.

Après avoir gravi la première volée de marches, elle dut s'arrêter un instant pour reprendre son souffle avant d'attaquer la dernière montée vers Kärnan, dont l'entrée se trouvait encore plus haut et allait l'obliger à monter un autre escalier assez raide.

Le hall avait effectivement été déserté par les touristes. En revanche, Molander s'était en partie trompé sur le deuxième point. Il y avait bien une jeune fille à l'accueil, mais elle avait une paire d'écouteurs dans les oreilles et était très absorbée par l'écran de son téléphone.

« Excusez-moi, dit Irene en arrivant au comptoir. Vous n'auriez pas vu par hasard un homme d'une quarantaine d'années accompagné d'une petite fille de six ans ? » La jeune fille ne réagit pas, hypnotisée par l'écran entre ses mains. « Hé ! Je vous parle ! » Il fallut que Lilja agite la main devant le téléphone pour que la fille lève les yeux.

« Un adulte ?

— Je ne vous ai pas demandé un billet. Je suis inspecteur de police et je suis à la recherche…

— Le premier étage est gratuit, mais si vous voulez monter jusqu'en haut c'est cinquante couronnes.

— Mais putain, je vous ai dit que je ne voulais pas de billet !

— Pardon, je n'ai pas bien entendu. » La fille retira l'un des écouteurs.

« Nous cherchons un homme d'environ quarante ans accompagné d'une petite fille de six ans. Vous ne les auriez pas vus passer ici ?

— Euh… je ne sais pas… ou bien si, peut-être. Un monsieur avec un enfant. Il avait un pull vert ? »

Lilja se précipita dans l'escalier de la rotonde jusqu'au premier étage. Personne. Elle ne vit personne non plus au deuxième et au troisième. Au quatrième, elle se trouva devant une porte fermée, et quand elle tenta de l'ouvrir elle constata qu'elle était également verrouillée.

Il s'agissait d'une vieille porte en bois très lourde qui devait avoir une valeur historique considérable. Mais tant pis. Elle sortit son pistolet du holster et le pointa sur la serrure. Elle s'apprêtait à appuyer sur la détente quand elle entendit des pleurs d'enfant à peine perceptibles venant de la cage d'escalier derrière elle.

Cette fois, elle ne courut pas. Elle monta les marches sans faire de bruit. Arrivée au sommet, elle avait perdu le compte du nombre d'étages qu'elle avait montés.

En revanche, à travers la porte entrebâillée, elle entendait distinctement à présent un enfant qui pleurait, et, refusant de faire durer sa souffrance une seconde de plus, elle ouvrit brusquement la porte et dirigea le canon de son arme vers l'homme au pull-over vert, agenouillé devant son fils, en train de souffler sur son coude égratigné.

73

La femme qui entrait et regardait autour d'elle avant d'aller prendre un ticket de file d'attente ressemblait indéniablement à Dunja Hougaard. La coiffure, les vêtements et cet horrible sac en bandoulière, pour ne citer que ces détails. Si seulement elle pouvait se retourner et lever les yeux vers la caméra de surveillance afin qu'il puisse la voir de face.

Foutus Suédois, si radins qu'ils ne pouvaient même pas se fendre d'une seconde caméra devant une porte d'accès aussi large ! Quel est l'intérêt d'une image prise en plongée et de profil ?

Restait à observer sa démarche, mais malheureusement ce n'était pas celle de Dunja. Celle-ci avait cette étrange façon de se déplacer en glissant pour se retrouver tout à coup ailleurs, alors que cette femme-là marchait avec une sorte d'ostentation.

Elle semblait également plus grande que Dunja, qui ne mesurait qu'un mètre soixante-sept. Il revint en arrière et mit le film sur pause au moment où la femme passait devant la toise. Bien qu'elle soit chaussée de vieilles baskets usées, elle arrivait un peu au-dessus de la zone rouge, ce qui indiquait une taille d'au moins un mètre quatre-vingts.

Kim Sleizner sentit une pointe de déception, mais il était loin d'avoir renoncé. Peu importe combien de temps encore il allait devoir rester ici à visionner une bande de surveillance après l'autre, il ne s'arrêterait pas avant de l'avoir retrouvée.

Il avait raison de s'inquiéter. Cette garce n'était pas simplement partie pour des vacances prolongées, le temps de lécher ses plaies. Elle n'avait pas déménagé pour un appartement plus grand ou pour prendre un nouveau départ. Non, rien de tout cela. Elle avait volontairement disparu de la circulation avec un seul but : lui nuire.

Là où ça te fera le plus mal, avait-elle écrit. *Au moment où tu t'y attendras le moins*

La salope lui avait carrément fait un doigt d'honneur, noir sur blanc. Elle lui avait ri au nez et tendu un piège pour lui montrer que c'était elle qui menait la partie.

Cette visite dans son appartement s'était soldée par une véritable humiliation, et c'était la dernière fois qu'il s'autoriserait à la sous-estimer. Désormais, ce serait la guerre totale.

La première étape était de la retrouver, ce qui se révélait plus facile à dire qu'à faire car elle était très maligne et avait coupé tous les liens avec son ancienne vie. Mais personne ne peut partir en fumée. Pas même Dunja Hougaard. À part brûlée sur le bûcher comme la petite sorcière qu'elle était.

Si quelqu'un était en mesure de la retrouver, c'était lui. Ses fonctions, son réseau et les moyens de pression qu'il avait fait en sorte d'avoir sur certains de ses informateurs allaient se révéler très utiles.

Il avait employé ces dernières vingt-quatre heures à essayer de savoir comment elle était parvenue à n'utiliser aucune de ses cartes de crédit, où elle se procurait de l'argent et surtout comment.

La réponse à la première question, il l'avait obtenue auprès du Trésor public. Grâce à Kai Mosedahl, directeur de la direction générale du Trésor public, il avait eu accès à sa situation fiscale dans les moindres détails. Étant membre du club lui aussi, il avait comme eux tout intérêt à ce qu'elle soit mise hors d'état de nuire une bonne fois pour toutes.

Il avait appris entre autres que la police de Helsingør lui avait fait un versement comptant de plus de cinq cent mille couronnes, une somme exorbitante pour un minable commissariat de province. Mais l'argent venait probablement de ce gros lard de Ib Sveistrup qu'il soupçonnait d'être incapable de refuser quoi que ce soit à une femme. L'argent n'avait pas été encaissé par la succursale de la Danske Bank, où on lui versait habituellement son salaire. D'ailleurs, il n'avait même pas été encaissé au Danemark, ce qui expliquait pourquoi il n'en avait pas trouvé la trace avant. Il avait fallu que le chef de la sécurité de la banque et Ryan Frellesen, son ancien collègue, recherchent l'argent jusqu'à un compte dans l'une de leurs filiales suédoises, à Malmö, de l'autre côté du détroit.

Obtenir des informations là-bas s'était révélé beaucoup plus difficile, mais il avait fini par y arriver. Il s'avéra qu'elle avait effectué un retrait. Un retrait qui ne représentait ni plus ni moins que la totalité. Et ce retrait avait été effectué moins d'une semaine auparavant.

Ce qui lui avait appris deux choses.

La première était qu'elle avait bénéficié d'une aide extérieure qui était non seulement disposée à lui prêter de l'argent, mais aussi parfaitement au fait de la manière dont on pouvait passer sous les radars. En effet, ses seules compétences ne lui auraient jamais permis de réaliser un tel tour de passe-passe.

La seconde était qu'elle avait dû être filmée par les caméras de surveillance de la banque en question, pour lesquelles Frellesen lui avait généreusement fourni un lien.

Le retrait avait eu lieu le mercredi précédent, à douze heures trentre-trois, à la Danske Bank de Neptunigatan à Malmö. Normalement, avec une indication aussi précise de l'heure, il n'aurait dû rencontrer aucune difficulté pour la repérer. Et pourtant.

Une partie de l'explication résidait dans le fait que, pour retirer une telle somme en liquide, on ne pouvait simplement pas débarquer dans une agence, prendre un ticket de file d'attente et se présenter devant le premier employé disponible. Il fallait avoir pris rendez-vous plusieurs jours ouvrés au préalable afin de donner à la banque le temps de préparer les fonds. Le retrait ne se faisait pas non plus à un guichet mais dans un bureau, derrière, et il n'avait pas pu obtenir de lien pour les caméras se trouvant dans cette partie-là.

Personne n'avait pu ou voulu le renseigner sur l'heure à laquelle elle était arrivée, alors pour mettre toutes les chances de son côté, il avait étudié la bande de la caméra se trouvant devant la porte, deux heures avant l'heure du retrait et une heure après. Il avait stoppé la lecture plusieurs fois, était revenu en arrière et avait zoomé sur plusieurs clientes pour s'assurer que ce n'était pas elle, mais il ne l'avait pas repérée. Toutes ces heures, scotché à l'écran, n'avaient servi à rien.

D'après le directeur de la succursale, elle n'avait pas été autorisée à utiliser l'entrée du personnel. Mais celui-ci n'était peut-être pas le bon interlocuteur. Certes, le règlement interdisait systématiquement que les clients utilisent cette entrée. En même temps, ce n'était pas lui qui l'avait reçue, alors il ne pouvait pas savoir… Fait chier.

Elle avait pu recevoir de l'aide de quelqu'un d'extérieur au personnel de la banque. Il s'assit à nouveau. Évidemment, c'était ce qui avait dû se passer.

Il réactiva l'ordinateur et recula le curseur jusqu'à un quart d'heure avant le moment du retrait et décida qu'il continuerait à visionner la bande pendant une demi-heure avant de renoncer. Mais il n'eut pas besoin d'autant. Au bout de six minutes, il avait repéré un homme avec un sac à dos qui sortait de la banque. Il était de petite taille et atteignait tout juste la zone jaune sur la toise murale.

Il avait vu le même homme, un Indien, entrer dans la banque vingt minutes plus tôt. Maintenant, il ne lui restait plus qu'à trouver le moment où le sac à dos était entré, ce qui ne prit que quelques minutes.

Il fallut qu'il mette la bande sur pause et qu'il zoome sur l'image pour se rendre compte que la femme qui entrait avec le sac à dos était Dunja. Pas étonnant qu'il ne l'ait pas reconnue : avec ses grosses bottines, son vieux jean élimé et son tee-shirt camouflage militaire, elle s'était assurée qu'il s'intéresse à n'importe quelle femme sauf à elle. Elle était allée jusqu'à se raser la tête et, sans son rouge à lèvres et ses grandes boucles d'oreilles, on l'aurait prise pour une malade échappée d'un service d'oncologie.

Il avait maintenant les réponses à toutes ses questions, et elles n'avaient rien d'encourageant. Ce qu'il avait soupçonné et craint lui sautait à présent à la figure. Non seulement elle avait de l'argent, mais elle avait aussi un complice en la personne de ce petit connard d'Indien, et, si l'image un peu grumeleuse de la caméra ne l'avait pas trompé, elle était en meilleure condition physique qu'avant.

Malgré tout, il se sentit de bonne humeur. Il avait accompli le tour de force de la retrouver, même si ce n'était que pour un court instant, sur un film de surveillance. Il avait reniflé sa trace, et c'était un début.

74

Ah, il recommençait à durcir. Surtout en la serrant entre ses doigts. Quand il faisait ça, les veines se mettaient à gonfler comme des gros vers de terre tout autour. Dans quelques minutes, il serait prêt.

La fillette s'était calmée et avait enfin arrêté ses stupides tentatives de se libérer, sans parler de ses cris qui commençaient à l'énerver. Le bâillon enfoncé dans sa bouche les avait un peu étouffés, mais il ne les avait pas rendus moins agaçants. Pas étonnant qu'il perde ses moyens.

À la maison, devant les films, il ne lui fallait que quelques minutes. Mais là c'était pour de vrai. La fille n'était pas dans l'écran. Elle était là, sous ses yeux, en train de le regarder avec des yeux affolés. Il y avait de quoi être un peu nerveux.

Il sortait le tube de lubrifiant de son sac quand il entendit un bruit au loin, comme un pétard. Il n'arriva pas à déterminer ce que c'était. Peut-être que les ouvriers étaient encore en train de travailler. Oui, c'était sûrement ça. Il ne fallait surtout pas qu'il débande. Ni qu'il réfléchisse trop. Il avait toujours eu tendance à trop réfléchir et ce n'était pas bon pour lui. Pas bon du tout.

Il tira dessus une fois ou deux et constata qu'il était prêt. C'était maintenant ou jamais. Il posa prudemment son autre main sur elle. Elle sursauta et recommença à gémir derrière l'adhésif. Quelle pleurnicharde. Encore une qui devait avoir l'habitude qu'on cède à tous ses caprices.

Bientôt, elle gémirait pour une autre raison. Il était sûr qu'elle allait aimer ça. C'était comme un cadeau qu'il lui faisait à elle aussi. Dans une minute, elle éprouverait autant de plaisir que lui. Pourquoi n'en aurait-elle pas ? Il allait la dépuceler et en échange elle allait lui prendre sa virginité. Il n'y avait rien de plus beau !

Il badigeonna son sexe de lubrifiant, essuya ses mains qui étaient toutes collantes et les referma sur les hanches étroites de la petite fille.

« Lâche-la et allonge-toi à plat ventre, les bras et les jambes écartés ! »

Il se retourna et vit une femme tenant un pistolet braqué sur lui.

« Lâche-la immédiatement et couche-toi, je te dis ! »

Comment était-elle arrivée jusqu'ici ? Comment l'avait-elle trouvé ? Il ne comprenait plus rien du tout. Mais sa présence n'avait aucune importance. Rien n'avait d'importance. Il ne laisserait personne le déranger alors qu'il s'apprêtait à passer un merveilleux moment avec cette petite fille. Ensuite, quand il aurait terminé, il lui ferait tâter de son petit couteau.

Alors il entendit la détonation à nouveau, plus fort que tout à l'heure, mais assez loin quand même, comme si elle venait d'un tout autre endroit. Comme s'il ne l'avait pas réellement entendue. Ce n'est qu'en voyant le sang couler de la plaie sur son ventre qu'il comprit qu'il venait de se faire tirer dessus. Il ne sentait presque rien et cela ne l'empêcherait pas de faire ce qu'ils avaient envie de faire, tous les deux.

Enfin… Enfin il allait avoir droit à la récompense qu'il avait attendue toute sa vie. Prendre du plaisir et lui en faire prendre à elle aussi. Il voyait bien qu'elle le désirait. Elle avait encore envie de lui et il ne l'avait pas fait jouir.

Peut-être y eut-il une troisième détonation, il n'en fut pas absolument sûr. En tout cas, il avait une nouvelle plaie qu'il ne sentait pas plus que la première, bien que le sang gicle de son ventre et coule le long de son aine et sur ses testicules qui étaient tout rouges.

Mais… Il y avait quelque chose qui n'allait pas. C'était incompréhensible. Son petit oiseau n'était même pas à l'intérieur. C'était pour ça alors qu'il n'avait rien senti ? Il essaya de l'apercevoir, mais il y avait trop de sang et il n'arrivait même plus à le reconnaître.

Puis il y eut ce foutu bruit, à nouveau. Pourquoi ne pouvaient-ils pas juste le laisser tranquille ? Ce moment était à lui. Il n'avait pas non plus eu le temps de prendre sa vie à elle. C'était ça que les voix lui avaient dit de faire. Elles lui avaient dit que c'était la partie la plus importante, une fois qu'il aurait fini.

Il devait utiliser l'eau. C'était ce que les voix avaient dit. Qu'il devait la tremper dans l'eau. Mais il n'aurait plus le temps, maintenant, pas avec cette femme dans la pièce, qui était venue l'embêter. Tant pis pour l'eau, il se servirait de la hache à la place. Il s'empara du manche et leva la hache au-dessus de sa tête, tandis que la femme au pistolet lui hurlait quelque chose. Il n'entendit pas ce qu'elle disait parce qu'au même instant, sans qu'il comprenne comment c'était arrivé, le sol en pierre se précipita sur lui et le frappa violemment derrière la tête.

75

Les lasagnes étaient plutôt la spécialité de Sonja. Personne ne savait les faire comme elle. Fabian trouvait qu'il fallait franchir beaucoup trop d'étapes avant de mettre le plat au four, et quand il y était enfin, la cuisine était sens dessus dessous. Malgré tout, il avait décidé de se lancer. Peut-être que les bonnes odeurs de cuisine monteraient jusqu'à la chambre et mettraient Sonja de meilleure humeur.

Après avoir convaincu Karolina Jacobsén de partir chez ses parents avec son fils, il avait mis la maison sous surveillance pour le cas où Eric reviendrait. Puis il était rentré chez lui avec l'espoir que Sonja serait remise et peut-être en train de préparer le dîner.

Mais il la trouva au lit, les rideaux tirés, comme si plus rien n'avait le pouvoir de lui changer les idées. Cela faisait quarante-huit heures qu'elle était dans cet état et il commençait sérieusement à se demander si elle n'avait pas sombré dans une profonde dépression.

Comme d'habitude, la porte close de Theodor n'empêchait pas sa musique de sauvage de hurler dans toute la maison. Après avoir frappé et ouvert sans attendre qu'on l'y invite, Fabian était tombé sur un capharnaüm de sous-vêtements sales, de cartons de pizza avec restes racornis, de draps tachés, de cannettes de soda, de paquets de chips et de bonbons, de CD et DVD jetés par terre, de boîtes de tabac à priser et de manettes de jeux.

Theodor était devant son écran, en caleçon et tee-shirt au milieu du désordre, en train de commettre un nombre incalculable d'infractions aux règles de la circulation pour échapper aux voitures de police avec gyrophares et sirènes qui étaient à sa poursuite. Fabian fut frappé de voir à quel point il avait grossi. Lui qui avait toujours été si maigre qu'ils ajoutaient de la crème fraîche dans sa nourriture était à la limite de la surcharge pondérale. Et il était si pâle que ses boutons d'acné brillaient comme des feux de signalisation sur son visage.

Fabian n'avait pas fait de remarque et s'était contenté d'aller ouvrir grande la fenêtre. Puis il avait baissé le volume de la chaîne stéréo et lui avait demandé s'il ne voulait pas être assez gentil pour aller prendre une douche et descendre ensuite l'aider à préparer le repas. Mais, trop occupé à fuir la police, Theodor ne daigna pas lui répondre.

Fabian aurait voulu éteindre la musique et l'ordinateur et lui dire que ça ne pouvait plus durer, qu'il était temps de reprendre sa vie en main, même si ce n'était pas facile. Mais tout ça, il ne pouvait pas lui dire sans que Sonja soit à ses côtés. Tant qu'ils ne seraient pas d'accord tous les deux et qu'elle resterait enfermée dans la chambre, il était coincé.

Il alla se verser un verre de vin et mit de la musique en guise de compagnie. Son choix s'arrêta sur le premier album de The Orbs, un double datant du début des années quatre-vingt-dix avec un titre si long qu'il n'avait jamais réussi à le mémoriser.

La voix de gamine samplée sur le morceau « Little Fluffy Clouds » lui fit penser à Matilda. Elle n'était pas rentrée et il s'inquiétait pour elle. Après tout, il n'y avait que quelques jours qu'elle avait été autorisée à quitter l'hôpital. Et le fait que ni Sonja ni Theodor ne soient capables de lui dire où elle était n'avait pas non plus de quoi le rassurer.

Il était à mi-chemin de sa réalisation culinaire, venait de dénicher la noix de muscade au milieu d'un tas de vieux sachets d'épices et avait commencé à la râper au-dessus de la béchamel, quand il crut enfin entendre sa voix. Il baissa le volume de la musique pour s'assurer que cela ne venait pas du collage musical psychédélique de The Orbs, mais c'était bien la voix de Matilda, montant du sous-sol.

Il retira la sauce du feu et descendit précipitamment dans la cave, où une tenture rouge lui bloqua le passage. Alors qu'il aurait dû être soulagé qu'elle soit là, il en fut surpris. Et pas du tout rassuré.

De l'autre côté du rideau, la lumière des bougies projetait sur les murs les ombres déformées de sa fille et de son amie Esmaralda. Il s'approcha pour regarder par un interstice du tissu, et vit Matilda lui tournant le dos, assise face à Esmaralda.

Le dos de sa fille lui masquait la vue, mais il n'était pas difficile de deviner qu'elles avaient les doigts posés sur un verre censé se déplacer sur leur planche de divination pour désigner des lettres qui elles-mêmes composeraient des mots.

« Je pense qu'elle est prête, dit Esmaralda.

— OK, alors on y va », dit Matilda. Elle s'éclaircit la gorge avant de poursuivre. « Greta, dit-elle d'une voix solennelle et beaucoup plus mûre que sa voix normale. Il y a exactement un mois et un jour, tu as dit qu'un membre de ma famille devait disparaître. J'ai failli mourir mais j'ai survécu. Maintenant je veux savoir si c'était de moi que tu parlais et si je suis vivante par erreur, ou bien si tu parlais de mon frère ou de l'un de mes parents. »

Le silence qui suivit était si lourd de l'attente des deux fillettes qu'il en était presque palpable. Ou bien était-ce son attente à lui ? Croyait-il sérieusement que le verre allait bouger et donner une réponse ? Était-ce pour cela qu'il n'ouvrait pas ce rideau immédiatement pour leur dire d'arrêter ces bêtises ? Lui qui n'avait jamais cru aux fantômes, aux esprits, ni à rien de ce genre.

« Pourquoi elle ne répond pas ? demanda Matilda avec sa voix normale.

— Peut-être qu'elle n'a pas envie.

— Comment ça, elle n'a pas envie. Elle ne peut pas me dire un truc comme ça et ensuite me laisser tomber.

— Bien sûr qu'elle peut. Les esprits peuvent faire exactement ce qu'ils veulent. C'est pour ça qu'il ne faut pas les déranger pour rien.

— Esma ! Qu'est-ce que tu fais ? Pourquoi tu retires ta main.

— Tu es sûre que tu veux vraiment savoir ?

— Évidemment que je suis sûre. On a dit qu'on le ferait. Tu ne peux pas te dégonfler maintenant. »

Esmaralda inclina légèrement la tête, ce qui permit à Fabian de l'apercevoir derrière Matilda. « Bon d'accord, alors une dernière fois. Mais une seule, parce qu'après il faut que je rentre chez moi.

— Greta, es-tu avec nous dans cette pièce ? »

Fabian se pencha un peu, mais il n'arrivait à voir qu'un tout petit bout de la tablette ouija.

« Tu as senti ? Au moins, on sait qu'elle est encore là, dit Matilda.

— Greta, veux-tu répondre à la question de Matilda ? Sinon, dis juste non.

— Quelqu'un de ma famille doit-il toujours mourir ? »

Après plusieurs secondes d'attente muette, Matilda se tourna légèrement vers la gauche en même temps que son bras droit se déplaçait dans la même direction, et en se hissant sur la pointe des pieds Fabian aperçut le verre sous leurs doigts.

« Un T, dit Matilda. Tu vois bien qu'elle a envie de répondre.

— À part Theodor, il y a d'autres membres de ta famille qui ont un prénom qui commence par un T ?

— Elle ne parle pas de mon frère, quand même… »

Fabian entendit à sa voix qu'elle était sur le point de craquer. Il voulut entrer pour interrompre la séance mais n'en eut pas le temps : le verre avait recommencé à se déplacer sur la planche.

« Un O, s'exclama Matilda. Tu as vu ? Et un U. »

Le verre allait très vite à présent.

« En tout cas, ce n'est pas Théo.

— Encore un T, dit Esmaralda. C'est peut-être un deuxième prénom ?

— Il n'y a pas de prénoms qui commencent par TOUT. Il y a un truc qui ne va pas. »

— Greta, c'est un prénom que tu épelles, ou c'est autre chose ?…

— Tais-toi, ça continue ! » s'exclama Esmaralda.

Ça allait si vite maintenant qu'elles arrivaient à peine à suivre.

« CE QUE, dit Matilda. TOUT CE QUE… Mais qu'est-ce qu'elle raconte ? »

Le verre courait sur la planche et, à en croire les deux amies, il épelait de vrais mots, même si elles n'en comprenaient pas encore le sens.

« TOUT CE QUE VOUS CROYEZ SAVOIR, s'écria Matilda. Je n'y comprends rien.

— Calme-toi. Tu vas la mettre en colère.

— Greta, est-ce que tu veux bien répondre à ma question, s'il te plaît ? Est-ce qu'il y a toujours quelqu'un dans ma famille qui doit mourir, ou est-ce que tu t'es trompée ?

— Arrête Matilda ! Tu as oublié ce qui s'est passé la dernière fois que tu n'as pas respecté les règles ?

— Il y a eu une erreur et elle ne veut pas me répondre. Je suis bien obligée de…

— Tu es obligée de faire ce que je te dis ! C'est moi qui suis le médium, pas toi ! Regarde, elle continue.

— Greta, tu es avec nous ? Un E. Et maintenant un S et un T.

— TOUT CE QUE VOUS CROYEZ SAVOIR EST », dit Matilda à haute voix. Et Fabian la vit secouer la tête. « Tu sais ce qu'elle veut dire, toi ?

— Chut, dit Esmaralda. F… A… U… et un X. »

— FAUX ! dirent-elles d'une seule voix. TOUT CE QUE VOUS CROYEZ SAVOIR EST FAUX. »

Elles attendirent un instant pour voir si le verre se remettait en mouvement, mais il resta immobile.

« Greta, si tu as fini, est-ce que tu peux nous expliquer ce que ça veut dire ? demanda Matilda.

— Peut-être que cela veut dire que nous avons mal compris la dernière fois ?

— Comment ça “mal compris” ? Tu sais bien que la dernière fois, elle m’a dit que quelqu’un de ma famille devait…

— Tu es sûre que c’est ça qu’elle a dit ? Peut-être que c’est nous qui avons…

— Esma, arrête ! Tu étais là. Tu as compris comme moi.

— Greta ! Tu es encore avec nous ? »

Elles attendirent, mais rien ne se produisit. Le verre était immobile.

Tout ce que vous croyez savoir est faux.

Fabian répéta les mots in petto. Le verre s’était réellement déplacé sur cette foutue planche. Il l’avait vu de ses yeux. Était-ce Esmaralda qui l’avait fait bouger volontairement pour rassurer Matilda et lui faire oublier toutes ces histoires de mort et de drame ? Dans ce cas, pourquoi n’avait-elle pas simplement écrit *Je me suis trompée* ? Ou simplement : *Personne.*

Tout ce que vous croyez savoir est faux.

Toute l’explication ne résidait-elle pas simplement dans le fait que le verre glissait tellement facilement sur la planche de divination que les filles ne se rendaient même pas compte que c’était elles qui le faisaient bouger ?

Tout ce que vous croyez savoir est faux.

Au moins, par le plus grand des hasards, cette fois les lettres avaient composé des mots qui avaient la vertu de calmer les appréhensions de Matilda.

Tout ce que vous...

Tout à sa réflexion, Fabian n'avait pas remarqué que l'ouverture du rideau s'était élargie, et il se retrouva soudain nez à nez avec sa fille qui pointait un doigt sur lui.

« Tu vois, je te l'avais dit qu'il y avait un truc qui n'allait pas. »

76

Lilja jeta ses vêtements par terre et entra dans la douche, qui coulait déjà depuis un long moment pour laisser à l'eau le temps de chauffer. Elle versa du gel douche dans le creux de sa main et enleva son maquillage sous le jet puissant. Elle savait parfaitement qu'il existait des crèmes spécialement conçues à cet effet, mais elle ne possédait pas de produits de ce genre et n'avait nullement l'intention de s'en acheter.

Pour la première fois dans sa carrière d'inspectrice de police, les journaux l'avaient élevée au rang d'héroïne, après l'arrestation d'Assar Skanås. L'extrémiste de gauche, pointée du doigt par Sievert Landertz, était soudain devenue la bonne fée de la cité, grâce à qui les gens osaient à nouveau lâcher leurs enfants sur les terrains de jeux.

Mais loin d'elle le sentiment d'être une héroïne ou une bonne fée. Son visage était encore douloureux après les coups de Hampus, et sous l'effet de l'eau chaude et du manque de sommeil une immense fatigue prit progressivement le dessus sur la colère. Il n'était que vingt heures quinze, vingt heures trente tout au plus, mais elle aurait été capable de s'endormir debout.

Depuis quarante-huit heures que cet Assar Skanås les faisait courir et passer pour des cons, elle commençait à rouler sur les jantes. Enfin, au moins maintenant il était aux urgences et il y avait des chances pour qu'il ne bande plus jamais, quel que soit son degré d'excitation, et qu'il se balade avec une stomie pour le restant de ses jours.

Elle aurait pu tirer dans les jambes, mais elle ne l'avait pas fait. Au moment de l'enquête interne, elle prétendrait qu'elle en avait eu l'intention. Après tout, ce n'était pas sa faute à elle s'il s'était accroupi pile au moment où le coup était parti. D'ailleurs, elle ne ressentait aucune culpabilité. Le prix qu'allait payer le pédophile lui paraissait dérisoire comparé à ce qu'avait subi Ester Landgren, et elle ne voulait même pas imaginer avec quel traumatisme la petite fille aurait dû vivre si elle était arrivée cinq minutes plus tard.

Demain, elle n'irait pas travailler. Elle emploierait la journée à rayer quelques lignes sur sa liste de choses à faire. Entre autres, veiller à ce que la banque transfère sur son propre compte épargne la moitié de l'argent qui se trouvait sur le compte commun. Il n'y avait que onze mille sept cent quarante-trois couronnes[1], mais elle estimait que ce ne serait que justice.

Elle avait également l'intention d'aller visiter ce T2 qu'elle avait repéré à Södercity. Ce n'était pas le quartier qu'elle préférait à Helsingborg, mais au moins c'était central, et la femme à qui elle avait parlé au téléphone lui avait semblé sympathique. Apparemment, elle était prête à baisser un peu le loyer, à lui signer un bail de deux ans et à la laisser emménager dès ce week-end. Franchement, elle aurait du mal à trouver mieux.

1. Plus de mille cent euros.

Elle avait d'abord pensé dormir au bureau, comme toujours quand elle quittait Hampus, mais avait finalement décidé qu'elle ne partirait de la maison qu'avec toutes ses affaires. Cette fois leur histoire était vraiment terminée et, quand il l'aurait compris, elle le connaissait assez pour savoir qu'il était capable de tout, y compris de découper ses vêtements en petits morceaux et même de brûler tous ses meubles.

Elle s'était donc dit qu'elle prendrait le taureau par les cornes quand il rentrerait du boulot et qu'elle lui annoncerait la nouvelle. Elle lui dirait en face et sans tergiverser comment allaient se dérouler les prochains jours. Elle lui dirait qu'il pouvait dormir dans le salon ou bien où il voudrait du moment que ce n'était pas dans son lit. Elle lui expliquerait qu'ils devaient avoir le moins de contacts possible jusqu'à son départ, que la cuisine était à elle à l'heure du petit déjeuner et qu'il pourrait en disposer à sa guise le restant de la journée et le soir.

Mais il n'était pas rentré à dix-sept heures comme il en avait l'habitude. Il était bientôt vingt et une heures et il n'était toujours pas là, ce qui signifiait certainement qu'il noyait sa mauvaise conscience au Pallas. Dans un sens, elle était soulagée d'échapper à une discussion ce soir et n'avait nullement l'intention d'attendre qu'il rentre, ivre et répugnant. Elle allait enfin pouvoir profiter d'une bonne nuit de sommeil, et demain matin elle partirait avant son réveil.

Elle avait tout prévu. La lettre dans laquelle elle avait exprimé tout ce qu'elle voulait lui dire. Elle avait écrit gros, pour qu'il puisse lire même s'il voyait double. Elle avait sorti de la chambre ses vêtements et objets personnels et les avait posés bien proprement sur le fauteuil du salon pour qu'il n'ait aucune excuse pour débouler dans la nuit. Elle avait préparé son propre petit déjeuner qui l'attendait dans le réfrigérateur, ainsi qu'une Thermos de café chaud.

Et pour bien mettre les points sur les i, elle avait laissé une lampe allumée de façon qu'elle éclaire sa lettre. Ensuite, elle était allée de coucher et avait programmé le réveil de son portable à cinq heures trente.

Vingt minutes plus tard, Hampus était rentré, mais Lilja dormait déjà trop profondément pour percevoir autre chose que ses propres rêves. Même l'écran de son mobile qui s'alluma une heure plus tard dans un signal indiquant l'arrivée d'un SMS ne parvint pas à la réveiller.

Bientôt tu vas pleurer du sang petite pute juive. Très bientôt...

77

Fabian enfila la manique et sortit les lasagnes du four. « Tu peux monter dire à maman et à Theo que le dîner est prêt, Matilda ?

— Mmm… », répliqua Matilda qui boudait parce qu'il avait espionné leur séance de spiritisme.

Lui qui ne croyait pas aux esprits avait malgré tout tenté de la convaincre que Greta se fichait éperdument de sa présence et que sa phrase *Tout ce que vous croyez savoir est faux* était sa manière à elle de leur dire soit qu'elles avaient mal interprété son message du mois dernier, soit que c'était elle qui s'était trompée, et que quoi qu'il en soit elle n'avait aucune raison de s'inquiéter.

Mais elle n'avait pas cru en ses arguments, et pour être honnête, il n'était pas sûr d'y croire lui-même. Mais il devait avouer que tout cela était quand même bizarre.

Tout ce que vous croyez savoir est faux.

L'explication selon laquelle il s'agissait d'une suite de lettres aléatoires ne collait pas non plus. Mais si ce n'était pas ça, c'était quoi ?

Qu'est-ce qu'on mange ?

Il lut le SMS de Theodor et répondit : *Des lasagnes*, et il ajouta : *Viens, on va se régaler. Et passer un bon moment tous ensemble* ☺

« Allez, Matilda, va prévenir maman que c'est prêt.

— Oh, t'es lourd. Tu ne veux pas te détendre un peu ?

— Je suis parfaitement détendu, mais le dîner est en train de refroidir. »

Sans moi. Je descendrai me faire un sandwich plus tard.

Le SMS était tellement typique de Theo. Un haussement d'épaules nonchalant pour montrer qu'il n'en avait rien à foutre.

Non, Theo, ça ne marche pas comme ça. Il tapa à toute vitesse. *Tu vas descendre tout de suite et tu vas venir dîner avec ta famille.*

« Si tu tiens tellement à ce que maman descende, tu n'as qu'à monter la chercher », suggéra Matilda.

Dans tes rêves, répondait Theodor sur son téléphone. *P-S : Tu ne crois pas que c'est un peu tard pour jouer les pères autoritaires ?*

Fabian se rua hors de la cuisine, monta l'escalier quatre à quatre et ouvrit brusquement la porte de la chambre de son fils. « Tu te prends pour qui ? » rugit-il en fonçant sur Theodor qui fumait tranquillement devant la fenêtre ouverte, les fesses sur le coin de son bureau. « Et qu'est-ce qu'on avait dit sur le fait de fumer ? » Il lui arracha la cigarette de la bouche et l'écrasa sur le bureau.

« Et qu'est-ce qu'on avait dit sur le fait de frapper ? » Theodor souffla un nuage de fumée comme si son père n'avait pas été dans la pièce.

« Tu crois que je ne sais pas ce que tu es en train de faire ? Hein ? Tu ne crois pas que je vois clair dans ton petit jeu, depuis que tu sais que tu as ta mère de ton côté ? »

Theodor soupira.

« Tu sembles croire que sous prétexte que ta mère n'a pas le courage d'affronter les choses tu peux te permettre de faire n'importe quoi. Mais c'est fini, tout ça.

— Qu'est-ce qui est fini ? De quoi tu parles ?

— De ça ! aboya Fabian en écartant les bras. De tout ça ! De passer tes journées enfermé dans ta chambre sans rien faire d'autre que jouer à tes jeux vidéo, bouffer des chips et grossir à vue d'œil. De ne même pas chercher à cacher le fait que tu fumes. De la puanteur de cette porcherie que j'hésite à appeler ta chambre. Je parle de toi, Theo ! De toi et de ce pathétique personnage de victime que tu affiches depuis quelque temps !

— OK, je vois. C'est bon, tu as terminé ?

— Non, je n'ai pas terminé. Loin de là. Et je te prie de me regarder quand je te parle. » Il saisit le menton de Theodor et l'obligea à le regarder en face. « Parce qu'il y a des limites, figure-toi. Et ces limites, il y a longtemps que tu les as dépassées. Et maintenant j'en ai assez.

— Dommage pour toi.

— Et pour toi, aussi. Surtout pour toi. Parce qu'à partir de maintenant tu vas devoir assumer les conséquences de tes choix.

— Hein ? De quels choix ? Le problème, c'est justement que je n'ai jamais eu le choix !

— On a toujours le choix. Et toi, tu as choisi de mettre un sweat à capuche et de devenir l'un d'eux au lieu de venir me demander mon aide.

— Te demander ton aide à toi ?

— Oui, à moi ! Parce que si tu l'avais fait, nous les aurions peut-être arrêtés avant qu'ils tuent quelqu'un d'autre.

— À qui tu espères faire croire ça ? » Theodor s'arracha à l'emprise de Fabian. « Comme si une fois dans ma vie j'avais pu espérer de l'aide de ta part. »

Fabian respira profondément pour essayer de retrouver un semblant de calme. « C'est probablement très naïf de ma part, mais j'ai toujours pensé que tu savais que tu pouvais compter sur moi. Et j'avoue que c'est dur d'apprendre aujourd'hui que je me trompais. Que je n'ai pas fait ce qu'il fallait pour gagner ta confiance. Mais contrairement à toi, je suis capable de l'entendre sans éprouver le besoin de rejeter la faute sur les autres. Capable d'admettre que ce sont mes choix qui ont conduit à cela. Et je t'assure que si dans la vie il existait une touche Rewind, je ferais tout pour revenir en arrière et faire en sorte qu'il en soit autrement. En revanche, je peux encore faire des choix en ce qui concerne l'avenir. Et le premier que je fais est d'être un meilleur père, plus présent pour ma famille. C'est peut-être déjà trop tard. Mais mieux vaut tard que jamais. C'est pour ça que j'insiste autant pour que nous dînions tous ensemble. C'est pour ça que je suis ici, maintenant, alors que tu voudrais que je m'en aille et que l'odeur de ta chambre me retourne l'estomac. Je fais également le choix de refuser de te voir sombrer de jour en jour dans la dépression.

— Quand on est en dépression, on est en dépression, dit Theodor avec un haussement d'épaules. Je ne peux pas simplement choisir de ne plus l'être.

— Non, mais tu peux choisir de l'affronter, au lieu de faire comme si elle n'existait pas.

— Ah bon ! Et comment ?

— Tu pourrais commencer par te débarrasser de ce que tu as sur le cœur et dire la vérité. »

Theodor avait de plus en plus de mal à avaler la boule qui lui serrait la gorge.

« Et après ? Quand j'aurai dit la vérité ? » dit-il d'une voix si fragile qu'elle semblait pouvoir se briser à chaque instant. « Qu'est-ce qui va m'arriver ? »

Fabian pesa ses mots, mais il n'eut pas le temps de les prononcer.

« Personne ne peut savoir de quoi sera fait demain et prévoir avec certitude ce qui va se passer. »

Fabian se retourna. Sonja venait d'entrer dans la pièce.

« Ce que ton père essaye de te dire, c'est que tu ne peux pas faire autrement.

— Mais tu m'avais dit que je n'étais pas obligé si je n'en avais pas envie. Que j'étais libre de choisir si je voulais…

— Je sais que je t'ai dit ça. Mais ça fait deux jours maintenant que je suis enfermée dans ma chambre à réfléchir à cette question. Et je suis parvenue à la conclusion que papa a raison. Qu'on le veuille ou non, ces choses sont arrivées et on ne peut pas faire comme si ce n'était pas le cas. Elles continueront à te hanter jusqu'à ce que tu les regardes en face, une fois pour toutes. »

Pour la première fois depuis très longtemps, Sonja et lui étaient d'accord, et il serra sa main en un geste de reconnaissance muette.

Le regard de Theodor allait de l'un à l'autre tandis qu'il s'évertuait à lutter contre les larmes qui lui serraient la gorge. Le silence s'installa. Un silence que ni Fabian ni Sonja ne voulaient prendre le risque de rompre par un commentaire maladroit.

Les pensées avec lesquelles leur fils se débattait étaient si pénibles qu'il semblait être sur le point de s'écrouler. Mais au lieu de ça, il sécha ses yeux et hocha la tête. « D'accord, alors je suppose qu'on va faire comme ça, dit-il. On ira demain et maintenant on va aller dîner. Mais d'abord je vais prendre une douche. »

Fabian avait envie de serrer son fils dans ses bras et de lui apporter une parole de soutien du genre *Tout va bien se passer*, mais tout ce qui vint fut un sourire et un hochement de tête.

78

Bien que totalement épuisée au moment d'aller se coucher, Lilja était convaincue qu'elle se réveillerait à la seconde où Hampus insérerait sa clé dans la serrure et ouvrirait la porte d'entrée. Et qu'ensuite elle resterait éveillée à écouter chacun des pas qu'il ferait de l'autre côté de la porte de la chambre.

Se déplacer en silence n'était pas son principal talent. Surtout quand il rentrait d'une soirée arrosée au Pallas. Ces jours-là, il lui faisait penser à un blaireau qui a trouvé l'entrée du local poubelle.

Mais cette fois elle n'avait rien entendu, peut-être encore plus fatiguée qu'elle le pensait. Ou alors il s'était donné tellement de mal pour ne pas la réveiller qu'il y était parvenu. Auquel cas elle mettrait cela sur le compte de son sentiment de culpabilité. Un sentiment qui s'effacerait aussitôt qu'il aurait dessaoulé.

Mais à présent, elle était réveillée... Ou pas ? Était-elle toujours en train de dormir ?

Elle tendit la main vers le portable sur la table de nuit pour vérifier l'heure, mais ne parvint pas à l'attraper, comme si on avait éloigné la table de nuit. Ou alors c'était son bras qu'elle n'arrivait pas à bouger ? Difficile à dire.

En tout cas elle avait mal, aux poignets, aux chevilles, et à la bouche, aussi étrange que cela puisse paraître. Comme si elle était attachée. Mais elle n'était pas attachée. Enfin, pour autant qu'elle puisse en juger. Et puis qu'est-ce que c'était que cette odeur ? Elle était si forte et si prégnante qu'elle lui faisait tourner la tête. Elle avait de plus en plus de mal à fixer le regard sur quelque chose.

Ça devait être cette odeur qui l'avait réveillée. Qu'est-ce qu'il fabriquait ? Elle essaya de se lever mais n'en eut pas la force, comme si quelqu'un l'en empêchait.

Puis elle entendit un rire. Ou plutôt des ricanements et des chuchotements. Et ce chuintement aussi. Mais… qu'est-ce que c'était que ce bordel ? Soudain elle comprit.

L'odeur qu'elle sentait était de la peinture en bombe.

Mais pourquoi ?

Elle tenta à nouveau de se lever mais parvint seulement à redresser la tête, assez pour voir Hampus et deux de ses camarades en train de tracer une énorme croix gammée sur un mur de la chambre. Elle voulut leur crier d'arrêter, mais n'émit qu'un gargouillement indistinct.

Alors l'un des deux types se retourna et la montra du doigt. « Regardez, les gars, elle est réveillée ! »

Hampus se tourna vers elle, la bombe à la main, et rit. La chique de tabac glissa de sous sa lèvre supérieure et vint se coller sur ses incisives, donnant l'impression qu'il lui en manquait une. « Salut bébé ! Papa est rentré ! » Puis, avec un signe du menton vers le svastika : « Tu as vu ? C'est joli, non ? Je me suis dit : Et merde ! Autant y aller carrément, on verra bien si avec ça on arrive à la vendre cette maison. »

« Hé, Hampus ! Elles sont où tes chiottes ?

— Là, dans le coin, t'as de la merde dans les yeux ou quoi ? » rétorqua Hampus en recommençant à asperger le mur de peinture rouge pendant que son pote baissait sa braguette en s'esclaffant et se mettait à pisser de haut en bas dans l'angle de la pièce.

Cette fois, il avait vraiment pété un plomb. Elle leur cria à nouveau d'arrêter, mais tout ce qui sortait de sa bouche, c'était de la salive.

« Dites, vous n'avez pas entendu quelqu'un couiner là-bas ? demanda Hampus en la regardant, la main en entonnoir autour de son oreille. Ah, non, pardon, j'ai dû me gourer. Eh ben alors ? On ne t'entend plus ?! Qu'est-ce qui t'arrive, toi qui es la première à ramener ta gueule d'habitude, avec tes foutus arguments politiquement corrects, toi qui veux toujours avoir raison. Tu fais moins la maligne, là, hein ? Elle est passée où la petite dure à cuire qui ne se laisse pas intimider, hein ? Eh bien, tu sais quoi, je te trouve presque mignonne couchée là, en train de marmonner dans ta barbe et de te demander ce qui t'arrive. » Il grimpa sur le lit et se mit à califourchon sur elle. « Tu crois que tu vas te débarrasser de moi comme ça ? Qu'il suffit de m'écrire une petite lettre, et hop, terminé, fin de l'histoire ? Ce n'est pas aussi simple ! Si tu t'imagines que je vais te laisser t'envoyer en l'air avec ce Fabian Risk ou je ne sais qui d'autre… » Il secoua le spray et écarta la couverture. « Eh bien tu te trompes, ma petite, car tu es à moi ! » Il commença à tagger son pyjama. D'abord deux grands cercles rouges autour des seins avec un point au centre. « Tiens, toi qui refuses de te maquiller, à part quand tu t'es fait un peu secouer bien sûr. Regarde comme ça te va bien, un peu de couleur. » Hampus continua à l'asperger en descendant le long de son torse.

Elle essaya de se dégager, mais dut se résoudre à le regarder tandis qu'il lui dessinait un nombril, une taille plus fine et des hanches débordant largement sur le drap en dessous.

« Tu es super bandante, putain ! Hé les gars, venez voir ! » continua-t-il en lui dessinant une vulve sur le bas-ventre.

L'un des deux autres se plaça derrière sa tête. « Waouh, quel canon ! » Il se pencha et lui pinça les tétons à lui faire mal.

Hampus jeta la bouteille de spray par terre. « Ça donnerait presque envie de s'amuser un peu. » Il attrapa les pans de sa veste de pyjama et les écarta brusquement, faisant voler les boutons, qu'elle entendit cliqueter sur le sol.

Elle avait renoncé à crier et ferma les yeux en espérant que le cauchemar serait bientôt terminé. Malheureusement, cela ne semblait pas être le programme prévu. Elle sentit qu'il lui arrachait son pantalon de pyjama et passait la main à l'intérieur de ses cuisses. Rien de tout cela n'arrive réellement, se dit-elle parce que c'était sa seule planche de salut.

Hampus avait un côté sombre, elle le savait, mais ce qu'il était en train de faire là était d'un tout autre registre. Ça ne pouvait pas être vrai. Quand elle sentit qu'il lui enfonçait son doigt dans le vagin, elle comprit qu'elle pouvait abandonner tout espoir.

« Elle se réveille », dit tout à coup une voix qui n'était ni celle de Hampus ni celle des deux autres types, et alors elle prit conscience de la situation.

« On lui en remet une dose ? » dit quelqu'un.

C'était un rêve. Ce n'était pas Hampus et ses potes qui étaient dans sa chambre. En réalité, elle venait juste de se réveiller, mais l'enfer dans lequel elle débarquait était pire que celui du rêve, si une telle chose était possible.

« Non, dit un autre. On a pratiquement terminé. »

Bien qu'elle n'en ait aucune envie, elle ouvrit les yeux, pour constater qu'en effet ce n'était pas Hampus qui était assis à califourchon sur elle en train de renifler le doigt qu'il venait d'enfoncer dans son sexe. C'était Adolf Hitler, ou plutôt quelqu'un qui portait un masque d'Adolf Hitler sur le visage. Un homme barbu avec des cheveux longs et un gilet en jean élimé laissant voir le tatouage de Terminator qui grimpait sur son cou.

« Qu'est-ce que vous dites ? » demanda un deuxième Hitler penché sur elle et qui lui broyait les seins d'une main à laquelle il manquait le majeur. « Il ne serait pas bientôt temps de la dépuceler, cette petite pute juive ?

— Si, mais pas cette fois-ci, dit un troisième homme qui se trouvait hors de son champ de vision. On en garde un peu pour la prochaine fois.

— À bientôt, poupée », ricana le type qui la chevauchait. Puis il descendit du lit et ils s'en allèrent, lui et ses deux compères.

Lilja resta là, immobile, à regarder les croix gammées taguées partout sur les murs.

79

En attendant que Theodor ait fini de prendre sa douche, Fabian remit les lasagnes au four. Matilda, Sonja et lui se mirent à table et parlèrent de tout et de rien. Sonja rit plusieurs fois à quelque chose qu'avait dit Matilda et lui-même se hasarda une ou deux fois à sourire. Mais ils venaient de loin ces sourires et Fabian se demanda s'ils ne ressemblaient pas plutôt à des grimaces.

Il aurait dû se sentir soulagé. Sonja et lui étaient enfin d'accord, ensemble ils avaient réussi à convaincre Theodor de prendre la bonne décision. Fabian était certain que la meilleure chose à faire était de se rendre à Helsingør pour se présenter devant le procureur danois. Mais l'angoisse de ce qui se passerait ensuite lui tordait l'estomac. Et de manière plus immédiate, son inquiétude venait aussi du fait qu'ils attendaient Theodor depuis un quart d'heure, alors qu'il ne connaissait personne qui soit capable de se doucher aussi vite que ce garçon.

« Je monte voir où il en est, dit-il en se levant de table. Commencez si vous voulez.

— Ah non, maintenant on attend d'être tous ensemble », dit Sonja en se versant un verre de vin.

Debout devant la porte de la salle de bains, il écouta l'eau de la douche qui coulait, de l'autre côté.

Était-ce de là que venait son inquiétude ? Non, il n'y avait pas pensé avant, mais il ne fut pas surpris. L'eau coulait en effet, mais dans un bruit qui le glaça.

Était-ce sa faute ? Avait-il trop insisté ? Theodor avait-il raison en prétendant que c'était déjà trop tard ? Les questions sans réponse envahissaient son esprit tandis qu'il sortait une pièce de sa poche, forçait le verrou et entrait dans la salle de bains. Peut-être aurait-il dû se ranger à l'avis de Sonja, ne pas insister.

L'eau glacée qui n'avait pu s'échapper par le trop-plein bouché avait débordé sur le sol de la salle de bains et mouillait ses chaussettes. Mais c'était là le moindre de ses soucis tandis qu'il passait le bras au travers du jet, coupait l'eau et s'approchait de la fenêtre ouverte.

C'était beaucoup trop haut pour qu'il ait sauté. Il avait dû descendre par la gouttière, accessible de la fenêtre. En revanche, se demander où il était allé ensuite offrait une multitude de réponses possibles.

La porte de la remise était entrouverte, ce qui signifiait qu'il avait pris le vélo et était déjà assez loin pour qu'il fût impossible de le retrouver si telle était son intention. Cette idée lui coupa littéralement les jambes et Fabian dut s'appuyer au lavabo pour ne pas perdre l'équilibre.

Mais ce n'était pas le moment de craquer. C'était même la dernière chose à faire. Car à chaque minute qui passait, son fils s'éloignait de deux cent cinquante mètres supplémentaires. La peine et l'introspection devraient attendre s'il voulait avoir la moindre chance de le rattraper.

Il se précipita hors de la salle de bains et dévala l'escalier. « Theo s'est enfui, cria-t-il. Mangez sans moi. Je vous appelle dès que j'ai des nouvelles ! » Sonja cria quelque chose derrière lui, mais il ne l'entendit pas, déjà dehors et se ruant sur sa voiture garée sur le trottoir d'en face.

Ses mains tremblaient si fort qu'il dut se servir des deux pour insérer la clé dans le contact et démarrer, sans la moindre idée de la direction qu'il allait prendre.

Theodor n'avait pas d'amis chez qui débarquer à l'improviste, n'ayant pas réussi à se faire un seul bon copain depuis qu'ils étaient venus s'installer ici. Il était donc inutile d'entamer les recherches dans le quartier ou à proximité de l'école.

Le plus plausible était qu'il soit parti vers le sud, en direction du centre-ville. Mais pour ça, il aurait fallu qu'il y connaisse quelqu'un. Ou alors, il avait essayé de prendre le train, ou un ferry vers le Danemark.

Mais s'enfuir du pays coûtait de l'argent et exigeait un plan, et à sa connaissance Theodor n'avait ni l'un ni l'autre. Il n'avait pas préparé sa fugue. Il était parti sur un coup de tête, bouleversé, guidé uniquement par la peur de ce qui l'attendait dans le box des témoins. Et s'il y avait un endroit où il n'avait sûrement pas envie d'être en ce moment, c'était le Danemark.

Alors Fabian partit dans la direction opposée, c'est-à-dire vers Pålsjö, en s'efforçant de chasser les idées qui l'avaient obsédé ces dernières heures et qui menaçaient à présent de l'empêcher de se concentrer sur l'essentiel.

Il tourna à droite dans la rue Johan Banér puis à gauche pour s'engager sur Romaresväg avec la forêt de Pålsjö sur sa gauche.

Il n'avait jamais voulu croire au surnaturel. Il refusait d'imaginer qu'il pût exister, de l'autre côté, des esprits capables de renseigner les vivants sur leur avenir, et qu'il suffisait d'une planche avec des lettres pour communiquer avec eux. Pour lui, l'avenir n'avait jamais été autre chose que le résultat d'une somme de réactions en chaîne, d'événements dont chaque conséquence entraînait la suivante.

Sans bien savoir pourquoi, arrivé au rond-point, il tourna à gauche dans la rue Crister Boije, dépassa le crématorium et ses douves et pénétra dans la forêt de Pålsjö dont la végétation dense occultait la clarté de la nuit estivale.

Matilda avait réussi à lui communiquer ses peurs. Elles étaient devenues réelles, il n'y avait aucun doute là-dessus. Et apparemment, elles habitaient sa fille depuis plus d'un mois même si elle les avait tues jusqu'à ce qu'elle prenne une balle dans le ventre et tombe dans le coma. Mais dès son réveil à l'hôpital, après toutes les opérations qu'elle avait dû subir, c'était la première chose dont elle avait parlé.

Si elle avait survécu, alors quel était le membre de sa famille qui devait mourir ?

La piste cyclable passait un peu à l'intérieur de la forêt, du côté droit de la route, mais il ne voyait ni lumières de bicyclette ni aucun autre signe lui indiquant qu'il était sur la bonne piste.

La science, la logique, le bon sens le plus élémentaire lui disaient qu'il devait repousser cette idée. Mais malgré toute sa bonne volonté, il ne pouvait ignorer le fil rouge qui avait traversé toute la vie de Theodor depuis ses premières années d'école jusqu'à ce jour.

Tout ce dont Fabian avait besoin pour comprendre et expliquer la situation dans laquelle son fils se trouvait aujourd'hui était dans son parcours. C'étaient les choix qu'il avait faits et les événements en ayant découlé qui l'avaient conduit dans cette impasse dont il ne savait plus comment sortir.

Que le surnaturel existe ou pas, quelle importance ?

Si on lui avait posé la question, il n'aurait pas été capable de répondre. Aucune raison particulière, aucune pensée rationnelle ne le poussa à enfoncer la pédale de frein si fort que les pneus hurlèrent sur l'asphalte, à faire ce tête-à-queue et à revenir sur ses pas sur une centaine de mètres, pour prendre le chemin de terre sur sa droite et s'enfoncer dans la forêt. La seule chose dont il était sûr, c'était qu'il était jusque-là dans la mauvaise direction et qu'à présent il avait pris la bonne.

Il passa pied au plancher devant le Pålsjöpaviljon, ce salon de thé qui malgré son emplacement improbable au milieu des bois ne désemplissait pas et attirait les amateurs de gaufres à la moindre apparition du soleil. Il y avait emmené Theodor à trois reprises et, chaque fois, il leur avait fallu patienter pour avoir une table. L'endroit était désert. Pas de client, pas de personnel, pas de Theodor.

Pourtant, Fabian n'avait pas le moindre doute. C'était comme s'il savait, sans aucun moyen de savoir.

Cinquante mètres plus loin, il tourna à gauche, et après avoir parcouru quelques centaines de mètres supplémentaires, il arriva au pont qui franchit la voie ferrée.

Il était aussi désert que le salon de thé. La fraîcheur nocturne couvrait d'une nappe de brouillard le fossé au fond duquel couraient les deux voies dix mètres plus bas, les rendant invisibles. Fabian ne parvenait même pas à voir l'autre côté de la passerelle. La brume était si épaisse que ce ne fut qu'en arrivant au milieu du pont qu'il aperçut le vélo de Theodor couché sur le trottoir.

Il était au bon endroit, mais était-il arrivé à temps ? À vélo, Theodor n'avait eu qu'à rouler tout droit, dans le prolongement de Pålsjögatan, alors qu'en voiture Fabian avait dû contourner le bois.

« Theodor ! cria-t-il dans le brouillard. Theodor, tu es là ? » Mais tout ce qu'il entendit, ce fut l'écho désespéré de sa voix allant s'affaiblissant à mesure qu'elle s'éloignait. C'était comme écouter son propre désespoir en réalisant que ses pires craintes étaient devenues réalité.

Soudain, il eut l'impression de percevoir un mouvement derrière lui. Il se retourna, mais le brouillard était si épais qu'il ne vit qu'une ombre diffuse dans la pénombre. Il était certain d'avoir vu quelque chose. Comme une forme flottant dans le vide à un mètre ou deux de la passerelle.

Il s'approcha de la rambarde, qui était surmontée d'un grillage assez haut, lui-même surmonté par un pan incliné d'une cinquantaine de centimètres, conçu sans doute pour dissuader d'éventuels candidats au suicide. Un dispositif qui n'avait manifestement pas arrêté son fils. Car c'était bien lui qu'il avait aperçu. Ou plus exactement son ombre.

En baissant les yeux, il distingua un avant-toit qui surplombait la voie de chemin de fer, et il commença à comprendre. Theodor était assis au bord de cet auvent en tôle ondulée, qui n'avait certainement pas été prévu pour supporter le poids d'un être humain. Heureusement, la tôle n'avait pas l'air de ployer sous les kilos superflus de Theodor.

Les nappes de brouillard se dissipèrent suffisamment pour que Fabian puisse le voir clairement, assis tout au bord, attendant le passage du prochain train.

« Theodor, dit-il en s'efforçant de ne pas laisser sa panique altérer sa voix. Theodor, mon fils que j'aime. Est-ce que tu veux bien revenir ici pour qu'on en parle ?

— Il n'y a rien de plus à dire. Rentre t'occuper de ta famille et laisse-moi faire ce que j'ai à faire.

— C'est toi, ma famille. Tu… Allez, s'il te plaît, viens.

— Je suis un monstre, voilà ce que je suis. Un putain de monstre.

— C'est faux, Theo, tu ne sais pas ce que tu dis… » Il fut interrompu par un bruit qu'il connaissait par cœur pour l'avoir entendu tous les jours à l'époque où il habitait à Stockholm. Il avait fini par y être si habitué qu'il ne l'entendait presque plus. Mais là, il avait suffi d'une imperceptible vibration dans le rail pour que la panique s'empare de lui.

« Reviens ici, je t'en prie ! » Il ne savait pas exactement à quelle distance se trouvait le train. C'était une question de minutes comme de secondes. « Theo, je t'en supplie ! hurlat-il. Reviens avant qu'il ne soit trop tard ! »

Theodor ne daigna ni répondre ni se tourner vers lui. Il restait là, immobile, les yeux perdus dans le brouillard, loin à l'intérieur de lui-même.

Que ce soit la panique qui l'ait poussé à agir ou le refus de laisser la prédiction de Greta se réaliser était sans importance. Il n'avait tout simplement pas le choix.

Il ne pouvait pas rester là, impuissant, à regarder son fils se tuer.

Monter sur la barrière ne fut pas un problème, même si l'angle incliné au sommet s'avéra plus difficile à franchir que prévu.

« Theodor, écoute-moi ! cria-t-il tandis que la vibration du rail se muait en un hurlement. Tu n'as pas réellement envie de faire ça. » Une main accrochée à l'ancien parapet en bois qui se trouvait à l'extérieur de la clôture métallique plus haute, un pied au bord du pont, il posa le deuxième aussi loin qu'il put sur l'auvent. « Tu n'es pas un lâche. Tu es un géant, tu m'entends ? Tu es un géant, mon fils ! Et tu l'as toujours été. » Il déplaça le poids de son corps sur son pied extérieur, aussi loin qu'il l'osait. « Tu vas t'en sortir. Je sais que tu vas t'en sortir ! »

Le craquement disparut dans le hurlement des rails. Mais il n'avait pas besoin de l'entendre pour comprendre que la plaque en tôle ondulée était en train de céder sous son poids.

« Putain, Theodor ! » rugit-il. Et enfin, Theodor se retourna et tendit la main vers lui.

Une seconde plus tard, le train arrivait et tout alla si vite qu'il n'en retint que quelques flashs très brefs. Par exemple le roulement du train qui n'en finissait pas. L'auvent qui craquait à nouveau et penchait dangereusement. Theodor qui s'accrochait à lui pour ne pas glisser et tomber. Son cri.

Ce dont il ne se souviendrait pas en revanche, ce serait le hurlement de peur primale que lui-même poussa à l'instant où il sentit la main de Theodor dans la sienne. Il ne saurait jamais expliquer comment elle arriva là, ni comment il réussit à la garder dans la sienne alors que la plaque de tôle sous eux avait disparu. Il ne pourrait pas raconter ce qui se passa ensuite, à part qu'ils se retrouvèrent finalement tous les deux sur le pont, serrés dans les bras l'un de l'autre.

Trop épuisés pour parler.

Pour pleurer.

Pour penser.

Peut-être s'endormirent-ils.

Peut-être pas.

80

Fabian était en voiture, Theodor endormi à côté de lui, quand son portable creva le silence pour la troisième fois. C'était Sonja à nouveau, bien sûr. Il comprenait très bien qu'elle soit morte d'inquiétude, le problème étant qu'il ne savait que lui dire, ni comment il pourrait un jour mettre des mots sur ce que Theodor et lui venaient de vivre.

Elle avait sans doute ressenti la même chose au moment des événements qui s'étaient produits un mois auparavant. Peut-être les choses auxquelles l'exposait l'homme qui partageait sa vie étaient-elles au-delà des mots. Il savait en tout cas qu'il ne prendrait pas le risque de lui poser la question. Jamais.

Quand la sonnerie de son mobile retentit pour la quatrième fois, il n'eut d'autre choix que de répondre. « Allô, dit-il tout bas pour ne pas réveiller Theodor. Excuse-moi de ne pas t'avoir appelée, Sonja, mais…

— *Sonja ?* l'interrompit une femme à l'autre bout de la ligne. *Hum… Joli nom. Malheureusement, ce n'est pas le mien.*

— Ah, pardon, puis-je vous demander le vôtre ?

— *Bien sûr, je peux vous donner le mien et je peux même vous en donner plusieurs. Mais ils ne vous serviront pas à grand-chose sachant que nous n'avons pas fait de présentations en règle le jour où nous nous sommes rencontrés. Alors je vais vous donner un petit indice, plutôt. As de cœur.*

— As de pique, répliqua Fabian qui venait de reconnaître la voix de la femme du club échangiste.

— *Pas mal. Impressionnant, même. Vous êtes moins bête que vous n'en avez l'air, finalement.*

— Pardon, mais que puis-je faire pour vous ? Il est onze heures et demie du soir et…

— *Ooh, je suis désolée. Je ne pensais pas que vous aviez déjà enfilé le pyjama et éteint la lampe. Je pensais qu'on avait une vie plus trépidante dans la police.*

— Que me vaut votre appel ?

— *Vous allez commencer par me féliciter d'être une bonne citoyenne qui s'est donné la peine de poser quelques questions ici et là pour vous être agréable.*

— Poser des questions à quel sujet ?

— *Je crains que vous ne soyez un peu fatigué et que vous n'ayez besoin de vos heures de sommeil, mais dans le cas contraire je vous conseille de vous bouger les fesses et de traverser le détroit fissa, vu que les bruits courent que Columbus en personne a l'intention d'honorer de sa présence une petite manifestation privée, cette nuit même, à Snekkersten, au Danemark.* »

81

Quand elle entendit la porte s'ouvrir et Ingvar entrer dans la chambre à coucher, elle s'empressa de fermer les yeux. Il y avait des heures qu'elle cherchait le sommeil, couchée à l'extrémité de son côté du lit.

Pour cacher les diodes bleues qui brillaient dans le noir, elle avait enroulé autour du réveil une serviette prise dans le tiroir, où elle les rangeait en prévision des nuits où Ingvar avait décidé de l'honorer. Mais elle n'avait pas besoin de voir l'heure pour savoir qu'elle avait veillé la moitié de la nuit.

Il y avait plus de vingt-quatre heures qu'elle avait eu cette conversation avec Ingvar, et cette journée avait été la pire de son existence depuis le jour où son père avait trouvé la mort dans ce tragique accident, dans sa maison de campagne.

Soudain, les pièces du puzzle s'étaient mises en place, les unes après les autres. Toutes ces nuits où il n'était pas rentré, en mettant cela sur le compte de son travail alors qu'il n'avait aucune enquête en cours. Son humeur en dents de scie. Ses crises de rage inexplicables. Hugo Elvin et ses insinuations. Toutes ces questions indiscrètes qu'il posait à la moindre occasion. Des questions qu'aujourd'hui elle ne mettait plus sur le compte de sa consommation d'alcool.

Elle n'avait pas du tout été victime d'un empoisonnement alimentaire au café Einstein Stammhaus. C'était Ingvar qui l'avait droguée. Ensuite, il l'avait anesthésiée dans la chambre d'hôtel. Son propre mari. Elle avait du mal à le croire, mais c'était la seule explication logique. Il ne l'avait pas invitée à Berlin pour célébrer leur anniversaire de mariage, mais pour se fabriquer un alibi. L'alibi que son collègue Fabian essayait de démonter, le jour où il était venu l'interroger dans le cadre de son enquête sur la mort d'Inga, la femme de Reidar. Une enquête qui avait comme par hasard été rouverte sans qu'Ingvar en soit informé.

Tout cela l'avait plongée dans un tel cauchemar qu'après la soirée fondue elle était restée dans la cuisine et avait passé plus d'une heure à laver la vaisselle. La cuisine était l'endroit de la maison où elle se sentait le plus rassurée. C'était son domaine, contrairement à la chambre qui, pour une raison ou pour une autre, était son domaine à lui. Pourtant c'était elle qui y passait le plus de temps, allongée sur le lit, à lire ou à écouter la radio.

Elle faisait toujours semblant de dormir quand Ingvar passait le pas de la porte, dans l'espoir qu'il lui ficherait la paix. La plupart du temps, il la laissait tranquille, et quand ce n'était pas le cas, elle avait appris à faire semblant. Mais cette fois, elle avait beau essayer, elle ne parvenait pas à simuler cette respiration lente qui ressemble au sommeil, alors qu'elle se sentait parfaitement épuisée, après bientôt deux nuits blanches.

Elle avait passé toute la journée à nettoyer la maison du sol au plafond, alors qu'il y avait trois jours seulement qu'elle avait fait un grand ménage. Elle avait lavé et repassé les rideaux du séjour, dépoussiéré toute sa collection de hiboux en cristal et rangé tous les placards de la cuisine. Chaque tâche plus superflue que la précédente dans une tentative désespérée de trouver un plan d'attaque. Fallait-il appeler la police et le faire arrêter, ou se contenter de le quitter et de fuir le plus loin possible ?

Mais elle ne savait pas comment réagirait la police en apprenant qu'elle n'avait aucune preuve concrète, ni où s'enfuir pour être sûre qu'il ne la retrouverait pas. À mesure qu'elle prenait conscience de l'impasse dans laquelle elle se trouvait, la panique prenait le dessus sur ses résolutions. Elle avait tellement peur de ce qu'il lui ferait, quand il comprendrait qu'elle savait, qu'elle avait passé la journée le plumeau à la main, le sang pulsant dans ses veines tel un cheval au galop. Et encore maintenant, elle sentait que son pouls était bien trop rapide.

Était-ce pour cela qu'il s'était approché du lit et avait tiré sur la couette, dans laquelle elle s'était enveloppée avec l'espoir qu'il ne la toucherait pas.

« Eh ! Tu es réveillée ? » Il se pencha sur elle, si près qu'elle sentit son haleine de dentifrice et de fil à dents, un autre signe évident de ses intentions.

Elle avait envie d'éclater en sanglots ou de crier très fort. Mais il ne fallait pas. Pas maintenant. Plus tard. Quand tout serait terminé. Mais le serait-ce un jour ? Quoi qu'elle fasse elle allait devoir vivre avec tout cela le restant de ses jours. Le divorce, la prison à perpétuité. Elle allait devoir changer de nom. Jamais elle ne pourrait revenir en arrière.

« Bonsoir, ma petite Gertrud… Papa est là… »

Qu'elle le veuille ou non, elle était arrivée au point de non-retour. Plus jamais elle ne pourrait vivre insouciante et prétendre qu'elle ne savait pas, que tout allait pour le mieux dans le meilleur des mondes. Le fait de savoir avait littéralement ouvert un précipice sous ses pieds, dans lequel elle n'en finissait plus de tomber.

L'idée de ce qu'il avait fait subir à Inga Dahlberg la terrifiait. Elle avait du mal à imaginer un pire calvaire. Quand cela avait-il commencé ? Quel était ce monstre avec qui elle vivait depuis bientôt quarante ans et qui à présent effleurait sa joue droite avec le bout de son nez ?

« Gertrud… ma chérie…, murmura-t-il dans son oreille. Tu es là ? »

Elle avait toujours su qu'il était spécial. Depuis ce réveillon de la Saint-Sylvestre où il l'avait invitée à manger du homard bouilli. Ce soir-là, il avait essayé de l'impressionner en posant les homards vivants sur la tête et les pinces, après quoi il avait enfoncé un doigt à un endroit de leur nuque et prétendu qu'il les avait hypnotisés. Et en effet, ils étaient restés là, en rang d'oignons, sans bouger d'une ailette, attendant sagement qu'il les plonge dans l'eau bouillante.

Pour elle, c'était de la maltraitance animale, mais lui s'était contenté de rire et de lui dire qu'elle avait de la chance de ne pas avoir été avec lui en Chine quand il avait goûté du poisson yin yang. Une recette de poisson frit qui consiste à garder le poisson en vie en maintenant sa tête dans la glace enveloppée dans une serviette mouillée pendant la cuisson, et à le servir vivant. L'un des plats les plus raffinés qu'il ait jamais mangé, avait-il précisé.

« Gertrud…, continuait-il en faisant glisser une main sur sa hanche. Tu ne m'auras pas comme ça, ma belle. Je sais que tu es réveillée. »

82

Sur la gauche de Fabian, le caractère surréaliste de la situation se diluait dans les nappes de brume flottant au-dessus des eaux sombres et traîtreusement calmes du détroit du Sund, tandis que sur sa droite défilaient les pompeuses propriétés rivalisant de luxe. Il avait l'impression qu'un autre que lui était au volant de cette voiture roulant vers le sud sur le boulevard de Strandvejen, le long de la côte dorée du Danemark.

Mais c'était bien lui. Alors que seulement quelques heures plus tôt il sauvait son fils d'une mort certaine, il était maintenant en route vers une soirée privée à laquelle, selon la rumeur, Columbus prévoyait de faire une apparition.

Selon la rumeur…

Mais cela lui avait suffi pour considérer qu'il n'avait pas le choix, et que l'issue de cette enquête dépendait du fait qu'il se saisisse de cette chance. C'était comme si plus rien ne dépendait de lui mais d'un tas de facteurs extérieurs. Comme s'il y avait malgré tout une part de vérité quand Matilda prétendait que tout était écrit d'avance.

Il venait d'ouvrir la vitre pour respirer l'air frais de la nuit et faire un peu le vide dans sa tête, quand Tuvesson l'appela sur son portable.

« *Salut ! Comment ça se passe ?*

— Je suis arrivé, je crois », répondit-il alors qu'il passait devant une grande maison prétentieuse, peinte en blanc, avec de hautes fenêtres à petits carreaux, un bow-window, plusieurs terrasses et deux gardiens postés devant l'entrée. « Et toi, tu as réussi à mettre la main sur Sleizner ?

— *C'est pour ça que je t'appelle, en fait. Contre toute attente, il a répondu tout de suite. Et crois-moi si tu veux, mais il s'est montré à la fois aimable et conciliant.*

— Il n'allait pas faire la même bêtise que la première fois que tu as fait appel à lui. » Fabian ralentit et alla garer sa voiture sur le parking clientèle d'une épicerie fermée.

« *Je ne sais pas. Quoi qu'il en soit, il nous envoie une équipe de dix agents qui devraient être sur place dans trente minutes.*

— Dix !

— *Oui, s'il nous en faut plus, il suffit de demander.*

— Si on est trop nombreux, on risque de lui faire peur. Et ça, je voudrais l'éviter.

— *Ne t'inquiète pas. Ils se tiendront à distance tant que tu n'auras pas donné le signal* », dit Tuvesson avant de lui souhaiter bonne chance et de raccrocher.

Un peu plus de trois heures s'étaient écoulées depuis que la femme de l'As de pique l'avait appelé pour lui parler de cette soirée que Columbus avait l'intention d'honorer de sa présence. Il ne s'agissait que d'une rumeur et le plan était de s'assurer qu'elle était fondée avant de donner le feu vert à Sleizner et à son groupe d'intervention.

Dans la voiture, Theodor avait alors fini par se réveiller et ils étaient rentrés retrouver Sonja et Matilda qui, à la grande surprise de Fabian, ne posèrent aucune question, se contentèrent de les serrer tous les deux dans leurs bras et de leur proposer du thé avec du miel, si le cœur leur en disait.

Après en avoir bu deux grandes tasses, Theodor s'était spontanément mis à raconter ce qui venait de se passer, essayant de mettre des mots sur ce qu'il ressentait. Il leur avait dit que l'idée du suicide lui traversait parfois la tête depuis plusieurs années, qu'elle était devenue progressivement plus présente, jusqu'à aujourd'hui où il avait fini par considérer que plus rien n'avait de sens et qu'il n'avait pas d'autre solution. Comme s'il était arrivé au sommet d'une montagne qu'il n'en finissait pas de gravir.

Il leur avait expliqué comment il s'était senti, assis là-haut sur cette plaque de tôle en attendant l'arrivée du train, avec la certitude de n'avoir plus rien à perdre, l'impression d'être arrivé à un moment de sa vie où il lui suffisait de lâcher prise, pile au bon moment pour être sûr d'en finir. Mais que lorsque son papa – oui, il l'avait appelé papa – était venu le sauver au risque d'y laisser sa propre vie, il avait soudain réalisé qu'il avait énormément de choses à perdre.

Sonja n'avait pas dit un mot et s'était contentée de hocher la tête de temps à autre en serrant les mains de son mari et de son fils, de plus en plus fort à mesure qu'il avançait dans son récit.

Fabian abandonna sa voiture et, tandis qu'il marchait à l'abri de la haie d'arbres séparant la maison des propriétés voisines, il se dit qu'ils étaient enfin sur le point de renouer le dialogue. Il sentait dans tout son être que ces derniers événements étaient, d'une certaine manière, le début d'une autre histoire pour leur famille. Une histoire qui, si tout se passait bien, ressemblerait beaucoup au bonheur.

Derrière la grande maison blanche s'étendait une vaste pelouse sur laquelle déambulait un troisième gardien qui surveillait les alentours comme s'il s'était agi d'une ambassade. Heureusement, une longue rangée de voitures de luxe étaient garées sur un côté. En se déplaçant à l'abri de cet écran providentiel, Fabian parvint à s'approcher de l'arrière de la maison, où une volée de marches conduisait à une porte.

Il avait une dizaine de mètres à parcourir à découvert. Il jeta un coup d'œil au gardien, qui se trouvait à ce moment-là au centre de la pelouse. Une flamme jaillit dans la pénombre, suivie immédiatement d'une tache incandescente. L'homme s'était arrêté pour allumer une cigarette.

Dès que la braise de la cigarette disparut, Fabian quitta sa cachette à l'abri d'une Jaguar et parcourut en courant la distance qui le séparait de l'escalier, espérant que le gardien continuerait à lui tourner le dos assez longtemps pour lui permettre d'arriver jusqu'à la porte.

Son vœu fut exaucé. Malheureusement, celle-ci était verrouillée, et il n'avait pas encore sorti son rossignol que le détecteur réagissait à sa présence et allumait le spot au-dessus de sa tête, qui le plongea dans un halo de lumière aveuglante.

« Hep, vous là-bas ! » cria le gardien en écrasant sa cigarette et se mettant à courir dans sa direction.

Ses différentes options tournèrent devant ses yeux comme une roue de la fortune, qui choisit qu'il se hisserait jusqu'au balcon en demi-lune surplombant le perron. Sans la moindre idée de ce qui l'attendait, il commença à grimper à la gouttière.

« Non, mais c'est pas vrai ! Hé, vous ! » cria le vigile.

Les colliers en zinc lui blessaient les mains et l'humidité de la nuit rendait le métal glissant, mais bientôt il fut arrivé assez haut pour saisir la rambarde en bois et se propulser sur la terrasse.

Il entendit le garde alerter ses collègues sur son talkie, mais il ne s'attarda pas à écouter ses consignes et préféra se faufiler entre les chaises longues jusqu'à une baie vitrée entrouverte.

Il était dans une chambre, où un morceau suggestif qu'il avait déjà entendu sans savoir le resituer sortait de plusieurs haut-parleurs discrètement accrochés au plafond. La pièce était meublée d'un canapé, de quelques fauteuils et d'une coiffeuse, mais surtout d'un lit immense, placé en plein milieu. Il aurait été bien incapable de dire combien de personnes s'y trouvaient alors. Tous étaient nus et si imbriqués les uns dans les autres qu'il était impossible de déterminer quels bras, quelles jambes, quelle tête et quel sexe appartenaient à qui.

Pour ne pas attirer l'attention, il retira ses vêtements et les posa en tas derrière le canapé. Puis il s'approcha du lit où les divers éléments de ce puzzle se cherchaient, se pénétraient ou exprimaient leur jouissance. Il avait sous les yeux un gigantesque organisme si concentré sur lui-même qu'il ne remarquait même pas sa présence.

Lui ne ressentait rien. Il était même plutôt dégoûté par tous ces corps gémissants et transpirants dont les peaux claquaient les unes contre les autres, comme les acteurs d'un film pornographique qui joueraient devant des caméras éteintes pour un metteur en scène qui serait rentré chez lui depuis belle lurette.

Il fit le tour du lit pour voir la scène sous tous les angles et se pencha au-dessus des peaux nues, des piercings génitaux et des sexes offerts. Après s'être assuré qu'Eric Jacobsén ne se trouvait pas dans la mêlée, il sortit de la pièce.

Le couloir était orné de cadres contenant des photographies d'une famille danoise traditionnelle avec trois enfants d'âges divers. Le couple domicilié à cette adresse s'appelait Peder et Lykke Madsen. Étaient-ce eux qui avaient organisé cette soirée ou bien Peder était-il en voyage d'affaires dans un endroit assez éloigné pour que Lykke ait décidé de profiter de l'occasion pour recevoir quelques amis ? Et les enfants, où étaient-ils ? En pension quelque part dans le Jutland ?

Une porte s'ouvrit et deux femmes, dont les corps minces étaient en totale disproportion avec l'opulence de leur poitrine, sortirent en compagnie d'un homme à la peau sombre. Ils ruisselaient encore de la douche qu'ils venaient de prendre et que Fabian entendait couler.

Il entra dans la salle de bains, vérifia qu'il n'y avait personne d'autre à l'intérieur et s'empara d'un peignoir plié sur une étagère, avant de poursuivre sa visite.

Il descendit un large escalier qui le mena dans une bibliothèque aux murs remplis de livres. Il y entendit la même musique d'ambiance que dans la chambre et se dit qu'il devait s'agir d'un morceau de Future Sound of London. L'éclairage était tamisé mais suffisant pour voir que la pièce était également le théâtre d'une énorme orgie. On y copulait sur les canapés et sur les banquettes, sur les chaises, sur les tables et même sur les tapis. Partout les gens baisaient comme un soir de fin du monde. Certains faisaient cependant une petite pause au bar situé dans un angle, pour boire un verre de vin, se préparer un cocktail ou sniffer un peu de poudre.

Il marchait lentement afin d'avoir le temps d'observer tout le monde sans trop attirer l'attention, mais il n'apercevait Jacobsén nulle part. Peut-être que la rumeur avait menti.

« Mais qu'est-ce que je vois là ? » dit-elle en danois. La femme s'approchait de lui en rampant. Sa chevelure rousse et bouclée pendait sur ses épaules, et elle lui fit penser à un lion parcourant la savane à la recherche de sa prochaine proie.

« Désolé. Je ne suis pas intéressé.

— Miam, un Suédois, dit-elle lascive avant de se mettre à lui lécher les pieds.

— Excusez-moi, je parlais sérieusement, en fait. »

La femme se leva, ouvrit le peignoir de Fabian et le fit glisser sur ses épaules. « Je vois ça. Le petit bonhomme a l'air un peu fatigué. Alors je demande : qu'est-ce que vous faites là, tous les deux, si tu n'es pas intéressé ?

— Columbus. Il est censé venir ici. Vous ne l'auriez pas vu par hasard ?

— Peut-être, peut-être pas. » Elle se mit à genoux et commença à lui masser doucement les couilles.

« Arrêtez ça, s'il vous plaît, dit-il en repoussant sa main. Est-ce que vous l'avez vu ? Et dans ce cas pouvez-vous me dire où ?

— On ne trouve pas Columbus, c'est lui qui vous trouve. »

Fabian se demandait comment interpréter sa réponse, quand il sentit que malgré son refus elle l'avait pris dans sa bouche. Pas maintenant, songea-t-il. Il allait la repousser quand une deuxième femme vint se coller à son dos, lui immobilisa les bras et l'embrassa dans la nuque. Il n'avait jamais été dans ce genre de situation de toute sa vie. Mais ce n'était pas le moment, il ne pouvait pas faire ça. Pas après ce qui s'était passé aujourd'hui. La bouche humide et chaude de l'une. La langue de l'autre qui jouait avec son oreille. Tant pis, non. Il n'était pas là pour ça.

Pourtant il se sentait incapable de résister et de faire ce qu'il fallait pour que cela cesse. Tel un vulgaire animal, il était en train de se laisser dominer par ses instincts les plus basiques. Les unes après les autres, ses pensées lui échappaient et plus rien n'avait d'importance.

C'est à ce moment qu'il remarqua la flèche dans le bas du dos de la femme aux cheveux roux. Elle lui était apparue l'espace d'un éclair, et tout aussi soudainement la femme s'était relevée, elle s'était enveloppée dans son peignoir et l'avait planté là, le sang pulsant dans sa verge, tout son être refusant d'accepter que ce soit terminé.

Il se détacha de la femme qui était derrière lui et suivit la rousse, qui venait de sortir par une porte de la même couleur vert foncé que le mur, en compagnie d'un homme qui devait être un vigile. En tout cas, il était habillé. Ils s'éloignèrent ensemble dans un long couloir et Fabian dut pratiquement courir pour arriver avant que la porte par laquelle ils avaient disparu ne se referme entièrement.

Il attendit quelques instants avant de la pousser, puis descendit un escalier conduisant à une pièce au sol carrelé et qui comptait plusieurs autres portes, dont une était entrebâillée.

Sans ce bourdonnement parfaitement audible, Fabian n'aurait pas compris ce qu'il aperçut avant que la porte se referme. Mais il n'y avait aucun doute. Dans la pièce aménagée comme un spa, Eric Jacobsén en personne était en train de tatouer une femme assise devant lui, les jambes écartées.

Fabian repoussa la porte et entra, mais le vigile qu'il avait vu partir avec la femme rousse l'intercepta.

« Qu'est-ce que vous venez faire ici ? dit-il en le repoussant. Vous n'avez rien à faire là. Remontez à l'étage, je vous prie.

— Je suis l'inspecteur Fabian Risk de la police de Helsingborg.

— La police ?

— Je viens chercher Eric Jacobsén. Il est entre autres soupçonné de meurtre.

— Il n'y a pas de Jacobsén ici.

— Je vous affirme que si. Vous le connaissez sans doute mieux sous le nom de Colombus.

— Écoutez, si vous ne voulez pas que je vous fiche dehors, vous feriez mieux de…

— Je pense que vous ne m'avez pas compris. Je suis…

— J'ai parfaitement compris ! » L'homme poussa Fabian vers l'escalier. « Mais en attendant que vous me montriez votre badge, pour moi vous êtes juste un pauvre crétin de Suédois à poil qui ferait mieux de foutre le camp d'ici avant que je me fâche.

— Mais putain, vous êtes sourd ou quoi ? » aboya-t-il, renonçant à monter à l'étage supérieur pour récupérer ses vêtements et son badge. « Je vous dis que je suis de la police ! » Le risque que Jacobsén ait le temps de disparaître était beaucoup trop important. Fabian poussa violemment le type contre le mur.

Celui-ci ne s'attendait manifestement pas à cette attaque et n'eut pas le temps de résister. Fabian profita de l'effet de surprise, l'attrapa par le revers de sa veste, qu'il arracha de ses épaules jusqu'aux coudes. Puis il le renversa par un ramassement de jambes, le plaqua au sol et noua les deux manches de sa veste dans son dos.

L'homme se tortillait comme un ver de terre blessé pendant que Fabian ouvrait à nouveau la porte du spa, où Jacobsén chevauchait à présent la rouquine à demi allongée dans le jacuzzi en train de caresser son sexe en érection.

« Salut, Eric. Vous vous souvenez de moi ? Mais peut-être préférez-vous que je vous appelle Colombus ? » dit Fabian en entrant alors que la femme qui venait de se faire marquer se levait et sortait du spa.

« Qu'est-ce que vous faites là ? » demanda Jacobsén pendant que la femme rousse continuait de le masturber comme si de rien n'était.

« Est-ce que le nom de Molly Wessman vous rappelle quelque chose ? Ou celui de Vera Brahe ? Ou dois-je, pour vous rafraîchir la mémoire, citer d'autres femmes parmi toutes celles que vous avez espionnées et filmées à leur insu ? »

Jacobsén attrapa les boucles rousses d'une main et mit fin à la fellation. « Je crois qu'il vaut mieux que tu t'en ailles.

— Mais on…

— Ce sera pour une autre fois. Allez, file ! »

La rousse poussa un soupir de déception, sortit du jacuzzi et fit exprès de s'éloigner le plus lentement possible, sans même tourner les yeux vers Fabian. Celui-ci regardait la porte se refermer derrière elle, lorsqu'un coup violent l'atteignit au plexus. Il en eut le souffle coupé et se tordit de douleur.

Quand il put à nouveau respirer, Jacobsén s'en allait. « Arrêtez ! » cria-t-il, surmontant la douleur pour se jeter sur lui. Il le poussa si violemment que le don Juan alla s'écraser la figure contre le montant de la porte.

Le coup n'avait rien d'élégant, mais le craquement du nez et le sang qui coula sur le carrelage blanc témoignèrent de son efficacité.

Fabian n'avait pas l'habitude de se battre, mais il ne pouvait pas non plus rester là à attendre que son adversaire récupère, et malgré la douleur fulgurante qu'il ressentait dans la poitrine à chaque battement de cœur, il passa son bras autour du cou de Jacobsén et le tira en arrière.

Mais l'homme était d'une force surprenante. Il se débattit et réussit à lui assener quelques coups malgré l'angle de frappe difficile. Fabian parvint cependant à le maintenir par terre.

Au moins jusqu'à ce que l'acide lactique et les crampes musculaires aient raison de sa résistance. Quand Jacobsén le prit en ciseaux entre ses jambes et le retourna, sa supériorité ne fit plus aucun doute. Le coup à la tempe qui suivit lui fit perdre connaissance un court instant, et quand, quelques secondes plus tard, il revint à lui, il ne comprit où il se trouvait qu'en voyant les gouttes de sang coulant du nez écrasé de Jacobsén toucher la surface de l'eau quelques décimètres au-dessus de lui.

Lorsqu'il tenta de sortir du jacuzzi, une main serrée autour de son cou le poussa vers le fond et il commença réellement à avoir peur. Très vite, il allait commencer à respirer de l'eau. Jacobsén avait-il réellement l'intention de le tuer ? Jusque-là, cette possibilité ne l'avait pas effleuré. Qu'il essaye de lui échapper, oui. Mais de là à tuer un flic !

D'un autre côté, il n'y aurait personne pour témoigner et il y avait sans doute assez de drogue dans la maison pour faire croire à une overdose. Sans compter que Columbus était là incognito et qu'il avait peut-être déjà prévu son alibi. Fabian se consola en se disant que ses collègues de Helsingborg ne se laisseraient pas duper et l'arrêteraient dès qu'il remettrait un pied sur le sol suédois.

Il avait de plus en plus mal aux poumons à cause du manque d'oxygène et, pour la première fois de sa vie, il sentit qu'il était sur le point de renoncer. Il n'en avait plus rien à foutre, et si sa main n'avait pas rencontré cette petite pastille métallique au bord du jacuzzi, il aurait sans doute cédé à la tentation de se laisser glisser dans le néant.

Une légère pression suffit pour déclencher les jets de massage et l'eau du bassin se mit à bouillonner. N'ayant plus rien à perdre, il ouvrit la bouche et les aspira goulûment.

Et bien qu'il ait absorbé pas mal d'eau en même temps, son idée fonctionna. Il toussa et but encore la tasse, mais soudain la main de son agresseur lâcha son cou et disparut.

Une seconde plus tard, Fabian était remonté à la surface pour découvrir Jacobsén plaqué au sol par deux agents de la brigade d'intervention.

« Waouh ! s'exclama Kim Sleizner en entrant dans le spa. Waouh-waouh-waouh ! J'avoue que là je suis sur le cul ! Ce n'est pas tous les jours qu'on a l'occasion de voir deux hommes tout nus s'éclater à ce point dans les bras l'un de l'autre. Ça, c'est de l'Amour avec un grand A. » Hilare, il tendit la main à Fabian pour l'aider à sortir du jacuzzi. « Excuse-moi de ne pas avoir attendu ton appel. Mais je ne suis qu'un homme, que veux-tu. Et vraiment je m'en serais voulu de louper ce spectacle. » Avec un clin d'œil complice, il jeta un peignoir sec à son homologue suédois.

83

La façade en bois n'avait manifestement pas été traitée depuis des années. La partie basse en contact avec le sol était aussi sèche que de l'amadou et absorba l'essence comme une éponge. Quelques minutes plus tard, le bois était déjà sec à nouveau, et il fallut quatre bidons de cinq litres avant que les quatre côtés soient imbibés de carburant. Mais ça ce n'était pas un problème. Si nécessaire, il y en avait encore trois dans la voiture.

Ce qui risquait de manquer, c'était le temps.

Après observation de la ferme à distance pendant plus d'une heure, il s'était avéré qu'à cause des incendies de ces derniers jours l'endroit avait été mis sous surveillance. Deux chiens circulaient en liberté dans le secteur et pas moins de trois gardiens faisaient le tour complet du bâtiment toutes les quinze ou vingt minutes.

Les chiens furent faciles à gérer. Ils avaient avalé leur morceau de viande dans laquelle avait été injecté de l'Imovane, et les pompiers les trouveraient en faisant leur ronde de post-extinction. La question des gardes était plus épineuse. Ils pouvaient sortir d'un moment à l'autre et comprendraient tout de suite que quelque chose n'était pas normal.

La flamme orangée du briquet lécha la plinthe qui, pour une raison ou pour une autre, refusa de prendre feu. En tout cas moins vite qu'elle aurait dû avec toute l'essence que le bois avait absorbée.

Au même moment, les gardes sortirent de la maison et leurs voix appelant les chiens résonnèrent dans la nuit. Combien de temps leur faudrait-il pour les retrouver, et elle par la même occasion ?

Deux minutes plus tard, le feu prit enfin. D'abord lentement, puis de plus en plus vite comme un pétard silencieux filant à la base du mur et tournant à l'angle pour continuer sur le mur suivant.

À mesure que les flammes grimpaient sur les parois, les appels des gardiens se muèrent en cris affolés à l'intention de ceux qui se trouvaient encore dans le bâtiment. En une minute, la grange était transformée en brasier et une panique totale régnait à l'intérieur.

Hormis quelques femmes très peu habillées, ce furent surtout des barbus aux cheveux longs, couverts de tatouages et vêtus de vestes en jean sans manches, qui se précipitèrent à l'extérieur. Certains étaient saouls et sortirent en titubant. D'autres se jetèrent au sol et se roulèrent par terre pour tenter d'éteindre le feu qui avait pris à leurs vêtements. Mais aucun ne s'attendait à être accueilli avec des balles.

Lilja tira une première fois, puis une deuxième. Le premier coup atteignit l'homme au tatouage de Terminator à la jambe. Le second fit exploser le genou du type qui le suivait. Tous deux tombèrent en hurlant de douleur. Elle attendit que tout le monde soit sorti de l'enfer des flammes pour baisser son arme et s'avancer vers eux.

« Sale petite juive, rugit l'homme au tatouage, tu viens de signer ton arrêt de mort, tu m'entends. Tu vas crever, salope ! »

Lilja s'accroupit auprès de l'homme à terre et observa en silence sa jambe blessée. Le pantalon trempé de sang, le petit orifice d'entrée à l'avant de la cuisse volumineuse et l'orifice de sortie nettement plus important à l'arrière.

« Tu crois savoir ce que nous sommes capables de faire aux petites fliquettes dans ton genre, continua-t-il, mais tu n'en as même pas idée. »

Elle se releva très lentement, le regarda droit dans les yeux et sans un mot elle fit tomber le magasin vide au sol et en inséra un deuxième. Puis elle se retourna et s'adressa aux autres. « Vous savez comment je m'appelle et vous savez où j'habite ! Certains d'entre vous sont déjà venus chez moi et ont roulé sur ma pelouse avec leurs motos, et d'autres se sont introduits dans ma maison et ont couvert mes murs de graffitis pendant mon sommeil. Tout cela va cesser ici et maintenant !

— Dans tes rêves, sale vermine juive ! cracha l'homme au tatouage. L'enfer vient tout juste de commencer pour toi.

— Je ne sais pas si vous l'avez entendu, mais notre petit Terminator vient de poser une question. Il veut savoir pourquoi vous allez me laisser tranquille désormais. Et c'est évidemment une question que vous êtes en droit de vous poser, surtout depuis que j'ai réduit en cendres votre petit club house. Mais figurez-vous que je suis convaincue que vous êtes les auteurs des incendies criminels qui dernièrement ont ravagé plusieurs centres d'hébergement de réfugiés !

— Tu n'as aucune preuve, lança quelqu'un.

— C'est exact. Nous avons eu tellement à faire que nous n'avons même pas eu le temps de comparer les traces de pneus avec ceux de vos véhicules. Mais vous savez quoi ? Personnellement, je me fous complètement de savoir si elles correspondent ou pas. Car quoi qu'il arrive je ferai en sorte qu'elles matchent ! Et si je ne vous coince pas pour ça, ce sera pour autre chose. Une empreinte à un endroit où elle n'aurait pas dû être, ou peut-être un indice de ce genre ? » Elle se pencha, arracha une poignée des longs cheveux du tatoué et la brandit comme un scalp. « Dans cette main, j'ai assez pour vous faire tomber pour une bonne dizaine de crimes ! D'autres questions ? »

Les sirènes et gyrophares des pompiers qui avaient reçu l'appel anonyme vingt minutes plus tôt commençaient à approcher et Lilja retourna à sa voiture, s'assit au volant et s'éloigna dans l'allée forestière, sentant l'adrénaline courir dans ses veines. Au même moment, la vidéo qu'elle avait envoyée à toutes les rédactions du pays et sur laquelle on voyait Landertz faire un salut nazi était en train de devenir virale.

84

« Aucun problème. » Sleizner sourit comme s'il voulait rivaliser avec les premiers rayons de l'aube qui, comme par magie, avaient déjà fait disparaître la brume sur le détroit du Sund. « On le garde ici jusqu'à ce que quelqu'un de chez vous vienne le récupérer. Ça marche comme ça ? »

Fabian acquiesça. « C'est parfait. J'ai eu Tuvesson au téléphone. Le fourgon cellulaire est déjà en route.

— Formidable ! dit Sleizner dans son meilleur suédois. Vous nous débarrassez de ce tas de merde et vous nous aidez à garder le Danemark propre. Nous sommes contents, vous êtes contents. Tout est pour le mieux dans le meilleur des mondes ! » Sleizner rit et lui tendit la main.

Fabian se força à sourire et la serra. « Et encore une fois, merci pour votre aide. Honnêtement, je ne sais pas ce qui se serait passé si vous n'étiez pas arrivés à temps.

— Je t'en prie. » Sleizner haussa les épaules et continua de serrer la main de Fabian en le regardant bien dans les yeux. « Entre policiers, on fait ce qu'on peut pour s'entraider, n'est-ce pas ? »

Fabian hocha la tête et tenta de lâcher la main du Danois, mais Sleizner tenait bon et secouait toujours.

« Ça se serait peut-être bien passé sans notre intervention. L'amour vache, c'est pas mal non plus ! » Il éclata de rire et continua à agiter la main de Fabian de haut en bas comme s'il n'avait plus l'intention de jamais la lui rendre.

« Je crois qu'il va vraiment falloir que j'y aille, dit Fabian en danois. Comme vous l'avez dit tout à l'heure, il s'agit de garder le Danemark propre. »

Tous deux rirent jaune.

« Au fait, pendant que j'y pense… J'aurais un truc à te demander, dit Sleizner en guise de conclusion.

— Oui ?

— Dunja Hougaard. » Sleizner garda la main de Fabian dans la sienne mais il arrêta de la secouer.

« Oui ?

— Peut-être que je me trompe, mais je crois savoir que vous vous entendez bien tous les deux…

— Oui, répondit Fabian avec un hochement de tête. Dunja a été la seule chez vous à nous aider vraiment, dans cette affaire, il y a quelques années. Sans compter qu'elle a sauvé la vie de mon fils. Alors, oui, en effet, on peut dire que je l'aime beaucoup.

— C'est bien. C'est ce que je pensais. Mais comme tu peux le comprendre, il y a une raison pour que les choses se soient passées comme elles se sont passées, à l'époque. Enfin, c'est de l'histoire ancienne, parlons d'autre chose. Je te donne un coup de main et tu fais pareil pour moi. Pour l'instant, j'ai juste besoin de son numéro de téléphone et de sa nouvelle adresse. Une bricole. Une adresse et un numéro de portable. Après je te laisse partir. » Sleizner rit à nouveau et recommença à lui secouer la main.

« Désolé. »

Sleizner se figea. « Pardon ? Je ne comprends pas.

— Je suis désolé, je n'ai pas les informations que tu me demandes. » Fabian arracha sa main à l'emprise de Sleizner. « Alors je regrette, avec la meilleure volonté du monde je ne pourrais pas t'aider. » Il haussa les épaules pour montrer qu'il le regrettait sincèrement, mais sentit que le geste avait eu l'effet contraire.

« Tu es en train de me dire que tu n'as eu aucune nouvelle de Dunja ces dernières semaines ? »

Fabian pensa aux mails mystérieux qu'il avait reçus à propos du lien entre Theodor et la ligue des Smileys, mails qui ne pouvaient avoir été envoyés que par Dunja. Mais malgré le sérieux coup de main que Sleizner venait de lui donner pour arrêter Jacobsén, il n'avait aucune confiance en lui et opta pour la dénégation.

« Non, malheureusement. Je ne savais même pas qu'elle avait déménagé et qu'elle avait changé de numéro. »

Sleizner regarda longuement Fabian dans les yeux. « Je ne sais pas pourquoi, mais j'ai l'impression que tu ne me dis pas la vérité.

— Je suis désolé Kim, mais il va falloir que tu me croies sur parole. Et maintenant, il faut vraiment que j'y aille.

— Je serais vraiment très déçu si j'apprenais que tu m'as menti. Surtout après ce que je viens de faire pour toi.

— Attends une seconde. Tu es en train de m'accuser de mensonge ?

— Pas du tout. Je n'accuse personne. Je dis juste que je serais très déçu. Et je t'assure que ce n'est pas une bonne idée de décevoir quelqu'un comme moi. »

85

En reprenant son vieux dé à vingt faces et en le faisant chauffer entre ses mains, il eut un sentiment qu'il n'avait jamais eu auparavant. Il ne fut pas certain d'être digne de s'en servir. C'était tout sauf une évidence. Rien ne pouvait laisser prévoir la situation dans laquelle il se trouvait en ce moment.

Mais, comme toujours, le dé à six faces lui avait été d'un précieux conseil en l'autorisant sans la moindre hésitation à utiliser l'icosaèdre pour lui demander s'il y aurait une mission subsidiaire, et dans l'affirmative, quand elle devrait être effectuée.

Il lâcha le dé et le regarda tomber sur le feutre vert. Le dé roula un long moment, comme s'il ne parvenait pas à déterminer sur quelle face il allait tomber.

D'habitude, il tremblait à l'idée de voir apparaître le 1, l'unique chiffre ayant le pouvoir de mettre fin à sa petite distraction, une fois pour toutes. Ce ne fut pas le cas. Mais là, il aurait été prêt à accepter le verdict. Pas parce qu'il était blasé, mais parce qu'à vrai dire l'excitation de ses débuts était quelque peu retombée.

L'expérience avait été exceptionnelle. Il y avait eu des hauts et des bas, des déceptions et des moments d'euphorie dépassant tout ce qu'il avait pu connaître auparavant. Parfois, il avait trouvé que le dé se trompait, qu'il lui en demandait trop, qu'il compliquait les choses inutilement, et il l'avait même trouvé cruel et injuste. Mais avec le recul, il comprenait que le dé avait simplement dépassé ses attentes les plus folles et avait eu raison chaque fois.

Un 7.

Il souffla, soulagé. Cela ne pouvait pas mieux tomber. Il allait encore s'amuser un petit peu. Et il avait une semaine entière pour se préparer.

Comme toujours, il prit un dé à six faces et effectua un premier lancer pour savoir de combien de dés il devait se servir.

Un 3.

Il n'aurait donc besoin que d'un seul dé. Il lança à nouveau.

Un 2.

Il alla se poster devant la carte épinglée au mur et qui était divisée en carrés, douze dans la hauteur et autant dans la largeur. La colonne n° 2 était une colonne spéciale et pleine de contradictions. Elle commençait dans l'idyllique village d'Arild, dans le nord de la Scanie, et se terminait à Amager, dans le sud de Copenhague, qui était son exact contraire en termes de densité démographique. Si le hasard faisait bien les choses, la ou les victimes pourraient se trouver à l'aéroport de la capitale danoise.

Il effectua un nouveau lancer préliminaire.

Un 4.

Le nombre de carrés en partant du haut allait donc se décider avec deux dés et il en prit un autre.

Un 1 et un 6.

Comme s'il avait déjà compris ce que cela signifiait, il sentit que son cœur battait plus fort et plus vite tandis qu'il se tournait vers la carte pour constater que la nouvelle mission choisie pour lui par les dés devrait être exécutée au beau milieu du détroit, un peu au nord de l'île de Ven.

86

Fabian glissa un couteau pointu sous la peau du poulet et la souleva délicatement de la poitrine de l'animal pour former une poche, dans laquelle il versa une larme d'huile, un peu de gros sel et de poivre concassé avant de masser la viande. Ensuite il planta le couteau dans divers endroits stratégiques et y enfonça les demi-gousses d'ail préalablement épluchées.

On était dimanche, il avait l'intention de sortir le grand jeu et de leur cuisiner un poulet grillé de sa spécialité, selon une recette qu'il gardait jalousement depuis des années. C'était son menu de fête et, sans fausse modestie, personne ne savait faire le poulet rôti comme lui.

Quatre jours s'étaient écoulés depuis l'arrestation d'Eric Jacobsén dans la luxueuse villa sur l'autre rive du Sund. Il avait passé la majeure partie de ce temps avec sa famille, mais avait parfois un peu de mal à chasser de ses pensées l'enquête sur le meurtre de Molly Wessman, qui, si tout allait bien, serait résolue dans le courant de la semaine.

Jacobsén avait avoué sans difficulté être l'homme qui se cachait derrière le pseudonyme de Columbus et être aussi celui qui avait installé des caméras dans près de quatre-vingts appartements disséminés un peu partout dans le nord du comté de Scanie. Il s'était justifié en expliquant qu'une chose avait mené à une autre et que la situation avait fini par lui échapper. Après avoir regardé des films, il était devenu voyeur et enfin acteur.

En revanche, il avait nié catégoriquement avoir tué Molly Wessman, et quand on lui opposait qu'il n'avait pas hésité à se débarrasser de Fabian dans le jacuzzi lorsque le besoin s'en était fait sentir, il avait plaidé une réaction de panique et affirmé qu'il n'avait pas eu l'intention de le tuer. Un argument si fragile qu'il ne tiendrait pas devant un tribunal.

Sans compter que Molander et ses acolytes étaient loin d'en avoir terminé avec l'examen technique et scientifique de son domicile, convaincus qu'en cherchant bien ils trouveraient la frange coupée de Wessman, des traces de ricine ou quelque autre preuve accablante.

Le meurtre de Lennart Andersson, lui, était loin d'être résolu. Les indices et les traces technologiques relevées à l'Ica Maxi de Hyllinge ne les avaient conduits nulle part, et la seule personne qu'on avait réussi à identifier parmi celles ayant laissé leurs empreintes digitales était, comme par un étrange hasard, Jacobsén, qui y avait fait ses courses avec son fils la veille du meurtre.

Les espoirs reposaient à présent sur Klippan, qui s'était attelé à la tâche fastidieuse de visionner tous les films de surveillance du magasin enregistrés pendant la semaine ayant précédé le meurtre. Il leur avait annoncé qu'il leur apporterait ses conclusions à la réunion du lendemain matin.

Peut-être n'étaient-ils pas très loin d'avoir résolu cette affaire-là aussi. Les rédactions avaient déjà remplacé les articles catastrophistes par de gros titres optimistes indiquant que, bientôt, les habitants de Helsingborg allaient pouvoir dormir sur leurs deux oreilles. Leur équipe d'investigation avait même eu droit aux compliments du directeur de la police et du ministre de la Justice pour l'excellent travail ayant conduit à l'arrestation de Jacobsén et à celle de Skanås.

Fabian sursauta quand la musique éclata brusquement dans les baffles. Bien que ce rythme de maracas et cette mélodie lui rappellent quelque chose, il n'arrivait pas à se souvenir de quoi. Il regarda Sonja arriver du séjour avec un grand sourire.

« Tu te souviens de ce morceau ? » dit-elle, et pour ne pas lui faire de peine il acquiesça. Elle ne fut pas dupe de son mensonge.

« Mais si, c'est "Hey Manhattan" des Prefab Sprouts ! » Elle versa du vin dans son verre et se mit à chanter sur le disque. « Tu ne te souviens pas que tu me mettais toujours ça quand j'avais un coup de mou ? »

Fabian hocha la tête. Ça lui revenait maintenant. L'album s'intitulait *From Langley Park to Memphis*, et quand il était sorti, il l'avait trouvé un peu trop pop-rock à son goût. Mais Sonja l'adorait, il la mettait de bonne humeur. Alors, avec le temps, il avait fini par admettre qu'il ne contenait pas un seul titre que l'on puisse qualifier de mauvais.

Pourtant ce n'était pas à cela qu'il pensait en ce moment, mais au fait que pour la première fois depuis des années Sonja mettait de la musique à la maison. D'habitude, c'était lui qui s'en chargeait et elle qui lui demandait de baisser le son, ou tout simplement de l'arrêter. En plus, elle avait monté le volume. Elle lui tendit un verre et leva le sien pour trinquer, et Fabian se dit que cette soirée commençait vraiment bien.

Il n'y avait que quelques jours qu'il avait empêché Theo de se suicider, et déjà le dramatique épisode au-dessus de la voie ferrée à Pålsjö n'était plus qu'un souvenir diffus d'un autre temps. Comme s'ils avaient atteint le fond et pour mieux se propulser à la surface, prêts à vivre dans le calme et une certaine harmonie.

Ils s'étaient relayés pour préparer les repas, avaient joué à des jeux de société, regardé des films ou simplement passé du temps ensemble. Sonja avait déniché un psychologue, que Theodor devait rencontrer la semaine prochaine, même s'il semblait déjà aller beaucoup mieux.

Certes, il passait encore une grande partie de la journée dans sa chambre, mais au moins elle était rangée, et plutôt que de passer son temps sur la console de jeux, il s'était remis à lire. Au cours du dîner en famille qu'ils avaient préparé pour fêter le solstice d'été, il leur avait annoncé qu'il avait suivi le procès contre les quatre jeunes gens de la bande des Smileys et avait décidé de se rendre à Helsingør dès le lundi suivant afin de raconter la vérité au procureur danois.

Ni lui ni Sonja n'avaient abordé le sujet. Theodor avait pris sa décision tout seul et, même si personne n'aurait pu prédire ce qui allait en découler, il semblait avoir réalisé qu'il n'avait pas le choix.

« Qu'est-ce que tu dirais d'un petit quiz musical ce soir quand les enfants seront couchés ? suggéra Sonja, le verre à la main.

— Tu vas te faire battre à plate couture », répliqua-t-il en se penchant vers elle pour l'embrasser.

« Oups, on dérange ou on peut vous aider à quelque chose ? »

Ils se tournèrent de conserve vers Matilda et Theodor qui venaient d'entrer dans la cuisine.

« Vous ne nous dérangez pas du tout. Je ne vois pas pourquoi vous nous dérangeriez, dit Sonja en haussant les épaules.

— Alors pourquoi tu rougis, papa ? demanda Theodor, les faisant tous éclater de rire.

— OK, j'avoue que j'étais sur le point d'embrasser votre ravissante mère et que vous tombez mal. Mais puisque vous êtes là, il y a des pommes de terre nouvelles à rincer, des carottes et des betteraves à éplucher. Alors, au boulot. Moi, je prépare la salade. »

Theodor et Matilda allèrent ouvrir la porte du réfrigérateur sans discuter.

« Au fait, on fait quoi pour les vacances ? »

C'était Matilda qui avait lancé cela et, en croisant le regard de Sonja, Fabian vit qu'elle était aussi surprise que lui. Ils avaient tous été tellement occupés par leurs problèmes ces derniers temps que personne n'avait réfléchi à la question, pourtant d'actualité.

« Eh bien, on en a un peu parlé…, dit-il évasif.

— Ah oui ? s'étonna Sonja.

— Bref, vous n'en avez aucune idée, dit Theodor en posant les quartiers de betterave avec les autres légumes racines dans un plat allant au four.

— Les parents d'Esmaralda ont un bateau. On ne pourrait pas en avoir un, nous aussi ? Ça a l'air super.

— Un bateau ? » Pour la première fois depuis plusieurs jours, Fabian repensa aux deux petites clés qui lui avaient inspiré l'idée que Hugo Elvin avait peut-être un bateau quelque part.

Il n'en était plus aussi sûr, à présent. Il s'était renseigné auprès de la capitainerie de Norra Hamnen, à Helsingborg, qui était la marina la plus proche de l'adresse d'Elvin à Hälsovägen, mais également dans chaque petit port le long de la côte, au nord de la ville comme au sud, sans trouver aucune trace de location d'anneau, ni au nom d'Elvin ni au nom de Molander.

« Quand j'étais petite, mes parents en avaient un, raconta Sonja. Vous avez une idée du travail que c'est ? Tout l'automne et tout le printemps, on passait nos week-ends à gratter et à poncer, jusqu'à en avoir des ampoules aux mains et des engelures aux pieds.

— Mais ça devait être une vieille barcasse en bois, dit Theodor. On pourrait acheter un bateau en résine de polyester.

— Une vieille barcasse ! Je t'interdis de dire ça, s'insurgea Sonja en riant. C'est toute mon enfance dont tu parles, là ! »

D'un autre côté, il n'était pas certain que le bateau en question soit immatriculé au nom de Hugo Elvin ou d'Ingvar Molander. Ils avaient parfaitement pu l'emprunter à quelqu'un d'autre. C'est pourquoi Fabian avait passé une grande partie de la journée du jeudi à fouiller le port de plaisance de Norra Hamnen.

« Pour ton information, il y a pas mal de boulot d'entretien aussi sur un bateau en résine », continuait Sonja.

Fabian avait découvert trois vieux Pettersson qui tous auraient pu appartenir à son ancien collègue. Mais les clés ne correspondaient à aucun d'entre eux. Ni à ceux-là ni aux autres bateaux sur lesquels il les avait essayées.

« Il faut appliquer du polish, lustrer et tout ça », arguait Sonja en sortant les serviettes du tiroir et les verres du placard.

Sur le digicode des sanitaires de la marina, il avait même essayé de taper les quatre chiffres inscrits sur la plus grande des deux clés, mais sa tentative n'avait eu pour résultat que l'allumage d'une diode écarlate et contrariée.

« Mais on va vous aider ! » insista Matilda en se tournant vers son frère pour obtenir son soutien. « N'est-ce pas qu'on les aidera ?

— Bah oui, confirma Theodor.

— C'est très gentil de votre part. Mais il y a un autre problème, c'est la place au port. Il faut attendre pratiquement la moitié d'une existence pour avoir un anneau dans un port à Helsingborg. Je me souviens que nous avions la place 52 et que mon père s'était mis en liste d'attente pour avoir celle d'à côté, qui était plus large. Eh bien figurez-vous que nous ne l'avons jamais obtenue. »

Mais bien sûr. Pourquoi n'y avait-il pas pensé plus tôt. Les chiffres 0388 sur la clé correspondaient à une place de ponton et non à un code, comme il le croyait au départ, et le nombre à quatre chiffres suggérait que l'anneau se trouvait dans une marina offrant plus de trois cents places.

« Dis donc, Fabian, tu pourrais me donner un coup de main, là ? dit Sonja, l'interrompant dans ses pensées.

— Oui, pardon… Mais la marina du port de Råå est assez grande, non ?

— Quoi ? Tu t'y mets aussi ? » Le regard de Sonja alla de Fabian aux enfants, qui semblaient aussi perplexes qu'elle.

« Waouh, Theodor, tu as entendu ? s'exclama Matilda en serrant son frère dans ses bras. Il est de notre côté ! »

Si Elvin ou Molander disposait d'une place au port, c'était évidemment à Råå.

87

Irene Lilja sortit le dernier sac-poubelle plein de vêtements et ferma la porte de la chambre à coucher derrière elle. Elle avait passé tout le dimanche à déménager, remplissant carton après carton, dont la plupart iraient directement à la déchetterie. Mais tant pis. Elle refusait de laisser derrière elle la moindre épingle à cheveux. Quand elle en aurait terminé, personne ne pourrait dire qu'elle était venue un jour dans cet endroit.

Comme prévu, Hampus lui avait fait son numéro de chien battu et s'était mis en quatre pour essayer de la faire changer d'avis. Il lui avait promis qu'il lui rapporterait un bouquet de fleurs tous les vendredis et l'emmènerait en voyage aux Galápagos. Il avait même proposé de faire une thérapie et de la laisser décider à qui il donnerait sa voix aux prochaines élections.

Mais cette fois elle avait tenu bon et refusé de l'écouter. Comme elle s'y attendait, il n'avait pas fallu longtemps avant que son anxiété se transforme en colère et qu'il commence à la menacer, lui affirmant que jamais elle ne se débarrasserait de lui et qu'il la retrouverait où qu'elle aille.

C'était pour ça qu'elle lui avait menti en prétendant qu'elle ne déménagerait pas avant lundi, alors qu'elle s'en occupait pendant qu'il était à Knutstorp en train de vider des bières, le jus de chique lui coulant sur le menton, à regarder des voitures tourner en rond sur un circuit cahoteux, sans se soucier le moins du monde du réchauffement climatique.

La question était de savoir à quelle heure il allait rentrer.

N'importe quel autre dimanche de course au circuit Knutstorp, il serait parti de bonne heure le matin et ne serait pas rentré avant l'heure du dîner. Aujourd'hui ça avait été l'inverse. Il avait traîné pour s'en aller, prétextant qu'il ne se sentait pas bien, et avait même failli renoncer alors qu'il avait déjà payé son billet. Elle était sûre qu'il se doutait de quelque chose et pour y parer avait quitté la maison ce matin, prétextant du travail dans le cadre de l'enquête sur le meurtre de Moonif Ganem.

En réalité, Assar Skanås était encore en soins intensifs après ses blessures par balle et on ne pouvait pas l'interroger pour l'instant. Ce qui n'avait aucune incidence sur le dossier, puisque Molander avait trouvé ses empreintes sur la porte de la machine à laver. Les interrogatoires à venir seraient une simple formalité.

Bref, Hampus pouvait rentrer à tout moment, il fallait d'urgence qu'elle sorte de cette maison et qu'elle aille…

Elle se figea brusquement en sentant une main sur son épaule.

« Alors c'est là que tu te caches. »

La voix n'était pas celle qu'elle avait craint d'entendre, et bien qu'elle n'ait mis qu'une seconde à la rendre à son propriétaire, cette seconde lui avait semblé une éternité.

« Tu m'as fait une peur bleue, dit-elle en se retournant vers Klippan.

— Désolé, la porte était ouverte et j'ai…

— Tout va bien. Tu es venu avec la remorque ?

— Et le fourgon de mon voisin.

— Super. Il faut que je décolle le plus vite possible.

— Alors en avant ! Je propose qu'on commence par le plus gros : canapés, lit, armoire, etc. Si tu n'y vois pas d'inconvénient, je m'occupe du chargement, d'accord ? »

Lilja secoua la tête en riant. « Tu as mon entière confiance.

— Pour l'instant. Je ne suis pas sûr que tu dises la même chose quand on aura terminé. Commençons par le lit. » Il allait ouvrir la porte de la chambre quand Irene lui barra le passage.

« Non, je vais le laisser là. À nouvelle vie, nouveau lit.

— D'accord. Est-ce qu'il y a d'autres bricoles à prendre dans la chambre ? Une armoire, une commode ?

— Non rien, on n'a pas besoin d'entrer dans cette pièce », s'empressa de répondre Lilja.

Klippan hocha la tête, circonspect. « OK, alors prenons ce canapé. »

Ils le portèrent ensemble, traversant le couloir et le jardin jusqu'à l'allée, où Klippan avait déjà décroché la remorque pour laisser l'accès au fourgon.

« Qu'est-il arrivé à la pelouse ? demanda Klippan alors qu'ils retournaient dans la maison. Elle fait un peu la gueule, non ?

— Tu n'auras qu'à demander à Hampus, si tu le vois. Je crois qu'il est en train de tester un traitement pour éliminer les mousses. Allez viens, on a du boulot. »

Klippan s'arrêta pour regarder de plus près l'herbe vandalisée.

« Allez Klippan, s'il te plaît… On n'a pas toute la journée. » Elle avait réussi à l'empêcher d'entrer dans la chambre, mais là, elle pouvait juste espérer qu'il ne remarquerait pas la croix gammée derrière le rempart qu'elle avait tenté de former avec la brouette et les transats. « Je t'en supplie, Hampus peut arriver d'une minute à l'autre.

— Je ne vois pas de mousse.

— Alors, ça devait être des pissenlits, tu sais, moi et le jardinage.

— Il n'y a pas de pissenlits non plus.

— Ben non, puisqu'il les a enlevés. » Elle poussa un soupir, espérant qu'il serait assez démonstratif pour que son collègue lâche l'affaire. « C'était le but du jeu, justement. Mais on n'est pas là pour parler jardinage. Tu n'es pas venu m'aider à déménager ? »

Klippan se retourna et la regarda longuement dans les yeux. « Comment ça va, Irene ?

— Hein ? Pourquoi cette question ? Tu me fais quoi, là ? » Tout sauf ça… Elle ne devait pas faiblir. « Écoute, on ne pourrait pas juste embarquer mes affaires et…

— Je te pose cette question parce que tu n'es pas dans ton état normal, l'interrompit Klippan. Toute cette semaine, tu as été là sans être là et tu as passé les réunions le nez sur ton portable. Qu'est-ce qui t'est arrivé ?

— Il ne m'est rien arrivé du tout ! Je ne comprends pas de quoi tu parles. Tu es venu pour m'aider à déménager ou pour jouer au psy ?

— Je suis venu pour t'aider et c'est pour ça que je te demande ce qui se passe. Tu m'interdis d'entrer dans la chambre. Tu déménages derrière le dos de Hampus, et maintenant ça. »

Klippan s'approcha de la barricade de meubles de jardin. « Quoi qu'il se soit passé ici, cela n'a rien à voir avec de la mousse ou des pissenlits.

— Il m'a frappée. Hampus m'a tapé dessus. C'est bon, tu es content ?

— Quoi ? Qu'est-ce que tu dis ? » Klippan s'arrêta et se tourna vers elle. « Tu plaisantes ! Hampus ? »

Lilja acquiesça et avec un peu de salive sur ses doigts essuya le fond de teint sur sa pommette. Klippan s'approcha pour examiner l'hématome, qui avait pris toutes les couleurs de l'arc-en-ciel.

« Mon Dieu… » Il la serra contre lui. « Tu ne vas pas porter plainte ? »

Lilja secoua la tête.

« D'accord. » Klippan hocha longuement la tête, comme pour se convaincre. « Je suppose que tu as bien réfléchi. Alors dépêchons-nous de finir avant que ce salopard débarque. » Il repartit vers la maison. « Et d'ailleurs, j'ai oublié de te demander où tu t'installes.

— J'ai trouvé un appartement rue Carl Krooks, à Söder. Je suis tombée dessus par hasard pendant que je courais après Assar Skanås. Et à ce propos, est-ce que le nom P. Milwokh te dit quelque chose ?

— Milwokh ? » Klippan s'arrêta et se retourna vers elle.

« L'appartement dont je parle est juste à côté de celui d'un certain P. Milwokh.

— Tu as dit Milwokh ?

— Oui. Je ne t'ai pas raconté que j'avais sonné chez lui et qu'il avait refusé d'ouvrir ?

— Non, je ne me rappelle pas.
— Et alors ? Tu sais qui c'est ? »

Klippan réfléchit. « Non, je ne crois pas. J'avais simplement l'impression d'avoir déjà entendu ce nom-là quelque part. Mais j'ai dû me tromper. »

88

Fabian se gara derrière le yacht-club du port de Råå. La nuit était sombre et il avait commencé à pleuvoir, comme le soir du solstice, avec de petites gouttes très pénétrantes qui semblaient ne jamais vouloir s'arrêter de tomber.

Pourtant, c'est le cœur plein d'allégresse qu'il ouvrit son parapluie, verrouilla la voiture et traversa la large place déserte vers la digue, d'où partaient les pontons et leurs centaines de bateaux amarrés, serrés comme des sardines en boîte. Le dîner dominical avait été une réussite du commencement jusqu'à la fin et, quand plus tard dans la soirée il avait annoncé à Sonja qu'il était obligé de ressortir, elle lui avait promis de réchauffer le lit en l'attendant.

Il s'arrêta un instant sur le quai pour contempler la marina qui, bien que ce soit la pleine saison, était si calme qu'on l'aurait crue en hibernation. Il n'y avait pas âme qui vive. Une bonne raison à cela étant évidemment qu'on était au milieu de la nuit. Mais le temps y était aussi pour quelque chose : il était si mauvais que les plaisanciers en vacances devaient être pelotonnés dans leurs sacs de couchage double épaisseur à essayer de se réchauffer.

En revanche l'endroit était loin d'être silencieux. Le vent sifflant dans les haubans, les drisses frappant le long des mâts et les vagues clapotant entre les coques créaient une joyeuse cacophonie. Sans parler des milliers de pare-battages qui couinaient entre les bateaux rangés serrés.

Il sortit les deux clés marquées d'adhésif bleu récupérées dans le tiroir d'Elvin et vérifia une dernière fois les chiffres inscrits à la main : 0388.

Il était désormais convaincu que le numéro était celui d'une place de ponton, que cette place se trouvait dans un grand port et qu'il s'agissait de Råå, parce que c'était le plus proche de Helsingborg et celui qui avait le plus d'anneaux.

Au début de chaque ponton, long d'environ cent cinquante mètres, un panneau donnait l'information qu'il cherchait.

Sur le premier était écrit 0087-0236. Il continua jusqu'au deuxième où se trouvaient les places 0237 à 0402 et s'engagea sur la longue passerelle en béton, à laquelle étaient amarrés, de part et d'autre, des voiliers et des bateaux à moteur de toutes les tailles. La plupart avaient l'étrave tournée vers le ponton, tous avaient un air sombre et abandonné en cet été trop froid. Mais ici et là, on pouvait apercevoir une lumière douce et accueillante à travers les petits hublots, et en regardant plus attentivement, on pouvait apercevoir des gens en train de boire du vin et de jouer au backgammon, ou enlacés sur une banquette devant un film.

Il s'arrêta un instant pour admirer un Hallberg-Rassy de taille assez imposante, amarré cul au quai. C'était une vraie beauté avec son pont en tek, un bain de soleil à l'avant et un grand cockpit convivial avec une table au milieu. Son mât solide était assez haut pour avoir deux barres de flèche. Là aussi, les hublots répartis le long de la coque diffusaient une douce lumière à la surface de l'eau, et il dut admettre que cette atmosphère avait de quoi faire rêver.

Au même moment la porte s'ouvrit sur un homme de son âge qui montait dans le cockpit, deux verres et une bouteille de vin à la main, qu'il posa sur la table protégée par le taud bien tendu. Une femme du même âge le rejoignit, apportant une lampe tempête et une petite enceinte diffusant un vieux morceau de jazz piano bar.

Matilda et Theodor avaient raison. Peut-être que l'achat d'un voilier était une bonne idée. Un projet commun dans lequel leur famille retrouverait calme et harmonie dans les sympathiques petits ports autour de l'Øresund.

« Bonjour. Je peux faire quelque chose pour vous ? »

Fabian sursauta. « Ah pardon, je venais voir mon bateau, mais je n'ai pas résisté à l'envie de contempler ce bijou. Ça doit être fantastique de naviguer là-dessus.

— C'est vrai qu'il est fiable, même par gros temps. Mais depuis Kalmar nous avons eu une mer calme.

— Je peux vous demander où vous allez ?

— Le prochain arrêt est à Humlebæk, juste en face, sur la côte danoise. Nous partirons quand le vent sera favorable. Ensuite nous prévoyons une navigation de nuit jusqu'à Göteborg, et après, à part un tour du monde, il n'y a rien de vraiment décidé », répondit le type avec un sourire tandis qu'un petit garçon d'une dizaine d'années passait la tête par la porte du rouf. « Nous avons vendu la maison et pris un congé sabbatique de deux ans. Pour commencer. On verra bien si on a envie de revenir un jour. » Il rit et versa du vin dans les verres.

« Vincent, mon chéri, tu es là, je croyais que tu dormais, dit la femme en allant serrer le gamin dans ses bras.

— Je peux dormir avec vous cette nuit ?

— Mais pourquoi ? Alors que tu as une jolie cabine à toi tout seul ?

— Et s'il y a un monstre qui vient dans la nuit ? J'ai peur tout seul à l'avant.

— Enfin, Vincent, tu sais bien que les monstres n'existent pas.

— Oui, je sais, mais quand même. S'il te plaît…

— Bien sûr que tu peux venir dormir avec nous. N'est-ce pas, Frank ?

— Je croyais que nous en avions déjà parlé… Bon, c'est d'accord à une condition. Avant de dormir, on ira toi et moi vérifier qu'il n'y a pas de monstre. Et pas juste comme ça, vite fait, non, non, non, on va fouiller partout. »

La femme rit et décocha un clin d'œil complice à son mari avant de redescendre avec leur fils.

« Au fait, vous avez quoi comme bateau, vous ?

— Hum, il est à la place 388, mais il n'a rien de comparable avec le vôtre, bien sûr…

— 388 ? répéta l'homme, en fronçant les sourcils. Mais c'est là ! »

Il désigna la place vide à côté de l'Hallberg-Rassy.

Fabian s'en approcha et constata qu'il était bien écrit 0388 sur la petite plaque. La place était donc déserte. C'était d'ailleurs la seule place libre de tout le ponton.

« Je suis désolé de vous dire cela, mais nous sommes là depuis quatre jours, et votre bateau n'était pas là à notre arrivée », reprit le type.

Fabian se demanda s'il s'était trompé. S'il s'agissait d'un autre port, ou si finalement, le numéro ne correspondait pas à une place de ponton. Enfin il se demanda si Molander était venu faire le ménage.

« Personne ne respecte plus la propriété privée de nos jours, s'offusqua le plaisancier.

— Je vous souhaite un bon tour du monde, lui répliqua Fabian en repartant en direction du quai.

— J'espère que vous avez une bonne assurance ! » cria l'autre derrière lui.

Revenu à terre, Fabian regarda à nouveau le port désert, sans rien observer d'autre que des voitures garées sur des places de parking numérotées. Il s'éloigna vers la digue nord qui s'étendait jusqu'à l'embouchure.

Sur sa droite il aperçut un terrain vague encombré de bers de stockage. Mais pas de bateau. En revanche, sur la berge opposée du Rååån, près du musée de la Marine, il y en avait un. Il ne pouvait pas être sûr que ce soit celui-là, mais de loin il lui sembla reconnaître un vieux Pettersson. Et si Elvin s'était acheté un bateau, Fabian n'avait aucun mal à imaginer qu'il ait pu choisir un vieux bateau en bois.

Dix minutes plus tard, il venait se garer à côté de l'embarcation qui, si elle appartenait à Hugo Elvin, n'avait pour des raisons évidentes pas été mise à l'eau cette année.

Un câble électrique pendait le long de la quille et disparaissait derrière le musée. Le taud qui avait jadis protégé le bateau était réduit en lambeaux flottant au vent.

Posée en dessous du berceau se trouvait une échelle qu'il appuya contre le tableau arrière.

Il monta dans le cockpit, qui était plein de sable et d'algues, et sortit la clé, qu'il inséra dans la serrure. Elle coinçait un peu, mais il avait eu la présence d'esprit d'apporter une petite fiole d'huile WD40. Quelques tentatives plus tard, il entrait dans la cabine.

Ce qui l'attendait à l'intérieur allait au-delà de ses espérances. L'espace exigu, dans lequel il était obligé de se déplacer courbé pour ne pas se cogner la tête au plafond, lui fit penser au bureau qu'il avait aménagé chez lui à la cave.

Non seulement il y avait un ordinateur, mais aussi plusieurs disques durs externes, avec des étiquettes marquées *PC Molander – Domicile*, ou *Molander – PC Pro*, et une date. Il y avait l'inévitable tableau blanc couvert de notes, d'idées et de photographies, qu'il voyait pour la première fois. Le fait est qu'il y avait tant de choses, que cela allait lui prendre des jours, voire des semaines pour tout examiner.

Le contenu du tiroir d'Elvin au commissariat n'était que le sommet de l'iceberg. C'était ici que son collègue avait son véritable bureau. Ici qu'il avait pu travailler tranquille, loin de Molander.

Fabian actionna un interrupteur situé à droite de l'échelle de la cabine et une série de petites lampes s'allumèrent ici et là. Son regard fut aussitôt attiré par un dossier marqué *Berlin*, posé sur une petite étagère,

En l'ouvrant, la première chose qui lui tomba sous les yeux fut un tirage de la photo prise au café Einstein sur laquelle on voyait Gertrud et Molander devant une tasse de café et un apfelstrudel à moitié mangé.

La date au bas du cliché était entourée au feutre rouge, mais pas la montre-bracelet de l'homme assis à la table voisine, ce qui laissait à penser qu'Elvin n'avait pas découvert le décalage horaire de douze heures et demie. Peut-être n'avait-il même pas vu les autres photos.

En revanche, il avait réussi à mettre la main sur les deux cartes d'embarquement. Molander avait dû les télécharger sur son ordinateur personnel, et quand Elvin avait copié le contenu de celui-ci sur un disque dur externe, il les avait récupérées avec le reste.

SAS Boarding Pass
Mr Ingvar Molander – Fast Track Available

Flight	*Date*	*Time*	*From*	*To*	*Seat*	*Boarding*
SK1673	*24 aug*	*13:30*	*Berlin*	*Copenhagen*	*14F*	*13:10*
2007	*TXL*	*CPH*				

Easy Jet
Boarding Pass Mr Ingvar Molander

Flight	*Date*	*Time*	*From*	*To*	*Seat*	*Boarding*
EZY8627	*24 aug*	*19:05*	*Copenhagen*	*Berlin*	*Free*	*18:45*
2007	*TXL*	*CPH*				

C'était la pièce du puzzle qui lui manquait. L'élément qui ferait tomber l'alibi de Molander et la raison pour laquelle Ingvar avait tué Elvin. Enfin il avait assez d'éléments pour informer Tuvesson.

Il prit son portable et l'appela. Les tonalités se succédèrent jusqu'à ce que son répondeur se déclenche. Au lieu de laisser un message, il raccrocha et recomposa le numéro. Il était tard et il n'y avait rien d'étonnant à ce qu'elle dorme à cette heure-ci. Mais cela ne pouvait pas attendre et il l'appela de nouveau.

« Oui, allô ?

— Bonjour Astrid, c'est…

— *Allô ! Qui est à l'appareil ?* marmonna-t-elle avec une diction fortement altérée.

— C'est Fabian, Astrid. Excuse-moi de t'appeler à une heure aussi tardive.

— *Qui parle, vous allez me répondre, oui ?*

— Fabian, Fabian Risk.

— *Risk ? Putain, on ne peut jamais être tranquille. Merde ! Qu'est-ce que tu veux encore…*

— Rien. Je t'ai appelée par erreur. Excuse-moi. On se voit demain. »

Il coupa la communication et se félicita de ne rien lui avoir dit plus tôt. Elle n'en était qu'à sa première rechute. Il y en aurait d'autres, beaucoup d'autres.

Il roula la copie des cartes d'embarquement, la glissa dans la poche intérieure de sa veste et regarda autour de lui. Il vit entre autres une pile de photos d'une scène de crime qu'il n'avait jamais vue, une boîte en carton contenant des chouettes en cristal du genre de celles qu'avait Gertrud dans sa collection, ainsi qu'une perceuse de précision avec plusieurs embouts de ponçage et de perçage.

Il prit une chouette dans sa main. Intrigué il examina les autres : il s'aperçut qu'elles n'étaient pas en verre mais en plastique et avaient toutes une petite pile insérée à la base. Il réfléchit à une explication, mais ne la trouva pas sur le moment.

Alors il alla allumer l'ordinateur, qui ne réclama aucun mot de passe. Elvin devait être certain que Molander ne trouverait jamais cet endroit.

À l'écran était affiché l'icône d'un logiciel semblable au logiciel de montage audio dont Molander se servait. En l'activant il fit apparaître une barre de chronologie sur laquelle se découpaient divers cadres contenant des courbes sonores. Il en choisit un au hasard et cliqua.

Un bruit monotone résonna dans les enceintes et il mit quelques secondes à comprendre qu'il s'agissait d'un aspirateur. Mais pourquoi enregistrer le son d'un aspirateur ? Le dernier enregistrement datait du mardi 19 à onze heures vingt-six. Ce n'était donc pas Elvin lui-même qui l'avait enregistré et il en déduisit que l'enregistrement s'était mis en route automatiquement.

Fabian remarqua deux enregistrements datant de la veille. L'un dans la matinée et l'autre plus tard dans la soirée. En regardant plus attentivement l'heure du premier, inscrite dans un rectangle en haut à gauche, il s'aperçut qu'il datait du moment où il était allé rendre visite à Gertrud.

Il cliqua dessus et entendit sa propre voix.

« *Je ne reste pas longtemps*, s'entendit-il déclarer.

— *Il est sympathique, je trouve*, répondait Gertrud.

— *Pardon, qui ça ?*

— *Reidar, de qui veux-tu que je parle ? L'homme avec qui tu étais hier. Un peu d'eau ?*

— *Non, merci, ça va.* »

Est-ce qu'Elvin avait équipé l'une des chouettes avec un micro caché ? Était-ce pour cela qu'il en avait toute une collection ici ?

Le fonctionnement de ce type de matériel dépassait de loin ses compétences techniques. Et il fut très surpris qu'Elvin en ait été capable, son défunt collègue étant encore moins doué que lui dans ce domaine, si une telle chose était possible. La seule explication était qu'il s'était servi des connaissances de Molander pour y parvenir.

Il cliqua sur le deuxième enregistrement, réalisé le même jour, et entendit la voix de Molander.

« *Mais qu'est-ce que je vois ? Une fondue ! Il y avait longtemps ! Qu'est-ce qu'on fête ?*

— *Rien*, répondait Gertrud. *Ne t'inquiète pas.*

— *Ah, tant mieux. J'ai eu peur tout à coup d'avoir oublié notre anniversaire de mariage ou quelque chose comme ça.*

— *Non, c'est juste que j'ai fait du rangement dans les placards de la cuisine et que je suis tombée sur notre...* »

Puis l'enregistrement s'arrêtait brusquement et la *timeline* qui était à présent de couleur rouge se cala sur le temps réel.

Instinctivement, il attrapa la souris pour essayer de ramener le curseur sur la conversation, quand il se rendit compte qu'un nouvel enregistrement s'était mis en route.

« *Viens une seconde. De quoi avez-vous parlé ? dit Molander. Gertrud, je t'ai demandé de venir !*

— *Ingvar, tu me fais peur.*

— *Je veux savoir de quoi vous avez parlé !*

— *Il va falloir que tu te calmes, d'abord.*

— *Je suis parfaitement calme ! Je veux simplement que tu me dises...*

— *Tu n'es pas calme du tout ! Et d'ailleurs, il est beaucoup trop tard. Nous parlerons de cela à un autre moment, parce que là j'ai l'intention d'aller dormir dans la chambre d'amis et je te serais reconnaissante de me laisser tranquille.*

— Je te laisserai toute la tranquillité que tu voudras, dès que tu m'auras dit ce que Fabian Risk est venu faire ici ! »

REMERCIEMENTS

Écrire un livre, c'est un peu comme traverser un océan. Il n'y a que vous, l'eau et l'horizon, où que votre regard se porte. En tout cas, moi, c'est comme ça que je le vois, la plupart du temps. La vérité, c'est que sans aide je ne serais pas arrivé si loin, et je n'aurais laissé pour seule trace que quelques bulles s'échappant de mes poumons tandis que je coulais inexorablement par le fond.

À bord de son radeau de survie, mon épouse Mi a été constamment à mes côtés, à m'encourager, lire et me donner des conseils. Grâce à ses commentaires inestimables, j'ai regagné la terre ferme. Merci, Mi.

Mes aînés Kasper et Filippa ont eu leur rôle à jouer également, quand parfois les vagues devenaient trop grosses et l'histoire impossible à raconter. Merci à vous d'avoir eu la patience de m'écouter et d'avoir toujours su me dire ce que j'avais besoin d'entendre pour trouver la force de continuer.

Mes plus jeunes, Sander et Noomi, merci à vous d'exister et de me faire comprendre qu'il y a autre chose dans la vie que le travail et le roman suivant. Sans vous je serais déjà devenu vieux.

Avec mon éditeur Andreas, ce livre est le quatrième que nous publions ensemble, et nous nous amusons chaque fois un peu plus. Sans toi, jamais je n'aurais eu le courage de privilégier l'intéressant sur l'efficace. Merci pour cela et aussi de partager avec moi tes réflexions et tes idées.

Julia, le temps passe vite et ça va bientôt faire deux ans. Sans toi, jamais je n'aurais atteint le chiffre magique d'un million de lecteurs, dans certains des trente pays où mes livres sont publiés.

Adam, Sara et Anna chez Forum, vous êtes la définition de la compétence. Merci de tout donner et plus encore.

À toi, *le roi des ventes*, je ne peux pas prétendre que mes livres n'existeraient pas sans toi. Mais jamais ils n'auraient trouvé le chemin des librairies dans les proportions que nous connaissons aujourd'hui. Tu es là depuis mon premier roman, *Hors cadre*, et c'est sans doute grâce à toi si tout le monde chez Forum se mobilise pour que mes livres marchent.

Enfin, je voudrais remercier Johanna Björkman et Thomas Vedel Larsen pour leurs conseils éclairés.

Découvrez le premier chapitre du nouveau roman de Stefan Ahnhem, disponible aux éditions Albin Michel :

36 façons de tuer

ROMAN TRADUIT DU SUÉDOIS PAR CAROLINE BERG

Titre original :
X SÄTT ATT DÖ

Publié avec l'accord de Salomonsson Agency.

ISBN : 978-2-253-24959-7 – 1re publication LGF

1

Les gonds n'avaient pas dû être graissés depuis vingt ans. La porte d'entrée bloquait un peu sur les derniers millimètres, mais il avait pu l'ouvrir sans l'aide d'un code, d'une clé ou d'un quelconque recours à la force.

Leo Hansi entra dans l'immeuble en brique rouge face à la gare de Klippan. Il avait été à deux doigts de renoncer à ce cambriolage qui devait être le dernier de sa carrière. Mais en se glissant dans le hall plongé dans l'obscurité, il se prit à espérer que cette ultime nuit ne serait pas totalement infructueuse. Depuis un long moment déjà, le lever du jour le trouvait frustré et mécontent et ce mois de juin qui s'achevait promettait de battre tous les records de médiocrité.

Il y avait au moins six heures qu'il était sur le terrain. Il avait écumé la moitié des villas entre Bjersgårdsvägen, Fredsgatan et Vallgatan, et tout ce qu'il en avait tiré c'était un landau à peu près en bon état et un vélo d'enfant rose bonbon. Ce qui prouvait à quel point il était tombé bas. Voler un enfant et de jeunes parents ? Là, il avait vraiment touché le fond.

Il n'obtiendrait pas plus de quarante-cinq euros pour l'ensemble, ce qui représentait un taux horaire de moins de sept euros. En déduisant l'essence, la pause café et les points de pénibilité pour travail de nuit, son entreprise travaillait à perte. Il commençait à se demander si, tout bien pesé, une formation pour adulte, un emprunt étudiant et un diplôme à l'université de Lund ne seraient pas préférables.

Le barbecue Weber avait été la goutte d'eau qui avait fait déborder le vase et l'avait convaincu de tout laisser tomber pour faire enfin quelque chose de sa vie : commencer un vrai métier, une activité qui ait du sens, au lieu de se glisser dans les jardins des gens, d'entrer par effraction dans leurs maisons et de voler des voitures déjà bonnes pour la casse.Le barbecue avait la taille d'une petite cuisine et il était évidemment alimenté au gaz, la pire énergie possible climatiquement parlant. Mais à en juger par le 4 × 4 garé dans l'allée, les propriétaires se souciaient comme d'une guigne de leur empreinte carbone. Ces salopards devaient poser sur ce gril des gros steaks dégageant des tonnes d'oxyde de carbone à la cuisson, de la viande bien saignante que leur organisme mettrait plusieurs semaines à digérer, et il était prêt à parier aussi qu'ils privilégiaient l'avion pour leurs voyages en famille.

En apercevant le barbecue rutilant posé sans cadenas sur la terrasse en bois exotique, il n'avait donc pas eu le moindre scrupule. Neuf, il devait coûter plus de deux mille cinq cents euros et il en aurait facilement tiré quelques centaines d'euros, peut-être quatre ou cinq cents.

Mais à peine avait-il posé un pied sur la terrasse que deux spots puissants s'étaient allumés. Tout à coup, il se serait cru en plein interrogatoire à Guantánamo. Mais le pire était encore à venir puisque, une seconde plus tard, un foutu roquet s'était mis à aboyer comme un fou. Il avait bien sûr réveillé ses maîtres, qui lui avaient ouvert la porte pour le faire sortir.

Du même auteur
aux éditions Albin Michel :

Hors cadre, 2014
La Neuvième Tombe, 2015
Moins 18°, 2016
36 façons de tuer, 2024

PAPIER CERTIFIÉ

Le Livre de Poche s'engage pour l'environnement en réduisant l'empreinte carbone de ses livres. Celle de cet exemplaire est de :
450 g éq. CO_2
Rendez-vous sur
www.livredepoche-durable.fr

Composition réalisée par Belle Page

Achevé d'imprimer en janvier 2024 en France par
MAURY IMPRIMEUR – 45330 Malesherbes
Dépôt légal 1re publication : Février 2024
N° d'impression : 275311
LIBRAIRIE GÉNÉRALE FRANÇAISE
21, rue du Montparnasse – 75298 Paris Cedex 06

31/7655/1